河出文庫

『吾輩は猫である』殺人事件

奥泉光

『吾輩は猫である』殺人事件　目次

『吾輩は猫である』殺人事件

猫たちへ

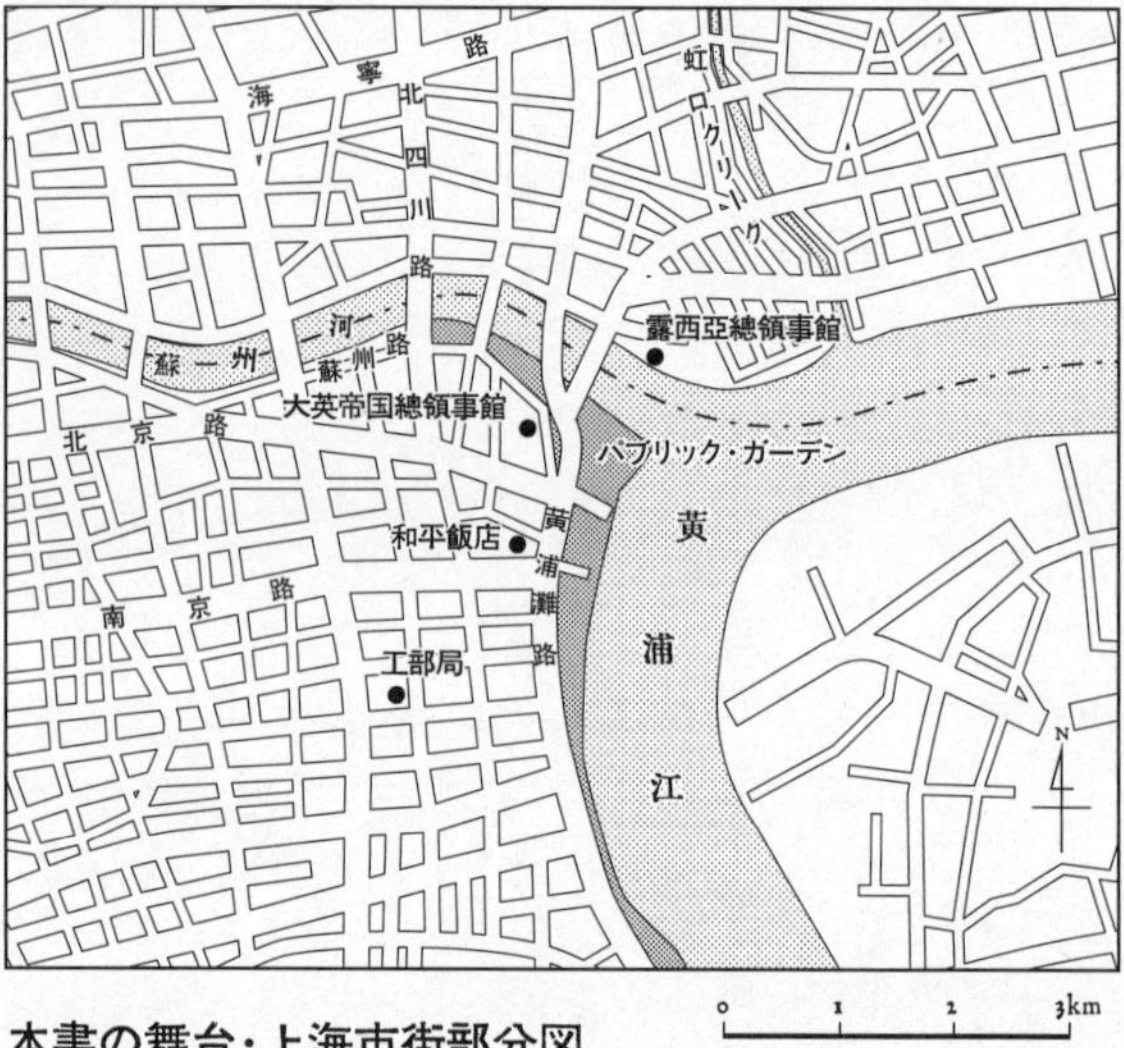

本書の舞台・上海市街部分図

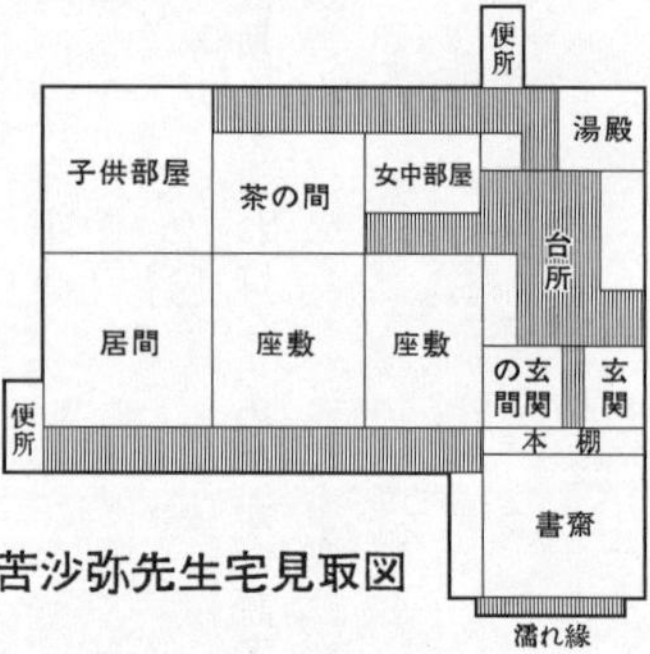

苦沙弥先生宅見取図

序章　吾輩《わがはい》の上海《シャンハイ》到着までの顚末《てんまつ》及び事件の発端

一

吾輩は猫である。名前はまだ無い。吾輩はいま上海に居る。征露戦役の二年目にあたる昨秋の或《あ》る暮れ方、麦酒《ビール》の酔いに足を捉《と》られて水甕《みずがめ》の底に溺死《できし》すると云う、天性の茶人的猫たるにふさわしい仕方であの世へと旅立ったはずの吾輩が、故国を遠く離ること数百里、千尋《ちひろ》の蒼海《そうかい》を隔てたユーラシアの一劃《いっかく》に何故《なぜ》斯くあらねばならぬのか。読者諸賢の不審は至極尤《もっと》もである。尤もではあるけれど吾輩がここにこうしてある事実ばかりはいかにも動かし難い。永年の思索の末に我惟《おも》う故《ゆえ》に我ありとの一大哲理を看破した西洋の哲学者があったそうだが、何もわざわざ哲学者の浅智慧《あさぢえ》など借りずとも我在るのはたしかに疑いない。宇宙の外れのその又隅っこの一辺に、一尺四方程の些細《ささい》な地面を占領しているのは間違いない。とは云えこれでは読者の疑念は終《つい》に晴れぬままであろう。実は吾輩自身も若干の道義上及び文芸学上の責任を感じている。いま暫《しばら》く言葉を加えて見るのがよかろうと思う。

黄塵《こうじん》万丈たる大陸の岩塊《がんかい》に源《みなもと》を発し、千澗《せんかん》を集めて不尽の水を湛《たた》えた大河長江。その茶色い水が海へ向って流れ落つる所、広大な湿地帯を拓《ひら》いた東亜の大都市に、無論吾輩降って湧《わ》いたのでもなく、猫が未《いま》だ羽を生やす生物進化の恩恵に浴せぬ以上、海を渡ったには相違ないが、ではどうして海を渡ったのか。開闢《かいびゃく》以来の開明的猫を自負する吾輩はかつて、縁側で惰眠《だみん》を貪《むさぼ》る事のみを天職と心得るあまたの凡猫《ぼんびょう》を尻目《しりめ》に、運動の効験を高らかに称揚し、一族郎党率《ひ》き連れて鎌倉あたりに繰り出さんと考えた事もあったけれど、さすがに水泳自慢の吾輩とても何百海里になんなんとする東《ひがし》支《し》那《な》海《かい》を泳いで渡るのはちと無理がある。泳いだのでないとすれば、つまりは船で来たのである。

四方を海に囲繞《いにょう》された島国日本から大陸まで渡るとなれば、五歳の童児でも船舶の利用を思うだろう。何でも大概はそうだが、説明されて了《しま》えば拍子抜けする程に事は平凡である。手品の種は大抵馬鹿《ばか》見た様に単純である。しかるにこの平凡事を吾輩が篤《とく》と了解したのは随分と時間が経過した後のことであって、水甕の縁を爪《つめ》でがりがりと掻《か》いてのち永らく幽冥界《ゆうめいかい》を彷徨《さまよ》った挙句《あげく》、久し振りに目を醒《さ》ました時には、自分が全体何処《どこ》に居るのか皆目見当が付かなんだ。

とにかく真っ暗である。猫は人に較《くら》べて夜目が効く動物であるが、驚いた事には眼蓋《まぶた》を一杯に瞠《みひら》いても網膜に映ずる物が一つも無い。黒漆桶《こくしっつう》に在るが如《ごと》く、天地四方黒漫々《こくまんまん》として一毛の光だに見えない。しかもこの暗黒世界が砂利路《みち》を往《い》く車見た様にがたがた震えている。加えて縦横上下にゆらゆら大きく揺れもする。胸が悪くて仕方がない。立ち上って歩かんと試みれば忽《たちま》ち眼が廻ってへたり込んでしまう。と又前肢《まえあし》をうんと踏張って胴体を持ちあげて見る。立ったからとて別段の利益の無いのは先刻承知ではあるが、さりとて坐《すわ》ったままでいるのも何だか不安である。

こうして幾度か立ったり坐ったりを繰り返した頃合、ここはどうやら地獄らしいとの理解が漸《よう》くにして得られた。漸く得たにしては有り難くない結論ではあるけれど、正体の分らぬ物と係わり合いになるくらい恐ろしい経験はないのであって、お化けが怖いのは主にこの属性に因《よ》る。とりあえず地獄と名付けてしまえば僅《わず》かに安堵《あんど》の心持ちが尻尾《しっぽ》から背中へ立ち昇って、やや落ちついて辺りを見回せばやはり何も見えない。

殊更《ことさら》な野心も無く、大した欲も出さぬまま春秋を迎えては送り、鼠《ねずみ》一匹殺さぬ平和的猫であった吾輩にすれば、地獄へ落とされたについては閻魔《えんま》に文句の一つも付けたい所ではあったけれど、生前の所業が今日の事態を招来したに違いないと、やがて独り暗闇《くらやみ》で自省するに至った。探偵なる職業を殊の外《ほか》毛嫌いする旧主人の影響もあってか、吾輩も探偵は大嫌いである。探偵趣味を憎むにかけては猫後《びょうご》に落ちぬだけの自信がある。とは云うものの吾輩自身かの悪徳に染まっていなかったとは云い切れぬ側面があるのも片方の事実だ。主人をはじめ迷亭寒月東風独仙《めいていかんげつとうふうどくせん》ら、臥龍窟《がりょうくつ》に出入りする諸氏の日頃の行状につき、吾輩が探偵的興味を抱き以《もっ》て熱心に観察した行為は天にも地にも覆《おお》い難い。ときには明々白々たる偵察の気構えを五体に漲《みなぎ》らせ向こう横町の金田邸に忍び込みさえしたのである。無論巷間《こうかん》に棲息《せいそく》せる凡百の探偵が私利を目指して探偵的振る舞いを為《な》すに対して、吾輩のそれは純然たる遊戯に属しては居る。風流人が山野を漫歩して詩想を得るが如き心持ちに於《お》いて吾輩は探偵趣味を発揮したのである。吟行の俳人の心機を以てして金田邸の垣根を潜《くぐ》ったのである。実際吾輩は鰹節《かつぶし》の一片、飯の一粒だに利益を享受《きょうじゅ》した覚えはない。だが不要な詮索《せんさく》を為した事実その物は否《いな》み難く、探偵的であったか否かについてのみ判断するなら他の探偵どもと同然である。動機が純粋であるだけ却《かえ》って罪は重いと目《もく》されざるを得ぬやもしれぬ。

貪婪《どんらん》の罪人は飢餓地獄に投げ入れられ、性淫《みだら》なる者は血の池地獄に抛《ほう》り込まれる伝でいくなら、吾輩の堕《お》ちた先はさしずめ無明《むみょう》地獄とでも呼ぶ他あるまい。つまり我が探偵趣味の行き着く所、倫敦《ロンドン》塔の地下牢《ろう》の如き、視《み》る事叶《かな》わぬ暗所に永久に閉じ込められる懲罰となって帰結したらしい。こうなってはもうどうする事も出来ない。到底助かるものではないと吾輩は観念した。観念はしたけれど、しかしこう暗くっては敵《かな》わない。がたがたゆらゆらも一向収まる気配が無い。

それにしても念仏くらい役に立たぬものは世にあるまいと、この時吾輩は八つ当たり気味に考えた。死ぬるに際して吾輩は南無阿弥陀仏《なむあみだぶつ》を二度唱えた覚えがある。悪逆非道の大罪人でさえ今際《いまわ》の念仏一つで救われるとの説に従えば、罪とは云え微瑕《びか》たるにすぎぬ吾輩などは当然極楽往生をとうに得ていてよい道理である。瑞気《ずいき》横溢《おういつ》の浄土に在って、日々これ詠花吟月、患《わずら》いなき魂の安寧を得てして蓮華《れんげ》を枕《まくら》に昼寝《ひるね》をしていてよいはずである。とは云え冷静になって考察を加えて見るならば、あまたの聖賢達人を続々輩出し、西洋のルネッサンスにも比すべき文化興隆を誇った鎌倉室町と明治の今とでは、念仏の値打ちに喰い違いが生じて仕方がないとも思われる。家康《いえやす》が江戸に幕府を置いてよりこちら、仏法僧侶《そうりょ》の価値の下落は眼を覆わしむる態《てい》のものがあるが、まして貴賤《きせん》を問わず諸人こぞって街鉄の株が上ったの下ったのと大騒ぎをしている現今の世の中にあって、念仏の価格が地に堕ちぬとするなら寧《むし》ろ奇跡と云うものであろう。ここに至って吾輩は凡《およ》そ宗教なるものが生ける者の安心立命にのみ限って益する事実をつくづく悟ったうえで、まあこれも仕方があるまい、最早《もはや》どうする事も叶わぬのだからと、二度目の観念をした。それでもやっぱり胸は苦しい。眼は廻る。息さえ満足に出来ぬようになってくる。

吾輩はニャーと闇中《あんちゅう》に声を放った。こう見えて吾輩は齢《よわい》一歳を経た歴《れっき》とした成猫である。猫などは始終訳もなくニャーニャー鳴いているのだろうと人は軽く考えるかも知れんが、苟《いやしく》も猫たる者そうそう無闇矢鱈《やたら》と瑟《しつ》を鼓するものではない。猫に限らず、狗《いぬ》がワンと吠え、蛙《かえる》が田んぼで鳴き、蟬《せみ》が樹陰で喚《わめ》くのには悉《ことごと》く意味があるのであって、そもそも宇宙の森羅万象《しんらばんしょう》意味を有せざるは無い。寧ろ無意味な事を喋《しゃべ》舌って自慢顔で居るのは独り人間ばかりだ。朝の挨拶《あいさつ》に始まって睡眠中の寐言に至るまで、がやがやワーワー脈絡のない言辞を徒《いたずら》に舌に乗せては恐れ入ったり悲しんだりしている様子はいっそ哀れである。果ては一切合切理不尽なりと、虚無主義を叫ぶ輩《やから》に至っては滑稽《こっけい》としか云いようがない。勝手に世界を思い描いて置きながら、その世界に根拠が無いと嘆いているのだから馬鹿々々しい。餅《もち》を絵に描いてその餅が喰えぬと泣く子供見た様なものだ。人生不可解と松の木に記して華厳《けごん》の滝壺《たきつぼ》へ落ちた生徒が旧主人の教え子にあったそうだが、彼なども言葉を濫費《らんぴ》せる人間文明の可哀相《かわいそう》な犠牲者の一人に違いない。とは云え文学を嚆矢《こうし》に言語を不必要に弄《ろう》するのが人間の娯楽の一つではあろうから、特に吾輩が文句を云う筋合いはない。けれども猫の鳴き声に深甚《しんじん》なる意趣が込められている事くらいは知っておいてよかろう。殊に吾輩は政治を心得た老練の猫であるから、人間心理の力学を精密に計測した上で必ず鳴く。実際鼠を捕らぬ猫が餌《えさ》を頂戴《ちょうだい》するにはこの芸を以てする他ないのであって、生活の必要上技巧を磨きに磨き抜いた吾輩の妙音は、ときとして実用政治の領野を遥《はる》か高処《たかみ》に超出して、ベートーベンのシンフォニーにも比すべき芸術の霊域にまで達した事さえある。少なくも吾輩に較ぶるなら寒月君のヴァイオリンなどは製材所の騒音と選ぶ所はない。

しかるにこの時に限っては、吾輩が漏らしたニャーは政治にも芸術にも絶対無縁のニャーであった。見栄《みえ》も体裁も何も彼《か》もが削《そ》ぎ落ちた裸体のニャーであった。こんな鳴き方をしたのは生まれて間もない頃を除けば一度もない。

始めて物心ついたとき、子猫の吾輩は薄暗いじめじめした所でニャーニャー泣いて居《お》った。すると誰とも知れぬ書生に捕えられ、烟草《たばこ》の烟《けむり》を吹きかけられた。この書生の掌《てのひら》の裏《うち》でしばらくはよい心持ちに坐って居ったが、暫くすると非常な速力で運転し始めた。書生が動くのか自分だけが動くのか分らないが無暗《むやみ》に眼が廻った。恐らくは吾輩の方向を狂わせる為《ため》に書生は腕をぐるぐる廻して抛り出したのであろう。どさりと音がすると同時に眼から火が出て、気付いて見れば吾輩は独りで笹原《ささはら》に居た。書生の姿もなければ母親も沢山いたはずの兄弟も見えない。笹原を這《は》い出した吾輩は池の辺に出て、為す術《すべ》なくニャーニャーと只《ただ》泣き続けた。その後程なく竹垣の破れ穴から顔色悪き胃弱の教師が宰領《さいりょう》する臥龍窟《がりょうくつ》に潜り込み、一樹の蔭《かげ》の縁あって飼い猫となる僥倖《ぎょうこう》を得たのではあるが、秋風渺茫《びょうぼう》たる池の面を独り眺めていた時の寂寥《せきりょう》感不安感は昨日の事の様にありありと覚えている。

　何故吾輩が斯様《かよう》な幼児期の記憶を脳裏に甦《よみがえ》らせたのかと云えば、つまりたったいま吾輩が暗中に漏らしたニャーと池辺のニャーが同じ性質を有していたからに他ならない。我知らず口から漏れた音声が過日の哀《かな》しき思い出に共鳴したのである。それらのニャーは倶《とも》に絶対的孤独のニャーであった。孤立無援の存在が覚えず発する響きであった。かつて主人は己の妻に向って、猫の泣き声は感投詞か副詞かなどと愚にも付かぬ設問を呈した事があるけれど、この際の吾輩のニャーは文法学言語学では到底分類不可能な、衣装を脱ぎ捨て剝《む》き出しとなった魂その物の発する血の叫びであった。身裏《みうち》に吹き荒《すさ》ぶ嵐《あらし》を嘆じたリヤよりも、宇宙もろとも己が身が砕けよと呪《のろ》ったマクベスよりも、我が呦々《ゆうゆう》たる音声は耳にする者の紅涙を絞らずには措《お》かぬ、絶望の端的な表現たり得ていたであろう。吾輩は泣いた。恥も外聞もなく子猫の様に泣いた。うるさく吠えたてる狗《いぬ》でもよい。天秤棒《てんびんぼう》を振り廻す魚屋でもよい。三味線屋でも地獄の幽鬼でもよい。何かに出てきて欲しい。生きて動き廻る者ならどれでもよかった。同じ奈落の空気を呼吸する存在に是非ともまみえたかった。何も無いならせめて灯りが見たい。吾輩は泣いた。孤独の絶望に泣いた。そうして小一時間ばかりも泣き続けたであろうか。やがて声は涸《か》れ、四肢《しし》は力を失って、だらしなく床に伸びた吾輩の意識は再び夜の大海に吞《の》まれた。

二度目に目覚めた時も状況は前と大して変りはなかった。瀝青《れきせい》を隙間《すきま》なく塗り込めたかの漆黒。只一つ違いがあった。匂《にお》いだ。肉か魚か飯汁か、いずれ食物の匂いに相違ない。そう知覚するより早く吾輩の体は胃袋を先頭にして匂いのする方角へ向って猛烈な速度で突進していた。それが一体何であるのか詮索《せんさく》する暇《いとま》もなく、無論玩味《がんみ》する余裕のあるはずもなく、歯の生えた胃袋が喉《のど》から飛び出したのではと疑われる程の勢いで以《もっ》て吾輩は餌に嚙《か》みつき、齧《かじ》っては吞み込み吞み込んでは又齧った。たとえ千里の原野を埋め尽くす鉄甲の大兵団と雖《いえど》もこの時の吾輩をしてよく止め得たとは思われぬ。最後に食事をしたのが何時《いつ》であったか思い出せぬくらい、凡《およ》そ喰い物という喰い物は我が胃袋に頓《とん》と無沙汰《ぶさた》であった。吾輩あるいは殆《ほとん》ど餓死寸前だったやも知れぬ。

餌は瀬戸物の皿に盛られていた。勿論《もちろん》吾輩舌を伝う感触で器の質を知った。汁の最後の一滴までを嘗《な》め尽くし、漸《よう》くにして空腹は幾分か癒《いや》された。ここに於て吾輩は勇気百倍とまでは参らぬものの若干の心の余裕を得た。少なくも地獄の鬼どもは当方の腹具合を心配してくれるくらいには親切であるらしい。どうせ親切にしてくれるなら次からはもう少し塩加減を工夫して欲しいなどと思いながら、吾輩は顔を洗って餌皿を離れた。

それから少し歩いてみようかと考えた。別にそのまま寐ていてもどこからも文句は来ないのではあるけれど、あるいは永住の地になるやも知れぬ場所につき若干の探検を試みる気になったのである。幸い揺れにも慣れたのか先刻程は胸も苦しくない。只探検と云っても眼が利《き》かぬのであるから、髯《ひげ》を頼りに闇雲に歩き回るばかりではあるけれど、狗棒と云うくらいだから猫だって何かにぶつからぬとも限らない。

その時、ふと吾輩は、真っ暗な部屋に犯罪人を抛り込んで深井戸に落つるを待つ残虐《ざんぎやく》なる刑罰の咄《はなし》がアラン、ポウの小説にあったのを思い出し、瞬時足を竦《すく》ませたが、そもそも自分は死んでいるのであったと即座に思い直して苦笑した。死んだ者が今更死を恐れるのも滑稽《こっけい》な話だ。水泳中の人間が雨に拷《う》たれるを嫌うようなものである。考えて見れば死人程強力な者は他に無い。大声と蛮勇以外どこといって取り柄《え》のない愚物でも、まなじりを決して死を賭《と》す勢いを示しただけで結構幅を利かせるくらいだから、最初から死んでいるとなればもう怖いもの無しである。当たるところ敵無し、水を踏むこと地の如しの心境に一躍なった吾輩は委細構わず前進した。

歩いて見れば存外広くない。いずれの向きも数歩で行き止まりになってしまう。苦沙《くしゃ》弥《み》先生宅の勝手より狭い。この先自分が生活すべき空間がこればかりでは不便極まりないとは思ったものの、一塵法界《いちじんほっかい》などと称して、蓮《はす》の葉を伝う露一つにも大宇宙の全《すべ》てが在ると観ずる向きもあるようだから、要は心の持ち様である。涯《はて》無き大宇宙に比するなら上野の山も猫の額も広さに大した違いはあるまい。何度かぐるぐるを繰り返した頃には芽吹きかけた好奇心はすっかり萎《しぼ》んで了《しま》った。なにしろ好奇心を持つにはいかにも狭すぎる。まあいいだろう。もう面倒臭い。ここで生きていけ、否《いな》、死んでいけと云うなら大人しくそうしよう。吾輩は眠くなった。

次に目覚めた時には明りがあった。見れば天井の一劃《いっかく》から陽の光が一条《ひとすじ》差し込んで薄闇を貫いている。視覚の有り難味を知る為に一度盲目と成って見る事を薦《すす》める英吉利《イギリス》人があったが、たしかに無明の暗中に永らく在った吾輩には、その光線は神々の坐《いま》す天上のパンテオンより因《よ》って来たると思うばかりの、清澄《せいちょう》透明なる輝きを帯びて眼に映じた。光にも匂いのある事を吾輩は生まれて始めて知った。ひなたで永く寐ていると毛衣《けごろも》が火《ほ》照《て》る所から光に熱のあるのは知って居ったが、匂いがあるとはついぞ気が付かなんだ。芳醇《ほうじゅん》にして馥郁《ふくいく》たる香気がその光には孕《はら》まれてあった。円く艶《つや》めいた光の粒が鼻孔をくすぐるかのようであった。すっかり嬉《うれ》しくなった吾輩は光の出所へ向って走った。巧《うま》い具合に辺りには荒縄で括《くく》られた木箱が山積みになって、そう思ってあらためて今まで居た場所を眺めれば、十畳間程の殺風景な部屋は倉庫に似ている。足場を選べば天井まで攀《よ》じるのはいとも簡単だった。いつの間にか例のがたがたゆらゆらも収まって吾輩の行動を猶更《なおさら》容易ならしめた。木箱の山に登って見ると天井近くの羽目板に破れ穴がある。鼠《ねずみ》の仕業らしい。そこより光は差している。ひやりとした空気を髯に感じながら吾輩は外を覗《のぞ》いた。

見えたものは水である。漫々茫々《ぼうぼう》たる水また水。実はこの時既に船は港へ着いていたのであるが、そうとは知らぬ吾輩の視野には陸地も桟橋も未《いま》だ届かず、吾輩只茫然として碧色《へきしょく》の水面に成っては消える波紋の繰り返しを眺めて居った。吾輩の双の眼《まなこ》をその時傍《はた》より覗き込んだなら、漣《さざなみ》に合わせて眸《ひとみ》が細かに揺動する様がきっと看《み》て取れたであろう。永きに亘《わた》る幽閉に疲労困憊《こんぱい》していた所為《せい》もあったのか、突如頭の中身が蒸発してしまった具合に心が虚《うつ》ろになって、網膜に映ずる絵模様に誘われるまま、吾輩暫《しばら》くは陶酔の夢幻境に遊んだ。この状態がいま少し永く続いていたなら、吾輩ついに生死海裏《しょうじかいり》を脱し去り、絶點澄清《ぜってんちょうせい》なる悟達の霊境へと至っていたやも知れぬ。猫中の大見識人と成りおおせていまだ句裏縛殺《くりばくさつ》せらるる後生に痛棒を食らわせていたやも知れぬ。だがその時である。水とは又別の物体が眼に入ってきた。舟だ。襤褸《ぼろ》と変らぬ帆を張った小舟が一艘《そう》、霧を割って静かに現れ出たと思うや我が眼前を音も無く通過して往く。この情景は迷亭君ならずとも美学的の見地よりして甚《はなは》だ雅《みやび》であると観ぜられた。寥々《りょうりょう》たる白霧に浮かべる孤舟は一幅の水墨画さながら、幽玄の興趣俄《にわか》に立ち籠《こ》め、機を逃さぬ芸術魂が腹中に蠢動《しゅんどう》せるを覚えたけれど、途端に下の方で騒音が起って忽《たちま》ち吾輩の意識は俗界へ引き戻された。物音は複数の足音であった。床を踏み叩《たた》く靴音が近付いてきたかと思うや錠を解くらしいがちゃがちゃした金気《かなけ》の音がして、まもなく戸が乱暴に引き開けられる。

この時の吾輩の心理は我ながら不可解であった。既に吾輩はここが地獄ではなく船倉であるらしいと察していた。従って入来の者どもは鬼でも魔物でもなく只の船乗りでなければならない。しかも彼等は昨夜吾輩が室《へや》に在るを知ってわざわざ餌まで用意してくれた。つまり害意を想定する理由はどこにも無いはずである。にも拘《かかわら》ず立て付けの悪い戸ががたぴしと鳴った途端、吾輩は生涯味わった事のない恐怖感に襲われたのである。そうして更に次の刹那《せつな》には、吾輩は己の恐怖の原因を知るに至った。即《すなわ》ち狗《いぬ》の低く唸《うな》る声である。気付いて見れば首輪から伸びた鎖の鳴る音と、器用な猫と違って爪《つめ》を引っ込める事の出来ぬ狗の趾《あし》が床を撃つ、ひたひたと云う音も響いて来る。不意に出現した人間は狗を連れている。そう知った吾輩は文字通り寒毛卓竪《かんもうたくじゅ》、災害の予感に総毛は天に向って炎の如《ごと》くに逆立ち、逃げよ、逃げよと呼ばわる胴間声が火の見の半鐘さながら頭蓋《ずがい》に響き渡った。

目の前の穴は猫一匹が通り抜けるに足る大きさがあった。見れば遊来の小舟はいましも擦れ違わんとして舟腹をこちらに晒《さら》している。舟縁《ふなべり》までの距離はおよそ二間《けん》。だが手前には底の知れぬ水が獰猛《どうもう》な口をくわっと開けて横たわっている。うっかり落ちれば猫一匹などは忽《たちま》ち呑み込んで魚の餌に供するであろう。家の軒から軒であれば二間の幅など眠っていても平気であるが、失敗が許されぬとなれば足は竦んでしまう。その昔宮本武蔵は剣の極意を尋《たずね》られて敷居を歩いてみよと応《こた》えた。何の戯《たわむ》れをと思い弟子が笑いながら渡って見せると、武蔵は気難しい顔でこの敷居が千丈の高さにあるなら貴殿は首尾よく渡り得るであろうかと問うたと云うが、武蔵の言の真理を吾輩は得心した。だがそんな風に愚図々々迷っている裡《うち》にも小舟は益々《ますます》遠ざかってしまう。

思えばここが我が運命の大分岐点であった。人生ならぬ猫生《びょうせい》の曲がり角であった。田《でん》楽狭間《がくはざま》急襲の信長の決意や斯《か》くあらん。英雄ならざる凡猫とてどこかで蛮勇を振るわねばならん時がある。迷悟を一刀の下に破断し、吉凶いずれ分たぬ暗黒の未来へ向って己を投託せねばならぬ瞬間がある。それがいまである。画然《かくぜん》として吾輩はそう悟った。赫《かく》奕《やく》たる確信が天啓の大隕石《だいいんせき》となって頭上へ降り落ちるのを感じた。この機を逃せば百年の悔恨を残すに違いない。吾輩は羽目板の穴へ前肢《まえあし》を掛け、更に後肢で板縁を踏んで、未練なく虚空《こくう》へ跳んだ。

　勿論戸の開く音を聞いてからここまでは数瞬の出来事であった。宙を飛行していたのもほんの僅《わず》かの時間であったろうが、吾輩にはそれが永劫《えいごう》の時の様に感ぜられた。ゼームスに拠《よ》れば人は死ぬるに際して己が全生涯を俯瞰《ふかん》すると云う。吾輩もまたこの時、生まれてまもなく書生の掌《てのひら》に載せられてから池辺の笹原の心細い彷徨《ほうこう》を経て、屋根にぺんぺん草の生い繁《しげ》る陋屋《ろうおく》の食客となって暮らした一年余の出来事を刹那《せつな》裡に幻視した。車屋の黒くんや二絃琴《にげんきん》の師匠の家の三毛子《みけこ》さん等、同族の姿は云うに及ばず、苦沙弥迷亭寒月をはじめとする人間界の知友の顔が次々と眼裏に明滅した。

　それでどうなったのか。いまこうして元気で喋舌《しゃべ》っている以上死んだはずはない。吾輩一世一代の大飛躍の落ちた先は水ではなくて舟の底板であった。足が着いた途端猛烈な悪臭が鼻を襲ってくさめが二つ出た。舟は汚穢《おわい》舟であった。この点について吾輩は贅《ぜい》沢《たく》を云うつもりは毛頭ない。糞尿《ふんにょう》のたっぷり溜《た》まった桶《おけ》へ落ちずに済んだ幸運を天に感謝するばかりだ。

舵《かじ》を操る爺は耳が遠いのか吾輩の飛来には気付かなかった模様である。偶々《たまたま》通りかかった人間が一町先に落ちた針の音さえ聞き分ける聴力の持ち主でなく、猫を嫌う事親の仇《かたき》以上でなかった点もまた我が身にとっては幸いであったと云える。舟は何事も無かったかのように霧の中を進んで往《い》く。桶の蔭にうずくまって息を潜めた吾輩は、先刻まで自分が乗っていた船を見送った。「虞美人丸《ぐびじんまる》」の文字が船腹に描かれた木造の蒸気船である。既に投錨《とうびょう》しているようだが、長旅の名残の薄烟《うすけむり》を黒い烟突《えんとつ》が吐き続けて、鷗《かもめ》が数羽煤《すす》を避けるように上空を舞っている。程なく船影は鷗の呼び交《か》わす声を残して霧の幕の向こうへ隠れた。

舟の老翁《ろうおう》は帆を畳むと、つと立ち上って櫓《ろ》を操り始めた。暫くは木のへらが水を掻《か》き廻す単調な響きが続いた。周囲の世界は幾重にもなる霧の幕に覆《おお》われ、水天別無き灰白の幽暗に閉ざされる。数寸先の櫓を摑《つか》んだ老人の背中さえ模糊《もこ》として輪郭の不明瞭《ふめいりょう》な影に変る。聞こゆるものは水音と彼方《かなた》で相呼ぶ鷗の声ばかり。とその時である。吾輩は見た。蜃気楼《しんきろう》の如く宙に浮かんだ白亜の大建築群を。霧の奥に忽然《こつぜん》として現れ出《い》でたる巨大都市の幻影を――。空《うつ》ろに瞠《みひら》かれた吾輩の鳶色《とびいろ》の眸に映じたこの都邑《とゆう》こそ、東亜の大海洋都市、上海《シャンハイ》の威容であった。

舟は櫓捌《さば》き巧みな老水夫に導かれ音もなく桟橋に着岸する。同時にそれまで暗夜に霜を聴くかの如き静謐《せいひつ》に沈んでいた霧の緞帳《どんちょう》を破って、ワーンと鳴って大気を震わす街の喧騒《けんそう》が耳に届いて来た。一箇の巨大な生き物の如く、大都会が昼夜の別なく放つ呻《うめ》きを吾輩が聴いたこれが最初である。吾輩は警戒の耳を立て、それからぴくりと一つ尾を震わせると、舟底からのそのそ這《は》い出て桟橋へ上った。

こうして故郷を離れること遥《はる》かに遠く、鵬猶《ほうなお》飛渡能《あた》わざる大海を隔てた異国の地に、吾輩は最初の第一歩を記したのである。

二

後になって知った所では、上海は所謂《いわゆる》河川港であって、船舶は海から黄浦江《こうほこう》と云う名の幅の宏《ひろ》い河を遡《さかのぼ》って埠頭《ふとう》に着く。吾輩《わがはい》を日本から乗せてきた船が停泊していたのも実は海ではなくこの河であった。河に沿って銀行やら商館やらの巨《おお》きな建築物が行儀よく一列に並んで居るのが共同租界の上海外灘《バンド》である。吾輩の上陸地点は外灘の外れの辺りだったらしい。無論いまや吾輩は純然たる野良《のら》であるから、その日の裡《うち》から自力で餌を探さねばならん。ではどこへ行けば餌にありつけるかと云って、案内人がある訳でもなし、猫の身では道行く人にもしもしと無闇《むやみ》に聞く事も出来ない。仕方がないから勘を頼りにあてずっぽに歩き出した。

歩き回る裡にやがて賑《にぎ》やかな大通りに出た。これがつまり外灘を貫く目抜きで、洒落《しゃれ》た瓦斯《ガス》灯とプラタナスの植木が順序よく道端に置かれ、路《みち》に沿って見た事もない巨大な洋館がどこまでも続いている。同じ洋館でも向こう横町の金田邸などとはまるで規模が違う。雲をつくばかりの大屋根に旗が翩翻《へんぽん》とひるがえる大理石の建物は、縦横幅とも矢鱈《やたら》にあって威圧的である。ちょっとした山くらいはある。外壁の彫り物も凝りに凝っている。始めて西洋の街に立った日本人は大概気後れを感じるそうだが、正直に告白すれば吾輩もまた少々圧迫感を覚えた事実を否定できん。倫敦《ロンドン》に留学したはよいが街が怖くて下宿から一歩も出られなかった可哀相《かわいそう》な男があったと聴いた事があるが、吾輩もこの男を嗤《わら》う事は出来ん。普段なら敢《あ》えて咎《とが》められぬ限りどこでも図々《ずうずう》しく入っていくのを当然と心得ている吾輩も、傲然《ごうぜん》としてあたりを睥睨《へいげい》する洋館の扉をごめん下さいと云って叩く勇気はさすがに無かった。

猫が落ちつける場所と云えばやはり裏路地である。狭い方細い方を選んで歩いては見たものの、そこは馴《な》れぬ異郷の悲しさ、空《す》き腹《ばら》抱えてうろつく裡に、吾輩は復《ま》た出たくもない繁華な路に出てしまい、と、今度は向こうから何台もの人力車が突進して来るではないか。車を牽《ひ》いた車夫は獰猛《どうもう》な面相を秋空に晒《さら》して、奇怪な叫びを挙げながら一斉《いっせい》に吾輩へ襲いかかると見える。ここはひょっとして猫喰い人種の国か知らんと、吾輩は空恐ろしくなり、一目散に駆け出せば、車は猶一層速度を増して追って来る。一町余りも必死の覚悟で逃げ、漸《ようや》く振り切って辺りを見回せば、人の洪水である。これ以上派手にするのは無理だと云うくらいに看板やら錦旗《きんき》やら幟《のぼり》やらで飾りたてた店舗が軒を連ねる道路を、どこから湧《わ》いて出たものか無数の人間がびっしり埋め尽くしている。しかも人は只《ただ》黙って立っているのではない。各自思い思いの方向へ忙しく移動しているのだから凄《すさ》まじい。吾輩生まれてこの方、これ程の数の人間が一所に集合した場面を見た事がない。以前に横町の銭湯を覗いた時にも随分と吃驚《びっくり》したが到底比ではない。加えて錐《きり》を立てる余地もない地面に、馬車は通るわ人力車は来るわで、よく怪我《けが》人が出ないものだと感心する程の混雑ぶりである。呆《ぼう》と眺めていると、赤やら黄やら緑やら、満艦飾の色彩がぎゅうと一時に眼の中に押し込まれて、しかし猶入り切れずに溢《あふ》れ返って、もう眼が廻って仕方がない。人の足に潰《つぶ》されないようにするだけでも大仕事である。耳の中はとうに釣鐘さながらワーンと鳴って頭蓋を小刻みに震わせている。

これも後で知ったのであるが、ここは南京《ナンキン》路と云って、上海でも一番賑やかな通りであったらしい。つまり吾輩は上海上陸早々、大都会の混雑喧騒の洗礼を受けたわけである。なにしろ西も東も分らぬ異郷の都会の事だ。銀座の真ん中に抛《ほう》り出された御殿場《ごてんば》の兎《うさぎ》見た様な――とはどこで聴いた譬《たと》えであったか。まあどうでも宜《よろ》しい。いずれにせよ吾輩は、陽が高く昇り切った頃にはすっかり人疲れがして精も根も尽き果てる具合になって居った。何より困ったのは言葉が分らん事である。吾輩は支那語を解さんから、行き交う人々の口から漏れ出る音声は、ミャーミャーと鳴くが如く、どことなく猫の声に似ていない事もないと思うばかりで、まるで意味をなさない。誰も彼もが喧嘩《けんか》腰でものを云っているように聞こえて、人声が起る度に吾輩の繊細可憐《かれん》なる神経は過敏な反応を引き起し、街全体に漂う甘いような塩辛いような匂《にお》いに馴れぬ所為《せい》もあって、吾輩は意識朦朧《もうろう》の裡に路から路へと彷徨《さまよ》った。

どこをどう歩いたものか、気付いて見れば比較的閑静な一劃《いっかく》に吾輩は立って居った。ここならば人に踏まれる虞《おそ》れも車に轢《ひ》かれる心配もないと思った途端、腹の虫がグーと鳴る。吾輩は見当をつけてニャーニャーやって見た。餌《えさ》を貰《もら》おうと考えたのである。あわよくば何処《どこ》かの家の食客として遇されはしまいかと淡い期待のあった事実を吾輩は否定しない。所が暫《しば》くあちこちでそうして見たが誰も顧《かえりみ》る者がない。吾輩の芸術は上海の人士には高踏的に過ぎたらしい。そこで吾輩は芸術はこの際思い切って捨てて、今度は通俗なあたりで一つ気をひいて見た。それでもやはり聴衆の反応は芳《かんば》しくない。芸術家に世間の風は冷たい。無視されるだけならまだしも、そのうちに水は掛けられるわ箒《ほうき》の柄《え》で打たれそうになるわで散々な目に遇《あ》った。結局肢《あし》が棒になるまで歩き廻って、真紅の夕日が町並みに没する頃になって、中華飯店裏手の薄暗がりに塵芥《ごみ》捨て場を見付けた。

それから暫くは野良猫らしく塵芥を漁《あさ》って糊口《ここう》を凌《しの》ぐ日々が続いた。こそこそ人目を盗んで半分腐った鯵《あじ》の頭を齧《かじ》る姿は落魄《らくはく》もここに極まれりと云った図ではあるが、斯《か》ような感慨を抱く暇すら当初の吾輩には無かった。堕《お》ちる所まで堕ちてしまえば却《かえ》って気楽かと云えばそうでもなくて、最下層の世界にもやはり競争はある。弱肉強食の原理はいまや列強の国際関係から猫の世界までをも等しく律している。縄張り意識に凝り固まった同類との交渉に吾輩は忙殺された。

以前車屋の黒にも指摘された覚えがあるが、教師の家に飼われていた所為か吾輩はどうもお高くとまっていると見られる傾向があるようだ。当地でも吾輩は生意気だと云って随分と苛《いじ》められた。それでも言葉の通じる猫はまだよい。実際手を焼かされるのは狗《いぬ》だ。

狗が猫を嫌う理由を吾輩は知らん。機会があれば一度聞いて見るつもりだが、あれだけ吠《ほ》えるからには已《や》むに已まれぬ深い事情があるに違いない。身に覚えの無い猫にしてみれば迷惑千万な話だとは云え、とにかく狗は猫を見れば吠えるものと相場が決っているのだから仕方がない。猫側が話し合いで何とかならぬかと誘っても敵は武断主義一辺倒なのだから手が付けられない。妥協が見込み薄となれば後は戦争だが、勝ち目のない戦を挑むほど猫は政治に迂愚《うぐ》ではない。いずれ印度《インド》あたりから虎《とら》の一箇大隊に応援に来て貰うまでは大人しくしているのが得策と云うものである。

日本に居た時分にも、御《お》さんの無情の仕打ちから家を締め出された挙句、狗に吠えられ一晩中屋根で震えた事もあった。けれども日本の狗などは当地の同族に較《くら》べれば随分と可愛《かわい》気《げ》がある。寒空の一夜など寧《むし》ろ風流であったとさえ思える程だ。何しろこちらの狗は性獰悪《どうあく》である。著しく兇暴《きょうぼう》である。しかもその凶悪な輩《やから》が徒党を組んで居るのだから猶更始末が悪い。昼間はどこに隠れているものか、暮れかかる時分にぞろぞろ出てきては一聯隊《れんたい》をなして通りを徘徊《はいかい》する。肩で風切る様子はまるで破落戸《ごろつき》である。こんなのにうっかり遇った日には助からない。因縁を付ける仁義さえなく、いきなり吠えたてられ一晩中追いかけ廻される破目になる。

思えば当地に来てより三月《みつき》と云うものはまさに地獄であった。絶えず空き腹を抱えた吾輩は生存競争の修羅《しゅら》を徘徊して居った。世間の荒波に揉《も》まれに揉まれ、海中の若布《わかめ》さながら波にでんぐり返った。塵芥箱だけでは営養が足らぬから必然店先の魚を狙《ねら》う事になる。魚ばかりでなく肉でも小鳥でも口に入りそうな物は何でも見つけ次第拐《さら》う算段をする。勿論《もちろん》人間側も徒《いたずら》に座して猫の縦《ほしいまま》な振る舞いを許すはずもなく、鶴翼魚鱗《かくよくぎょりん》の鉄壁の布陣を敷いて待ち構えている。そこを襲う訳であるから吾輩の策戦は二〇三高地を奪う乃木《のぎ》軍よりいっそうの困難を極める。危うい場面も多々あった。凄まじい勢いで振るわれた棍棒《こんぼう》が鼻先を掠《かす》めた事もあったし、肉屋の店先では牛刀で首を刎《は》ねられそうになった。捕《つかま》って籠《かご》に入れられどぶに沈められかけもしたし、大人の拳《こぶし》程もある飛礫《つぶて》に腹を撃たれ丸二日呻《うめ》き続けた事もあった。間一髪の場面を思い出すといまでも背筋が寒くなって尻尾《しっぽ》が震える。五体満足でいられたのは運が良かったと云う以外に言葉が見付からん。寧ろ吾輩は随分と逞《たくま》しくなったと思う。脂肪が落ちて痩《や》せはしたものの、肢や肩には思いがけなく肉が付いた。骨も一回り太くなった。貌《かお》付きも変ったに違いない。旧主人宅の風呂場《ふろば》にあった鏡を子供に突き付けられて以来、己が姿を映して眺める機会に吾輩はその後恵まれぬが、幼な顔がすっかり抜けて凛《りん》とした大人の風貌《ふうぼう》になったと想像する。悪相になったと云われるかも知れんがそうは考えたくない。世間知らずの若造が辛酸を舐《な》め、一皮剝《む》けてこなれた貌になったと、人には云われぬが自分では思う事に決めている。

悪夢の様な惨憺《さんたん》たる生活地獄の淵《ふち》から僅かに浮かび上って、吾輩がほっと一息ついたのは、冬の厳しさが漸《ようや》く去って寒梅の蕾《つぼみ》が綻《ほころ》びかけた時分であった。その日もまた飽きもせず一晩中狗と追い駆けっこをして、やがて朝になって見れば吾輩は黄浦江に面した木立と芝生の庭園に居た。いましも若い太陽が東の空に低く昇って、黒い船影の遊弋《ゆうよく》する河面《かわも》は光を貯《た》めた天然の鏡に変り、香露を集めたかの如くに燦《きらめ》いている。芝も樹《き》も未《いま》だ冬枯れているが、葉を落とさぬ低木が黒く密生する辺りには草木萌動《そうもくほうどう》の気が凝って、振り向けば陽を浴びた外灘のビルディングが赭《あか》く燃えて淡い水色の空に映えている。潮を孕《はら》んで海から吹き寄せる冷風が芳しい。

上海上陸以来はじめて吾輩はこの街を美しいと思った。暗澹《あんたん》の巷《ちまた》にあって美を観ずる心が未だ失われずに居たのを吾輩は嬉《うれ》しく感じた。凡《およ》そ自然には憂鬱《ゆううつ》なるものはない。コルリッジの言葉を想《おも》いながら、予期せぬ感動を与えてくれた自然の計らいに感謝した。しかしまもなく吾輩は更に大きな感謝の念を抱くに至った。と云うのも向こうの林から一人の西洋婦人が現れて、腕に抱えた大鍋《おおなべ》から残飯を抛《ほう》り始めたからである。吾輩は即座に自然への感謝はやめにして、残飯方面一辺倒に感謝を集注した。あとで他の猫から聞いた所では、木立と芝生のこの庭はパブリック、ガーデンと云う共同租界の公園だそうで、英吉利《イギリス》人の婦人が毎朝欠かさず餌を撒《ま》いてくれるとの話であった。となれば当然沢山の猫が集う事になる。実際この時も何処《どこ》からか同類が大挙現れ餌の周りに群がった。当然予想される見苦しい争いも全然無い訳では無かったけれど、平等主義を奉じるらしい婦人がどの猫にも満遍なく餌が行き渡るよう配慮した御蔭《おかげ》もあって、比較的平和裏に分配は進行するようであった。実際新参の吾輩でも仲間外れの憂き目に遭わず十分満腹するまで喰う事が出来たのである。その日から吾輩がパブリック・ガーデンに居を定めたのは云うまでも無い。とにかく一日一食は確保された訳である。

何より有り難いのはここに集う猫達がどれも温良な事である。これはつまり単純に餌が潤沢な為《ため》で、衣食足りてと云うが、この格言はそのまま猫にも当てはまる。生まれ育った文化の背景が異なるから、最初は外国猫と付き合うには骨が折れもしたけれど、人間と違って神に内緒で塔を建てたりしない猫は言語が万国共通であるから、まもなく吾輩も当地の社交界の一劃《いっかく》に左程目立たぬ場所を占める事に成功した。

所で餌をくれる奇特な婦人は英国領事館員の細君だそうで、英国人は頗《すこぶ》る動物を愛する国民だと耳にしてはいたが、ここまで親切だとは吾輩も知らなかった。開国以来日本は欧化を推進するにあたって色々と英国人の真似《まね》をしたようだが、是非とも彼等の動物愛護の精神を見倣《みなら》って欲しいものだ。更に注文を付けるならとりわけ猫愛護の心を学んで欲しい。まず何より書生が猫を煮て喰うなどの蛮風は一掃して貰いたい。左様な感想を吾輩が漏らしていると、虎《とら》君が横から皮肉に嗤《わら》った。虎君は吾輩が当地で知り合った上海生まれの猫である。何故《なぜ》嗤うのかと吾輩が詰問《きつもん》すると虎君は次の如《ごと》く語った。

たしかに英国人は動物を可愛がるについては諸国人種のなかで傑出しているかも知らん。しかし果して同類である人に対してはどうであろうか。支那人に対する彼らの振る舞いを見るにつけ、英国人ほど悪い者は他に無いと思えてくる。支那から茶葉を買うのに銀を惜しんで、代りに阿片《アヘン》を押しつけ、嫌だと云えば忽《たちま》ち武力で脅迫するなどは野盗同然の仕業ではあるまいか。「英国人が動物を愛玩《あいがん》するのは結構だが、もうちっと支那人や印度人の事を考えてもいいんじゃないかと僕は思う」

義憤の髯《ひげ》を震わせる虎君は憂国の猫である。なんでも以前は損吻《そんぷん》とか云う革命家の家に飼われていたそうだが、損吻氏が蜂起《ほうき》に失敗して亡命を余儀なくされた結果、虎君もまた野良になったらしい。民族民権民生の所謂《いわゆる》三民主義を奉ずる虎君に拠《よ》れば、かつて世界史上に並び無き栄華隆盛を誇った支那帝国は、腐敗せる清朝《しんちょう》支配下にあっていまや弱肉を世界にさらけ出し、ハイエナの如き列強に喰い荒らされるままになっている。英国はそれ等ハイエナの中でも最も獰猛かつ質《たち》の悪い一匹に他ならない。「だから餌をくれるからと云って有り難がる必要は全然ない。英国人は別に自分の懐が痛んでいる訳じゃないんだからね。云うならば盗んだ金で施しをしているようなものだ」と虎君は息巻く。なるほど理屈だと吾輩思いはしたものの、しかし盗人の施しだろうと何だろうと、胃袋にとっては毎日定時の食餌《しょくじ》配給の価値がいささかも減じる訳では無い。かの英国婦人が狗《いぬ》好きでも象好きでも牛好きでもなく、別して猫を愛好する性質をその肥満せる体《たい》軀《く》に蔵《ぞう》してくれていたのは、公園に集う我々猫族にとっては望外の幸運であった。英吉利人を非難攻撃する言語に窮した例《ため》しはかつて一度も無いと豪語する虎君にした所で、朝、鍋を抱えた婦人が現るれば、真先に出迎えてごろごろと喉《のど》を鳴らしながら毛衣《けごろも》を脚に擦り付けて甘えている。ときには喉の毛を指で撫《な》でて貰って嬉々《きき》としている。勿論この一事を以《もっ》て虎君を軽薄漢と評するのは公平を欠く。虎君は志操堅固なる立派な猫児《びょうじ》である。これは吾輩が保証する。人間から餌を貰うのは猫の仕事なのであって、つまりは労働であるからして、勤勉で労働意識の高い猫ほど人に媚《こび》を売る術に長《た》けている。間違ってもこの猫の技能をして狡《ずる》いだの見苦しいだのと軽蔑《けいべつ》してはならんのである。

吾輩は公園の中の沈丁花《じんちょうげ》が繁《しげ》った一劃に居を定めた。と云っても猫は別に何処でなければ眠られぬと云う訳ではないから、気が向けば茶店の軒下や洒落《しゃれ》た造りの四阿《あずまや》亭に寐《ね》る場合もある。何より有り難いのは狗が居ない事である。これがパブリック、ガーデンをして猫の楽園たらしめている第二の要因である。しかしどうして狗が居ないのだろうと疑問を呈した吾輩を、虎君はまた苦りきった顔付きで公園の入口へ案内した。何だろうと思いながら黙って随《つ》いて往《い》くと、虎君が自慢の長い尻尾《しっぽ》で入口脇《わき》の看板を指し示して見せた。

「狗與華人不准入内」

無論吾輩も漢字を用いる文化圏に育った猫であるからして、墨黒々と大書された文字はよく判読し得る。狗と華人は入るべからず——。虎君が繰り返し指摘する如く、帝国主義的拡張の野望に燃え、互いに覇《は》を争って角突き合わせる諸列強が呉越《ごえつ》同舟統治する、上海共同租界の一隅にたしかに吾輩はいま在るのであった。

勿論猫などは至極単純であって、諸列強が仲良くしようが殺し合おうが暮らし向きにさしたる変化はない。吾輩の上海生活も暫《しばら》くは平穏裏に過ぎ往《ゆ》き、素《もと》より樹下石上に宿るが猫の身上であるから、飢えさえしなければ野良の身を嘆く理由は無い。このまま無事太平に春秋を横目にうち眺め、やがて当地の黄色い土に還《かえ》る日を恬然《てんぜん》として迎える成り行きかに見えた。日本の無名の猫ここに眠ると、架空の墓碑に記される日まで、無事安穏として余生を愉《たの》しむかに思われた。だが運命の女神は極東の一猫児たる吾輩を抛っておく心積りはないようであった。

吾輩が事件に遭遇したのはパブリック、ガーデンに暮らし始めて五旬を経た四月の半ば、公園の小径《こみち》に植ったみずきの可憐《かれん》な花が霧雨に烟《けむ》る午後の事であった。事態をより正確に伝うるなら、前年の十一月に東京で発生した或《あ》る事件を吾輩は偶然に知ったのである。これに端を発して吾輩は思いもよらぬ謎《なぞ》の数々にまみえた挙句、再度運命の大転換を経験する事になる。だが、事件の細目を語る前に、まずは当地での吾輩の生活振りをいま少し詳しく紹介しておくのが読者の便宜の為にはよかろうと思う。

三

吾輩《わがはい》の棲《す》むパブリック、ガーデンは上海外灘《シャンハイバンド》の北の外れ、蘇州《そしゅう》河と黄浦江の合流点にあって、ジャンクと呼ぶ帆掛舟や艀舟《はしけ》が遊弋《ゆうよく》する河へ向って鼻面《はなづら》見た様に突き出している。公園から北へは蘇州河に架《かか》る橋を渡ってすぐ右手が露西亜《ロシア》総領事館、これを横目に睨《にら》んで進めば虹口《ホンキユウ》地区と云う日本人租界に至る。なんでも上海市に住む外国人は全部で一万二千人居るそうだが、その三分の一は日本人であるらしい。同じ亜細亜《アジア》とは云えよくこんなに来たものだ。聴いた所では、明《みん》の時代から倭寇《わこう》と称する日本の海賊がこの辺りを荒し回ったそうで、なかには残虐《ざんぎやく》非道の輩《やから》も随分あったらしい。米食の日本人は肉食の西洋人に較《くら》べて平和的な人種であるなどと乙《おつ》に澄ましている人士を時折見かけるが、そう云う理屈はここ上海に限っては通用しない。

我が馴染《なじ》みの日本人が居住する虹口は、白亜の洋館が居並ぶ外灘に較べれば、残念ながら大分見劣りがする。但《ただ》しこれは中心街だけを比較するからであって、裏通りに這入《はい》ってしまえば租界はどこもそう大した違いはない。概《おおむ》ね二階屋のアパートメントや商店がごちゃごちゃと立ち並んで居る。

旧主人の知り合いに外国船で洋行をした人があったが、その人の報告に拠れば、港を出た翌日にはもうバタの匂《にお》いが鼻に付き、脂《あぶら》が口腔《こうこう》にまとわり付いて厚い層をなし、三日もすればソップも肉皿も見るのさえ厭《いや》になるそうだ。反対に味噌汁《みそしる》や蕎麦《そば》が恋しくて堪《たま》らず、毎晩夢にうなされるようになって、挙句には醬油《しょうゆ》を猪口《ちょこ》に一杯飲ましてくれるなら全財産投げ出しても惜しくないと思うに至ると云う。吾輩は勿論そんな贅沢《ぜいたく》は云わない。出された物は何でも有り難く頂戴《ちょうだい》する。例えば当地での毎朝の食事は洋風であると云っても吾輩、事料理の知識に関する限り、西洋料理屋でトチメンボーを喰わされかけた越智《おち》東風君と択《えら》ぶ所がないから、何風と云われても実はよくは分らん。英吉利《イギリス》婦人が持参するからきっと洋風なのだろうと思うまでである。舌の肥えた仲間の猫に拠れば英吉利人程の味覚馬鹿はないそうだ。盆も正月もなく年中塩焼きの肉と茹でた馬鈴薯で通して平気で居るらしい。肉を喰うなら贅沢ではないかと吾輩思ったけれど、西洋では肉は鰯《いわし》見た様に安い物だと云う話だ。別に吝嗇《けち》と云う訳でもなく、只《ただ》塩味の肉を毎日献立に載せると云うから甚《はなは》だ恬淡としているらしい。七つの海を悉《ことごと》く制覇し今や世界に冠たる大英帝国と雖《いえど》も、味覚と云うこの一点に於《おい》てのみは仏蘭西伊太利《フランスイタリー》あたりの嘲笑《ちょうしょう》を買っていると云うから分らんものである。所で吾輩当地に来て始めてバタと云う物を食して見た。未知の味覚を試すについては苦い思い出がある。餅《もち》で懲《こ》りた経験がある。従って初物となると勢い慎重にならざるを得ない。バタが餅と同類の性悪でないと云う保証はどこにも無い。下手をすると今度は踊りを踊るくらいでは済まぬかも知れん。飯裏に砂有り、米裏に蟲《むし》有りと云うくらいだから気を付けるに越した事はない。暫くは迷って居《お》ったが、他の猫達が旨《うま》そうに食べているのを見て漸《よう》く決心した。パンの切れに付いた黄色いのを思い切って舐《な》めて見ると、これは存外に悪くない。こってりした風味は寧《むし》ろ好物の部類に属する。一生バタでも文句はない。洋食は吾輩の口に合うらしい。一方中華風はどうかと云えば、狗《いぬ》が居てめったには寄りつかないけれど、和平飯店から出る残飯も吾輩嫌いでない。殊《こと》に胡麻《ごま》の油で炒《いた》めた豚肉などは絶品と思える。元来猫は脂気が好みなのであって、夜毎行灯《よごとあんどん》の油を舐める豪の者もかつてはあったくらいだから、油分は猫の体質に頗《すこぶ》る合っているらしい。とは云うものの、こう連日脂濃い食事ばかりが続くと偶《たま》にはあっさり済ませたいと思うのは猫でも同じだ。そこで吾輩は虹口の日本人租界を訪《おと》なうのである。

虹口はさすが日本人が多いだけあって残飯一つにも和風の香りがある。街並みにもどこか故郷の面影がある様で好ましい。気分が大分落ちつく。吾輩はいまや和猫界随一の国際通を自ら以て任ずる者であるが、その吾輩にして文化の障壁はなかなか超えられぬものと見える。寧ろ外国に居ると事ある毎《ごと》に島国日本の猫である事実を鼻先に突き付けられる。かつて我が苦沙弥《くしゃみ》先生は大和魂なる一文をものして、迷亭をはじめ居並ぶ諸公を烟《けむ》に巻いた事があったけれど、海外へ一歩を踏み出して見ると、大和魂などと云う内容の判然《はっき》りしない物が俄《にわか》に光彩を帯びて感じられるようになるから妙だ。吾輩も上陸当初の一番苦しかった時分には、何糞《なにくそ》ここが大和魂の見せ所だと念じて頑張ったものだ。他国に来て己が愛国心の在り所に気付かされるのは恐らく普通一般の現象なのであろう。勿論愛国心を持つのは悪い事じゃない。但し愛国心も下手に高じると妙に依怙地《いこじ》になるから気を付けなければいかん。愛国心と島国根性を取り違えている輩が世間には多すぎる。

所で話は吾輩の日常であった。これこれが吾輩の日常でございと、畏《かしこま》って報告する程の内容は実は欠いているのであるが、無内容だから語ってはならぬと云う法は無い。どれほど没趣味であろうと、市井《しせい》人の平凡なる暮らしを有りのまま描くこそ文学の神髄なりと主張する一派もあるようだから、吾輩が遠慮をする理由はなかろう。

まずは順序に従って朝から話せば、日の出と倶《とも》に起きだした吾輩は、公園を軽く散歩して朝食前の一時を過す。かつて日本にある頃さんざんやった、松滑りや蟷螂《とうろう》狩り等の運動を試みて体調を整える事もある。そうして配膳人《はいぜんにん》の到着をひたすら待つ。只待つと云うのがつまり吾輩の一日の最初の労働である。ここで親切なる英吉利婦人をして配膳人とのみ呼ぶとは忘恩も甚だしいと謗《そし》られるかも知らんが、慣れとは恐ろしいもので、毎日の事となると餌《えさ》が運ばれるのが当たり前に感じられてくるから不思議だ。善意の施しを得ている事実が徐々に忘れられて、餌を貰《もら》うのが当然の権利のように感じられてくる。英国婦人が餌を運ぶのが生来の義務と見做《みな》されてくる。それと倶に感謝の念は次第に薄れて、少々来るのが遅かったり、餌が少なかったりすれば、不平非難の声を挙げて恥じぬのだから我ながら浅ましい限りである。とは云えこうした現象は人猫択ばずしばしば散見せられる所ではある。

朝の食事を済ませてしまえば後はあまりする事がない。ゆっくりと毛繕いをして、ひなたでごろごろして過ごす。朝寐《あさね》昼寐夕寐は餌を貰う事に次いで大切な猫の仕事である。怠けていると思って貰っては困る。あれは職業上の必要からそうしているのである。職業ならば一体何の役に立つのかと云われるかも知らんが、決して役に立たぬ英語を教える教師と云う職業が立派に成り立っている以上この批判は当たらない。この場を借りて一言注意申し上げておく。そうして午後になるとのそのそ起き出し、橋を渡って虹口地区を散歩するのが吾輩の欠かさぬ日課である。北四川路や海寧路は馬車や人力車の通行が喧《やかま》しく剣呑《けんのん》なので、裏道ばかりを選んで随所の塵芥《ごみ》捨て場を覗《のぞ》きながらぶらぶらする。

辻々《つじつじ》に素焼きの壺《つぼ》があるのは痰《たん》壺である。上海と云う所は湿潤温暖、四季分明、気候は日本に似て割に住み易《やす》いが、時には大陸から運ばれた砂混じりの烈風に見舞われる事がある。風が吹くと砂に喉《のど》をやられる。すると痰が出る。それで痰壺が置いてある。初めの頃は吾輩何だか分らなくて、喰い物はないかとよく覗き込んだものだ。

つきが無い時は何をやっても悪い方悪い方に目が出て巧《うま》く行かぬが、反対に運勢が一度好転を見せると黙っていても幸運が舞い込んでくるから不思議だ。陰陽《おんよう》五行の説をはじめ運気を論じるあらゆる学説は循環を以て論の中心に据えている。運気は幾何で云うところの正弦曲線を描いて好転し又悪化する。従ってたとえ今はどん底でもいずれ上昇の機運は巡ってくる理屈になって、出《い》ずる月を待つべし、散る花を追うこと勿《なか》れと云う処世訓となって実践上には結実する。要するに我慢が大切だと説く訳で、独仙君主張する所の消極主義などもこの仲間だろう。いずれにせよ上陸から三月にして吾輩の運気は急曲線を描いて上昇した。先《ま》ずは三角マーケットと呼ばれる市場である。これは虹口地区では一番大きな商店で、ここから出る塵芥に比較的新鮮で質のよい肉や魚の切れ端が混じっているのを吾輩は発見した。しかも猫と見れば仇敵《きゅうてき》の如《ごと》くに扱う魚屋が多い中にあって、市場の魚屋で働く小僧が猫に対して友好的な人種で、時折余り物の魚を抛《ほう》ってくれる。これが吾輩の運気興隆の第一の証拠である。第二の証拠は三角マーケットから更に北へ往《い》った虹口クリークと云う運河沿いにある薬局を営む家で、主人がまた大の猫好きであった。何匹もの猫を家内で飼っているばかりか、庭先に集ってくる野良猫にも満遍なく餌をくれる。吾輩その家で久しぶりに汁かけ飯に鰹節《かつぶし》の大好物を賞味する機会を得た。和風の惣菜《そうざい》に関して舌の鋭敏な吾輩は断言するが、鰹節はかなりの上等を使っている。米も質のよいのを選んで手際《てぎわ》よく炊《た》いている。御《お》さんの炊く飯は中に芯《しん》があったり妙にぐちゃぐちゃしていたりで閉口させられたものだが、この家の炊事人は相当に熟練の腕前に違いない。最初食べた時にはあまりの旨さに覚えず涙が出た程だ。それからは病み付きになって毎日通うようになり、往く度に期待を裏切られた例《ため》しがないのだから有り難さもここに極まれりと云っても過言ではあるまい。吾輩が運気の興隆を再三申し上げる所以《ゆえん》である。

こうして胃袋の満足と散策の解放感を十二分に味わってから、暮れる前にはパブリック、ガーデンの塒《ねぐら》へ向う。帰り着く頃には陽がビルディングの背後に落ちて、黒陰に沈んだ黄浦江に点々と船舶の灯が明滅し始める。天候の好い日には船灯に相呼応するかの如くに星が煌《きらめ》き、濃紫に染まった東の空に皎々《こうこう》と月が浮かぶ。吾輩は日頃酒を嗜《たしな》まぬが、気分だけは月下の独酌《どくしゃく》といった趣《おもむき》であろうか。

所で吾輩上海に来て始めて西洋人を見た。西洋人ばかりでなく、印度人やら越南《ベトナム》人やらありとあらゆる人種が当地には集合している。租界で見られる外国人の中では、黒い髯《ひげ》を顔中に生やし、頭にターバンとか云う赤や白の布を巻いた印度人も異彩を放つが、吾輩にとってはやはり紅毛碧眼《へきがん》の西洋人が珍しい。尤《もっと》も西洋人だからといって誰も彼も髪が金で眼が青と云う訳では無いようで、猫と同じで色々とあるらしい。中には日本人と変らぬ黒髪黒眼の者もある。吾輩が最初に西洋人を目撃したのは上海へ上陸してまもなく、外灘のメイン、ストリートを行進する騎馬隊であった。これは共同租界の治安護持の目的で各国談合の上組織された義勇巡査隊とか云う一種の軍隊だそうだが、威風堂々道路に現れた騎乗の人間を見た吾輩は傾湫倒嶽《けいしゅうとうがく》の思いに撃たれた。なにしろ巨《おお》きいのである。六尺を優に超える体軀《たいく》の人間が馬上の高処《たかみ》から街路を睥睨《へいげい》している。只でさえ背丈のある所にもってきて馬に乗っているのだから、その高さたるや塔を見上げるが如くである。ひょっとすると横町の銭湯の烟突《えんとつ》より高いのではあるまいか。ニーチェの云う超人に違いない。吾輩はそう観じた。これによく拮抗《きっこう》し得る日本人種があるとしたら弁慶くらいのものだろうが、しかしその超人がまた一人や二人では無いのだから弁慶一人が頑張った所でどうにもなるまい。先頭から尻尾《しっぽ》まで一町の長さで続いた騎馬隊の全部が超人なのである。超人がうじゃうじゃ居るのである。超人が集団をなしてがやがや群れているのである。奇観と云う他に言葉が見付からん。吾輩は茫然《ぼうぜん》自失となって角に消えて往く一隊を見送った。

かねてより吾輩は、我が旧主人を筆頭に日本人が西洋人に対して何故《なぜ》あれほどの劣等感を抱くのか、大いに不審に思って居ったのだが、自分の眼で西洋人の実物を見て、成程無理からぬと始めて納得した。いくら背丈があっても木偶《でく》の坊では仕方がなかろうと、悔し紛れに云ってはみても、あれだけ大きければ木偶だろうが智慧《ちえ》が滞ろうが何事かあらんと云うものである。只暫《しばら》く当地に暮らす裡《うち》には、西洋人にもそうは背丈の無い者があるのを知って少し安心した。パブリック、ガーデンにも毎日大勢の西洋人が入れ代り立ち代りやって来るが、子細に観察してみれば案外馬鹿な者もあるようだ。面白いのは芝で裸になって陽を浴びる西洋人の矢鱈《やたら》と多い事で、五月《さつき》晴れの昼間ならまだ分りもするが、薄曇りで少々肌寒く感じられるような日和《ひより》でも、黒眼鏡を掛けた裸の男が陸の鮪《まぐろ》見た様にごろごろしているのには呆《あき》れる。ひなたで寐そべるのを好む所は、西洋人とは甚《はなは》だ猫的な性質を有したものであるらしい。しかも只大人しく寐そべるだけでなく、その西洋人がまた色々と奇態を演じてくれるのだから観物《みもの》である。吾輩が一番驚いたのはフットボールとか称する球遊びで、これの一大特徴は蹴《け》るばかりで手を使わぬ点にある。地面の球を腰をかがめて拾うのが億劫《おっくう》なのは分るが、胸の高さに球が来ているのに何故か手を出さない。もう使ってもよい頃合いだと思っても頑固に使わない。見ている吾輩の方が苛々《いらいら》して来る。しかも猶《なお》恐るべきは宙を往く球に頭を思い切り打ちつけさえする。

幾ら頭の骨は固いからと云ってああ酷《ひど》くぶつかったのでは脳味噌が崩れてしまう。頑丈頑丈な鉄の箱にしまったとて乱暴に扱えば中の豆腐はぐずぐずになる道理だ。進んで智慧を捨て、好んで馬鹿になろうとしているとしか思えん。何でも彼《か》でも西洋人の真似《まね》をするのが近頃の日本人の方針のようだが、これだけは決して真似をせぬがよかろう。吾輩将来日本に帰る機会があるなら、フットボールばかりは青少年の発育に宜《よろ》しくない、断乎《だんこ》として禁止すべきであるとの旨《むね》文教界に説いて廻るつもりである。

　さて、ここで人間界から眼を転じて、吾輩が当地で得た同類の知友を少しく紹介しておこうか。虎《とら》君については既にその横顔を若干披露したが、他にもパブリック、ガーデンに集う猫には錚々《そうそう》たる面々が揃《そろ》っている。まず始めに吾輩が紹介の栄誉に浴するのは伯爵《はくしやく》先生である。伯爵とは無論通り名であるが、堂々たる体格のシャム猫である彼にはふさわしい名前である。伯爵は仏蘭西租界にある海運会社社長の家に住む歴《れっき》とした飼い猫であったのだが、生来自由を愛し冒険精神に富んだ伯爵は、窮屈な家猫暮らしに飽き足らず家を出た。それから船に乗って五つの大陸に悉《ことごと》く足跡を記したそうで、海賊との戦いやら猫喰い人種に捕われた時の冒険譚《ぼうけんたん》やらを語ってくれるが、上海の西隣は陸続きで紐育《ニューヨーク》だなどと云っている様子を見ると随分と怪しいものがある。横浜へも行った事があって芸者置屋《おきや》に暫く居たと云うが、いつ頃かと聞けば、なに、始皇帝の時代さなどと答える所を見ると、先生横浜が日本の街だとは知らんらしい。

「人間は二度生まれると、かのルソーも云っている。猫もまたしかり。私は家猫たる己を断乎否定し去った時に新たに生まれたのだね。野良《のら》となって精神の大いなる自由を得た。あの決断がなくば私は奴隷《どれい》同然の生をいまも送り続けていたのだろうね。そう考えるとぞっとする。脱皮せぬ蛇は死ぬ。まさにニーチェの云う通りだと思わざるを得ん。日本の名無し君、貴公もそうは思わんかね」

そう云いながら伯爵は時々こっそり仏蘭西租界の実家へ戻って餌を貰って来るらしい。毛衣《けごろも》もついでに洗われて、だから伯爵は野良とは思えぬ程に毛並みが美しい。勿論《もちろん》この獅子《しし》と見紛《みまが》うばかりの毛衣と翠《みどり》の眸《ひとみ》が伯爵の大の自慢であるのは云うまでも無い。シャム猫とは元来シャムの王宮で飼われていたものが英国に渡って改良された種類らしいが、伯爵に拠《よ》れば彼の祖先はクレオパトラの時代からずっとアレキサンドリアで、ナポレオンが埃及《エジプト》に遠征した折り、愛妃の為《ため》に土産に持ち帰ったのが伯爵の曾々祖父《ひいひいじい》さんの母親だったそうな。これも法螺《ほら》話臭いが別段害になる訳でもないから誰も深くは追及しない。少なくとも素性を尋《たず》ねられて、左甚五郎《ひだりじんごろう》と云う偉大な彫刻家のモデルが遠縁にあたるくらいの見栄《みえ》を張った吾輩としては文句は云えない。

さすが仏蘭西生まれだけあって政治術に長《た》けた伯爵は、パブリック、ガーデンの顔役である。一種の大統領である。伯爵の政治信条は自由主義であって、これはそもそも猫の本性に合致しているのだが、顔役になるような猫の中には稀《まれ》に専制を目指す者も無い訳ではないから、伯爵の存在は我々一般猫民に概して歓迎されている。何より偉いのは権威権力を手中に収めながら利益を壟断《ろうだん》する所が微塵《みじん》も無い点で、猫は生まれながらにして猫権を有するとは伯爵得意の主張である。互いに権利を冒《おか》す事なく、同じ猫同士領土に捉《とら》われず自由に交通すべきだ。伯爵の主張には吾輩も大賛成である。

「自由、平等、博愛。いいかね、諸君、この三つの理念が獲得されるまでにどれだけの犠牲が払われたか、諸君らは深く思いを致すべきである。いかに多くの血が大地を潤《うるお》したかを忘れてはいかん。これは人類の、そして猫類《びょうるい》の偉大な財産である。かりに今後仏蘭西と云う国が滅んだにせよ、この財産を世界にもたらした仏蘭西の栄光だけは消えまい。その名誉は永遠に歴史に輝き続ける事だろう」

啓蒙家《けいもうか》の伯爵はしばしば髯をぴんと震わせて演説する。確乎《かっこ》不抜の信念を披瀝《ひれき》する。すると決って傍《かたわ》らから皮肉に嗤《わら》うのが将軍である。将軍は頭から尻尾の先まで一切混じり気のない黒猫だ。闇夜《やみよ》の烏《からす》と云うが、夜会うと黄色い目玉だけがふわふわ遊行するように見える。まるで墨堤《ぼくてい》の蛍《ほたる》だ。将軍は独逸《ドイツ》の軍人の家に飼われていた猫だそうだが、野良になった経緯は不明である。本人も履歴を語りたがらない。将軍は隻眼《せきがん》である。片目が潰《つぶ》れている。それが容貌《ようぼう》に一種の凄味《すごみ》を与えると倶に彼の経歴を益々《ますます》謎《なぞ》めいたものにしている。若かりし頃はさぞや精悍《せいかん》かつ血気盛んな雄猫であったろうと想像されるが、年輪を重ねたいまは肉も毛衣もやや衰えて、その分表情にはどことない皮肉味が加っている。

「自由、平等、博愛。なるほど素晴らしい。だが儂《わし》から見れば、貴公の云う自由とは間《ま》男《おとこ》する自由、平等は婦人のベッドを分ち合う平等、博愛とは異性への博愛の事ではないのかね」

伯爵はたしかに大変な艶福家《えんぷくか》である。彼がわざわざパブリック、ガーデンまで遠征して来るのは、どうやら可愛《かわい》い雌猫が目当てであるらしい。少なくとも伯爵が自由以上に雌猫を愛しているのは間違いない。将軍の皮肉に勿論伯爵だって負けてはいない。

「これは黒猫将軍のお出ましとは、我が主催するサロンにとって望外の栄誉と申し上げるべきでしょうな。しかもさっそく談話に高尚《こうしょう》な塩味を加えられた。只《ただ》残念ながら塩がちときつ過ぎたようだ。戦場ならぬ塵芥《ごみ》捨て場を駆け回って汗を大量にかかれる貴方《あなた》にはちょうどよい塩加減ではありましょうが」

「塩など振っては居らんよ。儂は真理を有りのままに提出したにすぎん。それにだいたいサロンとは何かね」

「サロンを御存知ない。修道院の暗がりから解き放たれた知識の植物が花開いたのは貴族のサロンであったのは誰もが知る所ではありますまいか。知識ばかりではない。将軍が崇拝されるモーツァルトの音楽にしても、サロンにこそ最良の聴衆を持ち得たのです。私も思い出します。パリのランブイエ邸では夜毎《よごと》に芸術の美花が咲き乱れて居った。西欧の文化芸術を育てたのはサロンであったと申して過言ではない」

「それくらい知っているさ。しかし一体どこにサロンがあると云うのかね」

「眼の前に。私の赴《おもむ》く所、悉く談話のサロンとなるのです」

「ほほう、そうかね。儂はまたハーレムになるのかと思って居《お》ったよ」

伯爵と将軍は悉く対立する。一方が肯《うん》と頷《うなず》けば他方は否《いな》と首を振り、白と云えば黒と云う。神への信仰から果ては鱈《たら》は目玉と尻尾ではいずれが旨《うま》いかと云った生活上の問題に至るまで、あらゆる場面で華々しい論戦が展開される。

「だいたい貴公は自由を安売りし過ぎるようだ。規律に支えられぬ自由などは無秩序と変らん」

「同感ですな、将軍。無論自由は放埒《ほうらつ》ではあり得ない。問題は誰が規律を与えるかでしょう」

「しかし如何《いか》にして神の意思を知るのか」

「それは神だろう」

「神は与うべきを信仰ある者に与うる」

「神が与えるのは愛だけです。規律は飽くまで被造者の領域に属している。従ってむしろ重要なのは連帯である。連帯のない所に自由はあり得ない。逆に連帯のない所で規律は抑圧でしかない。将軍、貴方は規律を云う前にまず連帯を云うべきです」

「規律なき連帯は必ず専制に行き着く。貴公は歴史に学んで居らんのかね。自由の名の下にどれ程の罪がなされたのか。断頭台の露と消えたロラン夫人の嘆きを貴公は忘れたのではあるまいね」

「連帯なき規律は魂の自由の圧殺です。孤独な専制君主はこの世で最も不自由な者の一人だ」

「連帯する奴隷《どれい》は自由だと云うのかね」

「形容矛盾ですな。連帯した奴隷はもはや奴隷ではない」

「なるほど、それで彼等はかりそめの自由を手にするかも知らん。だが彼等は遠からず殺し合う事になるだろう。そもそも貴公は自由の意味を取り違えている。自由とはアダムとエバが智慧《ちえ》の木の実を食べて楽園から追放された時に始まったのだ。規律から離れた時点で自由は生じたのだ。つまり自由とは疎外《そがい》の一形象に過ぎぬとも云える」

「ノン、ノン、それは違う。自由こそが地上に楽園をもたらすのです」

「愚者の楽園をかね」
吾輩基督教《キリスト》をよく知らんが、エデンの庭で木の実を食べたのは猫ではなかったと思う。いずれにせよこうした調子で議論は果て無く続く。かと云って両者は決して仲が悪い訳ではない。所謂喧嘩《いわゆるけんか》友達と云う奴《やつ》なのであろう、一緒になれば必ず非難し合い足を引き合いはするものの、何だかんだ云いながら結局は馬が合っているらしい。実際パブリック、ガーデンの猫社会は両巨頭を中心に運営されている。一朝事あって両雄が連携して事にあたればこれによく逆らい得る猫は無い。僅《わず》かに対抗しているのが虎君の小派閥である。愛国の猫である虎君としては、租界の複雑な政治事情の中にあってやはり伯爵等西洋猫には距離を取らざるを得ないのであろう。勿論猫の事であるから派閥と云ってもいちいち角突き合わせるのではないが、全然緊張が無い訳ではない。従って吾輩の立場はなかなかに微妙である。いまの所は両派差別なくほどほどに付き合っては居るけれど、八方美人の陰口もどこからか聞こえてきて結構神経を使う。いまや吾輩は小なりと雖《いえど》も日本代表であるから、外交使節として自国の不利益を招くような振る舞いだけは断じて避けねばならん。

他にも面白い猫は沢山いる。猫などはどれも同じだろうと軽く考えがちな人間の誤解を解く為にも、個性的な面々を是非とも紹介したい所であるが、そろそろ本題に入るのがよかろう。

吾輩が事件に遭遇したのは、日付を正確に記しておこう、――一九〇六年、明治で云えば三十九年の四月二十三日、遅い午後の事であった。蕭々として街路を烟らす霖雨の中、いつもの様に虹口を散策していた吾輩は、虹口クリーク沿いにあるアパートメントの塵芥捨て場に日本の古新聞を見付けた。雨に濡《ぬ》れて墨の滲《にじ》んだ活字に何気なく眼をやった吾輩は、その時驚愕《きょうがく》の余り口にくわえていた鰯《いわし》の骨を取り落とした。意図せず尻尾がぴんと直立して、そのままくるくると宙で二度三度と回転した。何故《なぜ》なら吾輩はそこに次のような文字を見たからである。

「珍野苦沙弥氏殺害さる」

第二章　苦沙弥《くしゃみ》先生横死を巡る謎《なぞ》の数々

四

その日虹口《ホンキユウ》からパブリック、ガーデンに戻る吾輩《わがはい》を傍《はた》より眺めるなら、さながら夢中遊行病者の如《ごと》くであったろう。頭の中にはまだ先刻眼にした文字が踊っていた。いつのまにか街路の瓦斯《ガス》灯に火が入って、気付いて見れば吾輩は蘇州《そしゆう》河に架った橋に立って居《お》った。

吾輩は河を見た。寥然《りようぜん》と雨に烟《けむ》った水面に船灯が茫々《ぼうぼう》としてある。雲の垂れ込めた空には月も無く、墨を流したかのように黒い。その時吾輩はオーイと呼ぶ声を聞いた。驚いて振り向けば人通りが途切れた橋上には誰も居ない。瓦斯灯に欄干が濃い翳《かげ》を落しているばかりである。と又オーイと誰か呼ぶ。声はどうやら水の方から届いて来るようであった。吾輩は耳を立てた。三度目にオーイと聞いた時、吾輩はそれが苦沙弥《くしゃみ》先生の声であると忽然《こつぜん》悟った。声は切々と訴えるが如く恨を含んで泣くが如く、嫋々《じようじよう》たる響きとなって闇中《あんちゅう》を流れ来る。不意に吾輩はかつて寒月《かんげつ》君が語った事のある吾妻橋《あずまばし》での神秘体験を思い出した。夜の橋上で人の呼び声を聞いた寒月君は激情抑え難く、未練なく川へ飛び込む決意をするに至ったのであった。寒月君が聞いたのはたしか病に倒れた深窓の令嬢の呼び声であったと記憶している。これに較《くら》べるとあばた顔の肌色悪き中年男にすぎぬ苦沙弥先生の声は、甚《はなは》だ艶味《えんみ》を欠くと云わざるを得なかったけれど、吾輩には楼蘭《ろうらん》に聴く胡笳《こか》の音より一層哀切な響きとなって耳へ届いて来た。四度目に聞いた時、吾輩は黒い水に向ってニャーと答えて見た。と我が声は蕭然《しょうぜん》として河面《かわも》を渡る風に忽《たちま》ち掻《か》き消され、同時に主人の声も次第に細く切れ切れになって、やがて聞こえなくなってしまった。後に残るのはどこまでも黒い水と烟雨《えんう》を孕《はら》んで湿った闇《やみ》ばかり。遠くで船灯が一つゆるやかに動いた。

　吾輩は心に虫食い穴がぽっかり空いてしまった具合に、甚だ虚《うつ》ろな気分に捉《とら》えられた。身の置き所が無い妙な心持ちであった。こんな風になった事は今まで一度もない。かつて密《ひそ》かに思慕を寄せていた三毛子《みけこ》が死んだ時にも、少々拍子抜けした程度でここまでの気分にはならなかった。悲しいと人間がよく口にするのはこう云う気持ちかしらんと吾輩は考え、己が心の働きを不思議なものに観じた。たしかに苦沙弥先生は吾輩の恩人である。生け垣の破れからのそのそ這《は》い込んだ吾輩をして、御《お》さんの排撃をよく制止して食客として遇してくれたのは先生その人である。再三提出された御さんの放逐論に耳を貸さず、猫鍋《ねこなべ》に供するから譲って欲しいとの多々良《たたら》三平《さんぺい》君の申し入れにも、胃弱性の笑いを漏らしただけで主人が首を縦に振らなかったればこそ吾輩は生きてこられたのである。吾輩はその恩顧を生涯忘れるものではない。とは云うものの、普段の主人は吾輩に対し極めて冷淡であった。愛情を以《もっ》て接した例《ため》しは一再とて無かった。永く傍《かたわ》らに置きながら名前さえ付けなかったのが何よりの証拠である。だいたい主人と云う男は移り気で何事に対しても素っ気ないのを特徴としている。諸事冷淡を以て彼の本性の中核を成している。しばしば細君をして長嘆息させた如く、好きで一緒になった妻でさえ疎略《そりゃく》に扱っていたくらいであるから、況《いわん》や猫に於《お》てをやである。吾輩の方もまた恩義は恩義として、格別の愛情を主人に対して抱く理由は無かった。斯《か》くして我々主従の間柄は甚だ恬淡《てんたん》としたものと相成った。吾輩が熱心に主人の日常を観察したのは事実であるけれど、これは人間一般への学術的興味からした事であって、殊更《ことさら》主人と云う個人に関心があった訳ではない。偶々《たまたま》手近に居たから研究したに過ぎない。

にも拘《かかわら》ず吾輩は悲しいと感じた。主人の死を悼《いた》んで心の細い糸が震えた。情緒纏綿《てんめん》としてその場を離れ難かった。あるいは一方的に恩義を被《こうむ》りながら、鼠《ねずみ》一匹だに報いる事のなかった己への忸怩《じくじ》たる思いが感傷を呼び寄せたのかとも考えられたが、しかしやはりそうではない様であった。ここに於て吾輩は終《つい》に自分が主人を愛していたと考えざるを得なかった。得なかったなどと云うと厭々《いやいや》のように聞こえるかも知らんが、別にそうした含意ではなく、只《ただ》吾輩にとって意外であった事実を伝えるに過ぎん。死んだと知って始めて吾輩はそれまで一度も意識した事の無かった愛の存在に気付いたのであった。

だから悲しいのであった。愛別離苦の涙が出るのであった。鬼籍に入って猶《なお》孤影悄然《しょうぜん》たる主人の面影に哀惜の念を覚えるのであった。これでもし主人がタカジヤスターゼの効果も虚《むな》しく胃病で死んだのであるならば、吾輩の動揺も左程《さほど》ではなかったと思われる。老少不定《ろうしょうふじょう》、無常迅速は世の習い、寿命だと諦《あきら》めも付いたであろう。所がである。新聞の記事に拠《よ》れば主人は不慮の死を遂げたと云う。

苦沙弥先生が今後何年生きたところで、二十世紀の人類社会に何ら益する所が無いのは素《もと》より判然《はっき》りしている。明治の世にあって他に替え難い有為《ゆうい》な人材だくらいの自負は、先生本人には無論あったものと推察する。先生だってエピクテタスを指に挟んで昼寝《ひるね》をするくらいの学者である。カーライルと云ったって俺と同じ程度の学者だと息巻いた苦沙弥先生である。その意気や大いに善《よ》しとすべきではあるけれど、客観から眺むるならば、先生の存在は大海に沈んだ牡蠣《かき》程度であるのは明らかだ。しかしだからと云って簡単に殺されてよいと云う理屈にはなるまい。

一病息災と云うくらいだから先生案外長生きをしたかも知れぬ。生きるのが厭だとは先生の口癖であったけれど、そう云う人間こそなかなかしぶとく死なぬのは世の通り相場である。それで人に迷惑では困るけれど、大して害にならぬ事は吾輩が保証する。牡蠣的性質にふさわしく社会の目立たぬ片隅にあって、世間から忘れられたまま平々凡々たる一生涯を終えたのは確実である。毫《ごう》も益はないが置いてもさして邪魔にはならぬ。であるい以上苦沙弥先生にだって長生安楽を得てして以て松喬之福《しょうきょうのふく》を寿《ことほ》ぐ権利はあってもよいはずだ。

何故《なぜ》死んだのか。新聞は殺されたと報じて居った。何故殺されたのか。警察は物盗《ものと》りの仕業と考えているようであったが、ではどうして盗人《ぬすっと》は主人の命までをも奪わねばならなかったのか。金でも書画骨董《こっとう》でも何でも盗って、それで足らぬなら身ぐるみ剝《は》いで持って行けばよい。何なら家ごと盗んでも構わない。しかし何も命を奪《と》る事はないではないか。家なら又建てればよいが、失《な》くした命は二度と贖《あがな》えない。丸善でも命ばかりはまだ売っていまい。吾輩は鬱勃《うつぼつ》たる怒りに捉えられた。赫々《かくかく》たる憤怒《ふんぬ》に肉が燃え、骨は却《かえ》って冷たくなった。無論法治国家日本の事であるから、憎むべき犯罪人の捕縛及び処罰は司直の手に委《ゆだ》ねる他ない。だが鼻面《はなづら》の一つも引っ搔いてやらねば気が済まない。愛情はともかく恩義に報いる意味でもそのくらいせねば腹の虫が収まらない。とは云え残念ながら日本と吾輩の間には千里の大海が横たわっている。猶更もどかしいのは犯人が捕まったか否《いな》かが分らぬ点である。新聞の記事は昨年の十一月、事件から数日を経た時点のもので、捜査は続行中の様子と見えたが、それから既に五カ月余りの日時が経過している。今頃とっくに酷薄非情なる殺人者は絞首台の露と消えた可能性もあるが、確かめる術《すべ》が無いのが悔しい。あるいはもし犯人が未《いま》だ捜査の網を逃れているならば、吾輩も微力ながら捕縛に一役買いたいと願ったけれど、やはり上海に居てはどうにもならない。何より情報が無いのが辛《つら》い。

パブリック、ガーデンに戻った時、吾輩は随分と興奮していたらしい。雨降りにいつも利用する屋根付きの四阿亭《あずまや》で毛衣《けごろも》に付いた雫《しずく》を払っていると、あなた顔色が悪いわよと、暗がりからいきなり声をかけられた。見ると木の手すりに白い猫が寐そべっている。「いえ別に大した事じゃないです」吾輩が少々狼狽《ろうばい》気味に答えると、「あら、そうかしら。そうでもないようよ。あなた、随分とひどい顔をしているもの」とこちらの顔を覗《のぞ》き込んでまた云う。この猫はマダムと呼ばれる雌猫である。チンチラと云う種類らしいが、ふさふさと長く豊かな白い毛の持ち主であるマダムは露西亜《ロシア》領事館の飼い猫だ。領事館とパブリック、ガーデンは近所だから始終遊びに来る。

「悩み事を溜《た》めて置くと体に毒よ。どうしたの、失恋でもしたのかしら」

四阿亭脇《わき》の瓦斯灯の薄火を浴びて、マダムの白毛がいよいよ艶《つや》めき、巨《おお》きな目玉が火矢の如くに燦《きら》めく。

「いえ、そんな色っぽい話じゃないんですよ」

情けない話であるが吾輩はマダムと会うとどぎまぎしてしまう。彼女のサファイア見た様に蒼《あお》い眸《ひとみ》で真直《まっす》ぐ見詰められると、どうしても視線が定まらない。落ち付きを失ってしまう。何故そうなるかと云えば、まずはマダムの美貌《びぼう》に圧倒される事がある。吾輩は日本でこんな猫に会った事がない。三毛子もたしかに美猫《びみょう》ではあったけれど、マダムは何しろ体格が違う。日本猫としては平均である吾輩よりずっと大きい。頭胴肢尾、どこをとっても立派の一語に尽きる。殊に尻尾《しっぽ》は狐《きつね》のように太くて、歩くたびにゆらゆら揺れる様はさながら孔雀《くじゃく》の扇子である。可憐《かれん》とか嫋《たお》やかと云った概念からは遠く隔った場所で、美その物が余す所無く白日の下に屹立《きつりつ》している。陰翳《いんえい》とは一切係わり無い希臘《ギリシャ》彫刻を思わせる美しさである。しかもその美猫がしどけない様子で公園内を闊歩《かっぽ》しているのだから雄猫には目の毒だ。吾輩が困るのはそればかりではない。マダムには猫を猫とも思わぬ所があって、吾輩はいつも対応に悩まされる。始めて会った時にも、そこのあなた、こっちへ来て頂戴《ちょうだい》と、いきなり命令口調で云われて吃驚《びっくり》した。すっかり気を呑《の》まれてのこのこ近付いて行くと、背中を舐《な》めて頂戴、変な匂《にお》いが付いちゃったらしいのよと、有無を云わさぬ命令を受けた。尤《もっと》も左様な女王然とした振る舞いは吾輩に対してのみならず、パブリック、ガーデンに出入りする雄猫全体に及んで居る。マダムは雄猫が自分に無償で奉仕するのは当然と心得ている様子で、事実彼女によく逆らい得る者は一猫《びょう》とて無い。こうなると頼みの綱は伯爵《はくしゃく》と将軍であるが、両雄が率先して従僕さながらマダムの足下に屈して嬉々《きき》としているのだから何をか況《いわん》やである。二匹仲良く並んで、長々と寐そべったマダムの背中の蚤《のみ》を取っている図は、情けないと云えば情けないが、サムソンとデリラ、アントニーとクレオパトラ、玄宗と楊貴妃《ようきひ》、とこう列挙して見ても明らかなように、英雄とは美人に骨抜きになるものと古来より相場は決っているのだから致し方ない。昔、周の幽王《ゆうおう》は寵愛《ちょうあい》する褒姒《ほうじ》の笑顔見たさに嘘《うそ》の狼烟《のろし》を上げ続け、いざ敵の到来の時に諸侯が狼烟を信用しなかった為《ため》に滅んだと云う話だから、考えて見れば男と云うか雄と云うものは哀《かな》しい存在である。雄が雌に食われてしまう蟷螂《とうろう》君を猫もあながち哂《わら》う事は出来ない。

「云ってご覧なさいよ。ねえ、どんな娘なの。あなたが毎日虹口に出掛けて往《ゆ》くのは知っているわ。皆で噂《うわさ》しているのよ、恋人があるに違いないって」

「いえ、別にそういう訳じゃないんです」恋人などと云われると毎日塵芥箱《ごみばこ》に通勤しているとは正直に答申し悪《にく》い。

「嘘おっしゃい。どこの娘なの。あなたの可愛《かわい》いベアトリーチェは。さあ、教えなさい」マダムの厳しい追及に吾輩がまごまごしていると、見かねた伯爵が横から助け船を出してくれた。

「マダム、うぶな青年をそう苛《いじ》めるもんじゃありません」

「あら、別に苛めてなんかいやしないわ。私は只お話が聞きたいだけ。恋の物語はいつでも猫を幸福にするものよ。それがどんなに悲しい物語でも。私は幸せになりたいの」

「いけません、マダム。男には誰にも語れぬ、死んでも云えぬ事があるものなのですよ。ご覧なさい、青年は困っている」

「伯爵は黙っていて頂戴。私は彼に聞いているの。伯爵はあちらに行って、印度の娘でもからかってらっしゃい」

そう云われて伯爵は気拙《きまず》そうに一つ顔をぺろりと洗って退散した。印度の娘と云うのは近頃来るようになった若い雌の印度猫で、毎日公園の樹《き》の下で妙な格好で瞑想《めいそう》している。伯爵はどうやらこの娘に御執心《ごしゅうしん》で、連日さかんに言い寄っているらしい。

伯爵を撃退したマダムが吾輩に向って又云う。「それで、ええと、あなた、名前は何といったかしら」

「名前はまだ無いんです」仕方なく吾輩は答えた。旧主人の冷淡をつくづく吾輩が恨むのはこうした時である。

「あら、そうなの」マダムはちょっと吃驚したように目を二三度ぱちくりさせた。「まあ、いいわ。それでどうなったの」

「いえ、別にどうもしやしないんです」と吾輩が又云い淀《よど》んで居ると、マダムは矛先《ほこさき》を変えてくる。

「あなた恋をした事がないの」

「ええ、まだ無いようです」

「まあ呆《あき》れた。一度も恋をした事がないなんて」とマダムが怒ったように両目を瞠《みひら》いて、丸々と肥えた尻尾をぱたぱた振っていると、「実に遺憾と云わざるを得ませんな。健康な若者が恋の味を知らんとは」とどこで聞いていたものか、とっくに退散したはずの伯爵が近寄って来て口を挟んだ。「恋をした事のない男には人生の半分、それも最も美しい半分が隠されているとは、マダムの御国の作家が云った言葉ですが、まさに至言と云うべきでしょうな」

　伯爵はマダムと共同歩調をとるのが得策と判断したらしい。この辺りの替り身の早さが吾輩云う所の伯爵の政治力である。今度は二匹で口を揃《そろ》えて吾輩に迫ってくる。

「悩みがあるなら打ち明けたまえ。私たちが力になろうじゃないか。語りたくないのはよく分る。恥ずかしいのは当然だ。羞恥心《しゅうちしん》はあらゆる徳の源泉であるとカーライルも云っているからね。しかしときには恥を忍んで語った方がよい時もあるのではなかろうかね」と伯爵は先刻とは掌《てのひら》を返したような云い草である。「そうよ。云って御覧なさい」とマダムも一貫した調子である。

「別に悩みと云う程じゃないんです。只昔の主人が死んだものですから」と吾輩は白状した。

「まあ御気の毒に」と又マダムが眼をぱちくりさせながら云うと、続いて伯爵が質問した。

「君の主人とは何をしていた人かね」

「教師です。学校でリードルを教えていました」

「何歳《いくつ》だったのかね」

「たしか三十九だったたと思います」

「人生半ばにして斃《たお》る。実に残念だったろうね。しかしこれも神の定められた事柄と考える他ない」厳粛な面持ちで伯爵が宣《のたま》う。

「結婚はなさっていたの。お子さんは」と今度はマダムが質問する番だ。

「子供は女の子ばかり三人ありました」

「まあ奥様が大変。財産はちゃんとおありなのかしら」とマダムは女らしく実際的な心配をしてくれる。素《もと》より苦沙弥先生に財産などあろうはずもない。保険には入る気があったようだが本当に入ったと云う話はついぞ聞かなかった。突然一家の大黒柱に死なれて後に遺《のこ》された細君と子供は路頭に迷わぬだろうか。この点を思って吾輩も心が疼《うず》かぬ訳ではなかったのではあるが、幸い新聞記事には多々良三平君ら、旧教え子たちが遺族に助力していると出ていた。だから心配は無用であると吾輩が答えると、でも財産が無いんじゃあねえと、マダムは猶も納得しかねた様子で呟《つぶや》いている。

「まあ、くよくよしてもはじまらない。元気を出したまえ」と取って付けたように伯爵が激励の言葉をくれた。「又もカーライルで恐縮ではあるが、人生、それは二つの永遠に挟まれた僅《わず》かな一閃《いっせん》と、彼も云っている。この点から見れば三十九年も百年も大して違いは無い」

「ええ。電光影裏《えいり》に春風を斬《き》ると云うのが日本にもあります」

「何かね、それは」

「主人の友人がよく云ってた言葉なんですが、何でも刀の一閃《いっせん》で首を切り落とされても、春の風を切るようなものだと云う事らしいです」

「何よ、それ。気味が悪いわ」とマダムが眉《まゆ》を顰《ひそめ》る。

「私にもよく分らんが」と伯爵も不審を表明する。日本でも独仙《どくせん》君の禅語は頗《すこぶ》る評判が悪かったが、上海でも事情は変らんらしい。伯爵は暫《しばら》く沈思の体であったが、しかしそう何時《いつ》までも黙っている猫ではない。すぐに又言葉を加える。

「しかし東洋にはなかなかに深い智慧《ちえ》があるようだから、きっと意味があるんだろう。

まあ、君自身がそう云う風に納得出来ているならもう心配は要らんようだ」

「はい。只死に方が少々尋常じゃなかったものですから」

「と云うと事故かね。まさか殺人ではないだろうね」

そのまさかなのであると、吾輩が答えた事が日頃退屈しているガーデンの猫たちの好奇心に火を付けてしまったらしい。吾輩の周りには何時の間にか数匹の猫たちが集って聞き耳を立てている。急に話題の主役の座に就いた吾輩は当惑したが、実は内心やや得意でもあった。諸猫《しょびょう》の注目を浴びて上り気味となりながら、問われるままに吾輩はその日眼にした新聞の記事に就いて語った。

吾輩が発見した新聞は、明治三十八年十一月二十五日付けの報知新聞である。問題の記事は「日露戦役に於《おけ》る我が損失――死傷 廿二《にじゅうに》万、病者廿二万」と云う記事の隣に、「珍野苦沙弥氏殺害事件」の見出しと倶《とも》にあった。関聯《かんれん》の記事は三つあって、一つ目は事件の続報であり、二つ目は死亡診断をなした甘木医学士への記者の聞き書き、三番目は未亡人となった細君への同じく記者の聞き書きである。第一の文章は次の如《ごと》くであった。

去る十一月二十三日に発生せる、我が文学界に甚大なる衝撃を与えた珍野苦沙弥氏殺害事件につき、捜査の警察署より細目が公表されり。苦沙弥氏が何者かの手により殺害されたるは既報の如くなれども、新たに犯行の手口が発覚せりと云う。苦沙弥氏は当日の夜半頃、書斎に独りで居《お》りたる所を、背後より頭部を鈍器にて一撃されたるものにて、脳内に出血が生じて殆《ほと》んど即死であった模様なり。凶器は残されて居らぬが故《ゆえ》、犯人が持ち去ったと見ゆるが、室内を物色せる形跡ありて、苦沙弥氏懐中の紙入が抜かれて居った事実から推し、物盗り目的の殺人なりと担当刑事は憤《いきどお》りを隠さずして語れるが、まさに近来類を見ぬ甚《はなは》だ極悪非道の犯罪なり。只《ただ》猶二三の不審もあり。と云うは、侵入経路及び逃走経路の未《いま》だ判明せざる点にて、夜の九時には玄関勝手は素より戸締りを万全に終えたりとは家人の証言にて、雨戸にも窓にもこじ開けたる様な形跡はあらず、また朝になりて死体が発見されし時に戸口悉《ことごと》く内より堅く施錠されしとならば、いかなる奇術を以《もっ》てして非情の犯人は侵入を果し、かつ又烟《けむり》の如く逃走したるや。更に奇怪なるは百合《ゆり》の花が犯行現場に残されたる事実にて、家人は覚え無しと云うは犯人の仕業に違いあらざらねど、書き物机の壺《つぼ》に一輪挿《さ》されたる百合とは何を目的とするや。仮に殺人の証拠をわざわざ残し愉快を覚ゆるとせば、いよいよ以て憎むべき悪業と云うべきなり。

そこまで吾輩が報告した時である。不意に四阿《あずまや》亭の暗がりから耳慣れぬ声が聞こえた。

「新聞の報道の通りだとすれば、警察は物盗りの犯行なんて云う戯言《ざれごと》を本気にしてるんじゃあるまいね。そうだとしたら日本の警察は余程無能と見える。我が倫敦《ロンドン》警察のレストレード君やジョーンズ君にしても冴《さ》えた所は少しも無かったが、そこまでではさすがになかったからね」

見ると灰色の猫が暗がりに佇《たたず》んで居る。はじめて見かける猫だ。と傍らには短い尻尾を持った、胸が白く背が黒い、やはり見知らぬ猫がもう一匹坐《すわ》って、詰まらなそうに頭を後肢《あとあし》で掻《か》いている。

「これはまた随分と威勢のよい御仁のご入来ですな」さっそく伯爵が一同を代表して新参者に挨拶《あいさつ》を送る。「英吉利《イギリス》出身とお見受けするが、さすがは太陽の没せぬ帝国の猫、元気ばかりは一人前と見える」

「機会があれば一人前なのは元気だけではないところをお見せしましょう」と英吉利猫は臆《おく》せず答える。

「ほう、いやに自信たっぷりじゃないか。しかし口数の多い者ほど戦場では役に立たん事は珍しくないのでね」と云ったのは黒猫将軍である。何時の間に現れたのか、何しろ彼は真っ黒であるから暗闇《くらやみ》だと居るのか居ないのか分らない。極くあたりまえにして居ても神出鬼没と云った風になるのが特徴だ。

「御目にかかれて光栄です。黒猫将軍閣下」と皮肉に応《こた》える様子も無く、英吉利猫君は将軍へ向って尻尾を二三度振って見せた。これは猫族の決った初対面の挨拶で、人間で云えばお辞儀のようなものである。

「何故儂《わし》の名前を知っているのかね」挨拶は返さずに将軍が聞く。

「この辺りの猫で将軍の名前を知らぬ者はありますまい。実は私、今朝方上海に着いたばかりなのですが、早くも噂《うわさ》は耳に届いて参りました。隻眼《せきがん》の黒猫と云えばそうそうあるものじゃ無い。それから恐らくこちらのシャム殿が伯爵、あちらの手すりに寐《ね》ていらっしゃるのがマダムとお見受けしました」

笑顔も爽《さわ》やかに音吐《おんと》朗々云った英吉利猫君は、一同の見守るなかを進み出、先刻したと同じく伯爵へ向って尻尾を振り、次にマダムの傍らに恭《うやうや》しく近づいて、作法正しく彼女の垂れ下った尻尾に鼻面《はなづら》を擦《こす》りつけた。瓦斯《ガス》灯の光を受けた所で眺めると、毛衣は灰とは云っても蒼《あお》味のかかった銀鼠色《ぎんねずいろ》で、少し斜視がかった眼の色が深山の沼見た様に底深いのが印象的である。

「生意気な若造だ。だいたい英吉利猫には妙に取り澄ました輩《やから》が多くて気に入らん」隻眼を炯々《けいけい》と怒らせた将軍は、新米猫君の人を喰った慇懃《いんぎん》無礼が余程腹に据えかねたらしく、いきなり振り向いて後肢で泥を浴びせかけた。これはいささか乱暴な挨拶とみえたが、さっと身を翻《ひるがえ》して泥をかわした猫君は、余裕綽々《しゃくしゃく》相手の敵意は柳に風と受け流し、何事も無かったかのように将軍に又親しげに話しかける。

「いずれゆっくりと将軍の阿弗利加《アフリカ》時代の武勇談などお聞かせ願いたいものですな。しかしさしあたっては寧河飯店の残飯は如何《いかが》でしたかな。御推薦があれば私も近々往《い》って見るつもりで居りますが」

「どうして儂が阿弗利加に往ったのを知っているのかね」将軍もさすがにこれには驚いたらしい。「その事は誰にも云ったはずはないのだが」

「なに、簡単な推論です。お見受けするに将軍の潰《つぶ》れた目は怪我《けが》じゃありませんな。怪我ならそんな風な疵《きず》にはならない。熱帯性の潰瘍《かいよう》に因《よ》るものです。以前私は故郷の倫敦で同じようになった猫に会った事がある。黴菌《ばいきん》にやられるのですね。彼の場合は印度支那でしたが、独逸《ドイツ》の、それも軍人に飼われていた猫である将軍が赴《おもむ》かれた可能性がある熱帯地方と云えば、阿弗利加以外には考えられない。独逸領東阿弗利加、あるいはカメルンあたり」

「カメルンだ」

「その辺りでしょうな」

「だが寧河飯店はどうして分ったのだ。たしかに儂は昼間あそこへ往ったが、他の猫には会わなかったと思うが」

「毛繕いくらいではなかなか匂いは消えるものじゃありません。まして胡麻《ごま》の油と八角と云う中華香料の匂いは強烈ですからな」

「しかし中華料理屋は他にも沢山ある」

「今日上海に着いた私は、誰もがするように外灘《バンド》を少し歩いて見ました。いや、噂には聞いて居りましたが、実に賑《にぎ》やかで興味深い都市だ」

「無駄口はいいから質問に答えたまえ」と将軍が苛立《いらだ》ちを隠さずに云う。

「簡単明瞭《めいりょう》な事です。外灘を歩いていたら工事中の路《みち》が一カ所ありました。覗《のぞ》くと路地の奥に寧河飯店の看板があった。先刻将軍が後肢で土を蹴《け》られた際、趾《あし》にタールが付いているのが見えましたので。工事と云うのは勿論《もちろん》道路へタールを塗っていた訳です」

説明されてしまえば何程の事も無いが、それでも吾輩は暫時《ざんじ》苦沙弥先生の事件は脇《わき》に忘れて、鮮やかな登場ぶりを演じて見せた新米猫君を見詰めた。何者だろうと吾輩が好奇心を抑えかねていると、一同を代表して伯爵が口を開いた。

「これは頼もしい若者だ。初対面でいきなり黒猫将軍をやり込めるとはね」

「儂は別にやり込められてなど居らんさ」と肩の辺りの毛をせっせと舐《な》めながら将軍が不満を表明する。一応は猛獣である猫は体に付いた匂いを気にする。料理の匂いがすると云われては将軍も内心穏やかでは居られないらしい。「何なら一対一で決着を付けてもよろしい。こんな口先だけの若造にまだ遅れを取る儂ではない」

「年寄りの冷水は命取りになりかねませんぞ。まあ貴公は大人しく毛繕いでもしていたまえ」と軽く将軍を牽制《けんせい》してから伯爵はあらためて質問した。「所で君は何者かね」

新米猫君はぴんと尻尾を伸ばして威儀を正すと、少々芝居がかった仕種《しぐさ》で一同を見回した。

「自己紹介が遅れて失礼しました。私はホームズと申します。それからあそこに居るのが」と云ってホームズ君は、先刻からずっと暗がりで成り行きを見守っていた、尻尾の短い猫へ視線を投げた。「私の長年の友人でありパートナーである、ワトソン博士です」

五

その夜、伯爵云うところのパブリック、ガーデンの猫サロンに、いささか派手な仕方で登場したホームズと云う不思議な才能を持つ猫に就いて、吾輩は後日ワトソン博士から詳しく聴く機会を得た。ホームズ君は諸事につけ一度熱中すると寝食を忘れて没入する性癖があるそうで、ふいと出たきり何日も聯絡《れんらく》が無いまま家を空ける事もよくあるらしい。実際ガーデンに現れた翌日から、ホームズ君はどこへ往ったものか、忽然《こつぜん》として姿を晦《くら》ましてしまった。こうなるともうどうにも仕方がないのだと、独り置き去りになったワトソン博士は寂し気に笑い、余り所在無さそうにしている様子が気の毒なので、吾輩の方から近付いて親しく話をしたのである。

英吉利《イギリス》猫と云うのは嫌に取り澄ましているようで、取付《とっつ》きが悪い所があるけれど、胸襟《きょうきん》を開いて付き合って見ればワトソン博士は大変に礼儀正しい紳士であって、吾輩も気分良く談話を楽しむ事を得た。時候の挨拶から朝食の品評に始まって、ときには露西亜《ロシア》帝国に於る革命の気運如何《いかん》と云った時事問題が論ぜられる場合もあるが、しかし最後は決ってホームズ君の噂話になる。ワトソン博士は僚友の活躍につき語る事を天職と心得ている模様で、汲《く》めども尽きせぬその熱意には只々《ただただ》圧倒されるばかりだ。実際聴いて見れば数々の冒険譚《ぼうけんたん》はいずれも波瀾《はらん》万丈、息をつがせぬ緊張と洒脱《しゃだつ》な機知に富んで、これを上田敏《びん》君あたりの奇抜な美文で以て一編に成し、『ホトトギス』に載せたら大向こうの拍手喝采《かっさい》を呼ぶのは間違いない。

ここで詳細を披露出来ぬのが残念であるのだが、両君が当地を来訪したのにも月並ならざる背景があったらしい。ワトソン君の主人は外科医師だそうで、倫敦《ロンドン》で開業して居った所を英国海軍の招聘《しょうへい》で上海へ来た。表向きは助手と云う肩書でホームズ君の主人もまた同行して来たのだが、これには裏があったのだとワトソン君は語る。つまり化学研究を本業とするホームズ君の主人は世に聞こえた犯罪研究の大家でもあるのだが、モリアチー教授とか云う、長年の仇敵《きゅうてき》である倫敦犯罪界の大立者《おおだてもの》を追い詰めるべく上海上陸を目論《もくろ》んだと云う。

「モリアチーが上海に潜伏して、大英帝国に深甚《しんじん》なる損害を与えかねない悪い企《たくら》みをなしているとの情報があったのだね」と云ったワトソン君は、しかし無論これは主人たちの問題であって、猫たる我々の関与する所ではないと注釈を加え、それから眉《まゆ》を顰《ひそめ》るようにして続けた。

「だがね、実はホームズにはホームズの敵があるのだ」

「と云うと」相手のものものしい物言いに引きずられ、ついつい低音となった吾輩の問いにワトソン博士は答えた。

「モリアチーの飼い狗《いぬ》でね。真っ黒な狗なんだが、何でもバスカビルとか云う家に伝わる伝説の狗の子供をモリアチーが貰《もら》って育てたらしい。とにかくそいつが悪魔の化身かと思われるくらいに悪い奴《やつ》なのだ」

その狗とホームズ君とは息詰まるような闘争を再三繰り返してきたのだと聞いて、吾輩は眼睛《がんせい》突出の思いを味わった。猫が狗と真っ向闘うなどと云う話は聞いた事がない。まさに前代未聞である。人間には分らんかも知らんが、猫が狗を恐れる心理には激甚なものがある。首を畏《おそ》れ尾を畏るものがある。恥ずかしながら吾輩などは狗と聞いただけで頭から尻尾の先まで竦《すく》み上ってしまう。手に持った蒟蒻《こんにゃく》見た様に震えが止まらない。しかも相手が狗《こいぬ》ならまだしも、ワトソン君が云う魔物の如《ごと》き巨《きょ》狗であるとなれば、もう夜の大海に単身飛び込むより恐ろしい。そう吾輩が告白すると、ワトソン君は頷《うなず》いて見せた。

「そこがホームズのホームズたる所以《ゆえん》なのだね。たしかに力では狗には敵《かな》わない。しかし智慧《ちえ》では猫は負けるものじゃない。実際ホームズはかの魔犬をあと一歩で野犬狩に捕えさせる所まで追い詰めたのだからね」とワトソン君は友人の手柄を我が事のように自慢する。「あのときは実に惜しかった。すんでの所でちょうど午後の三時になってね、英吉利人はチー、タイムを何より優先するから仕方がないんだが、本当に残念だった」市役所の野犬狩の係が一服付けてお茶を飲み始めたんで長蛇《ちょうだ》を逸してしまった。

そう云うワトソン君はいまでも悔しくて堪《たま》らないと云った風に髯《ひげ》を震わせながら、その後方々捜し回って杳《よう》として行方が知れなかったものが、最近になってモリアチーとその飼い狗が上海に現れたとの情報を得て、今度こそと勇躍海を渡って来たのであると語った。なるほどホームズ君とは大した猫であるなと吾輩が感嘆を禁じ得ないで居ると、所がね、と急にワトソン君は声の調子を落した。

「どうしたんです」

「船で印度のマドラスまで来たら、モリアチーはもう上海には居ないと云う報《しら》せが来たのだね」

「例の狗もですか」

「そう。もろともさ。どうやら行き違いで倫敦へ戻ってしまったらしい。そこでホームズの主人は僕の主人と別れて急遽《きゆうきよ》英吉利へ帰る船に乗った」

当然ホームズ君も化学者の主人と一緒に戻るはずであったのだが、帰りの船の船長と云うのが猫と玉葱《たまねぎ》が大嫌いな男で、どうしても猫の同乗は駄目だと頑張る。そこでやむなくホームズ君はワトソン君の主人の医師の手に委《ゆだ》ねられて虚《むな》しく上海まで長旅を果したのだと云う。

「ホームズの落胆ぶりは、見ている方が気の毒な程でね。もう餌《えさ》も碌《ろく》に喰わないんだから酷《ひど》い」

船中のホームズ君は日がな一日木天蓼《またたび》を舐《な》めて暮らしていたそうな。ワトソン君によればこれは今度に限った事ではなく、ホームズ君は熱中すべき対象を見失うとしばしば木天蓼に逃避してしまうらしい。木天蓼には麻薬見た様な習慣性があるからよしたがよいと忠告はするのだが、刺激を欠いた退屈な生活は死人以下だと嘯《うそぶ》いて頑として取り合わないと云う。

「それもこれもつまりはホームズの芸術家魂の所為《せい》なのだね。真の芸術家は妻を飢えさせ子供を裸足《はだし》のまま放って置き、年老いた母親に生活の手助けをさせても、自分の芸術以外には何もしない者だとバーナード、ショウが云っているが、まさにホームズがそれさ。しかも困った事には彼の芸術精神が満足を見出《みいだ》すのが、音楽や絵画ではなくて、よりによって不可解な犯罪事件だけだと云うのだからね」

ホームズ君とは余程変り者の猫であるらしい。吾輩は大いに感心したが、翻ってその盟友たるワトソン君が平凡かと云えばそうとも申されない。なにしろ友を語る際のワトソン君の興奮ぶりは尋常一様ではなく、御趣味はと尋《たず》ねらるれば、只ホームズとのみ答えるワトソン君なのである。ホームズ君が奇猫《きびょう》ならばこちらも変猫くらいの資格は十分ある。いずれにしても上海に到着した時点のホームズ君は廃猫寸前の有り様だったのだと云う。

「それでなんとか気を引き立てようと、上陸早々の上海の街に連れ出したんだがね、ホームズはもう目も虚《うつ》ろで、肢なんかふらふらしている。桟橋を歩いていると海へ落ちそうになるので何度も尻尾をくわえて引っ張ってやる必要があった。実際あれでは狗どころか鼠《ねずみ》にだって負かされかねない様子だった」

「それは大変でした」と吾輩は同情を表明する。「しかしあの雨降りの中をよく歩いたものですね」

「なに倫敦などは始終雨だからね。我々は普段から慣れているのさ。雨は平気だが、しかしその裡《うち》に、なにしろ始めての土地で地理不案内なものだから、道に迷ってしまってね」

「益々《ますます》災難でした」吾輩は声に一層の同情を込める。

「そう。只御蔭《おかげ》でパブリック、ガーデンに着く事が出来た。あそこでホームズは蘇《よみがえ》った。棺桶《かんおけ》から足を引き抜いた。衰弱のどん底から生命の高処《たかみ》へと飛翔《ひしょう》した。君の御蔭さ。心から感謝するよ。四阿亭《あずまや》から聞こえてきた君の話を耳にした途端、ホームズの体にみるみる力が漲《みなぎ》るのが分ったからね。耳がぴくぴく、髯《ひげ》がぴんと張って、眼が焼けた石炭見た様に光った。ははあ、やっこさん、またやる気だなと思ったら、もう飛びだして居った」

「あのときは度肝を抜かれました」と吾輩が少々御世辞を交えて云うと、ワトソン君は真底嬉《うれ》しそうに笑声を挙げた。「不作法は恕《ゆる》してやってくれたまえ。ホームズとはああ云う猫なのだから。何も彼《か》もが彼の芸術精神の為《な》せる業なのだからね」

　ワトソン博士はあくまで芸術精神の擁護者を貫くつもりらしい。「全くそうなんでしょうね」と吾輩もワトソン博士の一貫した姿勢に敬意を表しておく。

　それにしてもガーデンに登場した時点でのホームズ君は元気一杯であった。精力の塊であった。寸前まで廃猫同然の有り様であったとするなら、たしかにワトソン君が云う通り芸術は猫を高揚させる。一躍四阿亭の中央に躍り出たホームズ君は吾輩に向って矢継ぎ早な質問を浴びせた。ちょうど吾輩は苦沙弥先生殺害事件を報ずる三つの新聞記事の裡、最初の一つを紹介し終えた所であったから、出来るだけ字句正しく教えてくれたまえと云うホームズ君の要請に従って、残り二つの記事を続いて報告したのは云うまでもない。第一の記事が不可解なる殺人の模様を一般に報告するものならば、第二の記事とは記者による甘木医師への聞き書きである。

——遺体発見時の模様を問う。

前夜から外出して、朝戻ったところへちょうど聯絡を受け苦沙弥宅に向った。畳に横たわった苦沙弥氏の顔を見て、一瞥《いちべつ》もう駄目だと分った。即座に脈を調べ、瞳孔《どうこう》を観じ、死亡を確認した。七時三十五分であった。

——死因は。

頭部挫傷《ざしょう》による脳内出血。他に外傷は見られない。

——即死なりや。

断定はできぬ。只少なくも打撃と同時に被害者が意識を喪失した事実は疑えない。

——死亡せりと推定さる時刻は。

死体は死亡時より次第に硬直を示す。その程度から推して、深夜、早くて午後の十一時、遅くて午前二時と推測される。

——想像される犯行の模様は如何《いかん》。

背後より頭部を一撃されたるものと考えられる。

――凶器は如何。

傷からして表面の比較的滑らかな鈍器と推測される。

――例えて云わば。

ベース、ボールで使うバットの如き筒状の物体が考えられる。あるいは樫《かし》で出来たステッキでもよいかも知れぬ。

――室内に不審ありと云うが。

書棚の本が畳に散乱していた。最初は苦沙弥氏が発作に苦しんだ為《ため》かと思ったが、即座に不審を抱いた。苦沙弥氏が懐中に紙入を常時しまう癖のあるのを知って居ったのであらためると、紙入は失われて居った。この時点で夫人に不審を伝え、夫人もおかしいと思ったようだ。

――物盗《ものと》りの仕業と思うや。

専門外故《ゆえ》意見は控えたい。が、盗品があったのは事実と思う。

これに続く三番目の記事が細君への聞き書きである。

――遺体発見時の模様を問う。

当夜は九時過ぎに寐《やす》みまして、普段であれば一度や二度は夜中に眼が覚めるのでございますが、その日は生憎《あいにく》そういう事がございませんで、朝の六時に起き出しましたところ、主人の姿が寐床《ねどこ》にございませんでしたが、朝早く主人が一人で書斎に入るのは珍しくはございませんで、別に不審とも思わず、台所に立ちまして、朝の支度が整って書斎に伺ったところ、主人が書き物机に突伏していたのでございます。

――それは何時なりや。

七時頃と存じます。

――苦沙弥氏の様子は如何。

最初は勉強中に眠ってしまったものかと思いました。電灯が点《つ》けたままになっておりましたから。朝の支度が出来ましたと、何度か呼びましても返事がございません。よくよく疲れているのだろうと可哀相《かわいそう》に思いましたものの、学校もありますし、風邪を引かれても困りますので、肩に手を掛けたところそのまま横に倒れたので吃驚《びっくり》いたしました。急病と思い、生憎と下女が不在でございましたので、甘木先生の家まで走りました。

――甘木医師は何時に来たれりや。

御近所でございますので、三十分ほどで来て頂きました。

――甘木医師は如何《いか》なる処置を施せしや。

体に触れるなり、これはいかんと仰《おっしゃ》いまして、たしかに主人はもういけないようでございました。甘木先生は最初脳卒中だと仰られたのですが、すぐに不審を抱かれた様子でした。ちょうど越智東風《おちとうふう》さんが玄関に見えられて、何でも主人に借りた書物を返しに来られたとかで大きな風呂敷《ふろしき》包みを抱えておいででしたが、東風さんに事情を話して、隣家の車屋まで一緒に走って貰って巡査を呼びました。

——書斎には荒らされた様子ありと云うが。

書棚の御本が畳に散らかって居りました。只主人はもともと片付けのよい方ではないので、すぐには不審を抱きませんでした。発作で苦しんでこんな風になったのかとも思いました。甘木先生に部屋の様子が何だか変ではないですかと云われて、妾《わたくし》もはじめておかしいと感じました。

——当日の家内《いえうち》及び苦沙弥氏に不審な点はありやなしや。

格別には無かったように存じます。妾は朝から子供を連れて実家の方へ参りまして、夕方の五時頃に戻りました。帰ってみますと迷亭さんや寒月さんをはじめ、御友人の方々が大勢お集りで賑《にぎ》やかでございました。何でも寒月さんが実家で結婚なすって、多々良さんも婚約なすったとか云う御話で、皆さんで麦酒《ビール》を飲まれて随分と楽しそうでございました。御客様がお帰りになったのが五時半頃でしょうか、それから七時には夕の御膳《おぜん》を片付けまして、主人は書斎に入りました。

——苦沙弥氏の様子は如何に。

お酒が入りました所為か、夕食の御膳では珍しく機嫌がよろしくて、寒月さんから土産に貰った鰹節《かつぶし》は今度ばかりは大切にしまって置けなどと軽口を叩《たた》く程でございました。以前に泥棒が入りまして、山の芋を盗まれた事がございましたので、その時の事と引っかけてそんな事を申したのでございましょう。

——他に来客はありやなしや。

ございました。子供を寐かしつけて七時を少し過ぎた頃でございましょうか、どなたかが玄関にいらしたようなので、出ようとしたところ、主人が茶の間に顔を覗《のぞ》かせて、客が来たがすぐに帰るから茶はいらないと申しまして、それから暫《しばら》くお客様と二人、書斎で話をしているようでございました。

——来客とは誰か。

存じません。主人の申します通り御挨拶《ごあいさつ》もいたしませんで、そのまま茶の間で縫い物を続けて居りました。大方昼間にみえたどなたかが忘れ物でもなすって、ついでに又話し込まれているんだと思いました。お客様はすぐにお帰りになられたように存じます。

——下女の不在は何故《なにゆえ》であるか。

夜になって妾《わたくし》の実家へ使いに遣《や》ったのでございます。と申しますのも、七時過ぎにお客様が来てまもなく、主人が又茶の間に出てまいりまして、お金を実家へ返しに往くよう命じました。主人は実家の兄に少々借用がございまして、うまく都合がついたのでございましょう、いまからすぐに下女に持たせろと云います。何も物騒な夜に持っていかなくとも、明日早く届けさせるからと再三申しても頑として首を縦に振りません。もともと一旦《いったん》云いだしたら聞かない人ではございますが、約束の期日に遅れるのはどうしても嫌だからと云います。仕方なく車を雇って御《お》さんを実家へ遣る事にしました。実を申しますと、翌日には御さんを実家に手伝いに遣ろうかと相談している際でしたので――義姉が出産を控えているところへ母が風邪をこじらせまして、それで妾も昼間に実家に往ったのでございます――そのまま御さんには二三日向こうに泊まって手伝うよう申しつけるのが都合がよいと相談が決りました。それで主人も夜の裡に行けと無理を申したものと思われます。ちょうど御さんは湯に往って居りまして、油でも売っているのかなかなか戻りません。あまり遅くなっては先方に迷惑かと思い、妾が湯屋まで迎えにいって、支度をさせ、漸《ようや》く送り出したのでございます。

――借入金の返却に当てられた金銭は当夜の来客が持参せりと思うや。

左様《さよう》に存じます。他には考えようがございませんので。妾も少々不思議に思ったのですが、湯屋から御さんを連れて戻った時には御客様はもうお帰りでした。それから暫くは慌《あわ》ただしくて、御さんを見送ってから書斎を覗きますと、主人は六ずかしそうな顔で机に向って居りましたので、邪魔をしては又叱《しか》られると思いまして、声をかけずに終《しま》いました。あれが生きた主人を見た最後でございました。

――賊が侵入せりと推測さる深更《しんこう》頃、不審な物音なりとも聞かざりしや。

先程も申し上げました通り、朝まで眠って何も存じません。

――苦沙弥氏懐中の紙入の他、持ち去られし物品はありや。

書斎の書棚、机は主人が家の者に触らせませんので、はっきりとは存じませんが、日記や手紙を入れた手匣《てばこ》が失《な》くなっているように存じます。只当夜に紛失したかはたしかではございません。

——戸締りはたしかでありしか。

間違いございません。九時に妾《わたくし》が家中を見て廻りました。先に泥棒に入られましてから随分用心するようになりまして、勝手口の心張棒《しんばりぼう》も新しい頑丈なものに変えて、玄関にも螺子《ねじ》込みの鍵《かぎ》の他に閂《かんぬき》を主人が取り付けさせて居りました。

——書斎の戸締りは如何《いかん》。

書斎だけは主人がいつも致します。朝には硝子《ガラス》戸の鍵は掛って居りました。

——朝になりて戸締りの具合は如何に。

前夜見た通りでございました。どこにも動かしたような跡はございませんでした。

——重ねて問う。何者かが出入りせる形跡はありや。

たしかになかったと存じます。

——机に残された百合につき問う。

心当たりはございません。只《ただ》御花の活《い》けてあった花活《はないけ》は、主人が先に日本堤《にほんづつみ》の警察署に盗品を受領に行ったときに買って参ったもので、御勝手の棚にしまってあったものでございます。御客様から頂いた御花を主人が自分で活けたものでしょうか。普段は物臭でそう云う事を自分からする人ではないのですが。不思議に存じました。

——今後の生活の具合は。

いまは只途方に暮れて何も考える事が出来ない有り様でございます。実家へ戻る事になると存じますが、幸い多々良さんをはじめ主人の教え子の方々が色々とよくしてくださっていますので、大変に助かって居ります。

ここで一言注意申し上げておくが、猫に於《お》ける記憶力には人間の想像を絶したものがある。人間の中にも記憶術の大家とか称し、円周率π《パイ》の数字を百桁《けた》まで諳《そら》んじて悦に入っている者もあるようだが、吾輩から見れば児戯《じぎ》に等しいと云わざるを得ん。ホーマーがイリアッドの全章句を憶《おぼ》え、アウグスチンがバイブルを悉《ことごと》く頭に入れ、向こう横町の金田君が貸した金を一厘《りん》に至るまで牢記《ろうき》した程度では驚くに当たらない。

そもそも猫などは無知文盲の動物であると人間は見做《みな》しているだろうが、これがまず甚《はなは》だしい間違いである。猫は無論字が読める。書いたり喋《しゃべ》ったり出来ないだけで読むには不自由しない。しかも読む速度が違う。読む、ではなくて只見ると云うのがふさわしいので、書物の頁《ページ》を撫《な》でるが如く一瞥《いちべつ》するのみで別段覚えようと努力せずとも勝手に字が網膜に灼《や》き付いてしまう。一度そうなれば忘れたくても忘れられない。読書百遍と云うが、猫には半遍でもお釣りが来る。だから日本に居た時分にも、主人宛《あて》に届いた書簡などは主人があぁでも無いこうでも無いと愚図々々手間取っている隙《すき》に悉く読んでしまった。時には主人の手元を横から覗き込んで読書を試みる事もあったけれど、しかしこれは到底我慢の出来るものではなかった。なにしろ遅過ぎるのである。吾輩は刹那《せつな》に読み終え、と云うか見終えて、早く次の頁を繰って貰いたいのに、主人はさながら岩に変じたかの如く眼を本に据えて凝固している。飽き飽きした吾輩が毛衣《けごろも》に付いた蚤《のみ》を三匹程殺して暇を潰していると、百年も経《た》ったかと思われる頃になって漸《ようや》く次の頁が開かれる。蝸牛《かたつむり》と一緒に遠足に往くようなものだ。しかもこれ程時間をかけたのだからさぞしっかり内容が頭に入ったのだろうと思えば、読んだ傍《そば》から忘れて又前へ戻って見たりしているのだから呆《あき》れる。巧遅は拙速に如《し》かずと云うが、遅くて拙《まず》いのだから可哀相だ。主人は小説を読む時によく登場人物の名前を脇《わき》の帳面に書き置いて記憶の補助にして居った。それでも頁が進む裡《うち》に分らなくなるらしく、三人以上の人が出てくる小説は今後はよそうと、或る時呟《つぶや》いたのを吾輩は聞いている。

これから較《くら》べるなら吾輩などは殆《ほとん》ど大天才と云って過言ではあるまい。万巻《まんがん》の書物と雖《いえど》も見る事さえ出来るなら悉く覚えて又決して忘れない。如何なる仕組みでそうなるのか吾輩にも分らん。蜘蛛《くも》が誰に教えられなくても見事な巣を張るようなもので、どうしても知りたい向きは造化の神に問い合わせて貰う他ない。吾輩がここで面白いと思うのは、人間が知ったなら声を失うに違いないこの猫の才能が、猫自身の生活には毫《ごう》も役に立って居らない事実である。ダーウィンの進化の説では、生活上必要な能力だけが子々孫々遺伝すると主張されているが、猫を参照すれば随分と怪しい感じがする。

そう云う訳であるから、吾輩が塵芥《ごみ》捨て場で瞥見《べっけん》したにすぎぬ新聞記事を一字一句に至るまで正しく脳裏に保存し、諸猫《しょびょう》の前に披露して見せたからとて何ら驚くには当たらない。朝飯前と云うも愚かな、猫にとっては息を吸って吐くより簡単な事業なのである。

吾輩が報告を終えた時には、雨はすっかり上って代りに霧が出ていた。瓦斯灯の黄色が茫《ぼう》と霞《かす》んで、夜の河が一面に烟《けむ》って船灯が滲《にじ》んでいる。闇を貫いて汽笛が一つ二つ耳に届いた。しばし継続した沈黙を破って、最初に口を開いたのは、やはりホームズ君であった。

六

「ちょっと聞くんだが、大切な点だから精確に答えてくれたまえ」そう前置きするとホームズ君は吾輩へ向って質問した。「湯屋と云うのは一体何だろう」

湯屋とは何か。その問いにどんな形而上《けいじじょう》的の意趣が込められているのであろうかと怪《け》訝《げん》に思いながら、吾輩が「湯屋とはつまり銭湯の事ですが」と答えると、ホームズ君は猶《なお》も不思議そうな顔をしている。するとと横合いから口を出したのは将軍である。

「銭湯と云うのは共同浴場の事だ。その程度の知識もないとはいやはや恐れ入った。英《イ》吉利《ギリス》猫とは余程常識を欠いた者らしい」

将軍は先刻ホームズ君に凹《へこ》まされた仇《かたき》をこんな所で討つ。

「共同浴場と云えばカラカラ帝のそれが有名であるが、羅馬《ローマ》人は入浴を大いに好んだのだね」と伯爵も黙ってはは居ない。「その後の西洋人は羅馬法の精神は受け継いでも、残念ながら公衆浴場の伝統は受け継がなかった。これは専《もっぱ》ら基督《キリスト》教が原因だろう。基督教の道徳では人前で裸になるのを禁じているからね。聖書にも酒に酔って裸になったノアが大いに顰蹙《ひんしゅく》を買ったと出ている。所が日本人は何故《なぜ》か風呂好きだと云う話だ。ここから推して日本人とはかつての羅馬人植民者の末裔《まつえい》ではあるまいかと考える学者もあると聞いた事がある。何でも日本は火山国であるから温泉が方々に涌《わ》いて、老若を問わず三日にあげず温泉に通っては芸者をはべらせ酒を飲むそうだ。勿論《もちろん》これは遊興が目的ではあるまい。フレイザー博士が指摘する如く、きっと宗教上の儀式に相違ない。日本人は産湯《うぶゆ》にも温泉を使うそうだし、洗礼の代りに皆で裸で湯に浸《つか》って、極楽々々とか、有り難い有り難いとか唱えて、国の神と皇帝陛下に感謝を捧《ささ》げると云う話だからね」

　伯爵の日本文化観は少々歪《ゆが》んでいると思ったものの、いずれ誤解を解く機会もあろうと吾輩は自重した。一方、風呂屋を知らなかったホームズ君は無知を恥じる様子もなく、伯爵の名論卓説を相手にする事もなく又質問する。

「湯屋と云うのは家からどれくらい離れているものなのだろう」

「大人の足で七八分と云うところでしょうか」と吾輩が云うと、成程と答えたきりホームズ君が考え込んで居るのを、「そんな事で何故深刻になっているのかね」と将軍が横から揶揄《からか》う。「英吉利に帰って風呂屋でも始める算段かね」

「そうじゃありません。只事件の謎《なぞ》を解く重要な鍵《かぎ》だから自然考える事になるのです」

「どうして風呂屋の距離が重要なのかね」と聞いたのは伯爵である。「他にも大切な点は多くありそうだが」

「単純な事です。被害者の夫人が家を留守にしたおおよその時間を私は知りたかったのです」とホームズ君は説明した。夫人の談話では、七時に謎の来客があって暫くした後、主人が借金を女中に届けさせるよう命じ、夫人が湯屋まで女中を迎えに往っている。片道で七八分とすれば往復で十五分、湯屋で少々手間取ったとして約二十分。その間、寐《ね》ている子供は別にして、家には被害者と謎の訪問客の二人だけになっていた。「仮に犯人が密室殺人の細工を施したとしたら、この二十分間であった可能性がきわめて高いのです」

「そうすると君は七時の来客が真犯人だと云うのかね」将軍が問うとホームズ君は五月蠅《うるさ》そうに「断定はできません」とのみ答えて又思考に沈む様子である。相手のいかにも素っ気ない振る舞いに鼻白《はなじろ》んだ将軍は、ふんと一つ鼻を鳴らすとそっぽを向いてしまい、暫くはぎこちない沈黙が続いたが、「密室殺人とは一体何かね」と忘れた頃になって伯爵がぽつんと質問した。

実は吾輩もこれは聞きたいところで、密室殺人などと云う妙な言葉は始めて聞いた。所が問われたホームズ君はと云えば、最早《もはや》心ここにあらずの風情《ふぜい》で、朦朧《もうろう》と霞《かすみ》のかかった眸《ひとみ》を虚空《こくう》に彷徨《さまよ》わせている。どうやら先生一人勝手に頓証菩提《とんしょうぼだい》の境裡《きょうり》に入ってしまったらしい。後で教えられたのであるが、ホームズ君の頭蓋《ずがい》にしまわれた灰色の脳細胞が燃え盛る石炭炉の如き活動を為《な》している時のこれが特徴と云う事だ。特徴はよいが聞かれた者が知らぬ答えぬでは談話が続かない。気《き》拙《まず》い空気が垂れ込めた雲見た様に座を覆《おお》って、一同が困惑しているところへ、「私がお答えしましょう」とそれまでずっと黙って暗がりに鎮座していたワトソン君が出てきた。

「密室殺人とは犯罪学の分野では不可能殺人の一種類とされます。要するに犯人の出入りが不可能な場所で殺人死体が発見された場合を密室殺人と云うのです。これの有名な最初の事件は、一八四一年にパリのモルグ街で起ったものでありまして、デュパンと云う探偵が卓抜なる観察と推理で以《もっ》て見事解決いたしました。ホームズの主人も実は犯罪研究家なのですが、『まだらの紐《ひも》』事件でやはり密室殺人に遭遇した事があります。他にも近年に幾つかの例がありますが、あらゆる犯罪の中で最も謎めき、又解決の困難な種類と申しましょう。であればこそ世の探偵はこぞって己の才能を発揮する好機と見做《みな》し、密室殺人を奇貨として珍重する事にもなる訳です」

ワトソン君の丁寧な語り口は四阿《あずまや》亭の猫たちから概《おおむ》ね好意的に受け入れられた。丁寧過ぎて教え諭す様な調子に僅《わず》かでもなれば厭味《いやみ》に聞こえるものであるが、ワトソン君にはそう云う事もなく、これはやはり同君の猫徳《びょうとく》と云うものであろう。どことなく威厳の備わった、聞く者に疑念を生じさせぬ整然たる論理展開は、さすがは医師の家に飼われていた猫だと思わせる。

「此度《こんど》の事件についても、戸も窓も悉く内側から施錠されて居《お》った状況からして、やや不完全ながら家全体を密室と見做す事が出来ましょう。不完全と申しあげるのは、中に被害者の他に夫人と子供があったからでありまして、純粋の密室殺人とはやはり、犯行があったと目される時刻に被害者以外に他に人間が居てはならん訳です」とそこまでワトソン君が云った時、「いや十分さ。十分密室殺人として認定してよいと思う」とホームズ君が上擦《うわず》った声で叫んだ。「これから謎を僕が解いて見せる」

この時点では会ったばかりでホームズ君と云う特殊的猫の性質を知らなかった吾輩は、四阿亭の暗がりで炯々《けいけい》と眼を光らせた猫の興奮ぶりを茫然として眺めて居った。熱が籠《こ》もるとホームズ君の蒼味《あおみ》がかった毛衣はいよいよ蒼褪《ざ》めてくる。暗中に燐《りん》が燃えるかの如くになる。密室殺人とは余程猫を高揚させるものらしい。いずれ一度くらいは吾輩も試してみようなどと考えていると、ホームズ君の不作法に不興を覚えたらしく伯爵が水を差した。

「密室殺人は分ったが、しかし本当に密室々々と騒ぐ程のものだろうかね。聞く所では日本の家は木と紙で出来ていると云う話じゃないか。どんなに窓や扉を厳重にしたからと云って、壁が紙じゃあ仕方がない。そうだろう、君」

急に問われた吾輩が「ええ、そう云う面もあるかも分りません」とまごまごしていると、「では伯爵、伺いますが」とホームズ君が逆に質問した。「伯爵が薄紙で出来た鍵のかかった箱の中に居るとしましょう。伯爵はどうやって外へ出られます」

「紙くらいは爪《つめ》で引き裂いてしまうさ」

「でしょうな。伯爵は大層立派な爪をお持ちのようですからな」

「それ程でもないがね」と褒められた伯爵は満更でもなさそうな顔である。

「しかしそうして外に出たとして紙には破れ目が残るのではないですか」

「当然残るだろう」

「跡を残さずに出るにはどうします。無論鍵はないとして」

「手品でも使う他あるまいな」と少々憮然《ぶぜん》とした調子で伯爵が答えると、「その手品がまさに密室犯罪なのです」とホームズ君が得たりとばかりに云う。「つまり密室を構成するのは状況であって、部屋の材質ではない。綾絹《あやぎぬ》一枚でも頭のよい犯罪者であれば密室を造り出すでしょう。日本の家が紙の箱でもよいのです。犯人はそこに痕跡《こんせき》を残さず密に出入りした。その方法こそが憎むべき犯人の我々の頭脳に対する挑戦なのです」

ホームズ君の演説を聞きながら、吾輩が苦沙弥先生の陋屋《ろうおく》に思いを巡らせたのは自然の成り行きと云うものであろう。老朽化した木造ではあるものの、さすがに紙箱と云う訳ではない。細君の談話にもあったように、夏に泥棒に入られ山の芋が盗《と》られたのが余程悔しかったのか、ずぼらな主人には珍しく直後には随分と熱心に盗難対策を講じて居った。なにせ一旦《いったん》こうと決めたら聞かない男であるから、不格好だから是非よして欲しいとの細君の繰り返しの嘆訴にも拘《かかわら》ず、玄関戸に頑丈な閂《かんぬき》を据えたのを始め、火事になったら危ないですぜと云う大工の忠告も聞かず、縁側の雨戸には外から剝《は》がせぬよう戸と戸を繋《つな》ぐ錠を付けさせて居った。吾輩が泥棒の立場に身を置いて考えてみても、勝手や裏座敷の窓には木の格子《こうし》が嵌《は》まっているし、這入《はい》るような隙間は全くない。吾輩はこう見えて猫であるから隙間問題には通じている。一種の専門家である。天井裏に一つだけ外へ通じる穴があったのは覚えているが、しかしこれは吾輩が苦労して漸《ようや》く擦り抜けられる程度の大きさだから人間では到底無理だ。無論古い家であるから壁に穴を開けようと思えば開けられん事はなかろうが、夜中にそんな突貫工事をすればいくら迂闊《うかつ》な主人でも気が付くだろう。

這入るのはまだいいとして、更に不可解であるのは、新聞も報ずる通り、犯人が如何《いか》にして家から出たかが分らん事である。書斎の硝子《ガラス》戸も玄関も勝手も内側からでなければ戸締りは出来ぬ。苦沙弥邸はこの点で家主と同様甚だ牡蠣《かき》的な性質の家であった。誰かが中で主人を殺した以上いずれは出なければならん。朝にはいなかったと云うから夜中に出たのだろうが、出た後に一体どうやって外から戸締りをしたのか。烟《けむり》の如くに隙間を抜けたか。あるいは念の力で器物を動かしたか。成程云われてみればたしかに奇々怪々と云う他なく、つまりはこれがホームズ君云うところの密室殺人の謎的性格に違いない。

「しかし儂《わし》には左程大層な謎とは思えんがね」とその時疑念を呈したのは黒猫将軍である。「まず侵入の方だが、なに犯人は侵入などして居らんのさ」

「と云いますと」とホームズ君が興味あり気な顔で将軍を促す。

「犯人は玄関からだか硝子戸からだか、いずれにせよ中から鍵を開けて貰《もら》って家に這入ったのだ。鍵を開けたのは無論被害者の英語教師だ。つまり二人は顔見知り、それもかなり親しい間柄だったと断定できる」

「断定とはまた随分思い切りましたな。しかし根拠はおありかな、将軍閣下」と今度は伯爵が問う。

「無論実証できる」と将軍が言下に云い放つや伯爵が半畳《はんじょう》を入れた。

「これは将軍閣下の口から実証などと云う言葉が聞かれるとは夢にも思いませんでした。根拠の無い観念主義一本槍《やり》と拝察して居りましたからな」

「この程度の問題には奥深い哲学は不要であるだけだ。子供の算術より易しい。つまり実証主義などは所詮《しょせん》簡単な足し算程度の事柄しか扱えんと云うことさ。引き算だって怪しいくらいだから掛け算は到底無理だろう。一足す一を只積み重ねて行けばやがて世界を理解出来ると云うのだから御目出たいとしか云いようがあるまい」と嘯《うそぶ》く将軍は自分の推論に余程自信があると見える。

「序論は結構。将軍の実証とやらをお聞かせ願いましょう」と伯爵に急《せ》かされて、

「顔見知りの犯行であるのは殺害の方法からして明らかなのだ。物盗りの犯行などは世《よ》迷《ま》い言《ごと》に過ぎん」と将軍は始めた。新聞には被害者の教師は背後から頭を一撃されたとある。仮に盗賊が不意に闖入《ちんにゅう》したとして、木偶《でく》の坊でもあるまいし、一体どこの誰が頭を割られるまで大人しく後ろを向いているだろうか。ましてや被害者は日本人である。空手か柔術の心得くらいはあるだろう。あるいは揉《も》み合いになって教師が逃れようとしている所を後ろから殴られたと考えられるかも知らんが、だとしたら物凄《ものすご》い悲鳴や物音が起っていたはずだ。所が同じ家に居た妻女は気づかなかったと云う。つまり被害者は油

断している所を背後からやられたのである。

「であるからして、犯人は被害者が後ろを見せて平気でいられる人物、つまり親しい知人でなければならんと結論できる。付け加えれば、失われて居った財布や部屋を荒らした形跡とは、物盗りの犯行に見せかける偽装であるのは云うまでもない」

一息に弁じ立てた将軍は、どうだとばかりに一座の者を睨《にら》みつけた。苦沙弥先生の武術云々《うんぬん》は頂けないものの、その点を除けばどうして堂々たる立論で反駁《はんばく》の余地は無いようである。

「お見事です、将軍」とホームズ君も尻尾《しっぽ》を盛んに振って敬意を表している。「そこまで明快に述べられた以上、犯人の逃走の方法についても考えがおありなんでしょうね」

「無論だ」と将軍は勝ち誇ったように隻眼《せきがん》をホームズ君に据えた。「先刻、そこのボブテイル君はやや不完全な密室であると云って居ったが、儂に云わせればこれを密室と呼ぶべきではない」

ボブテイルとはワトソン君の如く尻尾の短い猫を呼んでそう云うらしい。何でも方舟《はこぶね》に動物たちが乗り込んだ時一番最後にやって来て、ノアが閉めた戸に挟まれ尻尾が千切れた猫だと云う事だ。将軍は一つ咳《せき》払いをすると先を続けた。

「家の中には妻女が居ったのだ。である以上後から幾らでも細工は出来る」

「と云うと将軍は夫人が犯人だとお考えなんでしょうか」とホームズ君が六ずかしい顔をして問う。

「必ずしも直接の下手人《げしゅにん》と云うのではないが」と将軍が答えたのに押し被《かぶ》せるように、

「そんな事は絶対に考えられないわ」と桟敷《さじき》席から口を出したのはマダムである。

「何故です」と聞いたホームズ君へマダムは即座に応答した。「だって、そんな恐ろしい真似《まね》は女には出来やしないわ」

「せっかくのマダムのお言葉ではありますが、そうとは申されますまい」と今度は伯爵が批評を加える。「歴史を僅かでも繙《ひもと》きますれば明らかなように、女の殺人者は枚挙に暇《いとま》がない。我が仏蘭西《フランス》にも快楽を得んが為に慈善病院の患者に毒を飲ませたブランヴィリエ侯爵《こうしゃく》夫人が居るし、最近では英吉利でエレーヌ、ジェガードと云う女が砒素《ひそ》で以て実に三十四人の人間を殺害して捕《つかま》って居りますからな」

「それは毒を使ってのお話でしょう。勿論妾《あたし》だって雄猫を殺すなら毒を盛るわ」と少々物騒な事をマダムは云う。「でも棒で頭を殴るなんて乱暴なやり方は女には無理。それに日本人の男は獣見た様に獰猛《どうもう》だけれども、女は随分大人しいと聞いたわ。食事をするのに箸《はし》とか云う軽い二本の木の棒を使うらしいんだけれど、ナイフやフォークは持てないからと云う話よ。日本人の女は箸より重い物は持てないそうだから、棒で人の頭を殴るなんて絶対に無理よ」

吾輩は上海へ来て以来日本人像が海外で誤って流布《るふ》している事実を度々目《ま》の当たりにした。日本の武士と云う種族は五十歳になると必ず腹切りをして自殺すると云った話をまともに取る者があるくらいで、中には誹謗《ひぼう》中傷と云わざるを得ない評言や、日本人の徳性を疑わしめかねぬ、口にするのが憚《はばか》られるような流言蜚語《りゅうげんひご》さえまことしやかに語られている。このままでは如何に世界の一等国になったとて軽蔑《けいべつ》されるばかりである。この時も甚《はなは》だ正確を欠いたマダムの説に対して伯爵が、しかし日本には女相撲と云うものがあって、横綱ともなれば百キログラムもある黄金の俵を軽々持ち上げると『東方見聞録』には出ているなどと反論している様子を眺めれば、ここは一つ日本の猫児たる吾輩が誤解を解いて廻らねばとの使命感が生まれたけれど、吾輩が口を開く前にいち早くホームズ君が、日本女性論につき猶《なお》も論争を続ける構えの両者の間に割って入ったので、吾輩の啓蒙《けいもう》活動は先送りとなってしまった。

「まあまあ御両所とも、まずは矛《ほこ》を収め下さい。将軍の御高説を我々は拝聴していた所なのですから」

「大体将軍が女が犯人だなんて云い出すからいけないのだわ」と批判を受けたマダムは炙《あぶ》られた餅《もち》見た様に膨れている。思わぬ方面から剣突《けんつく》を喰らわされて弱っている将軍に代って又ホームズ君が云う。

「マダム、将軍はなにも被害者の夫人が犯人と決めつけたのではないのですよ」

「そう云う事だ」とホームズ君に励まされて勇気を得た将軍は再開した。「妻女が犯人である可能性は、マダムには申し訳ないが百パーセントは排除出来んと儂は思う。だが別に妻女が犯人である必要もない。共犯者であれば十分なのだ」

　夜中に男がやって来る。背後から英語教師を棒で打って殺す。犯人は玄関から悠々と逃走し、その後でゆっくり細君が戸締りを内からすればよい。

「つまりこれは英吉利のお調子者が云うような密室ではないと断じて間違いはない。大体密室殺人などと云う珍奇な出来事がそうそう起っては、探偵趣味の暇人には喜ばしいかも知らんが、健全な国家社会の運営にとっては甚だ困るのだよ。幸い大抵の事件は平々凡々にして動機は明歴々たるものがあるがね。この事件も又しかり。儂が最初に云った通り、大袈裟《おおげさ》に騒ぎ立てる事じゃない。犯行後に妻女が戸締りをした。単純にそれだけだ」

そう云った将軍は改めてホームズ君の顔を隻眼でぐっと睨みつける。必ずしも仲が良かったのではないにせよ、主人とは偕老同穴《かいろうどうけつ》の契《ちぎ》りを結んだはずの細君が殺害に一役買っていたとは、吾輩にとっては余りに意想外であって、俄《にわか》に両手を挙げて賛成すると云う訳にはいかなかったものの、とにかく理屈だけを取って合理性の見地から検討して見るならば、将軍の云い分には敢《あ》えて論難すべき齟齬《そご》は一片も無いと思われた。これにはさすがのホームズ君も参っただろうと窺《うかが》えば、先生恬《てん》として動じる気色《けしき》がないばかりか、寧《むし》ろ気の毒そうな薄ら笑いさえ面に浮かべている。

「どうだね、君。何か云ったらどうかね」と相手の落ちつきぶりを少々気味悪く思ったらしい将軍が重ねて問い糺《ただ》し、笑ったままのホームズ君が口を開きかけた時、「将軍の説には到底賛成しかねます」と別の所から声が掛った。見ると四阿亭《あずまや》脇《わき》の柳の下から一匹の猫が出てくる。見覚えのある長い尻尾の主は虎《とら》君である。

「誰かと思えば虎君ですか。賑《にぎ》やかで結構な事だが、只でさえ探偵多くして舟、山に登ろうとしていた所に持ってきて、俄探偵が更に一匹増えたものと見える」と伯爵が早速揶揄《からか》う。

「それを云うなら料理人が多くてソップが台無しでしょう」とマダムが注釈を入れ、

「君は、どうして将軍の説が間違っていると思うのかい」とホームズ君が問う。

「それはこう云う訳さ」と虎君は前置き無しに始めた。「先程将軍は室内に荒らされた形跡があったのは強盗の犯行に見せかける為だと仰《おつしや》っていましたね」

「たしかに云ったが」と問われた将軍が頷《うなず》くと虎君は語を継いだ。仮に被害者の夫人が誰かと共謀して夫を殺害したのだとして、何故《なぜ》彼女はわざわざ密室状況を作り出す必要があったのか。強盗の仕業に見せかけようとしたのなら、寧ろ裏口の一つも開けて置いて、強盗はここから逃走したのだと判然《はつき》り分るようにした方が得策ではあるまいか。家を密室にすれば却《かえ》って疑惑を呼び、中に居た夫人に嫌疑がかかる結果になりはしまいか。「夫人が犯行に荷担していたとしたら、わざわざ自分の首を絞めるような真似《まね》をどうしてしたのか、ここが僕にはどうしても合点がいかないのだ」

云われて見れば成程尤《もつと》もだと吾輩も頷かざるを得なかった。誰も脱出した形跡のない室《へや》の中に殺人死体があって、その傍らに人がいたなら、お前が殺しただろうと云われて本人には抗弁のしようがない。実際先刻将軍は殺人の可能性のある人物として細君を指名したばかりである。

「僕もそう思うのだ」とホームズ君が又考え込むような六ずかしい顔で云った。「僕は日本の警察と云うものを知らないが、もし彼らが倫敦《ロンドン》警察の我が敬愛する刑事諸君や、黒猫将軍と同程度の知能と想像力しか持ち合わせていないとするなら、いずれ無実の夫人が夫殺しの犯人として捕縛される事になりはしまいかと僕は恐れるのだ。あるいはそれこそが奸知《かんち》に長《た》けた犯人の狙《ねら》いであったかも知れないのだからね」

「そんな事を云っても仕方があるまい。所詮猫の身ではどうする事も出来んのだからな」虎君とホームズ君に寄ってたかって自信の説を論破された将軍が悔し紛れに鼻を鳴らすと、「そうでもないのですよ」と云ったのはワトソン君だ。「ホームズは過去にも主人の捜査に大いに協力した実績があるのですから」

友人の手柄を宣伝する好機となればワトソン君は黙っていない。猫品卑《びようひんいや》しからざる紳士振りを惜しむ事なく捨て去って、油紙へ火が付いたが如き饒舌《じようぜつ》を発揮して止《や》まない。

「先程紹介した『まだらの紐《ひも》』事件にしても、犯行の手段となった毒蛇に最初に気が付いた手柄は実はホームズのものなのですからね。彼の主人がパイプの烟で部屋中朦々《もうもう》とさせて考え込んで居る時に、ホームズが庭の草叢《くさむら》から蛇をくわえてきたので、漸くにして彼の主人は難事件解決の糸口を得たのです。私の主人が事件の詳細をストランド誌に発表したのですが、このくだりが削除されていたのには私も随分悔しい思いをしたものですよ」

「しかしここが上海である事実を諸君は忘れているのではないのかね」と伯爵がワトソ

ン君の熱心に水をかける。「日本とは遠く海を隔てている。いかにホームズ君が優秀かつ才能に恵まれた猫と雖《いえど》も如何《いかん》ともし難いのではあるまいかね」

「ホームズなら何とかするはずです」ワトソン君も意外に頑固である。

「又蛇でも捕えるかね。当地の蛇には猛毒のあるのが居るからせいぜい気を付けたまえ」と将軍が冷やかすと、「たしかに日本の警察に協力する事は六ずかしいでしょうが」とワトソン君に代ってホームズ君が泰然たる面持ちで口を開いた。「犯人の名前くらいは当てられるでしょう」

「ほう。では君はもう真犯人の目星が付いているとでも云うのかね」と将軍が揶揄うとホームズ君は平然として答えた。

「ええ、およそは付いているようです」

「じゃあ、すぐに云ってみたまえ」気色ばんで将軍が強要する。

「いいでしょう。だがその前にいま少し情報を蒐集《しゅうしゅう》整理する必要がある。何しろ現在の所我々は犯行の動機については何も知っていないのですから。犯罪事件はトリックの解明以上に動機の側面からの研究が大切なのです」

そう云ったホームズ君は吾輩を正面から見据えた。深い灰色の眸《ひとみ》に見つめられると吸い込まれてしまいそうである。

「将軍が指摘した通り、殺人犯人が君の主人の知り合いであるのは間違いないと僕も思う。犯人は君の主人の家に出入りしていた人間の中にきっとある。親しくもない人間を夜中に家へ招き入れたりは普通しないものだからね。それに君の主人と云う人は偏屈で交際が狭かったようだから」

「どうしてそんな事が分るんです」見てきたように云う相手に吃驚《びっくり》した吾輩が問うと、ホームズ君は快活に笑った。

「だいたい教師と云うのは唯我独尊《ゆいがどくそん》の依怙地《いこじ》な人間が多いからね。僕が昔住んでいたベイカー街にもクレイグと云う文学の教師が居ったが、偏狭を絵に描いたような人間だった。死んだら頭蓋骨《ずがいこつ》を頑固者の研究標本として大英博物館に寄贈すべきだと真剣に思った程だ。それから夫人の証言にも君の主人はしばしば書斎に籠《こ》もり切りになるとあった。そうした人間は社交が下手と昔から相場は決っているのさ」

「成程、どうもそのようです」

「そこで相談なのだが、今から君が被害者の家で見聞きした出来事を細大漏らさず話して欲しいのだ」

「と云われましても」と吾輩は困惑を隠せない。細大漏らさずと云われてもどこから話せばよいか見当が付かない。

「君が被害者の家に飼われた日から今日までの事を話して貰いたい。省略なしできっと精確に報告してくれなくては困るよ。君の話から証拠を摑《つか》もうと云うのだからね。客観に徹して、主観を可成《なるべ》く交えずに、そう、例えば写生でもするような気分で語ったらどうだろうかね」

「しかしそんな事をしたら朝までかかってしまいますが」

「僕は一向に構わない」

ホームズ君は構わんかも知らんが、話をする吾輩の身にも少しはなって欲しいと思っていると、「僕も是非聞いてみたい」と横から虎君も希望を表明する。更には伯爵や将軍までもが口を揃《そろ》えて、早くしたまえと、愚図っている吾輩の背中を強力に押す始末で、どうやら一同ホームズ君の熱に煽《あお》られ、俄《にわか》探偵となって犯人究明の手柄を奪い合わんとする気構えであるらしい。ここに至って到頭吾輩も覚悟を決めた。あれこれ迷った挙句《あげく》、ええい、ままよとばかりに出鱈目《でたらめ》に口から吐き出したのが「吾輩は猫である。名前はまだ無い。どこで生れたか頓《とん》と見当がつかぬ」と云う文句であった。

斯《か》くして吾輩は思いがけず、苦沙弥先生宅の食客となって暮らした一年余に亘《わた》る、長い長い物語を諸猫の前に披露する事になったのである。

第三章　諸猫《しょびょう》の捜査《そうさ》が開始される

七

見聞きした事を有りのままにと云うホームズ君のたっての依頼ではあったけれど、二十四時間の出来事を漏れなく語るには二十四時間かかる訳であるからして、一年余の日月ともなればやはり一年以上かかってしまう理屈になって、いくら猫が暇だからと云って一年休まずに喋舌《しゃべ》り続ける事は出来ぬし、第一途中で腹は減るし眠くもなる。従って吾輩《わがはい》は吾輩の主観からして肝要と鑑ぜられる事件にのみ限定して、しかも大分中身を省略して語ったのであるが、それでも当夜吾輩が吐いた言葉を悉《ことごと》く文字に記したならば、五百頁《ページ》は優に超える大部の書物になっていただろう。

吾輩が語り終えた時には東の空が白んで、朝霧に烟《けむ》る黄浦《こうほ》江《こう》に鷗《かもめ》が喧《やかま》しく鳴き始めていた。宵《よい》の口には四阿亭《あずまや》に大勢集って耳をそばだてていたガーデンの猫たちも、一匹又一匹と闇《やみ》へ消えて往《い》き、最後まで残ったのはホームズ君ワトソン君の他には虎《とら》君伯爵《はくしゃく》将軍の三匹のみで、しかも中で元気な者と云えばホームズ君と虎君くらいのもので、後の諸氏は途中から半分居眠りをして居《お》った。

だいたい以上の如《ごと》くですと、吾輩が物語の終了を告げると、待ちかねたとばかりに身を起した伯爵は、今日はここまでにしようと閉会を宣言した。先生大分お疲れの御様子で体を起すのも大儀そうである。伯爵は続けて、今度の満月の晩に同じ場所で落ち合うべき旨《むね》を一同に通達した。これはさすがに適切な判断と云うべきで、夜明しの疲労もさることながら、朝になればガーデンは人の通行が喧しくて落ちつかない。猫の集会は人《ひと》気《け》のない夜中に行われるものと猫の国際条例で昔から決っているのである。次回までに各自が事件の解決を考えて置き、順番に発表して優劣を競うのはどうであろうかとの伯爵の提案に、儂《わし》は今すぐでも構わんがと、黒猫将軍が強がりを口にしたのみで、後の者が黙って頷《うなず》いたのでそれで散会となった。人間の中には長っ尻《ちり》の種族とか云って一度席に着くと根が生えた如く何時《いつ》までも居据わって他に迷惑を及ぼす輩《やから》があるようだが、猫は己の孤独を明察を以《もっ》て深く自覚しているから、人間の如く寂しい寂しいと見苦しい泣き言を云いながら愚図々々何時までも群れたりしない。別れる時は未練なく別れる。

吾輩は朝飯まで寐《やす》む事に決め、昨日の雨で出来た水溜《みずたま》りを嘗《なめ》て渇いた喉《のど》を潤すと、いつもの沈丁花《じんちょうげ》の根方に潜り込んだ。なにしろ一晩中喋舌り詰めで困憊《こんぱい》しているから、体を地面に着けた途端欲も得もなく眠り込むに違いないと思ったら、やはり神経が興奮している所為《せい》か、頭が冴《さ》えて眠りの佳境になかなか到達出来ない。先刻語ったばかりの一年余に亘《わた》るあれこれの場面が目まぐるしく瞼《まぶた》に浮かんでは消え、雪崩《なだれ》を打って渦《うず》巻き、その渦の中心には誰が主人を殺したかの謎《なぞ》があって、真っ黒い口を虚《うつ》ろに開いている。暫《しば》らく目を瞑《つむ》って見てから、眠る事を諦《あきら》めた吾輩は、自分なりの観点から事件の整理復習を試みる事にした。

主人が親しい者に殺害されたのだと云う黒猫将軍の推論はまず動かし難い。如何《いか》に迂《う》闊《かつ》な主人と雖《いえど》も、背後に人が降って涌《わ》いたのでもない限り、見知らぬ人間にそう易々《やすやす》と頭を割られるとは思えん。相手が親しい知己であればこそ後ろを見せる油断があったと考えるのは妥当である。更には主人が死んだのが夜の十一時から二時の間と云うのだから、そんな非常識な時刻にやって来て主人が不審を抱かず邸内に招き入れる人物と云えば限られる。深夜の来客に細君が気が付かなかったのは納得がいかぬと考えられるかも知らんが、それは細君と云う者を知らないからそう云うのである。細君はよく寐《ね》る女である。本人の弁では貧血の気味があって睡眠が不足すると頭の芯《しん》がじんじんするとの事だが、とにかく眠る事猫以上だ。夜中にしばしば目が覚めるなどと新聞で述べているのは只《ただ》の見栄《みえ》張《は》りであると吾輩は断言して憚《はばか》らない。泥棒が入って枕元《まくらもと》の山の芋を持ち去った時さえ気づかなかった事からしても明らかなように、どうしてなかなか起きるもんじゃあない。一度就眠したなら子供が少々むずかった程度では決して目を醒《さ》まさない。耳元で半鐘を乱れ打ちしてどうかと云うくらいである。従って深夜の来客を細君が知らぬと云う、一般家庭では想像を絶したこの事態を前に吾輩は毫《ごう》も不審を抱かぬ者である。

それに客は玄関から来たのではあるまい。書斎の硝子《ガラス》戸に灯のあるのを見て、庭から廻って硝子をこつこつ叩《たた》いて合図を送り、書斎へ直接上り込んだに相違ない。実際以前に寒月《かんげつ》君がそんな風にして来訪したのを吾輩覚えている。

問題は無論それが何者であるかだ。当夜は七時頃にも正体の知れぬ来客があったと云うが、犯行の時刻から見てこれは一応別と考えて、深夜の訪問者が主人殺害の主犯であるのは十中八九間違いあるまい。ホームズ君が看破したように、主人と云う男は甚《はなは》だ交際の狭い人間であったから、親しい知己と云えば数は知れている。学校の同僚や生徒は総じて嫌って居ったから数には入らない。津木ピン助や福地キシャゴならばいきなり剣突《つく》を喰わせ追い返して当然である。となれば同窓生か旧教え子の中の近しい者以外にない訳で、まずは迷亭《めいてい》、寒月、独仙《どくせん》、鈴木、多々良《たたら》と云った面々、後はせいぜい甘木医師が加えられる程度である――おっと東風《とうふう》君を忘れて居った。何にでも一枚加わらねば気が済まぬ東風子の事であるから、麒麟《きりん》に描かずしては文句が来るだろう。とりあえず容疑者に入れておこう。他に姪《めい》の雪江と云う者もあるにはあるが、まさかうら若い女学生が夜中にやって来て叔父《おじ》さんの頭を棒で殴って殺すとは思えんのでこれは除外する。さて、そうなると容疑者は、迷亭、寒月、独仙、鈴木、東風、甘木、多々良、以上の七人と云う事になって、この中に極悪非道の犯罪人が必ずいる理屈になる訳であるが、一つ一つ想《おも》っていかにも太平の逸民《いつみん》にふさわしい無害平和な顔しか浮かんでこないのは致し方ない。親しく交わりを結んだ知音《ちいん》の中に殺人犯があると思って気持ちのよいはずがなない。吾輩は一人々々を俎上《そじょう》に乗せて検討して見る事にした。

まず迷亭はどうか。夜中に飄然《ひょうぜん》と現れたあたりは一応迷亭先生の役所《やくどころ》とは云える。遠慮とか気兼ねとかの言葉を母親の腹中に置き忘れて来た先生の事であるから、夜中で迷惑だろうなどと云う心配とは縁があるはずもない。いつでもどこでもずかずか土足で上り込んで憚らぬ。ワトソン君の言に拠《よ》れば、密室殺人とはあまたの犯罪の中でも犯人の芸術性が最も試される分野だそうだから、美学者の先生が為《な》すに相応《ふさわ》しいとも考えられる。たしかに愉快を覚えつつ趣味的に人を殺すとなれば、真先に迷亭先生を指名しなければならん。少なくとも密室殺人を語らせたら先生の独擅場《どくせんじょう》となって、一昼夜を費やしても猶《なお》足らぬ駄弁を揮《ふる》って周囲を辟易《へきえき》させるのは間違いない。しかし実際に手を下す度胸があるかとなれば首を捻《ひね》らざるを得ん。多弁に能なしと云う。せいぜい深夜に予告なく現れ、先生考案になる殺人方法四十八手を披露して主人を呆《あき》れさせるくらいが関の山ではあるまいか。それに動機があるか。以前迷亭先生は羅甸語《ラテン》を主人に聞かれて答えられなかった事があるけれど、いくら見栄坊でも羅甸語不如意《ふにょい》の事実が漏れ広まるのを恐れて殺したとは考え悪《にく》い。あるいは迷亭先生の事であるから、「美学者にとって人間にまつわるあらゆる現象が研究対象である。人の死もまた例外ではない。しかして此度《こんど》、吾輩人が死ぬ所を観察して美学研究の一助にせんと欲し、敢《あ》えて苦沙弥《くしゃみ》君には人類の思想発展の貴重な犠牲になって貰《もら》ったのである」くらいの台詞《せりふ》は平気な顔で嘯《うそぶ》きそうな気もするが、しかしそこまでの熱心が学問研究に対してあるならもう少し偉くなっていたのではあるまいか。

次に寒月はどうか。これもワトソン君に拠れば密室殺人には物理的と呼ぶ方法があるそうだから、力学界の俊英たる寒月君に疑いの目を向けることもできよう。なにしろ団栗《どんぐり》のスタビリチーを論じて併《あわ》せて天体の運行に及ぶ程の寒月君である。密室の一つや二つ発明するくらい訳はなかろう。苦沙弥先生の薫陶《くんとう》を受けながら猶秀才である寒月君の頭脳優秀は折り紙付きと云わねばならん。藍《あい》より出《いで》てと云うが、苦沙弥先生は藍は藍でも河原の枯草同然であるから、いきおい寒月君の才能の大きさが推し量られると云うものである。しかし珠磨《たます》りに忙しい寒月君に果して人を殺している暇があるだろうか。まして寒月君は結婚したばかりで公私倶《とも》に慌《あわ》ただしく密室など考案している時間はあるまい。少なくとも自らの発明になる殺人の理論を実地に試験して見るなどの風流心は寒月君に限っては無いと思われる。他に動機面を考察すれば、例えば学生時代の寒月君が試験の答案を誤魔化して、主人に秘密を握られていたと云った風な事が考えられるが、しかしだとすれば主人に会った際の寒月君にもう少しおどおどしたところがあってもよいはずである。主人の前に出た寒月君はいつでも厭味《いやみ》なまでに自信たっぷりで、主人の如き小人物は端《はな》から眼中にないと云った悠然たる態度で一貫して居った。

怪しいと云うなら外見では何を考えているのか分らぬ独仙が怪しい。何しろ面壁《めんぺき》九年の修行の果てに電光影裏《えいり》に春風を斬《き》る境地に遊ぶ独仙君だ。主人一人の命などは乾坤《けんこん》に落下した微塵《みじん》程度に見做《みな》しても不思議はない。自分の命となれば又別であろうが、他人の生死について無情恬淡《てんたん》たる事独仙君の右に出る者はあるまい。だが何と云っても独仙君は人生消極主義の権化《ごんげ》である。殺人と云う行為はどちらかと云えば積極的な部類に含まれると思われる。仮に独仙君が主人の死を望んだとして、放って置いても主人は遠からず死ぬ。なかなか死なぬとしても到底百歳までは生きまい。無論百年などは消極主義の見地からするなら須臾《しゆゆ》に等しい。敢えて人工の手を加えずとも天然自然の道理が速やかに主人を白玉楼中《はくぎよくろうちゆう》の人と為すのが明らかである以上、わざわざ出掛けて往って殺すのは消極主義に大いに反すると云わねばならん。

この点からするなら、吾輩の見るところ、甘木医師も独仙君の同類である。甘木先生本人が消極主義の論説を鼓吹《こすい》する事はなかったにせよ、主人への診察加療の模様を瞥見《べっけん》するなら、先生の消極主義は寧《むし》ろ本家の独仙君を凌《しの》いでいたとさえ思われる。何しろ先生、主人の病疾《びようしつ》に対して積極策を講じた例《ため》しは一度もないのである。思えば素人《しろうと》目にも主人は明らかな病人であった。吾輩に云わせるなら苦沙弥先生の胃弱も癇癪《かんしやく》も痘痕《あばた》も結膜炎も偏屈も、同じ一つの病根から生じ来たったものであって、病根とは即ち苦沙弥先生その人である。苦沙弥と云う存在その物がすでにして一個の立派な病気である。にも拘《かかわら》ず甘木先生はいつでも判で押したように頓服《とんぷく》と水薬でお茶を濁し、後はタカジヤスターゼの服用を勧めるくらいで澄まして居った。一度だけ催眠療法の積極策を引っ提げて登場した事があったけれど、尻《しり》すぼみに終わったきり二度試された様子はない。大体甘木氏の職業からして殺すにはもっと巧《うま》いやり方があるだろう。舶来の妙薬とでも称して砒素《ひそ》を包めば、舶来物なら何でも有り難がる主人の事だから、平身低頭押し戴《いただ》いて毎日欠かさず服用した挙句《あげく》に衰弱死したに違いない。

さてお次は誰だ。ええと、段々面倒になってきた。けれどここまでやって残りを放置するのは他の先生方に義理が悪かろう。次は鈴木君だ。鈴木君は悪人である。裏表のある人間である。平気で二枚舌を使う。勿論《もちろん》義理を欠く人情を欠く恥をかくの、三角術を以て処世の方針と標榜《ひょうぼう》して憚らぬ鈴木の藤《とう》さんの事であるから、実業家として頭角を現すには舌は三枚四枚でも足らぬ所だと答えるだろう。しかし悪人だからと云って直ちに人を殺すとは限らない。寧ろ世間を見渡せば善人が逆上して殺人の罪を犯す場合の方が遥《はる》かに多いようだ。悪人は計算高いからよくよく損得を考量した後始めて人を殺す。腰に金時計をぶら下げ街鉄の株を大量に保有する鈴木君にとって、少々鼻息が荒いだけの一貧乏人にすぎぬ主人を殺してどんな利得があるか。智慧者《ちえしゃ》の鈴木君がそんな愚を敢えて冒《おか》すとは思えん。仮に殺意を抱いたにせよ、鈴木君自らが手を汚す必要は毫《ごう》もない訳である。潤沢な資金に物を云わせて人を使えば済む話である。そうなると多々良三平君あたりは使われる口かも知らん。なにしろ野心満々実業の世界に勇躍打って出ようと目論《もくろ》む多々良三平君である。少々あくどいくらいでなければ立身は叶《かな》わぬと、とうに思いを定めている事だろう。斯界《しかい》にあって師と仰ぐ鈴木君に札びら切って指嗾《しそう》さるれば案外思い切ってやるかもしれない。「恨みは別になかが死んで貰いますたい」くらいの台詞《せりふ》で以て師弟の情宜《じょうぎ》をあっさり割り切り、棍棒《こんぼう》を振るったかも知れん。けれども密室となるとどうか。多々良三平君は粗忽者《そこつもの》である。生来のおっちょこちょいである。阿倍川餅《あべかわもち》を一遍に六個も召し上る金田富子嬢を慌てて貰った事実からも彼の迂闊《うかつ》は知れる。この点に難がある。密室の立案は鈴木君がしたのだとしても、三平君が首尾よく計画を実行出来たとは思えん。荷が勝ちすぎる。鈴木君だってもっと人を選ぶだろう。三平君が犯人ならば忽《たちま》ち近隣十里四方の眠りを破って野次馬を衆合せしめる事請け合いである。

同じ理由からして、一応名簿に加えはしたものの東風君などはまるで論外だ。頭上を飛ぶ蠅《はえ》も一人では追えぬくらいだから、人を殺すのは到底覚束《おぼつか》ない。大体先生目の前に凝《じ》っとしている人間の頭に棒を打ち当てられるかどうかさえ怪しい。どうぞと頭を差し出されても的を外す事は確実である。不器用と云う言葉が恥ずかしがる程の不器用である。人を殺しに往って却《かえ》って大怪我《おおけが》をして帰るのがおちだろう。昔独逸《ドイツ》の或《あ》る町に泥棒があって、首尾よく侵入を果したまではよいが、出ようとして窓枠の腸詰めに掛って首を吊《つ》った間抜けな者があったと云うが、東風君などはまさにこの口だ。

こうして見てくると、容疑者に相応しい者はいないようである。いずれの先生も冷酷非道にして奸知《かんち》に長《た》けた密室犯人たるには少々不足の感が否《いな》めない。ワトソン君の言葉にあった如く、密室殺人とは西欧人の発明になる物のようであるから、フロックが似合わぬのと同様日本人の身には合わぬのかも知れん。ここは一つ日本人が田夫野人《でんぷやじん》の類《たぐい》ではなく、密室殺人くらい朝飯前に軽くこなす文化人種である事実を世界に誇示する為《ため》にも、是非とも犯人を指名したい所だが、回想の諸先生方に芬々《ふんぷん》たる俗臭はあっても、芸術的犯罪への意欲を見出《みいだ》す事は六ずかしい。人並の野心を懐中深くに押し隠し、乙《おつ》に澄ました君子面《づら》ばかりが七つ並ぶ。そうは云っても主人が殺されたのは事実であり、犯人が今挙げた七人の中にあるのもほぼ間違いないとすれば、吾輩の観察が甘いと云う事にならざるを得ない。これは人間通を自ら任ずる吾輩としては痛恨事である。只《ただ》改めて考えてみれば、吾輩が知っているのは苦沙弥邸に入来した時に限った、諸氏の云わば余所《よそ》行《い》きの顔であるのは弁《わきま》えるべきであろう。例えば迷亭先生一人をとって見ても、越後山中での失恋以来独身である事や、鉄扇を抱えて離さぬ古色蒼然《そうぜん》たる伯父《おじ》さんが静岡にある事や、日本橋の演芸矯風会《きょうふうかい》の理事をしている事や、饂飩《うどん》より蕎麦《そば》が好きな事等は知っては居ても、迷亭先生がどんな所に住んで、幾らくらい金があって、何をして生計を立てているのか吾輩はまるで知らない。あるいは迷亭が泥棒の親玉で、寒月が殺し屋で、独仙が掏摸《すり》で東風が詐欺《さぎ》で、鈴木と多々良が国家転覆を企《たくら》む謀叛人《むほんにん》の一味で、甘木が毒殺魔であったとしても、吾輩がそうした裏の貌《かお》を全然知らぬ可能性がないとは云い切れない。人は見かけによらぬと云うから、色眼鏡で見れば今度はどれもが怪しく思えてくる。疑えば幾らでも疑える。一番善良そうなのが一番危ないように思えてくる。吾輩はもう何だか分らなくなった。分らなくなった時は寐ることにしている。旨《うま》い具合に段々瞼《まぶた》が重くなって来た。

次の日の午後、いつものように虹口《ホンキユウ》へ散歩に出た吾輩は、蘇州《そしゆう》河に架った橋の上で虎君と出会った。一昨夜以来俄《にわか》な探偵熱に取り憑《つ》かれた諸猫《しよびよう》は、さっそく各自の目論見を抱えて調査を開始した模様で、ホームズ君をはじめ伯爵、将軍いずれも昨日今日と姿がなく、虎君もどうやら何事か証拠を摑《つか》むべく虹口を探索していたらしい。

何か進展はあっただろうかと、挨拶《あいさつ》代りに吾輩が問うと、虎君は元気なく首を横に振った。

「いや。少し歩いて考えてみようと思ったんだが、考えれば考える程いっそう謎は深まるようだ」と答えた虎君は溜息《ためいき》をついた。「それに何だか虚《むな》しくなってしまってね」

「何が虚しいのだろうか」

「君は先だっての日露の戦争でどれだけの人が死んだか知っているかい」と虎君は意想外の事を云う。

「何人くらいだろう」

「日本人の死者が二十万、露西亜《ロシア》が三十万さ。計五十万の人間が戦場の露と消えた計算になる。しかし本当にそれ程《ほど》の数の人間が死ぬ必要があったのだろうか」

「戦争なんだから仕方がないのだろう」

「そう云ってよいのだろうか。戦争は国家がするものだ。果して国家にはそれ程の犠牲を人に強いる権利があるのだろうか」

虎君とは随分六つかしい事を考える猫であるなと、陽に照った横顔を窺《うかが》った吾輩は感嘆を禁じ得なかった。凝っと河面《かわも》を見つめる虎君の視線の先にはゆるやかに航行する一艘《そう》の小舟がある。

「そんな事を考えていると、君には申し訳ないが、一人の英語教師が死んだくらいで大騒ぎするのが馬鹿々々《ばかばか》しく思えてくるのだ」

「そうかも知れないね」と仕方なく吾輩は相槌《あいづち》を打った。たしかに主人の死は同時期に死んだ五十万の裡《うち》の一つであるとも云える。だが次に虎君が漏らした言葉は吾輩にはちょっと理解が困難だった。

「しかも君の主人と云う人は戦争をする国家の側の人間だからね」

「それはまたどう云う事だろう」戸惑った吾輩の質問に虎君は答える。

「つまり君の主人は上流階級の人間だと云う事さ」

吾輩は上流階級には詳しくないが、あんな貧乏な上流階級があるだろうか。

「少なくとも支配階級に属しているのは間違いない。それが証拠に君の主人は戦争に行っていないだろう。君の主人の友人達にしてもそうだ。知識階級である彼らは戦争を企画する側の人間であって、戦争をさせられる側の人間じゃあない。だから君の主人や友人達は戦争で死んだ五十万人に対して責任があるんだ」

云われて見て吾輩は少々奇妙な気分を味わった。虚を衝《つ》かれた感があった。思い起せば吾輩が苦沙弥邸に飼われた時期は、日露大戦のたけなわに重なって居《お》った。臥龍窟《がりようくつ》の片隅に寐起きするようになって間もなくの十二月に二〇三高地占領の報が伝わり、年が明けた正月に旅順が陥落した。ロジェストヴェンスキー提督率《ひき》いる所のバルチック艦隊が日本海の藻屑《もくず》と消えたのが五月、ポーツマスの条約締結が夏の終わりの九月。ちなみに主人が死んだのが十一月である。聞く所ではこの度の戦争は我が日本にとって古今未曾《みぞ》有《う》の大戦争であったそうな。文永弘安の役を遥かに凌《しの》ぐ危機的戦争であったそうな。それはそうだろう。露西亜は大国である。かたや日本は粟散辺土《ぞくさんへんど》、大陸の脇《わき》に浮かんだちっぽけな島国にすぎぬのであるから、巨象に歯向う鼠《ねずみ》一匹と譬《たと》えても遠からずと云うところだ。実際伯爵の言に拠《よ》れば日本の勝ちを予想した者は世界に殆《ほと》ど無かったそうだ。のるかそるかの大博打《おおばくち》に日本は打って出た訳で、色々聞いて見るとかなり危ない橋を渡ったらしい。日本国内では戦捷《せんしょう》の報が届く度に提灯《ちょうちん》行列を繰り出して呑気《のんき》に浮かれ騒いで居ったが、戦争の二年目には武器弾薬兵員糧秣《りょうまつ》、悉《ことごと》く底をついて、露西亜の体制がしっかりして居てあと三カ月も我慢して戦線を維持したなら、必ず勝敗の帰趨《きすう》は露西亜側に傾いたであろうとは専門家の黒猫将軍の評である。日本は別に勝つべくして勝ったのではなく、相手が勝手に転んでくれたと云うのが真相らしい。とにかく勝ったからいいようなものの、下手をして負けていたらどうなったか。まず北海道は諦めなければならん。東北も危ない。新潟、横浜あたりは上海《シャンハイ》と同様の租借地になった可能性が高い。そうなれば苦沙弥先生も英語教師でございと澄ましては居れなかったかも知れん。

斯様《かよう》に考えて来ると、戦争に対して責任があると云う虎君の指摘は措《お》くにしても、日本と云う国がその全財産を投じ、存亡を賭《か》けた博打を打っている時に、一臣民《しんみん》たる苦沙弥先生が当の戦争について殆ど無関心の様子であったのはいかにも奇妙である。苦沙弥先生ばかりではない。迷亭寒月をはじめとする諸先生方もまた、口角泡《あわ》を飛ばし、敷島の烟《けむり》を鼻から吹き散らして、天下国家の行く末を嘆じ人類文明の未来を論じながら、当面火急《かきゆう》の問題である戦争についての論評は片言隻句《へんげんせきく》すら漏らしたのを聞いた記憶がない。露西亜との戦争は先生方にとって決して対岸の火事ではなかったはずだ。背中にぼうぼうと火が付いているのに、どこ吹く風の長火鉢を決め込んで居ったのは偉いのか馬鹿なのか。いずれにせよ人が街で行き交えば戦況の推移が挨拶代りに口にされる時世にあって、諸先生方の頑《かたくな》なまでの沈黙は甚だ奇怪であると云わねばならん。バルチック艦隊は対馬《つしま》海峡から日本海へ至るのか、それとも太平洋から廻って来るのか、横町の御隠居から長屋の八つぁん熊さんに至るまで、日本人全員が策戦参謀にでもなったかの勢いで轟々《ごうごう》の議論が沸き起っていた時でさえも、素知らぬ顔で澄まして居ったのは意地になっていたとしか思えん。あるいは虎君の云う如く、知識階級たる責任の重みに耐えかねて、この話題を舌に載せるのを厭《いや》がる心情が働いたのであろうか。揃《そろ》いも揃って太平楽な温《おん》顔《がん》を想《おも》えば左様な陰翳《いんえい》を帯びた心働きとは無縁としか考えられんが、敢えて疑って見るなら、例えば迷亭君の饒舌《じょうぜつ》などは何事かを押し隠すための擬態であったとも思えてくる。心中に云いたくない事があるからこそ人は途切れなく喋《しゃべ》り続けるのかも知れん。ふと会話が已《や》んで、俄《にわか》に秋風が忍び込むように寒々とした沈黙が訪れた時の、普段の迷亭先生からは想像もつかない昏《くら》く沈んだ貌の印象を吾輩はよく覚えている。

「しかしまあ、僕にも意地があるからね」と沈黙を破った虎君が、物思いに沈んだ吾輩の顔を覗《のぞ》き込んで云った。「僕が事件を解決してみせる」

「きっとそうなると思う。ホームズ君はあれで随分迂闊《うかつ》な所があるようだからね」と回想から戻った吾輩は声援を贈る。同じ東洋の猫である虎君に手柄を挙げて貰いたい気分が吾輩にもある。嬉《うれ》しそうに笑って見せた虎君はしかし再び溜息をつく。

「それにしても謎《なぞ》が多すぎる」

「どんな謎だろう。密室だろうか、それとも残されて居った百合《ゆり》だろうか」と協力の姿勢を示して吾輩が尋《たずね》ると虎君は云った。

「それもそうだが、しかし何と云っても最大の謎は」と一度切った虎君は茶色い河面に目を遣《や》って又考える様子である。探偵とはどうも素直にものを語らぬ性質を有しているらしい。勿体《もったい》をつける事こそが探偵的であらんとする者の第一の心得であるとは、ホームズ君を観察して得た知見であるが、剛毅廉直《ごうきれんちょく》な虎君にしてこの悪癖を逃れて居らぬのは遺憾である。

「最大の謎とは何だろう」と痺《しび》れを切らせた吾輩が問い掛けると、更に一拍を置いて勿体の念押しをした虎君は口を開いた。

「それは君さ」

そう云った虎君は吾輩の顔を真直《まっす》ぐに覗いた。よく見ると虎君の左右の眸《ひとみ》は色が違っている。左が黒で右が茶だ。

「僕が」

「そうだ。何故《なぜ》君が上海に居るのか。これこそが最大の謎にして、事件解明の鍵《かぎ》だと僕は思う」

またどうしてと吾輩が問う前に虎君は言葉を継いだ。

「君が日本を出て上海へ向ったのは、君の主人が殺されたのと同じ日と考えられるからさ」

八

主人の殺された日、即ち明治三十八年十一月二十三日、夕方家へ戻って見ると友人が大勢集って麦酒《ビール》を飲んでいたと細君は語っている。しかも寒月君の実家での結婚が報告され、多々良三平君の婚約が発表されたと云うならば、吾輩が苦沙弥邸で暮らした最後の日であるのに間違いはない。その夕刻に吾輩はコップに残った麦酒を飲んで水甕《みずがめ》に落ちたのである。そして同じ夜に主人が殺害される――。迂闊《うかつ》にも吾輩は虎君に指摘されるまでこの事に気が付いて居らなんだ。

記憶を辿《たど》れば、あの日の午後は珍しく諸先生が勢揃《せいぞろ》いして、どういう風の吹き回しか迷亭先生と独仙師が碁盤《ごばん》を囲み、寒月君が五円二十銭のヴァイオリンを購入した顚末《てんまつ》を長々と物語って一同を辟易《へきえき》させた後、寒月君が結婚の報告をなしたのをきっかけに、談話は高尚《こうしょう》なる文明論へ進んで、いずれ人類は悉く自殺し、男女の恋愛あるいは結婚は不可能になると、迷亭先生が暗黒の未来予測を披瀝《ひれき》したのに対して、寒月東風の青年連合が人生の意義と愛の高貴を謳《うた》い上げて果敢な論戦を挑んだ。朝から出掛けていた細君が帰宅したのは、たしかに五時頃、ちょうど主人が女の悪口を集めたタマス、ナッシとか云う十六世紀の著述家の文章を紹介していた時だと記憶している。多々良三平君が麦酒と自身の婚約の朗報を抱えて現れたのがその直後、三平君の艶福《えんぷく》を祝して酒盛りになって、火の消えた火鉢を残して一同席を立ったのが五時半。それから夕飯が終わって、主人は書斎に独り籠《こも》り、細君は縫い物を始め、子供は眠って御《お》さんは湯へ行った。吾輩が水甕に落ちたのはその頃で、時刻にすれば七時前後であったろうか。以降の記憶は吾輩には無い訳であるが、細君の談話が正しいとすれば、同じ夜に主人が殺害された事になる。

「ここで問題は二つある」と再び虎君が口を開いた。「第一はどうして君が水甕から出られたのか。第二はどうして君が上海に来たかだ」

水甕の底で念仏を二度唱えたまでは吾輩も鮮明に覚えている。水に浮いた所から甕の縁までの五寸が絶望的に遠く見えた事や、最初の中《うち》は酷《ひど》く苦しかったものが、すっかり死を覚悟して体の力を抜いてからは、次第に意識が朦朧《もうろう》となって、水の中に居るのか座敷に居るのかの区別さえ無くなり、楽々冥土《めいど》に旅立てそうだと有り難く感じた事等はありありと思い出す事が出来る。あの時の感覚を吾輩が想像裡《り》に再現する事は容易である。しかしそこから先の出来事は幽暗に閉ざされて一毛とて記憶に残存が無い。次に覚えているのはがたがた揺れる真っ暗な船倉である。

「夫人の話では七時頃に来客があったと云う。例えばその来客を君は覚えていないだろうか」と聞いた虎君は、吾輩が否《いな》と答えると云った。「と云うことは、時間から考えて、来客があったのは君が水甕の中で足掻《あが》いていた時だろう。つまり君が水甕に落ちた直後に客が来た計算になる」

細君の談話を再び参照すれば、七時に来客があって、間もなく主人が借金を実家へ届けるよう命じ、細君が御さんを湯屋まで迎えに行っている。ホームズ君が指摘した如《ごと》く、細君が家を空けていた時間が約二十分、その間に客は姿を消していた。それから御さんに支度をさせ、車を呼んだとすれば、御さんを送り出した時刻はどんなに早くても七時半。

「従って七時から七時半までの三十分間に君は助け出されたに違いない」

虎君の推理を吾輩は首肯《しゅこう》した。水甕をがりがり爪《つめ》で掻いていた時間の長さは、ああした際の時間の感覚は酷《ひど》く混乱するものだから判然《はっき》りしないとは云え、吾輩の体力からして三十分以上筋肉の運動を続けられたとは考えられない。せいぜい二十分くらいで吾輩は水に沈んだだろう。

「そうなると、僕が思うに、君を助けたのは君の主人だろう」

「どうして分るんだい」

「これには大分僕の想像も入っているんだが」と前置きしてから虎君は説明した。「君の話では水甕は勝手口にあると云う事だから、君が溺《おぼ》れているのを知られる為には、誰かが勝手に用があって来たのでなければならん理屈になる」

そこで思い出すべきは百合の花である、と虎君は続けた。細君の話では百合は勝手の戸棚にしまってあった花活《はないけ》に活けられていたと云う。細君に活けた覚えがない以上、主人が自ら勝手の戸棚から花活を持ち出したと考える他ない。

「恐らく百合は七時の来客が持参したんだろうね。君の主人は花を活けようと考えた。夫人は下女を湯屋に迎えに行って留守だったから、自分で花活を探しに来て、そこで君が遭難しているのを知った」

「しかし僕には何も覚えがないが」

「君は昏睡《こんすい》していたのだろうね」

自分の事だけに吾輩は何だか釈然としない気分であったけれど、虎君の説明は辻褄《つじつま》が合うと考えざるを得なかった。七時に甕に落ちた吾輩は意識を失い、まもなく主人が客の土産の百合を活けるべく花活を取りにきた。恐らく主人は花活に水を汲《く》もうとして勝手口の水甕に近付き、吾輩の遭難に気付いて救出した。とするとそれから吾輩はどうしたのか。

「更に難問なのは、どうして君が上海に来たかだ」と吾輩の疑問を先取りして虎君は言葉を継いだ。「君が自分で来ようとしたとは思えないから、誰かが連れて来たと考える他にない」

「誰が連れて来たのだろう。七時の客だろうか」

「あるいはね。しかし深夜に凶行に及んだ犯人の可能性もある」

そう云われて吾輩はひやりとした悪寒《おかん》に襲われた。殺人者に自分が知らず連れ出されたと考えて気持ちの良いはずがない。何より覚えが無いのが落ち付かない。仮に犯人が吾輩を上海まで運んだのだとして、目的は何であろうか。たかが猫一匹、わざわざ盗み出す理由があるか。殺人犯人に好かれるような覚えは吾輩にはない。まさか逃走途中に煮て喰おうと考えた訳ではあるまい。甚《はなは》だ奇怪と云わなければならなかった。

「そうなのだ。僕が頭を悩ませているのもその点さ。何故君が上海へ来たのか。この謎を解かない限り事件は解決した事にはならないのだ」と虎君は六ずかしそうな顔で呟《つぶや》き、又吾輩を正面に見据えて質問した。

「そこで問うのだが、事件当夜の出来事を、あるいは上海に来るまでの事を君は何か覚えていないだろうか」

こう重ねて問われては吾輩も少々極《き》まりが悪かったけれど、綺麗《きれい》さっぱり記憶が無いのだから仕方がない。ずっと意識が無かったのだからどうにもならないと吾輩が答えると、虎君は又意外な言葉を吐いた。

「僕は君が船の中で目を醒《さ》ますまでずっと昏睡していたとは到底思えないのだ。きっと君は何かを見たはずだと思う」

「どうしてだろう」

「そうそう長い間昏睡したままでいたら死んでしまうからさ。君が上海に到着した日付は分っている。去年の十一月三十日だ。事件のあったのが二十三日。つまり君が水甕で溺れて昏睡してから上海上陸まで一週間あった計算になる。東京から上海までは船で三日かかるから、仮に君が船に乗ってすぐに目を覚ましたのだとしても、それまでの四日間ずっと意識を失った状態であったとは考え悪《にく》い」

虎君の言葉に吾輩はいよいよ意外を覚えた。大体吾輩が上海に第一歩を記した日時などは吾輩自身にも初耳だ。本人が知らぬものを何故虎君が知っているのか。

「僕だって徒《いたずら》に時間を浪費しちゃ居ないよ。今朝から仲間の猫に聞き込みをしていたのさ。僕は当地に知り合いが多いからね。ここが僕がホームズさんに対して優位を誇れる所だろうね」と虎君は自慢気に説明した。

「汚穢《おわい》舟から外灘《バンド》の桟橋《さんばし》に上ってくる君を見た猫があったのさ。桟橋一帯を縄張りにしているアル中の爺《じい》さんなんだが、鯵《あじ》の切れと交換に情報を得た。見知らぬ猫が桟橋にのこのこ上って来たのが十一月三十日の朝だったのは間違いないと奴《やっこ》さんが云うのさ」

成程と呟いた吾輩が、アルコール中毒の猫があるとはさすがに上海は国際都市であるなと、妙な所で感心していると、広範な情報網を誇る虎君が又口を開いた。

「そう云う訳だから、僕は君が昏睡から醒めて何かを見たと思うのだ。少なくとも君は起きて食事をしたはずだ。でなければ飢えて死んでしまうからね。そうじゃないか」

吾輩は猫がどれくらいの期間飲まず食わずで居ると衰弱死するかを知らない。以前に聞いた話では、海で遭難して筏《いかだ》で漂流した人間が十日生きたと云うから、猫も四日程度なら大丈夫なような気もしたが、敢《あ》えて反論するのも相手に悪いように思ったので、吾輩は別の事を云った。

「だとしたら、どうして何も覚えていないのだろう」

「たぶん記憶喪失と云うものだと思う。何でも激しいショックを受けたりすると、一時的に記憶が無くなる事があるらしい」と云うのが虎君の返事である。

「そんなものだろうか」と呟いた吾輩は又も薄ら寒い不安感に襲われた。寐《ね》ている時は凝《じ》っとしているのだからよいが、起きて活動した挙句に自分がした事を何も覚えていないでは甚だ具合が悪い。猫でも人でも意識が河の如く連綿と続いている安心感があればこそ、自分は自分、人は人と澄まして居られるので、意識が何処《どこ》かで途切れているとなれば、何だか自己の存立を脅《おびや》かされるような心持ちになる。自分が自分でないような気になる。もし虎君の云う如くに記憶喪失に罹《かか》っていたのなら、吾輩は是非とも記憶を取り戻したいと考えた。吾輩が何事か思い出す事で主人殺害の犯人究明に一歩近付けるのであれば猶更《なおさら》である。

そう吾輩が伝えると虎君は一つの提案をした。後に告白した所では、吾輩の姿を橋上に見かけた時から切り出す時期を見計らっていたのだと云う。廉直《れんちょく》一筋のように見えて虎君も意外に人が悪い、いや猫が悪い。まあ、実際にはそのくらいでなければ探偵的な仕事は勤まらんのかも知らん。直絃《ちょくげん》の如きは道辺《みちべ》に死し、曲鉤《きょくこう》の如きは侯《こう》に封《ほう》ぜられると云うが、なにしろ犯罪人の方は最初から捩《ね》じれに捩じれた奸知《かんち》を精一杯に働かせているのであるから、これを追及する探偵が正直一本の馬鹿律儀《りちぎ》では鼻先であしらわれておしまいだろう。

虎君の提案とはこうであった。つまり虎君の知り合いに猫心理に通暁《つうぎょう》した者がある。何でもその猫は催眠術を使うそうで、識閾《しきいき》下に眠った記憶を呼び戻すに催眠術は絶大な効能がある。そこで今から知り合いに会いに行こうと虎君は吾輩を誘ったのである。聞いた吾輩は躊躇《ためら》った。と云うのも、行き先を尋《たず》ねたところ、知り合いが棲《す》むのが外灘《バンド》から西へ外れた南京《ナンキン》路の裏手の繁華街だと云われたからである。その辺りは阿片窟《アヘンくつ》や娼館《しょうかん》が集った一劃《いっかく》で、猫一匹迷い込むには甚だ物騒な印象を吾輩は持って居った。上海と云う街は租界の瀟洒《しょうしゃ》な住宅街を一歩離れて裏町に至れば、まさしく魔都の名にふさわしい、闇《やみ》に咲く毒花見た様な悪徳の相貌《そうぼう》を明らかにする。とは云うものの虎君に臆病《おくびょう》を悟られるのは悔しい。男児の矜持《きょうじ》が許さぬものがある。吾輩は内心の動揺を押し隠して、同行しようと二つ返事に承諾した。

吾輩の覚悟を確かめるように一つ頷《うなず》いた虎君は歩き出した。吾輩は後へ続く。さすがに地元だけあって虎君は地理に詳しい。抜け道近道裏街道に通暁している。行不由径《ゆくにこみちによらず》とは云うものの、なにしろ表通りは往来が激しくて、ぼやぼやして居れば忽《たちま》ち人力車に轢《ひ》かれてしまうし、裏道でも辻々《つじつじ》には狗《いぬ》や猫捕り人が待ち構えている。危険を避けて路《みち》を選べば自然、塀《へい》伝いに進んだり、あるいは屋根に上り、また縁の下に潜り込むと云った具合になる。点と点を結ぶには直線が一番距離が短いと、ユークリッドの幾何学原論には書いてあるそうだが、こう上下左右にじぐざぐを描いたのではなかなか大変だと思ったものの、いずれこちらは地理不案内であるから只《ただ》黙って随《つ》いて往《い》くより仕方がない。万事にハイカラな上海の事であるから、そろそろ猫専用の車屋が店を開いてもよさそうなものだが、いまの所は無いのだから贅沢《ぜいたく》を云っても始まらない。

　何事にも機敏な虎君は足も早くて、遅れないようにするだけで吾輩は精一杯である。最初の裡《うち》こそ方角の見当も付いて居ったが、程無くどこをどう歩いているやらまるで分らなくなってしまい、迷路に彷徨《さまよ》い込んだような心地がして、ここではぐれたら一大事と、吾輩は大汗をかいて虎君の後を追った。暫《しばら》く往くと恐ろしく賑《にぎ》やかな通りに出た。南京路である。思えば吾輩が上陸初日に徘徊《はいかい》したのがこの辺りであった。秋から春へと季節が移っても混雑に変りは無い。吾輩は前を往く虎君の長い尻尾《しっぽ》だけに眼を据えて走った。

　間もなく虎君が身を翻《ひるがえ》して横路へ逸《そ》れたので、慌《あわ》てて続くと広場へ出た。ここもまた人の洪水である。人、人、人の渦である。人が蟻塚《ありづか》の蟻見た様にごちゃごちゃと群れている。知り合いの猫はよくここらに遊びに来ているから、少し探して見ようと虎君は云うのだが、この混雑の中から猫一匹捜し出すのは浜辺で砂粒を探すようなものだ。とにかくどこもかしこも凄《すさ》まじいばかりの喧騒《けんそう》である。整理整頓《せいとん》を欠いて一切合切が混沌《こんとん》の中で煮え滾《たぎ》っている。見ているだけでもう頭がくらくらする。どこから報告すればよいやら分らぬが、まずは広場の中央に眼を向ければ、大きな傘《かさ》の下に木馬が環《わ》になった機械があって、勢いよく回転する木馬に子供が跨《また》がっている。これはメリ、ゴーラウンドとか云う西洋人が好む遊具だそうで、真ん中の軸に付いた棒を人が押して廻す仕掛けになっている。傍目《はため》には同じ場所を只ぐるぐる廻るばかりで大して面白くもなさそうに思えるが、乗った子供は喚声《かんせい》を発して喜んで居る。確証はないが泣いては居らぬから大方喜んで居るのだろう。明らかに喜んで居らぬのは棒を押す苦力《クーリー》である。仕事とは云え畜牛さながら黙々と棒を押す様子は気の毒だ。希臘《ギリシヤ》には船を漕ぐ奴隷《どれい》があったそうだが、似たようなものかも知らん。

吾輩が西洋人の子供を見たのはこの時が始めてであった。西洋人の大人は男も女もどこか怖いような所があって、中には鬼瓦《おにがわら》と呼ぶのがふさわしい面相の者もあるが、見ると子供はどれも人形見た様に白くて可愛《かわ》いらしい。吾輩は当年とって満二歳であるからして、人間の子供が大人に成長する様をじっくり観察した経験が無い。だから美しい子供がすくすく育って美丈夫になり、見苦しいのがそのまま汚い大人になるものと漠然と考えて居ったのだが、案外そうではないのかも知れん。少なくともこれら綺麗な子供の中から容貌魁偉《かいい》な西洋人が出て来るとするなら、人間も蟬《せみ》や蝶《ちょう》の如くどこかの段階で脱皮をするのかも分らん。疱瘡《ほうそう》に罹《かか》る以前は玉と争う綺麗な子供だったと苦沙弥先生が主張するのを聞いて、吾輩鼻で嗤《わら》った事があるが、意外に先生の言葉には真理が含まれていた可能性もある。亡《な》き主人の名誉の為《ため》にこの発見をここに記しておく。

回転木馬から眼を転じれば、一劃には屋台の見世《みせ》が立ち並んで、こちらは一層の活況を呈している。射的場では青い縞《しま》の入った白服を着た水兵が三人、空気鉄砲で棚に並んだ土人形に狙《ねら》いを付ける。体だけは熊《くま》並に大きいが、やはり総身《そうみ》に智慧《ちえ》が廻りかねるのか、水兵は揃《そろ》いもそろって不器用極まりなく、次々発射してもまるで当たらない。外れる度に見物人が囃《はや》し立てるので、三人倶《とも》顔を真っ赫《か》に染めて一層真剣に度を加えて頑張るが、却《かえ》って弾は遠く逸れてしまう。彼らが軍艦の砲術係だったら忽ち戦は負けだろう。一人がとうとう激昂《げきこう》して見世の婆《ばあ》さんに向って大声でまくし立て始めた。鉄砲が不良故《ゆえ》に当たらぬのだと文句を云っているらしい。小人物程己の非を認めたがらぬのは何処《どこ》でも同じようだ。

射的場の隣は禿《は》げ頭の巨漢が鉄板の上で蕎麦《そば》やら肉やら魚やらを焼いている。何事かひっきりなしに威勢よく喋《しゃべ》舌り散らしながら、二枚の鉄へらで手際《てぎわ》よく調理したものを紙に包んで、次々前へ伸びてくる手に金と引換えに渡す。あれだけの数を相手にしながら注文を間違えぬとは偉いものである。喋舌る度に唾《つば》が飛んで鉄板に落ちるのが少々汚いようだが、別に気にする者はないから構わんのだろう。魚の焼ける匂《にお》いに吾輩の腹もぐうと鳴ったが、おこぼれに与《あずか》ろうにも、猫以上に広場の人間は腹を空《す》かしているらしく、迂闊《うかつ》に近寄ると群がる人の足に踏み潰《つぶ》されかねない。諦《あきら》めた吾輩は隣を覗《のぞ》いた。

と、こちらは打って代って閑散としている。たったいま墓場から抜けて来ましたとでも云うような顔色の悪い男がつくねんと坐《すわ》って、周りに蛇やら百足《むかで》やら蛙《かえる》やらを詰めた瓶が置いてある。精力剤を売る店らしいが、売り手がこう精力を欠いて居っては客が少ないのも仕方がない。やはり見るからに活気を欠いた、百八病を悉《ことごと》く経験致しましたと宣伝するかの顔つきの男が一人、蜘蛛《くも》の入った瓶を手にとって眺めている。

更に隣では金魚を売っている。地面に小判なりの桶《おけ》を五つばかり並べてあって、その中に赤い金魚や、斑《ふ》入りの金魚や、痩《や》せた金魚や、肥《ふと》った金魚が沢山入れてある。そうして金魚売がその後ろにいた。金魚売は自分の前に並べた金魚を見詰めたまま、頬杖《ほおづえ》を突いて、凝っとしている。騒がしい往来の活動には殆《ほとん》ど心を留めていない。吾輩が眺めている間、金魚売はちっとも動かなかった。

動かぬ者を見て居ても仕方がないので、横へ視線を移せば、花札見た様な木札を使って博打《ばくち》が行われている。鼬《いたち》顔の男が茣蓙《ござ》に札を蒔《ま》いて、十人程の男が思い思いの札に小銭を置いて固唾《かたず》を呑《の》んで見守っている。その隣が又鉄板焼きで、次が大鍋《おおなべ》にぐらぐら沸かした汁を碗《わん》に盛って売る見世、次が萎《しな》びた茄子《なす》と痩せた南瓜《かぼちゃ》を売る婆さんを挟んで骨董屋《こっとうや》が壺《つぼ》を並べ、又次が茶屋でその次が玩具《がんぐ》の見世。もうどこまでも続いてきりが無い。

と柳の下では手妻《てづま》をする爺《じい》さんがある。浅葱《あさぎ》の股引《ももひき》に浅黄の袖無《そでな》しを着て、皮で作った黄色い足袋《たび》を穿《は》き、腰に小さい瓢箪《ひょうたん》をぶら下げ肩からは四角の箱を脇《わき》の下へ釣るしている。何をするのかと興味をそそられていると、爺さんは笑いながら腰から浅黄の手拭《てぬぐ》いを出して肝心縒《かんじんより》のように細長く縒《よ》った。その手拭いを地面に置いて周りに大きな丸い輪を描いたかと思ったら、肩の箱から真鍮《しんちゅう》で製《こしら》えた笛を出した。何事か口上を述べるので、虎君に聞くと、手拭いが蛇になると云っているらしい。爺さんは笛をぴいぴい吹いて輪の上を何遍も廻った。草鞋《わらじ》を爪《つま》立《だ》てるように、抜き足をするように、手拭いに遠慮するように廻った。廻ったけれども手拭いは一向に動く気配はない。到底蛇には変じそうにない。やがて爺さんは笛をぴたりと已《や》め、ここまでは座興でいよいよ本番かと息を潜めれば、肩に掛けた箱の口を開けて、手拭いの首をちょいと撮《つま》んでぽっと放り込んだ。そうして又何か云いながらどんどん向こうに去ってしまう。一体何がどうなったのかと吾輩が唖然《あぜん》としていると、見物人は爺さんの後へぞろぞろ随いて行く。訳が分らん。当地の芸能は到底吾輩の理解を絶している。

手妻の他にも大道芸は沢山あって、頭で逆立ちする曲芸師や、風琴《ふうきん》と喇叭《らっぱ》の楽隊の周りには人垣が出来ている。出店の向いでは物乞《ものご》いの一聯隊《れんたい》が雁首《がんくび》を並べ、桜の下では車座になった一団が酒盛りの最中である。サーベルを腰に下げ、臙脂《えんじ》の制服を着た印度《インド》人の警官が髯《ひげ》に埋もれた顔で辺りを睥睨《へいげい》し、襤褸《ぼろ》を纏《まと》った子供が走り回って烟草《たばこ》を売る。不意に横で罵声《ばせい》が起ったので、見るといましも馬に乗った西洋人が広場へ入って来る所である。髯の立派な身なりのよい紳士で、どういう了見かは知らんが、只でさえ混み合っている所に馬は到底無理だろうと見ていると、先生どうあっても無理を押し通すつもりらしく、帝王然とした振る舞いで馬を進ませるから大変だ。踏みつけられそうになった男は逃げ惑い、女が悲鳴をあげ、途端に吃驚《びっくり》した馬が棒立ちになって、帝王先生は腰から地面へ転げ落ちた。落ちながらも謹厳な顔を崩さぬ所はなかなか偉い。忽ち十重二十重《とえはたえ》に野次馬が群がって、駆け寄った警官が医者を呼べと叫んで居る。

　こうして暫くあちこち歩いても知り合いの猫は見つからん。段々腹は減ってくるし脚も疲れてきた。吾輩がもう諦めたらどうだろうと提案する機を窺《うかが》っていると、今度はあそこを覗いて見ようと虎君が促した。虎君が導いたのは広場の外れにある葦簾《よしず》張りで、どうやら見せ物小屋らしく、中へ入り切らぬ客が外にまで溢《あふ》れて葦簾の内を背伸びで覗いている。面倒に思ったけれど虎君の不興を買っては帰りに困ると思い大人しく従った。実は偶然にも吾輩はここで一人の意外な人物を目撃する事になったのであるが、しかしまずは事の順番として、当地に於《お》ける芸能風俗の一端を読者の高覧に供し、物語の興趣に華を添えるのがよかろうと思う。

　吾輩は虎君に続いて葦簾の隙間《すきま》へ潜り込んだ。

九

　入って見れば中は存外広くない。正面に青天井の木組舞台があって、土の地面に只工夫なく広げられた荒筵《あらむしろ》が客席である。場内にはいまや目白押しに人が並んで後ろは皆立って見物している。猫は背が低いから地面に居ったのでは人に遮《さえぎ》られて舞台は見えぬが、お誂《あつら》え向きに葦簾を結んだ百日紅《さるすべり》が目の前にある。虎君に倣《なら》ってこれに攀《よ》じれば見物の特等席を確保する事を得た。足元が少々不安で油断すると滑り落ちそうになるのが難だが、木戸銭を払って居《お》らぬのだから文句は云えない。

いましも舞台では辮髪《べんぱつ》に結った裸の男が観衆の注目を黄色い満身に浴びている。傍《かたわ》らの机に金魚の泳ぐ鉢があって、何が始まるかと見ていれば、いきなり男が鉢の水を呑んだ。喉仏《のどぼとけ》を酷《ひど》く上下させて金魚ごと綺麗に呑み干すと、どうだとばかりに客席を睨《にら》みつける。睨まれた客は、ほうと声を挙げる。但《ただ》しこれはたった今披露せられた技芸に感嘆したが故のほうではなく、舞台上の男の徒《ただ》ならぬ気迫に強要せられて儀礼的に漏らされた声であると吾輩《わがはい》は観じた。だいたい鉢の水を呑むくらいは誰でも出来る。金魚だって少々生臭いのを我慢すれば平気だろう。ちょっとけしかけられただけで学校の二階から飛んだり西洋ナイフで指を切って見せる男があるくらいだから、金魚を噉《の》む程度の向こう見ずならどこの町内にも二人や三人はあるはずだ。南米の密林に棲む大蛇は牛を呑むと云う話だから、せめて豚くらいは呑んで貰《もら》わねば面白くない。芸事にはちとうるさい吾輩が不満を抑えかねていると、肋《あばら》の浮いた胴を戸惑いをした蛇見た様にくねらせた男は、飲み込んだ金魚を別の鉢へ次々吐き出して見せる。誰がと云って一番驚いたのは金魚である。断りも無く生温かい腹中を往復させられたのだから災難だ。さぞかし気色《きしょく》が悪い事だろう。一匹の行方不明も出さずに五匹を無事鉢へ泳がせた男は又客席を睨む。矢鱈《やたら》と睨む事が好きな男だ。ここに於《お》て満員の客席から演者の手柄を称賛する拍手が起った。男も不敵な笑みを以《もっ》て応《こた》えている。しかしそれでもまだ吾輩は金魚に同情しただけで、技その物にはさして感心せなんだ。そもそも金魚を呑んで吐く事が何故そんなに面白いのかが分らん。この程度で快哉《かいさい》を叫ぶとは当地の客は随分と眼が甘い。猫だってもうちっと眼は肥えている。演芸矯風会《きょうふうかい》に名を連ねる迷亭先生ならば没趣味の一言を以て忽ち土俵の外に抛《ほう》り投げるに違いない。

左様《さよう》な酷評を百日紅の枝から舞台客席双方へ下した吾輩も、引き続いて行われた演技には俄然瞠目《がぜんどうもく》した。何かと云えば長さ五寸程の針を沢山用意した男が顔と云わず腹と云わず腕と云わず所選ばず刺し始めたのである。十本余も刺して、もう好《い》い加減よしたがよかろうと見ていると、更に十本を加えてまだ止《や》めない。最後には両の瞼《まぶた》にまで刺してとうとう針鼠《はりねずみ》見た様になってしまった。ぶらぶらする鐵鍼《てっしん》が日差しに光って何とも不気味である。顔などは針の重みで皮が垂れ下がり、どこが眼でどこが口でどこが鼻だか分らんようになっている。のっぺらぼうとはこんなお化けかも知らん。すると舞台ののっぺらぼうが今度は長剣を取り出し、大根を半分に斬《き》って刃がなまくらならざる証拠を示すと、天へ顔を仰向けてするすると剣を吞む。この男は何でも吞む事が得意のようだ。先祖はやはり蛇かも知らん。しかし刃物を吞むとは危ない事をするものだ。剣は三尺の長さがある。只でさえ物騒な所へ持ってきて、人体の構造からして三尺の刃を吞めば胃が破れるは必定である。腸まで切れるかも知れん。胃が破れて腸が切れては命が危ない。いくら見せ物だからと云ってそこまでする必要はなかろう。吾輩は他人事《ひとごと》ながら大いに心配したが、しかし考えて見れば、目立ちたい、人に認められたいとの功名欲は人間に於て根強いものがあるから、これくらいは我慢の範囲なのかも知らん。苦沙弥先生も無い文才を絞って俳句やら文章やらを雑誌に投稿しては没になって居ったが、何故そんな無駄をするかと云えば、世間に注目されたい、人から褒められたい、只この一心からであったのを吾輩は知っている。牡蠣《かき》的性質の主人にしてそうであったのだから、敢《あ》えて芸人を志す程の者なら賞賛を浴びる為には死んで本望だくらいには意を決していて当然だ。もうすぐ男の尻から刃の先が皮を破って顔を覗かせるだろうと、はらはらして吾輩は見て居った。けれども何時《いつ》まで待っても刃は見えない。男が死ぬ様子もない。付け根まで呑み込んでしかも猶《なお》平気で居る。驚いた人間があったものだ。剣を吐き針を抜いて男が客席を睥睨《へいげい》した時には、金魚呑みに倍する喝采《かっさい》が巻き起ったのは云うまでもない。

それで終りかと思えば芸人たる者この程度ではなかなか引っ込むものじゃあない。先生まだやるつもりだ。更に拍手を貪《むさぼ》る算段と見える。次に出して来たのは松明《たいまつ》だ。紅蓮《ぐれん》の炎を上げて燃えさかるやつを両手に持って、交互に胸や腹に擦《こす》り付ける。きっと熱いだろうに男は呵々《かか》として笑みを絶やさない。火傷《やけど》の跡も残らない。赤くもならない。火に入って焼けず水に入って溺《おぼ》れぬ金剛不壊《こんごうふえ》の体とはこの男の事ではあるまいか。いずれ一種の超人であるには違いない。と超人が呀《がっ》と歯を剝《む》き出したと思うや、突然口から火を吹いた。伸びた火矢は五尺余りも空を飛んで、前の客に悲鳴を上げさせる。これには吾輩も仰天した。龍《りゅう》が火を吹くのは知って居ったが、まさか人間の中に左様な能力を有する者があろうとは夢にも思わなんだ。支那には千里眼を持つ者や、空を飛ぶ人間があると聞いたことがあるが、吾輩は科学的の見地からしてどれも眉唾《まゆつば》と見做《みな》して傲然《ごうぜん》として居った。人が空を飛ぶくらいなら、猫が水に潜り魚が陸で阿波踊りをするだろうと、鼻で嗤《わら》って相手にしなかった。しかし火を吹く人間を目の当たりにした今日、吾輩の合理精神は動揺を余儀なくされた。何しろ広大無辺の支那大陸である。傾腸側腹の技芸を鍛えた奇妙きてれつな人間が案外そこらにごろごろしているのかも知れん。

超人は最後に松明を持ったままとんぼを切って観客の感動に止《とど》めを刺すと、万雷と鳴って止まぬ拍手喝采の嵐《あらし》の中、漸《ようや》くにして舞台を後に譲った。

次へ登場したのは見た事のない獣である。黒と白の絵の具で二色に塗り分けたかの如き模様が肥満した胴体に付いている。黒白の毛なら猫にもあるが、黒白の領域が定規で計ったように区分されているところが不思議である。見れば見る程奇態である。眼の周りがくっきり楕円《だえん》の形に黒く塗ってあるのが取り分け奇妙だ。どう見ても天然自然の模様ではない。あるいはからくりで動く作り物かも知らんと思い、舞台脇に演目を示す札があるので見ると大熊猫の曲芸と書いてある。しかしこれは到底猫ではないだろう。猫の吾輩がそう云うのだから間違いはない。熊猫と云うから熊と猫の間《あい》の子かとも思われるが、体はどちらかと云えば熊に近い。

その大熊猫君が何をするかと云えば、丸太を渡ったり輪を潜《くぐ》ったりする。全体に大した芸ではない。特に華麗でもなく動作は何だかのそのそして、いちいち褒美《ほうび》の餌《えさ》を口に入れて貰っている辺りは見た目の良いものではない。餌を貰うのが目的でいやいや演技をしましたと、こうあからさまに態度で示されては観《み》ている方としては興趣索然としてしまう。大熊猫君には是非猛省してもう少し芸への内発的意欲を養って貰いたい。あの程度なら吾輩にも軽いと思ったけれど観客は存外に沸いている。大熊猫君の珍にして奇なる風貌が得になっているのだろうが、やはりどうも眼が甘いようだ。ここまで御し易《やす》い客が相手なら、吾輩が出て行って猫じゃじゃでも踊れば客席をして三日三晩立て続けに興奮の坩堝《るつぼ》にたたき込むくらい訳はないと、負けぬ気がむらむらと腹中に生じたけれど、大熊猫君に悪いのでやめにした。大熊猫君は玉乗りを最後に披露して舞台を明け渡した。この芸だけは習練の跡が見られて結構であった。

大熊猫君の後は又も金魚呑みの超人の出番である。今度は先生裸ではなく黒い道服を着ている。どうやらこの男が一座の座長格であるらしい。超人が客席へ向って口上を述べ、虎君に通訳して貰った所では、次の出し物は日本から遥々《はるばる》海を渡った侍狗《さむらいいぬ》だと云う。侍狗とは随分妙だと思っていると、司会役の超人の掛け声で舞台袖に珍奇なる生き物が登場した。頭にチョン髷《まげ》を載せ、紋付き袴《はかま》で腰へ大小を差しているところは成程たしかに侍である。しかしよく見れば狗に違いない。後趾《あとあし》で立った狗が鬘《かつら》を載せ羽織袴を着ているのである。大きな黒い狗だ。背丈は小柄な大人程はある。余りの奇観に客席は水を打ったように静まって、狗がぴょんぴょんと跳ねて舞台の真ん中に出て来た途端、今度は爆発的とも形容すべき哄笑《こうしょう》が沸き起った。狗は丸眼鏡を掛けている。月額《さかやき》も青々したチョン髷と眼鏡の取り合わせのおかしさもさることながら、狗は客席に向って矢鱈とお辞儀をする。その度に笑いが起る。

日本の武士の格好をした狗がぺこぺこ頭を下げる様子はたしかに滑稽《こっけい》であった。滑稽的なる感情は普段は決して結びつかぬ二つの物が強引に同居せられた時に生じるとは、アリストートルが「喜劇論」の中で論じている。例えば僧侶《そうりょ》の禿《は》げ頭は平凡だが、墨染めの衣に袈裟《けさ》を掛けた坊さんが文金高島田に結っていたら滑稽である。乃木《のぎ》大将が馬上詩を吟ずれば画になるが、牛に乗って都々逸《どどいつ》を唸《うな》れば滑稽が出来上る。この場合で云えば狗と侍の取り合わせが意表を衝《つ》いて滑稽感を醸《かも》し出した訳である。その辺りの理屈は十分に理解しながら、しかし吾輩はどうも素直に笑う気になれなかった。

　猫もそうだが四つ脚の動物が二本脚で立つには大いなる労働を要する。人間が逆立ちして歩くより六つかしい。感心な事に侍狗君はずっと立ちっぱなしだ。これだけでも表彰に値するのに、苦しそうな顔一つせず愛嬌《あいきょう》を振りまいている所が偉い。芸人の鑑《かがみ》だ。芸人がおかしければ芸狗《げいく》の鑑である。大熊猫君には是非この根性を見習って欲しい。とは云うものの日本からわざわざ上海へ来てまで衆人の笑い物になる事はなかろうと思うのは吾輩だけではないはずだ。狗と云う動物は飼い主に絶対の服従を誓う性向があるから、自ら志願して鬘を載せたのではあるまい。命令されて仕方なくそうしているに違いない。中には物好きな狗もあるかも分らんが、常識に鑑《かんがみ》て狗がすき好んで侍の扮装《ふんそう》をするとは思えない。そう考えると実に哀れである。気の毒である。うら悲しい気持ちになって来る。日頃狗に苛《いじ》められているからと云ってこんな所で溜飲《りゅういん》を下げる程吾輩は人が、いや猫が悪くない。

　侍狗君の活躍はここまででも猫に感動を与えるには十分であった。一座の道化としてその職責を立派にまっとうしたものと大いに評価出来た。客席は沸きに沸いている。吾輩もまた心の裡《うち》で侍狗君に対し盛大なる拍手を惜しまなかった。だが侍狗君が只の道化者ではない事がまもなく判明した。続いて披露された業はまさに至芸と呼ぶにふさわしい圧倒的な内容を含んで、単なる見せ物の領野を遥か後方に見遣《みや》る驚天動地とも云うべき水準に達し、吾輩のみならず上海の人士をして声をなからしめた。

まずは舞台に藁束《わらたば》が三つ準備された。何が始まるのか興味津々《しんしん》見守っていると、超人の掛け声で侍狗君は腰の大刀を鞘《さや》から引き抜く。刀はどうせ飾り物だろうと観察していた吾輩はそれだけで意表を衝かれたが、何より驚くべきは侍狗君が大刀を前趾《まえあし》でしっかり握って青眼に構えている点だ。御承知とは思うが狗の趾は物を握るようには出来ていない。所が侍狗君は刀の柄《つか》を二本の手、と云うか二本の趾でしっかり支えて、後趾で平衡を取りつつ刀を上下に振り回している。どういう訓練をしたのか知らんが大変な技能の持ち主である。火を吹く人間が超人ならこちらは超狗《ちょうく》と呼んで差し支《つか》えない。侍狗君は暫く舞台で剣舞を踊った。眼鏡にチョン髷の狗が笑止千万いっぱしの剣術遣いのつもりが可笑《おか》しいと、客席は猶一層哄笑の渦に見舞われ、しかし次の瞬間場内の笑いは凍り付いた。超人の裂帛《れっぱく》の気合と倶《とも》に侍狗君が刀を振り上げ藁束を一刀両断にしたからである。侍狗君自身は別に気合もかけずにすいと軽く刃を閃《ひらめ》かせただけと見えたが、案山子《かかし》の如《ごと》くに立った太い藁束は半ばから綺麗に断ち切られて、と侍狗君は同じ一連の動作の裡に残りの藁束を、一つは袈裟がけに斬り、いま一つは横薙《な》ぎに払った。その手並みたるや鮮やかの一語に尽きて、最初の藁束の上半分がどすんと音をたてて落ちた時には侍狗君が刀を鞘に収めてから随分と時間が経《た》って居った。それからおもむろに今度は残り二つが伏すかの如くに倒れる。相手が人間ならば斬られた腰から下が一町も歩いて漸く上半分の無い事に気が付くのではあるまいか。あんまり吃驚して吾輩は危うく百日紅の枝から落ちそうになった。新陰流《しんかげりゅう》か北辰一刀流《ほくしんいっとうりゅう》かは知らんがとにかく空恐ろしいまでの技倆《ぎりょう》である。凄腕《すごうで》である。いずれ剣聖上泉狗之守《こういずみいぬのかみ》くらいな資格は十分にある。あっけにとられた観客は声も無く静まり返って、舞台の侍狗君を凝然《ぎょうぜん》と見詰めている。侍狗君の格好が滑稽であるだけに却《かえ》って凄味が加わって、誰も心なしか青ざめていると見える。

頃合いを見計らった超人が侍狗君の手柄を称賛した所で、催眠術にかかった者が不意に我に還《かえ》ったかの様に、客席からは瀑布《ばくふ》の如き拍手が沸き起った。再びお辞儀を繰り返しながら侍狗君が袖に引っ込んで、出し物は全《すべ》てしまいとなった。漸く拍手を止めた客は興奮覚めやらぬ頰を火照《ほて》らせたまま、ぞろぞろと立って出口へ移動する。吾輩と虎君は混雑に揉《も》まれるのを嫌って、たった今鑑賞したばかりの舞台を反芻《はんすう》し、更には上海に於る芸界の事情につき品評しながら、客が空《す》くまで暫く樹上で待った。

吾輩が或《あ》る人物を見かけたのはこの時である。舞台の横に簡便な板囲《いたがこい》があって、公演中は暖簾《のれん》で目隠しされていたものが、客が立つと同時に暖簾が外されて、吾輩の位置からちょうど楽屋が見通せるようになった。見るでもなく覗けば先《ま》ず眼に入ったのは大熊猫君の檻《おり》だ。狭い鉄の檻で胡坐《あぐら》をかいた大熊猫君が呑気《のんき》に笹《ささ》を喰っている。檻の横では三人の人間が立って談話の最中である。傍らには侍狗君も控えている。侍狗君は扮装を解いて今は狗然として床に寐《ね》そべった格好だ。こうして眺めて見れば侍狗君は先刻までの剽軽《ひょうきん》な姿が嘘《うそ》のように精悍《せいかん》な顔付をしている。黒い頭が鼻へ向って鋭角に尖《とが》り、眼が血走って赤い。極めて獰猛《どうもう》かつ酷薄な印象を与える貌《かお》だ。日本から来たと云う触込みではあるが、全体に日本産の狗ではないようで、西洋の猟犬《りょうけん》にこんな種類があると聞いた事がある。侍狗君の頸《くび》には頑丈な鉄輪が嵌《は》められて、繋《つな》いだ鎖を手に握ったのは例の火を吹く辮髪の超人である。他に二人の男が立っている。一人は背の高い西洋人である。銀色の髪に黒っぽい外套《がいとう》をぞろりと着て、口にくわえた烟《けむり》の立つ烟突《えんとつ》見た様な物体は噂《うわさ》に聞くパイプと云う喫烟具であるらしい。そしていま一人が問題の人物である。

最初は前に立った西洋人の陰に隠れて灰色の背広丈が見えていたものが、ひょいと顔が視野に現れ出れば、懐《なつ》かしい多々良《たたら》三平君の童顔がそこにあるではないか。あるいは他人の空似かとも思われて、猶も眼を凝《こ》らして観察すれば間違いない。唐津《からつ》の俊才、多々良三平君その人だ。

三平君は超人を相手にしきりに談じている。声は届かぬものの様子から推して必ずしも友好的な雰囲気ではない。どうやら三平君と西洋人が仲間で、超人に向って何事か談判に及ぶ模様である。遠い異国で知己に出会った嬉《うれ》しさも手伝って、どんな話をしているのだろうかと吾輩は俄《にわか》な好奇心を起した。一つ久しぶりに人間観察でもしてやろう、それで以て機会があれば長の無沙汰《ぶさた》を謝して偶会の喜びを三平君と倶に分ち合わんと、吾輩が動きかけた時である。突然狗がウーと低く唸《うな》ってこちらを睨んだ。地獄の火見た様に赫々《かくかく》燃える眼に射すくまれて、吾輩は忽《たちま》ち凝固した。今まで散々狗に吠《ほ》えられた経験はある。尖った牙《きば》に嚙《か》まれそうになった事さえある。しかしながら吾輩、これ程《ほど》の恐怖を味わった例《ため》しはかつて無い。目に見えぬ殺気が空気を割って押し寄せ、体は竦《すく》んで千毛が一斉《いっせい》に逆立つ。弱い狗程よく吠えると云うが、まさに至言と云うべきで、矢鱈と吠えぬところが却って迫力がある。俗に睨み倒すとはこう云う事を指すのだと吾輩は始めて知った。見ると傍らの虎君も震えている。後に同君が述懐したところでは、あの時はもう助からないと思ったそうだ。肝《きも》の据わった虎君にしてこうであったのだから、この狗の恐ろしさが分ろうと云うものである。とにかくここは三舎《さんしゃ》を避くにしくはないと、吾輩と虎君は後も見ずに百日紅を駆け降りて、葦簾《よしず》の隙《すき》から表へ一目散に駆け出した。

それから又知り合いの猫を探し廻って、虎君の尻尾の後に随いて脚を棒にする間中、吾輩は先刻見かけた多々良三平君の事をあれこれ考えた。何故《なぜ》三平君が上海に居るのであろうか。これが何より不審である。勿論《もちろん》三平君はいまや世界を股《また》に掛けて活動する青年実業家であって、一方上海は世界中から銀行やら商社やらが出店をする一大金融都市である。貧乏教師の家に育った吾輩は商売には疎《うと》いが、これだけの数の人間が所狭しと寄り集って、埠頭《ふとう》には何十隻《せき》もの船が毎日往き来して鷗《かもめ》を驚かす上海が、目端《めはし》の利《き》く人間には莫大《ばくだい》な利益を生み出す黄金郷と映るのは想像に難くない。人間に青山ありと云うくらいで、野心満々の青年ならば一度は狭い日本から逃げ出して、世界市場の大海原《おおうなばら》に漕《こ》ぎ出し以て乾坤一擲《けんこんいってき》大勝負をかけて見たいと夢見るのは当然だろう。三平君の実業家たる才能の有無は知る由《よし》もないが、しかして彼が隠匿能《いんとくあた》わざる大志大望を五尺未満の体《たい》軀《く》に宿している事だけは疑えない。あるいはそこまで大袈裟に考えずとも、勤務する会社の命を受けて上海を訪れたとしても不思議はない。見せ物小屋に現れたのも、生来のおっちょこちょいで、人が集って居れば何でも覗いて見なければ気が済まぬ三平君の事であるから、別段異常事と云う訳ではない。しかしながら吾輩は何か引っ掛るものを感じた。魚の小骨が喉にわだかまる時見た様に落ちつかぬ気分である。超人と話す三平君の顔は通りがかりにちょいと見せ物小屋を冷やかした人間の顔ではなかった。どこか切迫した印象があった。焦燥《しょうそう》に駆られた風があった。加えてあの西洋人は何者かの疑問もある。三平君に西洋人の親戚《しんせき》があるとは思えんから、いずれ同君が当地で係わりを持った人間に相違ないが、一体何をする者であろうか。年齢は五十歳くらいと見えたが自信はない。あるいはもっと若いのかも知らん。当地の会社か銀行にでも勤める人間であろうか。一番分らないのは西洋人と三平君が如何《いか》なる用事で見せ物小屋の座主と面談していたかである。そう思えばあの超人も怪し気だ。大体火を吹く人間が怪しくない訳がない。只《ただ》の芸人とは思えぬ。――数々の謎《なぞ》が目まぐるしく吾輩の脳裏に舞った。

虎君の知り合いを発見したのは暮れ方であった。広場から南へ下った阿片窟《アヘンくつ》や娼家《しょうか》が軒を連ねた一劃《いっかく》の路地裏に当の猫は居た。虎君が来意を告げると、崩れかけた瓦《かわら》屋根で寐ていた猫は大儀そうに身を起して、黙ったまま吾輩らを疎《まば》らに草の生えた空き地へ導いた。猫の名前は姚《ヤオ》夫人と云う。肥《ふと》って年老いた雌である。紹介を受けた吾輩が挨拶《あいさつ》をしても茫洋《ぼうよう》として捉《とら》え所のない表情で見返すばかりである。恐ろしく無口な猫のようだ。大陸的とはこう云う事を指すのであろうかなどと吾輩が考えていると、姚夫人はどこからか茶色い木の実をくわえて来て吾輩の前へ置いた。虎君が横からその粒を少々齧《かじ》って姚夫人の眼を見たまえと云う。毒では困るので何だろうと念の為《ため》に聞くと、芥子《けし》の実だと答える。

「芥子が阿片の原料なのは君も知っていると思うが、なに、心配は要らない。ちょっとくらい食べても害はない」と虎君は平気な顔で云うが、阿片の原料と聞いては気分が晴れぬのは仕方がない。道々瞥見《べっけん》した阿片窟では、骸骨《がいこつ》さながら痩《や》せこけた人間が床に寐そべって、烟管《きせる》をふかしながら奇怪な笑いを浮かべて居った。

「芥子の成分には中枢《ちゅうすう》神経を攪乱《かくらん》する作用があるのだ。一種夢を見た状態になる。そうする事で意識下に眠った像を引き出そうと云う訳さ。後は姚夫人に任せておけば万事大丈夫だ」

催眠術で記憶を呼び戻すと聞いて実は吾輩半信半疑であった。と云うのも催眠術は信じ易い体質の者にしか掛らないと聞いた事がある。例えばちょっと針で突けば風船玉見た様に癇癪《かんしゃく》を爆発させる苦沙弥先生などは、人間の中でもかなり単純簡明な性質を有する部類と思われるが、その先生にして甘木医師の催眠療法をまるで受け付けなかった事実から推しても催眠術の六つかしさが分る。こう見えて吾輩は頗《すこぶ》る懐疑的な猫である。

懐疑を以《もっ》て哲学精神の根幹に据えたデカルトと競ってどうかと云うくらいである。従って吾輩はそうそう容易に催眠術に掛るもんじゃあないと思って居った訳であるが、薬物を使うと聞いてそれなら巧《うま》く行くかも知らんと納得した。納得はしたものの阿片はやはり厭《いや》だ。とは云え横からは虎君に責められ、正面の姚夫人に無言の圧力をかけられては逃げられない。吾輩が芥子を喰わぬのは只の我《わが》ままであると云う雰囲気になって、吾輩一人が駄々を捏《こね》ているような感じになるのが困る。えい、こうなれば仕方がない、まさか死ぬ事はあるまいと覚悟を決めた吾輩は、茶色の実を思い切ってがぶりとやってがりがりと奥歯で噛んだ。

甘いような苦いような味が口中に広がっていずれ旨《うま》いものではない。ごくりと呑み込んで、しかし暫くは何事も起らない。残照が空き地を囲んだ板塀や家の屋根を橙色《だいだいいろ》に染め、カーと鳴いた烏《からす》が塒《ねぐら》へ帰って行く。夕闇《ゆうやみ》の気配を孕《はら》んだ涼風が貧草を揺らし、慌《あわ》ただしい街の喧騒《けんそう》に混じって遠くに汽笛の音が聞こえる。何時《いつ》に変らぬ港町上海の春《しゅん》宵《しょう》である。

と体がふっと軽くなった。足元が何だか頼りなくなって、そのまま重力の桎梏《しっこく》から解き放たれて天に浮かぶような心持ちである。しかしそれが不安でも不快でもなく、寧《むし》ろ瞼《まぶた》に虹《にじ》がかかったが如くに周りの景色が光彩を帯びて頗る気分がよい。重さのない物体に五体が変じたようで、雲を枕《まくら》に気流に乗って天空に遊ぶ心地がする。曠朗無塵《こうろうむじん》の碧空《へきくう》に独り在って千里の陸海を浩然《こうぜん》と見渡すような心境である。

姚夫人の眼が見えた。眠たげに半ば閉じられた瞼の奥に茫《ぼう》と霞《かす》みの掛った眸《ひとみ》があって、凝っと吾輩を見詰めている。吾輩はその眼からどうしても視線を離せなくなった。別に見続ける義理はなかろうと、他所《よそ》へ視線を移そうと努力するのに、厭でも眼が吸い寄せられてしまう。体もふらふらと近寄って行く様子である。ははあ、これがつまり夫人の術であるなと感得した時には、目玉が皿程にも大きくなって居った。吃驚《びっくり》して眼を凝らすと、みるみる膨れた目玉は皿から盆の大きさになり、卓袱台《ちゃぶだい》の大きさになり、とうとう洞窟《どうくつ》の大きさになってしまった。覗き込むと中は真っ暗である。こんなに暗くては何があるか分らん、入るのは恐ろしくて御免だと思いながら、吾輩は魅入られたように洞窟へ吸い込まれた。

＋

長い隧道《すいどう》である。いや、本当に長いかどうかさえ分らない。何時《いつ》まで歩いても出口に着かぬから大方長いのだろうと思ったまでで、あるいは一所をぐるぐる円を描いているだけなのかも知れんが、いずれ明かりが無いので判別のしようがない。ひたひたと趾《あし》が土を打つ音ばかりが耳に響く。やがて妙に足音が乱れるなと思って傍らを見れば、姚《ヤオ》夫人が影のように吾輩《わがはい》に寄り添っている。独りで心細い思いをしていた吾輩は大いに安心を感じて、どこへ行くんでしょうかと聞くと、あの灯のある所までと姚夫人が答える。

見ればたしかに前方に針の穴くらいの白い光がある。隧道の出口に違いない。吾輩はいよいよ安堵《あんど》を覚えながら、あそこには何があるんでしょうと又聞くと、あなたの心があると云う。その時になって吾輩は始めて、姚夫人がすらりと胴の細い雌猫である事に気が付いた。先刻会った夫人は肥満した老猫《ろうびょう》であったから、何故かは知らんが隧道に来て急に若返ったものと見える。並歩しつつちらちら窺《うかが》えば、細っそりした頸《くび》から頭の線が惚々《ほれぼれ》する程美しい。艶《つや》のある毛衣《けごろも》に立ち籠《こ》める芳《かんば》しい香りも鼻へ届いてくる。伽羅《きやら》とはこんな香りなのかも知らん。あるいは猫の仲間には麝香《じやこう》猫と云う種類があって、その猫から採れる霊猫香は大変貴重な香料だそうだから、似たような匂《にお》いを姚夫人が放つとも思われる。吾輩は何だか甘いような切ないような悲しいような、妙な気分になってきた。胸の辺りがしきりと疼《うず》いて仕方がない。ひょっとするとこれがマダムの云う恋なのかも知れん。そんな事を思う裡《うち》にも白い光は大きくなって、まもなく出口へ到着した。手前には川があって、越えた向こうは光が溢《あふ》れ、闇に慣れた眼には眩《まぶ》しくて開けて居られない。

「ここからはあなたが一人で行くのよ」と川辺に佇《たたず》んだ姚夫人が云う。御一緒しませんかと試しに誘って見たが、即座に夫人は首を横へ振る。正面から見詰める黒い眼には有無を云わさぬ強い力が籠って吾輩は諦《あきら》めざるを得ない。

「いいこと。私が戻って来なさいと呼んだら必ず戻ってくるのよ。何をして居ても必ず戻らなければ駄目。そうしないと二度と帰って来られなくなると思って頂戴《ちようだい》」

吾輩は姚夫人と別れて独り川を渉《わた》った。不思議なことに水に入っても毛衣《けごろも》が濡《ぬ》れない。冷たくもない。吾輩は白い光に包まれた。

出た所は座敷である。前に襖《ふすま》が五寸程開いて、畳を踏んで襖の陰から覗けば中に人が居る。真中に敷いた蒲団《ふとん》に女が寐《ね》て、枕元に男が腕組みをして坐《すわ》っている。すると仰向きに寐た女が、静かな声でもう死にますと云う。女は長い髪を枕に敷いて、輪郭の柔らかな瓜実顔《うりざねがお》をその中に横たえている。真白な頰の底に温かい血の色が程よく差して、唇の色は無論赤い。到底死にそうには見えない。しかし女は静かな声で、もう死にますと判然《はっき》り云った。男も確かにこれは死ぬなと思ったらしい。そうか、そうかね、もう死ぬのかね、と上から覗き込むようにして男が聞いて見ている。死にますとも、と云いながら、女はぱっちりと眼を開けた。大きな潤《うるお》いのある眼で、長い睫《まつげ》に包まれた中は、ただ一面に真黒であった。その真黒な眸の奥に、男の姿が鮮《あざやか》に浮かんで居る。

男は透《とお》き徹る程深く見えるこの黒眼の色沢《つや》を眺めて、これでも死ぬのかと疑っている様子だ。それで、ねんごろに枕の傍へ口を付けて、死ぬんじゃなかろうね、大丈夫だろうね、と又聞き返した。すると女は黒い眼を眠そうに睁《みはっ》たまま、やっぱり静かな声で、でも死ぬんですもの、仕方がないわと云った。

じゃ、私の顔が見えるかいと一心な様子で男が聞くと、見えるかいって、そら、そこに、写ってるじゃありませんかと、にこりと笑って見せた。男は黙って、顔を枕から離した。腕組みをしながら、どうしても死ぬのかなと、猶《なお》も考える様子である。

しばらくして、女が又こう云った。

「死んだら、埋めて下さい。大きな真珠貝で穴を掘って。そうして天から落ちて来る星の破片《かけ》を墓標《はかじるし》に置いて下さい。そうして墓の傍に待って居て下さい。又逢《あ》いに来ますから」

男が何時逢いに来るかねと聞いた。

「日が出るでしょう。それから日が沈むでしょう。それから又出るでしょう、そうして又沈むでしょう。――赤い日が東から西へ、東から西へと落ちて行くうちに、――あなた、待っていられますか」

男は黙って首肯《うなず》いた。女は静かな調子を一段張り上げて、「百年待っていて下さい」と思い切った声で云った。「百年、私の墓の傍に坐って待っていて下さい。きっと逢いに来ますから」

男は只《ただ》待っていると答えた。すると、黒い眸のなかに鮮に見えた男の姿が、ぼうっと崩れて来た。静かな水が動いて写る影を乱した様に、流れ出したと思ったら、女の眼がぱちりと閉じた。長い睫の間から涙が頰へ垂れた。――もう死んでいた。

男はそれから庭へ下りて、真珠貝で穴を掘った。真珠貝は大きな滑らかな縁の鋭い貝であった。土をすくう度に、貝の裏に月の光が差してきらきらした。湿った土の匂いもした。穴はしばらくして掘れた。女をその中に入れた。そうして柔らかい土を、上からそっと掛けた。掛ける毎《たび》に真珠貝の裏に月の光が差した。

それから星の破片の落ちたのを拾って来て、かろく土の上へ乗せた。星の破片は丸かった。長い間大空を落ちている間に、角が取れて滑らかになったんだろうと吾輩は思った。抱き上げて土の上へ置くうちに、男の胸と手が少し暖かくなったようだ。

男は苔《こけ》の上に坐った。これから百年の間こうして待っているんだなと考えながら、腕組みをして、丸い墓石を眺めている。そのうちに、女の云った通り日が東から出た。大きな赤い日であった。それが又女の云った通り、やがて西へ落ちた。赤いまんまのっと落ちて行った。一つと男と一緒に吾輩は勘定した。

しばらくすると又唐紅《からくれない》の天道《てんとう》がのそりと上って来た。そうして黙って沈んでしまった。二つと又勘定した。

吾輩はこう云う風に一つ二つと勘定して行くうちに、赤い日をいくつ見たか分らない。勘定しても、勘定しても、しつくせない程赤い日が頭の上を通り越して行った。それでも百年がまだ来ない。しまいには、苔の生えた丸い石を眺めて、女に欺《だま》されたのではなかろうかと吾輩は思い出した。

すると石の下から斜《はす》に男の方へ向いて青い茎が伸びて来た。見る間に長くなって丁度男の胸のあたりまで来て留まった。と思うと、すらりと揺らぐ茎の頂に、心持首を傾《かたぶ》けていた細長い一輪の蕾《つぼみ》が、ふっくらと弁《はなびら》を開いた。真白な百合《ゆり》が男の鼻の先で骨に徹《こた》える程匂ったと見える。そこへ遥《はるか》の上から、ぽたりと露が落ちたので、花は自分の重みでふらふらと動いた。男は首を前に出して冷たい露の滴《したた》る、白い花弁《はなびら》に接吻《せっぷん》した。男が百合から顔を離す拍子に思わず、遠い空を見たら、暁《あかつき》の星がたった一つ瞬《またた》いていた。

「百年はもう来ていたんだな」とこの時始めて吾輩が気が付いた途端、突然背後から襟《えり》首《くび》を掴《つか》まれた。宙吊《ちゅうづ》りにされたかと思うと、どたりと畳に抛《ほう》り投げられる。

どうやら今度は寺の一室らしい。襖の画は蕪村《ぶそん》の筆である。黒い柳を濃く薄く、遠近《おちこち》とかいて、寒そうな漁夫が笠《かさ》を傾けて土手の上を通る。床《とこ》には海中文珠《かいちゅうもんじゅ》の軸が掛っている。焚《た》き残した線香が暗い方でいまだに匂っている。広い寺だから森閑として人気《ひとけ》がない。黒い天井に差す丸行燈《まるあんどう》の丸い影が、仰向く途端に活《い》きてるように見えた。

座蒲団には一人の侍《さむらい》が坐っている。どこかで見たような貌《かお》だと思ったら、何のことはない苦沙弥《くしゃみ》先生だ。月額《さかやき》も青々したチョン髷《まげ》の先生が行儀よく端坐《たんざ》している。吾輩の闖《ちん》入《にゅう》を察知したのか、主人は立て膝《ひざ》をすると、左の手で座蒲団を捲《めく》って右手を差し込んだ。が吾輩の存在にはどうやら気が付かぬらしい。安堵《あんど》したように蒲団をもとの如《ごと》くに直して、その上にどっかり坐った。

と又主人の手が蒲団の下に這入《はい》った。そうして朱鞘《しゅざや》の短刀を引き摺《ず》り出した。ぐっと束《つか》を握って、赤い鞘を向こうへ払ったら、冷たい刃が一度に暗い部屋で光った。凄《すご》いものが主人の手元から、すうすうと逃げて行くように思われる。そうして、悉《ことごと》く切先《きっさき》へ集って、殺気を一点に籠めている。主人は凝《じ》っと刃の先を見詰めた。束を握った掌《てのひら》が汗で濡れ、唇が震えている。

短刀を鞘に収めて右脇《わき》へ引きつけて置いて、それから主人は全伽《ぜんが》を組んだ。奥歯を強く嚙《か》みしめ鼻から熱い息が荒く出る。何を見ているのか知らんが、眼は普通の倍も大きく開けている。ぶつぶつと呟《つぶや》く声が聞こえるので、注意して聞いてみれば、無、無と繰り返し舌の根で念じている。主人はいきなり拳骨《げんこつ》を固めて自分の頭をいやと云うほど擲《なぐ》った。そうして奥歯をぎりぎりと嚙んだ。ひどく苦しいと見える。背中が張って膝の接《つぎ》目《め》が痛いのかも知れない。腹が立って悔しくて仕方がない様子でもある。目尻《めじり》から涙がほろほろと零《こぼ》れている。それでも主人は凝っと坐り続ける。その内に頭が変になったように、焦点を失った眼に霞が掛って来る。ところへ忽然《こつぜん》隣座敷の時計がチーンと鳴り始めた。

　主人ははっと我に還《かえ》って、右手をすぐ短刀に掛けた。同時に主人の背後に黒い影が立ったかと思うと、いきなり後ろ頭に棒が振り下ろされた。主人はぐうと云う間もなく意識を失って前に突伏す。はっとなった吾輩が誰の仕業かと見上げれば、立っているのは侍狗《さむらいいぬ》君だ。と、角の無い擂粉木《すりこぎ》見た様な長棒を下げた侍狗君が吾輩へ眼を向けた。そのまま凝っと赤い恐ろしい眼を据える。時計が二つ目をチーンと打ったのを聞くと同時に、吾輩は脱兎《だっと》の勢いで部屋から外へ飛び出した。すると山門では運慶が仁王を刻んでいる。もう人が大勢集って、しきりに下馬評《げばひょう》をやっている。

　山門の前五、六間《けん》の所には、大きな赤松があって、その幹が斜めに山門の甍《いらか》を隠して、遠い青空まで伸びている。松の緑と朱塗りの門が互いに照《うつ》り合って見事に見える。その上松の位置が好い。門の左の端を目障《めざわり》にならないように、斜《はす》に切って行って、上になるほど幅を広く屋根まで突き出しているのが何となく古風である。鎌倉時代とも思われる。ところが見ている者は、みんな吾輩が馴染《なじ》みの明治の人間である。その中でも車夫が一番多い。辻待《つじま》ちをして退屈だから立っているに相違ない。

「大きなもんだなあ」と云っている。

「人間を拵《こしら》えるよりもよっぽど骨が折れるだろう」とも云っている。

そうかと思うと、「へえ仁王だね。今でも仁王を彫るのかね。へえそうかね。私《わっし》ゃまた仁王はみんな古いのばかりかと思ってた」と云った男がある。

「どうも強そうですね。なんだってえますぜ。昔から誰が強いって、仁王ほど強い人あ無いって云いますぜ。何でも日本武 尊《やまとだけのみこと》よりも強いんだってえからね」と話しかけた男もある。この男は尻を端折《はしょ》って、帽子を被《かぶ》らずにいた。よほど無教育な男と見える。

運慶は見物人の評判には委細頓着《とんちゃく》なく鑿《のみ》と槌《つち》を動かしている。一向振り向きもしない。高い所に乗って、仁王の顔の辺をしきりに彫り抜いて行く。

運慶は頭に小さい烏帽子《えぼし》のようなものを乗せて、素襖《すおう》だか何だか分らない大きな袖《そで》を背中で括《くく》っている。その様子がいかにも古くさい。わいわい云っている見物人とはまるで釣り合が取れないようである。吾輩はどうして今時分まで運慶が生きているのかなと思った。どうも不思議な事があるものだと考えながら、やはり立って見ていた。

運慶は今太い眉《まゆ》を一寸《いっすん》の高さに横に彫り抜いて、鑿の歯を竪《たて》に返すや否《いな》や斜に、上から槌を打ち下した。堅い木を一と刻みに削って、厚い木屑が槌の声に応じて飛んだと思ったら、小鼻のおっ開《ぴら》いた怒り鼻の側面が忽ち浮き上って来た。その刀《とう》の入れ方が如何《いか》にも無遠慮であった。そうして少しも疑念を挟《さしはさ》んでおらんように見えた。「能《よ》くああ無造作に鑿を使って、思うような眉《まみえ》や鼻が出来るものだな」と吾輩が感心していると、吾輩の隣の若い男が、「なに、あれは眉や鼻を鑿で作るんじゃない。あの通りの眉や鼻が木の中に埋《うま》っているのを、鑿と槌の力で掘り出すまでだ。まるで土の中から石を掘り出す様なものだから決して間違うはずはない」と云った。吾輩はこの時始めて彫刻とはそんなものかと思い出した。果してそうなら誰にでも出来る事だと思い出した。それで急に吾輩も仁王が彫って見たくなったから見物をやめて早速家に帰った。

途中に床屋がある。吾輩は又急に髪を刈って貰《もら》いたくなって、床屋の敷居を跨《また》いだら、白い着物を着てかたまっていた三、四人が、一度にいらっしゃいと云った。真中に立って見廻すと、四角な部屋である。窓が二方に開いて、残る二方に鏡が懸《かか》っている。鏡の数を勘定したら六つあった。

吾輩はその一つの前へ来て腰を卸した。するとお尻がぶくりと云った。よほど坐り心地が好く出来た椅子《いす》である。鏡には自分の顔が立派に映った。顔の後ろには窓が見えた。それから帳場格子《ごうし》が斜に見えた。格子の中には人が居なかった。窓の外を通る往来の人の腰から上がよく見えた。

庄太郎が女を連れて通る。庄太郎は何時の間にかパナマの帽子を買って被っている。

女も何時の間に拵えたものやら。ちょっと解《わか》らない。双方とも得意のようであった。よく女の顔を見ようと思う裡に通り過ぎてしまった。

　すると白い着物を着た大きな男が、吾輩の後ろへ来て、鋏《はさみ》と櫛《くし》を持って吾輩の頭を眺め出した。吾輩は長い髯《ひげ》を捻《ひね》って、どうだろう物になるだろうかと尋《たず》ねた。白い男は、何にも云わずに、手に持った琥珀《こはく》色《いろ》の櫛で軽く吾輩の頭を叩《たた》いた。

「さあ、頭もだが、どうだろう、物になるだろうか」と吾輩は白い男に聞いた。白い男はやはり何も答えずに、ちゃきちゃきと鋏を鳴らし始めた。

　鏡に映る影を一つ残らず見るつもりで眼を睜《みは》っていたが、鋏の鳴るたんびに黒い毛が飛んで来るので、恐ろしくなって、やがて眼を閉じた。すると白い男が、こう云った。

「旦那《だんな》は表の金魚売を御覧なすったか」

　吾輩が見ないと云った刹那《せつな》、背後に影のような物の気配が立って、いきなり顔に手拭《てぬぐ》いが押し当てられた。吁《あ》っと声を出そうとした時には、嗅《か》ぎ慣れぬ薬品の匂いが鼻から喉《のど》まで一杯に広がって、吾輩の眼は忽ち昏《くら》くなった。

　気が付くと吾輩は籐《とう》で編んだ籠《かご》の中に閉じ込められている。ゆらゆら揺れるのが不思議だと思えば、誰かが吾輩を入れた籠を下げて急ぎ足で歩いているらしい。吾輩は拐《さら》われたと見える。周りは既に夜だ。籠の隙間から覗くと、子供を細帯で背中に背負《しょ》った女が前方を歩いて行くのが見えた。吾輩を下げた者は後から随《つ》いて行く様子だ。

　土塀の続いている屋敷町を西に下って、だらだら坂を降り尽くすと、大きな銀杏《いちょう》がある。この銀杏を目標《めじるし》に右に切れると、一丁ばかり奥に石の鳥居がある。片側は田圃《たんぼ》で、片側は熊笹《くまざさ》ばかりの中を鳥居まで来て、それを潜《くぐ》り抜けると、暗い杉の木立になる。女が林の中へ消えて、暫《しばら》くすると赤子の泣く声が聞こえてきた。女は子供を拝殿の欄干に括り附けて御百度を踏んでいるらしい。

再び籠は草むらを進んだ。すると路《みち》が随分細くなったと思ったら、柳の木があって、その下に先刻の広場で見かけた手品師の爺《じい》さんが居る。爺さんは手拭いを蛇に変える手品の続きをやっているらしい。こんな人気《ひとけ》のないところで芸を見せても仕方がなかろうと思うが、爺さんは時々「今になる」と云ったり「蛇になる」と云ったりして歩いて行く。しまいには、「今になる、蛇になる、きっとなる、笛が鳴る」と唄《うた》いながら、とうとう河の岸へ出た。橋も舟もないから、ここで休んで箱の中の蛇を見せるだろうと思っていると、爺さんはざぶざぶ河の中へ這入《はい》り出した。始めは膝《ひざ》くらいの深さであったが、段々腰から、胸の方まで水に浸《つか》って見えなくなる。それでも爺さんは、「深くなる、夜になる、真直《まっす》ぐになる」と唄いながら、どこまでも真直ぐに歩いて行った。そうして髯も顔も頭巾《ずきん》もまるで見えなくなってしまった。

不意に辺りが明るくなったと思ったら、傍らに篝火《かがりび》が焚かれている。吾輩を入れた籠は篝火の横の地面に置かれて、向って右手には非常に背の高い髯の男が居た。顔と威風からして乃木《のぎ》将軍だと吾輩は直《すぐ》に見て取ったが、それにしても随分と古風な出《い》で立ちである。革の帯を締めて、それへ棒のような剣《つるぎ》を吊るし、弓は藤蔓《ふじづる》の太いのをそのまま用いたように見える。漆《うるし》も塗ってなければ磨きも掛けてない。極めて素朴なものであった。乃木大将は、弓の真中を右の手で握って、その弓を草の上へ突いて、酒甕《さかがめ》を伏せたようなものの上に腰を掛けていた。その顔を見ると、鼻の上で、左右の眉が太く接続《つなが》っている。他人事《ひとごと》ながら髪剃《かみそり》を使えばよいのにと吾輩は思う。

乃木大将の正面には虜《とりこ》が居る。顔を見れば寒月君、いや寒月君に瓜《うり》二つの泥棒だ。かつて苦沙弥夫妻の枕元から山の芋一箱を奪い去った泥棒陰士、又何かやらかして捕まったものと見える。泥棒陰士は虜だから、腰を掛ける訳に行かない。飾りのある深い藁沓《わらぐつ》を穿《は》いて、草の上に胡坐《あぐら》をかいている。乃木大将は篝火で泥棒陰士の顔を見て、死ぬか生きるかと聞いた。陰士は一言死ぬと答えた。飽くまで屈服せぬ覚悟であるらしい。さすがは寒月似の泥棒である。偉いものだと吾輩が感心していると、乃木将軍は草の上に突いていた弓を向こうへ抛《な》げて、腰に釣るした棒のような剣をするりと抜き掛けた。それへ風に靡《なび》いた篝火が横から吹きつけた。泥棒陰士は右の手を楓《かえで》のように開いて、掌《てのひら》を相手の方へ向けて、眼の上に差し上げた。待てと云う合図である。乃木大将は太い剣をかちゃりと鞘に収めた。泥棒陰士は死ぬ前に一目思う女に逢いたいと云った。盗人《ぬすっと》とて恋はするものと見える。乃木大将は夜が明けて鶏《とり》が鳴くまでなら待つと云った。鶏が鳴くまでに女をここへ呼ばなければならない。鶏が鳴いても女が来なければ、泥棒陰士は逢わずに殺されてしまう。

乃木大将は腰を掛けたまま、篝火を眺めている。泥棒陰士は大きな藁沓を組み合わしたまま、草の上で女を待っている。夜は段々更《ふ》ける。

果して女は間に合うのだろうか。はらはらして吾輩が東の空を窺《うかが》っていると、遠くに馬の蹄《ひづめ》の土を打つ音が聞こえた。たぶんあれが女の乗った馬だろうと思うと、吾輩は嬉《うれ》しくなって思わず暗中に快哉《かいさい》の声を挙げた。ところが驚いた事に、吾輩はニャーと鳴いたつもりが、出たのは鶏のこけこっこうと云う声である。慌《あわ》てて吾輩は今のは鶏ではなく猫の声だと知らせるべく、再び声を出すと、又こけこっこうとなってしまう。大変な事をしたと吾輩が狼狽《ろうばい》している裡《うち》に、誰かが吾輩を入れた籠を不意に持ち上げて又歩きだした。事の決着は分らぬまま無情にも篝火はどんどん背後に遠ざかってしまう。

すぐ間近で声が聞こえた。御前の眼は何時潰《いつつぶ》れたのかいと、一つの声が聞くと、なに昔からさと、もう一つの声が答える。後の声は子供の声に相違ないが、言葉つきはまるで大人である。しかも対等だ。どうやら喋《しゃべ》っているのは吾輩を閉じ込めた籠を下げた男とその子供であるらしい。男が父親で眼の悪い子供を背負って歩いている模様だ。左右は青田である。路《みち》は細い。鷺《さぎ》の影が時々闇《やみ》に差す。

「田圃に掛ったね」と背中の子供が云った。「どうして分る」「だって鷺が鳴くじゃないか」

すると鷺が果して二声ほど鳴いた。父親は背中の子供を我が子ながら怖がっている気配である。こんなものを背負っていては、この先《さき》どうなるか分らない、どこか打遣《うっち》ゃる所はなかろうかと考えている模様だ。向こうを見ると闇の中に大きな森が見えた。途端に父親の背中で、「ふふん」と云う声がした。「何を笑うんだ」と父親が聞くと子供は返事をしなかった。ただ「御父《おとっ》さん、重いかい」と聞いた。「重かあない」と答えると、「今に重くなるよ」と云った。

父親は黙って森を目標《めじるし》に歩いて行った。田の中の路が不規則にうねってなかなか思うように出られないらしい。暫くすると二股《ふたまた》になった。父親は股の根に立って、ちょっと休んだ。

「石が立っているはずだがな」と小僧が云った。

なるほど八寸角の石が腰ほどの高さに立っている。表には左り日《ひ》ケ窪《くぼ》、右堀田原《ほったはら》とある。闇だのに赤い字が明らかに見えた。赤い字は井守《いもり》の腹のような色であった。

「左が好いだろう」と小僧が命令した。左を見ると最先《さっき》の森が闇の影を、高い空から父親と子供の頭の上へ抛《な》げかけていた。父親はちょっと躊躇《ちゅうちょ》する風である。

「遠慮しないでもいい」と小僧がまた云った。父親は仕方なさそうに森の方へ歩き出した。一筋道を森へ近づいてくると、背中で、「どうも盲目は不自由で不可《いけな》いね」と云った。

「だから負《おぶ》ってやるから可《い》いじゃないか」

「負ぶってもらって済まないが、どうも人に馬鹿《ばか》にされて不可い。親にまで馬鹿にされるから不可い」

父親が足を早めた。

「もう少し行くと解る。――丁度こんな晩だったな」「何が」「何がって、知ってるじゃないか」と子供は嘲《あざ》けるように答えた。父親は益々《ますます》足を早めた。雨は最先から降っている。路はだんだん暗くなる。

「ここだ、ここだ。丁度その杉の所だ」

雨の中で小僧の声は判然《はっき》り聞こえた。父親は留《とま》った。何時しか森の中に這入っていた。一間ばかり先にある黒いものはたしかに小僧の云う通り杉の木と見えた。

「御父《おとっ》さん、その杉の根の所だったね」「うん、そうだ」「文化五年辰《たつ》年だろう」

なるほど文化五年辰年らしく吾輩にも思われた。

「御前がおれを殺したのは今から丁度百年前だね」

この言葉を聞くや否《いな》や、吾輩の喉からは恐ろしさの余りニャーニャーと声が漏れた。誰かが籠をとんとんと掌《てのひら》で叩いて、吾輩を黙らせようとするが、却《かえ》って恐慌に襲われた吾輩が益々喚《わめ》き立てると、籠がすっぽりと布で覆《おお》われて視界が利《き》かなくなってしまった。

籠から解放されたのは船の上であった。大きな船である。凄《すさま》じい音である。この船が毎日毎夜少しの絶間なく黒い烟《けむり》を吐いて浪《なみ》を切って進んで行く。けれども何処《どこ》へ行くんだか分らない。ただ波の底から焼火箸《やけひばし》のような太陽が出る。それが高い帆柱の真上まで来てしばらく挂《かか》っているかと思うと、何時の間にか大きな船を追い越して、先へ行ってしまう。そうして、しまいには焼火箸の様にじゅっと云ってまた波の底に沈んで行く。その度《たんび》に蒼《あお》い波が遠くの向こうで、蘇枋《すおう》の色に沸き返る。すると船は凄じい音をたててその跡を追掛《おっか》けて行く。けれども決して追附《おっつ》かない。

「この船は西へ行くんですか」と船員に聞いた男がある。船員は怪訝《けげん》な顔をして、しばらく男を見ていたが、やがて、「何故」と問い返した。

「落ちて行く日を追懸《おっかけ》るようだから」

船員は呵々《からから》と笑った。そうして向こうの方へ行ってしまった。

「西へ行く日の、果ては東か。それは本真《ほんま》か。東出る日の、御里は西か。それも本真か。身は波の上。楫枕《かじまくら》。流せ流せ」と囃《はや》している。舳《へさき》へ行って見たら、水夫が大勢寄って、太い帆綱を手繰《たぐ》っていた。

男は大変心細そうな様子で甲板に立っている。既に夜である。一人の異人が来て、天文学を知っているかと男に尋《たずね》た。男は黙っている。するとその異人が金牛宮《きんぎゅうきゅう》の頂にある七星の話をして聞かせた。そうして星も海もみんな神の作ったものだと云った。最後に男に神を信仰するかと尋た。男は空を見て黙っていた。

異人が去ってからも男はまだ一人で立って星を眺めた。吾輩はその男の顔をもっと精確に見ようと正面に廻った。すると吾輩を認めた男と眼が合った。男の顔に驚愕《きょうがく》の光が走った。途端に男は手すりを乗り越えると、身を躍らせて夜の海に飛び込んだ。男の足が甲板を離れて、船と縁が切れた刹那《せつな》に、落ちる人の考えが吾輩の心へ流れ込んで来た。男は急に命が惜しくなっている。心の底からよせばよかったと思っている。けれども、もう遅い。男は厭《いや》でも応でも海の中へ這入らなければならない。ただ大変高く出来ていた船と見えて、体は船を離れたけれども、足は容易に水に着かない。しかし摑《つか》まるものがないから、次第々々に水に近附いて来る。いくら足を縮めても近附いて来る。水の色は黒かった。

そのうち船は例の通り黒い烟を吐いて、通り過ぎてしまった。男は何処へ行くんだか判《わか》らない船でも、やっぱり乗っている方がよかったと始めて悟りながら、しかもその悟りを利用する事が出来ずに、無限の後悔と恐怖とを抱いて黒い波の方へ静かに落ちて行き、同時に吾輩も男と一緒に黒い海に落ちたような気分になった。体が宙でくるくる回転して、どちらが空でどちらが海だか分らなくなって、何時どぼんと水に落ちるかと思っていると、どたりと足が着いたのは広い野原である。

見廻すと一面に青い草ばかりが生えて、後ろには絶壁が落ち込んでいる。気がつくと吾輩の直ぐ傍らに庄太郎と女が立って、女が庄太郎にここから飛び込んで御覧なさいと云った。底を覗《のぞ》いて見ると、切岸《きりぎし》は見えるが底は見えない。庄太郎はパナマの帽子を脱いで再三辞退した。すると女が、もし思い切って飛び込まなければ、豚に舐《な》められますが好《よ》う御座んすかと聞いた。庄太郎は豚と雲右衛門《くもえもん》が大嫌いな男だ。けれども命には易《か》えられないと思うらしく、やっぱり飛び込むのを見合せていた。ところへ豚が一匹鼻を鳴らして来た。庄太郎は仕方なしに、持っていた檳榔樹《びんろうじゅ》の洋杖《ステツキ》で、豚の鼻頭《はなづら》を打《ぶ》った。豚はぐうといいながら、ころりと引っ繰り返って、切岸の下へ落ちて行った。庄太郎はほっと一と息接《つ》いでいるとまた一匹の豚が大きな鼻を庄太郎に擦り附けに来た。庄太郎はやむをえずまた洋杖を振り上げた。豚はぐうと鳴いてまた真逆様《まっさかさま》に穴の底へ転げ込んだ。するとまた一匹あらわれた。この時吾輩はふと気が付いて、向こうを見ると、遥《はるか》の青草原の尽きる辺から幾万匹か数え切れぬ豚が、群《むれ》をなして一直線に、この絶壁《きりぎし》の上に立っている庄太郎と吾輩を目懸けて鼻を鳴らしてくる。庄太郎は心から恐縮している様子である。けれども仕方がないから、近寄ってくる豚の鼻頭を、一つ一つ丁寧に檳榔樹の洋杖で打っていた。不思議な事に洋杖が鼻へ触りさえすれば豚はころりと谷の底へ落ちて行く。覗いて見ると底の見えない絶壁を、逆さになった豚が行列して落ちていく。自分がこのくらい多くの豚を谷へ落としたかと思うと、庄太郎は我ながら怖くなってきたらしい。けれども豚は続々くる。黒雲に足が生えて、青草を踏み分けるような勢いで無尽蔵に鼻を鳴らしてくる。

庄太郎は必死の勇を振《ふる》って、豚の鼻頭を七日六晩叩いた。けれども、とうとう精根が尽きて、手が蒟蒻《こんにゃく》のように弱って、しまいに豚に舐められてしまった。そうして絶壁の上へ倒れた。防壁になっていた庄太郎が駄目となれば、今度はいよいよ吾輩の番である。と云って吾輩には檳榔樹の洋杖を振るう事が出来ぬから、身を守る術《すべ》がない。絶望して見渡せば草原に群がるのは豚ではなく、いつの間にか大熊猫君に変っている。白黒模様の大熊猫の大群が辺り一面を埋め尽くしていると見るや、今度は無数の侍狗君が、大熊猫の後から続いて、それぞれ前趾《まえあし》で刀を青眼に構え、後脚でぴょんぴょん跳ねながら吾輩目掛けて殺到してくる。恐怖の余り吾輩が後ずさりすると、脚が宙へ浮いた。無論下は千尋《せんじん》の谷底である。侍狗君は大熊猫君よりも足が早いと見えて、あっと云う間に吾輩の眼前には白刃がずらり並んだ。殺気を溜めた刃の列がもう鼻先をかすめるまでに迫った。吾輩は侍狗君の恐るべき刀術の冴《さ》えを思い、もはやこれまでと、観念の眼を瞑《つむ》ったその時、「戻って来なさい」と呼ぶ声が聞こえた。どこからする声だろうと思った刹那、吾輩は趾を滑らせ、体がふわりと宙に浮いたかと思うや、そのまま吸い込まれるように谷底に向って落ち、と再度、「戻ってきなさい」と声がして、あれはたしかに姚夫人《ヤオ》の声に違いないと悟って、はっと我に還《かえ》ってみれば吾輩は元の空き地に居る。

「――大丈夫かい、君」と心配そうに問う虎君の声がして、見れば正面に姚夫人の眠たそうな顔がある。隧道《すいどう》の中では若く妖艶《ようえん》な雌猫に変身した姚夫人は、すっかり以前の見苦しい肥満体に戻ってしまっている。吾輩は何がどうなったのか分らぬまま、暫く茫《ぼう》として居ったが、大丈夫だろうかと二度目に虎君が聞いた時には、何とか大丈夫そうだと声に出して返答するだけの力を得た。吾輩の顔を茫洋と眺めて居った姚夫人は、黙って虎君へ一つ頷《うなず》いて見せると、脂肪の多い体を大儀そうに揺すって板塀の隙間を去って行く。後には吾輩と虎君だけが残される。

「僕は一体どうなったのだろう」

吾輩は脚がまだ少々ふらふらするのを自覚しながら聞いた。質問に虎君は軽く答える。

「なに、君は夢を見たのさ。姚夫人が君の意識を君の心の深い所まで導いて、それが夢になって現れたと云う訳さ。夢の内容は逐一君自身の口から聞かせて貰ったよ」

「それで何か分ったのだろうか。僕には只の支離滅裂としか思えないんだが」

「夢とは概してそうしたものさ。いろいろなイメジが重なりあって、一見非合理な形象となって現れる。しかしたしかに君は事件の起きた夜から上海に来るまでの記憶の断片を思い出したのだ。姚夫人が記憶がしまわれている場所に君の意識を導いたのだからね。あとは断片を精錬して、如何《いか》に断片と断片を論理的に繋《つな》ぎ合わせるかが問題になるだけだ」

「そんなものだろうか」と吾輩はいまだ夢の中にいるような朦朧《もうろう》とした気分の中で、半信半疑で云ったが、虎君は自信たっぷりの様子である。

「いずれ僕は大きなヒントを掴ませて貰ったような気がする。いや、いまの夢の中に事件解決の鍵《かぎ》はきっとある。本格的な調査はこれからだがね。さて、君の気分が良好なら、そろそろ帰ろうじゃないか。もうすっかり日が暮れてしまった」

　云われて見上げれば濃紫に染まった東の空にあかるい月が浮かんでいる。空き地に落ちた板塀の影が濃い。二匹並んで塀の破れ目へ向って歩き出すと又虎君が云った。

「よかったら帰りに梨苑《りえん》飯店の塵芥箱《ごみばこ》に寄って行こうじゃないか。あそこの鮑《あわび》と筍《たけのこ》を煮た料理は絶品だ。君は勿論《もちろん》鮑は嫌いじゃないだろうね」

　鮑と聞いて吾輩の腹は恥ずかしいくらいにぐうと鳴った。

第四章　史上初、月夜の推理競争

十一

「さて、御集りの紳猫《しんびよう》淑猫《しゆくびよう》諸君、我が主催のサロンへようこそ。朝から降り続いた鬱陶《うつとう》しい雨も上って、芳《かぐわ》しい風渡る宵《よい》となったはまさしく、月の美神セレーネの贈り物と申せよう。まずは見たまえ。今宵の庭園の美しさときたらどうだろう。日頃棲《す》み慣れた我等が住処《すみか》も、五月の芳しい大気と花の香りに包まれ、満月の清い光に照らされてあるならば、これを神々の戯《たわむ》れる希臘《ギリシヤ》の神話的庭園に比してもあながち的外れとは云えまい。今宵のパブリック、ガーデンは不思議な幻想に溢《あふ》れている。芸術の霊感に満ち満ちている。才ある詩人ならば忽《たちま》ち十四行のソネットを一ダースも紡《つむ》ぎ出し、音楽家は興に任せて夜想曲集一冊を一晩で作曲するだろう。まずはこの御馳走《ごちそう》を篤《とく》と賞味した上で、互いに談話を楽しもうではないか」

満月の晩、人影の消えた四阿亭《あずまや》に三々五々集った猫たちを前に、中央の卓に立った伯《はく》爵《しゃく》が開会を宣言した。勿論《もちろん》こればかりで話を已《や》める伯爵ではない。伯爵が自らを詩人に任じているのは当然であるから、ソネットを少なくとも半ダース詠《よ》むまでは止まらんだろう。

「折りしも時節は麗《うるわ》しき五月。云うまでもなく猫にとっては恋の季節である。恋人同士が肩を並べて夜の散策に出るもよし。水辺で愛を語るもよし。月の明るい今宵は愛を交わすには絶好の夜である。意想外の出会いを演出しようと、悪戯《いたずら》好きのクピドがくすくす笑いながら物陰から窺《うかが》っている。天使の矢に射られた恋人達が、手を取りあって森陰に消えたからとて、咎《とが》める者は無論誰もあるまい。恋の情熱はたとえ神と覇《は》を争う東洋の専制君主と雖《いえど》も押し止《とど》められるものではない。恋愛と芸術は云うならば世俗の権力から独立した精神の都市である。自由なる魂のポリスである。恋愛と芸術とが同じ霊感に発するのは、古今の芸術家の事績を辿《たど》るなら、自《おのず》からして明らかであって、殊《こと》改めて申すには及ぶまい。我が故国の男装の女流作家も云うように、芸術同様恋愛もまた、魂の最も至純なる部分の未知なるものへの聖なる憧憬《しょうけい》なのである。今宵のガーデンがセクスピヤ描くところのアーデンの森と変じて、恋人達が愛を囁《ささや》き交わす夢の楽園と化したとて何ら驚くにはあたらない。更に本日は特別に若干の木天蓼《またたび》が用意されている。議論に飽いたら木天蓼に酔うもまたよし。無論ここで猫に酩酊《めいてい》なる精神の一状態を実現する木天蓼の効能について贅言《ぜいげん》を費《つい》やす必要はあるまいが、敢《あ》えて言葉を添えて諸氏の耳を煩《わずら》わすならば、かの謹厳実直なる倫理の哲人カントでさえ斯《か》く語っている。酒は口を軽快にする。酒は心を打ち明けさせる。斯くして酒は一つの道徳的性質、つまり心の率直さを運ぶ物質である、と」

「貴公の話は無駄が多くて困る」と割って入って遺憾を表明したのは云うまでもなく黒猫将軍である。「仏蘭西《フランス》流の合理主義などと云うが、貴公の話を聞く度に怪しいものだと嘆息させられる。要点を云ってくれたまえ」

「黒猫将軍の御言葉ではありますが、私は無駄など一つも申しては居りません。私の舌に載せる言葉の一つ一つが今宵のガーデンを美しく飾るのです。詩の無い所では人生は貧寒たる苦の相貌《そうぼう》を露《あら》わにしてしまう」

「それは貴公の人生が無内容だからだ。魂が空っぽだからだ。儂《わし》に云わせれば至純なる魂は詩など欲しないものだ。レトリックは無用である。至高の状態に於《おい》て魂は、宇宙と一体と化して聖なるエーテルの透明な大気に休らうのである。その時魂が声を挙げるならそれは寧《むし》ろ音楽となるだろう。音楽こそが魂の言葉なのだ。魂のこの状態を可哀相《かわいそう》なことに仏蘭西人や英吉利《イギリス》人は知らんらしい。それが証拠に両国民からは一人のモーツァルトもベートーベンも出て居らんのだからな」

「しかし仏蘭西にはベルリオーズが居る」と伯爵が小さく異論を差し挟むと、将軍は心底馬鹿《ばか》に仕切った様子で鼻を鳴らした。

「仮にモーツァルトをアポロンとするなら、ベルリオーズなどは地獄の酒場の軍楽隊にすぎん。かつて儂はライプチヒのゲヴァントハウスで幻想とか云うシンフォニーを聴いた事があるが、いやはや酷《ひど》い代物《しろもの》であった。あれなら百匹の豚を集めてブーブー鳴かせた方がましと思うくらいであった。同じ幻想と名前が付いていても、我が敬愛するロベルト、シューマンのそれには足元にも及ばん。仏蘭西では近頃、印象派とか称する新音楽が盛んのようだが、所詮《しょせん》は魂を欠いた小手先の業にすぎん。仏蘭西人にふさわしく小器用ではあるが、甚《はなは》だ感動を欠いている」

こうまで云われては伯爵も黙ってては居られない。

「魂、魂と将軍は喧《やかま》しく云われるが、魂などと云う実体の判然《はっき》りしない物をそう論《あげつら》うのはどうかと思われますな。少なくも魂が善なる物とは限らない。魂の善性を盲信するのは未熟な自己意識であればこそ可能なのでしょうな」

「すると貴公は魂は悪だと云うのかね」

「そう云う事もありましょう」

「それは即《すなわ》ち神の善性を疑う事だ」

「私は神の善なる意志は疑っては居りません。けれども神が被造物を善なる性質に造ったとは限りませんからな。自己の道徳性が神の善性と直接に繋《つな》がっているなどと観《み》る幼稚な見解から仏蘭西猫はとっくに脱しているのです。魂の善性への妄信《もうしん》から発して為《な》された事業が、最悪の成果を生むのは歴史ではありふれた事柄に属しますからな。我々は歴史に深く学んで居る。最も善良と見える物こそ実は悪魔ではあるまいかと、疑ってかかるのが、つまりは幼児性を脱した仏蘭西合理主義の要諦《ようてい》なのです。悪魔は何より神の姿をしている可能性がある。天井裏の鼠《ねずみ》を悪魔と勘違いしてパンを投げつける御国の酔っぱらい神学者では到底この機微は理解できんでしょう」

「儂が評価する仏蘭西人の発明はギロチンだけだ。たしかにあれは合理的と云える。なにしろ首を切り落としてしまえば貴公のような屁理屈《へりくつ》はもう云えん訳だからな」

斯《か》くして又も延々たる掛け合いが始まって一同辟易《へきえき》の態《てい》となりかかった所で、時候よく虎《とら》君がそろそろ本題に入ってはどうでしょうと口を挟み、そうよ、とにかく早くして頂戴《ちょうだい》と、横からマダムが賛成した結果、議論が後日に譲られる運びとなったのはまずは幸甚《こうじん》であった。伯爵が再び卓から声を挙げる。

「失礼した。将軍と話すとつい熱くなってしまうので。宜《よろ》しく御容赦頂きたい。さて、既に諸君も聞き及びの通り、今宵の集会には一つの趣向が用意されている。趣向とはつまり、日本の名無し君の主人が殺害された事件につき、推理を競おうと云う訳である。探偵として名乗りを挙げているのは現在までのところ、ホームズ君、虎君、将軍、それから私の四名であるが、他に飛び入りの参加希望があれば名乗り出て貰《もら》いたい」

伯爵の呼びかけに四阿亭の周りに集合した猫たちは黙っている。毛繕いに熱心な者や大欠伸《おおあくび》で寐《ね》そべっている者もある。一見すると甚だ不熱心なようだが、猫にしてはこれが常態なので、殊更退屈している訳ではない。暫《しばら》く待った伯爵は、いつもの手すりに寐そべったマダムの方へ顔を向けた。

「マダムは如何《いかが》ですかな。女性ならではの直観力に恵まれたマダムの事ですから、我々には思いもよらぬ解決を用意されているのではありますまいか」

　こうした気配りが伯爵の美質である。歯の浮くような御世辞でも伯爵が云うと左程厭《いや》味《み》に聞こえぬから不思議だ。

「妾《あたし》はいいわ。推理なんて面倒だから」とマダムが物憂《ものう》い口調で答えたので、探偵は既定の四名と決った。

「では諸猫には厳正なる判定を御願いしよう。誰の推論が最も理に適《かな》っているか、よく聞いて宜しく判断をして貰いたい。では始めるとしようか」と伯爵が宣言すると、

「ホームズさんが居ないようですが」と虎君が云う。見回せばたしかに肝心のホームズ先生の姿がない。

「逃げたのだろう。生意気な口を叩《たた》いて居ったが、実は何も分って居らんのさ。今更おめおめと出て来られんに違いない」と黒猫将軍が鼻を鳴らす。

「ホームズはそんな猫じゃありません」とワトソン君が出て来たのは親友が中傷を受けた以上当然である。「あれからずっとホームズは調査の為《ため》に姿をくらまして居ったのですが、今朝になって夜には戻ると伝言が届きました。だから間もなく現れるでしょう。あるいはホームズ流の意表を衝《つ》く登場を考えているのかも知れません」

「ふん、英吉利猫など信用出来るもんじゃあない」と尚《なお》も将軍が憎まれ口を叩くのに対して、「そんな事は絶対にありません」とワトソン君は飽くまで友情に篤《あつ》い。

「実はちょっと気になる事があるのです」と今度は虎君が口を挟んだ。「仲間の猫に聞

いたのですが、近頃租界に猫拐《さら》いが出没しているようなのです。随分拐われた猫があると云う話です」

云われて見ればたしかにガーデンに集う猫がいつもに較《くら》べて少ないと吾輩《わがはい》も感じていた。必ず姿を見せるはずの常連の顔が幾つか見えない。

「拐われた猫はどうなったのだろう」伯爵が眉《まゆ》を顰《ひそ》め、虎君が答える。

「分りません。仲間が随分探したようですが、行方が知れないと云う事です。誰が拐ったかも不明です」

「怖いわ」とマダムがふさふさした尻尾《しっぽ》を震わせると、将軍が「喰われたんじゃあるまいな」と厭な事を云う。「東洋には猫を喰う風習があるようだからな」

猫鍋《ねこなべ》を好む書生があるのを知っている東洋の猫、つまり吾輩は恐縮した。上海《シャンハイ》に猫喰いがあるかどうかは知らんが、日本は古来よりあらゆる文物を支那《しな》から輸入した経緯から見て、日本にある以上上海に無いと云う法はあるまい。それどころか、昔、何でも春秋戦国の頃らしいが、斉《せい》の桓公《かんこう》に仕える易牙《えきが》なる料理人は、山海の珍味に飽き飽きした主人へ、自分の子供を丸焼きにして食卓に供して大いに面目を施したと云う話が韓非子《かんぴし》に出ているそうだから、猫喰い程度ではいちいち驚いてはいられない。

「いずれにしても、ホームズさんは大丈夫でしょうか」と虎君が云うと、ワトソン君が急に狂ったような大声で笑い出したので、一同は大いに驚愕《きょうがく》した。

「いや失礼。しかし、あまりおかしかったものですから」と漸《ようや》く発作を収めたワトソン君が弁明する。「ホームズが猫拐いに捕まるなどとは、いやはや、これは滑稽《こっけい》だ」とまだ笑っている。

「しかし、如何《いか》なホームズさんと雖も猫拐いの網に掛ってはどうしようもないのではありませんか」虎君が猶《なお》も心配そうに云う。

「あるいは毒饅頭《どくまんじゅう》を喰ってしまったのかも知れん」と将軍も加える。

「ホームズは左様《さよう》な迂闊者《うかつもの》でありません。狗《いぬ》とさえ闘うホームズですぞ」とやや憤然とした調子でワトソン君は云う。「あらゆる薬物に通じたホームズが毒など喰わされるはずはない。仮に捕まったとして、何か狙《ねら》いあっての事でしょうし、万が一うっかりしたのだとしても、逃れるのは簡単です。赤子の手を捻《ひね》るより易しい。ホームズならばケルベロスの守護する地獄の門からでさえ脱出して見せるでしょう。皆さんはどうもホームズと云う猫を御存知ないらしい」

「知らんね」と将軍はいかにも素っ気ない。ワトソン君の熱心な長広舌《ちょうこうぜつ》に比して余りに簡明過ぎる。いきり立った同君が再び言葉を継がんとする勢いを示した所へ伯爵が割って入った。

「まあ、親友の貴君が云うのだから、いずれ姿を現すのだろう。夜通し待つ訳にもいかんから、とりあえず三名で始めようではないか」

そう云われて猶もワトソン君は不満そうであったが、現実にホームズ氏が居ないのだから文句も云えない。不承々々暗がりへ退散する。一方の伯爵は地面へ降りて、前趾《まえあし》で三本の草の葉を踏む。そうしてから将軍と虎君にどれか一本を選ぶよう促す。長いのを選んだ者から順に推理を発表すべしと云う伯爵に対して、今度は将軍が疑義を呈した。そんな事をするまでも無いと云うのである。

「儂は推理競争などしに来たのではない。左様な馬鹿げた事をするつもりは毛頭ない。何故《なぜ》なら無意味だからだ。実を云うなら儂は、今回の事件に係わって、諸君の知らぬ事実を握っている。つまり推理をするまでもなく犯人の名前を既に知っているのだ」

その上で推理を競うとなれば公平を欠くとの誹《そし》りを逃れ得ない。である以上推理競技はもはや意味が失われた。事件は既に現実に解決されてしまったのだと云う。

「つまり儂が事件の真相を諸君に説明すればそれで事足りるのだ」

傲然《ごうぜん》と胸を張った将軍は隻眼《せきがん》で以《もっ》て聴衆を睨《にら》み据える。自信家とは云うがここまでの者は吾輩もそうは知らない。太閤《たいこう》が聚楽第《じゅらくだい》に麾下《きか》の将を聚《あつ》めて夜話をした際、何万の兵が護《まも》る堅城と雖も精鋭の手兵が五十も与えられるなら十日で落として見せると黒田官兵衛が自慢したのへ、自分なら一人で三日で攻略すると太閤は嘯《うそぶ》いたそうだが、黒猫将軍ならばこれによく肩を並べるに違いない。将軍に睨まれて聴衆は一瞬森《しん》となったが、さすがに虎君だけは負けていない。

「将軍がどのような解決を準備されているのかは存じませんが、僕にも皆さんの知らない情報があるのです」と虎君は発言して吾輩の方へちらりと視線を寄越《よこ》した。恐らく先日の夢分析を云っているのだろう。

「だから御気遣いは無用です。それに恐らく僕の推理の方が正しいでしょう」虎君が決然と云い放つと、四阿亭の聴衆からは声援が挙がって、ひやひやと伯爵が手を打ちながら断を下した。

「あまり駄々をこねては、老人の我《わが》ままのようでみっともないですぞ、将軍。とにかくルールはルールなのですから、是非籤《くじ》を引いて貰わねばなりません」

世論を背景にそう迫られては、将軍も不承々々草の葉に趾を伸ばす他にない。続いて虎君が選び、残りを伯爵が取る。その結果、一番長いのを伯爵が引き当て、二番目が虎君、終《しま》いが将軍と決った。一旦《いったん》決ってしまえば誰も文句を云わぬ所は結構であった。

こうして夜を徹しての推理合戦は開始されたのである。

十二

「さて、諸君。ここでまず私は、此度《こんど》の事件につき、当初大した関心を持って居らなんだ事実を告白せねばならんだろう」

伯爵は自分が口火を切るのが当然であると云った悠々然たる態度で卓に立ち、えへんと咳《せき》払いを一つすると、得意の美声を一段と高くして始めた。

「そもそも殺人などと云う野蛮にして雅趣を欠いた行為は性に合わない。我が美学に反している。白日の下雌雄《しゆう》を決せんと欲して、正々堂々紳士同士が正義を争って渡り合ったならともかく、聞けば犯人は英語教師の油断を衝《つ》いて背後から殴り殺したと云う。左様な卑怯《ひきょう》にして性悪なる殺人犯は捕吏の手に委《ゆだ》ねて置けば済む話であって、芸術を愛する名誉ある市民が敢《あ》えて相手にすべき手合いではない」

「だったら黙っていたらよかろう」と黒猫将軍が尤《もっと》もな注釈を挟む。

「所がそうはいかんのです。何となれば」と伯爵は続ける。「私が事件の背後に一つの物語を直観したからであります。しかもその物語と云うは、ホームズ君虎君等、猫生経験の乏しい諸君は無論の事、徒《いたずら》に春秋を重ねながら事恋愛問題、異性問題となると朴念仁《ぼくねんじん》に等しい黒猫将軍などには百年の進化を待って猶想到するあたわざる物語であるからして、ここで私が己の美学に拘泥《こうでい》して出馬を見合わせるならば、事件の謎《なぞ》は迷宮の闇《やみ》へ永久に葬《ほうむ》り去らるる恐れあるが故《ゆえ》に、敢えて二三の事実を指摘して諸氏の注意を促さんと欲したのです」

「前置きはいいから結論だけを云い給《たま》え。夜が明けてしまう」と将軍が苦情を云ったが、勿論これくらいで動ずる伯爵ではない。

「まだ月は東の空に上ったばかりではありませんか。夜は長い。猫も人も齢《とし》をとるとどうも気が短くなっていけない。将軍は暫く木天蓼《またたび》でも舐《な》めながらあちらで休まれて居てはいかがです。今日の木天蓼は雲南産の極上品ですぞ」

伯爵にたしなめられて、何を云っても無駄だと諦《あきら》めたのか、将軍は木天蓼を一つくわえると、これみよがしに大欠伸《おおあくび》をかいて地面にごろりと横になった。これはさすがに行儀が悪いと見えたが、咎《とが》めだてをすると又面倒な事になると思ったらしく、伯爵は大袈《おおげ》裟《さ》に眉を顰《しか》めて見せただけで将軍には構わず本題へ戻った。

「それでは語ってみましょう。どこから事件の核心に接近するのが好便であるか。私はまず動機の側面を問題にして見たいと思う。実は私が事件解明の端緒《たんしょ》を得たのは動機を考究する所からだったのです。ところで動機の究明には人間心理の研究が不可欠であるのは云うまでもない。となればこの問題に取り組むに私以上に適任の猫は世にあるまいと思われる。こう見えて私は、人間との付き合いが長く、人間なる種族の性質について広甚なる知識を有する者である。日本人は勿論の事、極北に棲《す》む狩猟民から南洋密林の裸族に到《いた》るまで、黒白黄赤、あらゆる種類の人間に通じている。印度《インド》奥地の狗頭人《くとうじん》やリビヤのスキアポデスとも親しく付き合い、希臘《ギリシャ》の一つ眼巨人や北洋の人魚とも交際がある。もし私をして人間論を書かしめるならば、かの浩瀚《こうかん》なる人間観察の書、バルザックの人間喜劇にも劣らぬ一編となって結実するであろう事は疑いを容《い》れない。さて、斯《か》ような具合に人間通を以て任じる私の観ずるところ、苦沙弥《くしゃみ》氏が殺害された理由は只《ただ》一つしか考えられないのである」と云って伯爵は次の様に問題を整理せられた。

物盗《ものと》りの犯行でない事は既に先日の議論から明らかになっている。犯人は苦沙弥氏の知友中にある。そこでまず推理の常道に従って、苦沙弥氏が死ぬ事に因《よ》って誰が如何なる利益を得るかを考えて見れば、第一に経済上の利得は容易に除外される。何故なら苦沙弥氏が貧乏人だからである。保険にも入らず財産も無い以上、苦沙弥氏を抹殺しても誰にも得がない。寧ろ香典分を損するくらいである。懐の紙入が失われていたと云うが、大した額ではあるまいから、容疑者と目される顔見知りの人物等にとって殺人の危険を敢えて冒《おか》してまで奪う価値はない。

次に苦沙弥氏が恨みをかっていたかどうかを考えて見る。勿論人間いつどこで恨みをかわぬとも限らない。猫だって理由もなく狗に憎まれている。とは云え容疑者と目される友人、教え子を一人々々取って眺めて見るならば、左様な恨みを持つ者はどうも見当たらぬようである。少なくとも先日の名無し君の回想譚《かいそうたん》からは怨恨《えんこん》の影は窺《うかが》えない。最後に念の為に加えれば、人間の中には殺人淫楽《いんらく》症と称して、快楽を得んが為に人殺しを目論《もくろ》む者もあるにはある。先日も云ったブランヴィリエ侯爵夫人や青髭《あおひげ》公などの例がこれにあたるが、やはり被害者の友人中にそうした矯激《きょうげき》なる性質の者は発見されない。仮に居たとしても、頭を殴って逃走すると云ったあっさりしたやり方は解《げ》せない。

「つまり利害もなく、怨恨もない。勿論趣味でもない。そうした所で殺人が起るとしたら、原因は一つしかあり得ぬのである」と会話調から演説口調に切り換えて、云い切った伯爵は得意絶頂の様子で聴衆を右から左へ眺め廻す。この御得意のポーズが出たからには、又話が長くなりそうだと、少々危険を感じながら吾輩は耳を傾ける。

「それは即《すなわ》ち人間の激情である。激情と云う感情程、人間に固有の性質は他に無い。この感情を猫は知らない。しかして人間に激情が備わっているが故に、歴史は経済的利害の函数《かんすう》たるに留まらず、様々に彩《いろど》られて来たと云っても過言ではない。そもそも人類最初の殺人者である、バイブルに記された農夫カインからして、嫉妬《しっと》の挙句《あげく》激情に捉《とら》えられ、兄弟を殺害したのであった。あるいはトロイ包囲戦の折り、激情が故にアガメムノンに反抗したアキレウスを思ってもよい。これ等ほんの数例を以てしても人間に於《お》ける激情の根の深さが分ろうと云うものである。激情こそが利害損得、打算計算を踏み超えさせ、人間をして非合理な行動へと走らせる。悟性を放棄し理性を破砕して攻撃の欲動を解放せしめる。激情は理屈を超えている。従ってここに理性的の見地からして判然《はっき》りした理由の見当たらぬ殺人があるなら、あるいは理屈に合わぬ事件があるなら、何より人間の激情にこそ原因を求めなければならん。まさしく苦沙弥氏の事件がこれだ。では一体何が犯人の激情を呼び寄せたのであろうか。嫉妬、自尊心の損傷、狂信、様々な原因が一般には考えられよう。ここで一々を俎上《そじょう》に載せて論じてもよろしいが、話が少々専門的になる危険がある。あるいは興味の薄い者には退屈になる恨みがあるかも知らん。しかも特に本日は御婦人の聴衆も多く来席されている点も鑑《かんが》みて、議論の過程は省略して、一気に結論を弁じて見ようと思う」

「貴公の話に結論があったとは驚きだ」と地面に長々と寐《ね》そべった黒猫将軍の揶揄《やゆ》を無視して伯爵は続ける。

「結論を云いましょう。犯人の激情を誘ったもの、それは恋愛感情である。即ちこの事件の背後には恋愛事件が隠されているのである」と云い切った伯爵は歌舞伎《かぶき》の見得《みえ》よろしく、どうだとばかりに一同を見回したが、大向こうから捗々《はかばか》しい反応が無かったのは少々残念であった。伯爵が恋愛を持ち出すであろう事は、どれほど不注意な聴き手にも十分予測の裡《うち》にあったから、改めて驚く者が無いのは仕方がない。奇術で云うなら鳩《はと》がしまってあると分っている箱から鳩が出ても誰も驚かぬのは道理である。伯爵はやや落胆の態《てい》と見えたが、今更引っ込む訳にもいかず、気を取り直して先へ進む覚悟と見えた。

「ここで視点を転じて被害者である苦沙弥と云う人物について考察してみるならば、私がまず注目するのは彼に於る病質の数々である。苦沙弥氏は胃病を患《わずら》っている。目は結膜炎に冒されている。更に始終苛々《いらいら》が止《や》まぬ不安症状が診てとれる。明らかに神経が参っている。些細《ささい》な事で癇癪《かんしゃく》を起し、時々鏡に自分の貌《かお》を映してぶつぶつ呟《つぶや》く所などはかなり危ない。他にも書物を開けば必ず眠くなる所からは嗜眠《しみん》症が疑われ、頭皮は雲脂《ふけ》症、慢性の不機嫌には気鬱《きうつ》の徴候がある。こう列挙して見るならば、苦沙弥氏はあたかも病の巣窟《そうくつ》の観を呈している訳であるが、しかし私に云わせるなら、これら症状は悉《ことごと》く一個の病根から出たものと見て間違いはない。その病根とは何であるか。即ち、心に秘めたる悩みである。深甚《しんじん》なる苦悩である。猫には無縁の事ながら、苦悩が人の神経を痛め付け、胃袋を荒らすのはよく知られた病理学上の事実である。苦悩が深刻に高じれば胃に穴が穿《あ》いて死に到《いた》る事さえある。苦沙弥氏の病状がこれである。タカジヤスターゼも牛乳療法も按腹揉療治《あんぷくもみりょうじ》も催眠術も利《き》かぬのは当然であって、根本原因を取り除かぬ限り快《かい》癒《ゆ》を期するのは六ずかしい。無論事は胃病ばかりではない。苦沙弥氏の興奮症も被害妄《もう》想《そう》も不安症も、精神の苦悩をひとつ仮定に置いて見るならば悉く説明が付く。いや、そうした説明をくどくど重ねるまでもない。苦沙弥氏の日常の姿が苦悩する人間のそれである事は、先日の名無し君の物語を虚心に聞くならば、何人《なんぴと》も疑いを差し挟み得ぬであろう」

そこで切った伯爵は三度《みたび》聴衆を右から左へ見廻し、それから最後に念を入れる如《ごと》くに吾輩の顔を正面に見た。余裕たっぷりの表情ながら、よく見ると眸《ひとみ》が不安気に揺らめいている。先生、威勢よく云い放ったものの、磐石《ばんじゃく》の自信があると云う訳ではないらしい。凝《じ》っと見られた吾輩は困ってしまった。主人の深甚なる苦悩と云われても、そう急には得心出来るものではない。とは云うものの、では主人には悩みが一切無く、大悟徹底の境地にあって円満具足の生活を日々緩々として楽しんで居《お》ったかと云えば、到底そうとは申されないから、とりあえず吾輩は伯爵の翠《みどり》の目に向って首肯《しゅこう》して見せた。伯爵は大いに満足の様子で、今度は慈《いつく》しむように眼を細めて吾輩の顔を眺めている。吾輩は何だか随分良い事をしたような気がして来て、伯爵がこれ程喜ぶのであれば、頷《うなず》く為の筋肉の労働などは大したものではないから今後は盛大に頷いてやろうと心に決める。

「では、苦沙弥氏の苦悩の原因は何であるか」と吾輩の無言の激励に勇気を得た伯爵は新たな設問を呈し、主人と細君が不仲であった点をまずは指摘した。

実は吾輩、夫婦と云っても主人と細君の組み合わせしか知らんから、夫婦とは一般にああしたものなのだろうと、これまで漠然と考えて居った。所がこうして改めて第三者から注意を促されて見れば、たしかに主人と細君は意思の疎《そ》通《つう》を欠いて、冷え冷えとした空気が常時両者のあいだに漂っていたと認めるにいささかの躊躇《ためら》いもなかった。主人が細君に向って優しい言葉をかけた場面を吾輩は見た記憶がない。細君は細君で、やれジャムを舐《な》め過ぎるの、読みもしない本を丸善で矢鱈《やたら》買ってくるのと、主人の顔を見れば文句ばかり云って居った。子供が一緒の時は騒動に紛れて目立たなかったけれど、二人きりでぽつんと食卓に取り残されれば、索漠貧寒たる夫婦の実相が否応《いやおう》なく露出した。同じ飯を喰うならもう少し楽しくした方が消化にもよいだろうと思うのに、そもそも会話が無いのだから淋《さび》しい。必要最低限の連絡事項が伝達されればそれでお終いになって、後は黙々と顎《あご》の運動が繰り返される。通夜《つや》の席でもいま少し華やいでいると思われる。時には思い出したように主人が話題を提供する事もあったが、その話題と云うのが、猫の泣き声は副詞か感投詞かとか、世界で一番長い語はArchaiomelesidonophrunicherataであると云った内容なのだから、細君は挨拶《あいさつ》したくたって出来ない。主人にしても細君にしても、比翼を連理し琴瑟相和《きんしつあいわ》すとまではいかずとも、結婚した以上は温かい団欒《だんらん》を期待したに相違ないが、行き違いが度重なるにつれて期待は失望に変じて、双方諦《あきら》め切った挙句、後はお互い余計を云わずに日常の業務を事務的に片付けて行く方針に行き着いたものと想像される。吾輩はかつてこれをして超然的夫婦と名付けた事もあったが、淡々とした上辺《うわべ》の底に横たわる依怙地《いこじ》な気分はたしかに否定できない。主人が御前《おまえ》は分らず屋だと細君を詰《なじ》れば、細君は貴夫《あなた》は理屈しか云わないと嘆じ、主人は理屈を云わないでどうして分らせる事が出来るのだと怒り、細君は貴夫のは屁理屈《へりくつ》だと反論し、主人はそう思うのは御前の頭が悪いからだと決めつけ、細君はどうせ私は頭が悪うございますと不貞腐《ふてくさ》れる――。こうした堂々巡りが繰り返された果てに憎悪《ぞうお》がわだかまったとしても不思議はない。

「無論の事、不仲の夫婦などは世の中に珍しくもない。結婚しようがしまいが、いずれ人は後悔するとソクラチスが喝破し、妻こそは最大最悪の敵なりとバイロン卿《きょう》が嘆いた通り、幸福な結婚が寧ろ奇跡であるのかも知れない。幸か不幸か猫は結婚と云うような窮屈な制度を知らない。好き合えば何時《いつ》でも何処《どこ》でも誰憚《はばか》る事なく自由に雌雄が交歓する。一組の男女が永遠の愛を誓い合う、と云えば聞こえはよいが、要するに互いが互いの自由を束縛する事になる訳で、端《はな》から無理は自明ではあるまいかと私などは愚考するのであるが、明らかに無理と分っている事柄を一時の気の迷いから口にして苦しむのが人間と云う動物の特徴であるからして、猫が傍《はた》からとやかく云っても始まるまい。いずれにしても苦沙弥氏夫妻が、世にあまたある仲のよろしからぬ夫婦の実例であるのは間違いがない。しかし更に一歩を進んで、炯眼《けいがん》なる私には、苦沙弥氏夫妻の不仲の背後に或《あ》る深刻な事態が透けて見えるのである」

ここへ来て漸く聴衆は伯爵の演説に興味を覚えたらしい。思い思いの格好で四阿亭《あずまや》の周りに寐《ね》そべっていた猫達は、深刻な事態と云う伯爵の言葉に耳を一斉《いっせい》に立てた。こうなれば伯爵も急がない。十分に間合いをとって、おもむろに口を開く。

「深刻な事態とはしかして何であるか。それこそがまさに苦沙弥氏の心を蝕《むしば》む苦悩の原因に他ならない。結論を云いましょう。細君の不義、即ちこれである。私は敢えて断ずる。苦沙弥氏の妻は姦通《かんつう》をして居ったのだ」

十三

細君の不義密通――。この驚天動地の説を聞いて吾輩は甚《はなは》だ複雑な感想を抱いた。片や吾輩は伯爵の所説に全然賛成せぬばかりか、まるで問題にならんと、鼻で嗤《わら》う気分を否定出来なかった。あの細君が浮気をするくらいなら、猫が狗《いぬ》と恋仲になり、山の芋で隧道《すいどう》が掘れ、おけらが海を渡るだろうとさえ観じた。実際続けて伯爵が提出した細君不義の証拠なるものは、いずれも空想の域を出るものではなく、決定的とは到底云い難かった。伯爵が特に力点を置いて指摘したのは主人に於る女性憎悪の言辞の数々である。殊《こと》に殺人のあった日の午後、客の前で主人が突然タマス、ナッシと云う著述家の弁を借りて女の悪口を並べ立てたあたりは、愛する妻に無残にも裏切られた男の切々たる心情の吐露と見て間違いなしと伯爵は断じたけれど、主人と云う男が何事につけ唐突に物を云って済ます癖があるのを知っている吾輩としては、必ずしも賛同出来るものではなかった。

所がである。ひょっとするとの思いが否定できぬのも一方の事実であったのだから猫の心も単純ではない。思えば夏を過ぎた頃から、細君が家を空ける事が時折あって、無論実家に病人があるので見舞いに往《い》くと理由は付いていたが、あいびきを疑えば疑えぬ事はない。そうした時、細君は上の二人の子供を学校へ遣《や》ってしまうと、下の子供を細帯で背負って朝から出掛けた。夜遅くまで帰らぬのもしばしばで、家事を御《お》さんに任せて泊ってきた日も幾度かあった。常識ではまず考えられぬ事ではあるが、この道ばかりは別、色は思案の外《ほか》と云う。カーライルも恋愛は狂気に等しいと云っているから、案外分らんかも知れん。

吾輩は伯爵の薦《すす》めに従って、細君が密《ひそ》かに不貞をなし、これに主人が勘付いて居ったとの仮定を試しに置いて、苦沙弥家での出来事全体を改めて俯瞰《ふかん》して見た。そうすると色々と辻褄《つじつま》が合うように思えてくるから妙だ。主人の苛立ちも、胃病も、夫婦間の冷やかな空気も、いやそればかりか、細君が主人を窺うふとした目つきや、何気ない仕草、あるいは二人の間で交わされる日常の会話が、どれも意味あり気に感じられてくるからいよいよ不思議である。例えば吾輩は鏡を眺める主人の姿を思い出す。あのとき主人は鏡に映じた己のあばた顔をつくづく見て、「成程きたない顔だ」と漏らし、更にあれこれ角度を変えて観察した挙句、「なぜこんなに毒々しい顔だろう」とも云った。吾輩は主人の奇行に驚きながらも、見性《けんしょう》自覚の方便として自己の存在を巡って哲学的考察をなしているものと、当時は好意的に理解をなしたが、あるいはこの面相故《ゆえ》に愛する細君に嫌われたのだと、諦念《ていねん》と慨嘆の裡《うち》に一時を過ごしていたのかも知れん。又別の機会には、縁側で髪を乾かす細君を眺めて居った主人が、細君の頭に禿《はげ》を発見して不具だと難癖をつけた事もあった。不具ならどうして貰《もら》ったのだと細君が応じると、結婚する前に頭を見せない御前が悪いと主人は絡《から》んで、背丈が人並み外れて低いのが見苦しいとまで云い、背が低いのは見れば分るではないかとの細君の反論には、滋養を与えれば伸びると思ったと主人は平気な顔で嘯《うそぶ》いた。随分酷《ひど》い事を云う男だと吾輩は思ったのだが、いまこうして考えれば、細君の浮気に薄々勘付いた主人が、御前の様な不器量な者に姦通など出来るはずもないと、不安半分厭味《いやみ》半分に云っていたともとれる。

その時、不意に吾輩の瞼《まぶた》に一つの場面がありありと映じた。その場面とは夜で、子供を背負《しょ》った細君が歩いている。屋敷町を西に下って往くところらしい。だらだら坂を降り尽くすと、大きな銀杏《いちょう》がある。この銀杏を目標《めじるし》に右に切れると、一丁ばかり奥に石の鳥居がある。片側は田圃《たんぼ》で、片側は熊笹《くまざさ》ばかりの中を鳥居まで来て、それを潜《くぐ》り抜けると、暗い杉の木立になる——。何時どこで見た場面だったのだろうかと、訝《いぶか》しく思った吾輩が記憶を探っている裡にも、伯爵の論は先へ進んでしまっている。

「問題は七時の来客である。夫人が事件に係わりがあると考える以上、夫人の証言はどれも疑ってかかる必要がある訳だが、しかし七時に客があった点ばかりは疑えんだろう。何故なら午後の七時と云えばまだ往来には人があるだろうから、来客は苦沙弥邸に入る所を誰かに目撃された可能性がある。嘘《うそ》を云うと後で嘘が発覚する危険がある。そしてこの七時の来客こそが夫人の姦通の相手に違いないと私は睨《にら》んでいるのだ」と云った伯爵は次の如く論を展開した。

七時に客が来たのは苦沙弥氏にとっても夫人にとっても予定外の出来事であったろう。客があってから慌《あわ》てて下女を使いに出している様子からもこの事は知れる。使いに出したのは云うまでもなく下女を遠ざける必要からである。幸い客が来たとき下女は湯屋へ行って居った。夫人が下女を呼びに行き、戻った時既に客は帰った後だったとの証言は虚偽で、恐らく客は書斎で息を潜めていたのだろう。そうして下女が夫人の実家へ向った七時半以降、三者の間で如何《いか》なる話し合いが持たれたのか、これは当然推測の域に留まらざるを得ないのではあるが、いずれにせよ、来客は夫人との不義の関係に何らかの決着をつけるべく話し合いに来たと想像される。

「客は最初から苦沙弥氏を殺害する意図はなかった。後ろ暗い関係をこの際思い切って清算したいと考えたのだ。当事者三名で忌憚《きたん》なく話し合って、出来れば平和裡《り》に夫人を苦沙弥氏から譲り受けたいと願ったのかも知れん。離縁するにあたって何がしかの慰謝料を条件に出した可能性もあるだろう。しかし一方の苦沙弥氏にしてみれば、妻への愛情はとうに冷えきっていたにせよ、男の意地もあれば世間体もある。間男《まおとこ》をされた挙句に、はい、左様《さよう》ですかと、そう淡泊に委細承知と頷く事が出来ぬのは当然だ。三人の子供の養育や将来と云う難しい問題もある。話し合いがこじれたとしても全然不思議ではない。七時半に始まった会談が深夜に及んだとしても驚くには当たらない。斯《か》くして一幕の悲劇は刻々破局に向って進行したのである」

話が佳境に差し掛って伯爵は益々絶好調と見える。話に身振り手振りが加わって、美声にも一段の張りが出ている。聴衆は息を潜めて、卓に立った演者の、月の光を浴びて艶《つや》やかに輝く薄茶の毛衣《けごろも》に注目する。

「深夜の書斎で如何に議論が展開したのかは、無論我々には知る由《よし》もない。だが、終《つい》に交渉は決裂した。話し合いは頓挫《とんざ》した。私の長年に亘《わた》る観察から得た知見に拠《よ》れば、人間は自分が幸福な時には余裕を以て他人の幸せを望みもするが、己が不幸な目に遭えば他人も道連れにする陰険な性質がある。苦沙弥氏とて人間である以上例外ではあるまい。妻を寝《ね》盗《と》られると云う、長い人生にあってそう頻繁には遭遇するとは思われない激甚なる不幸に見舞われた苦沙弥氏が、そもそも不幸の原因となった一組の男女、憎むべき敵ども、即ち妻と間男が手を取り合って青天白日の空の下、蜜《みつ》の日々を楽しむなどは断乎《だんこ》許せるはずがない。こうなれば生来依怙地な苦沙弥氏だ。地獄の底まで付き纏《まと》い、とことん邪魔をしてやろうと、暗黒残忍の決意を固めたとて不思議はない。ここに於て苦沙弥氏は恋人達の未来にとって恐るべき障害となった。邪魔者に変じた。人生と云うものは山あり谷ありの苦難に満ちているのが実相である。しかし恋の情熱に燃える者等の眼には、未来は何処までも続く美しい沃野《よくや》と映る。その前に立ちはだかるのが苦沙弥氏である。愛の夢に酔う恋人達の薔薇《ばら》色《いろ》の宇宙にあって、翼を広げた悪魔のように、脅威の昏《くら》い影を落とすのが苦沙弥氏その人である。この世に苦沙弥氏ある限り恋人達に幸せはあり得ない。この男さえいなければ、と左様に人が考えた時、激情は格好の活動の場を見出《みいだ》すだろう。そうして一回発動した激情は、憎悪や猜疑《さいぎ》や嫉妬、あらゆる悪《あ》しき感情を引き連れて舞台に立ち、観客の耳目を摑んで離さない。彼一人の独擅場となって一切の思惟を封じる。僅かでも理性を働かせるならば、苦沙弥氏を物理力を以て亡き者とする事が得策でないのは三歳の童子にも分る理屈だ。殺人の罪を負う危険を冒して殺すくらいなら、駆け落ちでもした方が安全かつ有効に決っている。だが、激情に捉えられた人間はそうした思考とはもはや縁がない。激情は分別を破砕する。視野は狭窄《きようさく》となって、目前の対象に向って野蛮な力を短絡する」

　そう云って伯爵は長い尾をどしんと卓に叩《たた》きつけた。器用な事をするものだと感心していると、肩の辺りを舐《な》めて一息入れた伯爵は先を続けた。

「ここで来客が土産に持参した百合《ゆり》の花が、悲劇を生む一要因となってしまったは、何と云う運命の皮肉であろうか。悲劇とは無数の偶然が一所に出会う時に必然の相貌を以て現れるとは誰の警句であったか、いずれにせよ百合はこの偶然の一つ、しかも決定的な一つであった。先刻から申し上げているように、私はこの事件を計画的犯罪とは見ない。綿密な計画と周到な準備の上でなされた犯行とは見做《みな》さない。激情の発作が引き起した偶発的出来事と考える。繰り返しになってしまうが、来客は飽くまで平和的交渉を為《な》すべく苦沙弥邸の玄関の戸を引いたのであって、その証拠の一つが例えば百合の花である。百合の象徴するものが平和、あるいは友好であるのは云うまでもない。七時の来客が敢《あ》えて一輪の百合を持参したのは、彼が友好的雰囲気の裡《うち》に談判が推移する事を望んでいた証《あかし》と思われる。書斎の机に飾られる可憐《かれん》な花は、ささくれ立った苦沙弥氏の心を慰めもするだろう。私にはその花が、罪の意識に苛《さいな》まれた間男の、精一杯の心遣いであり、貧しく切ない祈りが籠《こ》められているように思われてならないのだ」

一旦《いったん》話を切った伯爵は喉《のど》を詰まらせた。先生どうやら自分の言葉に酔って、感涙にむせんでいるらしい。聴衆もまた同じ感激の裡にあると信じて疑わぬ伯爵は嗄《しゃが》れ声のままに続けた。

「百合は夫人の手で花瓶に活《い》けられ書斎の机に置かれただろう。平和の願いが籠められたこの百合が、まさしく悲劇の一因、決定的な要因となってしまったは、運命の女神の織る糸は悪意と諧謔《かいぎゃく》の色に染められているとしか考えられん。七時の客は話し合う為に来たのであるから当然凶器は持参して居らなかった。凶器が手近に無ければ、仮に激情が生まれたとて、素手で殴り附けるくらいがせいぜいで、殺人は避け得たであろう。ところが不幸にも水の張られた花瓶があったのだ。手を伸ばせば容易に届く場所にあったのだ。苦沙弥氏はこれ以上話す事は無いとでも云って、ぷいと机の方へ向き直ったのであろう。その刹那《せつな》である。激情に捉えられた犯人の手は机の花瓶に伸びた。摑んで見れば首のくびれ具合といい重さといい、打撃には恰好《かっこう》ではないか。いや左様な感想を浮かべている暇すら無かったであろう。恐るべき凶器と変じた花瓶が、忽《たちま》ち苦沙弥氏の後頭部に打ち下ろされた」

その伯爵が云った途端、暗がりの三箇所から一時に声が挙がった。それぞれ将軍が「その犯人とは誰なのかね」と問い、虎君が「花瓶は割れないものでしょうか」と疑念を呈し、ワトソン君が「密室はどうなるのでしょうか」と聞いたのである。

「どれからお答えしようかな」

殺人の有り様を語り終えて、漸くほっと緊張を解かれたらしい伯爵は、三匹の猫を等分に眺めて莞爾《かんじ》と微笑《ほほえ》む。

「では虎君の花瓶から参ろうか。無論花瓶は割れん。花瓶が空ならば亀裂が入りもしようが、水が張ってあれば大丈夫なのだ」と云った伯爵は、吾輩へ向って問題の花活の形状材質につき質問した。新聞にあった細君の談話に、主人が日本堤《にほんづつみ》の警察署へ盗品を受領に赴《おもむ》いた際買って来たとあったから、吾輩もそれならよく覚えている。主人は珍品だ、いい恰好だと矢鱈自慢の態であったが、花瓶と云うより油壺《あぶらつぼ》と呼ぶ方がふさわしい、花活にしては口が妙に小さくて胴が張った妙な代物《しろもの》であった。材質は極くあたり前の陶器で、大きさは徳利を二廻り大きくした程度だと吾輩が答えると、伯爵は一つ大きく頷いて云う。

「諸君は知らんかも知れないが、こう見えて私は力学にはちょいとした蘊蓄《うんちく》がある。私の旧主人が素人《しろうと》ながら力学好きだった縁あって、飼い猫たる私も力学の基礎を自然身に付けたのだね。ここで御婦人方には少々我慢を頂いて、水の張られた陶の花瓶が人間の頭の骨に当たって猶《なお》割れぬ事実を力学的に証明して御覧に入れよう」と前置きした伯爵はえへんと咳払《せきばら》いをした。

「まずは花瓶の重量をG、水の重量をgと置きます。更に花瓶が頭へ当たった時の速度を時速kキロメートルとします。Wは無論花瓶の体積と御承知下さい。どうです大抵お分りになりましたかな」

「分るものか」と将軍が云い、「僕にも少々理解が六ずかしいようです」と虎君も告白する。

「それは困った。他の諸君はともかく、質問を出した貴君にだけは分って貰わん事には面目が立たない」と伯爵が途方に暮れた顔で云うと、横から将軍が口を出す。

「花瓶が割れようが割れまいが儂《わし》はどちらでも構わん。割れん事にしてよいから早く話を終わってくれたまえ」

「虎君は如何《いかが》かな」

「僕も結構です」と虎君は詰《つ》まらぬ質問をして申し訳ないとでも謝る態《てい》の小声で云った。

再び伯爵が始める。

「これで花瓶の割れん事は見事に証明された。さて次は犯人の名前であるが、その前にまず密室の問題を片付けようか」

「何でもいいから手短に頼む」と又将軍が注文を付ける。「貴公が話し始めてから月はもう十五度は天頂に向って上昇しているのだからな」

「私も出来れば簡明に済ませたいが、どうしてここは一番肝心な所だから、そうもいかんのです」

「そうでしょう。なにしろ事は密室殺人なのですからな」とワトソン君はあくまで密室の芸術性に拘《こだわ》る。

「だが、私の考えでは、この事件は密室殺人と呼ぶには難がある」と伯爵が云うと今度は虎君が口を挟んだ。

「夫人が犯行に係わっていたと考える以上はそうなるでしょう。夫人が後から戸締りを出来る訳ですから。しかしそれでは先日の将軍の推論と同じ矛盾に陥るのではないですか。一方で物盗りの仕業と見せ掛けながら、他方で密室を作るのはおかしい。却《かえ》って夫人に疑惑の眼が向う事になると云う話だったと思うのですが」

「さて、問題はそこだ」と答えた伯爵は再開した。深夜の十一時から二時までの間に苦沙弥氏は死んだ。元々殺すつもりはなく、激情故の突発的殺人であった以上、死体の傍《そば》に立った夫人と客は暫《しば》し茫然《ぼうぜん》と立ち尽くしただろう。

「実を云うと私は、夫人と客のどちらが花瓶を苦沙弥氏の頭に打ち下ろしたのか、判然《はっき》りとは断定できない。しかしどちらが手を下したにせよ、隠密の恋人達にとってこれが破滅を意味するには変りがない。運命の闇《やみ》に押し包まれた二人が絶望に哭《な》き、取り返しのつかぬ罪の恐ろしさに震えたのは想像に難くない。やがて当初の衝撃から我に返って、やや冷静になった二人は、窮地を逃れるべき道を模索しただろう。そのまま手を取り合っての逃亡も考えたかも知れんが、三人の幼い子供を残して往く事は人情が許さない。そうして死体を眺めながら、あれこれ考えた挙句、二人は罪を逃れるのが不可能である事を悟ったのだ。何故ならば」

七時の客は苦沙弥邸への訪問を隣人に目撃されていた可能性がある。とすればいずれ彼の名前が警察の注意に留まらぬ訳にはいかぬ。早い時間に苦沙弥宅を辞したと嘘を吐《つ》いたにしても、犯行のあった時刻の不在証明を求められた場合に窮する。物盗りの犯行に偽装する事も考えたかも知れないが、すぐに難しいと思い直しただろう。何故なら泥棒が入って主人が殺害されたと云うのに、同じ家に寐《ね》ていた夫人と子供が無傷で、気が付きさえしなかったと云うのでは余りにも不自然だからだ。この点で日本の警察が初期捜査の段階で物盗りを疑ったのは実に皮肉と云うべきである。いずれにせよ発覚は逃れ得ぬと悟った男は、罪を自分が全《すべ》て引き被《かぶ》っての逃亡を決意した。何より彼が恐れたのは夫人に疑いが掛る事である。そこで夫人には係わりなく、自分だけが、自分だけの動機で、苦沙弥氏を殺害した事にして、生活の一切を捨てて逃げると決めたに違いない。これならば二人の未来には一縷《いちる》の希望がある。間もなく警察は男を容疑者と断定して手配をするだろうが、巧《うま》く逃げおおせて、例えば海外にでも隠れ続けて居れば、遠い将来、何らかの方法で夫人に聯絡《れんらく》を取って再会を果す僅《わず》かな望みがある。

「つまり犯人には、物盗りの犯行に見せかけるつもりもなければ、ましてや密室など作るつもりもなかったのだ」

逃げるならば一刻も早いに越した事はない。しかし逃げる前にどうしてもしておかなければならぬ仕事が一つあった。即ち不倫の証拠の湮滅《いんめつ》である。これが発見されたのでは累《るい》が夫人にまで及んで計画は台無しになってしまう。

「一つ聞きたいのだが」と伯爵は吾輩へ顔を向けた。「君の主人は本に書き込みをする癖はなかっただろうか」

「あったようです」と吾輩は答えた。主人が洋書に矢鱈《やたら》と細かく書き込みを加え、時には詩らしきものを余白に書いて居ったのを覚えている。

「そうだろう」と満足そうに頷いた伯爵は説明に戻った。

失われていた手匣《てばこ》とは云うまでもなく、日記を抹消しようとしたのである。手匣ごと持ち出したのは、日記の他にも夫人の浮気を示唆《しさ》する書きかけの手紙などがあるのを恐れたからである。

「しかし恋人達はまだ安心出来なかった。人間とは危機に直面すると極端に猜疑《さいぎ》的になるのだね。草木皆兵と云う面白い言葉が東洋にはあるが、まさに犯人等のこの時の心理がそれだ。苦沙弥氏が本に書き込みをする癖があるのは二人とも知っていたから、どこかに夫人の不義を暗示する文句が記されていないとも限らない。血眼になって書棚の本を引き出しては頁《ページ》を繰ったに違いない。それが後になって図らずも泥棒が荒らした跡のように見えたのだ」

「一刻も早く逃げたい男に余裕のなかったのは分りますが、どうして夫人は後から片付けなかったんでしょうか」とワトソン君が聞く。

「いいかね、想像して貰いたい。深夜の書斎には冷たくなった夫《おっと》の死体があるのだ。恋人が出て行った後で、一人残って死体の傍《かたわ》らであれこれ活動する気になるだろうか。まして夫人がか弱く神経繊細なる女性である点を忘れてはいかん。寧《むし》ろ書斎の戸は閉め切って置くのが自然と云える。出来るなら十重二十重《とえはたえ》に封印したいくらいだっただろう」

「しかし紙入はどうなのです。紙入が無くなっていた事実は如何に説明するのでしょうか」と聞いたのは虎君である。

「金が必要だったからさ。何処《どこ》に逃げようと考えたかは分らんが、汽車に乗るかも知らんし、船舶を利用する可能性もある。宿屋へ泊まる必要もあろう。となれば金はいくらあっても足りない。だからちょいと失敬した。死人に金は使えんからな。更にはここで新聞の記事を思い起して貰いたい」と云って伯爵が一同の注意を促したのは、死体の懐中から紙入が無くなっている事実を示唆したのが甘木医師であった点である。そもそも部屋の様子から変事を云い出したのは甘木氏であった。もし甘木氏の指摘がなかったなら、夫人は最後まで紙入にも手匣にも言及しなかったであろう。甘木氏に云われて仕方なく紛失を証言したに違いない。

「甘木氏や警察が物盗りの犯行と云いだした時、夫人はきっと面食らっただろう。少し落ちついた段階では、もっけの幸いと、口裏を合わせようとしたかも知れん」

「しかしだとしたら、どうして夫人は戸締りは完全だったなどと証言したんでしょう。朝起きたら勝手口が開いていたくらいに云った方が得策なのではないですか」と猶も虎君が云い、「そう、まだ密室の謎《なぞ》が解かれては居りませんぞ」と密室殺人一辺倒のワトソン君が追及する。

「なに、そこまで咄嗟《とっさ》には頭が廻らなかっただけの事だ」と伯爵は軽く受け流す。「いいかね。夫人は一貫して知らぬ存ぜぬで押し通す方針だったのだ。多分逃げた恋人がそうするように強く云ったのだろう。何を聞かれても気が付かなかったとだけ云えとね。いずれにしても早晩七時の来客に疑いがかかる。寧ろ逃げた男は自分の方へ捜査の眼が向くのを望んだのかも知れない。なにしろ百合の花をわざわざ残して行ったくらいだからね。正体を知られたくなかったのなら、証拠になる百合を始末せぬはずがない。そう考えて見ると、案外苦沙弥氏を殺したのは夫人だったのかも知れん。まあ、それはともかく、夫人と男の打合せに若干の齟齬《そご》があったのはたしかだろう」

夫人の知らぬ裡《うち》に犯人が逃走したのならば、どこかの戸か窓が開いていなければおかしい道理である。ところが夫人は男が出た後で戸締りをしてしまった。当夜の夫人の心理を考察すればこれは当然であって、彼女がその時点で何を最も恐れるかと云えば、誰かに死体が発見されてしまう事態である。朝になればいずれ甘木医師の所なり警察なりへ駆けねばならぬ訳だが、それまでに死体が見つかっては拙《まず》い。恋人が十分に逃走できるだけの時間をかせがねばならない。

「ここで春に泥棒が入った事件は、夫人の心理にとって重大と思われる。夫人は何より泥棒を恐れたのだ。勿論金品の盗難を恐れたのではない。又も山の芋が盗まれるのが残念だった訳でもない。では何を恐れたのであるか。侵入せる泥棒陰士に死体を見られるのを恐れたのだ。笑ってはいかん。一度泥棒が入った以上二度入らんと云う保証はどこにもない。麻疹見た様に一度罹れば済むものではない。私が思うにこの夫人の心理は人間に於て寧ろ自然である。あり得ざる事をあれこれ想定して要らざる心配をするのが人間と云う動物の特徴なのだ。バルチック艦隊を率いるロ提督は、故国の港を出て百メートルも往かぬ裡に、日本の潜航艇が付近の海に隠れているのではと疑心暗鬼に捉えられたそうだが、百戦錬磨の提督にしてこうなのだから、ましてや日本の一女性たるにすぎない夫人に於て、のるかそるかの瀬戸際《せとぎわ》に安閑と枕《まくら》を高くして居られたはずはない。夫人がしっかりと戸締りをなしたのは理解できる」と断定した伯爵は、夫人と恋人との打合せが不十分であったのは無理からぬ所があると注釈を入れた。何しろ逃走は一刻を争う。しかも全体は事前の計画に基づくものではなく、当事者にも意想外の突発的な出来事であったのだから、少々の見落としがあったとしても責められない。加えて夫人は神経が参っているに違いないから、細かい打合せをしたにしても旨《うま》く嘘《うそ》をつき通せるか怪しい。却って誘導訊問《じんもん》に引っ掛って襤褸《ぼろ》を出す危険がある。である以上、知らぬ存ぜぬが一番の得策である。

「恐らく警察はいの一番に夫人へ訊問しただろうから、その段階では警察が物盗り説に傾いているとは夫人も知らなかったに違いない。だから恋人から云われた通り、深夜の出来事は一切知らぬと供述して、戸締りについては打合せがなかったから、実際した通りに答えたのだ。九時と時間をずらして云ったのは当然だ。寐ていたはずの夜中に戸締りをしましたでは辻褄《つじつま》が合わない。こうして犯人の意図を離れた所で、図らずも密室殺人の謎が生み出される事にあいなったのである」とそこで一度間を取った伯爵は、つと顔を上げて月に眼を向けた。月は天頂へ向って大分高く昇っている。冷え冷えとした輝きを放つ満月が光の雨を降らし、ガーデンの森に金属めいた光沢を与えている。何処かで梟《ふくろう》が鳴いた。

「只、私が推測するに、夫人は一つだけ、自分の意思で嘘を吐いたに違いない」と呼吸を整えた伯爵が加える。「嘘と云うのは七時の来客の名前である。七時に来客があってそれが誰だか知りませんでは余りに不自然だ。夫人は来客があった時、主人が出てきて茶はいらぬと云ったので顔を見ないでしまったと述べているが、どうにも非常識と云わねばなるまい。逃走した恋人も当然そう考えただろう。警察に聞かれたら、自分が七時に来て、深夜まで居たようだが、後の事は寐てしまったので知らないと答えるように夫人には指示したに違いない。男は自分が犯人として追われるのを覚悟して居ったのだから、今更隠して貰う必要はない。けれどもやはり夫人にすれば、最愛の恋人の名前を自分から口にするのは苦痛だったのであろう。仮に彼女が真犯人で男が罪を被ったのだとすれば猶更だ。不安な一夜を悶々《もんもん》と過した果てに、黎明《れいめい》を迎える頃、小さな、しかし決定的な嘘を吐く事を決心した。それが即ち、七時の来客が誰か知らぬとの証言であり、下女を迎えに行って戻った七時半頃までには既に客は帰っていたとの供述となったのだ。愛するが故の、悲しい嘘と云わねばなるまい」

伯爵の口調はひどく感傷的になっている。このまま放って置くと又自己陶酔の赴くままに脇道《わきみち》へ逸《そ》れて、当分戻って来なくなる恐れがあると察した吾輩は、さっきから聞きたくてうずうずしていた質問を口にした。

「逃げた男とは誰なんでしょう。細君の恋人と云うのは」

伯爵は答えた。

「寒月《かんげつ》と云う男だ」

十四

伯爵の説を順を追って整頓《せいとん》すれば次の如くになるだろう。

暫《しばら》く以前から寒月君と細君とは隠密裡《り》に誼《よしみ》を通じ、人目を忍んでは頻々《ひんぴん》と逢瀬《おうせ》を繰り返す仲であった。寒月君は横から恋慕《れんぼ》し、細君はよろめき、主人は下手な鼓《つづみ》を拍《う》った。だがこの人倫より踏み外せし邪《よこしま》な恋は果然主人の知る所となり、歪《いび》つな三角の関係はぎりぎり切羽詰まった状況に立ち至った。宿昔《しゆくせき》青雲を目高に望んで意気に燃ゆる、明朗闊《かっ》達《たつ》な青年学士変じて恋に悩めるウェルテルとなった寒月君は、宇宙の力学的大原理を洞察するその優秀なる頭脳を絞って悶々輾転《もんもんてんてん》苦しんだ挙句、旧弊を墨守《ぼくしゆ》せぬ明治の一青年らしく、旧師に向って事実を余す所無く打ち明け、出来れば細君を自分に譲っては貰《もら》えぬかと鋭意談判する事に決めた。それが問題の十一月二十三日である。寒月君は午後に苦沙弥宅を訪れ、しかしその時点では細君は不在で、しかも他に余計の客があったから話を切り出す訳にはいかない。

「ここで寒月が数日前から実家に戻っていたのは示唆的と思われる」と後から伯爵は説明を補足した。あの日寒月君は実家の高知から帰ったばかりだと云って土産の鰹節《かつぶし》を三本持参した。これはつまり伯爵の解釈では、寒月君は故郷で細君受入れの準備を済ませてきたのだと云う事になる。才気と美貌《びぼう》に恃《たの》んで旧師の妻を奪ったとあっては悪評が立つのは避けられぬ。大学の仕事は辞さねばならず、東京にも居られなくなるかも知れん。石もて追われるを覚悟しなければならん。そこで細君貰い受けに成功した暁《あかつき》には、寒月君は世を捨て友を捨て学問を捨て、田舎に細君と二人ひっそり隠れ住むつもりでいた。逆に交渉決裂の場合は駆け落ちする覚悟で、いずれにせよ事後に迷惑を残さぬよう、身辺を整理し万全の支度を整えて主人との会談に臨むべく帰省をしたのである。

成程そんなものかも知らんと思った吾輩は、しかし俄然《がぜん》疑問を抱いた。即ち寒月君は実家で結婚したのだと、あの時得意顔で報告したのではなかったか。いまから人妻を奪おうと云う男がわざわざ嫁を貰うだろうか。そう疑義を呈した吾輩へ伯爵は即答した。

「寒月の貰った新妻なる女を見た者が誰かあるかね。結婚したとは本人がそう云ったにすぎない。客観的な証拠は一つも無い」

「と云うと寒月は嘘を吐《つ》いたと云う事になるのでしょうか」

「無論だ」

「しかし何故左様《さよう》な嘘を吐いたんでしょう」

「それはだね」と伯爵は吾輩の疑問に又も言下に答えた。「君は寒月と金田富子嬢との縁談が進んでいた点を忘れているのではないかね」

寒月は当然富子嬢との縁談は断るつもりであった。しかし相手の金田家は資産もあり身分もある家柄であるからして、理由もなく一方的に断る事は許されない。

「理由を付けずに断ったのでは、金田家の令嬢にはどこかに欠陥があるのではと世間から疑われかねない。悪い評判が立たんとも限らん。世間は兎角《とかく》無責任で口さがないものだからね。そうなっては先方に迷惑がかかってしまう。そこを寒月青年は考えたに違いない。実は理由はあるにはあるのだが、まさか旧師の奥方を強引に貰い受ける事になりましたなどとは云えまい。それで既に結婚が決りましたと、苦しい嘘を吐いたと云う訳だ」

成程と吾輩は一応頷《うなず》いたものの、猶も釈然としない気分のまま、あれこれ思案を巡らせている所へ、でも、おかしいわ、と今度は桟敷席のマダムが口を挟んだ。

「何がおかしいのでしょう、マダム」と伯爵は質問者が日頃敬愛する婦人だけあって、慇懃《いんぎん》な物腰で以《もっ》て爽《さわ》やかな微笑の浮かんだ顔を手すりの方へ向ける。

「だって、そうでしょう。苦沙弥と云う人はどうして奥さんの浮気を知ったのかしら。殿方と云うのはひどく嫉妬《しっと》深いくせに、意外と迂闊《うかつ》な所があるものよ。妾《あたし》の主人もそうだけれど、妻が白昼堂々と庭師と浮気をしているのにまるで気が付かないのだから呆《あき》れるわ。妾が思うに、人間の男と云うのは、自分の妻が貞淑であればあるほど疑い、淫蕩《いんとう》であればあるほど信用する、ひねくれた性質があるのよ。オセロウだって妻が貞淑だったからこそ疑って殺したのよ。でも苦沙弥と云う人の奥さんは別に貞淑じゃあない訳だから、なのにどうして苦沙弥さんは疑ったのかしら。知らぬは亭主ばかりなり、ってよく云うじゃありませんか」

マダムの指摘は男女の心理の機微を衝《つ》いてさすがに鋭いと吾輩は感銘を受けた。成程たしかに主人は如何《いか》にして細君の浮気を知ったのか。吾輩は主人程勘の鈍い人間を知らん。鈍い事亀裂《きれつ》の入った木魚同然である。どう叩いてもぼこぼこ云うばかりで使えない。吾輩が臥龍窟《がりようくつ》の食客となって程ない正月、見事な筆遣いの水彩で吾輩の肖像を描いた賀状が届いた事があったが、上から下へ斜め横と眺めた主人は、どう見ても吾輩の絵姿なのは瞭然《りようぜん》であるにも拘《かかわら》ず、猫である事さえ気付かぬまま、大方征露の二年目だから熊の絵だろうなどと見当外れな事を云って澄《すま》して居った。例えばこの一事を以てしても主人の勘の鈍さは知れる。まして事が艶《えん》なる方面ともなれば、木石と較《くら》べるのも木や石に気の毒と思われる。主人が細君の浮気に気が付くくらいなら世界中の人間がとっくに知って当たり前である。目の前で細君が間男《まおとこ》と抱き合っていたって、濁った目玉に映じるその映像は主人の不活発な脳髄をして何らの波紋も生ぜしめぬであろう。少なくとも主人が察するくらいなら情報通の迷亭君あたりは百年も前から知って居て当然だ。才気溢《あふ》れる迷亭先生の事だから、潤色脚色を重ねた挙句、かのトリスタンとイゾルデにも比すべき明治の一大ロマンスくらいの触れ込みで以て、方々へ吹聴《ふいちよう》して廻ってもおかしくない。

これは伯爵も返答に窮するのではと吾輩が心配していると、仰《おつしや》る通り苦沙弥氏は自ら夫人の不倫に気が付かれた。

「さすがは聡明《そうめい》で鳴るマダムです。よい所に気が付かれた。仰《おつしや》る通り苦沙弥氏は自ら夫人の不倫に気が付く事はなかったでしょう」と伯爵は如才《じよさい》の無い所をまずは示してから、優雅な微笑を絶やさず説明する。

「だが私が推測するに、寒月が自ら苦沙弥氏に告白したのでしょう。寒月と云う青年は意外に邪気の無い廉直《れんちよく》な性格の持ち主のようですからな」と云った伯爵は、主人と寒月君が夜遅い時刻にしばしば二人で散歩に出ている事実を指摘した。これは全くその通りで、夜の半端《はんぱ》な時刻に寒月君の澄し顔が玄関先に現れて、出無精の主人を強引に散歩に誘い出す機会はよくあった。事件の二週間程前にも、ちょうど古井武右衛門君と云う大頭の生徒が金田嬢への贋艶文《にせえんぶん》の件で相談にあがっている折り、自転車の練習で尻《しり》が擦《こす》れて継ぎの当たったズボンを穿《は》いた寒月君がやって来て、上野の動物園へ虎《とら》の鳴くのを聞きに行こうと誘った事があった。寒月君が云うには虎の咆哮《ほうこう》を聞くなら人影途絶した闃《げき》寂《せき》の深夜でなければ感興が湧《わ》かぬそうで、実際二人が夜中に虎を聞く酔狂をなしたかどうかは知らんが、朝方まで主人が帰らなかったのはたしかである。ああした機会に寒月君が告白をなしたと伯爵は云うのであろう。そう云えばあの時寒月君は、二三日中に田舎へ帰省すると主人に漏らしていたから、伯爵の想像が正しいとすれば、何かしら腹中に決意あって面談を求めたとも考えられる。いくら苦沙弥寒月倶《とも》に明治奇人列伝中筆頭に挙げられるべき傑物とは云え、いい年齢《とし》した大人が虎の吠《ほ》ゆるを聞く為《ため》だけに夜中じゆう歩き廻っていたとは思われない。

さて、こうしていよいよ寒月君が不退転の覚悟を以て最終の決着を付けんと考えた二十三日へと話は進む。午後の五時近くに友人等が集う所へ細君が帰宅した。これを見届けた寒月君は一同と倶《とも》に一旦《いったん》席を辞す。病人を見舞いに実家を訪れたと云う細君がその日帰宅するか否《いな》かを、寒月君は是非確認する必要があった。談判は必ず細君を含め三者の間でなされねばならぬからである。あの午後寒月君がヴァイオリン購入の顚末《てんまつ》を長々と語ったのも、細君の帰宅を待つ為であると伯爵は解釈して見せた。そうして七時、どこぞで時間を潰《つぶ》した寒月君が一輪の百合《ゆり》を手に再度玄関に現れる。夜を徹してでもとことん話し合いたいと寒月君は云う。いずれ近い裡に来るだろうとは覚悟していたものの、まさか今日とは思わぬ主人と細君は狼狽《うろた》え、とにかく湯屋へ往《い》った御《お》さんを使いに出す算段をする。玄関の寒月君の履物は隠し、御さんが居なくなるまで寒月君は書斎に潜んで、それから漸《よう》くにして三者会談が始まる。無論机の上に百合を活けた花瓶がある事を忘れてはならない。

深刻な話し合いは深夜に至った。十一時から二時までの間に交渉は決裂し、激情に捉《とら》えられた細君か寒月君のどちらかが主人の頭へ花瓶を打ち下ろす。主人はあっさり死ぬ。寒月君と細君は慌《あわ》てる。破滅の淵《ふち》に立って、しかしそこは首縊《くく》りの力学を引っ提げ物理学界に殴り込みをかけんとする少壮の理学士、水島寒月君の事だ、窮地から逃れる方策を捻《ひね》り出した。細君は一切事件に関知せぬ事にして、罪を寒月君一人が背負って逃げると云う訳である。邪な恋に燃えそめし頃から、素より名声も地位も未練なく擲つ覚悟の寒月君である。故郷の両親を泣かせるのは忍びないが、恋の成就には代えられない。冷静かつ機敏に事態に対処したに違いない。まずは逃走に金のかかるを想《おも》って主人の紙入を失敬した。寒月君とて銀行に預金の拾円《じゅうえん》や二拾円くらいはあるだろうが、今は悠長に銀行に往っている暇がない。続いて細君不義の証拠となりかねぬ日記をしまった手匣《てばこ》も懐に入れた。更に書物の書き込みまで調べて漸く安心すると、いよいよ逃げる事にした。

朝になったら甘木氏を呼んで、すると警察が来るだろうから、七時に寒月が訪れて書斎で主人と話していたようだが、自分は間もなく子供と一緒に寐《やす》んだので何も知らないとだけ証言するよう細君へ申し渡して、寒月君は夜の闇《やみ》に紛れる。あるいは永久の別れになるやも知れぬこの瀬戸際《せとぎわ》で、恋人達の間で如何なる言葉が交わされ、見交わす目と目にどんな色が浮かんで居ったか、大いに興味がそそられ、ここは一つ尾崎紅葉君もあっと驚く雅文を以て描写に描写を重ねて見たい所であるが、しかし今は文学的装飾は一切排して、無味乾燥の文章を以て事件の推移を追うべきであろう。

独り残された細君は夫《おっと》の死体が横たわる書斎の戸をぴたりと閉じて、万が一の泥棒の侵入を恐れて戸締りを厳重になした。寒月君が勝手の戸なりとも開けて置くよう指示せなんだのはたしかに手抜かりであった。画龍点睛《がりょうてんせい》を欠いたと誹《そし》られかねぬ失敗であった。あるいは云ったものの慌てた細君が忘れてしまったのかも知れん。いずれにせよここに図らずも当夜の苦沙弥邸が密室の性格を帯びる結果となった根拠がある。そうして長く、重苦しい、悪夢の如き夜、細君にとって人生に二度はあるまい暗澹《あんたん》の夜――と、要らざる修辞が紛れ込んでしまった。とにかく普段同様月が沈んで陽が昇った。寒月君逃走の便宜の為には可成《なるべ》く時間をかせぎたいが、余り遅いと不審を招く。適当な時刻を見計らって細君は甘木医師の家へ走る。それが朝の七時である。駆けつけた甘木氏は主人の死亡を確認して、書棚の散乱具合から不審を抱き、主人懐中の紙入の紛失を知って警察を呼ぶよう指示する。ちょうど玄関で案内を請うた東風君と一緒に細君が又走る。刑事が来る。細君を訊問《じんもん》する。細君は新聞の聞き書きにもあったように、寒月君との打合せどおり深夜の出来事については知らぬ存ぜぬを貫く。七時の来客の名前も秘匿《ひとく》した。少々辻褄《つじつま》は合わぬものの口に緘《かん》して黙《だ》んまりを決め込み、七時半頃までには客は帰ったと虚偽の証言をした。斯《か》くして事件は密室殺人とも物盗《ものと》りの仕業ともつかぬ、曖々《あいあい》にして昧々《まいまい》然たる謎《なぞ》的の性格を帯びるに至った。そうして一輪の百合の花が、あらゆる謎を一点に凝らして象徴するかのように、殺人現場に残されたのである――。

やけに粉飾が多く、かつ又遠く廻り道をした所為《せい》で、方々で以て混線していると感じられた伯爵の説も、こうして枝葉を払って眺めて見れば、成程それなりに辻褄は合うようだ。だが左様に素直に思ったのは吾輩だけと見えて、将軍がまるで話にならんと、まずは反対の狼烟《のろし》を上げた。

「貴公の話は恐ろしいまでの観念論と云う他に言葉が見当たらん。根も葉もない空論にすぎん。徒《いたずら》に空想を弄《もてあそ》ぶものだ。いや空想どころか、云ってよければ妄想《もうそう》だ。そも推論の根幹にある、寒月と苦沙弥夫人が姦通《かんつう》して居ったなどは、いかにも色好みの貴公らしい思い付きではあるが、証拠がどこにもないではないか」

「僕にも少々納得しかねるようです」と虎君も将軍に援軍を送る。「一番疑問に思われるのは」と虎君が続いて指摘したのは、先日吾輩にも云った、何故吾輩が上海に来たのかの謎である。

「日本の名無し君が如何に連れ去られ、何故上海まで来る事になったのか、この謎が解かれぬ限り事件の解決にはならないと思うのです」

そう云った虎君は、やはり先日橋の上で吾輩に語ったように、七時に水甕《みずがめ》に落ちた吾輩が七時三十分までに救出された事、その後誰かの手で家から連れ出され、一週間経《た》った十一月三十日に上海へ到着した事、その間の記憶は記憶喪失症に罹《かか》った吾輩からは大部分が失われている事などを一同に説明した。

虎君の話を聞いた探偵諸氏はさすがにこの点には想到して居らなかったようで、虚を衝かれた如くに揃《そろ》って思索に沈むと見えたが、ややあって考えが纏《まとま》ったらしい伯爵が口を開いた。

「その点ならばこう説明出来るだろう。つまり名無し君は寒月が連れ出したのだ。苦沙弥夫人は飼い猫の名無し君を可愛《かわい》がって居った。だからいずれ所帯を持つ寒月に一足先に猫を預けたのさ」

吾輩は細君から可愛がられた記憶は余りない。と云うより端的に毛嫌いされて居った。

従って伯爵の説は成り立たないとは思ったものの、そう判然《はっき》り云うのも気の毒なので黙っていると、また虎君が問うた。

「と云う事は寒月は上海に逃げた訳でしょうか」

しばし目玉をぐるぐる廻して躊躇《ちゅうちょ》する態《てい》であった伯爵は大きく息を吸うと、思い切って断じた。

「その通りである。間違いなく寒月は上海に来たのだ」

頼もしい言葉の割りには眸《ひとみ》の色がちと不安気なのは隠せない。

その時吾輩は先日見せ物小屋で見かけた多々良《たたら》三平君の姿を思い出した。寒月君はいざ知らず、三平君なら間違いなく上海に来ている。伯爵の話の寒月君をそっくりそのまま三平君に入れ換えて見たらどうだろうか、と思った途端に吾輩は失笑せざるを得なんだ。寒月君が細君と恋仲だと云うのでさえ現実味が薄い所へもって来て、相手が三平君ではお笑い草にさえならない。いくら男女の仲ばかりは分らないと云ったって、三平君と細君が結び付くくらいなら東京中の人間が逆立ちして歩くだろう。そんな風に吾輩が考えている所へ、今度はワトソン君が、

「しかし殺人の罪で逃げようと云う男が、いくら情人に頼まれたからと云って、猫を持って往くでしょうか。荷物になって困ると思うのですが。別に寒月が運ばなくても、猫は後から夫人がゆっくり連れて行けばいい訳ですから」と至極尤《もっと》もな疑義を呈して、伯爵の自信はすっかり打ち砕かれたかに見えたが、

「若くて、まして猫である諸君が人間男女の心理の機微に疎《うと》いのも仕方があるまい」と伯爵も土俵際でしぶとく踏ん張る。

「いいかね、どれほど深く愛し合い、将来を誓った男女と雖《いえど》も、距離と時間に隔てられては魂の交感が疎遠となるのは避けられんのだ。愛は不滅などと云う標語は言葉に酔い易《やす》い人間の迷妄《めいもう》にすぎん。寒月青年はともかく夫人は若くない。こうした真理を年功を経た夫人は冷静に観じて居った。若い寒月青年の移り気を夫人が懸念《けねん》したのも無理はない。一般にならぬかも知れない。今後あるいは五年十年と二人は別れ別れで暮らさねば女性と云うものは、恋の熱情に捉えられている時にこそ最も狡猾《こうかつ》となる性質を有している。恋の炎に身を灼《や》かれながら冷たい蛇のような猜疑《さいぎ》を発揮する。そこで妾《あたし》の身代りに可愛がって欲しいくらいな事を云って、夫人は寒月に猫を持たせた。猫は云わば男の裏切りを未然に防ぐ保証と云う訳だ」

「下らん。実に下らない」と将軍が突然大きな声を出した。「好《い》い加減にしたまえ。貴公の話はどれも事件の推理には何の関係もない。まるで無駄だ。先刻から云っているように、夫人と寒月がどうのと云う話は根拠の無い貴公の勝手な臆測《おくそく》に過ぎない。かりに百歩譲って夫人が誰かと通じて居ったとしても、何故寒月なのかね。肝心の犯人を決定する根拠がどこにも無いではないか。貴公が恣意《しい》で以て選んだだけで、迷亭《めいてい》でも独仙《どくせん》でもよい話じゃないのかね」

重ねての将軍の批判に対して、しかし伯爵は平気な顔でいる。

「所が根拠があるのですよ、将軍。それを忘れておりました。今説明しましょう」

「もう結構だ。貴公の通俗恋愛ロマンは聞き飽きた。だいたい寒月は犯人では無いのだからな。寒月が上海に来ただって。馬鹿々々しくて話にならん。まったく付き合いきれん。貴公がこれ以上話すなら儂《わし》は帰って寐《ね》る」

将軍は大分立腹の態《てい》である。一方の伯爵は委細構わず言葉を足す。

「証拠の一つは夫人の談話です。最後の所で昔の教え子が面倒を見てくれて助かっているとあるのですが、寒月の名前が無いのに将軍はお気付きになられましたかな。苦沙弥氏が旧教え子の中で最も親しく付き合っていたのは寒月のようですから、寒月の名前が出てこないのはおかしい」

ここまで聞いた将軍は伯爵との交通を金輪際《こんりんざい》絶つ覚悟を決めたらしい。やおら立ち上がると体の泥を払って、四阿亭《あずまや》を出て往きかける。とその時不意に「寒月は犯人ではないかも知れませんが、寒月が上海に来た可能性はあります」と高い所から声が届いた。驚いて見上げると四阿亭脇《わき》の柳の枝に猫がいる。誰だろうと吾輩が詮索《せんさく》する前にワトソン君が叫んだ。

「ホームズじゃないか」

「ワトソン君、遅くなって済まない。どうしても手を離せぬ事があってね。今までかかってしまった」

どうしてホームズ君が柳に登ったのかは知らんが、そう云ったホームズ君はするすると身軽に樹《き》から下りてくると、今度は四阿亭の猫達に挨拶《あいさつ》した。

「皆さん。遅れて申し訳ありません。今ワトソン君にも云ったように、よんどころない事情があったものですから」

「待って居ったよ、ホームズ君」とさっそく伯爵が挨拶を返す。「推理競争は先に始めたが悪く思わんでくれたまえ。ちょうど私の推理が佳境に入った所でね」

「最後のあたりは聞かせて貰いました」

「そうかね。それで推理の発表順なのだが、君は最後の四番目だ。遅参したのだから文句はなかろうね」

「勿論《もちろん》結構です」

「ふん、今頃のこのこ出てきおって」とホームズ君出現の所為《せい》で将軍は益々《ますます》不機嫌を募《つの》らせている。

「所で、貴君は今、寒月が上海に来たような事をいって居ったが、どう云う事だろうか」と伯爵は援軍を得た心境なのか勢い込んで質問する。

「上海に来たとは云って居りません。只《ただ》可能性があると云ったのです」

「どうしてそう思うのかね」と続いて発せられた伯爵の問いへ、答えたホームズ君の言葉は吾輩をして新たな不審と驚愕《きょうがく》の渦《うず》に巻き込むに十分だった。ホームズ君はこう云ったのである。

「寒月が現在行方知れずになっているからです。しかも彼が忽然《こつぜん》と消えたのは、去年の十一月二十四日、即ち苦沙弥氏殺害事件のあった翌日なのです」

十五

寒月君失踪《しっそう》――。この驚くべき情報を如何《いか》にして手に入れたのか。問われたホームズ君が手短に説明した所では、東和洋行と云う日本の会社の傍に捨てられた雑誌から見付けたのだと云う。雑誌と云うのは『中央公論』の明治三十九年の二月号である。それには「珍野苦沙弥氏殺害事件の謎」と題した記事が載って、事件のあれこれを論じて居ったが、事件から三月《みつき》程経ったこの段階でも未《いま》だ犯人は捕まらず、捜査は頓《とん》と行き詰って居った。警察もさすがに物盗りの犯行の筋を追うのでは埒《らち》が明かぬと見て、遅ればせながら主人の家に出入りしていた知人友人達へ順番に査問を試みた所が、寒月君だけが見当たらない。家にも学校の研究室にも姿が見えず、高知の実家にも帰っていない。これは何だかきな臭いと、詳しく調べて見れば、事件のあった日の午後苦沙弥宅に姿を現して以来、誰も見かけた者が無い事が判明した。ここに於《おい》て警察は俄《にわか》に色めき立ち、寒月君が真犯人とは云わぬまでも、事件に重大な係わりがあると見て、全国に広告して行方を追っていると云う。

「ついでに云えば、関係者の中で事件の後で上海に来たと分っている人物が一人ある」

「誰でしょう」と吾輩は恐らく多々良三平君だろうと想像しながら聞くと、ホームズ君は別の人物の名前を口にした。

「鈴木氏さ。年末から正月にかけて商用で上海に出張したと云う事だ」

「年末じゃあ犯行から一月以上も経っているのだから、事件とは余り関係はなさそうだね。やはり寒月の方が問題がありそうだ」とワトソン君が云う。

「そう単純に考えない方がいいと僕は思うがね」と何か考えがあるらしいホームズ君が朋友《ほうゆう》をたしなめる。

とにかくホームズ君の話を聞いて俄然《がぜん》勇気を得たのは伯爵である。それはそうだろう。何しろ自分が犯人に指名した人間が事件の日から消えて無くなったと云うのだから堪《こた》えられない。伯爵は大いに反り身となって鼻をぴくぴく自慢そうに蠢《うごめ》かせている。

「全体本当の事なのかね」と将軍は到底信じかねるとばかりにホームズ君へ隻眼《せきがん》を向ける。

「間違いありません」

「しかし君は日本語が読めんのじゃないのかね」と将軍は猶《なお》も懐疑的の様子である。

「ホームズは十五カ国語に通じているのです。日本語くらいは訳はありません」と我が事のように胸を張ったのは勿論ワトソン君である。ホームズ君も横で頷いている。

「私の推理の続きを聞いて頂く必要があるようですな」と伯爵が勝ち誇って宣し、それだけでは猶不足と見えて、自若《じじゃく》たる面持ちで一順列座の顔を公平に見廻してから、最後に「宜《よろ》しいでしょうな、将軍」と何かと五月蠅《うるさ》い隠居親父を封じ込めにかかる。こう念を押されては、将軍も苦虫を嚙《か》み潰《つぶ》したような顔になったものの、渋々元の席に着かざるを得ない。

「七時に苦沙弥邸を訪れた客。それが寒月である事は疑うべからざる証拠があるので

す」と伯爵は再び始めた。「御苦労な事にホームズ君も虎君も調査の為にどこかへ出張

したようだが、私とてこの数日を只漫然と無為に過ごして居ったのではない。私なりに

事件の核心に迫るべく汗を流して調査活動をなして居ったのを忘れて貰っては困る」

先刻将軍から観念論と批判されたのを気にしたのか、伯爵はまずはそう云って釘《くぎ》を刺

した。

「さてここでまずは、寒月の名前に辿《たど》り着く推理の端緒を与えてくれたのが、実はそこ

に居られるマダムであった点を諸君に披露しなければ、私が無闇と手柄を独占する卑劣

漢の汚名を着る事になってしまうでありましょう。マダムの教えがなくば私は今頃迷宮

の闇に足搔《あが》いて居ったに違いない。マダムの言葉が我が天啓となって迷路の出口へ到達

する道筋が与えられたのです。その意味で私の推理はマダムとの合作と申し上げても誤

りではない。そうでしたな、マダム」

声を掛けられたマダムは手すりから物憂《ものう》気《げ》に顔を起した。

「何だったかしら」

「百合《ゆり》の花です。御忘れになりましたか」

「百合がどうしたのかしら」

「日本の名無し君の話があった翌日、ガーデンの桃の木の下を散策して居った時、マダムは私にこう仰《おつしや》ったのです。百合がどうして十一月に咲いているのかしらと。この時でした、私に霊感の与えられたのは。心に秘めたる婦人の存在こそが創造の霊感の源《みなもと》となるは、あまたの芸術家の述懐する所ではありますが、芸術に限らず探偵にとってもまた女性の力が偉大なる事実は証明されたと云うべきでしょう。そう、奇跡の如《ごと》くにマダムは指摘された。百合は夏の花ではないかと」

成程、吾輩もこれにはついぞ気が付かなんだ。十一月の末に百合が咲く道理が無い。「何故《なぜ》一輪の百合の花が被害者の机に残されて居ったのか。事件の中心に位置する奇怪なる謎は、決して犯人の意図如何《いかん》の問題だけに留《とど》まるものではない。百合の咲く季節ではない晩秋の時候に何故忽然《こつぜん》と百合が現れたのかと云う、更に根本の謎を孕《はら》んで我々の前に投げ出されているのです」と伯爵が百合の謎性をしきりに強調する所へ、「そんな物は謎でも何でもないではないか」と将軍が水を差した。「百合は温室で栽培されたに決っている」

云われて見れば成程これもまた当然の理屈である。「恐らくそうでしょう」と伯爵も敢《あ》えて反対しない。「だが温室と一口に申しても、どこにでもあると云う代物《しろもの》ではない。温室などと云う凝った施設はそうそうころがっては居りませんからな。聞く所では日本人とは頗《すこぶ》る季節の変化に敏感な国民らしい。四季折々野山に出ては武陵桃源に遊ぶと云う。例えば西欧人は薔薇《ばら》が赤や黄だけでは飽き足らず、あれこれ自然に人工の手を加えて黒や紫や斑《まだら》のやらを作って楽しむ性向があるが、日本人はそうではない。殊《こと》に風流人とか云う日本人の一種族は、花鳥風月と称して、自然をあるがままに受け止めて愛《め》でるのをよしとするらしい。それが証拠に日本人は魚を生で喰うと云う。しかも踊り喰いなる調理法では魚を生きたまま口中に抛《ほう》り込んで泳がせるらしい。これは煮たり焼いたりの手間を省かんが目的ではなく、飽くまで自然を自然のままに享受《きょうじゅ》せんとする日本人の嗜好《しこう》に因《よ》るものと考えられる。何しろ風流人の中には、体質が自然と一体化するまでに進化を遂げて、春になると背中一面に桜吹雪の絵柄が浮き出し、夏にはそれが龍《りゅう》に変って、秋には今度はもみじになる者さえあると云う事だ。恐らくカメレオン見た様な皮膚の仕組みによるものだろう。風流人はまあ日本人種の中でも取りのけであるにしても、全般に日本人は西欧人の如く、わざわざ温室を建てる手間をかけてまで、夏咲くものを秋に咲かせようなどとは考えんと推測される。それを敢えてするからには、何か必要があるからで、誰もが試みるものでは決して無い」

そこまで聞いた吾輩は、例の如く正確を欠いた伯爵の日本人論はともかく、論理の道筋だけは朧気《おぼろげ》に察した。吾輩は日本に居た時分温室を見た記憶が無い。勿論これは吾輩の世間が狭いからで、東京中を探せば温室の十や二十は容易に見付かるだろう。では一体何処《どこ》に往けば温室が見付かるかと云って、まず間違いないのは学校だ。大学には農学とか植物学とか云う学問があるそうだから、温室くらいはあって当然だろう。そうして主人の知友中最も足繁《あししげ》く大学に出入りしていた人物と云えば、毎日朝から晩まで大学の研究室で硝子球《ガラスだま》磨きに精を出して居った寒月君に違いない。

「つまり伯爵は大学の温室から寒月氏が百合を持ち出したと仰る訳ですね」と云ったホームズ君はやはり吾輩と同じ道筋を辿《たど》ったと見える。

「大体はそう云う事だ」と頷く伯爵へ今度は虎君が云う。

「しかしそれだけでは少々証拠として弱いのではないでしょうか。他の者でも大学の温室に入る事は出来るのですから」

「その蓋然性《がいぜんせい》は否定できん。が、だとすればどうしてわざわざ大学にまで出向いて、百合を摘んで来る手間をかけたかが分らん」

「必要があったと考えればどうでしょう。犯人には百合をどうしても持参する必要があったとすれば、手間を惜しんではいられないでしょう」

何か独自の考えのあるらしい虎君が勢い込んで云うのへ、伯爵は軽くたしなめるように笑って見せた。

「まあ君の推理は後で篤《とく》と聞かせて貰うとして、いずれにせよ寒月が百合を大学から持ち出したのは疑えない」と伯爵が云った所へ割って入ったのは将軍である。

「ちょっと待ち給え。どうも貴公等の考えは観念的かつ非論理的でいかん。大学に温室があるのは認めるとして、しかし実際百合があるかどうか分らんではないか。また温室が大学にしかないとは決って居らん。百合はもっと別の場所から持って来られたのかも知れん。たしかな証拠の裏付けのある事に限って話して貰いたいものだ」

「結構です、将軍」と伯爵が気味が悪いくらいに愛想よく応接する。「証拠のある話に限りましょう。間違いなく寒月の手近な所に百合はあった。いやそれ所か寒月自身が百合を栽培して居ったのです。私が云った調査とはこの点に係わるものなのです」

そう云った伯爵は次の如く調査とやらの内容につき説明した。

何故百合が十一月にあったのか。この問いから出発した伯爵は、一路必然の道順を辿って大学の温室から寒月君へと聯想《れんそう》の糸を伸ばした。まず寒月君が物理学者である点に着目した伯爵は、何かしら糸口が摑《つか》めるのではと密《ひそ》かに期待しつつ、仏蘭西《フランス》租界にある主人宅へ戻って寒月君の研究を調べて見る事にした。英吉利《イギリス》の科学アカデミーは毎年世界各国から送られてくる業績論文を年鑑にして発行している。幸い素人《しろうと》科学者である伯爵の主人宅にはこれら書物が揃って居って、その中に水島寒月の研究の紹介記事と論文の抄訳が見つかった。

「いやはや正直に云うが、この調査には実際苦労させられた。なにしろ目指す書物は天井まである高い棚の天辺《てっぺん》に収めてあるのでね。主人の留守を狙《ねら》って書斎に忍び込んだはいいが、如何に書物を見るかが六つかしい。猫はなにしろ本を手に持って読む訳にはいかんのだからな。本の絶壁へ攀《よ》じ登る時にはモンブラン登頂を目指す登山隊の気持ちがよく分った。そうして上まで登って、見当をつけた書物へ爪《つめ》を掛けて下へ落として見た訳だが、殆《ほと》ど命懸けであった。しかも後で猫が悪さをしたとさんざん家の者に詰《なじ》られて、答《むち》の折檻《せっかん》まで喰らいそうになったのだから同情して欲しい」と伯爵は苦労話を差し挟む。無論吾輩は同情を惜しむ者ではない。諸猫《しょびょう》も同じ気持ちと見えて皆しきりに頷《うなず》いている。無言の激励に満足した伯爵は本題に戻る。

努力の甲斐《かい》あって水島寒月の論文を三つ見付ける事に伯爵は成功した。一つは『団栗《どんぐり》のスタビリチーを論じて併《あわ》せて天体の運行に及ぶ』と云うもので、ざっと眼を通して見た所、題名を裏切らず内容は甚《はなは》だ非凡ではあるが、しかし事件とは直接の関係がない。これは二番目は『空間に於《お》ける非連続性の問題』と云うもう少しまともな題の論文である。これは水島寒月と曾呂崎《そろさき》と云う学者の共同研究となって居て、註を参照すると、もともとは曾呂崎氏が進めた研究を、曾呂崎氏が亡《な》くなって後輩の水島氏が受け継いで纏《まと》めたとの事であったが、これも事件とは全然無縁であった。と伯爵が云った所へ将軍が、曾呂崎とは聞いた事のあるような名前だが、何者であったろうかと質問を差し挟んだ。

曾呂崎君は云うまでもなくかの天然居士《こじ》の本名である。迷亭君や鈴木君と同様主人の昔の同窓生で、力学を専門に勉強し空間論を主題に研究して居ったが、学生時代の汁粉の喰い過ぎが祟《たた》って腹膜炎に罹《かか》って死に、主人から天然居士の戒名を頂戴《ちょうだい》した。その名前は吾輩の長い物語の中でも二度程言及があったはずだが、将軍は失念したらしい。吾輩が説明すると今度は伯爵が注釈を入れた。

「曾呂崎と云う学者は余程の奇人のようだ。論文をざっと眺めて見たのだが、何でも空間の質は一様ではなく、所々で曲って居って、月と地球程の遠い距離でも重力を加減すれば、飛んだり歩いたりせずに瞬間裡《り》に移動出来るとか云う荒唐無稽《むけい》な事が書いてあった。学界では無論相手にされなかっただろうが、まったく馬鹿げた理論があったもんだ」

「しかし宇宙の空間が曲っていると云う話なら、昨年アインシュタインが似たような説を出したと記憶していますが」とワトソン君が詳しい所を見せる。

「誰だねそれは」と伯爵が聞く。

「独逸《ドイツ》の物理学者です。たしか『特殊相対性理論』と云うのです」

「特殊だか相対だか知らんが、アインシュタインとか云う先生、一個の石頭からとんでもない妄想を引き出したものだ。だいたい空間とは縦横に広いものであって、棒じゃないんだから、曲げたくたって曲りようがない。いずれ曾呂崎と棒組の気違いに違いない」と伯爵はアインシュタイン君を曾呂崎君もろとも土俵の外にあっさり片付ける。それから又本題に戻って云う。

「問題は水島寒月の第三の論文だ。寒月と云う男も、曾呂崎を先達と仰ぐくらいだから、到底平凡ではない。論文の冒頭には曾呂崎氏の空間論を継承発展させたものだと書いてあったから、自然と内容は推測されよう。常識に反した奇妙きてれつなものであった。論文の題名は『時間の不安定性について』と云うのだが、どうやら寒月は時間に関する研究をして居ったらしい」

「時間の研究ですか」とホームズ君が興味半分、疑念半分と云った声色で聞く。

「そう。あれを時間の研究と呼べるとすればの話だが。少なくとも本人はそのつもりのようだ」

「しかし先日の名無し君の話では、寒月氏は蛙《かえる》の目玉の電動作用と紫外線の影響を研究する為に毎日硝子球を磨《こす》っていたはずですが」と更にホームズ君が疑念を差し挟むと、

「アインシュタイン博士の新理論では時間と空間の次元を区別しないのです」と再びワトソン君が横から専門的な解説を加える。「しかも理論の基礎には光の性質の理解があるそうですから、紫外線の研究もあながち無関係とは申されますまい。曾呂崎氏の曲った空間の話も、寒月氏の時間論も、紫外線の研究も、一連のものと見做《みな》す事が出来ると考えられます」

「新理論は分ったから、寒月の論文がどうだと云うのだね」と将軍が焦《じ》れったそうに促したのに答えて、

「その論文に百合の花が登場するのです」と伯爵が漸《ようや》くにして問題の中核へ切り込んだ。『時間の不安定性について』の骨子は、短く要約するなら、閉じられた空間に対して特殊な物理力を加える事によって時間の進みを遅めたり早めたり出来るのだと云う主張である。例えば真っ暗な箱の中へ百合の株をしまう。そうして時々電灯を当てる。普通は二十四時間で昼夜が交代する所を、四十八時間で変るように電灯を点《つ》けたり消したりする。すると一日の時間が倍になって、十日で咲く所を二十日に延ばす事が出来る。

「馬鹿々々しい」と吐き捨てたのは将軍である。「それは只《ただ》単に百合がうっかり騙《だま》され

たと云うだけであって、毫《ごう》も箱の中の時間が変化して居らんではないか」

「同感ですな、将軍」と伯爵も賛同の意を表する。「しかしこれなどはまだまだ序の口であって、他の実験はもっと奇想天外なのです」

透明な硝子の箱に百合を置く。そうしてから動力の付いた鉄の腕に据えてぐるぐると回転さす。すると遠心力によって力が加えられた箱の中の時間は攪乱《かくらん》されて、やはり百合の開花は遅れる。

「そんな馬鹿な事があるはずがない」と再び将軍が鼻であしらう。「回転したくらいで時間が遅くなるのだったら独楽《こま》はどうなる。時間が遅くなるのだったら、いつまでも独楽は廻り続ける理屈になるだろう。そもそも空間が曲るだの時間が変化するだのと称するのは、神の造られた宇宙に対する冒瀆《ぼうとく》に他ならない。一体寒月と云う男はそうした事を冗談でなく本気で考えているのかね」

「いや全く同感です、将軍」と伯爵が又同意する。二度続けて両雄の意見が合うのは極めて珍しいと吾輩が観察していると、

「しかしながら、そういちがいには否定出来ないのではないでしょうか」と云ったのは物理通のワトソン君である。

「またもアインシュタイン博士で恐縮なのですが、博士に拠《よ》れば加速された運動をする空間があれば、そこでは時間が遅れると理論的に導かれるそうです」

「貴君が力学に造詣《ぞうけい》が深いのは十分に分ったが、どうしてそうアインシュタイン君ばか

りを贔屓《ひいき》するのかが分らん。何か義理でもあるのかね」と伯爵が珍しく厭味《いやみ》を云う。猫界随一の科学通を自ら任じて居った伯爵としては、意外な好敵手が現れて闘志を燃やす様子である。一方のワトソン君も負けては居ない。伯爵の保守的な力学観に敢えて鉄槌《てっつい》を喰らわす覚悟と見える。

「アインシュタイン博士の相対性理論はニュートンの旧《ふる》い力学を超えて、二十世紀の新しい世界像を拓《ひら》く画期的な理論だと、一部の先進的な学者から高い評価を受けて居ります。実際そうした学者の中には、博士の理論を応用に供すれば、宇宙旅行は勿論《もちろん》の事、時間旅行さえ可能になるだろうと予言する者もあるくらいなのですから、旧弊な因襲に拘泥《こうでい》して居っては科学の進歩は到底望めますまい」と一気に云ったワトソン君は反り身になる。人間ならば一服つけて鼻から烟草《たばこ》の烟《けむり》をふうと吐く所だろう。

「実際、時間旅行機は既に発明されたと云う噂《うわさ》もあります。一八九五年にハーバート、ジョージ、ウエルズと云う英国人が、友人が時間旅行機に乗って未来へ往《い》ったと報告して居ります。ねえ、そうだろう、ホームズ」とワトソン君から応援を求められたホームズ君も頷く。

「その話なら僕も聞いた事がある。何でも八十万年後の地球じゃ、人間が二つの階級に分れて、一方が一方を喰うそうだ」

「あまりにも常識に反している」ともはや我慢がならないと云った調子で伯爵が声を荒《あら》らげる。「人が時間を旅行するなどと云う異端の説は到底認めがたい」

「儂も同意見だ。だいたい英吉利人の云う事など信用出来るもんじゃない」といまや独仏同盟を結んだ将軍も歩調を合わせる。「階級が二つに分れて一方が他方を喰うと云うのは、別に未来でも何でもない、英国社会の実情の事ではないのかね。時間旅行機などに乗らなくたって、英吉利の資本家階級が労働者階級を飢狼《きろう》の如くに喰い荒らす有り様は、カール、マルクスが『資本論』の中でとっくに描いている」

「進歩派は守旧派から常に迫害を受けるもののようですな」今度はワトソン君等英吉利軍が反撃する番だ。「地動説を唱えたガリレオや進化論を云ったダーウィンの苦痛がつくづく想《おも》われます」

「見たままの事実から論理的に推論されたものだけが常に正しいのです。それがどれ程常識から外れていようと」とホームズ君も盟友たる実を示す。「これは探偵術の基本でもある。所が見たままの事実を認める事が、先入観に捕われた凡庸な探偵にはひどく難題らしいのですな」

「君は我々が凡庸だと云うのかね」と将軍が色めき立って云い、これは少々突撃が正直過ぎる、このままでは大衝突となってしまうのではと吾輩が心配している所へ、それまで議論の外で中立を保って居った虎君が、話がどうも本筋から逸《そ》れているようですがと、仲介の労を取る構えを見せた。

「こう云う調子で話したら朝までかかっても終らないのではと心配されます」

「そうよ、早くして頂戴。妾《あたし》も執事が起きるまでには家に帰りたいのよ。そうしないと猫がまた夜遊びをしたって、ひどく叱《しか》られるのだわ」とマダムも云う。

「僕も是非将軍やホームズさんの推理も聞いて見たいのですが」と吾輩も和平交渉に一役買うつもりで発言する。聴衆は揉《も》め事を期待する野次馬的猫も一部にはあったが、大半は論議の停滞に不満を抱いていたようで、吾輩に賛成してニャーと声を挙げた。

斯《か》くなっては争いを続けるのは外聞が悪いと悟ったのか、将軍もホームズ、ワトソン君も沈黙した。如何《いか》なる場合でも婦人の意見を尊重する伯爵は、マダムの発言があった途端に態度を改めて爽《さわ》やかな笑顔を浮かべる。

「これは失礼した。なにしろ科学には論争はつきものですからな。寧《むし》ろ意見の対立は科学の進歩発展の原動力である。とは云うものの場所を弁《わきま》える必要はある。ワトソン君、ホームズ君との議論はまた別の機会に譲るとしましょう。いや、大変失礼をした。私に免じて赦《ゆる》して頂きたい」と謝罪した伯爵は、マダムを聴衆の代表と見做す格好で、太い尻尾《しっぽ》へ向って一つ会釈《えしやく》をする。

「何でもいいから、早くして頂戴」とマダムが尻尾を団扇《うちわ》の如くに振って答え、伯爵はいよいよ盛大な笑顔で以てこれを遇した。この辺りの収拾の付け方はさすがに洗練されて居て結構である。

「で、話はどこまででしたかな」

「寒月の論文に百合が出てくると云う所でした」と虎君の介助を得て伯爵は演説に戻った。

「そうであった。そう、もはやこれ以上贅言《ぜいげん》を費やす必要はあるまい。つまり寒月が百合を実験に用い、自ら栽培をして居った事実には明歴々たるものがある。しかも寒月は時間に関するその論文にあるように、百合の開花を遅らせる様々な実験をして居ったのであるから、夏に咲く百合を秋に咲かせるくらいは容易に出来たであろう。こうした点を鑑《かんが》みて、十一月と云う季節外れの時期に苦沙弥邸へ百合を運んだ者があるとすれば、寒月以外には考えられんと云う事になる訳だ」

普段なら猿轡《さるぐつわ》でも嵌《は》められれん限り絶対に喋《しゃべ》り止《や》めぬ伯爵は、それだけ云うと意外にもあっさり演壇を後続へ譲った。一応推理の説明は終わったものの、更にホーマーのイリアッドに匹敵する分量の言葉を吐かぬまでは到底黙るもんじゃあないと諦《あきら》めて居った吾輩は、意表を衝《つ》かれて伯爵の様子を窺《うかが》うに、どうやら先生、少々御疲れの格好である。驚くべきは伯爵でも喋舌り疲れる事があるらしい。考えて見れば随分と長い時間伯爵は一人で喉《のど》を嗄《か》らしているのだから、疲労するのは当然だ。伯爵も有機体である以上は休息を必要とする。

所で、吾輩は伯爵の推理をどう評価すればよいか判断に迷って居った。ホームズ君などは過去に幾多の難事件に遭遇しては推理力を鍛えたそうで、普段から外界へ神経を張り巡らせて推理の練習を繰り返したと云うが、吾輩はなにしろ左様《さよう》な探偵的仕事にはまるで慣れて居らん。ずぶの素人である。その素人の眼から見て伯爵の解釈は、二三の臆《おく》断《だん》を強引に認めてしまえばの話ではあるが、全体に筋が通っていない事もないと思われた。殊《こと》に寒月君の論文から百合の出所を導き出した辺りの手際は鮮やかであるとさえ評価出来た。とは云え肝心要《かなめ》の寒月君と細君の姦通《かんつう》と云う話が信じられないのだからどうにもならない。試しに吾輩は細君と寒月君を頭の中で百遍並べて見た。しかしながらその裡《うち》の一遍でも両者の間に落花流水の情味を漂わせる事に成功しなかった。只二つ面影が置かれたなりに、寒月細君倶《とも》につくねんとして、細君は眠たそうな顔で子供の小袖《こそで》を縫い、寒月君は寒月君で旧主人に天保調と評された羽織の紐《ひも》をいじくるのに余念が無いのだから詰まらん。寒月君と細君を相思相愛の間柄と見做すのは相当の困難事であると結論せざるを得なかった。となれば伯爵の推論はあえなく瓦解《がかい》してしまう。砂上の楼閣となって雲散霧消の憂《う》き目に遭う事になる。だが一方では寒月君は事件の起った日から失踪《しっそう》したと云う。これが事実なら寒月君が事件に重大な係わりがあると見做さなければならんだろう。全体どうなっているのか。どうにも分らん。

左様に吾輩が伯爵の説を反芻《はんすう》している裡にも、既に第二の探偵が演台に立って話を始めんとする所である。第二の探偵とは云うまでもなく、東洋の俊英、我らが虎君だ。四阿《あずまや》亭中央の卓に立った虎君は少々緊張の気味と見える。いつになく表情が硬い。まずは聴衆を一巡瞥見《べっけん》してから、それでは弁じますと口火を切った時、虎君自慢の長い尻尾が月へ向ってくるりと輪を描いた。

第五章　幻想浪《ロ》漫《マン》の香りは虎《とら》君の推理

十六

「簡明に要点のみ申し上げましょう。私が浅学菲才《せんがくひさい》を顧《かえりみ》ず、伯爵《はくしやく》将軍ホームズ氏等、知力体力意志力、いずれを取っても一流の、かつまた世故《せこ》の経験深き諸賢に立ち混ざって、推理を争う暴挙に敢《あ》えて出たには理由があります。と申しますのは、先日、日本の名無し君の御主人が殺害された事件につき耳にした途端、私は或《あ》る別の事件を思い出さざるを得なかったからであります。その事件と云うは、今を去る事三年前の夏、他ならぬここ上海《シャンハイ》の地で起ったものでして、私が生まれる以前の出来事なのですが、偶々《たまたま》私の父親が事件を間近に目撃し、私に話してくれたのです」

そこで一度呼吸を置いた虎君はぺろりと顔を洗った。相変らず緊張はあるようだが、喋舌《しやべ》り始めてやや余裕が出たらしい。まずは御手並み拝見といった構えなのか、四阿亭《あずまや》を囲んだ聴衆には私語を交わす者もなく、居眠りする者もなく、大人しく台上の若い猫へ視線を向けている。虎君は間を置き過ぎずに続ける。

「さて、問題は、その三年前の事件と英語教師殺害事件の類似にあります。つまり私は二つの事件に、偶然と云うには余りに奇怪なる共通性を発見し、この点からして英語教師殺害を単独の事件と見做《みな》して居《お》ったのでは、到底解決は望めぬのではと懐疑するに至り、推理研究に一石を投ぜんと考えたのです。幸い私は上海の生れでして、当地の事情には通じている。この点に僅《わず》かに私の取り柄《え》はあるのでありまして、私の知る所を余す事なく腹中より吐露して、頭脳明晰《めいせき》なる諸猫《しょびょう》の真相究明の一助たらんと只《ただ》欲するのみであります。従いまして、徒《いたず》らな競争心から手柄を独占し自らを誇らんとするものでは決してない点を、あらかじめ申し上げておきます。私の推理には不備なる面も多々あろうかと存じますが、今述べましたことを是非心に留めおかれて、最後まで傾聴賜《たまわ》らん事を切に望む次第です」

我が身を立てんとせばまず人を立てよと云うが、虎君の謙譲なる態度は四阿亭の猫達に好感を以《もっ》て受け取られた。伯爵将軍はと見れば、遜《へりくだ》った弁者の口説《くぜつ》に両雄揃《そろ》って鷹揚《おうよう》に頷《うなず》いている。それにしても虎君の口吻《くちぶり》は、僕がきっと解決して見せると、ぴんと髯《ひげ》を張って自信満々語った先日とは随分違うが、これは恐らく本心じゃあるまい。ああ見えて虎君、損吻《そんぶん》氏に飼われていただけあって、なかなかどうして政治家である。マキアベリの手法を自家薬籠《やくろう》中のものとしていると推察される。まずは身を低くして聞き手の反《はん》撥《ぱっ》を殺《そ》ぎ、大衆の人気を獲得しておいてから、じわじわと本領を発揮しようとの心積りと見える。所が一方に控えしホームズ君はと云えば、遠慮や謙遜《けんそん》は無論の事、政治上の配慮などとは絶対無縁の猫児である。犯罪の形而上学《けいじじょうがく》にのみ関心を集注すると云う、樽《たる》のディオゲネスも裸足《はだし》で逃げだす変猫だ。さっそく不躾《ぶしつけ》な質問の声を挙げる。

「二つの事件を結び付けるとは、あれだろうか、君はこの事件は連続殺人だと云うのだろうか」

「概《おおむ》ねはそうです」

「連続殺人事件とは頼もしい。さすがに東洋の猫ながら推理探偵の名乗りを上げた虎君だけの事はある」と手を搏《う》って快哉《かいさい》を叫んだのは伯爵である。先刻一番手で語り終えた伯爵は、本人云うところの猫サロンの充実にのみ心を配り、推理競争の勝ち負けには左程こだわっては居らぬ様子だ。このあたりの大度《おおど》な所が伯爵の指導者たる面目である。

「しかし本当に連続殺人の名に値するかどうかはよく調べてみんとね。とにかくその事件とやらを報告して貰《もら》おうじゃないか」と殺人の分類定義には何かとうるさいワトソン君に促されて、「三年前の夏の事です」と虎君は始めた。

当時虎君の父親は虹口《ホンキユウ》地区の材木商の家に飼われて、しばしばパブリック、ガーデンにも遠征して来て居ったが、あるとき奇妙な風体の人間を木立の狭間《はざま》に見付けた。日本人らしいその人間は黒い口髭《くちひげ》を生やし、籐《とう》のステッキを持ち、羽織袴《はかま》に山高帽と云う出《い》で立ちで朝靄烟《あさもやけむ》る公園に現れ、そぞろ散策する風であったが、何より目を牽《ひ》いたのは手に籠《かご》を下げている点であった。中には猫が居て、日本人は猫を庭に放して遊ばせると、暫《しば》くしてどこかへ消えていった。翌日も日本人は来た。同じく猫を遊ばせ帰って行く。それから一週間、毎日欠かさず日本人は公園に現れたが、この程度の奇行をなす人物ならガーデンには掃いて捨てる程ある。虎君の父君がこの人間に何故《なぜ》取り分けの関心を抱くに至ったかと云えば、それには格別の理由があった。

「籠の中の猫がそれはそれは美しい、玉と争うばかりの雌猫だったのだそうです。私の父親は何とか近づきになろうとしたらしいのですが、何しろ日本人が猫を遊ばせる時間は短くて、雄猫が近寄ればステッキを振るって追い払ったそうですから、なかなか大変だったようです」

「深窓の令嬢ならぬ籠のなかの令猫と云う訳だな」と将軍が柄にもない洒落《しゃれ》を云う。

「君の父上は首尾よく恋を成就《じょうじゅ》したのかね」猫界のドン、ファンを自任し、斯道《しどう》については造詣《ぞうけい》浅からぬ伯爵が飛び出してきたのは当然だ。

「何度か口説《くど》いて、とうとう一緒に逃げる約束をしたそうです」

「ほう。君の父上もやるではないか。さすがに上海随一の伊達猫《だてねこ》と噂《うわさ》される虎君の血筋だけのことはある」と伯爵が機嫌よく注釈し、虎君は大いに照れている。

「駆け落ちなんて素敵ね。でもその籠の中の猫と云う方、少々尻《しり》が軽すぎやしないかしら」とマダムは称賛しながら、ちくりと非難の刺《とげ》を忍ばせるのを忘れない。

「それでどうなったのかね」と伯爵が先を促す。

「所が父の恋は悲恋に終わってしまったのです」

「まあ、そうなの。でも、どうしてそうなったのかしら」悲恋と聞いてマダムが一段と身を乗り出してくる。

「始めて日本人が現れてからちょうど一週間目だったそうです。今日こそは一緒に逃げようと、父はまだ暗いうちからパブリック、ガーデンの柳の下で待っていたそうです。やがて朝になって、いつも通り日本人は散歩に来た。勿論《もちろん》猫をしまった籠を下げてです。父は草陰から窺《うかが》っていた。日本人が猫を籠から放したら、一散に飛び出して一緒に逃げようとの算段です。いまかいまかと逸《はや》る気持ちを抑えかねて待っていると、汽笛がボウと響いて、鴎《かもめ》がいやに鳴いたそうです」

「鴎が騒ぐのは悪い事の前兆だ」と将軍が注釈を入れる。

「まったくそうなのでしょう」と虎君も否定しない。「父は籠の中にばかり眼を向けて、日本人には殆《ほとん》ど注目していなかった」

「それはそうだろう。なにしろ籠の中に居るのは手に手をとって逃げようという憧《あこが》れの恋人なのだからね。他の物が眼に入る方がおかしい」と伯爵は恋する者にあくまで同情的である。

「籠の中はぴかぴか光ったそうです」

「それは又どういう訳かね」と虎君の言葉に将軍が疑問を呈する。

「分りません。只、そんな風に見えたんだそうです」

「別に不思議ではあるまい。恋の対象は金剛石にも黄金にも比すべき貴重な宝だからね。

霊妙なる心理の働きが左様《さよう》な神秘をもたらしたに違いない」と再び伯爵が専門的見地から解説を加える。「一般に恋する者の眼に、世界が輝いて見えるのは、誰しも体験するところである」

「そうなのかも知れません」と虎君は甚だ合理性を欠いた伯爵の説を軽く受け流して先へ進む。「それで間もなく、いつものように日本人はしゃがんで、籠を開けようとした。父は胸をときめかせて待って居ったそうです。するとその時、突然日本人が吁《あ》っと声を挙げたかと思うと動かなくなってしまった。どうしたんだろうと不審に思って、暫く窺っていると、日本人の体がぐらりと揺れて横へ倒れた」

羽織袴の日本人は黒い血を吐いて、ちょうど通りかかった水兵たちが抱え起した時には既に息絶えていた。すぐに人が大勢集って来て、医者と警察が呼ばれて、虎君の父上は予想外の出来事に狼狽《ろうばい》はしたものの、籠の中の猫の安否を気遣う一心で、人の足に踏まれる危険を冒《おか》して近寄って見ると、先刻まであったはずの猫の姿がない。

「籠は残されていたのですが、中には猫の影も形もない。美しい猫はどこかへ消えてしまったのです。恐らくは混乱に紛れて何者かが持ち去ったものでしょう。父はそれから三日三晩と云うもの、飲まず喰わずで上海中を捜し回ったのですが、杳《よう》として猫の行方は知れなかったのだそうです」

「切ないお話ね」とマダムが涙声で云う。

「運命はときに残酷な仕打ちを以て猫を襲うものなのだね」と伯爵も痛ましそうに言葉

を挟む。

「だが、どうして日本人は急に死んだんだろう」とワトソン君が疑念を漏らしたのへ、

「無論殺人さ」と果然答えたのはホームズ君である。「毒殺されたのさ」

「しかし日本人は倒れるまで独りでいたのだから、毒を盛られる機会はなかったんじゃないだろうか」とワトソン君が常識然とした常識を云う。

「別に死ぬ直前に毒を喫《の》む必要はないさ」と非常識なホームズ君が応じる。「例えば遅溶性の毒薬を使えば、毒の利《き》き始める時間は幾らでも加減できる。しかしこの場合は喫んだんじゃあるまい」

「と云うと」

「ワトソン君、君の頭はまさか飾り物じゃあるまいね。たまには君もその御立派な頭《ず》蓋《がい》骨《こつ》に安置された脳髄を働かせて見てはどうかね。筋肉だって余り使わないでいれば衰える。いずれ腐ってしまうのではと心配になるよ。今の虎君の話から殺人の方法は明らかじゃないか」

「僕には頓《とん》と見当が付かない」

　ワトソン君は困り切って答えたが、こうまで手厳しく非難されては、さすがに気分を害しているだろうと窺えば、寧《むし》ろ嬉《うれ》しそうな顔付きである。ワトソン君はホームズ君の引き立て役となるのを天職と心得ている模様で、全く以て奇特と云う以外に言葉が見当たらん。悪気はないのだろうが、ときにホームズ君の朋友《ほうゆう》に対する揶揄《やゆ》は悪辣《あくらつ》なまでの

毒を含んで放たれるが、そうされればされる程ワトソン君は幸福を感じるらしい。

「日本人は坐《すわ》って籠を開けようとしたときに声を挙げた。爪《つめ》さ。籠の中の猫が日本人の手に爪を立てたのさ」とホームズ君が説明を始める。「無論猫の爪には毒が塗られていた。即効性、それから黒い血を吐いた点から見て、アコニチンだろう。これならトリカブトから簡単に抽出《ちゆうしゆつ》出来るし、致死量も僅《わず》かだからね。あるいは濃縮したニコチンかも知れない」

「しかし猫が必ず手を引っ掻《か》くとは限らんじゃないか」と疑問を呈したのは又しても将軍である。

「そもそも犯行がどこまで計画的であったのかが分りませんから、何とも云えませんが」ホームズ君が答える。「猫が爪を立てるのはどういう時でしょうか。無論色々ありましょうが、一番は恐怖を感じた時です。恐らく籠の中の猫が十分に怖がるよう仕掛けがなされていたのでしょう。例えば籠の内側に鏡が貼《は》られていたのかも知れない」

「鏡がかね」

「そうです。私は以前四方に鏡を貼った箱へ試しに入った事があるのですが、いや、もう大変な恐怖でした。自慢じゃあないが、猫の中でも特に肝《きも》の太い私にしてそうだったのですからね。鏡の貼られた籠に閉じ込められた猫はすっかり怯《おび》え切っていた。若い女性であれば猶《なお》の事です。籠の扉へ人の手が伸びた途端、恐慌《きようこう》に襲われた猫は我知らず爪を立てた。虎君の父上が籠が光って見えたと云うのがありましたね。恐らく陽の光が鏡に反射して眼に入ったのでしょう」

　成程ホームズ君は頭がいいと、吾輩は今更ながらに感嘆した。吾輩も昔、子供に鏡を突付けられて屋敷のまわりを三度駆け巡った経験がある。

「しかし、詳しい事件の解明は今はよいでしょう。問題は毒殺事件と英語教師殺害事件との関聯《かんれん》です。そこを説明してくれなくては困る」

　ホームズ君に促されて虎君は再び口を開いた。

「云うまでもなく要点はそこです。では申し上げましょう。三年の時間を挟んで起った両事件には明らかな聯関があるのです」

　一旦《いったん》切った虎君は僅かに呼吸を整えてから一息に云った。

「聯関とは百合《ゆり》です。父は倒れた男へ近付いた時に見たんだそうです。死体の顔に百合の花が一輪置かれていた。ちょうど口のあたりに来た白い花弁が血を吸って、ぞっとするような色に染まっていたそうです」

　二つの死体の傍《かたわ》らに残された白百合の花。一つは上海で毒殺された男の上に、いま一つは撲殺《ぼくさつ》された英語教師、即《すなわ》ち苦沙弥《くしゃみ》先生の書斎の机に、いかなる暗号の意味を担《にな》って百合は忽然《こつぜん》と優美な姿を現したのか。吾輩はしばし夢想のなかに幻を追う。一同も同様の思いに耽《ふけ》っていると見えて、揃《そろ》って沈黙を守っている。虎君もまた言葉の効果を確かめる者の如《ごと》く聴衆の顔を順番に眺めている。

「水を差す訳ではないんだが」と最初に沈黙を破ったのは犯罪分類学に意欲を燃やすワ

トソン君である。「証拠が百合だけでは、連続殺人と云うには、ちと弱いのではないだろうか。上海の百合は偶々《たまたま》通りかかった人間が死者を悼《いた》む意味で置いただけなのかも知れないしね」

「類似はその点ばかりではないんです」と虎君は一歩も譲らぬ構えだ。「まずは二つの事件倶《とも》猫が係わっている。殺人現場から、恐らくは犯人と目される人物によって猫が連れ去られている。が、それはともかくとして、決定的な事があるのです。これを聞けば皆さんも、連続殺人とまでは断ぜずとも、二つの事件の関聯性を認めざるを得ないと思われます」

ぴんと髯を張った虎君、かなり自信がある様子だ。決定的な事とは何であろうかと、一同が聞き耳を立てるところへ、虎君の爽《さわ》やかな弁舌が流れ入って来る。

「問題は殺された人物です。実はこれを調査するのに、この数日は大いに奮闘して居ったのです。なにしろ三年前の事ですから、記録を調べる必要があるのですが、当の記録がしまわれているのが工部局なのですからね」

何でも工部局とは上海租界の警察行政司法を一手に取り仕切る役所だそうな。工部局の建物が江西路と福州路の交わる四つ角にあるのは吾輩も知っているが、さすがに上海租界の中枢《ちゅうすう》だけあって、威風堂々近隣に睨《にら》みを利《き》かし、とても猫一匹ごめん下さいと気軽に入って行ける雰囲気ではない。

「色々と伝《つて》を手繰《たぐ》って、苦労に苦労を重ねて、漸《よう》く忍び込んで調べたのです。睨んだ通りでした」

「あそこに侵入を果したとは立派な策戦であったと評価できる」と将軍が率直に虎君の功績を認める。虎君も軽く尻尾を振って将軍に敬意を表する。

「で、誰なのかね、殺された日本人と云うのは」

伯爵に急《せ》かされて虎君は答えた。

「曾呂崎《そろさき》氏です。先刻話題になった、空間論の研究家、曾呂崎氏その人だったのです」

十七

曾呂崎君が主人から天然居士《こじ》の戒名を頂戴《ちょうだい》したのは無論死んだからである。つまり彼がこの世にあって呼吸する者でない事は吾輩もとうに得心しては居った。だが上海で横死《おうし》したとは初耳で、俄《にわか》に腑《ふ》に落ちると云う訳にはいかない。だいいち曾呂崎君が毒で以て無理やり黄泉《よみ》の路上に投げ出されたなどの話は、苦沙弥先生の口から片言なりとも漏らされた覚えがない。話では曾呂崎君は学生時分の汁粉の喰い過ぎが祟《たた》って胃をやられたとの事で、病に殪《たお》れたとは主人宅に出入りする友人らの共通理解ではなかったか。

この点に疑問を抱いた吾輩がさっそく質問をすると虎君は答えた。

「理由はこうさ。つまり曾呂崎氏の遭難は病死と云う事で当局によって決着されたのだ。日本にもそう広告されたのだろう」

「どうしてそうなったんだろう」

「一つには、ホームズさんが云った毒殺が疑われるにしても、決定的な証拠がないから、そう云う風になったんだと思う。いま一つには上海の複雑な政治情勢がある」と云った虎君は次の如く説明を加えた。

上海はいまや大陸進出に虎視《こし》眈々《たんたん》狙《ねら》いを付ける諸列強の足掛りである。近年になって列強の末席に座を連ねた大日本帝国が、朝鮮半島をほぼ手中に収めつつあり、さらに遼《りよう》東《とう》半島から満洲《まんしゆう》へと貪欲《どんよく》な触手を伸ばしているのは誰の目にも明らかである。無論こうした日本の活動を他の列強諸国が快く歓迎するはずはない。手をこまねいて坐視《ざし》する訳がない。諸列強は屋台骨の崩れかかった支那《しな》へ押し入るにあたって、出来れば自分だけが得をしたいと思っている。抜け駆けの好機を密《ひそ》かに窺いながら互いに牽制《けんせい》し合っている。ここで日本の著名人が上海で怪死したとなれば、決して些《さ》細《さい》な出来事とは云えない。下手をすれば外交上の大問題に発展しかねない。少なくとも上海租界の警察統治機構に於《お》いて、日本の発言権を増大させる絶好の口実となる可能性がある。

「だから当局は揉《も》み消したんだと思う。日本人は上海に沢山来て住んで居る割りには、租界の政治中枢には余り喰い込んで居ないからね」

「そう云えば、先日も工部局の委員選挙があったが、猛烈な選挙運動で日本は話題になったが、結果は捗々《はかばか》しくなかったようだ」と将軍が横から云う。

「日本人は狡《ずる》いからよ」と云うマダムは露西亜《ロシア》の猫だけあって日本人には良い印象を持

って居らんと見える。

「どういう所が狭いのでしょう」と日本生まれの猫である吾輩は一応聞いて見る。

「どういう所って、とにかく狭いから狭いんだわ」

同義反復の誤謬《ごびゅう》はアリストートルが論理学上の間違いとして真先に挙げている。無論女性の口吻《くちぶり》にしばしば載せらるるこの論法を打ち破るのが容易ならざる事に気がつかぬ程吾輩は迂闊《うかつ》ではない。細君などもよくこの戦法を以《もっ》て主人を凹《へこ》ませて居った。吾輩が愚考するに、女性が使う場合に限らず、同義反復程強力なる論理は世にないと思われる。かなわぬ敵と見れば即刻退却するのが兵法の要諦《ようてい》であるのを心得る吾輩が黙っていると、横から口を出したのは伯爵である。

「日本人が狭いと云うのは専《もっぱ》ら表情の所為《せい》でしょうな。日本人は終始不可解な微笑を浮かべていますからな。日本人は泣くべき時に笑い、怒るべきときにも笑う。切腹の際には必ず笑うのが正式の作法と云うし、そもそも日本人の赤ん坊は泣くのではなく笑いながら生まれて来ると云う話だ。先年、或る宣教師が日本に教会を建ててキリスト受難の絵を描かせたところ、七福神とか云う天使たちに囲まれた十字架のキリストはやはり笑っていたそうだ」

「日本人が本質的に狭いかどうかは儂《わし》は知らんが、租界の中では日本人は余り重きを置かれていないのは事実だ」と将軍も付け加える。「何となく信用が置けない感じがするのだろう」

「やはり国が小さいからでしょうか」と吾輩が小声で発言すると、今度はホームズ君が飛び出して来る。

「日本が小さいだって。どこをどう測ったら日本が小さいなんて云う結論が出てくるのだろうか。西洋の国と較《くら》べたって日本は三番目か四番目の面積がある。少なくとも英吉利《イギリス》よりは大きい。和蘭《オランダ》なんて日本の十分の一しかないんだからね。しかも面積以上に日本の長さときたら大変なものだ。北は北緯五十度から南は二十度付近まで及ぶのだからね。そんな長い国はめったにあるもんじゃない」

そう云われて吾輩は少々意表を衝《つ》かれる思いがした。露西亜や亜米利加《アメリカ》は別にしても、たしかにホームズ君の指摘する通り日本は小さくないのかも知れん。にも拘《かかわら》ず吾輩は日本は小さいとばかり思って居った。これはつまり吾輩が日本にあった頃、しきりに日本は小さい小さいと聞かされて育った所為に違いない。曰《いわ》く、日本は小国である。であるが故《ゆえ》に人心は一丸となって事に当たらねばならぬ。曰く、日本は小なりと雖《いえど》も古い文化を誇る国である。――散々聞かされた記憶がある。どうして日本人が自分の国を小さいと思いたがるのか、考えてみればその心機は甚だ不可解である。が、更に深く考究を加えて見るなら、これは専ら欲の所為ではないかと思われる。同じ拾円《じゅうえん》を所持して居ても、五円で十分と思えば自分は金持ちだと見做《みな》されるであろうし、百円くらいは欲しいと願えば拾円では不足だ。それで実際に百円を得たとして、しかし欲のある限り決して満足はあるまい。寧ろいよいよ自分が貧乏に思えてくるに違いない。日本は間もなく朝鮮を併合すると云うが、それくらいではまだ大きいとは思わんだろう。実際ポーツマス条約の直後には、露西亜の半分は欲しいと駄々をこねて交番を焼き討ちにした乱暴者が多数あったそうだから、支那を呑《の》み、露西亜を滅ぼし、亜米利加へ攻め込むくらいしなければ満足は出来まい。この調子では終《しま》いには月を欲しがって猶火星を望むに至るだろう。

左様な事を吾輩が漠然と考えていると、そろそろ本題に戻りたいのですがと、遠慮がちに云う虎君の声が聞こえた。勿論吾輩にも異存はない。

「現場に残された百合が、苦沙弥と曾呂崎、二つの死人を聯絡《れんらく》している訳ですが、しかし当然考えるべきは両者の元来の繋《つな》がりです。二人は学校の同窓生であり、かつて同じ下宿に暮した仲である事が分っている。となれば下宿時代に事件の根があるのではと発想するのは自然でしょう」と云った虎君は吾輩へ眼を向ける。

「そこで質問なんだが、君の御主人は学生時代に友人等と下宿していたと云う話だったと思うが、下宿はたしか寺院だったと記憶しているんだが」

「そうです。何でも小石川にある法蔵院とか云う寺に居たようです。尤《もっと》も下宿は色々変ったようですが」

「当時一緒に下宿していた友人なんだが」と云って虎君は次に名前を列挙した。「珍野苦沙弥、八木独仙《どくせん》、迷亭《めいてい》、鈴木藤十郎、曾呂崎、立町老梅《たちまちろうばい》、理野陶然《りのとうぜん》、以上の七名で間違いないだろうか」

学生時分の思い出話は臥龍窟《がりょうくつ》に出入りする諸氏の談話にしばしば登場した。曾呂崎君の炊《た》く飯が不味《まず》くて喰えなかった事やら、苦沙弥先生がこっそり味醂《みりん》を飲んだ事やら、鈴木君が境内の石塔と相撲をとってころがしたのを坊主《ぼうず》に咎《とが》められ、金巾《かなきん》のシャツに越中褌《ふんどし》でうんうん唸《うな》りながら石塔を元に戻そうと奮闘しているのを迷亭君が澄《すま》し顔で写生した事やら、回想を舌に載せる先生方は浮世の憂《う》さをすっかり忘れた顔で楽し気に談話に打ち興じ、あの不機嫌な主人でさえ時には愉快そうに汚い歯を見せて笑って居った。年中苦虫を奥歯に詰めて、三年に一度かろうじて笑うかどうかと云う苦沙弥先生をして破顔《はがん》せしめるとは、学生生活とは余程感興を呼ぶものらしい。吾輩も一度くらいは学校へ入学して見たいものだと思い、試しに覗《のぞ》いた裏の落雲館はしかしなんだか騒々しいばかりで、棲息《せいそく》する生徒は山猿に似て野蛮極《きわ》まりなく、吾輩の如き風雅を愛する猫には到底向ぬと思い已《や》めにした記憶がある。いずれにせよ他に下宿生が一人もなかったとは断定できぬが、先生方の回想記に登場する自炊の仲間が虎君の挙げた七名に限られて居ったのは間違いない。吾輩がそう答えると、虎君は一つ頷《うなず》いて先を続けた。

「いま一度この七人の名前に注目して頂きたい。するとまず、曾呂崎、苦沙弥の二名が殺されている。さらに理野陶然と云う男も狂死している」

理野陶然君については吾輩もよくは知らんが、八木独仙君の影響を受けて禅に凝り、単身赴《おもむ》いた鎌倉の円覚寺《えんがくじ》で狂を発し、線路の上で坐禅を組んだり、蓮池《はすいけ》にずぶずぶはまったりした挙句《あげく》、しまいには万年漬の喰い過ぎで死んだとは迷亭先生の報告にあった。

「さらに立町老梅も気が狂って脳病院に入っている」

立町老梅君は天道公平と号して巣鴨《すがも》に居を据え、衆生《しゆじよう》救済の大気炎をあげつつ偉大なる食欲を日々満たし、主人の所へも深甚《しんじん》なる形而上学を披瀝《ひれき》せる書簡を寄越《よこ》したのは既に吾輩が先日報告した通りである。

「そうすると、下宿をしていた七名の仲間の裡《うち》、三名が変死し、一名が発狂した計算になる。七人中の四人と云えば、決して少ない数とは申されないのではないでしょうか」

成程四人はちと多過ぎるかも知れん。

「つまり君は下宿仲間の七人が、何者かの手で順番に殺されていると云うのだろうか」ホームズ君が聞いたのへ虎君は頷く。

「そうです。残念ながら理野陶然氏の死亡の状況は不明ですが、これも殺人を疑えば疑えぬ事もない。少なくとも曾呂崎氏、苦沙弥氏の二人が、同一犯人によって殺害されたのは明らかでしょう」

「しかし果してそう云えるだろうか。一人は毒殺、一人は撲殺なのだから、手口が違うのではないだろうか」と疑義を呈したのはワトソン君である。

「そうです。そこは問題です。しかし私の見るところ、犯人は苦沙弥氏を曾呂崎氏と同じやり方で殺そうと最初は考えていたと思うのです」

「それはまた大胆な仮説だ」とホームズ君が興味を持った表情で言葉を挟んだ。「どう云う事だか説明してくれたまえ」

「その為《ため》にはまず日本の名無し君の夢を皆さんに紹介する必要があるでしょう」と云っ

た虎君は吾輩へ眼を向けた。いよいよ例の夢について報告するものと見える。虎君は先日姚《ヤオ》夫人の手で吾輩に対し催眠術を試みた経緯をかいつまんで説明すると、「名無し君の見た夢はこう云うものです」と前置きして語り始めた。一同は黙って聞く。それにしても己が夢を他人の口から聞かされるのは甚《はなは》だ妙な気分のものだ。しかも大勢の聴衆に聞かれているかと思えば猶更気恥ずかしい。吾輩は何だか居たたまれなくて、傍らにあった木天蓼《またたび》を一つあぐりとくわえて嘗《な》めた。

やがて吾輩の見た夢の内容が逐一虎君の口から披露されると、一同は暫《しばら》く黙ってそれぞれの思考を追うと見えたが、まず最初に口を開いたのは将軍である。

「まるで支離滅裂ではないか。そんなものに何か意味があるとでも云うのかね」

将軍の感想は至極尤《もっと》もであると吾輩が内心で同意していると、反論は意外な方面から飛んで来た。

「夢には必ず意味があるものよ。夢を使って未来を知る事が出来るのだわ。夢の中では精霊が活動して、色々な事を教えてくれるからなのよ。妾《あたし》の祖母がそう教えてくれたわ」

「左様《さよう》。古来より夢は占いに用いられてきたのですな」とすかさず伯爵もマダムに味方する。「古代埃及《エジプト》やバビロニアは無論の事、希臘《ギリシャ》や羅馬《ローマ》でも、夢を占う専門家が王宮や神殿には必ずあったと書物には記されています。ときに夢占いは名望家にとって必須《ひっす》の技術であった。族長ヨセフがパロの夢を鮮やかに解いて、埃及の王宮に迎えられて出世を遂げた例を挙げれば十分でしょう」

「妾の国でもラスプチンと云う御坊様が夢占いの業に優れ、皇帝陛下の篤《あつ》い信任を得ているると聞いたわ」

「しかし占いは所詮《しょせん》占いにすぎぬん。合理的科学の立場から見るなら、夢占いなどは根拠を欠いた絵空事にすぎぬん」と猶《なお》も将軍が云うと、今度はワトソン君が口を出す。

「そうとばかりも申せないでしょう。聞いたところでは、近頃フロイトと云う維納《ウィーン》の医者が、患者の夢を分析することで精神病の治療に大いに効果をあげているそうですから」

「そうなのです」と応援を得た虎君が勢い込んで云う。「夢に未来を予測する力があるかどうかは措《お》くとして、少なくとも夢に過去の記憶が現れる事は、フロイト以下の学者達が精神医学の立場から明らかにして居ります。その場合重要なのは、本人がとうに忘れてしまっていた記憶が夢に浮かび上ってくる事実です。日本の名無し君は御主人の殺人があった夜から暫くの記憶を失った訳ですが、しかしその記憶は無意識界に保存されて、夢に出てくる可能性がある。であるが故《ゆえ》に私は催眠術を使って無理に名無し君に夢を見て貰ったのです。つまり彼の夢は一見支離滅裂のようで、背後には必ず真実の体験があるのです」

　そう一気呵成《かせい》に云った虎君は、それでは実際に夢を分析してみましょうと、聞き手に反論の隙《すき》を与えぬ素早さで論を進めた。

「今紹介致しましたように、名無し君の夢は大きく分けて十個の部分からなっています。第一の夢は死ぬ女を男が見ている夢です。この夢で特筆すべきは、云うまでもなく、百合が出てくる点でしょう。女を埋葬した地面から百合が伸びてくる。『すると石の下から斜《はす》に男の方へ向いて青い茎が伸びて来た。見る間に長くなって丁度男の胸のあたりまで来て留まった。と思うと、すらりと揺らぐ茎の頂に、心持首を傾《かたぶ》けていた細長い一輪の蕾《つぼみ》が、ふっくらと弁《はなびら》を開いた……』と云う具合です。殺人現場に百合が残された以上、当然ながら注目しない訳にはいかない。しかし意味については又後で検討します。とにかく百合が登場した事だけを御確認下さい。第二の夢では坐禅する苦沙弥氏が背後から侍《さむらい》の格好をした狗《いぬ》に殴られている。これも重大である。つまり名無し君は御主人が殺される場面を目撃したと考えられます」

「じゃあ、あれかね、君は英語教師を殺したのは狗だと云うのかね。馬鹿々々しい」と介入した将軍が鼻を鳴らす。

「そうではありません。侍の格好をした狗については、催眠術をかける直前に、名無し君は広場の見せ物小屋でその姿を見掛けたのです。一般に夢の内容には眠る前日や直前に体験した出来事の印象が強い影響を与える事が知られている。勿論苦沙弥氏を背後から殴打《おうだ》したのは人間でしょうが、夢の中ではそれが別の存在に入れ替ったと考えられる。こうした変形は夢の一番の特徴だとフロイトも指摘しているところです。恐らく名無し君は犯人の顔を見た。が、その人物は名無し君の心理に深甚なる恐怖の印象を残したが故に、記憶は心理の奥底に抑圧されたのでしょう。人も猫も余りに恐ろしい体験は心の容積に納めきれず記憶喪失に帰結するとは精神医学上の否定できぬ一事実です。それで犯人の代りに、つい先刻に強い印象を与えた侍狗が映像となって現れたと云う訳です」

成程と吾輩は頷きながら、一種云いようのない不安感と戦慄《せんりつ》に肝が縮むのを覚えた。吾輩は主人殺害の犯人をこの眼で見たと云う。雲脂《ふけ》の巣窟《そうくつ》たる主人の頭へ鈍器が打ち下ろされる場面を、自在に膨縮せる琥珀色《こはくいろ》の眸《ひとみ》に映したのだと云う。ふと吾輩は、その顔の無い人物が影の如く背後に忍び寄った気がして、慌《あわ》てて振り向けば黒い柳が風を孕《はら》んで揺れている。再び虎君の声が聞こえた。

「三番目は仁王を彫る運慶の夢。四番目が床屋の夢です。この夢はいろいろと重要な要素を含んでいます。まず何よりは、夢の最後の所で名無し君が背後から手拭《てぬぐ》いを顔に押し当てられ、気を失う所です。『背後に影のような物の気配が立って、いきなり顔に手拭いが押し当てられた。吁《あ》っと声を出そうとした時には、嗅《か》ぎ慣れぬ薬品の匂《にお》いが鼻から喉《のど》まで一杯に広がって、吾輩の眼は忽《たちま》ち昏《くら》くなった――』名無し君は嗅いだ事のない匂いを嗅いで居る。夢を如何《いか》に感覚するかについて一般に夢学上から考察して見れば、夢は普通視覚的なものです。これに対して聴覚的な夢は、視覚的夢の半分くらいの頻度《ひんど》で現れるとの統計があります。更に味覚的あるいは嗅覚《きゅうかく》的な夢となると、出現頻度は夢全体の一パーセントに過ぎない。して見ると名無し君が夢で匂いを嗅いで居るのは極めて珍しいと云わなければならない。しかもその匂いは嗅いだ事の無い匂いである。夢が過去の記憶から構成されるものであるなら、当然それは名無し君が過去に嗅いだものでなければならない。しかし彼には記憶が無い。と云う事は、これは名無し君が記憶を失った間に体験した出来事と見做して間違いない。つまりあの夜、名無し君は何者かの手で薬品を嗅がされ昏睡《こんすい》させられたのです。記憶喪失はその際に脳が受けた後遺症が一つの原因だと考えられます」

「神経麻酔が記憶障害を引き起すのはよく知られた現象だ」とホームズ君が薬理学上の観点から虎君に加勢する。「多分クロロフォルムではないだろうか」

「恐らくそうなんでしょう。そうして夢の中の名無し君は籠《かご》に入れられる。続く第五、第六、第七、第八の夢では、いずれも名無し君は籠の中にあって外の出来事を観察している。つまり子供を背負って御百度参りをする女、川に沈む手品師の老人、乃木《のぎ》将軍と虜《とりこ》になった泥棒陰士《しし》、そして盲目の子供と父親の気味の悪い会話の夢です。その間ずっと名無し君は籠の中にある。一般に夢の場面が変れば夢を見る者の位置も変るのが通例です。所が四つの異なる夢の場面を貫いて、名無し君の位置は一貫して籠の中に固着している。この意味する所は賢明なる皆さんにはもはや説明するまでもないでしょう。そうです。名無し君は籠に入れられた際の生々しい体の感覚を無意識裡《り》に保存していたのです。記憶喪失の所為《せい》で意識から消えていたものが、夢の中で表に現れた。つまり名無し君はあの夜、麻酔を嗅がされた上で籠に閉じ込められた。ここまで筋を追えば、百合の件を含め、曾呂崎氏の事件と苦沙弥氏の事件との類似はもはや明らかでしょう」

「つまり君は、犯人は名無し君の爪《つめ》に毒を塗って、苦沙弥氏を殺させようとしたと考えるのだろうか」とホームズ君が纏《まと》めると虎君は首肯《しゅこう》した。

「その通りです。例えば盲目の子供と父親の会話の気持ちの悪いイメジは、狭い所に閉じ込められた際の不安感の表出でしょう。更にここで思い出して頂きたいのは床屋の夢です。名無し君は床屋の椅子《いす》で髪を刈って貰っている。無論猫は普段床屋には縁がありません。にも拘ず名無し君が床屋の夢を見たのは、体の一部に加工がなされた神経の記憶があったからでしょう。床屋では髪を刈るばかりではない。髯《ひげ》もあたれば耳滓《みみかす》もとる。そう、そして爪です。爪を切って、ときには艶《つや》出しの液を塗る。爪に何かを塗られた際の感覚が床屋の聯想《れんそう》を生んだと考えられる。更に鏡が夢に出てくる。床屋の様子はこう観察されて居ます。『真中に立って見廻すと、四角な部屋である。窓が二方に開いて、残る二方に鏡が懸っている。鏡の数を勘定したら六つあった――』これは先刻ホームズさんが鏡の事を云われたので、始めて想到したのですが、名無し君の閉じ込められた籠には鏡が貼られていたのかも知れない。四角い部屋に六つの鏡と云うイメジは、あながちこの想像を否定するものではないでしょう。鏡は勿論《もちろん》、ホームズさんが指摘されたように、名無し君に恐怖を与えて興奮させる手段の一つです」

そこまで云った虎君は一度息をついて、頭を整理するかのように空に視線を遣《や》る。つられて見れば月は西にやや傾きかけている。つと風が熄《や》んで、ガーデンの樹木は彫像に変じたかの如くに動かない。吾輩は一瞬、夢に見た運慶の仁王を思い出す。話はまだまだ序の口だとでも云うように、虎君は気分を入れ直して先を続ける。

「しかし私が考えるに、名無し君に恐怖を与える方法はもっと過酷だったのです。名無し君が記憶喪失に罹《かか》った一番の理由はそこにある。余りに恐ろしい体験が名無し君の心を押し潰《つぶ》し、記憶を意識の表層から綺麗《きれい》に消し去ったのです。思い出して頂きたいのですが、名無し君は当夜、事件の前に水甕《みずがめ》に落ちて死にかけている。所がその時の経験は判然《はっき》りと記憶されている。この事からしても、名無し君が後から体験した恐怖は、暗がりで独り溺《おぼ》れるより遥《はる》かに甚大なものであったと結論されます。そこで意味を持つのが第九、第十の夢です。この二つの夢には歴々たる恐怖が刻印されている。第九の夢は船の夢でした。最後の所で男が船から海へ落ちる。同時に名無し君は男の心理に同化してこう思う。『無限の後悔と恐怖とを抱いて黒い波の方へ静かに落ちて行った――』ここに表出されているのは云わば死その物の影です。それも只《ただ》の死ではない。絶望の中の死です。水甕で溺れた名無し君は死を有り難いとさえ観じて居ますが、夢に現れた死のイメジは全然違う。最悪の死です。あるいは死んだ方がましだと思う程の苦痛です。では具体的に何があったのか。十番目の夢に明白な痕跡《こんせき》がある。この夢では庄太郎なる人物――この人物はパナマ帽を被《かぶ》って床屋の夢にも登場しますが何者かは不明です――と名無し君は野原で豚の大群に襲われる。やがて庄太郎は豚に嘗《な》められて倒れ、今度は名無し君一人が豚、更に大熊猫、そして狗《いぬ》に迫られる。又しても侍の格好をした狗です。ここで皆さんに質問なのですが、猫が一番怖がるものと云えば何でしょうか」

「儂《わし》は怖いものなど一つもない」と将軍がさっそく嘯《うそぶ》く。「ただ医者の注射だけは若干苦手だ」

「私は何と云っても女性の嫉妬《しっと》ですな。魚屋の天秤棒《てんびんぼう》も怖い」と伯爵が云う。

「僕は餅《もち》です」と吾輩も正直な所を告白する。「それからやはり狗でしょうね」

「そりゃそうよ。猫にとって狗くらい厭《いや》なものはないわ」とマダムが賛成する。「狗がこの世から居なくなってくれたら世界は百倍も明るくなるわ。ノアは狗だけを方舟《はこぶね》から閉め出しちまえばよかったんだわ」

　マダムの少々乱暴な意見に対して、

「儂は別に狗など怖くはないが」と将軍が胸を張れば、

「ホームズだって怖がるものじゃありません」とワトソン君が黙っている親友に成り代って宣《のたま》う。

「将軍やホームズさんは、猫と云っても特殊の部類に属するのでしょう。マダムも仰《おつしや》るように、私を含め一般の平均的な猫にとっては、狗がやはり一番怖いのではないでしょうか」

　虎君の言葉に一同の者は敢《あ》えて反対せず黙って頷く。その様子をゆっくり確認してから虎君は先へ進む。

「つまり私はこう思うのです。籠に入れられた名無し君は狗をけしかけられたに違いない。その記憶の痕跡が無数の動物に襲われる夢に結晶したのです」

「まあ、酷《ひど》い」眉《まゆ》を顰《ひそめ》たマダムが尻尾を震わせるのを横目に眺めながら、それにしても記憶喪失に罹って幸いだったと、吾輩は安堵《あんど》の胸を撫《な》で下ろした。禅の方では眼横鼻直などと云って、出来事の実相を有りのままに受け止めるをよしとする傾向があるようだが、籠に閉じ込められた挙句に狗をけしかけられるが如き経験は出来れば直視したくない。すっかり忘れて大いに結構である。とは云え虎君の説によれば、記憶は悉《ことごと》く無意識に保存されると云うから、いつ何時《なんどき》思い出さぬとも限らん。いま忘れているものを後で思い出したのでは不都合だ。何とか無意識とか云うものを新品と交換できんものだろうか。上海では熊の胆《い》やら虎のふぐりやらを売る店があるようだから、無意識くらいは探せばどこかで売っているだろうなどと吾輩が考えている裡《うち》にも、虎君の話は先へ進んで居る。

「では事件当夜の流れに則して話を整頓《せいとん》して見ましょう」と云った虎君は順番に事柄を並べて往《い》く。

午後七時に客が苦沙弥邸を訪れる。来客は苦沙弥氏に用立てるべき金と百合の花を持参している。

「百合については後で説明します」と注釈を挟んで虎君は続けた。

無論客は苦沙弥氏に借用を頼まれて金を持参したのである。さっそく苦沙弥氏は御《お》さんを遣《い》いにやるべく、湯屋へ行った御さんを夫人に迎えにいかせる。次に苦沙弥氏は土産の百合を活《い》けようとして勝手の棚に花瓶を取りに向う。苦沙弥氏は溺れかかっていた猫を発見して救出する。

「名無し君が過失から死にかけたのは犯人にとって予想外だったでしょうが、幸い名無し君は一命をとりとめた。そこで客は苦沙弥氏に一つの提案を行った。つまり猫を譲って貰《もら》えぬかと提案したのです」

苦沙弥氏は金を借りた負い目があるから客の申し出を断り切れない。そもそも苦沙弥氏は猫を左程可愛《かわい》がっていた訳でもないのだから、譲る事にさして抵抗はなかっただろう。客は猫を袋にでも入れて懐《ふところ》にしまい、七時半までに席を辞す。客は予《かね》て用意の隠れ家で、猫の爪に毒を塗って籠に入れ、狗を吠《ほ》えさせ猫を驚かす。猫はもう些細《ささい》な事で爪を立てるまでに神経が興奮する。そうして深夜になって再び犯人は苦沙弥邸を訪《おとな》う。今度は玄関ではなく庭から廻って硝子《ガラス》戸をこつこつと叩《たた》いて合図を送り、苦沙弥氏に迎えられて書斎に上り込む。勿論犯人は猫を入れた籠を下げている。猫がどうしても家に帰りたがって仕方がないので返しに来たのだとでも理由をつけ、犯人は深更《しんこう》に訪問した非常識を詫《わ》びながら、苦沙弥氏が自分で籠の蓋《ふた》を開くように仕向ける。

「斯《か》くして、苦沙弥氏の手が籠につと伸びるなら、恐慌《きょうこう》状態に陥っていた名無し君は、御主人の皮膚に爪を立てるはずだったのです」と虎君云うと、後を受けた伯爵が講釈師見た様な口調で加勢する。「だが、しかし、さすがに日本の武士の家に飼われた名無し君だ、拷問《ごうもん》に神経を引き裂かれながら、主人に刃《やいば》を向ける事はすんでの所で自制した。主殺しの汚名を着る事を奇蹟《きせき》的に逃れたのであった」

褒められて吾輩はちょっと得意になる。虎君がまた云う。

「そう云う事です。何事もなく名無し君は籠から畳へ出てしまった。犯人は落胆したでしょうが、即座に次善の策を取る事にした。つまり百合を活けた花瓶で頭を打った。実は花瓶が割れてしまうのではないかと少々心配だったのですが、先刻伯爵が割れぬ事を見事に証明して下さったので、漸《ようや》く推理に自信が持てたと云う訳です」

虎君は軽く伯爵に会釈《えしゃく》して敬意を示す。伯爵は鷹揚《おうよう》に頷いている。

「犯人は七時に書斎の花瓶を見ていますから、いざの場合は凶器にと見当をつけていたのかも知れません」

虎君の話が途切れた隙間を捉《とら》えて、将軍が根本的な疑問を提出した。

「だが、結局花瓶で頭を殴るんだったら最初からそうすればよさそうなものだ。何故猫を捕えて面倒な細工をするのか、まるで理屈に合わんじゃないか」

「それから密室を忘れて貰っては困る」とワトソン君もこれだけは譲れぬとばかりに云う。

虎君が黙っているので、大丈夫だろうかと吾輩が少々心配になりかけた頃、深呼吸をした虎君が新たな口火を切った。どうやら虎君、頭を整理していただけらしいと知って吾輩は大いに安堵する。

「皆さんの疑問は尤《もっと》もだと思います。私は苦沙弥氏の事件を単独に扱うのではなく、曾呂崎氏あるいは理野氏との事件と一連のものと見做《みな》すところから発想したのですが、それだけでは只単に曾呂崎氏の殺害方法を苦沙弥氏の事件に強引に当て嵌《は》めて見たに過ぎない事になってしまうでしょう。しかし一つの決定的な証拠があるのです」

「また証拠かね。好《い》い加減にしてくれないと夜が明けてしまう」

「承知しました」と将軍へ答えた虎君はしかし動揺する所なく泰然と構えている。「実を云えば、これから申し上げる発見こそが、私の推論の出発点なのです。その発見とは曾呂崎氏の遺品です。殺された時、曾呂崎氏は幾つかの品物を懐に入れて居て、それが工部局に保管されていたのです。烟草《たばこ》入れ、小銭入れ等の他に、まず本が一冊ありました。パラケルススと云う著述家による、『猫族のメルクリウス的性質について』と云う羅甸《ラテン》語の小判な本です。曾呂崎氏は洋行帰りの途中で上海に寄ったのですから、どこか西洋の街の本屋で誂《あつら》えたものでしょう」

「しかしそいつは偽書だろう。パラケルススと云えば、十六世紀独逸《ドイツ》の偉大なる医師にして魔術師であるが、そんな奇妙な題の著作は聞いた事がない」と将軍が詳しい所を見せて云う。

「恐らくそうなんでしょう」と虎君も反対しない。

「ちょっと待ってくれたまえ。いま君が口にした本の書名をもう一度教えて欲しい」と急に聞いたホームズ君の要求に答えて、虎君は『猫族のメルクリウス的性質について』を繰り返す。それにしても虎君、羅甸語を解するとは偉い。迷亭先生は虎君の爪の垢《あか》でも煎《せん》じて飲んだらよかろう。所でホームズ君はと見れば、再び黙り込んで思考に沈む様子だ。こうしたホームズ君の偏屈ぶりは既に周知になっているから虎君は構わずに続ける。

「他に手紙が一通と原稿があったのですが、問題はこれです。手紙は天道公平から曾呂崎氏に宛《あ》てたもので、発信元は東京の巣鴨局、受け取られたのは上海で、殺害される前日に届いたようです。内容は名無し君の話にもあった、苦沙弥氏の所へ届いたのと似たような支離滅裂なものです」

紅白だんだらの破格に立派な状袋に納められた手紙が、無聊《ぶりょう》をかこっていた苦沙弥先生のもとに舞い込んだのは、事件を遡《さかのぼ》る事一月程の頃であった。何でも難解ならば有難がる性向のある主人は、この意味不明の手紙を縦横斜めから三読四読した挙句、あっぱれな見識だと大いに称賛したが、後で天道公平とは自大狂と変じた立町老梅君その人であると迷亭から教えられて、狂人の譫言《たわごと》に同情するとは己も棒組ではあるまいかと、主人をして大いに周章狼狽させるに至った、いわく付きの手紙である。曾呂崎君宛てに届いたのも似たような内容であると云うから、虎君も云う如《ごと》く、天魔も肝落つばかりの深奥《しんおう》を極め、読む者をして倒退三千せしめる事うけあいの警句に満ちていたとは想像に難くない。素《もと》より吾輩は公平君の赤心《せきしん》を疑うものではない。けれども赤心とは得てして手前勝手なものであるから、吾輩が手を搏《う》って同意出来ぬのは致し方ない。

「手紙については後に論じます。ここで何より重大なのは原稿の方なのです」

「どんな原稿かね」と伯爵が合いの手を入れる。

「小説の草稿です」

「小説かね」

「だろうと思います。用箋《ようせん》に三枚程の極く短いもので、表題は『夢一夜』とありました。筆者の名前はありませんでした」

「どんな小説かね。恋愛ものかね。それとも歴史から材を取ったものだろうか」

「小説の分類には詳しくないので、何とも申し上げかねますが、非常に幻想に溢《あふ》れたものです」

「幻想浪漫《ロマン》とは頼もしい。ホフマン顔負けの奇想横溢《おういつ》と願いたい」

「妾《あたし》も幻想的なのは好きだわ。恋愛だともっといいけれど」

随分と小説好きと見える伯爵とマダムに急《せ》かされて、しかし虎君は暫《しば》し黙って呼吸を整える。と、やや緊張の面持ちで口を開いた虎君は意外な事を云う。

「実は皆さんは既に話の内容を御存知なのです」

「じゃあ盗作だと云うのかね」伯爵が聞く。

「いいえ、そうではないのです。先程皆さんに名無し君の見た夢を紹介しましたね。第一番目の夢を覚えておいででしょうか」

「たしか女が死んで埋葬される話だったと思うが」伯爵が代表で答える。

「そうです。死んだ女が百年待ってくれと男に云う。男は貝殻で穴を掘って女を地面に埋め、隕石《いんせき》を墓標に据えて、ずっと坐って待っていると百合の茎が伸びてくる。男は百合の花に接吻《せっぷん》して、百年はもう来ていたのだと気が付くと云った話です。そうしてこれがそのまま『夢一夜』の筋なのです」

「何だって」

「つまり名無し君が見た夢と、曾呂崎氏の懐にあった小説とは、殆《ほとん》どそっくりなのです」

十八

かつて吾輩は寒月君に瓜《うり》二つの泥棒陰士に遭遇した折り、ともすれば先入観に囚《とら》われて道理を見失いがちな人間に代って、神の全知全能に対し痛烈なる批評を加えた事がある。迷蒙《めいもう》因襲の闇《やみ》に暮らした太古の民ならいざ知らず、人が地面から足を離して空を飛ぼうかの勢いを示す二十世紀の今日に至って猶《なお》、神と聞いただけで恐れ入る善男善女を尻目《しりめ》に、神の万能に難癖をつけると云う、文字通り神をも恐れぬ壮挙に出た事がある。人間が地球上にこれだけうじゃうじゃ群れているにも拘《かかわら》ず同じ顔した人間が一人も無いのは、万物の創造主にして工匠たる神の技倆《ぎりょう》の抜群を示すのではなく、寧《むし》ろ粗雑と無能の証《あかし》ではあるまいかと云うのがその際の吾輩の論旨であった。神は実は人の顔を全《すべ》て同じに制作しようと努力しているのに、技術の未《いま》だ足らぬが故《ゆえ》に目標を果し得ぬのであると、一句道著《いっくどうちゃく》の下に看破したのであった。しかしながら当時の吾輩は、寒月君と泥棒陰士の余りの相似ぶりに仰天した所為《せい》で、神の無能の論説をあっさり打ち捨てた次第であったが、後に思索を深めるに及んで、一例のみを以《もっ》て自説を取り下げる必要はいささかもないと愚考するに至った。一例あったとはつまり、僅《わず》か一例しかないとも云い得るので、残り大多数の場合については相変らずの体たらくと見なければならん。神が純粋の模倣を完成し得たのが寒月君と泥棒陰士の組み合わせ一つだけでは、手放しでその手柄を絶賛する訳にはいかんだろう。要は偶然の一致の結果にすぎぬとの見方が出来るからである。

何故吾輩がこんな事を急に云い出したのかと云えば、虎君がたった今紹介せられた、曾呂崎君懐中の小説と吾輩の夢の符合である。即ち吾輩は、これは偶然の一致の所産であって、そこに何らの神秘も怪異も見出《みいだ》すべきで無いと云う見解を以てまずは安心を得たのである。怪力乱神を敢えて語らずと云うが、どうも孔子と云う男は用心が過ぎるようだ。三十而立、四十而不惑、五十而知天命と孔子は云ったそうだが、少々進歩が遅すぎやしまいか。だいたい猫などは三十年も生きぬのであるから、そんな悠長は云っていられない。吾輩はこう見えて二十世紀の息吹《いぶき》を満身に呼吸する進歩的猫であるから、孔子先生より一歩も二歩も進んで世の不思議を悉《ことごと》く理性の目を以てして白日の下に照らしだす合理精神に溢《あふ》れている。合理主義などと聞くとすぐに西洋気触《かぶ》れだ、物乞《ものご》い根性だと非難する者があるが、なにも合理精神は西洋の専売特許と決っている訳ではない。東洋にだって合理精神はある。西洋にだって非合理な考え方をする者はある。洋の東西を問わず合理精神に富んだ者と貧しい者があるだけの話だ。寧ろ日本人で西洋流の合理主義を唱える輩《やから》にこそ甚《はなは》だ合理精神を欠いた者が多いように見受けられる。若い頃にやれデカルトだカントだと声高に叫んでいた者に限って、歳《とし》をとると茶の間に浴衣《ゆかた》がけで寛《くつろ》いで、やっぱり優しい日本が一番だと云い出すから見苦しい。矛盾がいい、曖昧《あいまい》がいい、程よい加減がいいと呑気《のんき》な顔で宣う。果ては日本を通り越して、万事につけ理性一本槍《やり》で割り切ろうとする西洋は窮屈でいかん、美醜聖穢《びしゆうせいわい》が混沌《こんとん》の裡《うち》に煮え滾《たぎ》る印度《インド》がいいと云い出す。そんなに印度が好きならガンジズ河で牛と一緒に水浴びでもして暮らせばよかろう。——と、話が横道へ逸《そ》れてしまった。

要するに吾輩は身に降りかかった偶然の不思議に毫《ごう》も動揺する者ではないと云いたかったのである。所がである。続いて虎君がなした説明は更に一層の、或る種完璧《かんぺき》なる合理性を具備して吾輩の思弁一切をあっさり塵芥《ごみ》箱へ抛《ほう》り投げるに足りた。

「曾呂崎氏の懐に残された小説と名無し君が見た夢の一致。この暗合はこう説明できるでしょう。つまり名無し君もまた同じ小説を読んだと云う事です。それ以外には説明が付かない」

成程云われて見れば至極尤もだ。吾輩は小説を読んだ。だから夢に見た。実に神秘も謎《なぞ》も入り込む隙がない。委細平明にして烏《からす》は黒く鷺《さぎ》は白く、天は高くして海は闊《ひろ》しとはこの事だ。しかし、では何時何処《いつどこ》で読んだのか。

「名無し君が小説を読んだとすれば事件の夜以外には考えられません。小説の草稿を苦沙弥氏が机に向って読む傍らで覗《のぞ》き込んだのでしょう。名無し君はその後記憶喪失に罹《かか》って見た事を忘れてしまった訳ですが、読んだ内容だけは無意識の裡に貯《た》められていたと云う次第です」

「と云うと貴君は曾呂崎氏の懐にあったのと同じ小説を、犯人が苦沙弥氏の所へも送ったと考えるのだろうか」ホームズ君の問いに虎君が答える。

「左様《さよう》です。しかし私は小説が送られたのは苦沙弥氏だけではないと思います。理野陶然や、天道公平こと立町老梅の所にも送られたに違いない。ひょっとすると鈴木氏、独仙氏、迷亭氏の下にも既に同じ物が届いている可能性があると思うのです」

「つまり下宿時代の仲間全員に送られたと云う訳か」

「そうです」と虎君は将軍の言葉に頷く。「その根拠を説明する為には、そもそも犯行の動機を云わなければならないでしょう」

一旦《いったん》切った虎君は気合を入れ直すかのように前趾《まえあし》をぐっと踏んばって伸びをすると、夜空を大きく仰いで、それからまた話し始める。

「既に申し上げましたように、私は或る人物が下宿時代の仲間を狙《ねら》って連続的に殺人をなしつつあると考える訳ですが、今一度事件の特徴を整理してみましょう。まず犯人は猫を殺人に使う同じ手口――但《ただ》し苦沙弥氏の場合は失敗したのですが――に執拗《しつよう》に拘《こだわ》っている。又小説を送っている。そうして百合の花を現場に残している。こうした三つの特徴から浮かび上る犯人像とはいかなるものでしょうか」と問いを立てた虎君は即座に自答する。

「想像されるのは偏執的な人物です。あるいは狂的と云ってよいかも知れない。即ちここから結論されるのは、一人の偏執的な人物が復讐心《ふくしゅう》から殺人を犯していると云う可能性です。こう仮定して見るならば色々な点で辻褄《つじつま》が合う。何故《なぜ》犯人は猫に拘るのか、何故百合を現場に残したのか、一貫して説明出来る。とすれば問題は何の為の復讐であるかです。勿論これは苦沙弥氏等学校仲間の下宿時代に遡《さかのぼ》る訳で、今となっては真相を余す所なく摑《つか》む事は六ずかしい。ただおおよそは推測出来る。ヒントはあの小説にあります」

そう云って虎君は再び小説、即ち吾輩が見た第一の夢に一同の注意を促した。

「まず考えるべきは、どうして犯人が被害者の下へ小説を送ったかですが、復讐と云う観点に立つ以上、当然そこから全てが見られなければならない。殺すだけが何も復讐とは限らない。恐怖を与え、心胆を寒からしめる事も無論復讐の一構成要素です。つまり小説もまた復讐と云う一連の行為の重要な一部分を成すと考えられる。つまりあの『夢一夜』と云う題の小説は、犯人の殺人予告、乃至《ないし》は被告人への斬奸状《ざんかんじょう》であると見做《みな》し得るのではないか。逆に、そう云う理由を付けなければ、わざわざあのような文章を送り附ける理由が無いと思うのです」

「それで貴君は小説中に百合が登場した点を強調する訳だね」とホームズ君が云うと虎君は我が意を得たりとばかりに首肯する。

「勿論百合も復讐の一環です。伯爵は寒月氏が百合を大学で栽培していたと先刻指摘されましたが、なに、百合くらいは温室を探せばどこでも見付かるでしょう」

「復讐の目的は何なのでしょう」と吾輩が口を挟むと、

「正直申し上げて明瞭《めいりょう》な証拠のある話ではありません。以下には想像が混ざり込むのを許して頂くしかない」と断ってから虎君は続ける。「所で名無し君の見た夢と小説には若干の違いがあって、夢では名無し君が男と女を傍から観察して居ますが、小説では男は『自分』と云う形で出てくる。小説中の『自分』は当然ながら作者、即ち犯人であると考えられます。『自分』は女の死を看取《みと》って埋葬する。そうして墓場には百合が咲いている。勿論全体は極めて幻想的な雰囲気に覆《おお》われて居ますが、死の床にある女と百合の花は、云うならば作者の心の原風景と考えてよいのではないか。つまり作者は斯様《かよう》な場面を現実に体験した――」

「では君は犯人は死んだ女の為に復讐を企《たくら》んだと云うのかね」と伯爵が聞く。

「そう云う事です」

「成程、これは頼もしい。つまり男は女の墓前で復讐を誓ったと云う訳だ」

「ええ。ただその女が何者で、男と如何《いか》なる関係にあるのかは判然《はっき》りしないのですが」

と虎君がやや気弱に云うと、伯爵は人馬蹴《け》散《ち》らす勢いで以て断乎《だんこ》介入した。

「恋人に決っているではないか。最愛の恋人を失った男は纏綿《てんめん》たる哀惜の情と黒く燃え上る憎悪《ぞうお》の炎に灼《や》かれつつ女の墓前に額《ぬか》ずくのだ。その時、ふと傍らを見遣れば、墓標に寄り添うように一輪の可憐《かれん》な白百合の花が咲いている。夕暮れの残照の中で百合は訴えるが如く、泣くが如く、優美な茎を顫《ふる》わせ風に揺れる」

「どうして夕方だと分るのかね」と将軍が聞く。

「なに、こうした場面は大抵日暮時と相場は決っているのさ。幽霊が夜中に出るのと似たようなものだ」と伯爵は嘯《うそぶ》いて平気な顔である。将軍はさすがに毒気を抜かれたのか黙って引っ込む。伯爵が続ける。

「男の目には百合の花がまさしく恋人の化身と映ったのであろう。淋《さみ》し気に俯《うつむ》いた花弁から一筋零《こぼ》れ落ちた露が女の涙と見えた事であろう。百合の冷たい肌にそっと接吻《せっぷん》をした東洋のハムレット君は、薫り高き百合にかけて復讐を誓った。であればこそ彼は殺人現場に百合を残したのである」

伯爵と云う猫は実に便利な猫である。普通ならば気恥ずかしくて到底口にし悪《にく》い事でも、寧ろ得意顔で陳述して猶意気盛んである。伯爵ならば借金の証文だって岩塊《がんかい》をして哭《な》かしめるに足る美文となすであろう。しかし一方のホームズ君はもっと即物的な猫である。伯爵のせっかくの独逸浪漫派風の物語を顧《かえりみ》ずに虎君へ直接質問する。

「すると貴君は苦沙弥氏を始め下宿仲間の七人が共謀して女を殺したと云うのだろうか。それで犯人は意趣返しに及んだのだと」

「少なくとも犯人は主観的にはそう思ったのでしょう。この辺りは飽くまで想像の域を出ないのですが、女は多分苦沙弥氏等の下宿の近所に住んでいた女でしょう。ここでもう一つの要点である猫が問題になります。何故《なぜ》犯人は殺人に猫を使う必要があったのか。私はこう考えるのです。つまり女は猫を飼っていた。しかも猫を非常に可愛がっていた。それを近所に住む下宿生等、つまり苦沙弥氏以下の下宿仲間が捕えて喰ってしまったのではないか」

「まあ、恐ろしい」と悲鳴を挙げたのはマダムである。

「そんな野蛮が日本では未《いま》だに横行しているのかね」と伯爵も眉《まゆ》を顰《ひそめ》る。

「先日の名無し君の話でも猫を鍋《なべ》にして喰う書生が日本にはあると云う事だったと思うのですが。そうだろう」

虎君に問い詰められて吾輩は恐縮した。考えて見れば吾輩が猫を喰った訳でもないのだから恐懼《きょうく》する謂《いわれ》はないとは思ったけれど、やはり吾輩にも愛国心はある。開国にあたって諸外国と結んだ不平等条約を何とかしたいと国民一同が切望している矢先、日本が猫喰いの跋扈《ばっこ》する恐るべき野蛮国と見做されては外交上不利を招く。とは云うものの事実は事実だから嘘《うそ》を云う事も出来ない。窮地に立った吾輩が曖昧に頷《うなず》くと、

「しかし別に人間が猫を食べても驚く事はないでしょう。猫だって鼠《ねずみ》や鳥を食べるのですからね。鼠から見れば猫は恐るべき野蛮な生き物と云う事になりましょう」と虎君が隣国の誼《よしみ》で弁護を買って出てくれる。

「しかし猫が鼠を喰うのは自然の法則に適《かな》っているのだから、人間が猫を喰うのとは訳が違う」と将軍が議論を吹っ掛ける。

「自然の法則と云うのは何でしょうか。もし弱肉強食が自然の法則なら、少なくとも力に於《お》いては猫より強い人間が猫を喰うのも自然の法則の裡ではないですか」と虎君が受けて立つ。

「弱肉強食は自然の法則の或る一部分にすぎん。神の作られた自然とはもっと大いなるものだ。少なくとも神は人間に喰われる為に猫を創造した訳ではない」

「将軍の仰《おつしや》る神と云うのが私にはよく分らないのですが、しかし仮りに創造の神を認めるとして、どうして人間が猫を喰わぬと決っていると分るのです。私は以前にバイブルと云う書物を読んでみましたが、豚や烏《からす》や鱗《うろこ》の無い魚は喰ってはいかんとは律法書にありましたが、猫を喰うなとはどこにも書かれて無かったと思うのですが」

「あまりに自明な事柄は書くまでもない」

「自明な事柄とは常識の事でしょうか。だとしたら国によって常識が違う以上何が自明であるかも異なるでしょう」

「神は普遍だ」

「神は阿片《アヘン》だ、と云った者もあります」

「神は奈辺《なへん》にあり、かね」と頃合いと見たのか伯爵が両者の間へ割って入る。「まああ両君とも、東西比較文化論はまた後日に譲って矛《ほこ》を収めたまえ」

「それこそ将軍の云い草ではありませんが、このままでは夜が明けてしまう」とワトソン君も事態収拾に乗り出して来る。

そう云われては迅速なる議論の進捗《しんちょく》を再三要求してきた将軍としては黙る他ない。

「女は可愛がっていた愛猫《あいびょう》を近所の書生連に鍋にされて喰われてしまった」と卓上の虎君が本題に戻って、猫喰い問題を遥《はる》か後方に見遣って吾輩は密《ひそ》かに安堵《あんど》の息をつく。

「それが直接の原因と云う訳では無論ないでしょうが、心労と悲しみの余り女は死んでしまった。女はそもそも病を患《わずら》っていたのかもしれません。いずれにしても、猫の死が引き金となって女は病篤《あつ》くなった末に死亡した。これを知った男は遺恨を胸に秘める」

「どれも想像にすぎん。証拠をまるで欠いた話ではないか」と先刻の論争の余勢をかって将軍が憤然とした調子で云う。

「たしかに想像です」と虎君まずは一歩退いて見せる。それからやおら反撃に転じる。

「けれども、そうした出来事を想定しなければ、曾呂崎、苦沙弥の両事件を聯結《れんけつ》する事が出来ないと思うのです。ことに何故殺人方法が猫でなければならぬのか。あるいはどうして百合と小説が等しく現場に現れたのか、巧《うま》く説明出来ない。状況証拠なら他にもあります」

「何だろう」と興味深気にホームズ君が問う。

「天道公平の手紙です。死んだ曾呂崎氏の懐《ふところ》に手紙があった事は既に紹介した通りですが、私は名無し君の話にあった苦沙弥氏宛てのものと詳しく比較してみたのです。内容は似たような感じなのですが、文句にはほとんど重複は無い。只《ただ》一カ所、文面の最後だけが同じなのです」

「どんな文句だろうか」重ねてホームズ君が聞く。

「『朝鮮に人参《にんじん》多し先生何が故に服せざる』と云うのです」

「何かねそれは」と今度は伯爵が疑念を漏らす。

「要するに朝鮮人参を煎《せん》じて飲めと云っているのですね。朝鮮人参には滋養強壮をはじめ様々な効能があるのですが、一つに解毒《げどく》作用があるのは御存じでしょうか」

「成程そうか」とホームズ君が一人で合点している。

「何が成程なんだろうか。僕にはさっぱり分らない」と引き立て役の達人とも云うべきワトソン君が嬉《うれ》しそうに出てくる。

「つまり天道公平こと立町老梅は二人の友人に警告を与えたと虎君は云うのさ。毒に気をつけろとね」

「そう云う事です。立町老梅は恐らく一番最初に犠牲になった理野陶然の死に接して不審を抱き、一人で調査を為《な》して何かしら情報を掴んでいたのでしょう。そこへあの『夢一夜』の草稿が届いて復讐鬼の狙《ねら》いを薄々察した。立町老梅の発狂の一因はここにあるのかも知れません。いや、きっとそうでしょう。いずれにしても立町老梅は狂いながらも友人達に警告を発した。そう、忘れて居ましたが、曾呂崎氏宛ての書簡には次のような文句もあるのです。『猫を煮て喰うは宜《よろ》しからず。必ず胃の腑《ふ》が破れて汚血を吐瀉《としゃ》すべし——』」

暫《しばら》くは誰も何も云わない。黙って卓上の猫を眺めている。その虎君と云えばやはり考え込む様子で俯《うつむ》いている。月明かりに縞《しま》模様の毛衣《けごろも》が玲瓏《れいろう》たる輝きを帯び、白霜が降りた如くに見える。林の奥から梟《ふくろう》の鳴く声が聞こえて、四阿《あずまや》亭の猫達が申し合わせたように一斉《いっせい》に耳をぴくりと動かした。

「それで復讐鬼とは一体誰なんだね」と伯爵が聞いた。ややあって虎君が答える。

「越智東風《おちとうふう》です」

十九

一般に人は見かけによるかよらざるかは意見の分れるところである。見かけによるのであるとする一派は、観相学者、骨相学者を先頭に、人の性格と外貌には疑うべからざる函数《かんすう》関係が存在すると考えるのに対して、人は見かけによらぬものと云う諺《ことわざ》を信奉する人々は、人間の性格は容姿からは推し量られるものでは無いと主張して互いに譲らない。後者は前者を旧《ふる》い身分社会の残滓《ざんし》であると非難し、前者は後者を開化文明の一特徴である偽善的傾向の現れだと攻撃する。ここで虎君によって陰険執拗なる復讐鬼と名指しされた越智東風君を俎上《そじょう》に載せて検討を加えて見るならば、東風君などは見かけによらぬ場合の絶好例であると考えられるかも知らん。たしかにいつでも油で固めた頭髪を真《ま》ん中から綺麗《きれい》に分け、判を捺《お》した様に糊《のり》の利《き》いた紺絣《こんがすり》で現れる東風君の、いかにも真面目《じめ》でございと宣伝するが如《ごと》き風貌からは復讐の黒き情念は到底窺《うかが》えそうもない。とは云え過度の生真面目さが或る種の偏執的傾向を想像させるのもまた事実である。東風君は神経質な男である。東風君は潔癖症である。そうして一旦許されて文芸を語るとなれば、あたかも休止せる火山が突然噴火するが如く、赫《かく》と燃え盛る芸術への情熱が、飢饉《ききん》の鼠を想《おも》わせる痩身《そうしん》のどこにそれ程の力が蔵《ぞう》されていたのかと驚かされる勢いで突出する。そこに魂の歪《いびつ》な性向を疑えば疑えぬ事もない。性格の偏《かたよ》りを想定出来なくもない。数日前までは容疑者名簿に並んだ東風君の名前を見て吾輩は只々苦笑を禁じ得なんだのであるが、ここに至って笑いは消えた。つまり虎君の話を暫く聴く裡《うち》には、東風君が恐るべき復讐鬼であると云う意想外のイメジが、左程異常ではないように思えて来たのである。

虎君が東風君を犯人に指名した第一の理由は、東風君が主人の同窓生でもなく、教え子でもなく、人の紹介を得て主人の下に出入りするようになった人物だからである。東風君は吾輩が飼われて間もなくの正月に、「越智東風君を紹介致候《いたしそろ》　水島寒月」と云う名刺を携えて始めて臥龍窟《がりょうくつ》に現れた。たしかにこの点からすれば容疑者中では東風君のみが主人の以前よりの知り合いでなく、素性もどことなく判然《はっき》りしない。密かに復讐の機会を狙って主人に接近を試みたのであると虎君は解釈するので、逆に他の容疑者は以前よりの知己であったのだから、復讐鬼と同定するには難があると云う訳である。

しかし考えて見ると、主人の下宿時代と云えば十年以上も前であって、そんな昔の怨《えん》恨《こん》を今頃になって果すとは随分と悠長な話ではあるまいか。疑問を吾輩が口にすると虎君はそうした執拗さこそが復讐鬼の一大特色なのだと指摘し、ホームズ君もこれに同調した。

「凡《およ》そ偏執的な質《たち》の者が復讐を企《たくら》んだ場合くらい気の長いものを僕は知らない。不幸にも人生の全目的がその一事に捧《ささ》げられて、復讐こそが人生に成り代るのだからね」

「たしかにそうだ」と人間の性質を語るとなれば伯爵も黙っては居ない。「私の知っている或る男などは、子供の時分に父親を殺したならず者を探し廻っている裡に白頭白髯《はくとうはくぜん》の老人になってしまった。そうしていよいよ死の床に就て、神父が呼ばれて見ると、何とこの神父こそが憎むべき仇《かたき》だったのさ。互いに人生の巡り合わせに感嘆して、神父の方も既に身寄りのない爺《じい》さんだったから、是非殺して貰いたいと願ったら、男は貴公の御蔭《おかげ》で人生を充実させて貰って有り難かったと涙を浮かべて感謝したそうだ」

「実際そうなんでしょう」と虎君が訳知り顔で相づちを打って、しかし続いて同君の口から発話された内容は吾輩をして顔色《がんしょく》をなからしめた。

「そもそも名無し君が苦沙弥邸に棲《す》むようになったのも、東風の計画ではなかったかと思うのです。名無し君は生まれて間もなく、苦沙弥邸に辿《たど》り着く以前に、烟草《たばこ》の烟《けむり》を吐きかけられてから書生の手でぐるぐる回転させられ池の辺に抛《ほう》り出されて居ますね。この書生と云うのが東風だった可能性があると思うのです。つまり名無し君は最初から将来殺人の道具に使う目的で苦沙弥邸の近所に置かれたのではあるまいか」

「つまり名無し君は本人も知らぬ裡に刺客として苦沙弥氏の身辺に派遣されたと云うわ

けか。しかし、だとすればたしかに気が長いと云うか用意周到と云うか、実に恐るべき犯罪者であると云わざるを得ん」

背筋が寒いのかぶるると体を震わせた伯爵が左様に纏めるのを聴きながら、吾輩は掛け値無しの驚愕《きょうがく》に身も心も捉《とら》えられた。それはそうだろう。虎君の推測が正しければ、吾輩がつい今し方まで信じ込んで居ったのとは違って、吾輩は偶々《たまたま》臥龍窟の食客になったのではなく、復讐鬼の奸計《かんけい》の一環として主人の膝下《しっか》に送り込まれたと云う事になるのだ。そんな馬鹿な話があるだろうかと訝《いぶか》りながら、しかし遥か幼児期の記憶は朧《おぼろ》な白霧の向こうに霞《かす》んで判然としないのが悔しい。この世で見た最初の人間である書生の顔も、思い出せそうな風もあるのだが、しかしやはり雲を掴《つか》むようである。あれが越智東風君その人でなかったとはたしかに確信を以ては断じ得ない。

吾輩が斯様《かよう》な思索に沈んで居る間にも虎君は東風君を犯人に指名した第二の理由の説明に進んで居る。

「しかし何より私が越智東風を犯人だと推定する根拠は、密室を作成し得る機会の観点からなのです」

「そう、密室を解いて貰わんとね」と言葉を差し挟んだのは云うまでもなくワトソン君である。ワトソン君の要請に、任せておけとばかりに虎君は大きく頷く。

「ここで新聞にあった夫人の証言を思い出して頂きましょう」

朝になって夫の死体を発見した夫人は甘木医師を呼びに走った。間もなく駆けつけた甘木氏が苦沙弥氏の死亡を確認し、同時に周囲の状況から死因に不審を抱いていると、ちょうどその時玄関に越智東風が現れたので、警察を呼ぶべく車屋まで一緒に走って貰ったと夫人は証言している。

「東風は借りた本を返しに来たと云ったようですが、朝の七時過ぎにその程度の用事で来訪するのは少々不自然ではないでしょうか。しかも東風は大きな風呂敷《ふろしき》包みを抱えていたと夫人が云っているのが注目に値します。勿論包みは書物ではないでしょう」

「何だと云うのかね」将軍が聞く。

「猫を入れた籠《かご》です。上から風呂敷で包んで隠したのでしょう。名無し君の夢にも籠に布が掛けられる場面があったのを覚えておいででしょう」

「それで東風はどう云う密室トリックを使ったと云うのだろうか」と再びワトソン君に促されて虎君は云った。

「極めて簡単な事です。つまり東風は隠れて居ったのですよ。深夜に苦沙弥氏を殺害してから朝まで家の中に隠れ潜んでいた。名無し君から家の間取りを取材したところによれば、玄関の直《す》ぐ右手が勝手で、湯殿と女中部屋に続いているらしい。女中は留守ですし、押入れもあるから隠れる場所には事欠かない。そうして朝になって甘木医師が来る。当然玄関からです。甘木氏が来た後は玄関に施錠がなされるはずはありませんから、頃合いを見計らって玄関に立って、何喰わぬ顔でごめん下さいとでも云って案内を請《こ》えば、誰もまさか家の中に居た人間だとは思わないでしょう」

「じゃあ君は東風が一晩中家の中に潜んでいたと云うのかね」と呆《あき》れた様に伯爵が問う。

「そうです」

「しかし何故そんな真似《まね》をする必要があるのかね。殺してすぐに逃げればよさそうなものじゃあないか」と伯爵が重ねて問う。

「犯人の動機を思い出して下さい。復讐を果すには只殺せばいいと云うものじゃあない」と虎君はまるで自分が当の復讐者であるかのような口振りである。「まず考えられるのは、夫人に夫殺しの嫌疑が掛けられるよう犯人が企んだ可能性です。犯人の憎しみが目標の係累《けいるい》にまで及んで害を及ぼさんとするのは復讐の妄念《もうねん》に捉えられた犯罪者にはしばしば見受けられる傾向です。また苦沙弥氏の殺害が謎《なぞ》的性格を帯びた事件として世間に喧伝《けんでん》される事は、次に狙う犠牲者に恐怖を与える心理的効果が期待出来る。密室なる奇怪な仕方で苦沙弥氏が殺されたとなれば、殺人者の神秘性は否応《いやおう》無く高まって、狙われた者らは復讐者の黒い影に怯《おび》えざるを得ない。そうです。犠牲者の恐怖こそが復讐者の最も好む御馳走《ちそう》なのです。復讐者は恐怖と云う甘い蜜《みつ》を啜《すす》るのです」と珍しく虎君は文学的修辞を駆使して話を纏《まと》める。

「たしかに復讐と云う動機に基づく犯罪が或る種の芸術性を志向する事は散見せられる現象ではある」と文学とは無縁のホームズ君も言葉を添える。

「密室については一応筋は通っていると思えるが、しかし貴君の推論には肝心な点が抜け落ちているようだ」と云ったのは犯罪分類学の泰斗《たいと》ワトソン君である。「例の物盗《ものと》りの犯行に書斎が偽装されていた点だ。被害者の懐《ふところ》から財布が抜かれ、書棚が荒らされ手匣《てばこ》が紛失していた点がまだ説明されていない」

「そうだった。それを説明して貰わねばならん」と伯爵も云う。

「今説明しようと思っていたところです。しかしまずは順を追って全体を整理整頓《せいとん》した方が便利でしょう」と宣《のたま》って、虎君は今一度最初から事件当夜の模様を再現して見せた。

午後七時に東風が苦沙弥邸を訪れる。来訪の表向きの目的は以前より依頼されて居った金を苦沙弥氏に貸し与える事である。苦沙弥氏はさっそく借りた金を持たせて下女を遣いに出す。所で東風は土産と称して百合を持参した。云うまでも無く百合は復讐の印である。苦沙弥氏は季節外れの珍しい花を手ずから活《い》けるべく台所へ花瓶を取りに行く。偶然苦沙弥氏は猫の遭難を知って水甕《みずがめ》から救い出す。東風は猫を貰い受けたいと申し出て、ぐったりと昏睡《こんすい》している猫を懐に入れて席を辞す。そうして秘密の隠れ家で猫を凶器に変える細工を施す。即ち爪《つめ》に毒を塗り、籠に入れて狗《いぬ》をけしかける。そうして深夜に再び苦沙弥邸の書斎の硝子《ガラス》戸を叩《たた》く。

「この辺りは既に説明しましたから急ぎましょう。問題は七時の訪問の際に、東風は更に二つの事をしたのです」と云って虎君は説明を続ける。

第一は小説を持参した事である。無論小説とは例の『夢一夜』である。

「東風は文芸家ですから、ひとつ御批評願いますとでも云えば、苦沙弥氏は別段の不審を抱かずに草稿を受け取ったでしょう」

するとワトソン君が急に疑問を挟んだ。

「貴君の先の話では、小説は一種の殺人予告だと云う事だったと思うのだが、しかしあの曖昧朦朧《あいまいもうろう》とした文章を読んで果して殺人予告と受け取られるものだろうか」

「必ずしも予告と分らなくてもいいのです。寧《むし》ろ余りあからさまに予告したのでは警戒されて巧《うま》くない。犯人にとっては復讐の舞台装置があくまで重要なのですよ。百合のある部屋で犠牲者が迫りつつある死を刻々と待ちながら小説を読む。死んだ女の呪《のろ》いが込められた物語をそれと知らずに読む。百合の花に見詰められながらです。そこが犯罪者の主観にとっては大事なので、心を融《とか》すが如き復讐の悦楽が満足を得るのです」

親戚《しんせき》に似たような者でもあるのか、復讐者の心理には随分と詳しい虎君にそう説明されれば、烟草の焦跡《こげあと》汚い座蒲団《ざぶとん》に独り寒そうに正坐《せいざ》して、つくねんと東風君持参の草稿に目を通す主人の姿が瞼《まぶた》に浮かんでくる。細君の談話にも何だか六つかしそうな顔で机に向っていたとあったが、薄暗がりの主人はひどく淋《さび》しそうで影が薄い印象だ。無論吾輩が頭の中で空想しているのであるから、影が薄いのは当たり前と云えば当たり前であるが、逆に空想中の人物ならどうにでも思い描けそうだと思うのに、いかに工夫して見ても暗鬱《あんうつ》な気分から脱けさせる事が出来ないのが残念だ。やはり冷酷残忍なる復讐鬼の魔手が間もなく伸びて、主人があえなく凶行に殪《たお》れると思う所為《せい》か、場面は飽くまで幽《くら》くかつ緊迫している。全体にどうも主人らしくない。日頃西洋の哲人諸賢の著作を一纏めに枕《まくら》に重ねて黒甜郷裡《こくてんきょうり》に遊ぶ苦沙弥先生らしくない。試しに主人に鼻毛を二三本抜かせて東風君苦心になる草稿の上に植えさせてみたけれど、それでも一向に華やぐ気配が無い。

「東風が七時になした二番目の事は苦沙弥氏の財布を失敬する事です」と続けて虎君が話すと、それまで黙っていたホームズ君が素早く介入して来る。

「何だって。どうしてそんな事をするのかね。それも復讐の一つだと云うのだろうか」

「計画の一部をなすものです」と虎君が答えると今度は伯爵が眉《まゆ》を顰《ひそ》める。

「それはいただけん。財布を盗めば相手に損害を与えられはするだろうが、少々みみっちいのではあるまいか。苟《いやしく》も復讐鬼と云うからにはもうちっと見栄《みえ》を張って貰《もら》いたい。些《さ》細《さい》な金を盗むなどは下らん盗人《ぬすつと》と同じではないか。わざわざ百合を準備し小説を書いてまでした復讐の美学を汚すものだ」と伯爵は殺人だろうと何であろうと芸術の完成度にはうるさい。

「そうではないのです」と虎君が慌《あわ》てて伯爵を遮《さえぎ》る。「別に金銭が目的で東風は財布を盗《と》った訳ではないのです」

「当然だろう。だって君の話では東風は苦沙弥氏に金を貸しているのだからね。借り手を殺してしまえば借金が戻って来ない可能性は高い。今更僅《わず》かな金額を取り戻しても仕方がない」とホームズ君も云う。

「その通りです。つまり東風は結果として財布を盗んだが、別に財布でなくてもよかったのです」

「ほう、実に興味深い。是非説明してくれたまえ」とホームズ君に促されて虎君がまた云う。

「東風が欲しかったのは財布の中味ではない。財布自体、もっと端的に云えば匂《にお》いなのです」

「匂い？」

「そうです。苦沙弥氏の匂いです。苦沙弥氏はいつも紙入を懐に入れていた。であれば紙入には所有者の体臭がたっぷり染《し》み付いていた事でしょう」

どうして匂いが必要なのだと云う当然発せられた疑問に応《こた》えて虎君は逆に質問する。

「皆さんはパブロフ博士の狗《いぬ》を使った実験を御存知でしょうか」

「無論知っている」とまっ先に手を挙げたのは最新科学の趨勢《すうせい》に通じたワトソン君である。「狗に餌《えさ》を与える度にベルを鳴らすと、やがては餌が無くてもベルを聞いただけで狗は涎《よだれ》を流すようになると云う実験だろう」

「そうです。所謂《いわゆる》条件反射の証明実験です。奸知に長《た》けた東風は動物のこの性質を殺人に利用しようとしたのです」

東風の狙いは爪に毒を塗った猫に苦沙弥氏を襲わせる事にある。狗をけしかけ猫を脅《おび》えさせて、籠の蓋《ふた》を開けた途端に猫に爪を立てさせようと云う訳であるが、計画の確実性を高めるにパブロフ博士発見になる条件反射が利用出来る。つまり狗が吠《ほ》える度に猫に苦沙弥氏の匂いのする紙入を嗅《か》がせるのである。するとどうなるであろうか。今度は狗が吠えなくとも匂いがしただけで恐怖が甦《よみがえ》るのではあるまいか。籠へ苦沙弥氏が手を伸ばす。苦沙弥氏の匂いが猫の敏感な嗅覚《きゅうかく》へ刺激を与える。すると条件反射の法則からして、猫は激甚《げきじん》なる恐怖に捉えられた挙句、伸ばされた手に思わず爪を立てるであろう。「猫はそう単純な動物ではない。狗とは元々文化程度が違う」と大いに息巻いてパブロフ博士に対し疑義を突き付けたのは将軍である。「条件反射だか何だか知らんが、パブロフとか云う学者は、狗についてで妥当すればそれでいいと云うのかね。狗のような下等な動物でのみ実験して事足れりと云うのでは科学者として甚《はなは》だ定見を欠くと見做《みな》さざるを得ん」

「同感です」と虎君も頷《うなず》く。「猫はそう易々《やすやす》と人間の思惑通りに動くものではない。実際名無し君は頑として御主人に害を為《な》す事を拒んだのですからね」

褒められて又吾輩は少々反り身になる。虎君が続ける。

「しかし犯人はそうは考えなかった。計画をたしかなものにするには何か匂いの付いた品物が必要だと考えた。別に紙入でなくてもよかった訳ですが、恐らく苦沙弥氏は東風から借りた金を下女に持たせる際に、自分の紙入から札を出すか何かしたのでしょう。苦沙弥氏が茶の間に居る夫人に用事を言いつけている間、紙入は書斎の机に置かれたままになったに違いない。紙入ならば苦沙弥氏の懐でずっと温められていたのですから匂いは申し分ない。好都合とばかりに東風は素知らぬ顔で掠《かす》め取って間もなく席を辞した」

「財布が失われていた理由はいいとして、部屋が荒らされていたのはどう説明するのだろうか」とワトソン君が追及する。

「手匣《てばこ》の事もある」と伯爵も言葉を添える。

「私の見るところ書棚を散らかしたのは苦沙弥氏本人だと思われます」と自信たっぷりに虎君が答える。「東風が去って間もなく、苦沙弥氏は紙入の無い事に気がついた。財布が無くては明日から困りますからね。だから手匣を探したのでしょう。貴重品がありそうな場所と云えば手匣くらいでしょうから。だが見付からなかった。苦沙弥氏は元来片付けの良い方ではないと夫人も語っていますし、癇癪《かんしゃく》持ちだそうだから、苛々《いらいら》した挙句に書棚から乱暴に本を引き出したのでしょう」

「手匣も東風が持ち去ったのだろうか」とワトソン君が聞く。

「なに、盗まれたとは限りません。夫人も手匣がこの日に盗まれたかどうか分らないと云っていますが、子供が悪戯《いたずら》して持ち出したのかも知れないし、苦沙弥氏自身が学校にでも持って行って忘れてしまったのかも知れない。勿論東風が盗んだと考えてもいいでしょう。この場合の目的は判然《はっき》りしませんが、苦沙弥氏殺害で復讐は終りではありませんから、次の企画に何か役に立つかもしれないくらいに考えたのかも知れません。いずれにしても、こうして書斎へはあたかも盗人が侵入したかの形跡が図らずも出来上っていた。そこへ深夜再び東風が現れます」

硝子戸を叩いて書斎へ上り込んだ東風は猫を入れた籠を示して、どうしても猫から里心が抜けないので返しに来たと云って、苦沙弥氏が籠の蓋を開けるよう仕向ける。苦沙弥氏が籠に手を伸ばす。恐怖に神経を昂《たかぶ》らせていた猫は、条件反射によって、苦沙弥氏の匂いを鼻にした途端恐慌《きょうこう》に襲われ、毒液滴《したた》る爪をその手に立てるはずであった。

「しかし名無し君は生理の欲求する所によく耐えて、主殺しの具となる不名誉を身に帯びずに済んだ訳です」

　東風は猫が苦沙弥氏を襲わぬものかと暫《しばら》くは様子を見ていただろう。一方の苦沙弥氏と云えば、机に東風の小説の草稿を広げて講評をしたと考えられる。

「苦沙弥氏がどのような感想を漏らしたのかは分りませんが、名無し君が小説を読んだのはこの時でしょう。名無し君は感想を云う御主人の傍らから草稿を覗《のぞ》いた。だからこそ無意識の記憶に小説の内容が刻印されていた訳です」

　何時まで待っても猫は苦沙弥氏を襲わない。計画の頓挫《とんざ》を悟った東風は当初の方針を思い切って変更して、百合を活けた花瓶を眺めるふりでもして手に取り、机の原稿に目を落としている苦沙弥氏の頭へ打ちつける。犠牲者の死亡を確認した東風は小説の草稿を懐に入れ、猫を捕まえて麻酔薬を染み込ませた手《て》拭《ぬぐ》いで以て眠らせると籠へ戻す。

「小説は現場に残してもよかったのでしょうが、やはり少々危険だと考えたのでしょう。曾呂崎氏の事件の時とは違って東風の筆跡は苦沙弥氏の友人達に知られていますからね。疑われる可能性が高い。猫は絶対に捕まえる必要があります。そのままでは危なくて仕方がない。爪の毒を拭《ぬぐ》わないと翌日になって無関係な人間が死ぬ事になってしまうかも知れませんからね」

「しかし危なくないかね」と将軍が東風君の為に実際的な心配をする。「猫を捕まえると云ったって迂闊《うかつ》に引っ掻《か》かれでもしたら大変だ」

「いっその事引っ掻いてやればよかったのよ」とマダムは吾輩が唯々諾々《いいだくだく》として犯人に従ったのが情けないとでも云うように発言する。

「東風の準備におさおさ怠りはなかったでしょう。ゴムの手袋でも嵌《は》めれば危険は避けられます」と虎君は簡便に説明する。「そうして東風は玄関右手の勝手から女中部屋あるいは湯殿辺りに潜んで朝を待つ。朝になって甘木氏が呼ばれ、玄関戸が開いたのを見計らって、玄関に立って案内を請う。この辺りも既に話しました。返しに来た書籍と称する風呂敷包みは云うまでもなく眠った名無し君を入れた籠と云う訳です」

斯《か》くして波瀾《はらん》万丈の内容を含んで聞き手をして夢幻の境地に彷徨《さまよ》わせた虎君の話もそろそろ幕が下りると見えて、虎君は暫く質問を待つ構えで黙っている。月は大分西に傾いた。けれども黎明《れいめい》の気配は未だ無い。闇は飽くまで濃く、外灘《バンド》のビルディングが暗く寝《ね》静まって繁華街の喧騒《けんそう》もさすがに已《や》んだ。黄浦江の黒い鏡面で灯が音も無く明滅している。瓦斯《ガス》灯に照らされたガーデンのみずきの花がますます白くなった。

「一つだけ確認したいんだが」と沈黙を破ったのはホームズ君である。

「何でしょうか」

「君は東風が名無し君を籠に入れたまま上海へ運ぼうとしたと考えるのだろうか」

「左様《さよう》です。犯行の翌日か翌々日かは分りませんが、東風は名無し君を連れて上海へ向う船に乗ったのでしょう」

「しかし何でわざわざ上海へ来たのかね。まさか名無し君の苦労を労《ねぎら》って旅行をさせてやろうと云う訳じゃあるまい」と今度は将軍が聞く。

「次の殺人に使う為です」と虎君が又簡潔に答える。「東風の復讐《ふくしゅう》は苦沙弥氏で終った訳ではありませんから」

「東風が猫を使う殺人に執着しているのは貴君の話から分るが、一度は失敗した名無し君を使う理由はなさそうに思うんだが」

ワトソン君の問いに虎君が答える。

「失敗したからこそ今度は成功させたいと考えたのでしょう。東風の如《ごと》き偏執的傾向のある者には特有の発想法です。なにしろ名無し君は東風が子猫の時から刺客として準備した猫なのですからね。恐らく名無し君は死んだ恋人が飼っていた猫によく似ているのでしょう。しかも名無し君は苦沙弥氏の友人等に知られている。苦沙弥氏の怪死と同時に猫が消えた事は話題になって居《お》って当然です。とすれば次に犠牲者に選ばれた人物の前に忽然《こつぜん》と名無し君が現れるとすればどうでしょうか。必ず彼は不審を抱くに違いない。不吉を感じ不安に陥《おとしい》れられるに違いない。さっきも云いましたが、そうした神秘めかした舞台の設定と被害者の恐怖こそが復讐鬼の一番望む物なのです」

「しかしどうして上海なのかね」と再度将軍が質問する。

「理由は単純です。次の目標が上海に来るからです」

「次の目標とは誰だね」

「鈴木氏です」と虎君は事も無気《なげ》に可哀相《かわいそう》な犠牲者を指名する。「先刻のホームズさんの報告にも年末から正月にかけて鈴木氏が上海に出張したとありましたね。実は私も鈴木氏の勤める六つ井物産の上海支店へ行って調べてみたのです。するとたしかに鈴木藤十郎氏は年末年始に一週間程上海に滞在している。東風はこれを知って居ったのでしょう」

「所が名無し君は東風の油断を見すまして首尾よく逃げ出した」と伯爵が云う。

「船から飛び下りた名無し君の行動は実に正しい決断だったと申せましょう。もしあのまま船倉に留まっていたなら、もっと恐ろしい拷問《ごうもん》に掛けられた末に、神経をずたずたに壊されて、犯人の操るがままに人を殺す殺人猫に変えられていたかもしれません」

まったく以《もっ》て恐ろしい話である。その時不意に吾輩は船から飛び下りる一瞬耳にした狗の唸《うな》り声を思い出し、どう云う訳だかその狗があの凶暴な侍狗君の像に重なって、頭の天辺《てっぺん》から尻尾《しっぽ》の先まで電気が走ったかの如くにぴりりと震えた。仮にあんな狗を目と鼻の先でけしかけられたら神経が壊れるくらいでは済むまい。

「でもよかったわ。御陰で鈴木さんと云う方も助かったのだし」とマダムが同情を示してくれたので、震えるのを止めた吾輩は急に嬉《うれ》しくなる。何が嬉しいと云って異性の励《はげま》し程嬉しいものはこの世に無い。続いて将軍が吾輩の勇気ある決断を改めて褒め、伯爵も吾輩の無事を尻尾を盛大に振って祝福してくれる。望外の笑顔に囲まれて吾輩はますます幸福になる。所が肝心の虎君だけが浮かぬ顔である。

「何か気掛りな事があるんだろうか」と吾輩が問うと虎君は云う。

「東風が捕まった訳じゃあないのだからね。恐るべき遺恨の炎に燃える犯罪者はまだ巷《ちまた》を跳梁《ちょうりょう》している。或《あるい》は東風は現在上海に隠れ潜んでいるのかも知れない」

「何か証拠でもあるのだろうか」

「直接の証拠は無いが、六つ井物産で調べた所では、鈴木氏は毎月一度の割りで上海へ来る予定になっているらしい。それを狙って東風が待ち構えていないと云う保証はない。更に例の事もある」と一度切った虎君は猶《なお》一層眉を曇らせている。

「例の事とは何だろう」と吾輩は聞いて見る。

「租界の猫が行方不明になっている事件の事さ。ひょっとすると後ろで東風が糸を引いているのではないかと思うのだ。逃げた猫を取り戻す為に人を使って猫を無差別に拐《さら》わせているのかも知れない」と云った虎君は吾輩を正面から見詰めて忠告した。「だから君は身辺には十分気を付けた方がいい」

　こいつは剣呑《けんのん》な事になった。うかうか散歩に出て塵芥箱《ごみばこ》を漁《あさ》っても居られないと吾輩が気を引き締めていると、磊落《らいらく》に笑う将軍の声が横から聞こえた。

「なに大丈夫だ。大いに安心して上海の自由な生活を愉《たの》しみたまえ。大体東風が上海に来ているなどと云う事はないのだからな」

「どうして断言できます」と虎君が喰って掛ったのは当然だ。将軍は余裕綽々《しゃくしゃく》の態度で虎君へ向き直る。

「君の推理は面白く聞かせて貰った。連続殺人から名無し君の夢の分析を経て復讐の物語を構想した辺りは出色の出来であったと評価できる。殊《こと》に工部局や六つ井物産に単身忍び込んで実地の調査を果した勇気と実行力は大したものだ。儂《わし》は謹んで敬意を表する。自宅の本棚を攀《よ》じったくらいで弱音を吐くどこぞの猫とは大違いである」とまずは高い評点を与えておいてから将軍はおもむろに批判にかかる。

「だが、肝心な部分で伯爵の推理と同様想像の域を出ていないのが悔まれる。特に犯人を東風と同定した部分で大幅に想像が紛れ込んで居る。死んだ女と云う復讐の原因について も空想の域を出ん」

「それは認めますが、しかしそう考えなければ色々な点で辻褄《つじつま》が合わないのではないでしょうか」

「そんな事はない。事実儂は正解を知っているのだからな。云っておくが儂のは推理ではない。事実である。想像など一片たりとも混じり込まぬ厳然たる事実なのだ」

自信たっぷりに云う将軍に対して虎君が猶も何か反論しようとした時、伯爵が間に割って入った。

「私としても寒月が事件直後からどうして行方知れずとなっているのか、説明されて居らんのが少々不満ではあるが、しかし今議論しては切りが無いと思われる。まずは将軍とホームズ君の推理を聞いてから後で一遍に討議したらどうだろうか。見れば月も大分傾いている。これ以上会議が延びたのでは気短な老猫《ろうびょう》の苛々が昂《こう》じた挙句、脳卒中でも起されては困りますからな」と伯爵は将軍への皮肉を忘れずに挟み込んでから一同の顔を順番に見廻す。吾輩には素《もと》より異存はない。聴衆にも敢《あ》えて反対の声を挙げる者は無いようである。

「では、よろしいですな」と聞かれた将軍はふんと鼻を鳴らし、虎君も結構ですと答える。後はホームズ君だけだと思っていると、ついさっきまであったはずの灰色の毛衣《けごろも》が見えない。

「ホームズはどこに行ったんだね」と将軍が同君の再三の身勝手に怒気を発して声を荒《あら》らげる。すると途端にずっと高い所から声が聞こえた。

「ここに居《い》ります」

見れば何時《いつ》の間にかホームズ君は柳の枝に登っている。何の酔狂か知らんが月明かりに毛衣を銀色に輝かせたホームズ先生、一人月下の眺望を我がものとして悦に入っている。

「そんな所で何をしているのかね」と伯爵が声をかける。「君が木登りが得意なのは分ったから早く下りてきたまえ」

云われてホームズ君は身を翻《ひるがえ》してするすると幹を伝って下りてくる。猫の爪は内側に曲っている為に、木に登る時には具合がよいが、下りるには甚だ不向きに出来ている。

ホームズ君も殆《ほとん》ど飛び下りるように地面に降り立った様子を見ると、英吉利《イギリス》生まれでも爪だけは日本の猫と変らんらしい。

「君は猿の親戚《しんせき》かね」と将軍が相変らず不機嫌に云う。

「失礼しました。合図を待っていたものですから。実は昼の裡《うち》に港にたむろする猫に頼んで置いたのです。向こうに背の高い銀杏《いちょう》がありますでしょう。枝の先を揺らしてくれるように云ってあったのです」

「何の合図かね」と伯爵が問う。

「船です。船が着いたら合図を寄越すよう頼んであったのです。そこで皆さんに提案なのですが、これからその船まで調査に赴いてはどうでしょうか」

「君は儂の推理を聞かんつもりか」と将軍が事と次第によっては許さんと云った勢いでホームズ君に嚙《か》みつく。

「無論そうではありません。しかし今港に着いた船を調べる事は将軍にとっても無駄ではありますまい」

「船と云うが、一体どういう船なんだい」とワトソン君が聞く。ホームズ君はちょっと得意そうに髯《ひげ》を震わせると、聞く者の耳を摑《つか》んで離さぬ滑らかな美声で云う。

「虞美人丸《ぐびじんまる》さ。覚えているだろう。名無し君を日本から上海まで乗せてきた蒸気船だ。実は今日の夜に上海へ着くとの情報を僕は摑んでいたんだが、漸《ようや》く来たようだ。今から行けば巧く忍び込んで夜が明ける前に戻って来られるだろう。どうだろう、ワトソン君、一仕事済ませてから港近くの鮟鱇亭《あんこうてい》の塵芥箱を漁るのも悪くないと思うのだが」

「いいね。あそこの鰯《いわし》の油漬けは僕も好物だよ」

この辺りのやり取りは旧《ふる》い附き合いだけあってホームズ君、ワトソン君の呼吸は打てば響く具合で聞いて居て気持ちが良い。

「いかがです。虞美人丸と聞いては安閑として芝生に寐そべっている場合ではないと思うのですが」

ホームズ君が一同の者に向って再び云った時、夜空に大きく弧を描いて星の破片《かけ》が一つ飛んだ。

第六章　怪しい船中にての吾輩《わがはい》の冒険

二十

以前吾輩は上海《シャンハイ》は河川港だと説明した。つまり船舶は海から黄浦江《こうほこう》へと遡《さかのぼ》って始めて港へ着く。この河川港と云うのは実に厄介千万な代物《しろもの》であって、一般に河と云うものはその流体力学的性質上、水や魚ばかりでなく砂や泥を岸から少しずつ削って運んで来るのであるからして、河口付近は放置すれば段々埋って浅くなる傾向がある。浅くなるばかりか堆《つも》った土砂がやがては水面から顔を覗《のぞ》かせ砂洲《さす》が造成されてしまう。これに種が落ちて松でも生えれば白砂青松《はくしゃせいしょう》、白鷗遊飛《はくおうゆうひ》、格好の画題となって風流を愛好する上海人士の眼福に益するだろうなどと呑気《のんき》は云っていられない。港の真ん中に砂洲が鎮座ましましたのでは港の用をなさない。なにしろ揚子江《ようすこう》と云えば黄河と並んで斉州《せいしゅう》が世界に誇る大水路である。暫《しばら》く土を運ぶのを控えてくれぬかと申し入れた所で到底耳を貸すもんじゃあない。さすがは万里に及ぶ大河だけあって到《いた》って傲慢《ごうまん》なものだ。悠々と地を剔《えぐ》って猶《なお》泰然矍鑠《かくしやく》たるものがある。無論埋ってしまっては大いに困窮するから上海の人間はせっせと浚渫《しゆんせつ》する。すると次の土が流れて来るのでまた浚《さら》う。とまた土が来る。また退ける。それを繰り返して漸《よう》く港の体裁を保っているのだから御苦労な事だが、運ばれる土の量に比して人力には僅々《きんきん》たるものがあるから、上海港はどうしても全体に浅い。従って極く小さな船以外は桟橋に接岸出来ない。どれも沖合いに投錨《とうびよう》して貨物乗客の積み卸しには艀《はしけ》を使う。

木造の老朽蒸気船とは云え虞美人丸《ぐびじんまる》も到底桟橋に横付け出来る大きさでは無い。パブリック、ガーデンから三十分程、諸猫《しよびよう》仲良く尻尾《しつぽ》を並べ、淮山《わいざん》と呼ばれる埠頭《ふとう》の外れの桟橋に立って眺めれば、問題の船は一町程の沖に黒い影を長々と横たえている。と云ってもこう暗くては高く突き出た烟突《えんとつ》が闇《やみ》の奥に辛うじて透かし見えるだけで、この船こそが吾輩をして生国から遥《はる》か東洋の都邑《とゆう》へと運搬せし虞美人丸であると、吾輩自身が拡縮自在の双眸《そうぼう》を以《もつ》てしかと確認出来た訳では無い。如何《いか》なる根拠があるのかは知らんが、只《ただ》ホームズ君が間違いないと強硬に断じるからそうと思う以外に手掛りが無い。この辺りは停泊する船舶が疎《まばら》な所為《せい》か、静まりかえった河上に灯のない船は沈として動かぬ。何時《いつ》まで経《た》っても虞美人丸と分る証拠が出てこない。動物園の獣もそうだが動かぬものを見て居ても詰らん。

河面《かわも》から桟橋方向へ眼を転ずれば、今しも四五人の苦力《クーリー》が横付けになった即席の筏《いかだ》見た様な粗末な艀へ荷を積んで、こちらは幾分かは賑《にぎ》やかである。傍《かたわ》らにはいずれ運ばれるを待つ同様の木箱が山積みになって、監督らしい男が一人洋燈《ランプ》を手に作業を見張っている。月明りはあるものの、深夜に煤《すす》けた洋燈が一つばかりでは甚《はなは》だ不便なのではと心配されるが、人々は声を出す事はおろか息を吐くのさえ惜しんで闇中《あんちゅう》に黙々と手足を動かしている。間もなく艀は荷で一杯になった。積まれた箱が塔をなしていまにも艀は転覆しそうだ。これ以上は無理だろうと観察していると、更に三つ四つ積んでから漸く縄で一纏《まと》めに括《くく》って、一人が恐ろしく長い竿《さお》を使って艀を沖へ押し出したかと思うや、別の一人が櫓《ろ》を巧みに操って、艀は幽《かすか》な水音を残して闇の帳《とばり》へ消える。見れば沖で昏《くら》い灯が揺れている。何かに似ていると思ったら苦沙弥《くしゃみ》先生宅にあった仏壇の灯明によく似ている。主人の家の仏壇は年代物は年代物らしいが、神田の道具屋で扱いに困ったものを只で貰《もら》って来たと云う代物だけあって、隙間《すきま》風《かぜ》が入り込むのか蠟燭《ろうそく》を立てると炎がゆらゆら揺れて、その様子が今目にする灯にそっくりである。どうやら艀が迷わぬよう洋燈を振って合図を送るものらしい。と擦れ違いにもう一艘《そう》の艀が闇をついて現れ、熊手《くまで》の親玉の様な器具で以て桟橋へ引き寄せられる。先刻の艀に較《くら》べて今度のは随分と荷が寂しい。白木の箱が三つ中央に安置されたばかりである。苦力が三人、大事そうに箱を一つずつ抱え上げると、どこぞへ運んで行く。それから又桟橋に残った荷物を艀に積む作業が再開される。

「何を積んで居るのでしょうか」と吾輩は傍らのホームズ君に声を潜めて聞いて見る。

「それをこれから調べようと云うのさ」と答えたホームズ君は傍らの板切れで呑気に爪《つめ》

を研いで居る。がりがりと鳴る音が驚く程大きく闇に響いて、作業中の人間に気付かれるのではと吾輩は気が気ではない。それにしても灯の僅少《きんしょう》といい、人夫らの無口といい、全体にどうも怪しい。そもそもこんな深夜に作業をする事自体が尋常でない。不審である。いずれ人目を忍ぶ後ろ暗い所があるに違いない。

「君の策戦を聞かせて貰《つ》おう」と敵地の情勢を窺《うかが》った後で云ったのは黒猫将軍である。ちなみにホームズ君に随いて桟橋まで出向いて来たのは、吾輩の他にワトソン君、虎君、伯爵《はくしゃく》、将軍の諸猫である。ホームズ君の提案があってから、伯爵は迅速に明夜の再開を約して猫会議の散会を宣した。聴衆の中には不満を漏らす者がないではなく、何しろ猫は生まれながら好奇心が頗《すこぶ》る強い動物だから、是非自分も見物したいと申し出る者もあったけれど、物見遊山《ものみゆさん》に行くのではないのだから賑やかならよいと云うものではない。隠密行動に具合のよい数はどうしても限られる。仕方なく伯爵が強権を発動し、一喝を以て不平分子を押さえ込んだ。そうなれば猫は性質があっさりしているから、それぞれの塒《ねぐら》に帰ったものと見えて、星が三つ瞬《また》く間には大勢あった猫の姿は綺麗《きれい》に消えて居《お》った。

「なに策戦と云う程じゃありません」と将軍にホームズ君が答える。「いま荷物が積まれている艀があります ね。あれに乗って行こうと云う訳です」

「艀から船にはどうやって渡るつもりかね」

「分りません。まあ行けば何とかなるでしょう」とホームズ君、心細い事を云う。

「呆《あき》れた男だ。そんな杜撰《ずさん》な策戦で巧《うま》く往《い》くとでも思っているのかね。軍事学の大家クラウセビッツも云うように、戦地調査は軍事策戦の要諦《ようてい》である。我が旧主人であるモルトケが百戦不殆《ふたい》の戦果を勝ち得たのは戦地調査を決しておろそかにしなかったからだ。地形や気候は無論の事、戦場と予想される地域の一木一草に至るまで悉《ことごと》く頭に入れて居ったからこそ大局に於《お》いて誤らなかったのだ」

「ナポレオンは子供と相撲を取る時でも相手の弱点を事前に調べたと云いますからな」と伯爵も将軍の意見に言葉を添える。

「更に云えば、仮に首尾よく船に忍び込む事に成功したとして、どうやって戻って来るつもりかね。うかうかして居れば船は出航してしまうだろう」と重ねて将軍が策戦の不備を論《あげつら》う。

「その点は心配ありません。船は燃料と水を補給するまでは出帆したくたって出来ない。石炭の積み込みは明日でしょうから、少なくとも今夜中は投錨を続けるはずです」とホームズ君は自信あり気に云うが、帰りの手段に言及が無いのが少々心許《こころもと》ない。将軍も同じ気持ちと見えて即座に宣言する。

「もういい。儂《わし》が指揮を執るから素人《しろうと》の君は黙っていたまえ」

「所が残念な事に将軍に采配《さいはい》を揮《ふる》って頂く訳には参らないのです」ホームズ君が気の毒そうに云う。

「何故《なぜ》かね」と気色《けしき》ばむ将軍をホームズ君はやんわりたしなめる。

「御覧のように艀には荷が満載されて居ります。あれではどう無理をしてもこっそり乗れる猫は二匹まででしょう」

たしかにホームズ君が云う通りで、荷物を積んだ艀には場所が無い。実際猫二匹でも無理なくらいだ。しかも桟橋に置かれた木箱は殆《ほとん》ど片付いて、本日の運搬作業はしまいらしい。苦力《クーリー》の一人は辺りに散った縄を纏めて早くも帰り支度と見える。後便で追いかける訳には行きそうにもない。

「二匹となれば誰が偵察に向うかは自《おの》ずと決ってしまう。当然私は行きます。何しろ虞美人丸の情報を得てきた手柄はこのホームズに帰するのですから。権利を主張してもあながち我《わが》ままとは申せないでしょう」

ここまで聞いた吾輩は急に尻《しり》の辺りがむずむずして来た。別に長年の馴染《なじ》みである催《さい》痒《よう》性の小動物君の仕業ではない。実は吾輩は悪い予感がすると決って尻が痒《かゆ》くなると云う、余り大声では云えぬ奇癖の持ち主である。わざわざ自慢する事ではないので以前は黙って居ったが、昔餅《もち》を喰って踊りを踊った際にも、椀《わん》の底にこびり付いた餅の残骸《ざんがい》をあぐりとやる直前にはやはり尻が痒くて仕方がなかった。

「もう一匹は名無し君に行って貰う他にないでしょう。船の中に誰が居るかは分りませんが、関係者の顔を知っているのは名無し君だけなのですからね」とホームズ君が続いて云って吾輩の悪い予感は此度《こんど》も見事的中した。

ここで正直に告白するが、吾輩は根っからの臆病者《おくびょうもの》である。正真正銘掛け値なしの懦《だ》猫《びょう》である。なに、今更威儀を正して申告するまでもあるまい。吾輩が大胆不敵からは程遠い文弱の猫である事は読者の既によく知る所であろう。臥龍窟《がりょうくつ》に白波一族の末裔《まつえい》が訪問せられた折りにも、吾輩は只蒟蒻《こんにゃく》見た様に物陰で震えているばかりであったし、鼠《ねずみ》を捕えんと単身出撃した際にも却《かえ》って獰猛狡猾《どうもうこうかつ》なる鼠に喰いつかれて我を失った経験がある。しかしながら吾輩は我が臆病をいささかも恥じる者ではない。臆病と云うと聞こえは悪いが、これは別様に考えれば思慮分別に優れているとも云える。用心がいいとも見做《みな》し得る。石橋を叩《たた》いて渡る者は嗤《わら》われるかも知らんが、叩かずに渡って河に落ちれば笑い事では済まん。つまり臆病とは慎重の別名であって、逆に勇気は軽率の同義語ともなる。俗に勇者は闘わず、大勇は怯《きょう》なるが如《ごと》しとも云う。実に吾輩に云わせるなら臆病に徹する事こそが真の勇気である。臆病を持するに耐えずして短兵急接なる行動に出る者に到底勇者の資格は無い。この観点からするなら、二〇三高地を奪うに、血で血を洗い肉に肉を重ねるを承知で白兵突撃を命じるに終始した乃木《のぎ》将軍は必ずしも勇者とは呼べんのかも知らん。軍国の神と崇《あが》められる将軍をして一介の猫児にすぎぬ吾輩が批評《ばせい》の具に供するとは、身の程知らずも大概にしろと罵声が飛んで来そうだが、吾輩が将軍の策戦に疑問なしとはせぬのは事実だ。聞けば露西亜《ロシア》の兵隊は丘の陣地にコンクリの砲塁を築いて待ち構えていたと云う。それを下から攻めるとなれば機関砲の瀑布《ばくふ》を浴びるは必定である。何しろ弾丸に当たれば痛いばかりか忽《たちま》ち死ぬのであるから誰だって怖い。弾丸が雨霰《あめあられ》と降り来る場所に出て往くのは乃木将軍だって怖かろう。とすれば指揮官たる者、己の感受せる怯懦を真っ向鼻面に睨《にら》み据え、臆病を腹中の重しと据えた上で、策戦を立案すべきではなかったか。仮に恐怖から眼を逸《そ》らす目的で猪突《ちょとつ》猛進を命令敢行したとすれば、いささか勇を欠いたと謗《そし》られても仕方がない。これでは金州城外斜陽に立った所へ、一将功なりて万骨枯るとはこの事《こと》だと、横から皮肉を云われても馬上で返答に窮するだろう。そこへ往くと吾輩などはあるいは勇者中の勇者であるかも知らん。何しろ吾輩は絶えず臆病に大徹し無謀を極力避ける勇気ある猫である。いかなる危地にあっても決して身裏《みうち》から臆病を手放さぬ豪胆を備えた者である。従って泥棒陰士の跳梁《ちょうりょう》を敢《あ》えて坐視《ざし》し、鼠の縦《ほしいまま》の振る舞いを進んで許したのも、悉く吾輩の勇気の所産と見なければならん。

こうした訳で吾輩は我が勇の大なるを諸猫の前に誇示する為にも、ホームズ君の提案は是非とも遠慮申し上げたかった。元来猫は水が嫌いな動物である。それをわざわざ筏《いかだ》に乗って河を渡り、何が待ち受けているか分らぬ船に乗り移るなどは凡《およ》そ勇気ある猫のする事では無い。吾輩は断然固辞しようと心に決めた。所が一方ではそうも行かぬ事情がある。と云うのも吾輩は勇気と同時に謙譲の美徳を備えた君子的猫である。従ってわざと勇気を誇示して世間にひけらかすなどは遠慮が勝って出来にくい面がある。ロシュフコーとか云う仏蘭西《フランス》の著述家も、真の勇気は目撃者のいない場合に示されると云っている。とすれば諸猫が吾輩の行動を見守る現今の状況は吾輩が勇気を発揮すべき所ではない。勇気を発揮したいのは山々なれど、見え透いた真似《まね》をするのは吾輩の自恃《じじ》が許さぬ。考えれば君子とは不自由なものだ。吾輩は行くと返事をした。

ホームズ君に続いて桟橋の端を伝って艀に忍び寄る。艀は荷物が満載で今は苦力《クーリー》が縄で木箱を括る作業の最中だ。幸い月が雲に隠れて行動には好都合である。その時桟橋の反対側でニャーニャーと鬨《とき》の声が挙がった。これは虎君、伯爵、将軍、ワトソン君が声を揃《そろ》えて喚《わめ》いたもので、つまりは将軍発案になる陽動策戦である。途端に苦力の叱《しか》る罵声がして忽然《こつぜん》出現した猫部隊を追い散らす。混乱に乗じて二つの疾《はや》い影と変じた吾輩とホームズ君は桟橋から艀へ飛び移り、一連の動作の裡《うち》に木箱と木箱の狭い隙間を見付けて滑り込む。暗がりに蹲《うずくま》って耳を澄ませば首尾良く策戦は成功した模様で、今は虎君たちの声も消えて艀の後ろで蠢《うごめ》く人の気配だけがある。やがて艀は黒い水に滑り出し、後は櫓《ろ》が軋《きし》む鈍い音響と重苦しい水音だけが耳に届く。どうやら気付かれずに済んだらしいと、吾輩は漸く緊張を解き、所が途端に鼻先に人の脚がぬっと現れ心臓が豆粒程にも縮み上った。肝戦心驚《かんせんしんきょう》の思いに吾輩が震えていると耳元でホームズ君の囁《ささや》く声がする。

「大丈夫だ。安心したまえ。あの人間は木箱に腰掛けているだけだ」

云われて見れば、眼前の脚は二本並んで地面に植ったかの如くに動かない。焦《こ》げ臭い匂《にお》いがした所から察するに、男はのんびり烟草《たばこ》をふかしているらしい。ここに到って吾輩は本格的に安堵《あんど》の溜息《ためいき》をついたが、しかし本当の危険はこれからだと思えば悪寒《おかん》は去らない。不安を鎮《しず》めようと荷の隙間から外を覗けば、雲を透かして差し込む月明が幾筋もの細帯となって暗色の水に吸い込まれている。かと思えば俄《にわか》に雲が霽《は》れて、河一面が茫《ぼう》と輝き、水光天に接する趣《おもむき》となる。陸へ眼を向けると、桟橋の端に伯爵以下四匹の猫が仲良く並んで、心配そうにこちらを眺めている。その時ばかりは勇気が腹中に漲《みなぎ》るを覚えたけれど、沖へ眼を戻せば忽ち不安の針に責めつけられる。このまま二度と陸地を拝めぬのではと思えば、眼前に展開せられた幽遠にして明媚《めいび》なる風光も不吉の徴《しるし》となって眸底《ぼうてい》に降り落ちるのは仕方がない。とにかく見渡す限りの水また水である。無辺の混《こん》沌《とん》である。暗い所為で水天の別が消え、世界全部が水に呑《の》まれたかの如くに感じられるのが厭《いや》だ。溺《おぼ》れる前からもう水の底に閉じ込められたかに感じられる。遠景から転じて至近の水を眺めれば飽くまで幽《くら》い。何が怖いと云って底が見えぬのが一番怖い。上海は河川港だから浅いなどと云う知識はこの際まるで役に立たない。油を浮かした如くに灯が揺曳《ようえい》する黒い河面を眺めれば、まず底がある様には見えない。しかも底無しの水には巨龍《きょりゅう》が潜み、艀ごと呑込まんと虎視《こし》眈々《たんたん》狙《ねら》っていると思えてくる。今にも角のある大頭が水を割ってぬっと出て、牙《きば》が二列に生えた紅い口が吾輩に迫る様な心地がする。河だからまだ好《い》いがこれが海だったら助からない。海には人喰い鮫《ざめ》も居れば生き血を好む海蛇も棲《す》むと云う。伸ばせば百畳敷きの広さになる烏賊《いか》が泳げば小山に伍《ご》す大蛸《おおだこ》も顔を見せると聞く。何しろあれだけ広くて深いのだから、人類の未《いま》だ想到せざる怪物がどこぞに隠れ潜んで居ないとは限らん。ワトソン君から聞いた話では、何でも先年英国のリデンブロックとか云う博士が地下世界を探検したそうだが、地中には湖があって太古の怪獣が群れていたそうな。その怪獣がどれも大廈《たいか》高楼《こうろう》を超える大きさだと云うのだから凄《すさ》まじい。リ博士発見になる地下世界がどれくらいの広さがあるかは知らんが、到底海を凌《しの》ぐとは思えん。と云うことは海にだって左様《さよう》な怪獣共が棲んでおかしく無い理屈だ。

「着くにはまだ間があるようだから暫《しばら》く話でもしようじゃないか」吾輩の胸の裡を知ってか知らずか傍らのホームズ君がのんびりした調子で話かけて来る。

「少し君に聞きたい事もあるのだ」

「何でしょうか」と吾輩は平気を装って返答をしたものの、無断乗船を気取《けど》られるのではと思えば気が気ではない。

「君は森鷗外《おうがい》と云う人を知っているだろうか」

鷗外とははじめて聞く名だ。吾輩がそう答えるとホームズ君が続ける。

「何でも医師で作家だそうだ」

「鷗外がどうかしたのですか」吾輩は鷗外君には別段の関心は無いが会話の都合上聞いて見る。

「さっきも云った『中央公論』に出ていたんだが、鷗外と云う男は以前苦沙弥氏の家に住んだ事があるらしい。そんな縁で雑誌に稿を寄せていたのだ」

「何時頃《いつ》の話でしょうか」

「一八九〇年頃らしい」

「随分昔ですね」

「そう。家が建って間もなく借りて住んだそうだ。そもそも君は苦沙弥氏が住む以前に、どう云う人があの家に住んだかを知っているかね」

苦沙弥一家が緩々として日常を送った本郷区千駄木《せんだぎ》の家は、主人が勿論《もちろん》資金を出して燕雀《えんじやく》相賀《あいが》したものではない。借家に決っている。けれども吾輩は将来不動産経営に手を出すつもりがなかったから、特に貸し借りの契約に関して調べた覚えはなく、大家《おおや》がどこの誰なのかさえ知らない。そう吾輩が答えると、

「家は随分と目まぐるしく借家人が変っているのだ」とホームズ君は云って次の如くに説明した。

家を建てたのは中島利吉と云う実業家である。予定では中島氏の子息が同所で医院を開くはずであったが、結局子息が医師にならなかったので貸しに出し、まず住んだのがいま云った森鷗外氏である。それから間もなく中島氏は家を斎藤と云う人に売却し、倅《せがれ》の歴史学者である斎藤阿具が住んだが、彼が仙台の学校に赴任した為に今度は菅原通敬と云う大蔵次官が借り、さらに日本銀行理事の片山某、帝大教授の矢作《やはぎ》某と変って、矢作氏が洋行して空き家になった所へ苦沙弥先生一家が入居した。

「以上は名前が分っている限りを挙げただけで、他にもまだ住んだ者はある。曾呂崎氏も一時は住んだらしい」

「曾呂崎氏が」

「そう。三月《みつき》程だった様だが、その後は暫く空き家になって、裏の二《に》絃琴《げんきん》の師匠が管理を任されていた所へ、君の主人が入居したと云う事だ」

「それは知りませんでした」

「そこで質問なのだが君には何か心当たりがないだろうか」

「と云いますと」

「異常だとは思わないかね。短い期間にこれだけ入居者が変ると云うのは」

たしかに吾輩も妙だとは感じたものの、理由と云われても俄《にわか》には思い当たらない。主人の陋屋《ろうおく》は別段快適とも思われないが、日当たりも交通の便も悪くなく、値段相応には家の用をなしていたと思われる。敢えてあらを探すならば裏手に落雲館中学の運動場があって騒々しく、時折ベース、ボールの球が飛び込んで来るのが難と云えば難であるが、癇癪《かんしやく》持ちの主人であればこそ再三学校へ怒鳴り込みもしたのであって、健康な神経の持ち主ならさして気にはならぬだろう。考えが纏《まと》まらぬままに吾輩は逆に質問をして見る。

「事件に何か関係があるのでしょうか」

「あるいはね。しかし僕にも未だ判然《はつき》りしない点が幾つかあるのだ。『中央公論』の記事に拠《よ》れば、あの家には幽霊が出るそうだ」

「幽霊ですか」

「そうだ。それでどうやら借家人は気味が悪くなってしまうらしい」

「しかし僕は幽霊は見ませんでしたが」

「そう。そこが興味深い点だ。君の話には幽霊云々《うんぬん》は一回もなかった。つまり苦沙弥氏が越してから幽霊は出なくなったと云う事になる。これが何を意味するかが問題だ」

そう云われても何が問題なのか吾輩には皆目分らない。仕方がないので吾輩は別の事を聞いて見る。

「幽霊とは、どんな幽霊なのでしょう」

「何でも、盲目の子供を背負《しょ》った親子の幽霊だそうだ。子供が父親へ向って殺したの殺さないのと云うらしい」

そう聞いた途端に吾輩は何とも奇妙な気分に襲われた。夜の森を子供を背負った父親が彷徨《さまよ》うイメジが俄に頭へ浮かんで来る。吾輩の怪訝《けげん》な顔色を察してホームズ君が頷《うなず》く。

「そうだ。君の夢だ。虎君が紹介した君の夢に似た様なのがあった。この符合は奇妙と云えば奇妙だが、恐らく君も何処《どこ》かで幽霊話を耳にした事があって、忘れてしまっていたのだろう。そう考えれば納得がいく」とホームズ君は合理的に解釈して見せたが、夢を見た本人の吾輩としては何だか釈然としない。黙っていると猶更《なおさら》居心地が悪い様で、不得要領な気分のままに吾輩は更に質問を試《こころみ》る。

「どうしてそんな幽霊が出るのでしょう」

「やはり記事によれば、苦沙弥氏の家のある辺りに、昔、盲目の子供と父親が流れて住み着いた事があったと云う事だ。所がある夜、隕石《いんせき》が落ちて、二人とも焼け死んでしまった。それ以来あの近所では子供を背負った男の幽霊が出る様になったらしい。勿論根も葉もない噂《うわさ》に決っているがね」といやに強くホームズ君は断言する。吾輩もまだ幽霊は見た事がないが、話には時折耳にする所からして、そう一概に流言と断じてよいものかと考えていると、吾輩の顔色を又も察したホームズ君が言葉を足す。

「幽霊なんてものが実際にあるはずがない。但《ただ》し人間が何かを幽霊と見做《みな》す事はある。この点が肝心なのだ。極く平凡な器物、例えば箒《ほうき》でも影法師でも、巧《うま》く人間心理を衝《つ》くなら恐怖を与える事は出来る。つまり幽霊が事件に絡《から》む場合には、伝説や噂を利用して亡霊出没の幻影を作り出す智慧者《ちえしゃ》が背後には必ずあるのだ。これは探偵的事件の第一条に記すべき鉄則と云うべきだろう。一見非合理と見える現象の底にある合理を析出《せきしゅつ》して見せるのが探偵の役割だからね。今回の事件でも、親子の幽霊の噂を利用して、借家人を追い払った人物が居た事は間違いない。だから問題はその狙いが何かを探る事なのだよ。とにかく何か思い出したら是非知らせてくれたまえ。それよりどうやら着いたようだ」

ホームズ君の言葉に前方を見やれば、何時の間にか船影が目前に迫っている。遠目よりもずっと大きい。ここまで近付けば甲板で洋燈《ランプ》を振る人の姿も判然《はっき》り見える。ホームズ君が肩を突いて注意を促すので、舷側《げんそく》に眼を遣《や》れば、たしかに「虞美人丸《ぐびじんまる》」の文字が月明りにくっきり浮かんで居る。心配ばかりが先に立つ所為《せい》か、船は森厳壁塁《しんげんへきるい》とでも云うべき防禦《ぼうぎょ》を誇って、猫どころか蟻《あり》一匹の侵入さえ許さぬ如くに観ぜられる。

間もなく艀《はしけ》が船腹に横付けになって、その頃には船はいよいよ迫って、舷側は頭上を覆《おお》う絶壁と変じ、甲板は遥《はる》か高い所にある。幾ら猫でも垂直の壁は登れない。まさかこれを攀《よ》じれと云うのではあるまいなと、吾輩が怯《おび》えつつホームズ君と船とを半分ずつ窺《うかが》っていると、甲板から縄梯子《なわばしご》がするすると降りて来る。と梯子を伝って人影が一つ二つと続いて、どうやら艀の作業を応援する者らしい。上からは別に鉤《かぎ》の付いた縄が三本垂らされて、鉤に木箱を一つ一つ掛けて引っ張り上げる算段と見える。

「あの縄梯子を使う他なさそうだ」とホームズ君が云う。成程あれなら爪掛りがいいから何とかなりそうだ。蟬《せみ》捕りや運動を主たる目的に庭の松や桐《きり》に登る事を好んだ吾輩は元来木登りは得意である。けれども現在の吾輩からするなら日本にあった頃の木登りなどは殆ど児戯《じぎ》に類すると云わざるを得ない。つまり上海に来てからこちら、狗《いぬ》の襲撃に遇《あ》って頻繁《ひんぱん》に屋根や樹《き》への避難を余儀なくされた結果、登攀《とうはん》に必要不可欠な筋肉を吾輩は一段と発育させた。同じ木に登ると云っても、遊びでするのと命懸けでするのとでは技術の上達に雲泥《うんでい》の差がある。いまや吾輩は登攀術の達人と称してもあながち的外れとは申されない技倆《ぎりょう》の持ち主である。聞く所では人間の登山家と云う種族は世界中の大山高峰を目指して悪戦苦闘を重ねているそうだが、仮に登山家諸氏の技能いまだしとすれば、遊び半分だから駄目なのである。試しに登山家の尻《しり》を虎か獅子《しし》にでも追わせてみたまえ。あっと云う間にエベレストの頂上まで駆け上る事請《う》け合いである。

そう云う次第で登る事は難無く出来そうだが、問題は人に気付かれずに済むかどうかである。只吾輩等にとって幸いなのは、甲板と艀に洋燈《ランプ》が一個ずつしかない点だ。作業の者共は飽くまで隠密裡《おんみつり》に事を運ぶつもりと見える。つまりは人間の方が夜陰に乗ぜんと目論んで居る所へ、更に猫が乗じようと云う訳で、乗ずる事の二乗であるからしていずれにしても好都合である。

「次に月が雲に隠れたら思い切って登る事にしよう」とホームズ君が囁く。ここまで来たら吾輩も覚悟が決って只頷く。やがて待つ程もなく、世界を平等満遍に照らして居った月が陰って、水へ墨を溶かし込んだ様に闇《やみ》が濃くなった。それっ、とばかりに走った吾輩はホームズ君に続いて縄梯子に取りつき、猿《ましら》の如くに一呼吸で駆け上って、甲板の固い床の感触を趾裏《あし》に得て安堵の息をつく間もなく、作業中の人間に見咎《みとが》められるのを避けて前方の穴に飛び込めば、木の階段が続いてとんとんと降りた所は廊下である。板壁に洋燈が侘《わび》しく懸《かか》った薄暗い通路に人影は見えない。船内の気配を窺えば特に騒動が持ち上った様子も無い。侵入は成功したらしい。

斯《か》くして虞美人丸の腹中深く潜入した吾輩の冒険は始まったのである。

二十一

暫くはぐるぐると歩き廻る。この船に乗るのは二度目だが、前回はなにしろ暗い船倉に閉じ込められて居っただけだから勝手が分らない。こうなるとホームズ君が頼りだが、ホームズ君も別段目当てがあって歩いているのではない様で、それが証拠にあちこち散々巡った挙句《あげく》に同じ洋燈のある廊下に幾度も出て、その度に先生、妙だなと云う思い入れでしきりに小首を傾《かし》げている。四度目に洋燈の下に辿《たど》り着いた時、背後にみしみしと床を踏む足音が響くので、とぐろを巻いた太縄の陰に潜んで窺えば、角を曲って人が出てくる。最初は一塊《いっかい》の黒い影にすぎなかったものが、洋燈の光を斜めに浴びて海月《くらげ》見た様な生白い貌《かお》が薄闇に浮かび上った刹那《せつな》、吾輩は危うく声をたてそうになった。寒月君である。いや違う。髭《ひげ》が無い。寒月に似た泥棒君だ。太平の空気を虚《うつ》ろに開いた口から吐呑《とどん》しつつ、夫婦仲良く惰眠を貪《むさぼ》る苦沙弥夫妻の枕頭《ちんとう》から、かつて山の芋一箱を掠《かす》め取った泥棒陰士に相違無い。泥棒君は警視庁刑事吉田虎蔵君の手で捕縛されたはずであるが、目出度く刑期を終えられ晴れて自由の身になったものと見受けられる。それにしても泥棒君、以前同様苦味走った好男子である。変装の必要からか苦力《クーリー》と同じ筒袖様《つつそでよう》の襤褸《ぼろ》を纏《まと》っては居ても、男振りにはいささかの影もない。しかしどうしてこんな所に出没せられたのか。勿論泥棒をする為だ。泥棒が泥棒であるのは泥棒をするからである。この論理にいささかの誤解も入り込む余地は無い。無論人間は緑林の一党に生まれつく訳ではなく、一度盗賊であった者が一生盗賊であり続けなければならんと云う法はない。大逆非道の悪人が仏の慈悲に触れて改心する例は古今に枚挙の暇《いとま》がない。けれども我が馴染《なじ》みの泥棒君に反省の色がまるで見えぬのはどうした訳か。鷹《たか》に似て鋭く油断無い目配りといい、猫も驚く闊達《かったつ》自在な足捌《さば》きといい、さながら円熟枯淡の舞踏家の所作の如く、芸術的天稟《てんびん》を備えたとまで褒めて宜《よろ》しい立派な泥棒振りである。聞くに刑務所と云う所は犯罪人を処罰する為の場所ではなく、過《あやま》ちから曲った方向へ進んでしまった犯罪人を教育を以《もっ》て善導する施設だと云うのが近頃の法曹界《ほうそう》の見解だそうである。しかしこの泥棒君に限っては教育の効果は虚《むな》しかったようだ。曲った部分を却《かえ》って膠《にかわ》で固める結果に終わったらしい。これでは吉田虎蔵君の努力も甲斐《かい》がない。

泥棒君は吾輩らの横を通過すると、廊下の端で立ち止り、壁に身を寄せ肩越しに左の通路を窺っている。するとあたかも竿先《さおさき》の蜻蛉《とんぼ》が秋風に身を翻《ひるがえ》す如く、軽妙な一動作を以て通路を折れて消える。吾輩とホームズ君は迅速に追う。先刻泥棒君が立った位置まで来て同じく左を覗《のぞ》けば、やはり洋燈《ランプ》が一つ懸った薄暗い廊下の一番奥に梯子が下がって、いましも二人一組になった苦力《クーリー》が木箱を重そうに抱えて降りて来る。二人は廊下をこちらに向って歩き、間もなく通路に面して板戸が開いた室《へや》に入って行く。暫くして手ぶらで出てきた苦力達は元来た梯子を登って、と今度は擦れ違いに別の二人組が来て荷物を室にしまう。それから順次同じ行事が繰り返されて、艀で運んだ荷を収納する作業だとは無論吾輩にも分る。

所で泥棒君はどうしたのか。気遣う義理はないが気になるのだから仕方がない。通路には姿が見えぬが、生身の人間である限りはどこかに物理的空間を占拠せぬ訳にはいかぬ。と眼を凝らせばあんな所に居る。あんな所とは荷の運び込まれる倉庫の反対側に据えられた棚である。いつの間に這《は》い上ったものか、七厘《しちりん》の親玉見た様な物体やら地獄の鬼が使うばかりの火《ひ》搔《か》き棒やら、得体の知れぬ器械が収められた棚の天板に、泥棒君、収まり返って長々と寝《ね》そべっている。成程あそこなら洋燈《ランプ》の灯は届かぬから隠れ潜むには好便と考えたのだろうが、どうして猫の眼は誤魔化せるもんじゃない。暫く観察しても泥棒君は死人に変じた如くに動かない。それはそうだろう。下手に動けば気付かれる。気付かれたら只では済まない。猫ならまだ云い訳も利《き》くだろうが、かの日本駄右衛門《にっぽんだえもん》の生まれ変りと号してあながち事実無根とは申されぬ面魂《つらだましい》の同君の事であるから、ちょいと散歩の途中で立ち寄りましたでは通るまい。

二人一組の苦力は延々と続く。変化の無いものはどうしても見て居て退屈である。ホームズ君も同様と見えて先刻からしきりに前趾を揃《そろ》えて伸びを繰り返している。吾輩も真似《まね》をして欠伸《あくび》をする。欠伸をすると自分が眠いように思えてくる。眠いと思った時には決って眠いのである。凡《およ》そ有機生命を有する存在にとって睡眠程に強力な欲は無いのであるからして、逆らっても仕方がない。吾輩はしばし転寝《うたたね》をする事に決める。

虎君の言に拠れば夢は眠る時の心理に甚大《じんだい》な影響を被《こうむ》ると云う事であったが、やはり怪しい船に忍び入った目下の状況が心身に緊張を生んだ所為《せい》だろうか、顔の見えぬ書生の掌《てのひら》に載せられ烟草《たばこ》を吹きかけられた後、いきなり煮え滾《たぎ》る大鍋《おおなべ》へ抛《ほう》り込まれる夢を見ている途中で吾輩は眼を覚ました。気が付けば横から名無し君、名無し君と呼ぶホームズ君の声がしている。

「大丈夫かい。大分うなされていたようだが」

「ええ、悪い夢を見たものですから」

「君も結構豪胆な所がある。こんなところで大鼾《おおいびき》とはね」とホームズ君は称賛と揶揄《やゆ》が入り交じった調子で云う。吾輩は少々ばつが悪い。

「それより見たまえ。運搬作業は終わったようだ」

ホームズ君に促され廊下へ視線を走らせれば、成程苦力の往来は已《や》んで、今は男が一人で室の戸の閂《かんぬき》に南京錠を掛けている。何とも形容し難い黒い道服めいた着物を着た辮《べん》髪《ぱつ》の男——と思えば見覚えのある人物だ。見せ物小屋で驚異的な技芸を披露せられて、吾輩が超人の尊称を奉《たてまつ》った金魚呑みの先生ではないか。何で先生こんな所にと思う暇もなく、施錠《せじょう》を確かめた超人は廊下を大股《おおまた》に歩いて梯子穴へ消えて行く。掌中《しょうちゅう》で鳴る鍵束《かぎたば》の音を最後に物音は悉《ことごと》く消え果て、森《しん》と静まり返った昏《くら》い廊下に響くものと云えば洋燈の穂《ほ》芯《しん》が焦げる微《かす》かな囁《ささや》きだけになった。油が残り少ないのか灯が明滅して、その度に床に落ちた笠《かさ》の影が濃くまた薄くなる。床も天井も壁ものっぺりと色彩を失い、戸板の南京錠だけが寒い鼠色を放って鈍く光っている。

人影が途絶えたとなればいよいよ泥棒君の出番である。棚の上に寐そべったまま頭のみ起して、暫くは様子を窺う態勢と見えたが、さすがに泥棒君、決断したとなれば行動は獲物を狙う狐《きつね》より疾い。身を起したなと思った時にはもう足は棚の中段へ掛って、瞬《また》く間に双脚を以て床に立つと南京錠の穴へ金棒を挿《さ》し込む。実に手慣れたものである。吾輩が一連の技能を拝見して最も感銘を受けたのは、廊下に降りて一度左右を窺ったきり二度見る事が無かった点である。目下の泥棒君の心配は廊下の左右から人が来る事であろう。とすれば忙《せわ》しく警戒の視線を配りそうなものだが、脇目《わきめ》も振らずに南京錠に取り組んで居る。たしかに冷静に考量を加えて見るならば、今人が来ればどの道助からないのであるから、一刻も早く錠を解いて戸の内側に滑り込むのが上策である。つまり左右への目配りはこの際《さい》無用である。却って手元がおろそかになって拙《まず》い。であればこそ泥棒君は手先に神経を集注している訳だが、理屈で分っても実際にはなかなか出来る事ではないと思われる。余程肝が太くなければこうはいかんだろう。

やがて白皙《はくせき》の面に物凄《ものすご》い笑いを浮かべた泥棒君、閂から錠を外して戸を二寸ばかり開くと、烏賊《いか》の如くに身をくねらせするり隙間《すきま》から中へ滑り込む。廊下には暫く何事も起らない。船中の者共は盗賊が跳梁《ちょうりょう》しているとも知らずに枕《まくら》を高くしていると見える。

「あの男はかなり熟練の犯罪者と見受けられる」とホームズ君が評論する。

「そうでしょうか」と吾輩は泥棒君の褒められたのが我が事のように嬉《うれ》しい。

「あれだけ短い時間に針金一本で錠を解いた手際《てぎわ》は並じゃあない。仏蘭西《フランス》にはアルセーヌ、ルパンと云う泥棒の天才があるが、あるいは伍《ご》すかも知らん。東洋にあんな者が埋もれて居ったとは驚きだ」

「あの泥棒は日本人なのですよ」と吾輩はますます得意になって云う。「以前主人の家に入ったので知っているのです」

「何だって」とホームズ君は血相を変える。

吾輩が事情を手短に説明すると、「何でそれを早く云わないんだ」と噛《か》みつかんばかりの勢いである。詰《なじ》られた吾輩は恐縮したが、ホームズ君は一転吾輩が眼前にあるのを忘れ果てたかの如く、独り考えに沈んでしまう。灰色の眸に霞がかかって猫背が一層丸い。恐らく脳中は景気時の工場見た様に活潑《かっぱつ》に動いているのだろう。

泥棒君が出て来た。何を盗んだものか背中に風呂《ふろ》敷《しき》包みを背負っている。泥棒もいいが盗品を運ぶ姿が少々不格好なのが難だ。泥棒君は唐草《からくさ》の風呂敷を以前から愛用と拝見するが、せめて次からはもう少し洒落《しゃれ》たのに変えて欲しい。美学的見地から是非吾輩はそう助言申し上げる。廊下に立った泥棒君は躊躇《ためら》わずこちらへ進んで来る。吾輩等は後ろに走って、再びとぐろを巻いた縄の陰に隠れる。泥棒君が横を通って、廊下の端を右へ折れて消える。

見送った途端にホームズ君は「じゃあ行こう」と云うが早いかもう駆け出している。慌《あわ》てて追いながら「どこへ行くんでしょうか」と吾輩は聞く。「あの倉庫に決っているじゃないか。人目を忍んで夜中に運ばれた荷物の中身に君は興味がないのかい」とホームズ君は答え、「成程」と吾輩が答えた時には二匹倶《とも》板戸の前に立っている。見れば閂がずらされ、金具の外れた南京錠が無様にぶら下がって、板戸は三寸程開いたなりに止っている。無論猫が身を滑らすには十分過ぎる幅である。ホームズ君に続いて吾輩は室の中に趾《あし》を踏み入れる。

真っ暗かと思えばそうでもない。天井辺りに隙間が幾つかあって、表の月明りが幅広の帯を空に張ったかの如くに差し込んで居る。手前には廊下の洋燈が漏れ込んで淡く広がる光もある。入ったはいいがどうしてよいか分らず戸惑っている吾輩を尻目に、いち早く探索を開始したホームズ君は山積みになった木箱へ駆け登って云う。

「ここは君が日本から連れてこられた時に閉じ込められていた部屋だろう」

「そうでしょうか」と吾輩は自信なく下から返事をする。

「間違いない。来てみたまえ」と云うので、荷物の山へ這い上ると、ホームズ君が壁の一劃《いっかく》を顎《あご》で示す。そこには五寸四方くらいの杉板が釘《くぎ》で打ち付けてある。

「これが君が逃げ出した鼠の齧《かじ》った穴だろう。君に逃げられたのに懲《こ》りて蓋《ふた》をしたのだね。木がまだ新しいだろう」

成程云われて見ればその様《よう》だ。吾輩が洋上に不安の数日を過した倉庫らしく思われる。吾輩がそう感想を述べるとホームズ君は満足気に頷く。

「荷を調べてみようじゃないか」と次にホームズ君は云ったが、木箱はどれもしっかり釘で蓋を打ってあるから、釘抜きを使えぬ猫の身では六つかしいのであるまいかと、吾輩が懸念《けねん》している裡《うち》にもホームズ君は何か見付けたらしい。

「来てみたまえ」と今度は下から声がするので、吾輩が降りて行くと、木箱が幾つか蓋を開いて、見苦しく折れ曲った釘が辺りに散らばっている。泥棒君の仕業らしい。さすが人間だけあって文明の利器の恩恵を被った泥棒君、安々《やすやす》と蓋をこじ開け中身を持ち去ったものと見える。箱は二つがすっかり空になって三つ目は半ばまでが減っている。一体何があるのだろうかと、好奇心に胸をときめかせ、箱の縁に両趾を掛けて覗き込めば、あるある、髯《ひげ》の生えた先生の勢揃いである。山の芋だ。底に敷かれた新聞紙の上に髯の長いのが窮屈そうに収まっている。

「山の芋を運ぶようですね」と吾輩が見たままを淡泊に報告すると、背後のホームズ君は黙っている。随分と緊張の様子だ。山の芋くらいで何をそんなに度を失う事があるのだろうかと吾輩が訝《いぶか》しく思っていると、一段の緊迫感を加味した声が聞こえた。

「いや、これは山の芋じゃない」

「じゃあ一体何なんです」と聞き返しながら、先生とうとう頭へ来たかと、吾輩はホームズ君の身を案じた。ホームズ君が探偵的発想に於《おい》て天才であるのは吾輩がとうに認める所である。だが天才と何とかは紙一重と云う。諸事につけ犯罪事件に結び付けて考えずにはおかぬ同君の性癖が、どう見ても只の山の芋に他ならぬ物体をして、怪奇なる幻想に彩《いろど》られた謎《なぞ》的の妄想物《もうそうぶつ》となってその眼底に映じたのではないかと吾輩は疑ったのである。

吾輩の心配を余所《よそ》にホームズ君は辺りの床を忙《せわ》しく嗅《か》ぎ廻っている。

「これを見てみたまえ」と云うホームズ君の前には山の芋が一本転がって、無残にも半ばで折れている。ひょっとするとホームズ君、目の前の物が黄金の延べ板だとでも云い出すのではと不安に思いながら、「山の芋ですね」と又吾輩が見たままを云うと、ホームズ君は首を盛大に横へ振る。やっぱりどうも危ないようだ。

「そうじゃない。割れた真ん中の所を見たまえ。只の山の芋に見えるかい」

再三云われて見ればたしかに妙だ。半分に割れた所が中空になっている。どうやら芋の胴体を刳《く》り貫いて何かを隠してあるらしい。

「何でしょうか」吾輩の質問には答えずホームズ君が爪を使って中身を引きずり出して見せる。小振りの胡瓜《きゆうり》くらいな大きさの筒になった油紙である。ホームズ君が爪で紙を破ると中から白い粉が出て来る。

「何でしょうか」と吾輩は又聞き、質問に芸がないのを反省して、「砂糖でしょうか」と思い付きを口にする。ホームズ君は真剣な面持ちで床に零《こぼ》れた粉に鼻面《はなづら》を寄せて匂いを嗅ぎ、更に紅い舌を出して嘗《な》めて見ている。ホームズ君が平気で嘗めたから毒ではなさそうだ。安心した吾輩も御相伴に与《あず》かる。とこれは到底砂糖では無い。甘くも無ければ辛くも無い。まるで味がしない。舌が馬鹿になったのかと思い更に試しているとホームズ君が慌てて制止する。

「あんまり嘗めない方がいい。毒だからね」

毒と聞いて慌てて舌を引いた吾輩が、「何でしょうか」と三度目に繰り返してやっとホームズ君は答えを明かす。

「阿片《アヘン》だ。それも只《ただ》の阿片じゃない。阿片を精錬して結晶にしたものだ。普通の阿片の成分が何十倍にも濃縮されている」

「僕は随分嘗めてしまったのですが、大丈夫でしょうか」阿片の何十倍と云われてさすがに不安になった吾輩が御伺いをたてると、

「多分ね。まあ死ぬ事はないだろう。体質にもよるがね」と心細い返事である。

「とにかく判然《はっき》りしたのは『虞美人丸』が阿片の密輸船だと云う事だ。恐らく精錬工場が上海にあって、日本へ持ち込むつもりだろう」

そう云うホームズ君の言葉を聞き終わらぬ裡に吾輩は妙な気分になって来た。薄暗いはずの室がやけに明るくなったと感じられて、やがて光が虹《にじ》の色に輝き出す。足を幾ら踏んでも床に着かぬようで、しかし全体に好い心持ちだ。自分が突然大きくなって虎《とら》にでも成長したようである。気宇俄《にわか》に壮大となって、廓然無聖《かくねんむしょう》の境裡《きょうり》に独り晴天を闊歩《かっぽ》する心地がする。

「密輸団の首謀者の一人はさっき鍵を掛けに来た辮髪の男だろう。苦力《クーリー》達は知らずに雇われただけに違いない。全体あの男は何者だろう」と猶《なお》ホームズ君は一人で呟《つぶや》いているが、吾輩はもう全然聞いていていない。陰気な顔で小六ずかしい理屈を捏《こね》るホームズ君が随分小物と思えて来る。何しろいまや吾輩は虎であるから、一介の猫に過ぎん同君が小さいのは当たり前だ。斯《か》くなる上は一つ吾輩が乗り出して、密輸団を纏めて頭から喰ってやろうと云う気になる。矢でも鉄砲でも二十八サンチ砲でも、もう何でも来いと云う心境である。吾輩は悪党一味を討伐すべく室から廊下へ躍り出る。と、すっかり小物になりきったホームズ君が慌てて追いかけて来る。

「おい、おい、何処《どこ》へ行くんだ」

「なに、連中の顔でも見てやろうと云うのですよ」

「無謀な事はよしたまえ。向こうは何人居るかも分らんのだからね。物騒なものだって持っているだろう」

「大丈夫ですからホームズさんは陰からでも見物して居て下さい。僕が片付けますから」と吾輩はホームズ君の弱気を内心で大いに侮蔑《ぶべつ》しながら足を早める。

「いいから待ちたまえ」と云ったたって全然聞くもんじゃない。吾輩はどんどん進む。ホームズ君は三太夫よろしく心配顔で付いて来る。吾輩は大いに愉快である。人気《ひとけ》のありそうな方へ方へと吾輩は通路を選んで歩き、階段を上り梯子を下り扉を潜《くぐ》り敷居を跨《また》いで、しかし一向に人に出会わない。どうやら吾輩に恐れをなしてこそこそ逃げ隠れしているものと見える。益々愉快を覚えた吾輩は、ひとつ脅かしてやろうと、いきなりニャーと無人の廊下へ大声を放つ。

「君、やめたまえ。やめてくれたまえ」とホームズ君が哀願する。吾輩はやめない。英《イ》吉利《ギリス》猫だか何だか知らんがホームズなどはもはや眼中にない。日英同盟の誼《よしみ》で傍らに置いてやっているだけの話だ。所詮《しょせん》は対等に卓を囲める相手じゃない。吾輩は更にニャーニャーニャーと三発たて続けに轟《とどろ》かす。

「後生《ごしょう》だから、君、やめてくれたまえ」とホームズ君はもう半分泣きながら吾輩に縋《すが》りつく。いよいよ面白くなった吾輩は、喉《のど》も裂けよとばかりに雄叫《おたけ》びを挙げ、足を踏み鳴らしては所構わず爪を研ぐ。

　すると吾輩の目論見通り正面の扉がすいと開いた。出てきたのは誰だと見れば、何の事は無い、金魚呑みの超人だ。笑止にも得物なしに吾輩に挑戦しようと云うのか、手ぶらで近付いてくる。いくら超人でも身の程知らずが過ぎる。一つ懲《こ》らしめてやろう。いきなり口を開いて頭から齧《かじ》ってやったら先生どんな顔をするだろうと、小気味よく思って吾輩が身構えていると、突如超人の背後から前へ飛び出した黒い影がある。烏《からす》と競って墨を一面余す所なく塗り付けたかの色彩。尖《とが》った鼻面と石炭見た様に紅く燃える血走った眼。侍狗《さむらいいぬ》君だ。見せ物小屋で見かけた時は余りの凶暴酷薄な面魂に背筋も凍る思いだったが、今は全然平気であるとは我ながら頼もしい。心機磐石《ばんじゃく》としていささかの動揺も無い。あたかも池の蛙《かえる》を見る様である。蛙なら前趾を一振りすれば軽く吹き飛ばしてしまう。侍狗君は健気《けなげ》にも吾輩へ向って突進して来る。超人に続いて笑止千万である。ワンワンと盛んに吠《ほ》える声も吾輩には蚊《か》が鳴く程にも感じない。吾輩は声に出して嗤《わら》う。侍狗君が三間《げん》まで近づいた。蛙から鼠くらいにはなったようだが相変らず小さい。どうして遣付《やっつ》けてやろうか、頭からやってやろうか、それともいきなり胴にがぶりといくか、あるいはまず尻尾をちぎってやるかと、吾輩は腹中にあれこれ攻撃の想を練る。まもなく二間《けん》に近付いた時には侍狗君は漸く兎《うさぎ》くらいにはなっている。鼬《いたち》だと最後っ屁《べ》が剣呑《けんのん》だが兎ならどうと云う事はない。所詮は吾輩の敵ではない。一間まで来た時、漸く狗らしい大きさになった。しかしこちらは虎である。狗が何十匹束《たば》になったって負けるもんじゃない。五寸まで近接した頃には狗から牛になって、ここに於て吾輩はやや刮目《かつもく》した。次に牛が熊《くま》に変った時点では油断は大敵と気を引き締めた。しかしまだ悪く見積っても せいぜい互角である。しかしちょっと先に迫った時には到頭象から鯨を経て雲をつくばかりの怪物になった。同時に喉《のど》から放たれる吠声《ほえごえ》はさながら雷を聞くかの轟音《ごうおん》に変じて、阿蘇《あそ》の火口より大きく裂けた口から突き出た大木見た様な牙《きば》が喉笛に迫った刹那《せつな》、吾輩は眼の中が昏《くら》くなった。

二十二

どこかで鈴の鳴る音がする。ちりん、ちりんと二度鳴って、暫《しばら》く已《や》んだかと思うと今度はずっと近い所でちりん、ちりん、ちりんと三度続けて鳴る。是非もっと聞きたいものだと思い、瞑《つむ》ったままで耳を澄ませば、凛《りん》と一度強く鳴った余韻は嫋々《じょうじょう》長引いて、やがてゆっくりと耳底に降り落ちる。

すると今度は「先生」と呼ぶ声が聞こえる。誰だろうと不思議に思って目を開けば辺りは幽《くら》い。只《ただ》幽いばかりでなく幽さに一種独特の奥深さがあって、黒い更紗《さらさ》を幾重にも重ねて拵《こしら》えたような闇である。「先生」とまた声がするので、見れば闇中に朧《おぼろ》に浮かんだ白い影がある。声は影からするのである。吾輩は眸《ひとみ》を凝らした。影は蒸気を聚《あつ》めて練った像の如く、ゆらゆらと揺れて形が定まらない。それでも暫く努力を重ねる裡《うち》には白い蒸気は段々固定して、滑らかな線を空に残してまろみを帯びた輪郭を描き出し、やがて猫の姿となった。

猫が小首を傾《かし》げて頸《くび》に付けた鈴がちりんと鳴る。成程鈴はここであったかと吾輩は納得しながら、それにしても誰だろうと詮索の目を向ければ、琳琅《りんろう》たる鈴の響きに劣らぬ涼やかな声がする。

「先生、ごきげんよう」

吾輩を先生と呼ぶ猫はこの世に唯《ただ》一匹、裏の二絃琴《にげんきん》の師匠の家に飼われた三毛子《みけこ》以外ではあり得ない。

「三毛子さんでしょうか」と吾輩は夢中で呼ぶ。

「ああ、よかった。やっぱり先生だわ。尻尾《しっぽ》の模様を見てそうだとは思ったのだけれど、いままで自信がなかったのよ。先生、随分とお痩《や》せにならない」

そう無邪気に云って、愛くるしい薄茶の目で吾輩を覗《のぞ》き込む三毛子を眸《ひとみ》に捉《とら》えて、即座に吾輩はこれが夢だと悟った。三毛子は既にこの世の猫ではない。昨年の正月に急な病を発し、甘木医師の篤《あつ》い手当ても虚《むな》しく月桂寺《げっけいじ》の僧侶《そうりょ》から猫誉信女《みょうよしんにょ》の立派な戒名を頂いて、とうに浄土に旅立った事実は厳然としている。死んだはずの者が出たとすれば幽霊の可能性もあるが、見れば眼の前の猫にはちゃんと足がある。とすればやはり夢である。そう考えた吾輩は何だか切ないような哀《かな》しいような、不思議な気持ちに捕捉《ほそく》せられた。メランコリーとは恐らくこんな気分を云うのだろう。つまり吾輩は虎君の説に従って、どうして自分が三毛子の夢を見たのか、吾輩自身の内奥《ないおう》に隠されて居った密《ひそ》かな動機を理解したのである。

かつて三毛子死すの報に接した折、吾輩は少々拍子抜けを覚えた程度で、特に悲しいとも残念とも思わなんだ。雪中の白鶴《はくつる》とも解語の花とも崇《あが》め奉《たてまつ》る婦人の喪失に遇し、吾輩の心魂が左様《さよう》に鈍い反応しか生じ得なかった点は、当時既にいささかの不可解事であった。あるいは吾輩、こと恋愛については不感無情なる事木石《ぼくせき》同然の猫ではあるまいかと密《ひそ》かに懐疑せる程であった。惚《ほ》れた腫《は》れたには生涯縁の無いまま土に還《かえ》るを運命づけられた修道士的猫かと思いもした。越智《おち》東風君などがしきりに吹聴《ふいちょう》する様に、恋愛感情こそがあらゆる芸術文学の天才の原動力であるとするなら、吾輩はそうした風雅には元来不向きなのだろうかと不安になりもした。だが今こうして閉月羞花《へいげつしゅうか》と云うべき美しさで以《もっ》て吾輩の幻想中に描かれた三毛子さんの姿を拝見するなら、当時の吾輩にとって三毛子の死がいかに痛手であったかが改めて思われる。虎君は云った。余りに巨大なる苦痛は生理のよく収め得るところではないと。こうも云った。激甚《げきじん》なる衝撃は心理の表面から消えて無意識裡《り》に抑圧せられるのだと。そうである。吾輩は三毛子の死と云う痛恨事を苦悩故《ゆえ》に意識から拭《ぬぐ》い去り、愛の感情もまた無意識の深奥へと押し込めたのだ。それは即《すなわ》ち吾輩の愛情の深さを暗示する証拠に他ならないのだ。吾輩はやはり密かに燃え盛る愛欲の激情を身裡に備えた情熱的の猫であったのだ。ひなたの炭が一見冷えた様でも実は赫々《かくかく》と燃える火を隠すが如く、上辺の冷笑と諧謔《かいぎゃく》の底には熱病に似た愛の熱を蓄えた真に浪漫《ロマン》的猫であったのだ。夢を見ながら夢を分析すると云う離れ業を演じた吾輩は左様な結論を得た。

「先生、どうかしら。昨日新しいのに付け替えて貰ったのだけれど」と云った三毛子は紅《あか》い首輪に付いた鈴を又鳴らして見せる。爽《さわ》やかな響きと倶《とも》に桃の花に似た香が漂って鼻をくすぐる。

「よくお似合いですよ」

「そうかしら。私もこの紅い色が気に入っているのだけれど。前のは地味な紫で少々渋過ぎたと思うの」

天真爛漫《らんまん》に云う三毛子を吾輩は慈《いつく》しむが如き眼差《まなざ》しで見守る。幻と思えばますますいとおしい。儚《はかな》いとこそ知ればいよいよ貴重に感ぜられる。ぴんと立って可憐《かれん》な耳の付いた頭から、肩、背、腰と通って滑らかに流れ落ちた挙句、短い尻尾で一つに結ばれた優美な曲線。白黒橙《だいだい》が按配《あんばい》よく斑《ぶち》をなし、細い絹糸を綯《な》って淡雪を以て洗った如くに繊細な毛衣《けごろも》。三日月なりに仄《ほの》見える水晶の眸。悉《ことごと》くを瞼裏《けんり》に焼き付けようと、吾輩は不躾《ぶしつけ》なまでの視線を以て目の前の窈窕《ようちょう》たる淑猫《しゅくびょう》を鑑賞する。

「でも、先生、どうしてこんな所にいるのかしら」と鈴を振るのを漸く已めた三毛子が問う。吾輩は巧《うま》く答えられない。喉が詰って言葉が出ない。あるいは一度喉を開けば涙声になってしまいそうである。

「さっきも来て見たのだけれど、先生、全然動かないから、てっきり死んだのかと思っちまったわ」

髯《ひげ》を顫《ふる》わせて無邪気に笑う三毛子の幻を眺めた吾輩が、目下の状況について第二の解釈を着想したのはこの時である。第一の解釈が夢であるならば、第二の解釈とは即ち、吾輩自身も既に死んで、一足先に浄土に着いて居った三毛子と偶会したと云うものである。極楽浄土にしてはやけに薄暗いのが妙だが、三毛子の如き徳高く美しい猫が地獄に堕《お》ちる道理はないから、近頃は浄土も不景気で電力瓦斯《ガス》油が不足がちなのであろう。とすれば眼前の三毛子はもはや幻ではない、と云うか此岸《しがん》的観点からすれば幻同然にせよ、しかし今度は吾輩自身も同等の身分なのであるからして、万事が吾輩の希望通りに進捗《しんちょく》するならば、幻同士が相生《あいおい》の松に仲良く並んで鴛鴦《えんおう》の契《ちぎ》りを結ぶ事も可能である。俄《にわか》に光明が差して希望が満身を駆け廻った吾輩の千一本の毛は一斉に逆立つ。

「ここは何処《どこ》なんでしょうか」と吾輩は勢い込んで聞いて見る。極楽一丁目か蓮池《はすいけ》二丁目かと期待と倶に耳を立てれば、答えは実に意外である。

「お船よ」

「船と云うと、あれでしょうか、やっぱり船でしょうか」

「そうよ」

「そうですか。船ですか」

「そう。船よ」

「で、どんな船なんです」

「どんなって、船は船だわ。どんなもこんなもありゃしない」

「大きな船でしょうか」

「ええ、大きいわ。だって二絃琴の御師匠《おっしょ》さんのお家《うち》よりも大きいもの。先生のお家だった十軒も入っちまうわ」

ここに至って吾輩は終《つい》に第三の解釈に想到した。即ち吾輩も生きて三毛子も生きて、こうして話していると云う奇想天外の解釈である。勿論吾輩の観点に立って眼前の三毛子が幻でないと云う証拠は依然無い。これが全体に夢でないと保証は出来ない。けれども吾輩は直覚を以て目下の場面が夢ならざる実質を備えているとの感触を得た。人間ならば頬を抓《つね》って見る所であろうが、なにしろ猫は指が短く頬をつまめぬのだから猶更もどかしい。証拠を摑《つか》まんとして、焦燥に駆られながらあちこちへと思案を巡らせた吾輩は、この時《とき》になって漸くはじめて、ホームズ君と倶に船に潜入して以来の出来事を記憶に呼び戻した。

そうである。吾輩は侍狗君の凶々《まがまが》しい牙に喉笛を嚙み切られたのであった。いや実際切られたとまでは分らない。寸前で気を失ってしまった、とそこまで考えた時である。吾輩は自分が籠《かご》の中にある事実を知って愕然《がくぜん》とした。気が付けば吾輩と三毛子を隔てて竹を編んだ格子《こうし》が存在している。先刻から吾輩は、三毛子の毛衣はいつの間に三毛に市松模様が加わったのかと不審を感じて居ったのだが、とうとう疑念は晴れた。晴れぬ疑念は何故吾輩が籠にあるかである。

吾輩はどうして籠に入れられたのか。是非とも三毛子に聞いて見たい所であったが、知らぬ間に籠に幽閉されたとあっては男子の沽券《こけん》に係わる。油断の多い間抜けと見られてしまう心配がある。吾輩は次の様に質問を変えた。

「この籠は随分と良くできた細工ですね。いずれ名のある工芸家の手になる逸品なんでしょうね」

「ええ。何でも猫を運ぶ為に特別に作らせたって話だわ。妾《あたし》もその籠で運ばれて来たのよ。閉じ込められるのは厭《いや》だけれど、案外と居心地のいいものよ」

「三毛子さんはどこから運ばれたんです」

「日本からに決ってるわ。妾は売られちまったのよ」と少々蓮っ葉に云う三毛子に吾輩は更に問う。

「売られたとは全体誰から誰に売られたんです。貴女《あなた》は二絃琴の御師匠さんに随分可愛《かわ》いがられていたじゃありませんか」

「そりゃ御師匠さんは随分よくして下さったわ。三毛子は眼の中に入れても痛くないなんてよく云ってらしたもの。でも妾は思うのだけれども」とそこで一度切った三毛子は遠くを見る眼をする。来し方行く末について物思う風情《ふぜい》である。日本から上海へ渡るまでにはきっと数々の辛酸《しんさん》を嘗《な》めたに違いないと、自分自身の苦労を顧みつつ、吾輩は三毛子の為に同情を禁じ得ない。

「いくら可愛いくたって猫を眼の中に入れたら痛いんじゃないかしら。ねえ、そうは思わない事」

「ええ、多分痛いでしょう」

「妾はきっと痛いと思うの」

「きっとそうでしょう」

「ねえ。いくら天璋院様《てんしょういんさま》の御《ご》祐筆《ゆうひつ》の妹のお嫁に行った先のおっかさんの甥《おい》の娘だからって痛いものは痛いはずでしょう」

「え、何ですって」

「だから天璋院様の御祐筆の妹のお嫁に行った先のおっかさんの甥の娘でも痛いって云うお話。先生だってそうお思いになるでしょう」

「ええ思います」と吾輩は逆らわない。天璋院問題でまた遭難しては堪《たま》らない。

「それでどうなったんです」と吾輩は話の筋道を整理すべく聞く。

「別にどうもなりゃしないわ」と忽《たちま》ち答えた三毛子は欠伸《あくび》をしながら後ろ首を掻《か》く。人猫を問わず欠伸する姿とは傍目《はため》に見よいものではない。殊《こと》に婦人であれば百年の恋も一遍に覚めてしまう。所が三毛子に限っては寧《むし》ろ可愛いらしい仕種《しぐさ》と見えるから不思議だ。とは云え欠伸は退屈の証拠である。談話に飽きてどこかに去られたのでは吾輩の立つ瀬がない。吾輩は慌てて語を加える。

「ええと、つまり、そうすると、あれでしょうか、御師匠さんが貴女を眼に入れて痛かったので貴女を売ったんでしょうか」

「御師匠さんはそんな事はしないわ。悪いのは下女よ。あの下女は御師匠さんの前では猫撫声《ねこなでごえ》を出して置きながら、陰では妾を随分いじめたのだわ」と三毛子は立腹の態《てい》である。美猫《びみょう》が怒る姿も又宜《よろ》しい。可憐《かれん》な味にそこはかとない媚《こび》が加わって得も云われぬ艶《えん》味《み》が生じる。それにしても三毛子が苛《いじ》められたとあっては聞き捨てならない。そもそも隣家の下女は吾輩の如き人文を解する猫をして野良《のら》とのみ呼び捨てにして憚《はばか》らぬ、極めて無知無教養の女であった。近来稀《まれ》に見る不束者《ふつつかもの》であった。教育が無いのは機会に恵まれぬが故《ゆえ》と思えば同情も出来るが、根《ね》っから性格が捩じ曲っているのだから救えない。吾輩の左様な感想は、続いて語られた三毛子の話を聞くに及んで確証された。三毛子の話とはこうである。

正月明けの好天の午後、縁側で気持ちよく転寐《うたたね》をしている裡《うち》についつい夕暮れまで寐過ごして、風邪を引き込んでしまった三毛子は甘木医院で診察を受けた。甘木氏は人間を専門にする医者であるから猫の病気には通じて居らぬと見えて、大した加療もせなんだけれども、幸い三日目には鼻水も止まって食欲も出てきた。するとこの三日目の通院の際、甘木氏が突然猫を譲ってはくれぬかと、付添いの下女に申し出たのである。此猫は主人が掌中の珠《たま》と可愛がる猫でございますから到底無理でございますと、最初の裡は下女も難色を示していたものの、幾らでも対価ははずむからと唆《そそのか》されて欲心がむくむくと頭を擡《もたげ》たらしい。実際幾らで売られたかは知らぬが、三毛子は死んだと二絃琴の師匠には嘘《うそ》を吐《つ》いて、下女は三毛子を甘木氏へ密《ひそ》かに譲渡した。

「何でも舶来のお薬で死んだように見えるお薬があるのですって。甘木先生が用意したそのお薬を妾に嚥《の》ませて、死んでしまいましたと下女は御師匠さんに見せたのよ。それで後からこっそり偸《ぬす》み出して甘木先生に渡したんだわ。本当にひどい女でしょう」と小鼻を膨らませて憤《いきどお》る三毛子へ吾輩は盛大に頷いて見せる。三毛子の葬式では殊勝な様子で畏《かしこ》まり、猫誉信女と刻された位牌《いはい》に額《ぬか》ずいて悔やみを口にしていた下女の姿を思えば、目の敵《かたき》にされた恨みも併《あわ》せ改めて憎らしくなる。吾輩は下女の狸顔《たぬきがお》を中空に描いて爪で引っ掻いてやる。それから又質問する。

「それですぐに上海に来たんですね」

「いいえ。来たのは去年の秋だったと思うわ」

去年の秋と云えば吾輩の主人が死んだ頃である。つまり三毛子は甘木氏に売られてから半年以上は日本に居た訳だ。頭の中で素早く計算した吾輩は訊問《じんもん》を続ける。

「じゃあそれまではずっと甘木さんの家に飼われていたのですか」と云った途端にあり得まいと吾輩は即座に自答した。なにしろ甘木氏の家は近所であるから三毛子が居れば吾輩に気付かれないはずがない。案の定三毛子も首を横に振る。

「甘木先生は人から頼まれて妾を買っただけらしいわ。すぐに別の家に運ばれて飼われたのよ。最初は哀しかったけれど、その裡《うち》には慣れちまった」と三毛子は笑う。しかし吾輩は三毛子の笑いの背後に見え隠れする不幸の影を見逃さなかった。昔は匣中《こうちゅう》の玉たりしに、今は糞土《ふんど》の英《はな》と為《な》ると嘆いた王明君に三毛子を重ね合わせ、その真情を惟《おも》って胸中に涙を絞る。とにかく判然《はっき》りしたのは、てっきり死んだとばかり思って居った三毛子が生きていた事実である。三毛子への恋情をいまや切々と自覚するに至った吾輩が旭《きょく》日《じつ》の如き希望に燃えたのは云うまでもない。小躍《こおど》りして跳ね廻りたい程の歓喜に捉えられたのは当然だろう。所がである。人生ならぬ猫生はそうそう万事都合よく出来上って は居らぬと見える。昔から云われるように運命とはしばしば皮肉なものである。続けて 三毛子の口から発せられた一連の言葉は、吾輩の輝ける希望をして暗澹《あんたん》の淵《ふち》へ打ち沈め るに足りた。

「あら、御免なさい。もう往《い》かなくてはならないわ。そろそろお乳の時間だから」

「何ですって」

「子供にお乳をあげなきゃいけないの」

「三毛子さんは子供がおありなんですか」

「ええ。先《せん》に生まれたの」

「三毛子さんの子孫ならばどれもさぞかし可愛いらしいでしょうね」

「ええ。可愛いいわ。二匹が雄で二匹が雌なの」と三毛子は幸福そうに笑う。 聞きながら吾輩は動揺を押し隠すのに必死であった。それでも顔面が強張《こわば》って声が慄《ふる》 えるのを避けられない。三毛子は既に四児の母であった。この天然の理に叶《かな》った厳粛な る事実に直面した吾輩は、口では三毛子の弄瓦弄璋《ろうがろうしょう》の慶《よろこ》びを併せ賀しながら、しかし心 の裡では断腸の思いに哭《な》いた。昔、唐の詩人杜牧《とぼく》が湖州に遊んだ折り、絶世の美少女に 一目惚《ぼ》れをして十年後に嫁に貰うと約束した所が、十四年経って往って見ると既に少女 は三児の母となって居った。大いに嘆いた杜牧は、花は狼藉《ろうぜき》、緑葉陰を成して子は枝に 満つと大いに詠嘆して吟《うた》ったそうだが、まさに吾輩の心境がこれであった。

「では先生、ごめんください」三毛子が云い、吾輩も平静を装って挨拶《あいさつ》を返したが、肝心の事を聞き忘れたと思い慌てて三毛子を引き止めた。

「お時間はとらせませんから、一つだけ教えて下さい」

「何かしら」と三毛子はしどけなく首を傾けて見せる。子供があると聞いた所為か可憐な中にも眼の辺りは媚《こび》が漣《さざな》み、全体に大人の色香が滲《にじ》むようで吾輩はどきりとする。

「三毛子さんの今の御主人とはどう云う人なんですか」

「あら、先生もよく御存知の方よ」

「誰でしょうか」

「寒月さんよ。妾《あたし》は寒月さんにずっと飼われて、寒月さんが上海へ連れてきたの」

意外な人物の名前に驚愕《きょうがく》しながら吾輩は質問を重ねる。「寒月氏はどうして上海へ来たのでしょうか」

「よくは知らないわ。なんでも上海に研究所とか云うものを建てて、お勉強しているようだわ。寒月さんは妾をすごく可愛がってくれて、何処《どこ》へ往くにも必ず籠に入れて連れて歩くのよ」と三毛子は自慢そうに云う。「このお船にも日本から勉強に必要な大切な機械が届くから、壊されないよう監督に来たって云う話だわ。あら、いけない。もう往くわ」

そう挨拶した三毛子は身を翻《ひるがえ》し、それから又思い直したように振り向いて、声を潜める様にして忠告してくれる。

「忘れていたんだけれど、先生、狗には気をつけたがいいわ。このお船には大きな狗が居るのよ」

「色の黒い狗でしょう」

「あら、もう御存知なの」

御存知も何も先刻嚙み殺されそうになったばかりだ。恐ろしい形相が厭でも瞼《まぶた》に焼き付いて離れない。

「それならいいわ。狗の主人が一緒なら命令して止めてくれるから平気だけれど、そうでなかったら猫と見れば忽《たちま》ち襲いかかって殺しちまうわ。先生も御気を付けになって」

「有り難う。肝に銘じましょう」

「じゃあ御免なさい」

それだけ云うと三毛子は今度こそ本当に往ってしまう。吾輩は暗がりに独り置き去りになる。いま一度戻って来てはくれまいかと暫《しばら》く待って見たが、二度と鼻孔《びこう》を擽《くすぐ》る桃の香は還《かえ》ってこない。

全体に今は何時なのか。辺りは寥《りょう》として時刻を知る手掛りはない。吾輩は試しに籠を爪でがりがりやってみたが頑丈に編んだ竹は猫の爪くらいではびくともしない。頭上の蓋は金具で止めてあって内から爪は届かない。足掻《あが》いても無駄である。諦《あきら》めた吾輩は籠の底にうずくまって眼を瞑った。どうせ何も見えぬのであるから瞠《みひら》いているのは眼の筋肉が疲れて損だ。すると瞼には先刻まで眼前にあった三毛子の優美な肢体《したい》が自然浮かんで、吾輩は寂寞《せきばく》として虚ろな己が心を覗き込んだ。荒涼貧寒たる魂の姿を直視した。最愛の猫が生きてあると知った吾輩は歓喜の高処《たかみ》へ一気に翔《か》け上り、しかし次の瞬間には三毛子に子供がある事実を突き付けられ、翼をもがれて地に転落した。こうした心理の道程は覗き込む吾輩の眼に覆《おお》い隠し様もない。

だが吾輩はここで自恃《じじ》を堅く保つべく反省をしなければならない。だいたい愛する婦人が人妻と知ったからと云って只《ただ》涙に暮れるのではだらしがなさすぎる。男らしくない。寧ろ男児たる者、愛する猫の幸せを遠くから祈ってこそ矜恃《きょうじ》ありと云えるのではあるまいか。愛する者の面影を旅の枕《まくら》から遥かに望んで、変らぬ愛を胸にしまったまま生涯を密かに終える事こそが、浪漫的猫たる者の為《な》すべきではあるまいか。真に愛を生きる道ではあるまいか。

凡《およ》そ浪漫的なる事とは遠くから憧《あこが》れる所にその本質はある。絶対に手の届き得ぬ存在へ憧憬《しょうけい》の視線を投げ、決定的に失われし者を空想の裡に取り戻す所に浪漫はある。幻と知りながらその幻を愛し切る精神こそが正しく浪漫的と呼ばれるにふさわしい。とすれば吾輩の為すべきは、三毛子なる美の理念を脳裏に思い描き、以て清澄《せいちょう》なるエーテルの大気中にその理念と一体と化す事である。美しい花を愛《め》でるのではなく、花の美しさを身を焦《こ》がすまでに愛し尽くすこそが吾輩に残された事業である。そう云えば昔、ノバーリスと云う独逸《ドイツ》の詩人が婚約者の墓前で吾輩と似たような心境になったと聞いた事があるが、誰も考える事は一緒と見える。そうである。吾輩には三毛子の面影がある。決して滅びる事も傷つく事もなく、変らぬ輝きを放ち続ける三毛子のイメジがある。この貴重な宝を生涯に亘《わた》って愛し抜こう。左様に決意して見れば、失意の暗黒に一条《ひとすじ》の光が差し込んだ様な気がして、吾輩はほんの僅《わず》かだけ元気を回復した。

少し元気になれば今度は三毛子が語った言葉が気になってくる。三毛子は甘木氏の斡《あっ》旋《せん》を得て寒月君に飼われたのだと云う。寒月君の手で上海まで運ばれたのだとも云う。全体どう云う脈絡になるのであろうか。三毛子が寒月君に貰《もら》われたのは吾輩が主人の家に寄宿して程無くの正月。上海へ来たのが同じ年の秋。ホームズ君の報告では寒月君が日本から忽然《こつぜん》姿を消したのは主人殺害事件の直後と云うから、寒月君が三毛子を連れて上海に渡ったのはこの時と見て間違いない。とすれば目的は何か――。伯爵《はくしゃく》の説では事件の夜に寒月君が吾輩を連れ出し上海へ運んだと云う話であった。つまり伯爵の推理は半ばは当たっていた訳である。但《ただ》し猫が違う。寒月君が伴ったのは吾輩ではなく三毛子である。伯爵は更に寒月君が猫を連れた理由を問われて、細君による愛情の担保であると語ったが、猫が三毛子であったとすればどう話は変るであろうか。あるいは寒月君の秘密の恋人とは細君ではなく二絃琴の師匠だったのであろうか。しかし二絃琴の師匠は六十五歳の老齢である。男なら六十の莚《むしろ》破りと云う言葉もあるが、二絃琴の師匠はああ見えて女であるし、寒月君とは歳《とし》が釣り合わぬ。吾輩はもう何が何だか分らなくなった。渦《うず》巻く謎に頭が混乱してしまい、そうなると先刻までの三毛子との対話も何だか現実味を失って、やはりあれは夢幻だったのかと疑われてくる。結局は三毛子に生きていて欲しいと願う吾輩の秘めたる欲望が薬にやられた脳中に幻影を生み出したに過ぎぬと見做《みな》されてくる。まあ、どちらでも宜しい。何しろ吾輩はいまや鉄桶《てっとう》を翻倒する勢いで以て己の浪漫的猫たる本性に向って大悟開眼を遂げた者であるからして、三毛子が生きていようが死んでいようが、三毛子の理念をさえ胸中にしまい込んで置きさえすれば委細問題ない。もはや後顧《こうこ》の憂《うれ》いはない。浪漫主義とは甚だ便利な主義である。安心した吾輩は暫《しば》し休養する。吾輩は少し眠った様だ。

二十三

瞼の辺りが無闇《むやみ》と明るいので眼を開けて見れば眩《まぶ》しいくらいな光である。室《へや》の四隅に洋燈《ランプ》が掛って卓の燭台《しょくだい》には百目蠟燭《ひゃくめろうそく》が何本も揺れている。人工の明りをこれだけ使うからにはまだ夜であるらしい。窓が黒幕で覆われているのは表に光が漏れぬ工夫と見える。室はどうやら船室の様だ。狭いなりに調度には工夫が凝らされて、住み心地は随分と良さそうである。少なくとも苦沙弥《くしゃみ》先生宅の書斎よりは遥《はる》かに立派だ。模範船室かも知らん。——と吾輩はまずは室のあらましを紹介したのであるが、実際に眼を開けて最初に眸《ひとみ》に映ったのは竹を編んだ模様である。つまり吾輩は相変らず籠《かご》に閉じ込められている訳である。従って吾輩が見たものはどれも、既に述べた蠟燭も洋燈も黒幕も含め、悉《ことごと》く市松模様を伴って網膜に映じた次第である。竹の次に見えたのは禿頭《はげあたま》である。禿と云っても薬罐《やかん》ではない。磨いた金柑《きんかん》に黒い簾《すだれ》を貼《は》り付けた態《てい》のものだ。無残な荒廃の痕跡《こんせき》を留めた頭髪を有するこの人物は吾輩へ背を向け椅子《いす》にかけている。次に視線が留まったのは龍である。龍と云っても生きたのではない。椅子の背凭《もた》れの飾りである。髯《ひげ》の長い二頭の龍が絡《から》み合った彫り物は、優秀な職人の手になるものと見えて、いまにも紅い目玉をぎろりと剝《む》いて動き出しそうだ。更にその次は正面の壁に吊《つ》った錨《いかり》に目が行った。これも飾りらしい。そうして次が漸《よう》く最初に云った洋燈の順番になって、次が燭台、それから——とどうにも切りがない。

実は吾輩、この船室の場面を報告するにあたって一つの趣向を凝らそうと考えた。即ち猫がその好む所に従って勝手気《き》ままに対象を取捨選択していると誹《そし》られぬよう、主観を排し客観の事実のみをしっかり定着させたいと目論んだのである。吾輩は残念ながら未《いま》だ読む機会に恵まれぬが、最近出版された島崎藤村君の『破戒』と云う小説などは、客観に徹する立場から人物風景を活写し大いに成功を収めたと云う事だから、吾輩も一つ真似《まね》をしてやろうと欲を起しては見たものの、やはり少々手に余る様だ。客観に徹するとなれば眼に映じる事物の一々を平等に扱わねばならん。しかしそれが難物だ。例えばいま興味ある行動を為す人間の傍らに、その人間の脚を嚙《か》まんとする一匹の蚤《のみ》があるならば、人間も蚤も差別無く描く必要が生じる。人間の行動について万言を費やすなら、蚤の運動にも同じ分量の言葉が使われねば客観とは云えんだろう。人の恋愛の苦悩が描かれるなら、一方では蚤の吸血の苦労が書かれねばなるまい。しかしそうなれば全体の分量が膨大となるばかりか、どうしても瑣末《さまつ》冗長に流れる嫌いがある。この辺りの障害を藤村君が如何《いか》に克服しているのか大いに興味をそそられるところではあるが、忍耐を欠く吾輩にいずれ客観は身に合わぬ様だから、従来通り飽くまで主観に徹して興味を牽《ひ》かれるまま、吾輩の好む事柄だけを以下報告する勝手を許して頂く他ない。

所で吾輩の興味と云えば一番はやはり人間である。人間観察は吾輩の最も愛好する娯楽である。生涯の趣味である。趣味は人生最良の友と云うが、吾輩からこの愉《たの》しみを奪うならば我が生活は甚だ貧しいものになってしまうであろう。吾輩が臥龍窟《がりようくつ》に於て無聊《ぶりよう》をかこつ事がなく、充実した飼い猫の日々を送る事が出来たのもこの道楽があったればこそである。主人を始め迷亭寒月東風ら、明治人物列伝、奇人編の巻頭を飾るにふさわしい先生方に間近に接する幸運があればこそ、鼠《ねずみ》も捕らず雌猫を追いかけ廻す事もせぬ吾輩が退屈を知らずに済んだのである。そういう訳であるから、さっそく室内の人間に眼を向けたいと思う。

さてその人間であるが、最初に云った後ろ向きの簾頭《れんとう》の他に三人ある。室の中央に真四角の卓が据えられ、四つの辺に各一人が坐《すわ》って、合計四人が二人ずつ対面する形である。よくよく見れば驚いた事に、室にある四人の人間は既に吾輩がその顔貌《がんぼう》を脳裏に深く刻み付けた者達である。忘れたくたって忘れられるもんじゃない。誰かと云えばまず正面に鎮座ましましたのは御存知迷亭先生だ。左に横顔を晒《さら》しているのが独仙君で右側が多々良《たたら》三平君、後ろ向きの簾頭の持ち主は、なにしろ顔が見えんから最初は誰だか分らなんだが、声を聞けば鈴木藤十郎君に違いない。いずれ吾輩がかつて眷顧《けんこ》を辱《かたじけの》うした馴染《なじ》みの面々である。

これだけの錚々《そうそう》たる先生方がどうしてこんな所で会合を持つに至ったのか、吾輩が疑念を抱いたのは当然であろう。苦沙弥先生殺害事件以来の経緯を思えば、怪し気な船中にてのこの遭遇は吾輩の心中をして疑惑の暗雲で埋め尽くすに足りたはずである。所がこの時の吾輩は寧《むし》ろ懐旧の情が先に立った。不審は不審としてまずは脇《わき》へ置いて、再会を倶に祝して夜を徹して語り明かしたい気分であった。とは云え人間は猫語を解さんから、正面で相変らずの縁無し眼鏡を光らせた迷亭君に向ってニャーといくら挨拶《あいさつ》しても、先生一向に顧《かえりみ》る気配がない。そもそも吾輩だと分らぬらしい。独仙君、三平君と順番に試しても結果は同じである。存在を報知すべく更に喧《やかま》しくニャーニャーやっていると、とうとう最後には五月蠅《うるさ》いと云って鈴木君に籠を叩《たた》かれてしまった。人猫関係とは実に儚《はかな》いものである。無念だが諦めるしかない。先生方にしてもまさかこんな所に知り合いの猫があるとは夢にも思わぬであろうから、吾輩に気がつかぬからと云って不人情を過度に誹《そし》っても可哀相《かわいそう》だろう。吾輩は直ちに方針を改め、一方的に観察して愉しむ事に決めた。ここに苦沙弥先生の仏頂顔が見えぬのが少々寂しく感じられはするが、何しろ誰を採っても一騎当千の強者揃《つわものぞろ》い、見る者へ多大なる感興を与えずには措《お》かぬ特色ある諸先生の事である。しかも一度に四人なのであるから、一騒動も二騒動も持ち上るは疑いを容《い》れない。少なくとも暫く忘れて居った我が趣味心が大いなる満足を得る事だけは間違いない。

その先生方は熱心な作業の最中である。芝生見た様なフェルトを張った机を仲良く囲んで、裏に竹を嵌《は》めた四角い象牙《ぞうげ》の塊を指で摘《つま》んでは、積んだり崩したりしている。机の上に集散した象牙は裏が個性なく斉一《せいいつ》に竹であるのに対して、表には色々と模様や字が彫ってある。目に付いた所を云えば、まず東西南北がある。中と云う紅いのがある。俵を輪切りにしたのを並べた様な絵柄が顔を覗《のぞ》かせたかと思えば、数字に萬《まん》の字が付いたのがぞろぞろ出て来る。他にもまだまだ、何だかごちゃごちゃして、赤やら青やら緑やら、よくこれだけ別々に彫ったものだと感心するが、なかには彫るのがとうとう面倒になったのか白いのっぺらぼうもある。それでどうするのかと云えば、沢山の象牙を二段に積んでは一つずつ順番に崩して、ポンだとかチーだとか口にしながら折角苦労して積んだものを又壊してしまう。そうしていやと云う程掻《か》き混ぜる。あれでは幾ら象牙でもいずれは角が欠けて丸くなるのではと心配されるが、先生方は一向に平気である。まるで容赦がない。寧ろ一刻も早く角を取ってやろうとの意気込みでがらがらやる。易者が使う筮竹《ぜいちく》の子分の如《ごと》き棒が傍らの箱に溜《たま》って時々遣《や》り取りされる所から、占い見た様なものかと思ったが違うらしい。たまには骰子《さいころ》が振られる事もあるから、正月に子供がやる双六《すごろく》の仲間かとも見えるがやはりそれとも違う。どうやら仕事ではなく遊びであるのは間違いなさそうだが、これ程奇態な遊びは生まれてから見た事がない。囲碁を拝見した時にも、狭い地面に白黒の石を悲鳴が挙がるくらいに押し詰め、やれ生きたの、それ死んだのと、一喜一憂する様子が随分妙だと思った覚えがあるが到底その比ではない。何だか著しく統一を欠いて、只見ているだけで目が廻ってしまう。

暫くは目新しさも手伝って、一見複雑怪奇にして、しかして総じて眺めれば只板を積んで崩すだけの単調極まりない作業を見守って居ったが、我が興味の中心は飽くまで人間の個性溢《あふ》るる行動にあるのだから、象牙を積む手先ばかりを見詰めて居っても仕方がない。この辺りで積み木遊びからは離れて、一人々々の発言及び行動に着目すべきであろう。

と、いましも独仙君がポンと声を挙げて白いのっぺらの板を三枚揃えて脇へ並べた所である。

「おや、白《ハク》かね。さすがは露地の白牛に跨《また》がって白日路に迷う独仙君だけの事はある。じゃあこれはどうかね」と例の出鱈目《でたらめ》を並べた迷亭君が、中と掘られた紅いのを前に置くと、また独仙君がポンと云って迷亭君の置いたのをすかさず奪い取って、三丁並んだ豆腐の横へ三枚を新たに安置する。

「ほう、白中《チユン》ときたかね。紅白揃ったところは目出度い。天道公平の状袋を思い出させるね。天の道は白なり、地の道は白なり、人は中間にあって赤しと云う例の格言さ。独仙君は勿論《もちろん》覚えているだろう。君は何と云っても公平君の師匠筋にあたるのだからね」とまた迷亭君が御託を並べ立てると、眼の前の象牙の板を配置換えするのに忙しかった独仙君が口を開く。

「別に僕は老梅とは関係ない。それより君の番だよ。早くしたまえ」

「早くしたまえと来たね」と迷亭君は前に並べた板をいじって考え込んで居る。無論考えたくらいで口を閉じる先生じゃあない。

「春の日に兎《うさぎ》を釣る君がそう急《せ》かすところを見ると、余程いい手と拝察するが、まさか緑陰に紅白の花を咲かせるつもりじゃあるまいね。そいつは少々俳味に欠ける。満艦飾に飾り立てるのは趣味の低俗な山出しのする事だ。何でもごちゃごちゃ飾って悦に入るのは新体詩人に任せておけばいい。到底白雲片々嶺上を飛ぶ独仙君のする事じゃない。実は僕の所に例の奴《やつ》が一枚あるんだが、さあてと、どうするか。この際思い切って、江《こう》は碧《みどり》にして鳥はいよいよ白く、山は青くして花は然《も》えんとするとでも行くか」

「先生、無茶は困りますたい」と声を挙げたのは多々良三平君である。「周りの迷惑も少しは考えて貰わんといかんです」

「そう云うがね、僕だっていい手が来ているのだから、おいそれと降りる訳にはいかない内輪の事情があるのさ。それに鈴木君がさっきからずっと黙っているのが僕はどうにも気になって仕方がない。雉《きじ》も鳴かずばと云うが、この先生に限っては音沙汰《おとさた》ないのが却《かえ》って聴牌《テンパイ》の証拠になるんだから面白い。まさに沈黙は金と云う奴だ。ちょっと黙っている間に一財産を作ってしまうのだからさすがに実業家は偉い。そこへ往くと苦沙弥などは可哀相なものだ。生徒の前で一時間中喋舌《しゃべ》って月々鈴木君が五分黙っている間に稼ぐくらいの金にしかならんのだからね」と迷亭君は云いながらまだ迷悟から脱しきれぬ様子である。

「好《い》い加減で諦めたまえ」と独仙君が今度は説得にかかる。「僕の事なら全然気にする必要はない。いずれ当たるか当たらぬか、道は二つしかないのだからね」

「さすがに春風影裏《えいり》に電光を斬《き》る独仙君だけの事はある。大いに悟ったものだ」

「それなら君違うよ。電光影裏に春風を斬るだ。君のは逆さまだ」

「なに、大した違いはないさ。足し算をする狗《いぬ》と希臘《ギリシヤ》語を解する書生くらいの違いだ。

無覚禅師ともあろう者がその程度の相違を気にしちゃいけない」と云った迷亭先生、漸く決断がついたと見えて、象牙の板を一つ摘むと前にとんと勢いを付けて置く。すると横から鈴木君が、

「おや、それが出るかい。じゃあ上っておこう。ロンだ」と云って前に並べた板を一度に倒す。

「大した手じゃない。タンヤオだけだ」

「幾ら安くたって損害は損害だ。僕はもう点棒が残り少ないのだからね」と嘆いて迷亭君は傍らの箱を覗き込む。「済まないが少し貸しておいてくれたまえ」

「別に構わないが、しかし君はまだハコテンになった訳じゃないのだろう。どうせ後で清算するのだから、いま借りても意味がないじゃないか」

「理屈はそうだが、人間なかなか理屈で割り切れるもんじゃあない。僕はどうも紅い点棒が手元にないと寂しくなる質《たち》でね。その辺りを勘案してくれなくては困る。僕は被害

者なのだから少しは同情してくれたまえ」

「妙な男だ」と今度は独仙君ががらがらと積み木を崩して云う。「だいたい被害者と云うなら僕の方が被害者だ。迷亭の軽率のおかげで上れるはずのものが駄目になってしまったんだからな。いまのを上っておけば僕は今までの損を一遍に取り戻せる所だった」

「これは済まなかった。けれども過ぎ去った月日を後悔するなんて君らしくないぜ。落花流水に身を任せ、天然自然の理のままに生きるのが信条じゃないのかね」

「そうさ。自然の理のままに行けば僕が上れるはずだった。所が迷亭と云う邪魔が入って自然の理が狂ってしまった」

「ハハハ、僕の所為《せい》ですっかりつきが落ちた訳か。しかし仕方がないさ。美学とは時に自然をねじ曲げて見る事も必要なのだからね。まあ、勘弁したまえ」

「先生、やっぱり大三元でしたか」と積み木の山を築きながら今度は三平君が独仙君に聞く。

「龍の足無きが如く、蛇に角あるに似たり。あるいは、李花《りか》は白からず、桃花は紅《くれない》ならずと云うところだ」

「何ですかそりゃ」

「要するに云いたくないと云う事さ」と迷亭君が横から単簡に解説する。

「秘密主義はいかんですたい。万事オープンで往って貰わんと。それでなくてはこれからのビジネスは巧《うま》くいかんですたい」と三平君が笑いながら云う。

「たしかにそう云う点からするなら、貴君にはビジネスマンたる前途洋々の未来が開けていると断じてよい」と受けた迷亭君が三平君に問う。「君は筒子《ピンズ》が好きだろう」

「分りますか」

「分るさ。なにしろさっきから君は筒子しか集めないのだからね。隠そうったって自ずから現れてしまう。やはり筒子は金に似ているからだろうね」

「そういう事でしょうな。なにしろ金がなければ何事も始まりませんからな」

「御蔭《おかげ》でこちらは楽だ。筒子さえ捨てなければ安心なのだからね」

「そうは云っても私は先生よりずっと勝っていますたい」と云って三平君は箱の中の棒をじゃらじゃらさせる。

「ハハハ、勝負はこれからさ。おや、もうオーラスか。ここらで連チャンして逆転を狙《ねら》わんとね」

「君は親じゃないよ。親は僕だ」と云って独仙君が骰子を握る。

「そうか。いつの間に親じゃなくなったんだろう。僕はまだ結婚もしてないんだが。どうだろう、君の後にもう一度僕に親をやらせちゃ貰えないだろうか」

「そんなルールがあるものか。君は油断が多いから悪いのだ」と決めつけて独仙君が骰子を振る。それから暫《しばら》くは四人とも黙って積み木の作業に勤《いそ》しむと見えたが、

「油断と云えば」

と云って最初に沈黙を破ったのは鈴木君である。「船に盗人《ぬすっと》に入られるとは全く以《もっ》て

酷《ひど》い油断だ」

鈴木君は他人を責めるような自省するような、何だか不得要領な調子である。機嫌は相当に芳《かんば》しからぬ様子だ。剣呑《けんのん》と見たか誰もすぐには応答しない。

「大丈夫ですたい」と上目遣いに窺《うかが》いつつ云ったのは三平君である。「損害は軽微に過ぎません。せいぜい二百円くらいのものであります」

「損害などは問題じゃない。泥棒が捕まった場合が困る。山の芋の出所が漏れる心配がある」と猶《なお》も鈴木君が懸念《けねん》を表明するのへ、また三平君が答える。

「ちゃんと手は打ちました。港には見張りを隈《くま》なく置いて、上海からは絶対に逃げられんですたい。警察にはたっぷり鼻薬を嗅《か》がせてありますから心配ないですたい」

「しかし工部局が出てくれば、五月蠅《うるさ》い事になりかねん」

「なに、あそこの連中だって、事が発覚すれば困る者が大勢居るのですから、迂闊《うかつ》な事はできやしません」と三平君が胸を張るのを横目に、並べた象牙に眼を据えたまま鈴木君が再び云う。

「そろそろ潮時と思う。この辺で手を引かんと厄介な事になる」

「何を弱気を云うとられるんです。事業はまだ緒《ちょ》についたばかりですたい。本格的に儲《もう》けるのはこれからですたい。鈴木さんだっていつまでも金田辺りの風下に立って鼻息を窺ってばかりも居られんでしょう」と三平君は一人で気炎を挙げる。

「危ない橋はそう何度も渡れるもんじゃあない。麻雀《マージャン》だって危険牌を振れるのは一回か二回が限度だろう。つきが落ちそうになれば降りるのが賢明と云うものだ。私は降りた」

　そう云って鈴木君が一枚の板を置くと、チーと叫んで、すかさず奪い取った三平君が云う。

「今更降りられんですたい。鈴木大人には地獄の底まで付き合って貰いますけん」

　三平君の柄に似合わぬ物騒な物云いに、狭い船室には気拙《きまず》い空気が流れかけたが、こうした場合に便利なのは云うまでもなく迷亭君である。

「多々良君は天下の万金を悉く手中に収めんとする覚悟と拝察するが、全体そんなに金を儲けてどうするつもりかね。金を墓穴までは持って行かれんのは君も知っているだろう」

「そう云う先生こそどうなんです」

「僕かい。僕は島でも買おうと思う」

「島を買ってどげんするとです」

「なに、一つ国でも作ろうと思ってね」

「国ですか。先生は日本じゃ満足出来んとですか」

「そうさ。僕は日本と云う国が嫌いだ。江戸まではまだ許せるが、明治の声を聞いたらもう駄目だ。到底僕の美意識とは相容《あいい》れるもんじゃない。だいたい国家の中枢《ちゅうすう》を担《にな》っているのが薩長《さっちょう》の田舎者なのだからね。元勲などと称して威張っているが、昔はどれも荒縄を帯にして裸足《はだし》で段平《だんびら》を振り回していた様な輩《やから》ばかりだ。知っているかい。連中は国では子供の頃に七年間山に籠《こ》もって共同生活をするそうだ。それで猪《いのしし》や熊と相撲を取るのはまだいいが、読み書き算盤《そろばん》、行儀作法一般を猿から習うと云うから驚く」

「なんぼ薩摩が田舎でも、そこまではないでしょう」と三平君が同じ九州の誼《よしみ》で薩摩を弁護する。

「まあ遠からずと云うところさ。いずれにしても僕はもう厭《いや》になった。と云って今更仏蘭西《フランス》や英国に住む気もしない。まして国家転覆を企《たくら》む様な気力も無い。だいいち国家を転覆したところで住んでいる人間は同じなのだからね。相変らず馬鹿を相手にしなければならない。教育したって人間の本性はそうそう変るもんじゃない。新島《にいじま》や福沢はしきりに教育を云うが、僕は啓蒙家《けいもうか》になる程親切でも暇でもないからね。それで別個に国を作ろうと思った次第さ」

「しかし何処《どこ》に作ります」

「何処でもいいんだが、南洋諸島辺りに一つ買っても面白い。寒いのは僕は苦手だからね。誤解のない様に云って置くが、別に僕は専制君主になりたい訳じゃない。只《ただ》気の合う人間ばかりで寄り集って暮らそうと云うだけの事さ。僕だってその国では一人の市民にすぎない。寧ろ独裁的な権力は一切認められない。市民は全員が平等の権利を有して政治にも同等に発言出来る。まあ希臘《ギリシャ》のポリスを聯想《れんそう》して貰えば間違いない。この国では国民全員が哲学者であり文学者であり芸術家なのだね。逍遥派《しょうよう》じゃないが、人々は朝な夕なに椰子《やし》の下を散策しては、宇宙の本質を観照し、高邁《こうまい》な思想を論じるに時を過ごす。無論男女の区別も無い。女だって全員が女流哲学者であり女流芸術家だ。僕は新国家建設の暁《あかつき》には是非とも樋口《ひぐち》一葉《いちよう》を招聘《しょうへい》して詠雪の才を大いに発揮して貰おうと思っていたんだが、残念な事に死んでしまった。結婚なんて愚劣な制度も当然廃止されて、男女は自由に交際して子供を得る」

「しかしそりゃ少々デカダンではありますまいか」と三平君が批評すると迷亭は事もなく応答する。

「そう云う旧弊な考え方の人間はこの国に住む資格は無いと云う事さ」

「私は住めんですか。けれども先生、全員が芸術家はよかばってん、一体誰が働くとです」

「なに、誰も働かんのさ」

「どうやって喰って行きます。なんぼ芸術家でも霞《かすみ》を喰っては生きて行かれんでしょう」

「その点は抜け目ない。国の金を全部集めて株を買うのさ。つまり外国の会社に投資をする。日本でも亜米利加《アメリカ》でも英国でも、海外に投資して、利潤を挙げて必要な物資を調達する。あるいは国家で銀行をはじめる。保険会社でもいいかも知らん。何しろ国家自身が会社なのだから信用は抜群だ。顧客の秘密は厳守して、どんな金でも選ばずに預かると云う触れ込みだ。そうすれば少々金利が安くたって世界中からどんどん金が集って来るだろう。その金を又投資に廻して更に稼ぐと云う寸法さ。云わば国民全員が一個の会社の役員と云う訳だ。それで足りなければカジノを経営する。風紀が紊《みだ》れて国の品格が落ちては困るから、世界の大金持ちだけを会員にして遊んで貰う。厳格な審査をして下品な連中は一切入国させない。まあ、日本人で来られると云ったら、五十人がいいところだろうね。山県《やまがた》とか伊藤と云った連中は幾ら金を積んでも絶対に入れんだろう。そうして稼いだ金で世界中の美術品やら工芸品やらを集めて博物館を建てる。古今東西のありとあらゆる芸術品を一堂に集めた、大英博物館にもルーブル美術館にも負けない大規模のやつさ。それでやっぱり高い入場料をとって観覧させる。おい、独仙君、君も僕の新国家に住む気はないか」

「え、何だって」と問われた独仙君は象牙《ぞうげ》の板に眼を吸いつけ、矢鱈《やたら》とかちゃかちゃ云わせて並べ替えに忙しい。迷亭君の新国家に住むには少々品格が足りないようだ。

「君なら僕が旧友の誼で推薦の労を取っても構わない。但し禅は禁止だ。禅に限らず宗教は一切禁止だからね。凝り固まった人間は僕は嫌いだ。おい、聞いているのかい」

「聞いてはいるが、ちょっと待ってくれたまえよ」と云って独仙君はまた忙しく象牙の板を動かす。「と、上っておくか。もう少し待てば高くなりそうだが、僕は親だからね」

「何だツモ上りか。油断ならないね」

「安いがね。ピンフだけだ。少しずつ挽回《ばんかい》しないとね」

「君の粘りには恐れ入る。到底白雲に幽石を抱く人間じゃあ無い。独仙君、君は禅寺で血の滴《したた》るステーキを葡萄酒《ぶどうしゅ》で毎日喉《のど》に流し込んでいたんだろう」と憎まれ口を叩《たた》きながら迷亭君は、黒い点の彫られた短い棒を幾つか独仙君に渡す。同じ物を鈴木多々良の両君からも貰い受けた独仙君は、箱に溜った棒の数を暫くは熱心に勘定していたが、漸《よう》やくにして顔を挙げると聞いた。

「で、何の話だい」

「ゲームに集中しながら話を聞いていたとは偉い。人間二つの事を同時に出来るものじゃない。聖徳太子は只話を一遍に聞いただけだからね。到底君の比じゃない」

「そうでもないさ。昔、臨禅寺の座主《ざす》は飯を喰いながら脱糞《だっぷん》して、これぞ自然天真の妙なりと教えたそうだからね。それで君の話は何だったかね」

「もう君には降参だ」と迷亭は笑いながら大仰に感心して見せる。「とにかく、即刻君には南洋新国家の市民権申請を手続きさせて貰うよ」

「それだったら僕は駄目だ」と独仙君はせっかくの推薦を断ってしまう。

「どうしてかね」

「僕は暑い所は苦手だ」

「だって前に君は寒いのは嫌いだと云っていたじゃないか」

「寒いのは嫌いだが、暑いのはもっと嫌いだ」

「ハハハ、全く大した悟達ぶりだ。敬服するよ。無寒暑と云うが、この先生はもっと超越しているらしい。そこまで行けば苦沙弥の我《わが》ままといい勝負だ。暑さ寒さに徹して猶不動ならんと云ったって、一度悟ってしまえば温暖な所にいるのが一番いいに決っている。成程こりゃ理屈だ。大巧は拙なるが如《ごと》し、大勇は怯《きょう》なるが如し、そうして大悟は迷なるが如しと云う訳だね」

迷亭君は余程おかしかったと見えて、暫くは頬を痙攣《けいれん》させている。独仙君は再び積木に集注の様子だ。鈴木君はあれ以来ずっと黙っている。すると埃及烟草《エジプトたばこ》に火を付けた三平君が今度は独仙君に向って質問する。

「八木先生はどうして金が欲しいんでしょうか。やっぱり島を買いますか」

「僕かね。僕は島などは買わない。金も欲しくない。食前方丈一飽《いっぽう》に過ぎず。破襴衫裏《はらんさんり》に清風を包むべしだ」と独仙は顎《あご》の髯を引きながら答える。

「だったらどうして金を稼ぎます」

「なに独仙君は僕が誘ったのさ」と横から迷亭君が頼まれもしないのに代弁する。「先生随分暇そうにしているから、仕事を手伝いたまえと僕が誘った」

「そうだ。だいたい君が悪いのだ。こんなに危ない仕事だとは僕は知らなかった。すっかり騙《だま》された」と独仙君が云うのを聴かずに迷亭君は語を継ぐ。

「独仙ならば口は固いし、欲もないだろうと思って仲間にしたんだが、これが大きな見当違いだった。八木先生、少々欲張りですたい」と三平君も迷亭に味方する。

「それは八木先生、先生なにしろ儲けの半分を寄越《よこ》せと云うのだからね」

「働いた分の報酬を要求するのは至って正当だ。迷亭ばかりに得をさせるのは悔しいからな」と独仙君は譲らない。

「いやはやとにかく僕は今回、禅坊主《ぼうず》と云う者の正体をつくづく見た。禅僧呼ぶなら馬じゃと思えとはよく云ったものだ。一簞《いったん》の食《し》、一瓢《いっぴょう》の飲《いん》などと嘯《うそぶ》いて、隋珠和璧《ずいしゅわへき》も万両の黄金も糞尿《ふんにょう》同然に見做《みな》すと云うが、金に心を動かされないと云うのは拒否する事じゃないのだから恐れ入る。あればあったで構わない、入る物は拒まない、そう云うのを天然自然と云うのだろう、独仙君」

「いかにも左様《さよう》だ。大悟徹底の果てに身を三界《さんがい》の外に横たえてしまえば、黄金の山を築くも黄金をどぶに捨てるも同じ事さ」

「それで先生は黄金の山を築こうと云う訳ですな」と三平君が問うと、独仙君は答えずに懐《ふところ》から紙包みを取り出す。何かと思えば独仙君は包みを開いて中の白い粉を鼻の穴から勢いよく吸い込んだ。途端に青白い顔に僅《わず》かな赤味が差して、眼が茫《ぼう》と霞んだようになる。気抜けした如くに体から力が失《な》くなる。頸《くび》が柔らかくなって頭が落ちつかない。あれでは積み木を扱う手も覚束《おぼつか》ないだろうと心配していると、案の定自分の前の山をうっかり崩してしまう。と慌てて元に戻して又定まらぬ眼を卓へ据える。こうした様子を他の三人は凝《じ》っと黙ったまま胡乱《うろん》な眼付きで眺めて居ったが、三平君が何か云わんとするのを制していち早く迷亭君が口を開いた。

「未来の大実業家たる君はどうなんだい。札束で風呂《ふろ》でも焚《た》くかい」

「私ですか。私はとにかくでっかい事がしたいですたい」と三平君が独仙君を脇《わき》へ見捨てて答える。「先程先生は国を作る云うとられましたが、甘かろうと思います。南の島の理想国はよかですが、そんな物を列強が許して置くはずがなかとです。忽《たちま》ち軍事占領されて終《しま》いでしょう。二十世紀は戦争の時代ですたい。弱肉強食の時代ですたい。日露の戦は先に終わりましたが、まだまだ戦争は続きます。欧洲《おうしゅう》でも近々に大戦争が起りましょう。亜細亜《アジア》もこのままでは済まない。亜米利加もいまは大人しくして居りますが、何時《いつ》までも黙っては居ない。そうなれば世界中が戦争です。世界中の国が四六時中戦争して居って、戦争が当たり前になる。最後は東洋対西洋の大決戦になるでしょうが、それだって百年や二百年で決着の付く話じゃない。とすれば先生、何が一番儲《もう》かると思いなさる」

「知らんね」と迷亭君は何時になく素っ気ない。

「戦争で一番必要な物と云えば武器弾薬です。軍艦でも大砲でもどんどん売って大儲けするつもりですたい。そればかりじゃない。新しい兵器も開発します。そうすれば列強が争って欲しがるでしょう。既に私は英国の武器商人と組んで仕事を始めとります」

「君は武器を日本だけじゃなく他の国にも売るのかね」と迷亭君が聞く。

「無論です。売れる所にはどこでも売るのが商売の鉄則ですたい。相手を選ぶ様では巧く行きません」

「君は日本が滅んでもいいのかい」

「先生も日本は嫌いだと云ってたではなかとですか」

「嫌いだが滅ぶとなれば又別だ」

「アハハ、それは好きと云う事ですたい。私も日本は好きですたい。自分が生まれた国ですからな。しかし先生、この多々良三平、日本の国よりも大きいですたい」と三平君、大いに反り身となって鼻から烟《けむり》をぷうと吐く。一瞬気を呑《の》まれて黙った迷亭君は、しかし即座に気を取り直して声を挙げる。

「いや大変な勢いだ。さすがに二十世紀の新青年は違う。気宇が壮大だ。是非とも君の論説を高山樗牛《たかやまちょぎゅう》に聞かせてやりたい。本能満足主義と云ったって君程じゃない。只悲憤慷慨《こうがい》して居った旧人種とは違って行動的な所が偉い」

「それに先生、私は日本は決して滅ばんと思います。だいたい先生方は西洋と聞いただけで恐れ入る傾向がありますが、私ら青年は違いますたい。日本がいずれ亜細亜を統合するのは間違いありません。朝鮮を呑み、支那を併《あわ》せて、いずれはボルネオあたりまでを手中に収めるでしょう。そうなれば西洋との最後の決戦に立つのは日本ですたい」

「それで勝てるかい」と揶揄《からか》うように迷亭君が聞く。

「無論勝ちまする」と三平君は自信たっぷりである。「その頃には日本の国力は今の十倍にも百倍にもなって居ります。それに何と云っても日本には神が付いて居りますからな」

「神なら西洋にだってあるぜ」

「しかし日本の神には勝てますまい」

「そもそも君の云う日本の神とはどんな物かね。僕も日本に住んで随分になるが一度も見た記憶がない。神社仏閣なら専門だから沢山知っているがね」

「森羅万象《しんらばんしょう》に宿る国の神ですたい」と三平君が胸を張るのへ迷亭が質問する。

「そう云えば君は、以前に内村の所に出入りして居て、クリスチャンになったんじゃなかったのかね。苦沙弥《くしゃみ》からそう聞いた記憶がある」

「あれはもうやめました」と三平君はあっさりしたものである。「日本にも神があるのに、何もわざわざ西洋の神を輸入する事はなかです。先生は元寇《げんこう》を知っていなさるでしょう。開闢《かいびゃく》以来の国難にあたって大風を吹かせ蒙古《もうこ》の船を沈めた神ですたい」

「ハハハ、神風なら知っているが、そんなものを最初から宛《あて》にする様じゃ、到底勝ち目はなさそうだ」と迷亭君が愉快そうに笑っていると、鈴木君が急に椅子から立つ。

「おや、鈴木君、小用かい」と迷亭が聞くと、鈴木君は口を閉ざしたまま戸口へ向いかける。途端に三平君が言い廻しは柔らかいが芯《しん》に刺《とげ》のある声で問い糺《ただ》す。

「どこへ行かれるとですか」

「悪いが僕はもう寐《やす》ませて貰う」と云って始めて吾輩に横顔を見せた鈴木君の顔色は随分と悪い。暫く見ない裡《うち》に皺《しわ》が増えて、以前より十《とお》も歳《とし》をとった様である。

「しかしまだ勝負が終わって居らんよ。もう少し待ちたまえ」と迷亭君が云うと鈴木君は黙って独仙君を顎《あご》で示して見せる。見れば独仙君は一枚の象牙を右手に摘んだまま、半分眼を瞑《つむ》って頭をゆらゆらさせている。黄金の山の上で昼寐《ひるね》をする夢でも見ているらしい。

「おい、独仙君、独仙君。こりゃ駄目だ。到底起きそうにない。どうするかね。僕は負けているから中止は大歓迎と云いたい所だけれど、実は最後に大逆転する予定だったので少々残念なのだがね」と迷亭が云うのへ三平君が、「勝っているのは鈴木さんですから、どうします」と問えば鈴木君は「僕は勝負なしで構わない」とあっさり云って、じゃ失敬と挨拶《あいさつ》を残し、蹌踉《そうろう》として室《へや》から出て行く。

人数は三人に減ってしまったが人間観察にはまだ十分な数である。数を誇る裡はまだ趣味も入口にすぎない。問題は質である。吾輩が覚悟も新たに竹籠《たけかご》の隙間から窺《うかが》えば、迷亭君が棚から琥珀色《こはくいろ》の液が首まで入った瓶と、脚の長い硝子《ガラス》のコップを二つ出して、象牙の散らばった卓へ置く。

「少し飲もうじゃないか。このままじゃすぐには眠られそうもない」

世の悩み事とは一切没交渉と見える迷亭君でも、眠られぬ夜があるのかと吾輩がいささか意外に観じていると、やはり心配事とは一生縁のなさそうな三平君が引き受ける。

「よかばってん、八木先生はどげんします。風邪を引いてしまいますたい」

独仙君はいまや椅子の背に凭《もた》れて大鼾《おおいびき》の最中である。虚《うつ》ろに開いた口が天井を向いて鼠の糞《ふん》でも落ちやせぬかと吾輩は少し心配になる。

「なに平気さ。独仙君は伊達《だて》に修行をした訳じゃない。何しろ金剛不壊《こんごうふえ》の体と号するくらいだからね。アラスカの氷河に裸で放り出して置いたって死ぬもんじゃない」と相変らず無責任な事を云った迷亭君は二つのコップに酒を五分目まで注ぐ。

「このブランデーはなかなか香りがよい。さすがに三十年ものだけはある」と一口嘗《な》めた迷亭君が品評する。

「そんな古い酒が旨《うま》いもんでしょうか」と云った三平君、こちらは一息に飲み干してしまう。「まあ、私には洋酒の味は分りませんが」

「君は麦酒《ビール》が好きなんだろう」と云いながら迷亭君は三平君のコップへ又酒を注ぐ。

「はい。あれは旨《うも》うございます」

「麦酒は労働者の飲むものだ。苟《いやしく》も世界を股《また》にかける青年実業家の飲むものじゃない。これからは葡萄酒《ぶどうしゅ》とブランデーにしたまえ」

「左様《さよう》ですか」と答えた三平君はコップの中の液体の匂いをしきりに嗅《か》いでいる。暫くは二人倶《とも》、独仙君の鼻孔が奏《かな》でる妙《たえ》なる音響に耳を傾けつつ、それぞれの思索に沈むと見えたが、

「そう云えば先生に土産があるとです」と急に思いついたが如くに三平君が云って、ボール紙の包みを卓へ持ち出して来る。何かねと云いながら迷亭君が包みを開けると、出て来たのは四角い箱の上に傘《かさ》が掛った不思議な代物《しろもの》である。傘の下はサローンの如き装飾があって、派手な衣装を着た若い女が向こうむきになって洋琴《ピアノ》を弾いている。傍《そば》には背の高い立派な男が立って、唱《うた》歌を唱う格好だ。勿論《もちろん》男も女も人形である。三平君が横から手を伸ばして、箱台の横に付いたハンドルを廻すと、傘が回転して音楽が聞こえて

来る。同時に女の人形の腕が洋琴を叩いて、男の人形は口をぱくぱくさせる。

「ハハ、こりゃ面白い。なかなかよく出来た仕掛けだ」

「そうでしょう。南京《ナンキン》路の骨董《こっとう》屋で見付けました。独逸《ドイツ》製のオルゴールですたい。先生はこの曲を知っておられますか」

「君は知っているのかね」と迷亭先生は用心深く探りを入れる。

「私は音楽はまるで分らんですたい」

相手が知らぬとなれば後は迷亭君の独擅場《どくせんじょう》となるは必定である。

「これはローレライの歌だ」と断じた迷亭先生、話は当然これだけで収まるはずもなく、以下の如くに付け加えられた。

「ローレライの歌と云えば、ギヨエテの詩にバッハの勧めでシューベルトが曲を付けたものだよ。バッハは是非とも遁走曲《フーガ》にするよう云ったのだが、シューベルトは遁走《とんそう》は性に合わない、追跡じゃなければ絶対に厭《いや》だと駄々をこねてこうなったと云う話だ」

三平君はハハアと云ったきり黙っている。相手が黙るとなればさらに追い打ちをかけるのが迷亭君の手法である。

「ベートーベンもこれを大いに愛して、交響曲第十番の緩徐楽章の主題に用いている。ニーチェがやはり大好きで、ワグナーに教えて楽劇を書かせた話は有名だ。ワグナーは最初は厭がったそうだが、ニーチェがあんまりしつこいのでとうとう諦《あきら》めたらしい。ニーチェが毎晩の様に訪問して来るのに辟易《へきえき》したワグナーが、相手が閉口するくらい長く洋琴を弾いて聞かせて撃退しようと考えて発明したのが、無限旋律だと云うから歴史は面白い」

「それはそうと、先生から頂いた例の贈り物ですが、教授も大いに喜んでいたとです」

と突如話題を変えた三平君は、このままでは剣呑《けんのん》と判断したらしい。

「毘沙門天《びしゃもんてん》の像かね」

「はい。あれはやはり運慶でしょうか」

「いや、なに、運慶ではないが、一派の手になるものさ」と迷亭君はやや狼狽《ろうばい》の態《てい》と見えたが、すぐに三平君が語を加えた。

「なに、運慶でなくても構わんですたい。どうせ西洋人には仏像など分らんのですからな。それより私は先生に云われて試してみました」

「何だったかね」

「私がよくこれだけ巧《うま》く彫るものだと感心していると、先生は云われたとです。眉《まみえ》や鼻を鑿《のみ》で作るんじゃない。あの通りの眉や鼻が木の中に埋まっているのを、鑿と槌《つち》の力で掘り出すまでだ。まるで土の中から石を掘り出す様なものだから決して間違うはずはないと云われたとです。私は一つ仁王を掘り出してやろうと思ってやって見たとです」

「巧く行ったかい」

「行きません。薪《まき》を選んで片っ端から彫って見ましたが、仁王を蔵《ぞう》しているのはありませんでした」

「ハハハ、そりゃ仕方がないよ。仁王は鎌倉の木には埋《うずま》っても、明治の木には埋まっていないのだからね。君の所為《せい》じゃない」

「左様なものでしょうか」と猶《なお》も笑い続ける迷亭君の横で三平君は納得行かぬ気の顔で烟草《たばこ》を吸っている。それにしても三平君、鑿を握るのは佐渡あたりで黄金を掘る時だけかと思ったら、彫刻など試みる芸術心があったとは感心である。

さすがに両先生とも疲労したと見え、揃《そろ》って不味《まず》そうに烟を吹かして、そろそろ談話も下火らしいと窺っていると、

「所で話は違うのだが」と迷亭君が再開した。

「君は曾呂崎《そろさき》を知っているだろう」

「無論です。面識はありませんが」

「じゃあ、曾呂崎が殺されたのも知っているかい」

「ええ」

「その下手人《げしゅにん》なんだがね」

「分ったとですか」

「判然《はっき》りした証拠はないが、間違いない様だ。当地の探偵に探らせたんだがね」

「誰なんです」と三平君が問い、吾輩も聞き耳を立てる。

「どうやら越智東風《おちとうふう》らしいのだ」

そう迷亭君が云った途端、独仙君がぐうと鼻を鳴らして、一際《ひときわ》大きな鼾をかいたかと

思うと、「東風が殺そうとしている」と大声で寐言《ねごと》を云った。

二十四

曾呂崎氏殺害を企《たくら》んだのは越智東風である——。不意に迷亭君の口から漏らされた、端なくも虎君の推理に合致するこの報告を聞いて、吾輩が驚倒せんばかりの衝撃を受けたのは当然であろう。しかし三平君の驚きは吾輩以上だったらしい。

「そりゃ本当ですか」と途端に素《す》っ頓狂《とんきょう》な声を挙げる。

「確証はないが間違いない様だ」

「しかし曾呂崎氏が死んだとき東風は上海には居《お》らんでしょう」

「自分で手を下した訳じゃない。殺し屋を雇ったのさ」

「しかしどうして殺したんでしょう。曾呂崎氏に何か恨みでもあったとですか」と三平君は矢継ぎ早やに質問を畳みかける。問われた迷亭君は対照的にゆったりと構えて、指に摘《つま》んだ烟草《たばこ》の先から立ち昇る紫烟《しえん》で以《もっ》て中空へ渦を描かせている。焦《じ》れた様に三平君が問いを重ねる。

「そう云えば、東風は昔、先生方が下宿をされていた寺の近所に住んだ事があると聞きました。何と云う寺でしたか」

「法蔵院だ」漸《ようや》く迷亭が答える。

「そうでした。その頃の事に何か係わりがあるのではないですか」

吾輩が虎君の推理を再び想起したのは云うまでもない。迷亭は思い当たる節があるのかないのか只黙っている。吾輩は知っている事を洗いざらい三平君に教えてやりたいと思ったものの、どうせ言葉が通じぬのだからと諦《あきら》めてやはり黙っている。すると今度は迷亭が逆に問う。

「どうして東風は君の所で働くようになったのかね」

「私が新事業を始めるとどこかで聞き付けたんでしょう、向こうの方から使ってくれと云ってきたとです。色々聞いて見たら、先生独逸語と露西亜《ロシア》語が出来ると云うから、いずれ商売の手を伸ばす時に役に立つと思ったとです」

「ハハハ、独逸語とは東風も随分気張ったものだ。余程君の所で働きたかったと見える。君は高輪《たかなわ》事件を知っているかい」と迷亭が急に上機嫌となって云うのへ、

「知りません。何ですそりゃ」と三平君は怪訝《けげん》な顔である。

「なに、以前に苦沙弥には教えてやったのだが、東風が泉岳寺で独逸人に会った時の話さ。あの男の特色が発揮されて大いに興味深いのだが、まあそれはいい。いずれにしても東風は独逸語は出来んだろう」と迷亭は東風君の語学力に端的な評価を下す。

「それでも露西亜語はまだまし な様です」

「そりゃそうだろう。東風は日露の大戦の前に二年程露西亜に留学したからね。出来なかったら余程の愚物だ。で、東風も少しは役に立つかい」

「全然と云う事はないです。鋏《はさみ》でも何でも使い様ですからな」と三平君は東風君を物見た様に云う。「先日も露西亜語の契約書を訳させました。只困ったのは」

「先生何かやったかい」と迷亭が期待の眼鏡を光らせる。

「訳文が全部詩でした。一々が韻を踏んでいるのですな。読み辛《づら》くて大いに困窮したとです」

「ハハハ、さすがは鴛鴦歌《えんおうか》の作者にして新体詩の改革者、越智東風だけはある。実業の俗塵《ぞくじん》にまみれて猶《なお》文学への志を失わぬ所は偉い」と迷亭君は大いに愉快を覚えたと見えて、暫くは笑って居ったが、また急に口許《くちもと》を引き締め声を潜める。

「だが、東風が曾呂崎を殺させたのだとすると笑ってばかりも居られない。何か企みがあって我々に接近したのかも知れん」

迷亭はどうも真面目《まじめ》なのかふざけているのか、深刻に悩んで居るのか楽しんで居るのか分らん。甚だ摑《つか》み所のない鰻《うなぎ》的性格を有すると云わざるを得ない。

「先生こそどうして東風を知ったとですか。やっぱり寒月さんの紹介でしょうか」

「いや、その前から僕は知っている。洋行した折にペテルブルクで会ったのさ。当時東風はペテルブルクに下宿して露西亜文学を研究していた。日本からの送金が遅れてるとかで、少々用立ててやったのが最初さ。そう云えばあの時は曾呂崎も一緒だったが――」

と云ったきり迷亭は黙る。

空になったコップへ自分で酒を注いだ三平君は、またも一息に飲み干してしまう。酒でも水でも三平君には変らんと見える。首まで満ちていた瓶の酒は既に半分に減った。迷亭は最初の一杯目をまだゆっくりやっている所だから、三平君一人で殆《ほとん》ど飲んだ計算になる。麦酒一杯で真っ赤になる三平君の事だから、丸い顔はいまや火を吹かんばかりに照っている。少々苦しそうだ。苦しいならよしたがよかろうと思うが、酒が酒を飲むと云うくらいで、一度勢いが付くと止まらぬのが酒と云う物の特徴らしい。このままでは杯中に溺死《できし》する事になりはしまいかと吾輩は心配になる。

「とにかく、東風にはよくよく注意する必要があると思う」と迷亭が沈黙を破る。「東風はこの船にいるのだろう」

「左様《さよう》です。仕事を覚えさせようと思って連れて来たとですが、好都合ですたい。船にいる限りは何処《どこ》へも逃げられませんからな」

驚いた事に東風君までがこの怪しい船中にあるらしい。

「まさか手荒な事をするつもりじゃないだろうね。僕は厭《いや》だよ。乱暴な真似は」と迷亭が迷惑そうに顔を顰《しかめ》る。

「まずは調べさせます。その後は分りませんですたい。しかし先生は関係なかですから心配は要りません。荒っぽい仕事には慣れた連中が大勢居りますけん。血を見て眉毛《まゆげ》一つ動かさん者もあります」と三平君は頬を歪《ゆが》めて凄味《すごみ》を利《き》かせる。迷亭は薄く笑って西洋人見た様な仕種《しぐさ》で肩を竦《すく》めて見せる。

迷亭がコップの酒を飲み終わり、それを潮に席を立つ。三平君も後へ続く。独仙君は依然白河夜船の高鼾《たかいびき》である。可哀相にこのまま見捨てられてしまう模様だ。毛布なり掛けてやればいいにと思うが、迷亭三平両君倶《とも》揃って東風問題に心を奪われている所為《せい》か、他人の健康までは頭が廻らんらしい。せめて天に向って虚《うつ》ろに開いた口を閉じてやらないと、本当に鼠の糞が落ちた時に危ない。

迷亭が帽子掛けから帽子と洋杖《ステツキ》を取る。迷亭君はどうやら新しいパナマを買ったと見える。以前に主人と細君の前で散々自慢したやつは失《な》くしたか飽きたか、いずれ今度の奴も随分と値は張りそうである。

「この猫は何だい」戸口に向いかけた迷亭が足を停め、始めて吾輩の存在に注目して問うた。

「さっき船の中で捕まえた猫ですたい。どこから紛れ込んだものか。東風が捕まえて持って来ました」

「東風が」

「そうですたい」

迷亭は籠に鼻面《はなづら》を寄せて吾輩の顔をしげしげと観察する。眼鼻口がぐいと一遍に迫って酒臭い息がまともにかかる。こう露骨に見られては吾輩も少々極《き》まりが悪い。ニャーと再会の挨拶をしようと思うが、冷たく光る眼鏡を見ると何だか声が出づらい。

「この猫は油断のならない顔をしている。草双紙《くさぞうし》にある猫又《ねこまた》に似ている様だ。グレーの金魚を盗んだのもこんな猫かも知れない」とまた出鱈目《でたらめ》を並べた迷亭は漸く籠から顔を離して問う。

「どうして籠に入れてあるんだい」

「なに、後で鈴木さんと一緒に煮て喰おうと思います」と三平君は恐ろしい事を涼しい顔で云う。「先生も喰いなさるか」

「僕は喰わんよ。悪食《あくじき》は色々試したが猫を喰う程野蛮じゃない」

「昔の下宿時代には皆で鍋《なべ》にして食べたと聞きました」

「鈴木や曾呂崎は食べた様だがね。僕は喰わない。君も余り喰わん方がいい」

「どうしてです。猫は旨《うも》うござります」

「一番食べたのは立町老梅《たちまちろうばい》と理野陶然《りのとうぜん》だったが、二人倶猫の祟《たた》りで気が違ってしまったのだからね。猫の呪《のろ》いも案外恐ろしいものだから馬鹿にしちゃいけない。猫は九生と云うくらいで、実に現世への執着が強い。うっかりすると取り憑《つ》かれる。君も大きに気を付けたがいい」

　それだけ云うと迷亭は戸口へ消える。洋燈《ランプ》の灯を残して燭台《しょくだい》の蠟燭《ろうそく》を残らず吹き消した三平君も後を追う。最後にごとりと扉が閉まる音がして、再び吾輩は独り置き去りになる。此度《こんど》は独仙君も一緒だから正確には独りとは云えんが、幽かな鼾《いびき》から死んで居ないと分るだけで、先生一向に動く様子がないのだから詰まらん。蟬《せみ》でも蟷螂《かまきり》でも金魚でも動かぬ者は興味索然として猫の関心を牽《ひ》かぬのは仕方がない。人間観察とは云っても、当の対象が浮世の俗心に駆られてあれこれ蠢《うごめ》いてくれるから面白いので、眠る人間を只見て居っても満足はない。吾輩は休養に戻る事にする。

それにしても気掛りなのは三平君の発言である。吾輩を鍋にして鈴木君と一緒に喰うと云う。実に嘆かわしい話である。とかく蛮風吹かせて壮士を気取りたがる書生ならまだ若気の至りで済ます事も出来る。吾輩もそう事を荒《あら》らげるつもりはない。しかし三平鈴木の両君と云えば、国際市場に顔を売ろうかと云う日本の代表的実業家ではないか。それが猫喰いでは青木周蔵君がいくら頑張っても日本の信用は台無しだろう。ことに鈴木君はフロックを着込んで金時計でもぶら下げれば、恰幅《かっぷく》といい歳相応の落ち付き具合といい、どこへ出しても恥ずかしくない立派な紳士であるだけに、その正体が密《ひそ》かに猫を喰う変態的嗜好《しこう》の持ち主とあっては国際的な醜聞《しゅうぶん》だ。甚《はなは》だ遺憾である。誠に残念である。しかし吾輩が嘆くだけでは目前に迫りつつある危機は回避できん。さてどうするか。

吾輩が思案していると、再び戸口がごとりと鳴って、誰かが来た模様である。

誰だと見れば鈴木君だ。噂《うわさ》の猫食いの大将本人の御入来である。吾輩の命運もいよいよ尽きたかと尻尾《しっぽ》の先を震わせながら様子を窺《うかが》えば、鈴木君は卓の上の烟草入と燐寸《マッチ》を胸にしまう。どうやら寐《ね》しなに一服付けようとした所、忘れ物に気付いて取りに戻っただけらしい。吾輩は息を潜める。迂闊《うかつ》に物音を立てて注意を牽けば、今は眠っている鈴木君の食欲に火を付ける事になりかねん。幸い鈴木君は吾輩には一顧だに与える事なく戸口へ向う。所がその時である。眠っていたはずの独仙君が、「この船は西へ行くんですか」と大声を放って、突然の事に思わず吾輩は飛び上って頭を籠の天井にぶつけた。

鈴木君も驚いたと見えて、細い眼を一杯に瞠《みひら》いて独仙君を注視する。当の独仙君はと云えば、椅子の背凭《せもた》れに頭を載せたまま、「落ちて行く日を追懸《おっか》けるようだから」と云って笑う。笑いながら奇妙な節を付けて囃《はや》し歌見た様な詞を口ずさむ。

「西へ行く日の、果ては東か。それは本真《ほんま》か。東出る日の、御里は西か。それも本真か。身は波の上。楫枕《かじまくら》。流せ流せ」

何だ、寐言かと鈴木君は、呟《つぶや》いて又行きかける。すると今度は独仙君が眠っているとは思えぬはっきりした口調で聞いた。

「君は天文学を知っているか」

見れば独仙君は頭を背凭れから起して背筋を伸ばし、しかし眼は相変らず瞑《つむ》ったままである。髯《ひげ》に涎《よだれ》が垂れて少々汚い様だ。正気なのかと確かめる眼で鈴木君は独仙君の顔を覗《のぞ》き込む。独仙君の口が動く。

「金牛宮《きんぎゅうきゅう》の頂に七つの星があって、杓《しゃく》を成している。天の乙女がこの杓で以て泉から水を汲《く》んで、雨を降らせて海を成した。星も海もみんな神が作ったものだ」

「何だか異人みたいな事を云うね」と鈴木君が笑うと、独仙君はまた頸《くび》をがくと折って盛大に鼾を奏し始める。

「何だ、やっぱり寐ているのか。人騒がせな男だ」と苦笑した鈴木君は、このままじゃ風邪を引くよと何度か独仙君の肩を揺すって見たが、到底起きる気配が無いのに諦めて歩きかけ、と今度は卓に眼を留める。先刻迷亭君へ贈られた独逸製のオルゴールが置き放しになっている。さすがに慎重な鈴木君はすぐに手を出したりはしない。暫《しばら》くは凝《じ》っと眺めるだけで満足して居ったが、つと手を伸ばして台座のハンドルを廻し出した。傘が回転して音楽が鳴る。女の人形が洋琴《ピアノ》を弾き、男の人形が口をぱくぱくさせる。鈴木君はと見ると、化学実験でもするかの真剣な面持ちで人形を見詰めている。たかが玩具《がんぐ》を扱うには少々余裕が無さすぎる様だ。

それから実に長い時間、鈴木君は一つの動作を連続した。何回ハンドルが廻されたか分らない。同じ音楽が繰り返され、同じ仕種を人形が反復する。余り続ければ感興も薄れるだろうに一向止める気配がない。そもそも人形と云う代物《しろもの》は見て居て気持ちの良いものではないが、生身の人間であるはずの鈴木君までもが機械になってしまった様で、吾輩は何だか薄気味悪くなる。気味が悪ければ逃げたくなるのは猫でも一緒だ。吾輩はつい籠の中にある事実を失念して走り出し、忽《たちま》ち竹の檻《おり》に衝突する。

物音に気づいた鈴木君が吾輩へ眼を向けた。こうした場合不思議と眼は合ってしまうものである。吾輩と鈴木君は暫《しば》し無言で見詰め合う。しまったと思って身を竦《すく》ませた時には、双眸《そうぼう》を炯々《けいけい》と光らせた鈴木君が間近にまで迫って、と思うや鉛色の顔がぬっと竹籠の向こうへ現れる。やはり喰うつもりだ。吾輩は無駄と知りつつ狭い籠を上へ下へと駆け廻る。鈴木君は一度籠を離れると、壁から洋燈《ランプ》を持ち出して、肉付きの具合でも点検しようと云うのか、灯を照らして子細に吾輩を観察する。瞼《まぶた》に遠慮がちに引っ込んだ眼が鎌《かま》の如き光を帯びて、口から覗ける紅《あか》い舌が蛇さながらちろちろする。まさに猫喰い人種の顔である。

「この猫はひょっとすると――」と猫喰いが呟いて、吾輩はひょっとするとの後に、上等の肉が取れるかも知らんと言葉を補足した。不味《まず》くて喰えんかも知らんとしても別段の支障はないのであるが、猫と雖《いえど》も自惚《うぬぼ》れはある。不味いと云われるよりは美味《うま》いと云われた方がやはり嬉《うれ》しい。駅頭で刺客に襲われた政治家の某は、これで漸く俺も大物と認められたと喜んだそうだが、吾輩の心理と似た様なものだろう。その裡《うち》に体がふわっと浮かぶ感覚があって、室《へや》の景色がぐらぐら揺れ出す。猫喰い鬼が籠の把手《とって》を摑《つか》んで持ち上げた模様だ。

　籠は室を出ると、廊下を進み、と又別の室に入る。厨房《ちゆうぼう》か屠畜場《とちくじよう》か、いずれ冥土《めいど》の一里塚に違いない。吾輩に背を向けた猫喰い鬼は洋燈を灯《とも》した机へ向って書物を広げ熱心に読んで居る。大方『食譜大全』巻の十三、猫肉の部でも閲《けみ》して調理法の腹案を練っているのだろうと臆測《おくそく》した吾輩は、ここに至ってやや覚悟が決って、同じ喰われるならかの蘇東坡《そとうば》をして唸《うな》らせるくらいの佳肴《かこう》に成して欲しいと考えた。鍋なら白味噌《しろみそ》仕立てにして生姜《しようが》と分葱《わけぎ》をあしらうのが吾輩はいいと思う。牛蒡《ごぼう》及び大根を刻んで加えても旨《うま》いかも知らん。照り焼きならば醬油《しようゆ》に味醂《みりん》少々を加えて甘くした方がよかろう。と、猫喰い鬼が立ち上った。肚《はら》は決ったらしい。吾輩は再び運ばれる。今度こそ厨房へ往くはずだ。闇《やみ》に鈍く光る牛刀と煮え滾《たぎ》る鍋の湯が早くも脳裏にちらつく。吾輩の命はいまや風前の灯火《ともしび》――では少々印象が弱過ぎる。台風下の蠟燭、鎔鉱炉《ようこうろ》に降る淡雪である。

出た所は甲板だ。潮を孕《はら》んだ風がさっと横から吹き込んで、馥郁《ふくいく》として清涼な空気が肺一杯に満つる。夜はまだ明けていない。それでも眼の端に捉《とら》えた東の空では、黎明《れいめい》の気配が微《かす》かながらに大気を揺らして、櫛々《しつしつ》たる銀雲に透かし見える明けの明星が何事か合図を送るが如くに明滅する。猫喰い鬼は籠を下へ置くと、懐《ふところ》から黄色い布を取り出した。中に庖丁《ほうちょう》が包んであるのだろう。どうしてわざわざ甲板へ来たのか、猫喰い鬼の意図を吾輩が忽然《こつぜん》悟ったのはその時である。

実は吾輩は寸前まで、食猫鬼と変じながらも辱知《じょくち》の間柄である鈴木君の慈悲心を毫毛《ごうもう》も疑って居らなんだ。それ所か甲板に出たについては一種感謝の念さえ抱いて居った。つまり空気の悪い厨房の片隅ではなく、敢《あ》えて満天の星空の下で庖丁を振るうは、あえなく一過の食欲の具となる吾輩の心境を忖度《そんたく》しての事に違いないと考えたのである。極悪無道の大罪人でも死刑の前には一服付けて貰って苦労を労《ねぎら》われると云う。まして吾輩の如き名誉ある猫が死ぬるに、鼠共の跳梁《ちょうりょう》する台所で豚や鶏と枕《まくら》を並べるのでは、余りに面目ないとは衆目の一致する所であろう。その辺りを勘案した上での甲板上の執刀に違いなしと吾輩は臆断した訳である。程無い日の出を待って濃紫に染めあげられた天空を遥《はる》かに望みつつ、神々が見守るなか吾輩に向って刃《やいば》が揮《ふる》われるなら、古代希臘《ギリシヤ》のディオニソス祭儀にもどこか似て、荘厳《そうごん》なる一場面となって衆人の眼底には灼《や》き付けられるであろう。それならば吾輩も、進んでと云う訳には参らぬが、まあ死んで死ねない事もない。

　だが吾輩はこの期《ご》に及んでまるで観察が甘かったと悟らざるを得なんだ。何故《なぜ》甲板か。理由は唯《ただ》一つ。即ち血である。頭を落として肉を裂けば自然の理として血が流れる。そうなれば辺りは腥《なまぐさ》くなって後の掃除が面倒だ。しかし甲板ならば水で流せば簡便に始末が出来る。斯《か》く考えて甲板が選ばれたに相違なしとの理解に吾輩は到達したのである。それが証拠に鈴木君は馬尻《バケツ》に水を汲《く》んで早くも清掃の準備に余念がない。黄色い布は大方雑巾《ぞうきん》にでも使うつもりだろう。しかも籠が置かれたのは甲板の端、手すりの向こうは直《す》ぐ河である。成程これなら流すのに便利が良い。実に合理的である。実利一辺倒にして毫も詩の這入《はい》り込む隙間《すきま》がない。亜米利加《アメリカ》では近頃実用主義哲学と云うものが流行《はや》るそうだが、雅味を欠いた二十世紀人には相応《ふさわ》しい哲学だろう。戦場で五十万もの人間が一遍に挽《ひ》き肉になる事態を目の当たりにしては、たしかに複雑な事を考えろと云っても無理がある。実用に徹して生死を簡明に扱わんと欲するのも仕方がない。まして多々良三平君を代表に目端《めはし》の利く連中がより性能のよい挽き肉機を発明せんと競って努力を重ねているのであれば、この傾向には益々《ますます》拍車が掛ってしかるべきである。死屍累々《ししるいるい》白骨平原を蔽《おお》うを前にして、山川草木転《うた》た荒涼などと詠じて見た所で益はない。詩はもう終わりである。芸術にも余地はない。いや、寧《むし》ろ詩や芸術など無い方がよいかも知らん。いっそ根絶した方が功徳《くどく》かも知らん。征馬進まず、人語らずと咏《うた》って独り感傷に耽《ふけ》るくらいなら、挽き肉を挽き肉のままに凝っと鼻面に見据えた方が余程精神の涵養《かんよう》になると云うものだ。そうして人は己の愚を悟るがよい。悟った上でまた挽き肉になるがいい。

吾輩は死をいささかも恐れる者ではない。痛いのは困るが、痛くなければ何回死んだって平気である。だが実用主義から殺されるのは御免だ。挽き肉は真っ平だ。籠の蓋が開いて鈴木君の手が伸びた時には、敢然吾輩の身裏《みうち》には反抗の意志が漲《みなぎ》って居った。勿《もち》論《ろん》そこに恐怖が幾分か加味された事実を吾輩は隠さない。怒りと恐れが渾然《こんぜん》一体、赭々《あかあか》と滾る鎔岩となって肚《はら》の底から噴き上げて来るを覚えた。吾輩はいまや一個の燃え盛る憤怒《ふんぬ》であった。灼熱《しゃくねつ》の鉄塊《てっかい》であった。冷たい指が背に触れた瞬間には、電気の走った五体は忽ち強靭《きょうじん》な鋼と変じ、吾輩は発条《ばね》の如くに身を捩《よじ》って掌《てのひら》を逃れるや、目一杯に伸ばした爪で以てその掌をいやと云う程引っ掻いた。吁《あ》っと声を挙げて相手が怯《ひる》んだ隙を逃さず、吾輩は籠から飛び跳ね毬《まり》の如くに駆ける。一呼吸する間に三間余りも走って、ちらと背後を窺えば、形相物凄く追って来るだろうとの予想に反して、鈴木君は前と同じ場所につくねんと立っている。さすがに冷静な鈴木君だけあって駆け競《くら》べでは猫に敵《かな》わぬと思ったか、吾輩が猶も観察していると、しかしどうも様子がおかしい。真直ぐに立ったはずの黒い影が段々傾いて来る。あのままでは倒れるばかりだと思う間もなく、手すりに凭れ掛る姿勢になって、臍《へそ》を支点に半分に折れ曲る。人間の体の中では頭が一番重量がある。従って引力がある以上どうしても頭のある方向へ体全体がずれて行くのは仕方がない。鈴木君の頭は手すりの外側にある。これは甚だ危険だと観じるや否《いな》や、案の定、均衡は一気に崩れて鈴木君は頭から逆さに落ちる。下は水だ。あれでは到底助かるまいと思った時、不思議な事に、吾輩はあたかも自分が水に落ちたかの如く、無限の後悔と恐怖とを抱いて黒い波の方へ静かに落ちて往く気分を刹那裡《せつなり》に味《あじわ》った。続いて落下物が水を打つ音響が耳に届いた時には、既に吾輩は我に返って居って、恐る恐る鈴木君が立っていた場所まで歩いて下を覗けば、真っ暗で何も見えない。一面が黒一色に塗り込められている。船腹を水が舐《な》めるピチャピチャ云う音が微かに届くばかりだ。背後で吾輩を呼ぶ声がしたのはこの時である。

二十五

「名無し君、こっちだ」

見ればホームズ君の翠色《みどりいろ》に光る眼玉がある。目玉だけが勝手に辺りをうろつき廻るはずはないから、ホームズ君の体も無論一緒である。光る目玉のホームズ君が身を翻《ひるがえ》して駆け出すのを吾輩は追い、甲板の一劃《いっかく》に手漕《てこ》ぎの舟が二艘《そう》、縄で留められている陰へ二匹で走り込んで身を潜める。甲板に特に物音は生じない。

「気づかれずに済んだ様だ」と云うホームズ君が随分と懐《なつ》かしく思える。

「鈴木氏は死んだのでしょうか」とさっそく吾輩は質問して見る。

「そうか。今のが鈴木と云う男か」

「ええ。死んだんでしょうか」

「恐らく助かるまいね」

「どうして急に水に落ちたのでしょう」

「死体を調べて見ない事にはたしかな事は云えないが、恐らく他殺だろう。しかしまず君の見た事を話してくれたまえ。分析はそれからだ。推理の基礎には十分な情報が必要なのだからね。データの量が豊富であればあるほど仮説の信憑性《しんぴょう》が高まるのが実証科学と云うものだ。何が君の口から飛び出しても僕は驚くもんじゃない」

不必要なまでの多弁を弄《ろう》するホームズ君はいささか興奮の態《てい》である。灰色の毛衣《けごろも》が燐《りん》の燃えるが如くに青白く輝いて見える所からすると、先生相当にいかれているらしい。これで吾輩が口を噤《つぐ》みでもしたら喰い殺されかねん。水を得た魚と云うが、謎《なぞ》を得たホームズも勢いでは負けるもんじゃない。吾輩はさっそく捕われの身になって以降の出来事をかいつまんで報告する。但し吾輩は三毛子との遭遇だけは敢《あ》えて云わなんだ。何故秘匿《ひとく》したと問われれば少々返答に窮するが、一つにはあれが幻ではなかったかの疑念を晴らす事が出来ない事がある。昔の恋人に会いましたなどと得意顔で陳述して置きながら、後で夢でしたでは恰好《かっこう》が付かぬ事甚だしい。性根のふやけた柔弱の猫と見做《みな》されてしまう虞《おそ》れがある。

吾輩が話し終わる頃にはホームズ君の興奮ぶりは頂点に達した。物陰の広からぬ空間をうろうろ夢中で歩き廻ったかと思うと、前趾《まえあし》で耳の下を猛烈に掻き散らし、今度は仰向けになって背中を床に擦《こす》り付ける。知らない者が見るなら疥癬《かいせん》病みが痒《かゆ》みに耐えかねて暴れているとしか思わんだろう。

「迷亭、鈴木、独仙、多々良、東風。つまり事件の主要な容疑者がこの『虞美人丸《ぐびじんまる》』にいまや勢揃《せいぞろ》いした事になる」とホームズ君が昂《たか》ぶった口調で云うので、寒月もと加えようとして吾輩は慌《あわ》てて口に鉗《かん》した。寒月君が船にあるとは三毛子から間接に聞いただけで、吾輩自身が姿を見かけた訳ではない。吾輩は別の事を云った。

「全員が密輪団の一味なのでしょうか」

「その様だね。しかしもっと大きな秘密がこの船にはある様だ」

「と云いますと」

「判然《はっき》りとは分らない。ただあの狗《いぬ》が居たとなると、どれ程の陰謀が企《たくら》まれているのか計り知れない」とホームズ君が珍しく上擦《うわず》った声で云うのへ吾輩は又聞く。

「狗と云うと、あの黒い狗でしょうか」

「そうだ。君を噛《か》み殺そうとした狗だ」とホームズ君は胸の奥の黒い火を吐く如くに云う。「あいつこそが何を隠そう、僕の長年の仇敵《きゅうてき》、バスカビル家の狗なのだ」

「何ですって」と吾輩は思わず声を挙げる。ワトソン君より聞いた火を吹く魔犬が、既に馴染《なじ》みの侍狗君であったとは驚きである。しかしバスカビル家と云えば、吾輩はよくは知らんが、大方英国の名家なのであろう。何で左様な由緒《ゆいしょ》正しい狗が上海くんだりで侍の格好をしなければならぬのか、趣味かそれとも副業かと、不審に思った吾輩が問う前に又ホームズ君が云う。

「あの狗がある以上、どこかでモリアチー教授も一枚噛んで居るに違いない。とすればいずれ只事《ただごと》ではあるまい」

　ここで吾輩が先刻三平君が口にした、教授と云う名称を思い出したのは当然である。迷亭の土産の仏像を贈られたのが教授なる人物ではなかったか。と思った時には必然の道順を通って、先日虎君と一緒に見せ物小屋で見かけた背の高い西洋人の姿が頭へ浮かんで来る。三平君と連れ立って小屋に現れた男が話題のモリアチー教授ではあるまいか。吾輩が云うとホームズ君は叫ぶ。

「間違いない。モリアチーは上海に居るのだ」

「モリアチーは何を企んで居るんでしょうか」と吾輩は得体の知れぬ不安を覚えながら更に聞いて見る。

「それをこれから調べようと云うのさ」

「まだ調べるのですか」と云った吾輩はまたも尻《しり》の辺りがむず痒《がゆ》くなる。

「そうさ。実は君が囚《とら》われている間に僕は色々嗅《か》ぎ廻って見たのだが、我々が調べた倉庫の隣に別の室《へや》があって、日本から運んだ大事なものがしまってあるらしい。間もなく夜が明ける。そうすれば運び出すだろうから、その時を狙《ねら》って調べるのさ。その品物がどうやら事件全体の鍵《かぎ》を握っている様な気が僕はするのだ」

　気がするくらいでまた危険な目に遇《あ》うのは御免だとは思ったものの、一匹では帰るに帰られんから吾輩は不承々々頷《うなず》く他にない。吾輩の尻は益々痒くなって来る。ホームズ君は朝まで暫く休息するつもりか、床にごろりと長くなる。吾輩も真似《まね》をして見るが、到底落ちついて寐《ね》て居られる気分ではない。舟の隙間から空を見上げれば、天を覆《おお》った暗紫は薄幕を一枚剝《は》がした具合に色が薄くなって、星は既に半分に減っている。月はとうに姿を消した。後一時間もすれば大都会上海は眠りから覚め、人車入り乱れて往来する、目まぐるしいばかりの活気を取り戻すはずだ。

　無理に目を瞑《つむ》ると先刻船から落ちた鈴木君の姿が瞼《まぶた》に甦《よみがえ》った。騒動が起らぬ所を見ると、鈴木君の遭難に船中の者は誰も気付いて居らぬらしい。可哀相《かわいそう》に鈴木君はこのまま魚の餌《えさ》に供されてしまう成り行きらしい。生前大した恩顧を被《こうむ》った訳でもなく、寧ろ瀬《せ》戸際《とぎわ》では吾輩を喰わんとした鈴木君だからと云って、その不慮の死を恬然《てんぜん》として見過ごす程吾輩は無情な猫ではない。

　世の無常を儚《はかな》む事他に倍する吾輩であるから、立身の路《みち》半ばに幽明界を異にした鈴木君を悼《いた》むに胸中の涙は惜《おし》まない。かつて荘子《そうし》は細君が死んだ折り酒甕《さかがめ》を叩いて歌ったそうだが、そこまでの哲学を吾輩は持って居らぬ。従って死に遭遇すれば極く月並みな感想を抱いて悲しみもする。とは云え吾輩は死と云うものを左程は重大視しては居らん。死ぬ時は死ぬと只思うばかりである。『不如帰《ほととぎす》』の中では死にかけた女が千年も万年も生きたいわと今際《いまわ》の台詞《せりふ》を吐くそうだが、鶴《つる》や亀《かめ》じゃないのだから土台無理な願いである。蘆花《ろか》君も随分と馬鹿な事を書いたものだ。洋の東西を問わず栄耀栄華《えいようえいが》を究《きわ》めた王侯貴族は大概、不老不死を求めて財を蕩尽《とうじん》するものと相場は決っているが、それで実際に死なずに済んだと云う話は寡聞《かぶん》にして聴いた例がない。龍の珠であれ養老の滝であれ本当に効き目があるのなら羅馬《ローマ》や支那《しな》の皇帝連中が今もその辺を徘徊《はいかい》していなければ理屈に合わん。埃及《エジプト》の王は木乃伊《ミイラ》になってやはり不死を実践したそうだが、木乃伊はどうしたって木乃伊であって、到底生きた者とは思われない。昔から長生きした人の噂《うわさ》には枚挙に暇《いとま》がないのはたしかである。バイブルにはユダヤの長老は何百年も生きたとあるそうだし、猫の伯爵《はくしゃく》の話では、仏蘭西《フランス》のサン、ジェルマンと云う伯爵は不死身と云う事だ。卑近な所では、主人の家の近所には義経《よしつね》の鵯越《ひよどりごえ》を目撃したと称する爺《じじ》いが住んでいた。しかしどれも証拠がないのが残念である。バイブルは神が書いたと云うが、神だっていつも真実ばかりを書くとは限るまい。人間を一つ揶揄《からか》ってやろうくらいに考えたって全能の神ならおかしくない。伯爵某の場合はそもそも仏蘭西人の云う事を信用する方が間抜けだろう。歴史にあれ程詐欺師《さぎし》が活躍する国も珍しい。爺さんについては贅言《ぜいげん》を費《ついや》すまでもあるまい。

要するに不死の願いはどこまで行っても儚い夢と終わる他にない。にも拘《かかわら》ず人間は諦めが悪いから、あれこれ足掻《あが》いた末に、たとえ生身の体は滅ぶにせよ、霊魂ばかりは不滅だと考えて見た。所がやはり残念な事に、この霊魂なる者がなかなか発見されぬのだから気の毒だ。プラトンは魂の住処《すみか》はイデア界にありとアカデメイアで講じた様だが、なに、先生だって見て来た訳じゃあるまい。ピサゴラスは狗が苛《いじ》められているのを見て、友人が生まれ変った者だから止《よ》してくれと云ったらしいが、これだって随分と怪しい。あるいは先生、豆の喰い過ぎで錯乱していただけなのかも知れん。つまりは信じるにせよ疑うにせよ、要は主観の判断次第と云う帰結になって、鰯《いわし》の頭も信心からと変らぬ事になってしまう。それでは到底不死の願いを満たすものではないだろう。これが基督《キリスト》教ともなると、終末には死者が墓から甦ると云うのだから凄《すさ》まじい。墓に埋った死体は大概腐っている。中には肉をとうに蛆《うじ》に喰われて白骨だけの者もある。それが甦った後でどうして生きて行かれるのかが分らん。白骨の身では息も出来ぬし飯も喰えぬ。話も出来なければ烟草《たばこ》も吸えん。只歩くのにだって大いに難儀をするだろう。まして火葬なら灰になって甦る必要がある。灰ではちょっと風が吹けば忽ち雲散霧消してしまう。全く以て笑止千万な話と云わざるを得ん。

　今後どれ程科学が発達したところで死の実相ばかりは解明され得まい。死は人間に支配されまい。近代科学が古代中世の智慧《ちえ》と自らを峻別《しゅんべつ》する要諦《ようてい》は実験精神だそうである。しかし他人の死を何千回何万回観察したところで実験にはなるまい。実験と云うなら自分で死んで見る他ない。実際過去には果敢な実験精神に富んだ人間が、死とはどんなものかを考究すべく多数自殺を試みたと云う。それでたしかに死を知った者はあろうが、死人は二度と口を開かんのだから困る。カーライルは臨終に際して、成程これが死と云うものであるかと呟いたそうだが、先生一人で納得するばかりで間もなく冷たくなってしまったのだから哲学者とは身勝手なものだ。吾輩が思うに、分らんものは分らんままにした方が宜《よろ》しい。無理に分った気になるのは却《かえ》って苦しいばかりだ。八万諸聖教も是唯死の一字に留むと云うが、生きている者が死についてする思弁は必ず他人事《ひとごと》なのであって、いざ自分が死ぬるとなればいささかも役に立たない。必ず死ぬと云う絶対の事実だけを真っ向から見据えて、死の事は死んでから考えればよい。

人の死と云う、そう頻繁《ひんぱん》には経験出来ぬ事件にまともに接した所為《せい》か、いつになく深刻な思弁に吾輩が囚《とら》えられていると、一つ聞きたいのだがね、と傍らに寐たホームズ君から声が掛った。

「何でしょうか」

「君は猫を見なかったか」

「いいえ」と吾輩は咄嗟《とっさ》に嘘《うそ》を吐《つ》く。「ホームズさんは猫を見かけたんですか」

「と思うのだが」

「どんな猫です」と聞いた吾輩はひどく胸苦しい。平静を装っては居ても、明敏なホームズ君に動揺を悟られるのではないかと思えば汗が出てくる。

「それが妙なのだ。君が狗に襲われた時、廊下の反対側が光った。見るとどうやら猫なんだが、不思議な事に、全身が燃えるように青白く輝いているのだね」

「猫が光るんですか」と吾輩も奇態な事があるものだと思う。

「そうなんだ。すぐに男が室から出て、猫を隠してしまったがね。僕も時々毛衣《けごろも》が燐の燃える様だなどと褒められる事もあるんだが」

「そう見える時がありますね」と吾輩は御世辞のつもりで云う。一つ頷いたホームズ君は続ける。

「しかし僕のは飽くまで比喩《ひゆ》にすぎない。所がその猫の場合は本当に発光していた様なのだ」

「不思議な事があるものですね」と吾輩はどうやら三毛子とは違うらしいと安堵《あんど》しながら発言する。

「実際不思議さ。猫は蛍《ほたる》じゃないんだからね」とホームズ君は暫《しばら》く思考に沈む模様である。と今度は皮肉な笑いを含んだ声で云う。

「しかし君はあの猫に感謝しなくちゃいけない。辮髪《べんぱつ》の男が止めろと命令するのが一瞬遅れたんで、僕はもう駄目だ、頸《くび》を喰い切られると眼を覆《おお》ったんだが、光る猫に狗が気を取られたんで君は助かったんだ。狗の趾《あし》に胸を押さえられてぐったりしている君を、さっき猫を隠した男が籠に入れた」

「そうだったんですか」と云いながら吾輩は身震いする。狗の恐ろしい赤い眼と尖《とが》った牙《きば》が脳裏に甦って、尻の痒みが一段と切迫して来る。吾輩は先に悪い予感のあった場合にそうなるのだと説明した。所がどうやら恐怖の記憶についても同様の反応が起るらしいと、吾輩は一度は認識を新たにしたのであるが、しかし次の瞬間にはやはり以前の認識を何ら改める必要がないと得心した。何故ならその時吾輩は狗の低く唸《うな》る声を闇中《あんちゅう》に聞いたからである。

慌てて跳ね起きた時には、真っ黒い影は既に二間先へ迫っている。物凄い殺気が津波の如《ごと》くに押し寄せて、辺りの空気をじんじんと震わす。地獄の火さながらに燃える双眼が闇《やみ》に浮かぶのを見るなら、それだけでもはや魂は消し飛んでしまいそうである。二匹並んで体を弓なりに反らせたホームズ君と吾輩は、毛を天に向って針の如くに逆立て、カーと歯を剝《む》き出す威嚇《いかく》の態勢を取るが、内心は逃げ出したくて堪《たま》らない。何しろ相手は侍狗君ことバスカビル家の狗だ。魔犬とも呼称される由緒正しい猛犬である。猫の威嚇などに動じるものじゃない。だったら早く逃げればよかろうと思うかも知らんが、出来るのだったらとうにそうしている。今や吾輩らは二艘《そう》の小舟に挟まれた隘所《あいしょ》に位置するのであって、左右は舟に阻《はば》まれて逃げ路がない。かと云って後ろは壁だ。従って袋小路から逃れるには、一旦《いったん》侍狗君の鼻先まで飛び出して、次に横へ走る他ないのであるが、しかし眼の前に現れた猫を放任する程侍狗君は寛大な君子ではないだろう。能吏の冷酷を以て忽《たちま》ち爪と牙の犠牲と為《な》すのは疑いない。

凶々《まがまが》しい影がまた一歩迫って、侍狗君の目鼻立ちが闇に忽然浮かび上る。それにしてもここまで凶暴かつ酷薄に作らなくてもよいだろうと、造化の神に文句を付けたくなる様な面相である。猟犬たる機能以外一切の余計を省いた殺戮《さつりく》機械の貌《かお》である。生ける殺《さつ》猫《びょう》兵器である。話せば分るなどと云う御目出度い理屈は通じそうもない。影が更に一歩近づいて、同時に雷《いかずち》の如き音響が耳を撃った。ダ、ビンチが発明したと云う、轟音《ごうおん》を放って城壁を破る装置とはこの狗の事だろう。吠《ほ》えられた吾輩は忽ち五尺余りも地面から飛び上る。ここに至って吾輩の肝は珠と砕け散った。心の臓は凍り付いた。もはや恐怖もなければ戦慄《せんりつ》もない。文字通り魂飛《こんぴ》魄散《はくさん》、欲と云う欲が綺麗《きれい》さっぱり五体から消え去って、死の淵《ふち》が真っ黒な口を開いて目前に待ち構えているのが見える。絶体絶命の窮地に立って吾輩は気力を失う。気力が無くなれば病人も長くない。もう駄目だと吾輩が観念した、その時である。

目の前に脚が二本出た。脚が二本となれば人間に違いない。上から来た所からして舟から出てきたものだろう。見れば、誰あろう、件《くだん》の泥棒君である。とうに逃げたかと思えばこんな所でまだ愚図々々していたと見える。侍狗君の目当てはどうやら猫ではなく、始めからそちらにあったらしい。今や盛んに泥棒君目掛けて吠えかかる。すぐに飛びかからぬのは泥棒君が青く光るやつを手に身構えているからだ。侍狗君がじりじりと間合いを詰める。泥棒君が後ずさる。と見るや、いきなり泥棒君が下に手を伸ばしてホームズ君の襟首《えりくび》を摑《つか》んだ。吁《あ》っと声を上げる暇もなく、宙に吊《つ》られたホームズ君は軽々と侍狗君の背後へ抛《ほう》られる。じたばた足搔いて空中を飛行したホームズ君は、猫の本能に従ってくるりと体を反転させ、趾から着地するや忽ち一箭《いっせん》の矢と変じて横へ走る。黒い砲弾と化した侍狗君が追う。隙《すき》を逃さず泥棒君が前へ飛び出し、吾輩も続いて、すると今度は向こうで大勢の人間が一斉《いっせい》に鬨《とき》を挙げる。ばたばた駆け寄る足音もする。泥棒君は三十六計悉《ことごと》く背中に置き捨て、一目散に船縁まで走ると、手すりに鉤《かぎ》を引っ掛けるや、垂らした綱を伝ってするすると身軽に降りて行く。見れば下で洋燈《ランプ》を振る者がある。仲間が舟で待っていたらしい。背後に眼を遣《や》れば、辮髪の超人を先頭に男共が一塊になって、口々に罵声《ばせい》を吐き散らしつつ迫って来る。どうしてよいやら分らぬ吾輩が茫然《ぼうぜん》自失となっているところへ猫の声がした。

「名無し君。ここだ。早く降りて来るんだ」

虎君の声だ。下の舟に居るらしい。やれ助かったと思ったのはしかし一瞬で、降りろと云われても、どうして降りたらよいかが分らない。綱は横に垂れては居るけれど、下るとなれば猿を先祖に持つ人間の様に器用にはいかん。従って虎君の待つ舟へ到達するには、降りると云うより落ちると呼ぶのが正確な仕方でするより仕様がない。とは云え下までは三間余りもある。気軽に飛べる高さではない。躊躇《ちゅうちょ》する吾輩へ虎君の叱咤《しった》の声が掛る。

「早くしたまえ。早くしないと舟が出てしまう」

見れば泥棒君は舟に降り立ち、オールを掴んで相棒と一緒に漕ぎ出さんとする所である。追っ手も尻尾《しっぽ》に手が届くまでに迫った。侍狗君に追われたホームズ君の安否が気がかりではあったものの、もはや一刻の猶予《ゆうよ》もならん。既に吾輩は船腹が全くの垂直ではなく、僅《わず》かな勾配《こうばい》がある事実を素早く眼の端で確かめて居った。とんとんと二度程傾斜を蹴《け》る様にすれば、単純な落下ではなく、降下と呼ぶべき状態に持ち込めぬ事もない。落下は物の様で困るが、降下ならば意思ある生き物にはふさわしいと思える。吾輩はこう見えて絶えず主体的たらんとする近代精神を備えた猫である。主体性とは暗闇への命懸けの飛躍であると云った哲学者があったらしいが、この点からするならこの時以上に吾輩は主体的であった例《ため》しは後にも先にもない。ここがまさに吾輩の跳ぶべきロドス島であった。吾輩は思い切って身を宙へ翻《ひるがえ》した。

　耳学問で聞いた所では、主体は挫折《ざせつ》を余儀なくされると云った哲学者も近頃はあるらしい。その哲学者の説を研究しておけばよかったと、吾輩がつくづく後悔したのは次の瞬間である。計算通り二回船腹を蹴ったまではよかったのだが、勢いが付き過ぎた体は舟を追い越して、吾輩は水へまともに突っ込んでしまったのである。落ちて暫くは無我夢中、只《ただ》息がしたい一心で足掻《あが》きに足掻いて、天地の区別も付かずに居ったが、間もなく腹の辺りに温かい物が触ったと思ったら、どさりと乾いた場所に抛り出された。気が付けば舟の中である。舟の人間が手を伸ばして拾い上げてくれたと知ったのは、吾輩が毛衣《けごろも》に付いた雫《しずく》を払いながら、次第に遠ざかって行く虞美人丸《ぐびじんまる》の黒い烟突《えんとつ》を眺めた時である。助けてくれた理由は知らんが、まずは一言礼を云って置こうと、見れば泥棒君と相棒君は一本ずつオールを握って、必死の形相凄《すさ》まじく腕を動かしている。とても猫が気軽に声をかけられる雰囲気ではない。脚に毛衣を擦り付けて親愛の情を示す事も考えたが、どうにも場違いな気がして、時候をあらためて挨拶《あいさつ》しようと心に決めた。

「大丈夫かい」と暫くは黙って虞美人丸へ警戒の眼を向けていた虎君が吾輩を気遣ってくれる。

「平気な様だ。迎えに来てくれて大いに助かった」と吾輩は虎君に感謝の意を表する。

「なに、大した事じゃないさ」と虎君は謙遜《けんそん》して見せる。「朝まで桟橋で見張って居ようと思ったんだが、何だか居ても立っても居られなくてね。そうしたら、どうやらあの船に行くらしい小舟があるじゃないか。慌てて飛び乗ったら、汽船の傍に着いたはいいが、乗り移る手段がない。仕方なく眺めていたら君が降って来たと云う訳さ」

「よく舟から抛り出されなかったね」

「この舟の人間はよくよく猫好きらしい。平気で乗せて来たばかりじゃなく、さっきは弁当の残りを僕にくれた。君を水から掬《すく》ったのも彼女さ」

虎君が彼女と云う呼称を使うので、始めて吾輩は相棒君の性別が女であるのを知った。全身黒ずくめで頭巾《ずきん》を被《かぶ》っているから分らなかったが、たしかに僅《わず》かに覗《のぞ》かれる白い貌は若い女の様である。切れ長の眼に鼻筋が通った顔立ちは、人間の男がしばしば口にする評語を用いるなら、ちょいと好《い》い女だ。泥棒君とは一体如何《いか》なる係わりのある女性であろうかと、吾輩が必ずしも品が良いとは申されぬ詮索《せんさく》を始めた時、

「ホームズさんはどうしたのだろう」と横から虎君に問われて、吾輩は虞美人丸に独り残留したホームズ君の身の上に想《おも》いを巡らせた。俊敏果敢な同君の事だから、おいそれと侍狗君の歯牙《しが》に掛ったとは思われぬが、やはり心配は心配である。悪魔の如き狗の徘《はい》徊《かい》する怪しい船から独り救出された事が、何だか申し訳ない様な気になって、またぞろ尻《しり》の辺りがむず痒い。

桟橋に着くと泥棒君と相棒君——ではない、相棒嬢は、吾輩と虎君が礼を述べる暇もあらばこそ、飛鳥《ひちょう》の如くに走って忽ち夜陰に紛れる。礼節を重んじる吾輩としては忸怩《じくじ》たるものがあったが、先方には先方の都合があるのだから諦めるしかない。

栈橋へ這上《はいあが》った吾輩は、しかし、助かったと称すべき状態に己が未《いま》だ到達せざる事実を知らされた。見れば栈橋の根元辺りの地面を我がもの顔に占領して、狗の一聯隊《れんたい》がたむろしているではないか。栈橋は河に突き出している。と云う事は一生栈橋で暮らすつもりなら話は別だが、陸へ到達する為《ため》には柄の悪い連中の真ん中を通過しなければならん。一難去って又一難とはまさに今の吾輩を云う。ここに於《おい》て吾輩が尻の痒みの原因を悟ったのは云うまでもない。これは拙《まず》いと思う間もなく、案の定、吾輩等に気付いた一匹が吠《ほ》える。一般に狗と云うものは、一つが吠えれば他も連鎖的に吠える、甚だ付和雷同的性質を有する動物である。油紙に火が移った如く吠声は全体に伝染する。一匹ずつを取れば侍狗君の迫力には遠く及ばぬが、これだけ沢山集れば痩《や》せ狗も港の賑《にぎ》わいである。とにかく迷惑なのは猫だ。吾輩も虎君も毛を逆立て威嚇の態勢ではあるけれど、所詮獰悪《どうあく》なる狗の振る舞いの前に虚しいとは十分承知している。一匹だけなら何とか話し合いが出来そうにも思うが、集団を成した狗は互いに兇暴《きょうぼう》さを競う様な所があるから困る。きっと中に煽動《せんどう》する者があるのだろう。熱に浮かされ狂った様に襲いかかって来るから上品な猫には堪らない。

殺到して来たら河に飛び込むしかあるまいと、吾輩がいよいよ覚悟を決めた、まさにその瞬間、火を吹く勢いで吠え立てる狗共の鼻先に一陣の颪の如く飛びだす黒い影があった。虚を衝《つ》かれた狗は静まって、と見れば黒猫将軍だ。さすがは歴戦の強者《つわもの》、隻眼《せきがん》の英雄、黒猫将軍だけの事はある。大胆不敵にも狗共の眼の前でニャーと一つ見得《みえ》を切って見せると、途端に身を翻して横へ走り出す。頭から湯気を出さんばかりに猛《たけ》り狂った狗軍団が追いかける。将軍の援護を得た吾輩と虎君は迅速に桟橋を渡って反対方向へ逃れる。すると今度は伯爵とワトソン君が暗がりから出て来る。

「やあ諸君。無事で何より。将軍とはガーデンで落ち合う約束になっている。後は将軍に任せて、とにかく急ごう」と伯爵が挨拶して四匹列を成して駆ける。

「将軍は大丈夫でしょうか」と走りながら虎君が安否を気づかうのへ、

「なに心配はいらんさ。狗に追いつかれるような将軍ではない。今頃屋根か樹《き》に登って鼻唄《はなうた》でも歌っているさ」と伯爵は大いに請け合う。

所が将軍が未だ鼻唄を歌うまでの余裕を得て居らぬ事実がやがて判明した。一度は遠ざかったはずの狗の吠声が段々大きくなる気がして、怪訝《けげん》に思う裡《うち》にも声は急速に近付いて、と、正面の角を曲って現れた将軍が必死の形相で走って来るではないか。将軍が後ろに狗の一聯隊を引率しているのは云うまでもない。どこで策戦は齟齬《そご》をきたしたものか、将軍云う所の戦地調査が杜撰《ずさん》であったか、いずれにせよ町内をぐるりと一周した将軍と吾輩等は鉢合わせになってしまったらしい。諸猫慌てて方向を転じ、もと来た路を一散に走り出す。将軍を加えて五匹となった吾輩等は、狗の怒号を背中に浴びつつ駆けに駆けては手頃な木を血眼で探す。窮猿《きゅうえん》は木を選ばずと云うが、猿に較《くら》べてやや木登りの技倆《ぎりょう》に於て劣る猫は、少なくとも爪懸かりのよいのを選ぶ必要がある。幸い間もなく巧《うま》い具合に枝を張った松が見つかった。松は肌がざらざらしているから登るに都合がよい。順番にこれに攀《よ》じれば漸く難を逃れる事を得た。枝を伝って家の軒に降り、更に樋《とい》を攀じって二階の瓦《かわら》屋根に落ち付く。明け初《そ》めた空の高処《たかみ》で先駆けの鷗《かもめ》が一声高く鳴いた。

第七章 ガーデンの猫を襲う新事件の勃発《ぼつぱつ》

二十六

吾輩《わがはい》の猫生《びょうせい》にそうあるべくもない長い夜もいま明けようとしている。旭日《きょくじつ》はまだ姿を見せぬものの、東天には白い光が烟《けむり》の如《ごと》くに立ち昇って、紫雲のたなびく上空を喧《かまびす》しく鳴き交わす鷗《かもめ》の群れが舞う。大小の船舶が点在する黄浦江《こうほこう》は次第に色を帯びて、いずれ日が上りきってしまえば詰まらぬ泥色に落ち着いて興醒《きょうざ》めとなるが、夜と朝の狭間《はざま》の一瞬間に限って多様な色彩を籠《こ》めた天然のカンバスに変って観《み》る者の眼を愉《たの》しませる。光線の具合に従って、灰色に橙の斑点《はんてん》が揺曳《ようえい》する様に見える事もあれば、濃紺に翠《みどり》を刷《は》いた色に染まる日もある。一面の藍《あい》に銀紗《ぎんしゃ》を掛けた如くになる時もある。日頃は絵画を嗜《たしな》まぬ吾輩も、この時ばかりはターナーに負けじと絵筆を執って、眼前に展開された自然の美を画布に定着したいと思う。アンドレア、デル、サルトに倣《なら》った苦沙弥《くしゃみ》先生の水彩画の如きは、先生の俳句や文章や新体詩と同様、箸《はし》にも棒にもかからぬ駄物ばかりであったが、吾輩ならばもう少し巧《うま》くやる自信がある。取り分け吾輩の自負する分野は風景画だ。何しろ見たままを描けばよいのだから風景を描く程易しい業は他にあるまいと思う。見たままを描くこそ至難なのだと深刻ぶる人士をしばしば拝見するが、単に己の不器用を言い訳するに過ぎんと断じて吾輩は憚《はばか》らない。言い訳も積み重なれば立派な芸術論になるから困りものだ。とは云え吾輩は実際に絵を描いた経験はない。今後もあるまいと予想される。これは猫の手が筆を握るに不向きだとの身体上の事情にも因《よ》るが、何より吾輩は美しい風光に接した途端、想像の絵画を胸中一瞬裡《り》に描き切ってしまうので、それをわざわざ他に写し取るなどの面倒をする必要を毫《ごう》も感じないからである。要するに吾輩自身が生きる芸術その物《もの》であると云う事なのだろう。

連続して襲い来た危地を脱した安堵《あんど》感からか、いつになく美しく眼に映じる黄浦江下の黎明《れいめい》に吾輩が見とれていると、急な運動の所為《せい》で息を乱して居った伯爵《はくしゃく》が漸《よう》や《ようや》く口を開いた。

「さて、諸君。ここで私は猫サロンの再開を提案する。無論既に夜は明け、諸猫の疲労も極限に達している事とは思うが、しかし一方で我々は暫《しば》らくこの場所から動かれん事情がある。吠《ほ》え声は大分下火にはなったものの、いまだ狗《いぬ》族の諸氏が周辺を徘徊《はいかい》している模様であるからして、今降りて行くのは甚《はなは》だ剣呑《けんのん》と云わざるを得ない。ホームズ君救出と云う新たな課題もあるが、現時点では同君の無事を祈る以外に手段はない。いま暫《しば》くは避難を続ける必要がある。とすればこのまま瓦《かわら》の屋根に雁首《がんくび》並べて無為を晒《さら》すのでは

「賛成です。聖人は尺璧《せきへき》を貴《たつと》ばずして寸陰を重んずと古い諺《ことわざ》にも云います」と直ちに虎《とら》君が手を挙げる。ワトソン君、将軍にも敢《あ》えて反対の声はない。

「では続けよう」と伯爵が宣する。「推理の発表は虎君までが終った所であった。次は将軍の番でしたな。宜《よろ》しいかな、将軍。まだ息が切れているのであれば少々休憩をとっても構いませんが」

「息など切れて居らん」と将軍が肩を聳《そびや》かして立ち上るのへ、横から口を出したのは虎君である。

「しかしまず名無し君の話を聞くのが先決ではないでしょうか。虞美人丸《ぐびじんまる》で見聞した内容を報告して貰《もら》う必要があります。船に残ったホームズさんも心配ですし」

「ホームズなら心配はいらんさ」とすかさずワトソン君は笑って見せたが、やはり顔色は少々悪い様である。「独り残ったからには彼なりの計算があっての事だろう」

そう云われると泥棒君に襟首《えりくび》を摑《つか》まれ狗の気を逸《そ》らす道具に使われたとは正直に申告し悪《にく》い。ワトソン君は最前からちらちらと不安気な視線をこちらへ寄越《よこ》している。気の毒になった吾輩は、多分無事でしょうと、慰めるつもりで根拠を欠いた臆測《おくそく》を口にする。小声で云った所に微妙な綾《あや》を察して欲しいと願ったのだが、忽《たちま》ちワトソン君は嬉《うれ》しそうに顔を輝かす。何だか騙《だま》した様で、独り無事を得た申し訳なさも手伝って吾輩は内心大いに恐縮する。

「じゃあ一通り話してくれたまえ」と虎君が催促するのへ、今度は伯爵が割って入る。

「少し待ちたまえ。私にしても名無し君の話を聴きたいのは山々であるが、しかしそれでは少々拙《まず》いのではないかな」

「何が拙いのです」と虎君が問う。

「名無し君に先に喋舌《しゃべ》って貰っては、推理競争が不公平になる恐れがある。つまり将軍だけが新しい情報を知った上で推理を展開したのでは、平等を欠くと云わざるを得ないのではあるまいか」

「そんな悠長な事を云っている場合ではないでしょう」と虎君が少々熱くなって不満をぶつけるので将軍も云う。

「伯爵の云う通りだ。条件が違ったのでは勝負にならん」

「しかしホームズさんの救出と事件の解明こそが緊急の課題であって、今は呑気《のんき》に競争などしている時ではない。将軍も推理競争をするつもりはないと仰《おっしゃ》っていたではありませんか」と虎君はますます熱い。

「いかにも云った。しかし一度決めた規則は守られなければ公平を欠いてしまう。ハンデを貰って勝利しても面白くないからな」

「左様《さよう》ですな。ルールはルールとして飽くまで保持されねばならない」と伯爵が髯《ひげ》を捻《ひね》りながら念を押す。

この辺りの西洋猫の頑固さと云うものは吾輩の如き東洋の猫にはちょっと理解し難い。

そう規則ずくめでは窮屈で仕方がないのではと思うのだが、虎君も同じ気持ちと見えて言葉を加う。

「ルールは大事でしょうが、ルールに縛られては詰らないでしょう。原理原則に拘泥《こうでい》して居っては余りに不自由だ」

「そうではない。ルールに自ら進んで縛られるからこそ自由はありうるのだ。ルールを無視すれば忽ち専制の軛《くびき》に繋《つな》がれる破目になる」と伯爵が云うので、吾輩は虎君に味方するつもりで口を出す。

「朝になったら大事な荷物が船から運ばれるらしいのです。何処《どこ》へ運ばれるか見張るのが肝心ではないでしょうか。ホームズさんが仮に捕ったなら、一緒に運ばれる可能性もあります」

「それなら心配はいらん。そうだろう、君」と将軍が虎君へ隻眼《せきがん》を向ける。ええ、と仕方なさそうに頷《うなず》いた虎君が吾輩に向って説明するには、港には既に配下の猫を見張りに付けてあると云う。

「人が降りて来たら尾行するように云ってある。それに船の一味の根城は昨夜《ゆうべ》の裡《うち》に探ってあるのだ。艀《はしけ》から小さな三つの箱を苦力《クーリー》が運んで行ったろう。あれの行き先を腕たつのに尾《つ》けさせておいた。蘇州《そしゅう》河を渡った虹口《ホンキユウ》地区の中なんだが、勿論《もちろん》正確な地理は聴いてある」

「さすがは上海租界の暗黒猫界に顔の利《き》く虎君だけの事はあるだろう」と伯爵が我が事

の様に自慢して吾輩に同意を求める。ええ、と挨拶《あいさつ》しながら、老獪《ろうかい》な伯爵は御世辞を使って虎君の主張の矛先《ほこさき》を鈍らせるつもりらしいと吾輩は推察する。

「だいいち船を見張るも何も、我々は屋根から降りられんのだから、同じ時間を潰《つぶ》すなら将軍の推理を聴いても損はあるまい」と伯爵が言葉を継ぎ、これに将軍も加える。

「なに、手間は取らせんよ。儂《わし》の推理と名無し君の報告の順番がちょいと入れ替るだけの事だ。すぐに名無し君には存分に語って貰うさ」

世慣れした両猫にこう連携されては、若い虎君としては不承々々頷く以外に選択の余地はなさそうだ。

「だったら早くして下さい」と虎君が不貞腐《ふてくさ》れた調子で云うのを横目に苦笑した将軍は、屋根の突端に据えられた魔除《まよけ》の上に立つ。どうやら演壇のつもりらしい。

「儂は余計な修辞は一切使わん。結論と結論の前提になる事実、及び推論の筋道だけを諸猫の前に提示するつもりだ」と一つ空を仰いで伸びをした将軍が口火を切る。恐ろし気な鬼瓦《おにがわら》と隻眼の黒猫の取り合わせはなかなかの趣《おもむき》である。故子規《しき》君あたりが喜びそうな絵柄だ。いずれ悪霊退治にはもってこいの姿と見える。

「結論をまず云う。苦沙弥《くしゃみ》氏殺害の犯人は迷亭及び甘木医師である」と将軍は単簡に犯人の名前を明かした。前置きの通り廻りくどく無いのはたしかに結構だが、少々あっさりし過ぎて物足りぬ様に感じられるのは、吾輩もまたホームズ君辺りの影響で探偵趣味に毒されている証拠かも知らん。

「では次に、推論の前提となった二三の事実を述べよう。儂が以前に諸君の知らぬ情報を手にしていると云ったのは実はこの事に係わるのだ」と将軍は次の様にその情報とやらを披露した。

上海に来る以前、将軍は伯林《ベルリン》に住んで居った。世の軍事界に一名を馳《は》せたモルトケ将軍に飼われたのは一時期で、阿弗利加《アフリカ》から戻って間もなくモルトケ氏の細君の姪《めい》に貰われて長く暮らしたのだが、その家では二階に下宿人を置いて居った。

「当時下宿人は全部で五名程あったが、その裡の一人が日本からの留学生、即《すなわ》ち甘木だったのだ。当時甘木は伯林の大学で医学を学んで居った」

将軍は甘木氏の部屋に出入りを許されていたから、甘木氏を訪れる客とも自然顔見知りになった。必ずしも財政豊かではない留学生の事であるから、来客はそう頻繁《ひんぱん》と云う訳ではなかったが、最も足繁《あししげ》く通って来たのが他ならぬ迷亭《めいてい》である。

「迷亭は洋行などして居らんと苦沙弥氏は云っていたようだが、何故《なぜ》そんな事を云ったのか儂には分らん。とにかく迷亭が欧洲《おうしゅう》に姿を現わしたのは間違いない。迷亭もどうやら伯林に留学している気色《けしき》であったが、どうもあの迷亭と云う男は実に好《い》い加減な人物だ。美学を学んで居ると云う触れ込みであったが、殆《ほとん》ど勉強せずに、見聞を広めるとか称して、始終巴里《パリ》やら羅馬《ローマ》やらに出掛けては、怪し気な場所に出入りして遊び廻って居った様だ」

迷亭、甘木と云う、旧主人の知友中でも取り分け特色ある二人物と黒猫将軍が既に顔《かお》馴染《なじ》みであると聞いて吾輩は感嘆した。しばしば云われる如く実に世間は狭い。それにしても迷亭先生、異国に置かれてまるで本性が変らぬ所はさすがに偉い。英吉利《イギリス》人や仏蘭西《フランス》人と違って、独逸《ドイツ》人は掘り出した芋の如き朴訥《ぼくとつ》な人士が多いと聞くが、その独逸へ行って猶《なお》迷亭先生の瘋癲《ふうてん》漢ぶりはいささかの変化も被《こうむ》らなかったと見える。

「ここで一点、迷亭に関して情報を提供して置こう」と次に将軍は云った。「但《ただ》しこれは儂の推論とは全然無関係である。だが知っている事を敢えて秘匿《ひとく》したと後で誹《そし》られては敵《かな》わんのでな」

「我々は決して誇ったりはしません。只《ただ》誤りを指摘するばかりです。情報とは一体何でしょうかな」と伯爵が聞く。

「迷亭の名前だ。諸君は迷亭の名前を知っているだろうか」と将軍が逆に問う。

迷亭の名前と云ったって、迷亭は迷亭だろうと、吾輩が質問の意図を測りかねていると、即座に自答する将軍の声が聞こえた。

「迷亭は苗字《みょうじ》、しかして名前は庄太郎《しょうたろう》と云うのだ。迷亭庄太郎、これが彼のフォルナーメである」

「何ですって。そりゃ本当でしょうか」と叫んだのは虎君である。

「君から反応があるだろうとは儂も予想して居ったよ」と将軍が片目で笑う。「君の分析した名無し君の夢に、庄太郎と云うのが出て来たからな。しかし君は庄太郎が迷亭だとは知らなかったのだろう」

「何で云ってくれないんだ」と虎君は吾輩へ喰ってかかる。思わず吾輩は首を竦《すく》めたが、しかし何故云わないと責められても知らぬものは教えようがない。迷亭先生が庄太郎と云う立派な名前を持ち合わせている事実をたった今吾輩も知った所である。そう弁解すると、虎君は眸《ひとみ》を宙へ彷徨《さまよ》わせ考え込む様子である。きっと先日の吾輩の夢を思い出しているのだろう。

吾輩も虎君に倣って例の夢を記憶に呼び戻して見た。「庄太郎」は十ある裡二つの夢に登場した。一つは床屋の椅子《いす》に坐《すわ》った吾輩が表の路《みち》を通る「庄太郎」を眺めている夢。いま一つは吾輩が「庄太郎」と一緒に豚の大群に襲われる夢である。「庄太郎」は檳榔《びんろう》樹《じゅ》の洋杖《ステツキ》で豚の鼻頭《はなづら》を叩《たた》いて頑張るが、最後にとうとう力尽きて豚に舐《な》められ絶壁に倒れてしまう。所で夢の中の「庄太郎」の顔立ちなのであるが、実は今振り返って見れば殆ど明瞭《めいりよう》でない。迷亭だと云われれば、成程そうとも思われるし又そうでも無い様な、甚だ摑《つか》みどころのない朦朧《もうろう》然とした像となって記憶に保存されている。と云って男の顔が霞《かす》んで居る訳でもない。目鼻立ちは耿々《こうこう》たる光線の中に歴《れつき》としたものがあるのだが、では一体どういう顔なのだと問われれば俄然《がぜん》答え様がない不思議な顔である。とにかく当の人物が「庄太郎」なのだと夢の中の自分には分っているばかりだ。「庄太郎」が迷亭君の名前であるとして、夢の解釈は一体どう変るだろうかと、暫《しば》し吾輩は考えて見たが、只妙な気分になるばかりで何の感想も浮かんでこない。吾輩は夢

「しかし迷亭の名前がどうであろうが、儂の推論にはいささかの影響もない。

などと云う曖昧《あいまい》なものを根拠に思考を組み立てたりはせんからだ」と将軍は猶も深刻に思い悩む風情《ふぜい》の虎君を置き去りにして前進する。

「では横道から戻って推論の本道を往《い》こう。問題は迷亭が甘木の下宿に案内した人物である。正確な日付は残念ながら覚えて居らんが、一九〇二年の夏頃であったのは間違いない。その日下宿に現れた迷亭には連れがあった。その人物の名を明石元二郎《あかしもとじろう》と云う。と云っても諸君は知らんだろうが」と述べた将軍は明石某なる人物について次の如くに紹介せられた。

明石元二郎は日本の陸軍大佐である。明石大佐は表向きは露西亜《ロシア》公使館付き武官の肩書を有するが、しかしてその実態は世界を股《また》にかけて謀略活動を事とする間諜《かんちょう》である。当時の彼の役割は、露西亜国内及び周辺諸国に多数存在する、反皇帝、反露西亜の政治活動家を支援煽動《せんどう》し、背後から皇帝支配体制を攪乱《かくらん》する事にあった。

「諜報活動は近代戦に於《お》いてはもはや欠くべからざる戦略の要《かなめ》である。諜報合戦の優劣がこれからの戦争の勝敗を決すると云っても左程の誇張ではあるまい。隠密裡に行われる謀略活動の性格からして、世に知られては居らぬが、儂の見る所日露戦に於《おけ》る日本軍最大の功労者は、児玉《こだま》でも東郷でもなく、この明石であると評してあながち誤りとは云えまい」

判然《はっき》りした証拠があるのではないがと注を付した上で、将軍は次に明石大佐の活動を具体的に示した。即ち一九〇四年の十月には、芬蘭《フィンランド》過激党のシリヤスクらと諮《はか》って、露西亜の反皇帝組織を糾合する会議を開催し、活動資金や蜂起《ほうき》に必要な武器弾薬を提供した。日露戦役の最中には露西亜各地で暴動や争議が頻発《ひんぱつ》して皇帝政府を大いに苦しめたが、騒動の多くは後ろで明石大佐が糸を引いていたと云う。大変な人物が日本にも居たものだと吾輩が感嘆する裡にも将軍は先へ進んで居る。

「明石が甘木の下宿に現れたとするならば、只遊びに来たのではないのは当然だ。つまり明石は或《あ》る依頼を携えて来たのである。この時の明石は平服であったが、儂にはすぐに新顔の客が軍人であると分った。身に染み付いた硝煙と血の匂《にお》いは消せるものじゃない。これは珍客だと興味を持った儂は、明石、迷亭、甘木、三名の会談の模様を一部始終傍見した。いかに明石が有能な間諜と雖《いえど》も、自在な情報蒐《しゅう》集《しゅう》能力の点に於ては到底猫に敵うものではない」

将軍も妙な所で自慢をするものだと、吾輩が少々おかしく観じていると、将軍は次に依頼の内容を発表する。即ち明石大佐は甘木氏に、和蘭《オランダ》のアムステルダムに出向いて、港に着く薬品の品質検査を頼んだと云う。

「この薬品が只の薬品ではないのだ」

「何かね。漢方薬か何かかね。それともまさかマンドラゴラから採った愛の秘薬ではあるまいね」と暫く黙っていた伯爵が堪《たま》らなくなった様に合いの手を入れる。将軍は伯爵の冷やかしを委細相手にせず言葉を継《つ》ぐ。

「阿片《アヘン》から抽出《ちゅうしゅつ》した薬だ。薬学の方ではヘロインと呼ぶらしいが、阿片の成分を精錬濃縮して何十倍にも効能を強化したものだと云う。甘木は薬学の方面でもなかなか優秀の様だから、迷亭の紹介を得た明石は、独逸に居った甘木に鑑定依頼を持ち込んだのだろう。とにかく極めて毒性の高い薬らしい」

その薬品の効能なら、吾輩は先刻自分の体を実験台に試したばかりだから既に十二分に知悉《ちしつ》している。瞬時にして猫を虎に変えるくらいだから効果は抜群である。しかし意外であったのは甘木氏が薬学に通じて居った事実だ。正直な話、吾輩は甘木氏が名前を知っている薬と云えば、頓服《とんぷく》とタカジヤスターゼだけかと思っていたから、この誤解は同氏の名誉の為《ため》に早々解かねばなるまい。

「明石が何の目的で、また如何《いか》なる経緯を以《もっ》て阿片を扱って居ったのか、これについては三者の会談に於て完全に明かされる事がなかったが故《ゆえ》に、或る程度の臆測《おくそく》が混じり込まざるを得んのだが、会話の印象及び西欧暗黒世界に関する情報から綜合《そうごう》判断するに、恐らく狙《ねら》いは二つあっただろう。第一は活動資金の獲得。第二は麻薬による露西亜の人心の靡爛《びらん》である。明石が麻薬密売組織と如何に接触し、また買いつけた品をどの様に売り捌《さば》いたかは分らない。聞く所では伊太利《イタリー》や仏蘭西にはマフィアと呼ぶ大規模なギャング組織があって、麻薬密売に手を染めていると云う。あるいは瑞西《スイス》や和蘭には阿片を精錬する秘密工場があると云う噂《うわさ》だから、いずれ何らかの方法で犯罪世界との通路を啓《ひら》いたのだろう。しかしここではそれ以上の詮索《せんさく》は必要ない。迷亭と甘木がたしかに麻薬密売に係わった点だけが確認出来ればよい。明石の訪問から一週間後、甘木と迷亭が連れ立って和蘭へ旅立ったのは云うまでもない。それから更に半年後には両名相前後して留学を終え帰国した。だが彼らは濡《ぬ》れ手で粟《あわ》の蜜《みつ》の味が忘れられなかったのだろう。留学時代に明石を通じて獲得した繋《つな》がりを利用して、日本へ帰って以後も麻薬密売に手を染めて居ったのだ。以上が吾輩の持つ情報の全《すべ》てである。ここまでの所で何か質問はあるかね」

一気に弁じた将軍はあたかも大学の講壇に立つかの如き風情で以て一同の者を見廻す。

これでもし先刻の虞美人丸《ぐびじんまる》船内に於る見聞がなかったなら、吾輩は将軍の論説をして一笑に付していたであろう。馬鹿々々しいとばかりに土俵の外にうっちゃって猶傲然《ごうぜん》としていたであろう。しかしいまや吾輩は密輪船中にあって怪しげな振る舞いをなす迷亭君を至近に観察した者であるからして、将軍の話には大いに得心する所があったと云わざるを得なかった。平素から権威権力を小気味よく斬《き》って捨て、貴顕分限《ぶげん》何する者ぞと嘯《うそぶ》いては敷島の烟《けむり》を鼻から勢いを付けて吐いて見せたとは云え、迷亭君が根っからの小心者であるのは、人間観察に通じた吾輩の眼には覆い隠し様もない。甘木氏にはよく分らぬ所があるけれど、迷亭君ならば麻薬密売などと云う大それた悪業を企画するだけの肚《はら》はない。鼻論と称する怪し気な演説をなして金田の細君をからかう程度がせいぜいで、暗黒街の紳士と互角に渡り合える度胸はない。迷亭と麻薬とは円と三角の様なもので、どう捻《ひね》くり廻しても直接には結びつかん。とは云え直接は無理でも間接ならばどうにかならん事もない。即ちここに明石大佐なる一傑物を補助線に引いて見るならば、解き難い幾何問題が解決される気味となる。円は忽《たちま》ち三角と一体となる。お膳立《ぜんだ》ては何もかも明石大佐がした所へ、横からちょいと盗み喰いする程度なら迷亭君でも可能だろう。寧《むし》ろそうした他人の賽銭《さいせん》で鰐口《わにぐち》を叩くが如き振る舞いは同君の最も得意とする領域である。本領発揮の分野である。他人の褌《ふんどし》は先生の最も好む所である。あるいは迷亭先生、日露戦役が終って大佐が手を引いた後も、虎の威を借りて商売を続けているのかも知れん。この場合の虎とは、明石大佐その人と云うより背後にある日本陸軍であるから威力は絶大だ。そう考えれば虎の威を借る狐《きつね》とは実に迷亭君にうってつけの役柄と思えてくる。何しろ弁舌には天賦《てんぷ》の才に恵まれ、口でなら大阪城でもエッフェル塔でも建てる迷亭君の事だ、架空の虎を何倍にも大きく見せて、舌先三寸商売相手を丸め込むくらいは訳なかろう。

　左様な感想を吾輩が抱いていると、ワトソン君が手を挙げて質問した。

「独逸留学時代に迷亭と甘木が阿片密売に係わったのは事実としても、将軍は一緒に和蘭まで随《つ》いて行かれた訳では無いのですから、実際二人がどの程度の役割を果したのかは分っていない。まして二人が日本に戻って以降も同じ事業を自分等の手で継続したと云う証拠は無いのではありませんか。それこそ将軍が最も嫌われる、根拠を欠いた臆測《おくそく》なのではないでしょうか」

「その点なら問題ないと証言出来ます」とそこで吾輩は将軍に代って発言した。「虞美人丸はたしかに麻薬密売船です。船内で見たのですが、迷亭が密輸団の首謀者の一人であるのも事実です。甘木医師の姿はなかった様ですが」

するると将軍が教師然とした声色で吾輩を遮《さえぎ》る。

「そこまでだ、日本の名無し君。それ以上云ったのではルール違反になる」

そう云いながらも将軍は内心の得意は隠せない様子である。昂然《こうぜん》と胸を張って演台より隻眼で以て一同を睥睨《へいげい》する。迷亭が麻薬取引に係わる事実が判明した以上、ワトソン君にしても質問を続ける理由はない。黙って頸《くび》を掻《か》いている。

「意見が無い様であるから、先へ進むとしよう」と十分に間合いを取った将軍が再開する。

「ここまで話せば、理解の遅い諸君にも犯行の動機はもはや明らかであろう」といよいよ教師然とした物言いで将軍は断じた。「そうである。迷亭、甘木の両名が苦沙弥氏を殺した理由、それは即ち秘密を知られた苦沙弥氏の口を永遠に封じる事にあったのだ」

二十七

将軍の講義は続く。

「苦沙弥氏がどうして迷亭甘木の秘密の事業を知ったのか、それは分らない。あるいは迷亭等と同時期に洋行していた曾呂崎《そろさき》氏辺りに聞いたのかも知れん。左様《さよう》に考えると、虎君の報告した曾呂崎氏殺害も迷亭一味の犯行である可能性が俄《にわか》に高まるが、しかし目下の主題は苦沙弥氏の事件である。曾呂崎氏の件についても求めがあれば別に論じてもよいが、まずは課題を限定して論を進めて行きたい。さて、いずれにせよ、苦沙弥氏は友人である迷亭の悪行を知って密《ひそ》かに心を傷《いた》めて居った。名無し君の話の中には、苦沙弥氏が迷亭に忠告を仄《ほの》めかした場面が幾つか散見される。例えば大和魂と題された文章が挙げられる」

そう云った将軍は、吾輩の物語中にあった、盛夏の一日に聴衆の注意を促した。あの日の午後は、迷亭、寒月、東風の三氏が臥龍窟《がりようくつ》の焼け畳に勢揃《せいぞろ》いして、どう云う風の吹き廻しか、俄な文学熱に見舞われた先生方の間で創作が次々に披露された。先鋒《せんぼう》の寒月君が俳劇と称する、余りに奇態にして凡夫には到底理解を絶する芝居の構想を語ったかと思えば、迷亭君より十七味調唐辛子《とうがらし》調との批評を賜《たまわ》った新体詩の傑作、かの鴛鴦歌《えんおうか》を東風子が発表せられたのに続いて、負けじと主人が大和魂なる文章を朗読して一同を烟《けむ》に巻いたのであった。

「大和魂と云うのは、儂《わし》は詳しくは知らんが、愛国精神の様なものなのだろう」と急に将軍が吾輩に問う。

「ええ、まあ、左様です」と吾輩はしどろもどろに返答をしたが、実は大和魂を見た事がないのでよくは知らん。すると横から猫界のプリニウスを自称する伯爵《はくしやく》が飛び出して来て、吾輩に代って論評を加える。

「大和と云うのは古い日本の国の名称である。九鬼文書なる古代より伝わる史書に拠《よ》れば、大和は元来太平洋の真ん中にあったらしい。大西洋にアトランチスがあるならば、太平洋にはムーと云う大陸があって、後に海底に没したこの大陸に大和はあったと云う話だ。だから今でも日本人は死ぬと魂は海の底の故郷へ戻って行く。盆と云う夏の数日だけ、霊魂は茄子《なす》と胡瓜《きゆうり》で出来た牛に乗って戻って来るが、それを又蠟燭《ろうそく》を灯《とも》した舟に乗せて返してやるのだね。まあ要するに、大和とは西洋人にとってのエルサレム見た様な場所と見做《みな》して大過ない」

伯爵の云う事は面白いがどうも分り悪《にく》いのが困る。茄子や胡瓜の牛に跨《また》がった日本人の魂が大森辺りの海からぞろぞろ上って来たらさぞかし見物《みもの》だろうと、吾輩が思う裡《うち》にも将軍の話はまた始まっている。

「今の伯爵の説明からも分る様に、つまり苦沙弥氏がものした一文は、日本人の愛国精神を鼓舞する内容と見て間違いない。意図は云うまでもない、阿片を日本に密輸する迷亭へ向って、愛国精神を取り戻すよう、婉曲《えんきよく》な表現で勧告したのである。何しろ麻薬くらい人心に荒廃をもたらし、国民の力を失わせる物はないのだからな」

そう将軍は自信あり気に述べたが、これは少々こじつけ臭いと吾輩は観じた。しかしうっかり正直に異見を云ったりすると剣突《けんつく》を喰わされかねないので、吾輩は黙って拝聴しておく。

「こう云うと、諸君の中には牽強付会《けんきようふかい》と見做して馬鹿にする者があるかも知れんが、しかしここで迷亭の反応を参照するなら吾輩の推測が的外れでない事は歴然となるであろう。苦沙弥氏が自作の文章を朗読した後の迷亭はどうであったか。名無し君はこう報告している。『不思議な事に迷亭はこの名文に対して、いつもの様にあまり駄弁を揮《ふる》わなかった——』儂は迷亭と云う男を直接知っているから、この場面の異様さが極めてよく理解できる。人間は考える事が少なければ少ない程余計に喋《しゃべ》るとはモンテスキューの言葉であるが、まさに迷亭が見本だ。箸《はし》が転んでも笑うと云う文句が日本にはある様だが、迷亭の場合は箸が転んだだけで百万言費やしてまだ已《や》まないのだから敵わん」

将軍も迷亭君の多弁に悩まされたのかと思うと吾輩は少々おかしくなる。

「その迷亭が黙ったのだ。これは間違いなく苦沙弥氏の密かな諫言《かんげん》に迷亭が衝撃を受けた証左と見做し得る」

成程そうかも知れんと吾輩は得心する。尋常一様な事では迷亭君は黙らない。海を涸《か》らし大河を堰《せき》止めるより困難であろうとは吾輩の日頃の感懐である。

「更に決定的なのは、事件のあった日の午後の一場面である」と云った将軍は次に、主人が迷亭に読ませようとした羅甸《ラテン》語の文章に一同の注意を促した。Quid aliud est mulier nisi amicitiæ inimica...。

「これは十六世紀の英国の著述家、タマス、ナッシの『愚者の解剖』の一節であるが、この場面も甚《はなは》だ興味深い。どういう場面であるかと云えば、突然苦沙弥氏が迷亭に書物の頁《ページ》を示して読めと要求する。迷亭は途中まで読み上げて、しかし即座に止《や》めてしまう。苦沙弥氏は『何でもいいからちょっと英語に訳して見ろ』と追及するが、迷亭は誤魔化してしまう。この部分は翻訳するなら、『女子とは何ぞや、友愛の敵にあらずや』とでもなるのだろうが、問題はこれに続く文章の後半である。そこを見て迷亭は読むのを止めたに違いないのだ」

「どんな文章なのかね」と堪りかねた様に伯爵が問う。

「『麻薬の如き肉の陶酔を以て男子を骨抜きにする』と云うのだ。こう見れば苦沙弥氏が迷亭に何を知らせようとしたかは明白であろう。恐らく、この時始めて迷亭は苦沙弥氏をこの世から抹殺すべく殺意を固めたのだろう」

云われてみれば、主人が木に竹を継いだ様な文句を平気で口にする性質を有して居ったのは事実とは云え、あの時の迷亭への要求は余りに唐突であった。そもそも友人らが多数集合して賑《にぎ》やかな談話が続いている最中に、独り暗い顔で読書をして居ったのもおかしい。いくら三千世界に類のない偏屈者でも少々奇怪である。

「苦沙弥氏は悩んだのであろう。友情と正義の板挟みに苦しんだだろう。そうして恐らくは、官憲には通報せぬから、悪業から手を洗うよう忠告したかったに違いない。しかも苦沙弥氏には迷亭に麻薬密売を止めさせたい身近な理由もあったのだ」と続けた将軍の推測は吾輩には大いに意外であった。

「即ち寒月や東風の事である。彼等は儂の見る所、立派な麻薬中毒患者である。きっと迷亭に唆《そそ》のかされて阿片に手を出し病み付きになったのだろう。奇想を求める為には命すら惜しまぬ科学者や芸術家にはよくある話だ。これに気付いた苦沙弥氏は大いに心を傷めて居ったのだろう。けだし麻薬の如き肉の陶酔を以て男子を骨抜きにすると云う訳だ」

「しかしそんな証拠がありましょうか」とワトソン君が聞く。

「寒月、東風の振る舞いを見れば誤解の余地はあるまい」と答えた将軍は両君を阿片中毒と決めてしまう。「まず東風だが、あの鴛鴦歌なる詩を読んで、まともな神経の持ち主の仕業と思えるかね。『倦《う》んじて薫《くん》ずる香裏《こうり》に君の、霊か相思の烟《けむり》のたなびき、おお我、ああ我、辛《から》きこの世に、あまく得てしか熱き口づけ』と云うのだぞ。儂は詩には詳しくないが、これが麻薬に汚染された脳中より飛び出たる戯言《ざれごと》以外の何だと云うのかね」

　わざわざ全文引用した上でこうまで強く断じられては、東風君には悪いが、吾輩も敢《あ》えて反対は出来ぬ様な気がする。質問したワトソン君も黙っている。

「麻薬の毒の所為《せい》かは分りませんが、たしかに少々狂っている様ですな」と伯爵も講評する。文芸にはちとうるさい伯爵に酷評されては、もはや東風君を救う道は閉ざされる。

「これが寒月となれば贅言《ぜいげん》を費やす必要もない。団栗《どんぐり》のスタビリチーだの蛙《かえる》の眼球の電動作用だの、あるいは時間が早くなるの遅くなるのと云った研究は悉《ことごと》く、麻薬中毒患者特有の妄想《もうそう》と見て間違いない。それに何より寒月は症状が体に出ている」

「と云いますと」とまたワトソン君が問う。

「歯だよ」と将軍が単簡に答える。「寒月は歯が欠けている。名無し君の話の中で、寒月が椎茸《しいたけ》を嚙《か》もうとして歯を欠いたと本人が述べている所があったはずだ」

たしかにそうである。正月に年賀に来た寒月君の前歯が一本欠けて居って、不審に思った主人が聞くと、椎茸の傘《かさ》を嚙み切ろうとして歯が欠けたと告白して居った。

「椎茸と云うのを儂はよく知らんが、茸《きのこ》であるからには柔らかいのだろう」と将軍が吾輩に聞く。

「ええ、固くはない様です」と云う吾輩の返事を貰《もら》って将軍は満足そうに一つ大きく頷《うなず》く。

「阿片《アヘン》に骨を溶かす作用があるのは周知の事実である。茸くらいで老人でもない人間が歯を欠くとは、可哀相《かわいそう》に寒月は相当に体を蝕《むしば》まれているらしい。このままでは体中の骨が溶けて海月《くらげ》見た様になってしまうのは時間の問題だ」

海月では珠を磨く事は愚か立って歩くのさえ六ずかしいだろう。寒月君得意のヴァイオリンも弾けぬし、吾妻橋《あずまばし》から飛び下りる事も出来ん。もし将軍の云う通りだとしたら一刻も早く寒月君には忠告してやる必要がある。今度会ったら是非阿片はよす様進言してやろうと吾輩は心に決める。但《ただ》し寒月君が猫の如き者の忠告を素直に受け入れてくれるかどうかは疑問で、そう考えると大いに心配になってくる。

左様な具合に吾輩が寒月君の身の上を案じていると、いよいよ犯行の模様を描出する段と見えて、将軍は鬼瓦《おにがわら》の上に前趾《まえあし》を揃えて坐《すわ》り直す。既に太陽は燃える球体の半ばまでを地上に露出して、将軍の黒い毛衣《けごろも》に橙色《だいだいいろ》の光を浴びせかける。

「さて、犯行の夜である。洋杖《ステツキ》を手にした迷亭は深夜、苦沙弥邸を訪れた。無論玄関からではなく、硝子《ガラス》戸から書斎に上る。悪事から身を引くにあたって是非相談がしたいから、夜遅くに行くくらいな事を迷亭は云って置いたのだろう。事が事だけに苦沙弥氏は友人達は勿論《もちろん》、夫人にも教えずに迷亭の来訪を独り待って居った。そうして迷亭は苦沙弥氏の油断を見すまし、後頭部に洋杖《ステツキ》を振り下ろした。伯爵も虎君も水の張られた花瓶が凶器だと断じて居ったが、全く的外れと云う他にない。そんなあやふやな物で人を殺せるものではない。しっかりした凶器を事前に準備して、用意万端整えて始めて万事は計画通りに進行するのだ」

将軍はあたかも人を殺した経験があるかの如くに云う。それにしても随分あっさりと主人を殺してしまったものだ。

「迷亭は書棚の手匣《てばこ》を奪うと、迅速に硝子戸から去った。手匣は悪事の証拠が日記等に残されているのを恐れて持ち去ったのは云うまでもない」

「書棚を荒らしたのも迷亭だと云う訳ですね」とワトソン君が問うと、

「いや、違う」即座に将軍は否定する。

「迷亭に左様な時間はない。伯爵の推論の如く夫人を共犯者に設定するなら、本の書込みを一々調べるなどの余裕はあろうが、同じ家の中に夫人が寐《ね》ている状況で、殺人現場にいつまでも愚図々々するのは余りにも危険だ。寧ろ洋杖で頭を打つ物音で夫人が眼を覚ます可能性が高いと考えるのが自然だろう。無論迷亭は書斎に上って苦沙弥氏と会話を交しながら、夫人と子供達が寐静まっているのを確認しただろう。更に云えば、談話の中でそれとなく、自分の訪問を苦沙弥氏が夫人に教えていないかどうかについても確証を取ったに違いない。自己の安全に自信が持てて始めて犯行に移ったはずだ。迷亭が苦沙弥氏を殴打《おうだ》してから、手匣を奪って去るまでには三十秒もかかるまい。それなら仮に夫人が不審を覚えたとしても逃げる時間は十分だ。あらかじめ手匣の位置を眼に捉《とら》えて置けば、十秒で外へ出られるかも知らん。いずれにせよ迷亭は、書斎の出来事を夫人に気付かれずに済むと考える程楽天家ではないと云う事だ」

「所が実際には、夫人は深夜の凶行に気付かなかった」

「そうだ」とワトソン君へ将軍は答える。

「しかし、だとしたら、誰が書棚を荒らしたのでしょうか」

「なに、誰も荒らしてなどは居らんのさ。ここでまずは、苦沙弥氏が片付けのよい方ではなかったと云う夫人の談話を思い起すべきだろう。つまりあらかじめ書棚は適当に散らかっていたと見て間違いない。だが何よりの問題は、警察が何故《なぜ》初期捜査の段階で、物盗《ものと》りの犯行などと云う誤った見解を抱くに至ったかにある。実はここに事件を解明する鍵が隠されているのだ」

一旦《いったん》切った将軍は一つ大きく深呼吸して以後の演説に備える。推理が核心に触れてきたと知って、諸猫《しょびょう》も敢えて口を差し挟まず演者の息の整うを待つ。

「まずは一度整理をして置こう」と将軍が再開した。「即ち事件の基本は極めて単純だと云う事だ。被害者の顔見知りが密かに部屋を訪れ、洋杖《ステツキ》で頭を打ち、手匣を奪って逃走した。それだけである。所がここに一つの要素が加わる事で、事件は一見複雑な外見を呈する結果となったのである。なに、謎と呼ぶ程の物じゃあない。混乱とでも呼べば済む話だ。どこかの英吉利《イギリス》猫の様に徒《いたずら》に神秘を叫ぶ程儂は浪漫《ロマン》派ではない」

平生口の悪い将軍にしては皮肉の毒が少々薄い様である。やはりホームズ君が現在遭難下にある事情を若干なりとも勘案して遠慮したのだろうか。

「どうして物盗り説が浮上したのか。新聞の記事を冷静に分析して見るならば、物盗り説の根拠が悉く一人の人物の口から発せられたものであるのが分るだろう。その人物とは、甘木医師その人である。最初に部屋の様子に不審を云い出したのが甘木であったのを勿論諸君は覚えているだろう」

「と云うと将軍は、甘木医師が盗賊による犯行の幻影を作りだし、周囲に振り撒《ま》いたと御考えになるのですね」

「そう云う事だ。君もなかなか巧《うま》い事を云うじゃないか」と将軍に褒められてワトソン君はちょっとはにかんで居る。が、すぐに厳しい調子に変えて問いを重ねる。

「しかし財布はどうなります。財布が被害者の懐《ふところ》から抜かれていたのは幻影でも何でもない、厳然たる事実なのではないでしょうか」

「紙入が失《う》せていると云い出したのも甘木である事実を君は忘れているのではないかね。少なくとも新聞の記事で見る限り、夫人が自ら苦沙弥氏の懐を探った様子は無い。寧《むし》ろ甘木に云われた事を鵜呑《うの》みにして巡査を呼びに走っている。その隙《すき》に甘木が本当に紙入を懐から抜いて鞄《かばん》にしまうのは極めて容易だ。とすると問題は、何故甘木が左様な狂言を演じたかにある。結論を云う。甘木は独りになりたかったのだ」

「独りになってまたどうしようと云うのかね。十一月と云えば晩秋の時候だから、窓外に散り行く落葉でも眺めて独り静かに物でも思うかね」と伯爵が茶々を入れる。

「正確には独りではない。苦沙弥氏と二人だけになりたかったのだ」伯爵を全然相手にせずに、将軍は若干の訂正を加えてから続けた。「けだし甘木が苦沙弥氏を最初に診た時、苦沙弥氏はまだ死んで居なかったのだ」

「そりゃ、また、本当の事でしょうか」とワトソン君が驚愕《きょうがく》の声を挙げる。こう素直に反応して貰えると話し手も喋舌《しゃべ》り甲斐《がい》があろうと云うものだ。ホームズ君がワトソン君を身近に置いて珍重する理由が何となく理解される様な気がする。

「君は本当の事と云う概念を如何《いか》なる意味で用いているのかね」と再び将軍が教師然とした調子で云う。「確認して置くが、儂が先刻より述べているのは飽くまで仮説である。そもそも推理競争と云う趣向は、各々《おのおの》の仮説の優劣を競うのではないのかね。科学的仮説の優劣とは『本当の事』などとは関係ない。現象をどれだけ広範囲に、論理の矛盾なく説明出来るのか、その有効性を以《もっ》て測られるとは科学論のいろはである。従って儂は自分の推理が本当の事だなどとは全然主張しない。只《ただ》現象の説明能力に於《おい》て優れているのを誇るばかりだ。本当の事を仮に真理ととるならば、たしかに真理は一個だろうが、究極の真理を知り得るのは神だけだ。有限性に止《とど》まる人間や猫に許された事は、仮説に仮説を重ねて唯一《ゆいいつ》の真理に接近して行く無限の運動だけなのだ。その意味では神ならぬ身である我々にとっては、真理は常に複数あると知るべきだ」

ここまで来ると吾輩はいよいよ自分が大学で講義を聴講している気分となる。

「いや、素晴らしい。将軍は見事に信仰と科学に調和をもたらされた」と手を叩いて賛辞を述べたのは伯爵である。「まさに科学の時代たる二十世紀を主導して行くに相応《ふさわ》しい思想を余す所なく素描されたと申してよいでしょうな。どうやら将軍は改めてケーニヒスベルクの哲学者に学ばれたと御見受けする。最近はまた随分と流行の兆《きざ》しがある様ですからな」

「貴公は儂《わし》が流行を追いかけていると云うのかね」

「いやいや決して。しかし最新の思想界の動向に敏感であるのは、苟《いやしく》も思想家たる者の最低の条件でしょう。かつては絶対精神に於《お》ける主客の合一を理想とされていた将軍も、いつまでも同じ場所に停滞しているのではないと云う訳ですな」と伯爵は真面目《まじめ》な顔で云う。

「どうも貴公に云われると褒められた気がしない」と答えながら将軍も満更ではない様子である。「いずれにせよ、左様な次第であるから、儂は飽くまで仮説を述べるにすぎん。とは云え、儂は儂の推理は殆《ほとん》ど唯一無二とは思っているのだがな」

「ではその仮説を早くお願いします」と虎君に急《せ》かされて将軍は最新科学論から本題へ

戻る。

「苦沙弥氏は生きていた。無論意識は既に無く昏睡《こんすい》状態にあった。この仮説を置く事で表層を覆《おお》う混乱は悉く合理的に説明される。しかしまずは、甘木が記者の質問に答えて、苦沙弥氏は即死でなかったかも知れぬと発言している点には注目しても無駄ではなかろう。後になって万が一遺体に不審の眼が向けられた場合の用心に、甘木は死亡時刻に幅を持たせたものと推察出来る。つまり甘木が苦沙弥氏を最終的に殺害したのだ。その為《ため》に甘木は盗賊の侵入を示唆《しさ》して、夫人を書斎から遠ざける必要があったのだ」

「しかし、そりゃ、本当でしょうか」とまたワトソン君が云う。つい今しがた将軍の説教を食らったばかりだと云うのに、ワトソン君も随分と懲《こ》りない猫である。将軍は今度は何も云わずに先を続ける。

「勿論甘木は前夜に迷亭が苦沙弥氏を殺したのを知っていた。ここで迷亭ではなく甘木自身が単独で犯行をなした可能性を考える者の為に云って置けば、それはありえない。何故なら新聞の記事で甘木は前の夜から外出して居って、朝戻った所へ聯絡《れんらく》が来たと証言しているからだ。仮にこれが虚偽だとして、そんな簡単に発覚する様な嘘をつくはずがない。寧ろしっかりとした不在証明《アリバイ》を作る為に甘木はわざと外出したのだろう。この辺りの手はずは迷亭甘木に於て綿密に打ち合わせてあったに違いない。いずれ甘木は朝になって自分が呼ばれるだろうとも予想して居った。何かしら迷亭が証拠を残してあれば、自分が始末する心積りでいただろう」

「するとたしかに証拠は残っていた。死んだはずの苦沙弥氏が生きていた」こう云う場合の伯爵の合いの手は実に巧みだ。あるいは日本に居た頃に三河辺りで万歳《まんざい》の芸を習得したのかも知れん。一つ頷いた将軍は続ける。

「甘木は動転しただろう。が、即座に始末を決意した。苦沙弥氏に回復されたのでは迷亭と一蓮托生《いちれんたくしょう》の甘木は助からない。そこで咄嗟《とっさ》に物盗りの形跡を云い出し、夫人を表へ走らせた。この時東風が玄関に現れたのは甘木の心臓を縮み上らせたに違いないが、幸い東風も夫人と一緒に車屋まで同行したので安心した。独りの時間を得た甘木が如何なる方法で苦沙弥氏をあの世に送り込んだのか、判然《はっき》りとは分らぬが、医師の事だから手段は幾らもあったろう。明らかに毒とは分りにくいものを選んで、薬品を少量静脈に注射すればいい。あるいは空気を注射する方法もある。いずれにせよ遺体の検分は斯界《しかい》の権威者である甘木が担当すると申し出れば、誰も止めろとは云わんだろう。医師の特権を利用すればどうとでも誤魔化しは利《き》く。死亡時刻を十一時から二時と語っているのは無論虚偽だが、剖検《ぼうけん》を甘木自身が担当したならどこからも文句は出まい。恐らく実際に迷亭が苦沙弥氏に打撃を与えたのは十一時より前か、二時よりも後だったのだろう。これを知って居ればこそ甘木は、迷亭の不在証明に一役買うつもりで贋《にせ》の死亡時刻を申告したのだ。そして次が肝心の所であるから、よく聴いて欲しいのだが、苦沙弥氏を殺害するにあたって、甘木は硝子戸の鍵を掛けたのだ」

「と云うと、それまで鍵は開いていたんでしょうか」

ソン君を睨《にら》む。


「無論だ」と将軍は何を馬鹿な質問をするのだと、非難する眼でワトソン君を睨《にら》む。

「迷亭が前夜に硝子戸から入って出た以上、朝まで鍵は開いていたに決っているではないか。要するに事件は密室殺人などとは徹底的に無縁なのだ。朝になって甘木が鍵を掛けた。単純にそれだけだ。夫人は動転しているから鍵の開閉などに注意を払う余裕はなくて当然だ。夫人が書斎の鍵に注目したのは、車屋から戻ってやや落ち着いてからだったろう。甘木が鍵を掛けた理由は云うまでもない。苦沙弥氏を殺している最中に硝子戸を開けて誰かが入って来たら困るからだ。車屋へ走った東風辺りが玄関からではなく庭を廻って直接書斎に駆け戻って来る可能性は相当に高いと考えられる。斯《か》くして現場は盗賊の犯行の痕跡《こんせき》を残しながら、脱出経路が見当たらぬと云う、一見して不可解な様相を呈する事になったのだ」

「でも、どうして甘木医師は犯行の後でもう一度鍵を開けなかったんでしょう」とワトソン君が問う。

「最初から迷亭との間に物盗りの仕業に見せかけるとの相談があったなら、当然そうしただろう。だが物盗りは咄嗟の思いつきだった。従ってもう一度鍵を開けるまでの頭は廻らなくてもおかしくない。とにかく苦沙弥氏がたしかに死んだ事で甘木は安心した。その裡《うち》に夫人と東風は戻って警察も来たのだろう。或《あるい》は鍵を開ける事を思った時には既に夫人等が帰って来てしまったのかも知れん。儂の推論は以上である。儂は推理競争のルールを尊重するが故《ゆえ》に、我が推論の仮説としての性格を強調したのだが、実の所は、事件が今述べた如《ごと》くに現実に推移した事を疑っては居らん。日本の警察も儂に意見を求めれば、万事たちどころに解決すると云うのに、勿体《もったい》ない話ではある。とにかく、犯人、動機、手段、所謂《いわゆる》密室の解明、いずれをとってもこれ以上に完璧《かんぺき》な論理的解決はあるまいと思うが、もし質問があるならして貰いたい」

暫《しばら》くは誰も何も云わない。何しろ迂闊《うかつ》な質問をしようものなら大喝一声、忽《たちま》ち痛棒を喰わされそうで、勢い慎重にならざるを得ない。しかも密輪船と見做《みな》される船中に迷亭君が首謀者然とした顔つきで眼鏡を光らせていた以上、動機については将軍の立論に反対はし悪《にく》いだろうし、他の論点にも敢《あ》えて難ずる程の論理の齟齬《そご》はないと思われる。将軍は声が無いのが当然と云った傲然《ごうぜん》たる面持ちで、横に張った立派な髯《ひげ》を前趾《まえあし》でいじっている。

「では一つしまます」と云ったのはワトソン君である。また詰まらぬ事を云って叱《しか》られるのではと吾輩ははらはらする。

「百合《ゆり》はどうなのでしょう。犯行現場に残されて居った百合は」

「事件とは無縁である」と将軍は断じ、それだけでは言葉が足りぬと見たか説明を加えられた。「数学でも同じだが、余計な枝葉を切り払って本質のみを直観し考究する事が問題解決には肝要なのだ。諸君はどうも上辺《うわべ》の現象ばかりに眼を奪われて根元を見損なう傾向があるようだ。三角形の面積を求めるなら底辺と高さだけが分ればよいのに、必死になって角度を求めるのだから馬鹿々々しい。百合は七時の客が持参した。それを苦沙弥氏が花瓶に活《い》けた。只それだけである。客が誰であろうと、百合がどこから持ってこられようと、事件には全く係わりがない」

「名無し君はどうでしょうか。何故名無し君が上海に来たかの問題は」と今度は虎君が問う。

「君はこの点に執着していた様だから無理もないが、残念ながらこれも関係ない。やはり三角形の角度を詮索《せんさく》する類《たぐい》だ。名無し君が上海に連れて来られたのをたしかに謎と認めてもよいが、とすれば苦沙弥氏の事件とは又別の謎と云うべきである。君は本来無縁な二つの謎を混同しているのだ」と将軍は飽くまで判然《はっき》りしている。

「仮に別々の謎だと認めるにしても、二つが同じ夜に起ったからには何かしら意味があると見做すべきではないでしょうか」と虎君は食い下がる。

「二つの出来事が偶然一つに重なった。それは別に不思議でも何でもない。極く月並みな現象だ。じゃあ君は、例えばシーザーがルビコンを渡った日に、シーザーの飼う猫が失踪《しっそう》したとして、両者を必ず因果で結び付ける必要があると云うのかね」

「では将軍は名無し君の謎をどうお考えになるのです」

「分らんね」と将軍は実にあっさりしたものだ。「七時に来た寒月が夫人に云われて持って行ったのかも知らんし、復讐《ふくしゅう》の道具に使わんと東風が捕まえたのかも知れん。あるいは名無し君が突然夢遊病に罹《かか》ってふらふら港まで歩いて船に乗ったのかも知れん。しかしいずれであるにせよ、儂が鮮やかに解明した苦沙弥氏殺害事件の真相をいささかも変更するものではない。他に質問がなければ以上で終わらせて貰《もら》う」

そう宣言した将軍はさっさと鬼瓦から降りてしまう。となれば次は吾輩が探索の報告をなすべき順番であるが、ここで又伯爵から新たな提案があった。狗《いぬ》の姿も漸《ようや》く消えた模様であるから、まずは一旦ガーデンに戻ってはどうかと云うのである。

「いまから行けばちょうど朝食の時間に間に合う。名無し君の話は食事でもしながらゆっくり聴いたらどうだろうか」

一同は揃《そろ》って頷《うなず》く。ちょうど朝食に間に合うと云う事は、理論上、いまを逃せば食事にありつけぬと云う厳然たる事実を意味するのであるからして、敢えて反対の声が無いのは当然である。異論があるとすれば、先刻躍起となって吾輩の報告を求めた虎君だが、さすがの同君も空腹には勝てんらしい。昨日の午後から何も食べていない吾輩は実はもう眼が廻りそうである。一度飯に思いを馳《は》せたが最後、怪しい船もホームズ君も苦沙弥先生も一遍に霧散して、頭から尻尾《しっぽ》の先までが胃袋に変じた様な心持ちである。

登った時と同じ松の木を伝って地面に降りた吾輩等は、食餌《しょくじ》の味を思い思いに描きながら一目散に駆けた。そうして、葉陰を透して差した朝の陽に、芝の緑も目にあやなガーデンへ戻って見れば、驚天動地とも云うべき大事件が持ち上っていたのである。

二十八

朝食の時刻ともなれば普段は大賑《おおにぎ》わいするはずだのに、ガーデンはひっそり静まり返って猫の姿がまるで無い。不審に思って調べた所、一匹だけ叢《くさむら》に寐《ね》ている猫が見付かったので、何があったのかと問えば、早朝の未《いま》だ明けきらぬ時刻に数人の見慣れぬ男がガーデンに現れ、猫をごっそり拐《さら》って行ったのだと云う。

吾輩等五匹は暫《しば》し言葉を失ったまま、猫影の消えた庭園を尻尾を揃えて茫然《ぼうぜん》と見遣《みや》った。もはや食事どころの騒ぎでないのは明らかであった。但《ただ》し食事どころでないとは一種の修辞であって、アリストートルの分類に従うなら誇張法に別すべき表現である。つまり実際に吾輩等が餌《えさ》を喰わなかったのではない。善意の動物愛護家から単なる配膳人《はいぜんにん》へと地位を転落させた英国婦人が、例の如く林の奥から現れるや、かつて鬼神をして哭《な》かしむると上海猫日報の時評子より評された絶妙なる鳴き声を、それも合奏で以て盛大に奏《かな》でて餌を督促した吾輩等一同は、暫《しばら》くは揃って顎《あご》の運動に没頭した。いかな大事件と雖《いえど》も空腹以上の問題とは思われず、たとえ彗星《すいせい》が頭上に迫りつつあると云われても吾輩をして餌から引き離すのは困難だったであろう。飢えたる狗《いぬ》は棒を恐れずと云うが、けだし飢えたる猫は世界滅亡を恐れぬと云うべきである。

喰うだけ喰って、各々食後恒例の毛繕いを始める頃になって漸《ようや》く、深刻なる事件の出《しゅっ》来《たい》に吾輩等は本格的に震撼《しんかん》した。ここに於《おい》て吾輩は震撼するにも空き腹では六ずかしいとの生理学上の一真理を観察したのであるが、それはともかく目下の課題は猫誘拐《ゆうかい》事件である。残った猫に改めて尋問すれば、誘拐犯共は持参の麻袋から餌を取り出し、これが普段と較《くら》べて格段に味がよかったものだから、全員が夢中になって喰う裡《うち》に、気が付けば何だか体が痺《しび》れて動かず、危ないと思った時には皆ばたばたと芝生に倒れて、男達が塵芥《ごみ》でも拾う様に集めて次々袋へ放り込んだと云う。助かった猫は痺れながらも茂みまで這《は》ってどうにか難を逃れたらしい。その裡に体の痺れはけろりと直ってしまったとも云う。

吾輩が俄《にわか》な緊張を覚えたのは、猫が次の如くに語った時である。即《すなわ》ち猫拐いの一味は眼に付いた猫を拾い終わると、今度は狗を一匹連れて来て、遠くまで逃げた猫を捕えさせたと云うのである。吾輩がどんな狗かと問えば、大きな黒い狗だと云う。狗に命令を与えていたのは辮髪《べんぱつ》の男ではなかったかと聞けばしかりと頷《うなず》く。

「ガーデンへは狗は入れん事になっているのだ。まったくけしからん話じゃないか」

忽《たちま》ち伯爵《はくしゃく》が嚙《か》みつく様に叫んだものの、入ってしまったものは今更どう仕様もない。だいたい猫が入るなと云ったって狗が聞くもんじゃない。とは云え吾輩は眼を怒らせた伯爵の苛立《いらだ》ちも十二分に理解出来た。何故《なぜ》なら捕まった猫の中にはマダムも含まれていたのである。日頃敬愛して已《や》まぬ婦人が拐われたとあっては、落ち着いて居ろと云う方が無理だろう。将軍も黙っては居るが、内心は伯爵と同じ気持ちと見えて、憤怒《ふんぬ》の形相凄《すさ》まじく隻眼《せきがん》を瞠《みひら》き宙を睨《にら》み据えている。とにかく火急《かきゅう》の問題は猫の行き先である。助かった猫は分らぬとの返事であったが、辮髪の超人と侍狗君の跳梁《ちょうりょう》を察した吾輩が虞美人丸《ぐびじんまる》一味との関聯《かんれん》を思ったのは当然だ。吾輩がそう述べると、最初に反応があったのはワトソン君である。

「何と、バスカビルの狗が。となれば恐るべき事態が進行しているに違いない」

「何だね、そのバスカビルと云うのは」と伯爵が聞くので吾輩がかいつまんで話す。殊《こと》に侍狗君の凶悪さについては念を入れて描写する。

「あの見せ物小屋の狗がそいつだと云うのかい」今度は虎君が問う。吾輩が首肯《しゅこう》すると、「これは余程肝を据えてかからないと大変だ」と侍狗君の恐ろしさを既に知る虎君は深刻な表情で頷く。

「私は狗など全然平気だ」侍狗君を知らない伯爵が鼻を鳴らすのを相手にせず、虎君が続けて発言する。

「名無し君はガーデンから猫を拐ったのは麻薬密輸の一味だと云う。となれば恐らく猫が連れ去られたのは昨夜《ゆうべ》調べて置いた奴《やつ》らのアジトではないでしょうか」

「そうだ、そうに違いない」と伯爵が尻尾をぴんと天に向けて叫ぶ。

「船に戻ったと云う事はないでしょうか」と吾輩は念の為聞いて見る。

「その点なら心配ない。港を見張った猫にここへ来る途中で聞いたのだが、早朝に船から荷物を抱えた人間と狗が上陸して、船に戻った者はないそうだ」と虎君はいつもながら機敏である。

「だったらさっそく救出に行かねばなるまい。さあ、早く案内したまえ」と今にも駆け出す勢いで立ち上った伯爵を横から制したのは将軍である。

「少し待ちたまえ」

「どうしたのかね、将軍。まさか歴戦の勇者たる黒猫将軍ともあろう者が、狗と聞いたくらいで怖《お》じ気《け》づいたんじゃあるまいね」と伯爵はいきり立つ。

「冷静になりたまえ、伯爵。貴公らしくもない。いいかね、現在我々は敵の狙《ねら》いも人数も知らない。そんな状況で真っ昼間にのこのこ出かけたら、わざわざ捕まりに行く様なものだ」

「将軍も到頭やきが廻られた様子ですな。豪勇だけが取り柄《え》の将軍にして臆病《おくびょう》風に吹かれたと見える。結構でしょう。将軍はひなたぼっこでもしながら留守番をして居ればよろしい」

「頭を冷したまえ」と将軍は一つ鋭く叫んで、それから又声を落として云う。「儂《わし》は救出に行かんと云っているんじゃない。策戦が必要だと云っているのだ。我々が捕まってしまえば後はどうする事も出来んのだからな」

「将軍は百年でも二百年でも策戦を練って暮らせばよいでしょう。いずれ勇気を欠いた者は足手まといになるばかりだ」

「勝負所で龍の髯《ひげ》を撫《な》で虎の尾を踏む覚悟が必要なのは分っている」将軍は猶《なお》も言葉を

重ねて説得にかかる。此度《こんど》の将軍が粘り強いのには感心させられる。平生ならとっくに頭で湯を沸かしている所だろう。

「しかし合理性を欠いた蛮勇だけでは目的は達せられん。肝心なのは目標の達成なのであって、勇敢さを誇る事ではないのだ。相手は少なくとも一人二人ではない。味方より遥《はる》かに数が多いと見るべきだろう。とすれば取るべき策戦は夜襲以外にない」

「夜まで待てと云うのですか。そんな悠長な事を云って居られる場合ではないでしょう」

「もう一度云う。冷静になりたまえ。いいかね。ガーデンの猫が拐《さら》われた状況から考えて、敵は少なくともすぐには猫を殺すつもりはないと見てよい。殺すなら最初から痺れ薬ではなく毒を使うだろう。つまり何か目的があって猫を生きたまま連れ去ったのだ。とすればその目的が果されるまでは皆無事と考えてよい」

「目的とは何かね」

「それをこれから考えようと云うのだ。我々はまだ名無し君の報告も聞いていない。名無し君の話から敵の凡《およ》その人数や狙いを推測出来るだろう。突撃はそれからでも遅くはない」

「僕も将軍に賛成です」とそこで割って入ったのは虎君である。「敵の根城を襲うなら夜しかないと思います。伯爵がどうしても案内しろと仰《おつしや》るなら、そうしても構いませんが、伯爵までが捕えられては我が方の戦力はがた落ちになりましょう」

「体力の事も考慮せねばならん。何しろ我々は昨夜から一睡もして居《お》らんのだからな」と味方を得た将軍が加える。

「敵を知り己を知れば百戦危うからずと孫子の兵法にもあります」と吾輩も将軍を後援するつもりで発言する。

「それにホームズが居ます。きっとホームズが捕まった猫と一緒のはずです。だから心配は無用です」ワトソン君も別方面から援軍を出す。こう四方から寄ってたかって説得されては、強行策一点張りの伯爵も心を動かされたと見えて、今は趾《あし》をしきりに舐《な》めて思案の態《てい》である。

「敵の根城には見張りを付けてあります。何か異変があればすぐに通報が来るよう手はずは整って居ます」と云う虎君はつくづく頼もしい猫である。ここに至って漸く伯爵も納得したらしい。得心したとなれば元来合理精神に溢《あふ》れた伯爵の事だ、気持ちの切替えは見事なまでに素早い。

「よろしい、諸君の云う通りにしよう」と云った伯爵は、諸猫に疲労の具合を尋《たず》ねた上で、次の如くに話を纏《まと》めた。

「では、まず名無し君に話して貰い、次に策戦計画を練るとしよう。それから夕刻までは各自休んで、月が東の空へ上り次第、四阿亭《あずまや》に再度集合するのはどうであろうか」

　一同は賛成の印に立てた尻尾を前へ倒して見せる。尾の短いワトソン君だけは、尾を小刻みに揺らす事で同様の意を表する。

「では名無し君、虞美人丸での見聞を詳しく報告してくれたまえ」と伯爵に促されて吾輩は語り始める。

ホームズ君と倶《とも》に艀《はしけ》に乗って、縄梯子《なわばしご》を伝って船へ潜入した辺りから、泥棒氏との遭遇、倉庫での山の芋の発見と、順次吾輩は話して行く。ここでも吾輩は三毛子との邂逅《かいこう》は口に出さなかった。理由はよく分らぬが、秘密と云うものは一度持ったが最後、猫の心理に甚《はなは》だしい拘束を与えるものであるらしい。前に隠した以上は次も云わぬが当然と、いつの間にか決ってしまうと見える。隠すが秘密と云うくらいで、隠す作用があればこその秘密であるにも拘《かかわら》ず、秘密が一旦腹中深くに根を据えたなら、秘密の側が隠す事を要求するのだから困る。困るけれども心理が勝手にそう運動する以上は如何《いかん》ともし難い。

吾輩は報告を続ける。侍狗君に襲われ籠《かご》に幽閉された事から、船室で見かけた人間たちの談話を過ぎて、鈴木君の遭難に話が及んだ時である。それまで諸猫同様ふんふんと時折相づちを打ちながら大人しく耳を傾けていた虎君が、いきなり吾輩へ飛びかかって来た。吃驚《びっくり》して身を捩《よじ》ると、今度は恐ろしいくらいな膂力《りょりょく》で以て吾輩を組み伏せにかかる。気でも狂《ふ》れたかと思った吾輩が「何をするんだ」と叫ぶと、「動くな」と鋭く命令した虎君が吾輩の腹上で云う。「爪《つめ》だよ、爪。君の爪には毒が塗られている」

途端に事態を傍観して居った他の猫達が殺到して、いよいよ吾輩を押さえ付けにかかる。圧迫されれば跳ね退《の》けたくなるのが猫心理と云うものである。吾輩は一層力を籠《こ》めるて暴れるが、四匹に寄ってたかって押さえられては如何ともし難い。

「大丈夫だ。毒は付いていない様だ」と吾輩の趾《あし》の先を観察したワトソン君が云い、漸く吾輩は解放される。荒い息をついた吾輩は暫《しばら》く声が出ない。

「済まなかった。しかし君が頸《くび》を掻《か》こうとしていたのでね」と虎君が云うのが聞こえる。

「毒は先刻水に落ちた時に流れたのだろう。でなかったら危ない所だった」

ここに於《お》いて吾輩も虎君の云わんとする趣旨を理解する。

「鈴木氏は僕の爪で死んだと云うのだろうか」と吾輩は狼狽《ろうばい》を隠せない。

「そうさ。東風が毒を塗ったのだ」と虎君は興奮に髯《ひげ》を震わせる。「君が鈴木氏の掌《てのひら》を爪で掻いて、間もなく倒れて水に落ちた以上、他に考え様がないじゃないか。周りに他に人は居なかったのだからね」

「しかし何時《いつ》塗られたんだろう」と吾輩はいよいよ狼狽して問う。

「狗《いぬ》に襲われて気を失っている間に東風が塗ったのだ」

「君が東風に拘泥《こうでい》する気持ちはよく分るが」と今度は横から伯爵が問う。「しかし証拠があるかね」

「多々良三平《たたらさんぺい》が云っているじゃありませんか、猫を捕まえて来たのは東風だと。それに迷亭が曾呂崎《そろさき》氏を殺害したのはやはり東風だと述べている。つまり鈴木と曾呂崎は僕が前に述べた、猫を使う同じ方法で殺されたのは明らかです」

「復讐《ふくしゅう》説かね。しかし鈴木、曾呂崎と苦沙弥氏の事件とは別だろう」と将軍が注釈をが自然だ」

入れる。「迷亭が阿片《アヘン》密輪に従事する事実が判明した以上、僕が推理した様に考えた方が自然だ」

「そうかも知れません」虎君は必ずしも自説に拘泥せぬ構えを見せる。「けれども考えて見て下さい。これで下宿時代の仲間七名の裡《うち》、四人が殺され、一人が発狂した事になるのですよ。残るは二人、迷亭と独仙《どくせん》だけだ」

たしかに指摘されて見ればその通りである。理野陶然《りのとうぜん》、曾呂崎、苦沙弥、鈴木が順番に死んで、天道公平こと立町老梅《たちまちろうばい》が狂ってしまった。事の重大さに諸猫は暫《しば》し沈思の態《てい》である。いつでも書生然とした絣《かすり》の裾《すそ》をきちんと揃え端坐《たんざ》する東風君の、いかにも邪気のない真面目顔の仮面が破け復讐鬼の恐ろしい貌《かお》が現われた様で、温かい日差しの中にあって吾輩は俄《にわか》な寒気に襲われる。

「こうは考えられないでしょうか」と最初に口を開いたのはまたも虎君である。「苦沙弥氏の事件は措《お》くとして、曾呂崎氏を殺した東風は、更に復讐計画を果す目的で多々良三平に接近したとは云えないでしょうか。麻薬密輪の一味に、迷亭、鈴木、独仙の三人が含まれているのは分っている。とすれば東風が次に狙うべき獲物が皆揃っている事になります。自分も一味に加われば復讐を果す機会は大いに増大する」

「成程。考慮に値する推論だ」と将軍も一定の評価を下す。「しかし議論は後に譲ろう。まずは名無し君の報告を聞いてしまうのが先決だろう」

「その通りですな。名無し君、続けたまえ」と伯爵に促されて吾輩は再開する。

甲板でのホームズ君との対話から、再び侍狗《さむらいいぬ》君の登場、泥棒君の逃走用の小舟に飛び下りるまでを一気に喋舌《しゃべ》る。見たまま聞いたままを述べたのは当然であるが、只《ただ》一箇所だけ、吾輩はワトソン君の為《ため》に話を粉飾した。つまりホームズ君は泥棒君に摑《つか》まれたのではなく、自らの意思で狗の前を走って吾輩が逃げる隙《すき》を作ってくれたのだと証言したのである。

「ホームズさんはこのままでは二匹倶《とも》やられると思ったのでしょう。自分が犠牲になってでも、皆さんに僕が報告をもたらすべきだと考えたに違いありません。僕に向って、後の事は頼んだよと云って、莞爾《かんじ》と微笑《ほほえ》んだホームズさんは、意を決するや悪魔の如《ごと》き狗の前へ身を投げ出したのです」

一度話を捏造《ねつぞう》し始めると、どうも要らざる文学的修飾が立ち混じってしまうのが遺憾である。

「ホームズさんの眼は炎の如くに燃えて居りました。その時のホームズさんの悲壮とも凄絶《せいぜつ》とも云うべき姿を思えば、僕は涙を禁じ得ません。いっそ崇高とさえ呼んでも差し支《つか》えないでしょう」

「それこそが私のホームズなのだ。勇敢とは彼の為にある言葉なのだね。愛と勇気を兼ね備えた猫、それがホームズだ。ホームズ万歳。吁《ああ》、ホームズ、君はどこに居るんだい」

感動の余り体を震わせ、瞑目《めいもく》したまま高く天を仰いだワトソン君を横目に眺め遣《や》れば、吾輩が気を遣った甲斐《かい》があると云うものである。

だいたい以上の通りですと、吾輩が話し終ると、早速伯爵が整理を試みる。

「とすると、まず判明したのは、虞美人丸が阿片の密輸船であって、上海から日本への阿片の密輸が画策されている事実だ。恐らく阿片の精製工場が上海の何処《どこ》かにあるのだろうね」

「そうでしょう。昨夜調べた一味の根城が工場なのでしょう」と虎君が敷衍《ふえん》する。「ホームズさんが云った、日本から運ばれた荷物と云うのも、工場の機械の部品か精製に必要な薬品なのかも知れません」

そう聞いた時、吾輩は三毛子の語った寒月君の事を思い出した。三毛子の言では寒月君は上海に建った研究所で勉強しているのだと云う。大事な機械を運ぶのを監督しに船まで来ているのだとも三毛子は云って居った。とすれば研究所とは、実は阿片の精製工場であって、そこで寒月君は働いているのかも知れん。ヴァイオリンの名手にして珠磨《たます》り上手の理学士たる好男子水島寒月君までが自ら進んで悪事に荷担したとは考えたくないが、残念ながら今の所潔白だと云う証拠は見付からない。

「次に密輸団の人数なのだが、首謀者は多々良三平、迷亭、独仙の三人らしい」と伯爵が再開する。「鈴木は既に死んだから数には入れんでよいだろう。他には東風と辮髪《べんぱつ》の男。残りは金で雇われた者と見てよさそうだ」

「モリアチー教授を忘れては困ります」とワトソン君が慌《あわ》てて付け加える。「モリアチーが一枚加わっている以上、これは相当に厄介です」

「モリアチーとか云う男はそんなに恐ろしい男なのかね」と将軍が聞く。

「はい。何しろ倫敦《ロンドン》犯罪界の大立者《おおだてもの》なのですからね。事悪業にかけては天才的な人物です」と報告するワトソン君は心なしか青ざめている。「それから狗もいます」

「例の侍の恰好《かっこう》をした狗かね」将軍は侍狗君をやや軽んじている口ぶりだ。

「将軍の勇気を疑う者では決してありませんが、あの狗を御覧になれば、狗くらいは恐《け》くないなどと嘯《うそぶ》いては居られないと思います。油断は禁物です」虎君が吾輩と同様の懸念《ねん》を覚えたと見えて将軍に注意を促す。

「何しろバスカビルの狗ですからな。火を吹く魔犬です。過去に何人の人間を喰い殺したか分らない。猫なら百匹殺して猶《なお》平然としている様なやつです」

　ここまで云われて将軍もいささか緊張の面持ちで考え込んで居る。

「それにしても、吁《ああ》、ホームズさえ居てくれたら」

「居ない者の事を云ってもはじまらん」と伯爵が猶も愚痴を零《こぼ》すワトソン君をたしなめる。

「とにかくこちらの数は限られているのだからな。工場だとすると夜でもかなりの人数が居るはずだから、余程肝を据えて掛らねばならん」

「彼我《ひが》の戦力からして、正攻法は無理だろう。ゲリラ戦法で行くしかあるまいな」と将軍が意を決した如くに云う。「戦闘に勝利するには、ナポレオンがそうであった様に、常に敵より大きな戦力を投入し続ける以外に確実な方法はないのだが、今回は博打《ばくち》的戦法となるのも已《や》むを得まい」

「千早《ちはや》城の楠木正成《くすのきまさしげ》の例もあります」と吾輩が励《はげま》すつもりで云うと、「誰だね、それは。儂は知らんが」と簡単に片付けられてしまう。日本国内では英雄の名声を縦《ほしいまま》にする正成君も、国際的には今一つ知名度が低いと見える。

「将軍に何かよい考えがありましょうか」と伯爵が専門家への敬意を前面に押し出して諮問《しもん》する。将軍は隻眼《せきがん》を宙に据えたまま、暫くは黙って史上有名な会戦をあれこれ参照しつつ想を練るものらしい。日本海海戦へ出陣する秋山中佐と同じ心境と見える。

「しかしその前に大事な点がありますよ」と口を挟んだのは機略では負けない虎君である。

「何故猫が攫《さら》われたのか。阿片の精製に猫は必要はないでしょう。この点を如何に考えるか」

「生体実験に使うつもりじゃないでしょうか」とワトソン君が意見を述べる。「近頃では新しい薬を開発するのに、必ず狗や猫で試して効能と安全を実験すると云う話ですから」

「厭《いや》な話だ。人間が喫《の》む薬なら人間で実験すればいい」と伯爵が正論を吐く。全く以て吾輩も同感である。

「それで少し思い出した事があるのだが」と今度は将軍が云う。

「何でしょう」

「光る猫の事だ」と虎君へ答えた将軍は珍しく躊躇《ためら》う調子である。「ホームズが青く光る猫を見たと云っている点なのだが」

「それがどうしました」

聞かれた将軍は又黙ってしまう。隻眼が深い色に変って、こう云う時の将軍の風貌《ふうぼう》は真っ黒な毛衣《けごろも》の所為《せい》もあってなかなかに神秘的である。

「たしか君は、殺された曾呂崎の懐《ふところ》に残された書物について云って居《お》ったと思うが」と漸《ようや》く口を開いた将軍が虎君に聞く。

「ええ。『猫族のメルクリウス的性質について』の事でしょうか」

「それだ。最初に聞いた時には格別何とも思わなかったのだが、光る猫と聞いて聯想《れんそう》した事がある。つまりメルクリウスの猫の伝説と云うのがあるのだ。儂《わし》は子供時分に祖父から聞いた覚えがあるのだが、その猫は自ら光ると云う話なのだ」

と云われても吾輩には何の事だか皆目分らない。聞くは一時《いっとき》の恥の格言を頼りに、「そのメルク何んとかと云うのは一体何でしょうか」と質問して見る。

「メルクリウスとはヘルメス神、つまり水銀の事だ。あるいは錬金術で云う所の、根源的な媒介物、超越的物質、乃至《ないし》宇宙生命の霊、熱くて冷たい、湿っていて乾いた、物質にして霊でもある両性具有のヘルマプロディトスとも云う。更には内なる生命の火であり永遠の水でもあり、錬金術師の黄金でありキリストでもある」

説明を聞いて吾輩はますます分らなくなる。吾輩が眼を白黒させていると、横から伯爵が嚙《か》み砕いて説明してくれる。

「なに、六ずかしく考える事はない。君も錬金術くらいは知っているだろう」

「ええ。何でも石を金に変える術だそうですが」と試験を受ける生徒の如く吾輩は恐る恐る答える。

「その通りだ。つまりメルクリウスとは、只《ただ》の石ころを黄金に変える薬の事さ。勿論《もちろん》そんな物があるはずもない。いずれ錬金術などは中世の迷妄《めいもう》なのだから、まともに相手にする必要はない」

そう聞いて吾輩は少し安心する。だが将軍は伯爵の解説には不満があったらしい。

「それ程単純なものではない。石を黄金に変えると云うのは極く表面にすぎん。パラケルススなどもそうだが、錬金術師たちは宇宙の秘密を解明しようとしたのだ。その意味で錬金術は近代化学の先駆をなすものだ。メルクリウスにしてももっと内容は深い。云わば宇宙の秘密を解き明かす鍵《かぎ》なのだ」

「新カント派に学ばれ、明るい近代知性の花園に足を踏み入れられたはずの将軍が、未《いま》だ左様な神秘の暗がりに片足を残して居られるとは甚だ残念です」と伯爵が大袈裟《おおげさ》に慨嘆して見せる。

「儂《わし》は別に科学の合理性を否定しようと云う訳ではない。只錬金術の精神性を評価すべきと主張するだけだ。近代科学を用意した偉大なる先人たちの努力には敬意を払うべきだと云うにすぎない」

「そうでしょうな。それを聞いて安心しました。我々の眼から見れば錬金術は余りに不合理ですからな。暗黒時代の遺物と申してよいでしょう」

「しかし必ずしもそうは云えないのではないでしょうか」と口を出したのは科学論となれば黙っていないワトソン君である。「近頃の原子物理学の発見では、粒子は不合理な動きをするそうです。そもそも物質の存在その物《もの》も疑われ始めている。合理性のみで科学を考えるのはこれからは六ずかしくなるのではないでしょうか」

「じゃあ君はあれか、髑髏《どくろ》やら得体の知れない動物の像が置かれた、ファウスト博士の実験室に科学者は舞い戻れと云うのかね」

「そうではありませんが、只科学の対象である物質の概念をもう一度考え直す必要があると云う事です」

「物質は物質に決っている」と伯爵が熱くなって云えば、

「しかし最近では、例えばマッハと云う学者などは、物質は意識の外にあるのではなく、意識に生じた反応の束が物質なのだとまで主張しています」とワトソン君も譲らない。

「マッハだか何だか知らんが、それではまるっきりの唯心論ではないか。では質問するが、君は寐《ね》ている時には周りに物質は存在していないと云うのかね」

「そうではありません」と猶《なお》もワトソン君が反論しようとした時、先刻から頃合いを窺《うかが》っていた虎君が介入した。

「今はそんな議論をしている時ではないでしょう。時間が無くなってしまう」

そう云われて伯爵も我に返ったらしい。

「で、何の話であったか」

「将軍のメルクリウスです」

「そうであった。だいたい将軍が錬金術の事など持ち出すから悪いのですぞ」と伯爵は議論の混乱を他猫《たびよう》の所為にする。

「問題は猫です。将軍が思い出された事とは何なのでしょうか」虎君独りが議論の本筋を冷静に捉《とら》えている様子だ。

「左様、問題はメルクリウスの猫なのだ」と将軍は説明を始める。「さっきも云った様に、錬金術では究極の物質、あるいは秘密の霊力であるメルクリウスを様々に説明するのだが、その中に動物を使ったものがある。例えば一角獣だとか、キメラだとか、火喰い鳥だとかがそうだが、大抵は伝説上の架空動物が表象として使われる。所が一つだけ猫を使う一派があるのだ。死んだ曾呂崎が持っていたと云う、『猫族のメルクリウス的性質について』の、パラケルススに擬された著述家も恐らくこの一派に属する者だろうが、つまりその一派の説では、メルクリウスは光る猫だと云うのだ」

一度切った将軍は頭を整頓《せいとん》するかの如くに髯《ひげ》を前趾《まえあし》でいじっている。黒い毛衣がいよいよ黒く、眸《ひとみ》が益々《ますます》深い沼の如くに変じる。漸く議論の筋道が見えて来たようで、錬金術には疎《うと》い吾輩も少し安心する。将軍が再開する。

「錬金術の基礎にあるのは、ヘレニズム時代に流行したヘルメス学と云う学問なのだが、このヘルメス学の起源は実は埃及《エジプト》にある。所で猫の起源もまた埃及であるのは諸君も知っていると思うが」

「無論です」とワトソン君が答える。「チルレルの『家畜系統史』にも猫は古代埃及が起源だと記されています」

「古代の埃及では猫は神聖視されて居ったのだね」とこう云う話題となれば伯爵も一家言《いっかげん》あって当然だ。「埃及から出土する神像には猫の頭を持つものが多くあるし、猫は木乃伊《ミイラ》にもなっている。猫はファラオの宮廷から下々《しもじも》の家庭に到《いた》るまで、神聖な生き物として大切に扱われて居った。時代が下ってクレオパトラの宮殿にも数多くの猫が飼われて居ったのはよく知られている。実は私の父方の先祖はクレオパトラの猫に遡《さかのぼ》るのだよ」

「埃及に先祖があるのは別に貴公だけではない」と伯爵の自慢に軽く水を差してから将軍は続ける。「つまりこうした埃及での猫の特殊な地位が、中世の西洋に於《お》いてメルクリウスの猫の説を生み出す土壌になったと考えられる。中世人は余程埃及の知識を尊重した様だからね。埃及人があれだけ猫を神聖視したからには、何か重大な秘密が隠されていたはずだと云う訳だ。しかし更にはメルクリウスの猫の説が誕生する根拠には一つの伝説があるのだ。即《すなわ》ち、古代の埃及に於て最初に文明を開いたのは猫だったと云うのだね。まあ、お伽噺《ときばなし》の類《たぐい》ではあろうが、西洋の猫なら誰でも知る話だ。伯爵、貴公も聞いているだろう」

「勿論です」と水を向けられた伯爵は将軍に代って解説する。「つまりナイルの肥沃《ひよく》な三角洲《す》には、人間の王朝が出来る以前に、猫の王朝があったと云うのですな。伝承では当時の猫は人間を奴隷《どれい》にして、手足の如く使役して用を足していたと云うから愉快だ。言葉や数学や天文学を人間に教えたのも猫だと云うし、神への礼拝の仕方から、果てはピラミッドの建て方までも猫が発明して人間に伝えたと云うのだから頼もしい。猫は労働の一切を人間にやらせて、毎日瞑想《めいそう》と智慧《ちえ》を磨く事に時を過していたらしい。この説の教える所に依《よ》れば、今の人間が何もしない猫に餌《えさ》をくれるのは、猫の奴隷だった時分の記憶が残存している所為《せい》だと云う事になる」

「似た様な話なら支那《しな》にもあります」とそこで虎君が云う。

「日本にもある様です」と吾輩が云ったのは真っ赤な嘘《うそ》であるが、西洋と支那にあって日本にないのでは恰好《かっこう》がつかんと、余計な愛国心に駆られた所為である。

「所が、或《あ》る時、奴隷が反乱を起したのだね」と伯爵が続ける。「もう猫からは何も学ぶものは無いと云う訳さ。知っての通り人間とは酷《ひど》く薄情な忘恩の動物だからね。何しろ猫は考える事しかしていなかったのだから、道具や武器を使う人間に反抗されたらひとたまりもない。一遍に地位は転覆して、今度は猫が人間の家畜になってしまった。それからはもう猫の名誉ある歴史は坂道を転げ落ちる石ころ同然さ。黄金時代から銀銅鉄を経て、今は何だろうかね、さしずめ紙か襤褸《ぼろ》くらいが至当かも知れん。鼠を捕らぬ猫は無用だと誹《そし》られて、石もて寒空に追い出されるのだから嘆かわしい。埃及《エジプト》の猫も道具念を使えるよう手を発達させればよかったのだろうが、彼らは知性こそが全《すべ》てだとの信念を持っていたから、道具を使うなどの下世話《げせわ》な仕事は上品な猫のする事ではないくらいに思ったに違いない。つくづく歴史は皮肉さ。恐らくヘーゲルはこの話を知って弁証法を考案したんだろうね。そうそう大切な点を忘れて居った。つまりその頃の猫は皆光ったと云うのだね。しかし光る猫の一族は人間の迫害に遇《あ》って次第に途絶え、今の猫はもう光らない。クレオパトラの王宮に二匹居たのが最後だったと云われている」

「そうでした。伝説の猫は毛衣《けごろも》が光ると云うのでした」とワトソン君もさすがに西洋の猫だけあってこの話は周知と見える。「それから命を七個持っているんでしたっけ」

「九個だ」と将軍が訂正した上で続ける。

「他にも数々の神秘的な力を有していたと云われている。例えば言葉を喋舌《しゃべ》らなくとも意思を疎通《そつう》したり、狗や羊や驢馬《ろば》の考えも理解出来たと云う」

「石の壁も抜けたと云うのだからね、全く凄《すご》いものだ」と伯爵が笑う。

「そう云う事だ」と将軍の方はしかし笑っては居ない。「それで、そうした能力の一つに、時間や空間を移動する能力があったのを諸君は覚えては居らんかね」

「ええ、たしか、思う場所や時代に自由に行けると云うのがあったかも知れません」とワトソン君が答える。

「それで何か思い出す事はないかね」と云って将軍は一同の顔を満遍なく見廻す。

「そうか、そう云う事か」と叫んだのは虎君である。何も思い出せぬ吾輩は只茫然《ただぼうぜん》として、興奮の余り自分の趾《あし》に噛み付く虎君を眺め遣《や》る。

「曾呂崎氏の研究ですね」と大いに激発の態《てい》で虎君が云う。

「そうだ」と重々しく将軍が頷《うなず》く。

「覚えているだろう」と猶分らないで居る吾輩に虎君が教える。「伯爵が調べた曾呂崎氏の論文だよ。『空間に於《おけ》る非連続性の問題』。月と地球程の距離でも一瞬の裡《うち》に移動出来ると云う理論だ。これは全く今の伝説の猫の能力と同じじゃないか」

「とすると曾呂崎氏が籠に入れて連れていた猫が、その伝説の猫なんでしょうか」と吾輩が聞くと即座に伯爵が介入する。

「馬鹿を云ってはいかん。いいかね、私が紹介した埃及の猫王国の話は、飽くまで伝説にすぎんのだよ。よく云っても神話がせいぜいだ。科学的には何の根拠もない」

「それはそうかも知れません」と勢い込んで虎君が話を受け取る。「しかし曾呂崎氏はそうは考えなかったとしたらどうでしょう。実際に中世の西洋では猫の伝説を本気で信じた人間が居た訳ですから。空間の性質を研究していた曾呂崎氏は、西洋の何処《どこ》かの町で、『猫族のメルクリウス的性質について』を偶然手に入れた。それで猫の研究を始める気になった。とすれば今回の猫大量誘拐事件と何かしらの繋《つなが》りが出てくる可能性もある」

「そう云えば虎君の話の中にも光る話が出てきたと思うのだが」とそこでワトソン君が云った。「曾呂崎氏の下げた籠《かご》の中が光るのを、虎君の父上が見たと云う話があったと記憶しているのだが」

「そうでした」と又虎君が叫ぶ。「籠の中がぴかりと光ったと父は話していた。ホームズさんは鏡ではないかと推理されたが、ひょっとすると猫そのものが光ったのかも知れない」

「馬鹿な。じゃ、あれかね、君は曾呂崎氏が既にメルクリウスの猫を捕まえて、更にもっと探す為《ため》に船の一味が猫を掠《さら》ったとでも云うのかね。だとしたらとんだ茶番だ」と伯爵が嗤《わら》う。

「しかしホームズさんが実際に光る猫を見たと云っているじゃありませんか」と虎君が食い下がる。

「なに、見間違えたのさ。蛍《ほたる》じゃないのだからね、猫が光るはずがない」伯爵はホームズ君と同じ様な事を云う。

「ホームズが見た以上間違いないはずです」

「ホームズさんも不思議な事があるものだと首を傾《かし》げていました」と吾輩もワトソン君に味方する。

「将軍、貴公はどうかね。まさか左様な戯言《ざれごと》を信じはしまいね」と伯爵が先刻から他猫のやり取りを黙って聞いていた将軍へ水を向ける。

「そうだな、儂は」と珍しく将軍は歯切れが悪い。「正直云って分らん。伝説と云えば伝説にすぎんとも思うし、何かしら真実の核が含まれてないとは云えん様にも思う。考えて見れば、基督教《キリスト》の根底にあるイエスの死と復活にしても、合理主義の見地からは到底信じ難い話なのだからな。いずれにしても伝説がどうであれ、曾呂崎の空間論の研究と猫の誘拐《ゆうかい》には何かしらの関係があるとは思う。他に猫を生きたまま連れ去る理由が見当たらんからな」

三味線屋に売るつもりじゃないでしょうかと云おうとして、吾輩は慌《あわ》てて口を噤《つぐ》んだ。錬金術の精神性だ、近代合理主義だ、空間論だと、高尚《こうしょう》な議論が為《な》されている所へいきなり三味線屋では具合が悪かろう。それに日本では楽器に猫の皮を使うなどと、わざわざ不名誉な事柄を吹聴《ふいちょう》する必要は無い。左様に吾輩が考えていると、伯爵が議論を纏《まと》めるべく発言した。

「宜《よろ》しい。では、いま将軍が云われた事を念頭に置いて、計画を練るとしよう」

伯爵が云った時、燦々《さんさん》とガーデンの木立に降り注いでいた日差しが俄《にわか》に陰った。樹《き》も芝生も茂みも暗鬱《あんうつ》な色に変って、見れば空には大分雲が湧《わ》いている。西の空はかなり黒い。この分では事によると午後には一雨かかるかも知れん。

第八章　猫部隊黄昏《たそがれ》の出撃

二十九

夕刻までの休息を得た吾輩《わがはい》はいつもの沈丁花《じんちょうげ》の根方に潜り込んだ。再び猫拐《さら》いの一味が襲って来ないとも限らぬから、くれぐれも気を付けるようにと伯爵《はくしゃく》から注意はあったものの、さすがに体はもう綿の如《ごと》くで、地面に横たわった途端、吾輩は欲も得もなく忽《たちま》ち眠り込んだ。

吾輩は夢を見た。ひどく巨《おお》きな建物の中に吾輩はいる。前方に大理石の柱廊が長く続いて、天井は眼が届かぬ程に高い。随所に赫々《あかあか》と燃え盛る篝火《かがりび》が置かれて、一面に玻璃《はり》を貼《は》ったが如くに滑らかな床には、凝った模様の飾り柱が濃く又薄く影を交錯する。列柱の奥には、狗《いぬ》、鷲《わし》、獅子《しし》、様々な意匠の石像が前の宙を睨《にら》んで居る。これもまた大きい。横町の風呂《ふろ》屋の烟突《えんとつ》よりも余程高く聳《そび》えている。しかもその大きいのが一つや二つではなく、廊下の白壁にぎっしり肩を並べているのだから凄《すさ》まじい。どこか異国の王宮

か神殿らしいと吾輩が観察していると、どこぞで「羅馬兵《ローマ》が来る」と叫ぶ人の声がする。耳を立てれば建物の外は人の喚《わめ》く声で騒然となっている模様で、きな臭いのは火の手が上っているかららしい。どうやら戦争であるなと見当を付けた吾輩は、何やら不意に急《せ》かされた気分になって、滑り易《やす》い廊下を奥へ向って駆ける。

すると正面に一際《ひときわ》背の高い石像が安置されているのが見える。肩まである縞《しま》の帽子を被《かぶ》った異様に顎《あご》の長い人の貌《かお》である。左右の篝火の灯を浴びて、面の黄金が燦然《さんぜん》として燃え上る様だ。と見れば、神像の直下に祭壇の如き大理石の台がしつらえられ、真紅の毛氈《もうせん》を敷いた上に一人の女が寐《ね》ている。余程身分の高い女と見えて、金糸銀糸の刺繍《ししゅう》をあしらった翠色《みどりいろ》の着物に身を包み、頭には碧玉《へきぎょく》や金剛石を無数に散らした黄金の冠を戴《いただ》いている。それにしても美しい女だ。切れ長の眼は黒々と、鼻筋は高く通って、秀《ひい》でた額に得も云われぬ気品がある。白い肌は綾絹《あやぎぬ》の如くに肌理《きめ》が細かい。すると仰向きに寐た女が、静かな声でもう死にますと云う。女は長い髪を枕《まくら》に敷いて、輪郭の柔らかな瓜《うり》実顔《ざねがお》をその中に横たえている。真白な頬の底に温かい血の色が程よく差して、唇の色は無論赤い。到底死にそうには見えない。しかし女は静かな声で、もう死にますと判然《はっき》り云った。吾輩も確かにこれは死ぬなと思った。そこで、そうかね、もう死ぬのかね、と上から覗《のぞ》き込むように聞いて見た。死にますとも、と云いながら、女はぱっちりと眼を開けた。大きな潤《うるお》いのある眼で、長い睫《まつげ》に包まれた中は、ただ一面に真黒であった。その真黒な眸《ひとみ》の奥に、吾輩の姿が鮮《あざやか》に浮かんで居る。

吾輩は透き徹《とお》る程深く見えるこの黒眼の色沢《つや》を眺めて、これでも死ぬのかと思った。それで、ねんごろに枕の傍《そば》へ口を付けて、死ぬんじゃなかろうね、大丈夫だろうね、と又聞き返した。すると女は黒い眼を眠そうに睜《みはっ》たまま、やっぱり静かな声で、でも、死ぬんですもの、仕方がないわと云った。

じゃ、私の顔が見えるかいと一心に聞くと、見えるかいって、そら、そこに、写ってるじゃありませんかと、にこりと笑って見せた。吾輩は黙って、顔を枕から離した。後《うしろ》趾《あし》で頸《くび》を掻《か》きながら、どうしても死ぬのかなと思った。

「死んだら、埋めて下さい。大きな真珠貝で穴を掘って。そうして天から落ちてくる星の破片《かけ》を墓標《はかじるし》に置いて下さい。そうして墓の傍に待って居て下さい。又逢《あ》いに来ますから」

吾輩は、何時《いつ》逢いに来るかねと聞いた。

「日が出るでしょう。それから日が沈むでしょう。それから又出るでしょう。そうして又沈むでしょう。――赤い日が東から西へ、東から西へと落ちて行くうちに、――あなた、待っていられますか」

吾輩は黙って首肯《うなずい》た。女は静かな調子を一段張り上げて、

「百年待っていて下さい」と思い切った声で云った。

「百年、私の墓の傍に坐《すわ》って待っていて下さい。きっと逢いに来ますから」

吾輩は只《ただ》待っていると答えた。すると、黒い眸のなかに鮮《あざやか》に見えた自分の姿が、ぼう

っと崩れて来た。静かな水が動いて写る影を乱した様に、流れ出したと思ったら、女の眼がぱちりと閉じた。長い睫の間から涙が頬へ垂れた。――もう死んでいた。

と夢の場面は変って、今度は吾輩は苔《こけ》の上に坐っている。これから百年の間――いや五千年だと不意に吾輩は悟った。五千年の間こうして待っているんだなと考えながら、後頸を掻いて、丸い墓石を眺めていた。誰の墓だろうかと吾輩はふと思い、急に吾輩はそれが死んだ三毛子《みけこ》の墓だと思い出した。三毛子が五千年の間吾輩に待てと云った、その記憶が忽ち甦《よみがえ》った。そのうちに、三毛子の云った通り日が東から出た。大きな赤い日であった。それが又三毛子の云った通り、やがて西へ落ちた。赤いまんまでのっと落ちて行った。一つと吾輩は勘定した。

しばらくすると又唐紅《からくれない》の天道《てんとう》がのそりと上って来た。そうして黙って沈んでしまった。二つと又勘定した。

吾輩はこう云う風に一つ二つと勘定して行くうちに、赤い日をいくつ見たか分らない。勘定しても、勘定しても、しつくせない程赤い日が頭の上を通り越して行った。それでも五千年がまだ来ない。しまいには、苔の生えた丸い石を眺めて、自分は三毛子に欺《だま》されたのではなかろうかと思い出した。

すると石の下から斜に吾輩の方へ向いて青い茎が伸びて来た。見る間に長くなって丁度吾輩の胸のあたりまで来て留まった。と思うと、すらりと揺らぐ茎の頂に、心持首を傾《かたぶ》けていた細長い一輪の蕾《つぼみ》が、ふっくらと弁《はなびら》を開いた。真白な百合《ゆり》が鼻の先で骨に徹《こた》えるほど匂《にお》った。そこへ遥《はるか》の上から、ぽたりと露が落ちたので、花は自分の重みでふらふらと動いた。吾輩は首を前に出して冷たい露の滴《したた》る、白い花弁《はなびら》に接吻《せっぷん》した。吾輩が百合から顔を離す拍子に思わず、遠い空を見たら、暁《あかつき》の星がたった一つ瞬《また》いていた。

「五千年はもう来ていたんだな」と始めて気が付いた途端、吾輩は眼を覚ました。

既に暮れかかっている。幸い雨にはなって居《お》らぬ様だが、空は今にも泣きだしそうな雨雲が低く垂れ込めて、茂みからのそのそ這《は》い出して黄浦江《こうほこう》を眺め遣《や》れば、早くも灯を点《とも》した船影の浮かぶ水は暗鬱《あんうつ》な鉛の色に変っている。吾輩は毛衣《けごろも》に付いた草の葉を前趾で払って身支度を整えると、集合場所の四阿亭《あずまや》へ向って歩いた。

約束の刻限にはまだならぬはずだが、四阿亭には既に伯爵以下攻撃隊の面々が勢揃《せいぞろ》いして、しきりに欠伸《あくび》を繰り返している。さすがに諸猫《しょびょう》とも緊張は隠せぬ様子だ。猫は眠い時だけでなく、緊張しても欠伸をする性質がある。無論吾輩も清風名月、花間に琴を弾ずる気分には到底なれない。なにしろあれ程策戦、策戦と口を酸《す》っぱくして置きながら、結局伯爵と将軍の立てた策戦を聞けば、潜入したら二手三手に分れて行動すると云う、申し訳程度の計画だけなのだから吾輩の不安も故《ゆえ》なしとはしない。吾輩が尻尾《しっぽ》を立てて挨拶《あいさつ》を送ると、さっそく伯爵が、では参ろうかと、砂を払って立ち上る。いよいよ策戦行動の開始である。

地理に詳しい虎《とら》君を先頭に、一列縦隊になった吾輩らはガーデンを出る。外灘《バンド》の目抜きを横切り、蘇州《そしゅう》河に架った橋を渡って、露西亜《ロシア》領事館を右手に見ながら虹口《ホンキユウ》の日本人租界に入る。この辺りならば吾輩も知らぬ訳ではない。ぼちぼち狗《いぬ》の徘徊《はいかい》する時刻だが、河を越えてしまえば狗もそう多くはない。虎君もそれを知っていると見えて、裏露地へ迂回《うかい》したりせず割りに直線で進んで行く。三角マーケットを過ぎる頃にはもうすっかり暮れて、家々の窓から侘《わび》し気な灯が漏れ、見世屋はそろそろしまい支度と見える。曇天《どんてん》の所為《せい》で月も星も無い暗夜である。

虹口クリークの細い運河にぶつかると、虎君は左に折れ、今度は流れに沿って北へ向う。このまま行けば間もなく吾輩馴染《なじ》みの薬屋だと思っていると、虎君が立ち止まったのは意外にも当の薬局の前である。驚いた事に一味の根城とはこの家であるらしい。店先には既に戸が降りて、横手の窓に僅《わず》かな灯がある。暗がりから一匹二匹と猫が影の如くに飛び出して、虎君の耳元へ何事か囁《ささや》くと又何処《どこ》かへ行ってしまう。見張りの任務に就いていた虎君配下の猫であるらしい。

「ここが奴《やつ》らのアジトです。猫は居ないようですが、人が居るそうです」

「ここに居ないとすると、拐《さら》われた猫は何処に運ばれたのだろう」と伯爵が云うのへ再び虎君が云う。

「いま調べさせています。この家から先刻、大荷物を抱えて出て行った人間が数名あるそうで、仲間の猫が尾《つ》けている様ですから、おっつけ報告をもたらすでしょう。多分その人間たちの行き先に猫は幽閉されていると思われます。報告が来るまで、この家を調べてはどうでしょう」

「いいだろう。しかし、どこから潜入するかだが」と将軍が云うのへ、今度は吾輩が意見を具申する。

「それなら猫の為《ため》の出入口が後架《こうか》の脇《わき》にあります」と云った吾輩は、中へ入った事はないものの、既に周知の家である事情を手短に話す。「薬屋の主人は猫好きなので、猫が自由に出入り出来るようにしてあるのです」

「この家は薬局か。成程、巧《うま》い偽装を考えたものだ」と将軍が感想を述べる。「薬屋なら阿片《アヘン》の精製をしても誤魔化しが利《き》く」

「薬屋の主人も一味なのでしょうか」と吾輩が問うと、

「とにかく偵察して見ましょう」と早くも裏に廻ろうとする虎君を将軍が制する。

「ちょっと待ちたまえ」

「何でしょう」

「猫が中に居ない以上、全員で行っても仕方があるまい。威力偵察ではないのだから小部隊の方が好ましい」

「じゃあ僕が行きます」と虎君がさっそく志願する。暫《しば》し黙考してから将軍は頷《うなず》く。

「いいだろう。但《ただ》し名無し君も一緒だ。情報を得るには名無し君が必要だ」

吾輩もいよいよ覚悟が決って肚《はら》が据わったものか、指名を受けても尻《しり》が痒《かゆ》くならぬのは有り難い。

吾輩と虎君は裏へ廻る。後架の脇に穴があって、これを潜れば侵入は容易である。入った所は荷物の積まれた土間で、そこから廊下へ上って、暫《しばら》く二匹で探索して見たけれど、洋燈《ランプ》が幾つか暗い灯を落としているばかりで人の気配はない。家も普通の住宅と変らず、阿片密売一味の巣窟《そうくつ》にしては少々月並みと云わざるを得ない。

「誰も居ない様だね」と吾輩が感想を云うと、虎君はそんなはずはないとでも云いた気《げ》に黙って歩き廻る。手柄を挙げたい気持ちは分らぬでもないが、何もないものは致し方ない。無絃《むげん》の素琴《そきん》を弾ずと云うが、無人の家屋に手掛りは探せない。ぼちぼち戻ってはどうだろうと、吾輩が提案しようとした時である。

廊下の外れに蛸坊主《たこぼうず》の如き物体がぬっと現れた。ぎょっとして窺《うかが》えば人間である。禿頭《はげあたま》が廊下の床から湧《わ》いて出た。無論人間が木から湧く訳はないので、要は男が廊下へ穿《うが》たれた穴から這い上って来たのである。吾輩らは慌《あわ》てて物陰に身を潜める。廊下を歩く男はちょっと見た所では何人種だか分らない。関取の如くに肥満した禿の巨漢である。一毛もない茶色の頭をてかてかと光らせ、やけに派手な色彩の開襟《かいきん》シャツを着た巨漢は、人種とはこの際《さい》係わりなく、悪党でございと宣伝して歩くかの如き顔をしている。熊坂《くまさか》長範《ちょうはん》を五倍に濃縮した様な面相だ。頬に付いた三寸余りの疵跡《きずあと》が物凄《ものすご》い。是だけ悪相の人間が徘徊《はいかい》する以上、ここはたしかに密輪団一味の根城に違いないと吾輩は確信する。

廊下の杉板をみしみし云わせた男はどうやら後架へ行くものと見える。

巨漢が出てきた廊下の穴からは灯が差している。地下室があるらしい。と思った時にはもう虎君が走り出して、慌てて吾輩も後を追う。四角い穴から下を覗《のぞ》けば、急な階段が続いて、人の話し声がする。とんとんと段を伝って降りたのでは気付かれる。どうしようかと迷っていると、虎君が目顔で正面へ注意を促した。見れば巧い具合に地下室の天井には縦横に木の梁《はり》が巡らされて、階段を二段程降りて飛びつけば梁に乗れそうである。室《へや》の人間もまさか天井に猫が紛れ込むとは思うまいから、跫音さえ立てなければ発見される心配は薄い。さっそく吾輩と虎君は軽い跳躍で以て梁へ移って、するすると音もなく前進する。

室の中央まで来て、そっと下を覗けば、成程これはたしかに工場の様である。電灯の黄色い光で満たされた地下室は、苦沙弥《くしゃみ》先生宅の敷地を併《あわ》せたくらいは広さがあって、五右衛門《ごえもん》を茹《ゆ》でるが如き釜《かま》やら、化学の実験に使う硝子《ガラス》の器が所狭しと置かれてある。眼で頷きあった吾輩と虎君は、今度は室の人間へ眼を向ける。いまは人間は全部で四人ある。二人は壁際の机を囲んで、何やらカルタ遊びに熱中する模様である。二人とも西洋人の男であるが、こちらも巨漢同様人相がよろしいとは御世辞にも申されない。街を歩いて目立って困るのではと他人事《ひとごと》ながら心配される程の、絵に描いた様な悪党面《づら》である。先の巨漢を併せ、よくもまあ是だけの人材を揃えたものだと感心させられる。あるいは噂《うわさ》に聞くギャングとか云う人種か知らん。そう思ってよく見ると、机の上には何やら物騒な物が置いてある。黒い鉄の塊はやはり話に聞く拳銃《けんじゅう》と云う武器だろう。拳銃を持って歩くなら警察官か軍人の可能性もないではないが、到底左様な者には見えんから、いずれ天道《てんとう》をまともに仰ぐ渡世の者ではない。間もなく禿の巨漢が後架から戻って、今度は三人でカルタ遊びが始まる。虎君に聞くとこれはポーカーと云う博打《ばくち》の一種だそうだ。ギャングの生態についてはまた時機を改め取り組むとして、吾輩は残りの二名へ眼を向ける。

と、こちらは知った人物である。一人は泥棒君だ。所が泥棒君、どうした訳だか椅子《いす》に縄で縛られている。船では颯爽《さっそう》とした所を見せた同君も今度はどじを踏んでしまったらしい。船から助け出して貰《もら》った恩義があるから吾輩が泥棒君の贔屓《ひいき》であるのは云うまでもない。ギャング如きに遅れをとるとは到底思えぬが、事実捕縛されているのだから吾輩がいくら余所《よそ》から悔しがっても仕方がない。それでも泥棒君の表情に幾分か余裕の感じられるのがせめてもの救いである。

次に泥棒君の前に立った人物に眼を移せば、これは薬局の主人である——と吾輩が観《み》たのは白衣の所為で、よくよく顔を眺めれば他でもない、かの鴛鴦歌《えんおうか》の新体詩人、越智《おち》東風《とうふう》君その人ではないか。この時になって吾輩は漸《ようや》く薬局の主人と東風君が同一人物である事実に想到した。餌《えさ》をくれる時の東風君はいつでも顔を覆《おお》う白いマスクを着けていたから、迂闊《うかつ》な事に吾輩は今の今まで気が付かなかったのである。それにしても東風君は飯を炊《た》くのが上手《うま》い、不器用な同君に料理の天分があるとは知らなんだ、あの声でとかげ喰らうか不如帰《ほととぎす》とはよく云ったものだと、余計な事を考えた途端、鰹《かつお》の利いた汁かけ飯の味を想《おも》って吾輩の腹はぐうと鳴った。狼狽《ろうばい》しつつ横を窺えば、幸い虎君には気取《けど》られなかった模様である。まずは安心した吾輩は泥棒君と東風君の対話に耳を傾ける。

三十

改めて指摘するまでもないだろうが、話と云うものには必ず文脈がある。同じ文句でも文脈から切り離されてしまうと意味が不明となったり変ったりするから注意しなければならん。希臘《ギリシヤ》のソフィストと云う教師は、白馬は馬にあらず、飛ぶ矢は飛ばぬと教えたと伝えられるが、これだけとれば狂人の妄言《もうげん》としか思われん。所がこれを話の脈絡中に置いて見るならば、一転成程と納得の行く議論になっているから面白い。左様に文脈とは大切であって、常山《じょうざん》の蛇勢《だせい》を以て書かれた文章と雖《いえど》も頭と尾が切り離されたのでは忽《たちま》ち支離滅裂となるは避けられん。と云うより文脈が分らぬと個々の文句を聞いても理解が六ずかしい。泥棒君と東風君の対話を聞く吾輩が、まずは話の脈絡を摑《つか》むのに意識を集注したのは従って至当である。

するると意外な事に、親しげなやりとりから推して、どうやら両君は知己の仲であるらしい。と云って二人は決して世間話をしているのではない。内容は頗《すこぶ》る深刻である。面白いのは縛られた泥棒君の方が攻勢をかけ、五体自由な東風君が却《かえ》って受け身になっている点だ。先刻から泥棒君の口からは、君の行為は社会主義革命への裏切りだと云う文句が何度も出て来る。社会主義革命とは両君にとって余程大切なものであるらしい。それが証拠に裏切りと云われる度に東風君は顔を赭《あか》く染め、口から泡を飛ばして抗弁する。

更に吾輩が意外に観じたのは、東風君の風情《ふぜい》が以前苦沙弥先生宅で拝見した時と殆《ほとん》ど変りが無い事である。つまり吾輩は虎君に拠《よ》って偏執の復讐鬼《ふくしゆうき》と論定された東風君の人格に、ジキルとハイドに於《お》けるハイドの如《ごと》き、暗黒陰惨な裏面ありと想像して居ったから、怪し気な地下室にあってギャング一味を顎《あご》で使う東風君ならば、吾輩の知らぬ見るも恐ろし気な面貌《めんぼう》を露《あらわ》にして居て当然だと考えたのである。しかしこの予断は全く見当が外れた。東風君はかつて臥龍窟《がりようくつ》にあって文学の夢を語った時と寸分違《たが》わぬ、融通の利かぬ生真面目《きまじめ》な書生顔で以て泥棒君の詰問《きつもん》に一々返答している。

「とにかく、僕は君が麻薬の売買に手を染めている事には感心出来ない」と泥棒君が何度目かの批判を口にする。

「麻薬がどれほど労働大衆の力を奪うものであるか、君が知らないはずはない。労働大衆の無能化は為政者が最も喜ぶ所のものだ。労働者階級の救済を目指すのが社会主義であるなら、君の行為は全く以て破廉恥《はれんち》極まりない。恥を知りたまえ」

「無論ずっと続けるつもりはない。資金に目処《めど》が立ったら即座に止《や》める。しかし今の所は多々良《たたら》や迷亭《めいてい》を利用する他にないのだ」

「それで利用価値が無くなれば又消すつもりかね」

「殺すのは僕の本意じゃない」

「しかし、現に君達は曾呂崎《そろさき》と鈴木を殺しているじゃないか」

「あれには僕は反対だった。しかし秘密を守る為にはそうせざるを得なかった」

「モリアチーの命令だったと云うのかね」

「モリアチー教授は僕に命令する立場にはない。我々の関係は同志として飽くまで対等だ。君と僕の様にね」

「今更君に同志呼ばわりされる覚えはない。僕は麻薬密輸団の一味には見られたくはないからね」

「麻薬の事は手段にすぎないと、さっきから云っているじゃないか。吁《ああ》、君が僕等の目的をさえ知ってくれたなら。そうしたら、きっと君も仲間になってくれるだろう」

「麻薬密輸団の仲間になんか絶対なるものか」

「麻薬は目的じゃない。飽くまで資金を得る手段にすぎない」

「目的の為には手段を選ばないと云う考えに僕は賛成出来ない」

「しかし君だって、治者暗殺には賛成するじゃないか。手段を選ばぬと云う意味でなら同じだろう」と始めて東風君は反撃の構えを見せる。

「根本的に違うさ。為政者は民衆の敵なのだからね。革命の敵が滅ぼされるのは歴史の必然だ」と泥棒君はいささかも動ずる気配はない。

「しかし、実際治者を幾人か暗殺してみた所で、現実が変るだろうか。露西亜《ロシア》ではナロードニキが治者暗殺を試みたが、それで何かが変っただろうか。寧《むし》ろ皇帝政府の弾圧を招来して、革命組織は悉《ことごと》く壊滅させられてしまったじゃないか。一人が死ねば又別の治者が権力の座に坐《すわ》るだけの話だ」

「無論治者暗殺は過去の手段さ。幸徳秋《こうとくしゅうすい》水先生も云って居られる様に、爆弾、匕首《あいくち》、竹槍《たけやり》はもはや十九世紀の遺物にすぎない。これからの労働者の闘争では所謂《いわゆる》ゼネラル、ストライキが主軸に据えられる事になるだろう。何日も団結して誰も労働を行わない。生産を一切しない。そうする事で産業資本の根幹に損害を与える」

「上手くいかない。絶対に上手くいかないさ」東風君が叫ぶ。「そんなものは警察か軍隊が介入して来れば忽ち終わりさ。僕はペテルブルクで労働者のデモ行進を見た事がある。人々は竹槍一つの武器も持たず、主張を記した看板を掲げて大通りを歩いた。そこへ軍隊が来た。人々はあっという間に蹴散《けち》らされてしまった」

「それはまだ革命の機が熟していないからさ。もっと大規模に労働大衆を組織する必要があるんだ」と云う泥棒君の言葉を無視して東風君は続ける。

「デモの人々は棍棒《こんぼう》で叩《たた》かれた。野良犬《のらいぬ》みたいにだ。大勢の者が頭を割られて血を流した。一人の男は僕の目の前で打ちのめされた。五人程の兵隊に囲まれて、両腕を掴《つか》まれて、頭を思い切り打たれた。男は独楽《こま》見た様にきりきり舞いをしたかと思うと、地面にばったり倒れて二度と動かなかった。僕は男が死んだ事より、最期《さいご》のあの眼が恐ろしい。何も見ていない硝子玉《たま》見たいな眼なんだ。顔の真中の黒い穴に空が映っている。人間があんな眼をする事が厭《いや》で堪らない。僕はもうああ云う眼は二度と見たくない」

東風君はあたかも自分自身が棒で打たれたかの如く、両腕でしっかり頭を押さえ付ける。東風君の突然の激昂《げきこう》にカルタ遊びの男たちが振り向いて怪訝《けげん》な視線を寄越したが、やはり言葉が分らんのだろう、すぐに関心を失って又机に向う。暫くは黙って相手を観察する態《てい》に見えた泥棒君は、東風君がやや落ちつくのを見計らって口を開く。

「君の目撃したものが悲劇である事は僕も認める。しかし君は間違っている」

東風君は腕を脇へ下ろすと、のろのろした動作で泥棒君へ視線を戻す。妙にひょろ長い腕を持て余し、木偶《でく》の如くに立ち続けている東風君は教師の前で叱《しか》られる学校の生徒の様だ。

「軍隊はたしかに今は帝国主義権力の走狗《そうく》になっている。しかし君は、兵隊も又民衆の一人である事実を忘れているんじゃないか。バクーニンも云う様に、社会主義革命の最終の段階では、軍隊こそが労働者の味方になって国家権力を転覆するのだ」

「そんな事は綺麗事《きれいごと》にすぎない、机上の空論にすぎない」途端に又東風君が激しく叫ぶ。先刻までは茹《ゆ》で海老《えび》の如くに赭《あか》かった顔はすっかり醒《さ》めて、今は貼《は》りたての障子紙よりも白い。

「百歩譲って君の云う通りだとしよう。しかし革命が成就《じょうじゅ》するまでにどれだけの人間が犠牲にならなければならないか、君は考えた事があるのだろうか」

「高貴な犠牲だ。僕だってとうに犠牲になる覚悟は出来ている。正しいもの、偉大なものの為には人は進んで犠牲になれる。君にしても同じだろう。犠牲になった者は革命が成った暁には祀《まつ》られる」

「そんな事じゃ済まないさ。犠牲、犠牲と君は平気で云うが、そんなに簡単なものじゃない。まず第一からが、実際死ぬのは革命を志す者だけじゃないのだからね」

東風君の体はいまや熱病に罹《かか》ったかの如くに小刻みに震えている。熱い風を孕《はら》んだ甲高い声が甚《はなは》だ聞き苦しい。鼻の奥は相当に潤《うるお》っている模様だ。涙こそないものの半分泣きながら東風君は訴える。

「いいかい、頼むから僕の話を聞いてくれたまえ。この話を聞けば君も僕の気持ちが理解されるだろう。やっぱりペテルブルクでの事だ。僕は公園の椅子《いす》に腰を掛けていた。その頃の僕は、午後になると下宿から散歩に出て、公園で一時を過ごすのが日課だった。季節は七月、冬の長くて厳しい露西亜では、それは貴重な緑の季節だと思いたまえ。小径《こみち》を挟んだ向こうには白鳥の遊ぶ池がある。花壇では色彩り彩《と》りの花が美しく咲き乱れている。短い夏を精一杯楽しもうと、家族連れや若い恋人たちが大勢繰り出して、思い思いの恰好《かっこう》で日差しを浴びている。誰もが笑って幸福そうにしている。僕も幸福だった。僕には恋人も友人もなく、孤独だったけれど、幸福な人々を見ているだけで僕は幸せになれる。凡《およ》そこの世の中で、民衆と云うものが、無垢《むく》な姿で、平和に、楽しそうに暮らしている姿を見る程感動的なものはない。吁《ああ》、そうさ。そうなんだ。僕の出発点はそこにあるのだ。幸福で満ち足りた民衆のイメジこそが、僕の文学と政治が交わる唯《ただ》一つの場所なのだ」

熱に浮かされた様な調子で東風君は猶《なお》も語る。体の震えはますます酷《ひど》くなって、言葉の合間には歯と歯がぶつかるかちかちと云う音響が混じる。

「そのとき、小径に一台の馬車がやって来た。四頭だての立派な馬車は一目で身分の高い者が乗っていると分った。馬車は池の辺で停まる。恐らく貴族の一家なのだろう、身なりのよい夫婦と子供二人の家族が座席に坐って、子供と母親が降りて来た。子供が草原に生えた花を欲しがったのだね。子供は五歳くらいの女の子と、漸《ようや》く歩き始めたばかりの男の子だった。女の子の欲しがったのはクローバーだ。水辺には一面にクローバーが可憐《かれん》な白い花をつけていた。姉が欲しがれば幼い弟が欲しいのは当然だ。暫くは母親と子供の三人で花を摘んだ。その様子を馬車の中から父親が見守っている。実に平和で微笑《ほほえま》しい光景だ。午後の日差しが燦《きら》めく真珠の如く湖面に戯《たわむ》れて、遊弋《ゆうよく》する白鳥の曳《ひ》いたなりに水面が重たく揺れる。湖の半ばまで青く繁《しげ》った楡《にれ》が濃い翠《みどり》の影を落として、空は飽くまでも澄んで居ると思いたまえ。まさに一幅の泰西《たいせい》名画を見る様な趣《おもむき》だ」

さすがに文学者だけあって東風君はなかなか上手い。少なくとも鴛鴦歌よりは余程上出来である。

「母親が子供へクローバーを編んで花環《はなわ》を作る方法を教え始めた。女の子は額に汗を光らせて、一心に茎と茎を絡《から》ませている。やがて女の子は、母親のに比べて大分小さな花環を完成させた。奇跡が起ったのはその時さ。女の子はどうしたと思う。いきなり駆け寄ってきたかと思ったら、自分の作った花環を僕にくれたのだ。他ならぬこの僕にだ。椅子に坐っていた僕は吃驚《びっくり》して、暫《しば》くはぼんやりしてしまって、はにかんだ笑顔を浮かべて花環を差し出す子供の顔を只《ただ》眺めていた。それから慌《あわ》てて礼を云うと、小さな手から贈り物を受け取った。これがどうして奇跡なのか、勿論《もちろん》君には分るだろう。そうさ、彼女は僕の魂の孤独を、魂の不幸を、子供の直覚力を以て察してくれたのだ。僕はその一瞬間前まで、遠い異国にあって心を打ち明ける友人も親しく話す知人も無い事を当然に思い、別段自分が不幸だとは感じていなかった。所が施しを得た途端、自分の魂がどれほど孤独に泣き、苦しみ、傷ついていたのか、僕は忽然《こつぜん》と悟ったのだね。彼女は僕の不幸を察して、子供らしいやり方で僕の魂を慰めてくれた。感激した僕は立ち上って、何度も何度も御辞儀をした。きっとみっともない図だっただろうが、周りの人間がどう見ようと、僕はもう全然構いやしなかった。始めて僕は他人から理解された様に感じた。留学してからだけじゃあない。そうじゃないんだ。この世に生を享《う》けてから始めて、僕は人から理解されたと感じたんだ。この感激が君に分るだろうか。それが何と、言葉のよく通じない異国人の子供なのだからね。これを奇跡と呼ばずして何を奇跡と呼んだらいい。女の子は紺の服を着ていた。白いソックスを穿《は》いて、白いリボンを金色の髪に付けていた。間もなく女の子は母親に呼ばれて駆けて行った。若い母親も僕を見て親し気に笑っている。遠ざかって行く女の子のリボンが戯《たわむ》れる蝶々《ちょうちょう》の様に揺れていた。世界中の人間が僕に親しい笑いを投げかけてくれる様な気がして、見送りながら僕はやっぱりずっと笑っていた」

そこまで話した時、東風君の顔が恐ろしいまでの苦痛に歪《ゆが》むのが吾輩の位置からも明らかに見て取れた。東風君が呻《うめ》くが如くに声を絞る。

「家族が馬車に乗って、御者が笞《むち》を一つくれた。馬車が走り出そうとした、その時だ。背後の林から一人の男が走り出して来た。どんな男かは分らない。ただ全体に黒い影の様な印象だった。馬車まで一直線に走った黒い男は、何か包みの様な物を馬車の窓から中へ投げ込んだ。爆裂弾さ。吁《あ》っと思った時には、凄《すさ》まじい爆発が生じた。馬車は家族もろとも形を失って吹き飛び、紅蓮《ぐれん》の炎をあげて燃えた。助け出すなんて思いもよらない。家族は、母親も父親も、子供も、勿論あのリボンの女の子も、一瞬の裡《うち》にばらばらの肉片になってしまった。夏の空は立ち昇る黒烟《こくえん》で忽ち暗くなった。花環を握って只僕は突っ立っていた。その裡に風に乗って肉の焦《こ》げる厭な匂《にお》いがした」

東風君は傍《かたわ》らにあった椅子を引き寄せると腰を卸し、うずくまる様に頭を抱える。ひくひくと産気づいた猫見た様な声が漏れているのは、どうやら嗚咽《おえつ》しているらしい。泥棒君は縛られたまま、胡乱《うろん》な眼で東風君を眺める。すると東風君の声が一段と大きく切迫したかと思うや、次に顔を挙げた時には笑っている。全体にどうも尋常ではない。

「しかしもはや全《すべ》ては解決されたのさ。もう人類は一滴の血も流す必要はない。もう大丈夫なんだ。もう安心していい。貴重な犠牲だって。アハハハ、そんなものは毛の一筋ですら必要ない。いま、この時点で、既に歴史は変えられたのだ。社会主義革命は成就したも同然なのだ」

再び立ち上った東風君の眼には狂的な光が宿っている。おかしくて仕方がないと云う風に笑いながら東風君は言葉を継ぐ。

「思えば、人類はなんて馬鹿な事を繰り返してきたのだろう。歴史は茶番と悲惨を集めた寄席《よせ》の様なものだ。しかしそれも終った。まさに歴史は前史になった。我々は言葉の真の意味で歴史を超える手段を手に入れたのだからね」

「君が何を考えているのかは知らんが、歴史を変えるのは階級闘争だけだ。だから如何《いか》に階級闘争を組織し、具体的な方向を与えて行くか、それだけが我々の課題のはずだ。夢の様な事を云っても始まらない」と泥棒君が久し振りに口を開くと、東風君は又一段と大きな笑いの発作に見舞われる。狂笑と呼ぶのがふさわしい声を挙げた東風君は、目《め》尻《じり》に涙を溜《た》めたままで云う。

「いいかい、闘争なんてもう無意味になったのだよ。階級も関係ない。人類は一つになって類として完成した。僕らは歴史を具体的に――そう、ここが大事な所だからよく聞いてくれたまえ、実際に、現実に、変える方法を手に入れたんだ。階級闘争なんて野蛮な方法は過去の遺物になったのだ」

「文学的な空想で物事が解決するなら世話はないさ。君は要するに、現実から逃避して、神秘主義の虜《とりこ》になっているだけだ。たしかに心の持ち方次第でいかようにも世界を思い描く事は出来るだろう。しかしそれは只の観念論にすぎない」

「違う、違うのだ」と東風君は声を張り上げる。「空想じゃないんだ。科学なんだ。そこが素晴らしいのだ。つまり僕らは、歴史を実際に変える科学的方法、もっと云えば物質的な方法を手に入れたのだ」

「君は騙《だま》されているのだ」と介入した泥棒君が強い調子で云った。「モリアチーと云う男がどんな人間か君は知らないのだろう。君はモリアチーに騙されている」

「君は何も知らないのだから仕方がない。今夜、君にも実験を見て貰《もら》う。そうすれば君だって進んで我々の仲間になると云うに決っているさ」

「犯罪者の仲間に僕はならない。第一君はモリアチーの後ろで糸を引く人間を知っているのだろうか」

そう云われた時、始めて東風君の面に動揺の漣《さざなみ》が走った。横の虎君が梁《はり》から一段と身を乗り出すのが分る。長い尻尾で上手にバランスを保ってはいるものの、余り前へ行くので落ちやしまいかと吾輩ははらはらする。泥棒君が素早く言葉を畳みかけた。

「僕はさっきモリアチーの部屋に忍び込んで色々調べてみたのだ。そうしたら手紙があった。差し出し人はラスプチン。モリアチーとラスプチンの結びつきは噂《うわさ》では聞いていたが、僕はこの眼で確認した。明らかにラスプチンが指令を出しているのだ。君はその事を知っているのか」

「知っているさ」と東風君は弱々しく答える。「僕はペテルブルクでラスプチン僧正に会った事がある」

「それで分ったよ」と泥棒君が今度は叫ぶ番だ。「君は露西亜留学中にラスプチンに感化されたのだ。ラスプチンが憎むべき皇帝支配の中枢《ちゅうすう》にあって、露西亜に於《おけ》る労働大衆や革命党派に敵対する反動的な人物である事を君が知らないはずはない」

「僧正はそれ程悪い人間じゃない。僕の為《ため》にサモワールでお茶をいれてくれた」と東風君が妙な弁明をすると泥棒君は、

「馬鹿な。君は革命の精神を売り渡したのだ。君は裏切り者だ。革命的民衆の最悪の敵だ」と手厳しく決め付ける。

「違う。そうじゃない。君は知らないだけなんだ」と東風君は駄々っ子の様に腕を振り回す。

「じゃあ聞くが。君はその手紙にどんな事が書いてあったか知っているか」と泥棒君が強い眼で睨《にら》む。いよいよ動揺を隠せぬ東風君は答えない。

「歴史を変えると云うのがどういう事か僕は知らん。只手紙にはこうあった。日露戦争では是非とも露西亜を勝たせろとね。いいかい、しかもその手紙と云うのは戦争中のものじゃないんだ。ポーツマスの条約締結もとっくに済んだ、今年になって書かれているんだからね。まったく馬鹿々々しい限りだが、そう書いてあったのは本当だ。対馬《つしま》からではなく太平洋から津軽海峡を通って浦塩《ウラジオ》へ入るようバルチック艦隊に報《しら》せろと云うんだが、到頭ラスプチンも追い詰められた挙句《あげく》、頭がおかしくなったのだろう」

泥棒君は鼻から短い息を吐いて嗤《わら》う。所が一方の東風君は笑うどころではない様子だ。白かった顔を今度は草の葉の色に変えて、夢遊病者の如く辺りを歩き廻る。

「そうか、可能だ。そうすればたしかに可能だ」と歩きながら呟《つぶや》いている。

「君の行為は全革命党派及び労働大衆の名に於《お》いて許されない」と泥棒君が最終の宣告を

冷たく下す。東風君からは声がない、と思って見ていると、先生、再び狂った様に哄笑《こうしょう》する。

「ハハハ、大丈夫さ。そんな事は大した問題じゃない。日本が勝とうが露西亜が勝とうが、人類史にとってはほんの些細《ささい》な挿話にすぎない」と叫ぶ東風君はもはや眼前の泥棒君を相手にして居らない様子だ。天空のどこか高い所へ白く据わった眼を遣《や》っている。上を向いた東風君と眼が合った様な気がして吾輩は一瞬ぎくりとする。相手の言動を凝《じ》っと観察する眼で眺めた泥棒君が静かに云った。

「君は、頭が狂っている」

狂人と決めつけられた東風君は怒る様子も悲しむ様子もない。

「君には知って貰うしかない。そうでなければ何を云っても無駄だろう」と今度はいやに低い声で云う。落ち着き過ぎている所が却《かえ》って只事ではない印象だ。今日の東風君は甚だ中庸を欠いている。狂ったかどうかは分らんが、こう中庸を欠いて居っては到底君子とは申されまい。泥棒君が又何か云いかけた時、階段の方で物音がして、誰かが降りて来る気配だ。

見れば銀髪の西洋人である。見せ物小屋で見かけたその横顔は、噂のモリアチー教授に相違ない。吾輩と虎君は目顔で頷き合う。途端に机のギャング諸君がどやどやと立ち上って横に整列した。さすがは倫敦《ロンドン》犯罪界の大立者《おおだてもの》だけあって、威光は下々《しもじも》まで行き渡っているものと見える。東風君が小さく頭を下げて挨拶《あいさつ》したのへ、モリアチー教授は何事か囁《ささや》く。何しろ教授はひどく背が高いから、東風君の耳元へ口を寄せるには随分と屈《かが》む必要がある。背丈がありすぎるのも便利なばかりではないらしい。頷いた東風君は出掛けると見えて、階段へ向う。ギャングの一人がやはり教授に云われて随《つ》いて行く。

「これが人類の為にしている事だけは、どうか信じてくれたまえ。じゃあ、後で向こうで会おう」最後に泥棒君へ云い残した東風君は階段から天井の穴に消える。

後に残ったモリアチー教授が泥棒君の前へ立つ。吾輩、西洋人の表情を読むのには慣れぬが、片手で洋杖《ステッキ》を軽く弄《もてあそ》ぶ教授の顔に残忍な冷笑が浮かんで居る事くらいは容易に察せられる。

「君には死んで貰う」

モリアチー教授が云う。但《ただ》しこれは日本語ではなく英語で云ったのである。ここで吾輩の語学力に疑いの眼を向ける読者の為に注意しておくが、吾輩は勿論英語を解する。以前猫に於る文字を読む能力の絶大なる事を紹介したと思うが、こう見えて吾輩は苟《いやしく》も学校でリードルを講ずる教師の家に飼われた猫である。番茶の訳を生徒に聞かれてサヴエジ、チーなる大胆な答えを発明する大教師の膝下《しっか》に過した者である。である以上、天分に恵まれた吾輩が門前の小僧の伝で英語を習得したのは寧《むし》ろ自然だろう。

「だったら早く殺したらよかろう」と泥棒君は横を向いて答える。これも英語である。どこで勉強したのかは知らんが、泥棒君はなかなか語学が達者と見える。

「勿論、この場で殺してもよいのだが」とモリアチー教授が云う。云いながら笑いに頬を歪《ゆが》めた教授に殺人を愉《たの》しむが如き風情があるのはどうも感心出来ない。猫も鼠《ねずみ》を捕える時にいきなり殺さず、さんざん嬲《なぶ》ってから殺す傾向があって、世間の顰蹙《ひんしゅく》を買っているが、自分の事は棚に上げて云うなら傍目《はため》に見よいものではない。

「けれども君には時間をあげよう。君の能力を私も高く評価している。協力してくれるなら相応の地位を用意するつもりだ」

泥棒君は横へ向いたきり答えない。教授は気を悪くする風もなく、薄笑いを浮かべたままに続ける。

「東風から聞いたと思うが、今夜君を実験に招待しよう。その後で返事を貰いたい。否《いな》であれば死あるのみだ」

「いま殺せ」と泥棒君が押し殺した声で云う。

「そうはいかない。実は君を生かしておく別の理由もあるのでね。君も死ぬ前に一目彼女に会いたいのではないかね」と云った教授はますます凄味《すごみ》のある笑いを浮かべる。泥棒君は一瞬体を固くしたが、すぐにまた横を向いて黙んまりを決め込む。

「君に仲間があるのは分っている。なかなか美しい婦人らしいじゃないか。日本には武士の情けと云う言葉があるが、私も敢《あ》えて武士の情けを示そうと云う訳だ。夜が明けて、そうさな、鶏が鳴くまでなら待ってもよい」

この言葉を聞いた時、吾輩は甚《はなは》だ奇妙な気分に捉《とら》えられた。つまり今《い》っ眼にしていることの場面が以前にも一度見た事がある様な気がしたのである。はて、何時の事であったかと、吾輩が思いを巡らせると、今度はどう云う訳だか例の相棒嬢が白い裸馬に跨《また》がって走り出す情景が頭へ浮かんで来る。

「囮《おとり》に使うつもりなら無駄な事だ。そっちが殺さないなら勝手に死ぬまでだ」と泥棒君が教授に負けぬ冷笑を浮かべて云う。

「手間が省けて結構だ。しかし是非朝まで待ちたまえ。君も色々と知りたい事もあるんじゃないのかね。私はここで予言をしておくが、朝になって鶏が二度鳴くまでには、君はすっかり考えが変っているだろう」

「一つ聞きたい」

「何かね」

「苦沙弥を殺したのもお前たちか」

苦沙弥先生の名前に吾輩ははっと身を固くした。モリアチー教授がどんな反応を見せるかと注目すれば、そのいかつい顔には何とも云えぬ表情が浮かんで居る。西洋人に慣れぬ吾輩には顔色を読むのが難しい。悲しがっているのか喜んで居るのか、はたまた怒るものか怯《おび》えるものか、文字通り何とも云えぬのが残念である。傍の虎君も凝っと教授へ眸《ひとみ》を据えている。

「苦沙弥の家には何がある」と泥棒君が相手が答えぬ所へ畳みかける。「あの家にはどんな秘密がある」

「君は苦沙弥の家に忍び込んだらしいが御苦労な事だ。山の芋に眼を付けた炯眼《けいがん》には敬服するがね」と肩透しを喰らわせるようにモリアチー教授は唇を曲げて笑う。

「しかし山の芋は山の芋だっただろう。期待が外れて残念だった。君はまんまと罠《わな》にはまってくれた。多々良が山の芋を持って行けばきっと君が動き出すだろうと予想して、あんな芝居を打ったのだ。それで即座に東風に警察へ密告させた。鼠にうろちょろされては迷惑なのでね。どうしてあんなに簡単に足がついたのか、君は不思議に思わなかったかね」

教授は今度は声を挙げて嗤う。昼下がりの畑で鳴く牛の如き笑いは、長い外套《がいとう》をぞろりと着込んだ教授には不似合いな感じがする。少々の滑稽《こっけい》感が否めない。あまり人前では笑わん方がいいだろう。

「だが、すぐに留置場から抜けて来る所はさすがだ。大いに評価したい。君の豪胆さが我々は欲しいのだ。東風ではどうも頼り無くてね」と云う教授に吾輩も同感である。東風君への人物評に関しては吾輩と教授は見解の一致が見られるようだ。

「質問の答えをまだ聞いていない」教授の饒舌《じょうぜつ》に対して泥棒君はそれだけを云う。笑いを消した教授は暫く泥棒君を観察する態《てい》に見えたが、

「間もなくそれも判然《はっき》りするだろう。では行こうか」とだけ云うと、先刻から手持ち無《ぶ》沙汰《さた》の様子で、ずっと立ったまま会話を聞いていたギャング君達へ顎《あご》で合図する。二人が両脇から泥棒君を挟んで立たせる。地下室の人間たちが階段に向う前に、吾輩と虎君は梁を伝って天井の穴から廊下へ出る。

三十一

表に出れば降りはじめている。暗天を狭霧《さぎり》の如く烟《けむ》らせる細雨である。路傍のしだれ柳が音もなく濡《ぬ》れて、葉先から滴《したた》った雫《しずく》が毛衣《けごろも》に落ちて冷たい。南から流れ込む生暖かな空気が湿った鼻面《はなづら》に当たって、全体に夜の散歩には快適とは申されない。薬局脇の露地に馬車が二台停って、一台の窓には東風君の萎《しな》びた唐茄子《とうなす》の如き顔がある。間もなく縛られた泥棒君を始め、関係各位が家から出て来て馬車に分乗する。笞《むち》のひゅうと鳴る音が闇《やみ》に響けば、ギャング君が一人ずつ御者を勤めた馬車はごとりと走り出す。表で待って居った伯爵以下の諸猫と合流して吾輩は後を追う。

馬車は暫くは虹口クリークに沿って北へ進んだ。御者はのんびりと夜の街路を進ませる様子であったが、馬は猫と較《くら》べて大分脚が長いから、後を追い掛けるのも楽ではない。ここで困るのは猫が長くは駆けられない生理上の性質を有している事実である。猫は元来長距離走が苦手な動物である。吾輩も店先の魚をくわえて逃げる時の速さには自信があるが、目一杯で走るとなればせいぜい十間《けん》が限度だ。それくらい走るともう嫌になって止ってしまう。歩くのであれば幾らも歩けるが、しかしそれでは馬車から離される。だったらゆっくり走ればよいではないかと云うかも知らんが、それが出来るのだったら苦労はしない。猫は早くは歩けても遅くは走れないのである。走ると決めた時は必ず脱《だっ》兎《と》の勢いとなる。従って我々五匹の追跡部隊は、全力で駆けては止り、暫く止ってはまた一気に駆けて距離を稼ぐと云う、甚だせわしのない仕方で馬車の後へ随《つ》いて往《い》く仕儀となった。四半刻《しはんとき》余りも走って、そろそろ人家も疎《まば》らになったと思う頃、右に折れて川に架《かか》った橋を渡る。そのまま砂利の悪路を馬車は路《みち》なりに往く。御陰で馬車の速度が落ち、追跡は大分楽になった。間もなく周囲は畑と貧草の生えた荒れ地ばかりになって、世界は全くの幽暗に閉ざされる。前を行く馬車の燈火がなければ忽《たちま》ち道に迷ってしまいそうである。振り返れば、遥かに遠く外灘《バンド》に立ち並んだビルディングの窓灯が蜃気楼《しんきろう》の如く霧に浮かんで居る。いよいよ敵地に乗り込まんとする緊張の裡にあって、吾輩は全体を何か遠く淡い夢の如くに観じていた。五感に捉えられた外界が俄《にわか》に現実味を失って、一度そうなれば、遠い街の灯も、淋《さび》しく揺れる洋燈も、ひたひたと土を踏む猫の跫音《あしおと》も、何も彼《か》もが幻ではあるまいかと思われてくる。いま自分がこうしてある事がひどく不思議で、あるはずのない場面に遭遇していると感じられる。しかもそこには甘美で切ない、覚えず涙が零《こぼ》れてしまいそうな無常の念が入り混じって、吾輩の悲壮の思いをしきりに煽《あお》り立てる。再度上海の街灯へ眼を向ければ、それは余りにも美しく、かけがえがなく、二度生きて同じものを見る事はあるまいとの想念に搏《う》たれて、斯《か》くして我が猫生《びょうせい》は儚《はかな》く過ぎ行くのであるなと、夢幻泡影《むげんほうよう》の思いが心を捉えて離さない。古《いにしえ》の武士はきっと今の吾輩と似たような感慨を抱いて戦場に赴《おもむ》いたのであろう。人間五十年、下天《げてん》のうちをくらぶれば、夢まぼろしの如くなりと、吟《うた》い舞った信長《のぶなが》の心境が偲《しの》ばれる。土壇場《どたんば》になって斯様な心理を経験するとは、何だかんだと理屈を云いながら、やはり吾輩も死を美しいものと見做《みな》す日本の伝統に連なる武士的猫であるらしい。

しかし間もなく、二台の馬車が丈高い石門の向こうに消えた時点では、吾輩は左様な日本的なる心情を忘れた。吾輩は日本の猫である事を誇りもせぬし卑下もせぬ。だがこれより敵地にあってなすべき活動にとっては、死を美と観じるなどの態度は邪魔になりこそすれ毫《ごう》も益はあるまい。仮にこれをして日本的精神と呼ぶならば、日本的精神はこの際《さい》無用である。大和魂はいらない。吾輩の目標は只《ただ》一つ、拐《さら》われた猫の奪回である。しかもそれを吾輩自身が生きて果さねば意味はない。無論ぎりぎり瀬戸際《せとぎわ》では砂嚢背水《さのうはいすい》の覚悟を以《もっ》て死を賭《と》し生を捨つる勇気を発する必要はあろうが、好んで死を求めるべきではない。進んで死地に赴く必要はない。寧《むし》ろ時には敢えて退く勇気を持つべきだろう。黒猫将軍に云われるまでもなく、戦争の目的は国民が死ぬ事ではなく生きる事にある。戦争は生きる為に死ぬのである。死ぬ為に死ぬのではない。

馬車が入ると同時に鉄の門ががらがらと音をたてて閉じられる。門柱には「上海飼育動物研究所」の看板があって、左右は高い石塀《いしべい》が延々続いている。さすがに警戒は厳重と見える。だがこれくらいは猫には何でもない。裏に廻れば見張りの居ない鉄門があって、柵《さく》を擦り抜ければ侵入は容易だ。虎君を先鋒《せんぽう》に五匹順番に門を潜《くぐ》って、中に立って眺めると、黒い土を剝《む》き出しにした敷地には、何でも大小十余りの建物が散在している。馬車はと次に探せば、既に屋根の付いた納屋《なや》に収まって周りに人影はない。軒から滴る雫が芭蕉《ばしよう》の葉に降り落つるばかりである。これでは猫が幽閉されている場所を探すのが少々厄介だと、吾輩が素人《しろうと》なりに敵陣を視察していると、五匹が別々に家屋を偵察して、猫が居ても居なくても再び今の場所まで戻って策戦を練ってはどうかと将軍が案を出した。さすがに玄人《くろうと》だけあって効率のよい方法である。無論反対の声はなく、さっそく諸猫めいめい割当の建物へ向って闇に散る。

吾輩が取り付いたのは正門から一番外れた倉庫様の建物である。正面と裏の扉はぴたりと閉ざされてはいるものの、横にずらり並んだ引き窓は大半が開いたままなので、探索は六ずかしくなさそうだ。さて、何が出るかと、青い葉の繁った銀杏《いちよう》に攀《よ》じって窓から覗《のぞ》けば、いるいる、白やら黒やら茶色やら斑《ぶち》やら、丸々と肥えたのが鼻から荒い息を吐いて柵の中で群れている。天井の電灯に仄《ほの》暗く照らされたこの家屋は養豚場であるらしい。通路を挟んで左右に五つずつ柵で囲った地面があって、それぞれに十匹見当が飼われているから全部では百匹くらいにはなるだろう。成程、飼育動物研究所であるなら豚が居たっておかしくはない。人間はどうも豚と云うと軽蔑《けいべつ》的に語る傾向がある様で、吾輩の主人なども豚が食卓に上る度に侮蔑の表情を浮かべ、牛《ぎゆう》を喰う時とは随分態度が違った。無論吾輩は左様な差別的性向に染まった猫ではない。とくに親しく付き合う知己はないが、同じ地上に棲息《せいそく》する動物の一員として豚君にも相応の敬意を払っている。それ所か喰って寐《ね》ては鼻をブーブー鳴らして不平を漏らす所などは、人間と豚は頗《すこぶ》る近い親戚《しんせき》ではあるまいかとは日頃の吾輩の眼に映じる観察である。但し一つ難を云えば、猫は匂いに甚だ敏感な動物であるからして、豚君の住処《すみか》に立ち籠《こ》める臭気はちと困る。勿論これは豚君自身の責任ではない。こんな狭い所に大勢で押し込められては匂うのは当たり前だ。人間だって十日も同じに暮らせば匂って仕方がないだろう。吾輩の観《み》る所、あらゆる動物の中で臭いと云えば、鼬《いたち》やスカンクを除けば何と云っても人間が一番である。そう云えば人間は心外に思うだろうが、しかしこの事は人間が始終風呂《ふろ》に入る所からしても明白である。信州の山国では猿や熊《くま》も温泉に浸《つか》るそうだが、風呂に入る度に神経質に体を洗う猿と云うのは聞いた事がない。躍起になって垢《あか》を落とすのは人間だけだ。あんなにせっせと石鹸《シャボン》やら垢擦りやらを動員するからには、気の毒に余程匂うのだろう。それだけではまだ心配なのか香水を振ったり香を焚《た》いたりする。豚は臭いと云って人間は嫌うが、殆《ほとん》ど目糞《めくそ》、鼻糞を嗤《わら》うの類《たぐい》であると吾輩は断じて憚《はばか》らない。

豚君たちが呑気《のんき》に餌を食《は》むのを只眺めて居っても仕方がない。見れば奥の暗がりには鉄の檻《おり》が一つ置かれて、ひょっとして猫がしまわれているかも知らんと考えた吾輩が、別の窓に廻ろうとした時、不意に表の戸ががたんと鳴った。闖入者《ちんにゅう》としてはこう云う突然の物音はどうも心臓に悪い。続いてがらがらと戸が開かれれば二人の人間が入って来る。誰かと思えば迷亭三平、御存知二人組だ。目下の課題が猫の発見にあるのは十分弁《わきま》えては居るものの、かの両君となればどうしても好奇心は押さえ難い。記録に留むべき何か面白い事が出来《しゅったい》するのは疑いない。あるいは伯爵以下の諸猫はとうに探索を終えて、吾輩の帰還を焦々《じりじり》しながら待っているかも知れんと思いはしたが、猫の行方について何か情報が得られる可能性ありと無理に理屈をつけた吾輩は暫し観察する事に決める。

「やあ、こりゃまた随分と居るもんだ。桃李成蹊《とうりせいけい》、豚が寄って市を成すとはこの事だ。動物兵器と云うから、伝書鳩《ばと》でも飼っているのかと思えば、まさか豚とはね」と迷亭君は入るなり大声を放つ。陰謀渦《うず》巻く怪しい隠れ家で出されるには余りに陽気かつ頓狂《とんきょう》な音声《おんじょう》である。場違いの感を否めない。苟《いやしく》も犯罪結社の一員である以上、もう少しそれらしい振る舞いをすべきではないかと傍ながら思うが、左様な気兼ねをせぬ所が迷亭君の一大特色である。

「そうでしょう。まあこれだけ集れば立派なもんですたい」と三平君も声の大きさでは迷亭君に一歩も引けを取らない。こちらも日陰に面を隠して悪事をなす態《てい》ではない。燦《さん》然《ぜん》たる陽光の下、高く青雲に向って大吐する者としか思えん。何をしても天下太平、明朗潑剌《はつらつ》となって見える所が、やはり同君の特色と云えば特色である。斯《か》くして特色の二標本たる両君は通路の真ん中辺りまで歩く。

「所で先生、この豚が只の豚に見えなさるか」と三平君が問う。

「何だい一体。動物兵器と云うくらいだから爆裂弾でも腹の中に蔵《ぞう》しているのかい。まさか豚が鎧兜《よろいかぶと》で、やあやあ我こそはと、やるんじゃあるまいね」と迷亭君が芝居がかって声を潜める。

「豚は言葉は喋《しゃべ》らんですたい」と三平君は飽くまで真剣だ。「代りにここの豚は人を喰います」

「人喰い虎なら聞いた事があるが、人喰い豚とは始めて聞いた。これは恐れ入った」と迷亭君は随分と恐悦の態である。

「しかし生きた人間を喰うかい」

「生きたのも死んだのも喰います」

「しかしどうやって人を喰うように躾《しつ》けたのかね」

「云わん方がいいでしょう」と三平君はうっそりと笑う。迷亭君も肩を竦《すく》めてうそ寒い笑いに唇を歪《ゆが》める。

「それであれかい、敵陣へ突貫させて襲わせる訳かい。しかしいくら人喰いでも、豚じゃあんまり迫力はなさそうだ」とパナマを斜《はす》に頭へ載せた迷亭君は、手品師見た様に手先で洋杖《ステツキ》をくるくる廻して弄《もてあそ》ぶ。

「この豚は主に死体を喰う目的で開発された兵器ですたい。生きた人間を喰うのはおまけのようなものにすぎんです」と三平君は云うが、いくら人喰い豚でも兵器と呼ぶのは少々大袈裟《おおげさ》である。滑稽感《こっけいかん》を免れないと吾輩が観じていると、迷亭君も同意見と見えて質問を口にする。

「兵器はいいが、全体豚が何の役に立つんだい」

「戦場の死体を喰わせます。先生は御存知ないかも知れませんが、先の戦争では、戦場の兵隊の死体が腐って、日露両軍倶《とも》に大いに難儀したそうです。死体と一口に云ったって何万、何十万の数ですからな。これからの戦争はますます速度が重視されて、死体を一々片付ける暇はありません。冬の満洲《まんしゅう》でそうだったのですから、暑い熱帯地方の戦争だったらもう大変ですたい。臭くて戦争どころじゃなかとです。そこで戦場にこの豚を放つと云う訳ですたい。豚が腐りかけた兵隊を全部喰ってくれる。疫病《えきびょう》の予防にもなり、しかも場合によれば豚を食糧にする事も出来る」と説明する三平君は自信満々である。

「一石二鳥と云う訳か。しかし人を喰った豚じゃあまり食欲は湧《わ》きそうにない」

「なに、慣れればどうと云う事はありません。直接人が人を喰う訳じゃないですからな。今はまだ百匹にすぎませんが、これから五年で百倍に増やす計画ですたい。いずれ列強がこぞって買いに来る事は間違いありません」と三平君が胸を張るのへ、今度は迷亭君が端的な論評を加える。

「売れんよ」

「何故《なぜ》です」と三平君は少々気色ばむ。

「考えても見たまえ。出征して最期《さいご》が豚に喰われるんじゃ、誰も戦争に行かなくなるだろう」と迷亭君が解説する。「たとえ戦死しても英霊となって祀《まつ》られればこそ安心して突貫出来るので、豚に喰われたんじゃそもそも成仏《じょうぶつ》も出来ない。木口小平《きぐちこへい》が幾ら最期まで喇叭《らっぱ》を放さなくたって、喇叭を握ったまま豚に喰われたんでは画にならんだろう。君、死に賜《たも》う事勿《なか》れと咏《うた》うからいいんで、君、豚に喰われる事勿れじゃ詩にも何にもならんさ。第一豚を食糧にすると云うが、戦場に散らばった豚をどうやって集めるつもりかね。それだけで一大事業になってしまう」

「その点なら抜かりはないですたい」と答えた三平君は懐《ふところ》から何やら取り出して見せる。緑と黄色の液の入った瓶である。頭に噴霧器が付いていて、いきなり三平君は自分の胸に緑の液を振りかけ、続いて迷亭君にも同じようにする。

「止《や》めてくれたまえ。僕は香水は仏蘭西《フランス》製しか使わんのだ」と迷亭君が顔を顰《しかめ》るのを聞かずに三平君が云う。

「人間には大して匂わんから大丈夫ですたい。それより先生、中に入って見んですか」

そう云いながら三平君は戸を開けて柵の中へ足を踏み入れる。

「厭《いや》だよ、僕は。豚に喰われるのは真っ平だ」と尻込《しりご》みする迷亭君も三平君に無理矢理引っ張り込まれてしまう。

豚君はと見れば、間近な所に人間が立っても恬《てん》として反応する様子はない。相変らず鼻先を地面に擦り付けて徘徊するばかりである。

「何だい、ちっとも人間を喰わんじゃないか。面白くもない。豚は所詮《しよせん》は豚だ」とさも軽蔑した如《ごと》くに云う迷亭君は、体を固くしながらも口だけは達者である。

「そう馬鹿にせん方がいいですたい。先日も飼育係が一人、うっかり柵の中に落ちて喰われたとです」と三平君が脅迫する如くに云う。「最期にはとうとう骨まで齧《かじ》られてしまいました。豚が襲って来んのは今付けた匂いの所為《せい》ですたい。緑の薬品の匂いが付いた人間を豚は喰いません。従って味方の兵隊の全員が服にこの匂いをあらかじめ付けて置けば、死んでも豚に喰われんで済みます。敵だけを選んで喰います」

「ナール」と長く伸ばした迷亭君は、豚が襲って来ないと聞いて安心したのか、洋杖《ステツキ》で豚の尻の辺りを突ついて見たりしている。

「で、その黄色い方は何なんだい」と迷亭君が聞くと、

「こっちも試してみなさるか」と三平君が笑いながら迷亭に黄色い霧を吹きかける。途端にそれまで大人しくしていた豚が、一斉《いっせい》に高く鳴き声を挙げたかと思うと、迷亭君目掛けて頭を振り立て突進して行く。慌《あわ》てたのは迷亭先生である。檳榔樹《びんろうじゅ》の洋杖を大車輪に振り回して撃退はするものの、鼻面《はなづら》を打たれた豚はぐふと妙な鳴き声を出して一度は退散しても、またすぐに頭をもたげて向って来るのだから堪《たま》らない。迷亭先生は忽《たちま》ち十匹余りの豚に取り囲まれて悲鳴を上げる。

「何とかしてくれたまえ。このままじゃ僕は喰われちまう」

「ハハハ、大丈夫ですたい」と三平君は頗《すこぶ》る愉快そうである。「豚は喰うつもりはありません。ただ嘗《な》めるだけです。黄色い液の匂いの付いた人間は嘗めるよう訓練してあるとです」

「何でそんな事をするんだ」と必死で洋杖を振りながら迷亭君が問う。

「味方が傷ついた時には黄色の液をかけます。すると豚が来て嘗める。傷口の血や泥を拭《ぬぐ》ってくれると云う寸法ですたい。それに豚はこの匂いを大変好む様にやはり訓練して居ります。だからこいつを使えば戦場に散った豚を集めるのに好都合ですたい」

「分ったから、早くどうにかしてくれたまえ。もう降参だ。僕は豚と雲右衛門は大嫌い

なんだ。君の動物兵器の優秀さは十分に理解したよ。何万頭だろうが何十万頭だろうが、世界中が争って高値を付ける事は僕が保証する」と迷亭君は必死で哀願したが、到頭豚の紅《あか》い舌で顔を嘗められてしまう。迷亭君の日頃の円転滑脱な弁舌も豚には通用しない。止めろ止めろと幾ら喚《わめ》いても、一匹が嘗めれば次が嘗め、更に後続して猶《なお》止む様子はない。無残にも豚の餌食《えじき》となった迷亭君の口から発せられた叫びは、髭《ひげ》を生やした一人前の男子が到底放つべき声ではない。同君の名誉の為に吾輩は詳しい論述を避けたいと思う。

三平君が緑の液を又ふりかけて、すると豚は嘘《うそ》の様に人間には無関心となる。漸《ようや》く解放された迷亭君は青い顔で、絹の手巾《ハンカチ》を胸のポケットから出し、額の汗と豚に嘗められた辺りをしきりに拭っている。さすがに暫くは声がない。

柵の扉を締めた三平君が、「では、次に案内しますたい」と告げて歩き出せば、もうすっかり気抜けしたものか、只黙って随《つ》いて行く様子が哀れである。迷亭君は余程豚が嫌いなのだろうと吾輩はすっかり同情する。

両君は通路を奥へ進んで、今度は鉄の檻の前に立つ。吾輩は窓枠から一旦《いったん》地面に降り、盗み見するのに便利な別の窓へ廻る。五つ程間を置いた窓の下に藁《わら》を積んだ山があるのを見つけて、これに這《は》い上って窓へ乗って見れば、いましも三平君が檻から狗《いぬ》を引き出した所である。又しても侍狗君だ。吾輩は侍狗君によくよく縁があるらしい。吾輩にしてみれば左様な縁は金輪際《こんりんざい》御免被《こうむ》りたい所だが、因縁は前世から決っているそうだから吾輩の一存ではどうにもならない。腐れ縁は離れずと云う有り難くない言葉もある。

三平君は首輪から伸びた鎖を握って、侍狗君に坐《すわ》れと命ずる。侍狗君は大人しく前趾《まえあし》を揃《そろ》えて尻を地面に付ける。すると今度は三平君がどこからか藁《わら》人形を持ち出して、地面へ刺さった棒杭《ぼうぐい》に括《くく》り付ける。

「何をするつもりかね」と迷亭君が不安気な声を出す。「僕はもう嘗められるのは御免だぜ」

「まあ、見て居て下さい」と答えた三平君は再び緑の液の入った瓶を出すと、途端に潰《つぶ》された蛙《かえる》見た様な声を漏らした迷亭君が一気に二間《けん》余りも後ろに跳ねる。

「ハハハ、安心していいですたい。今度は先生にかけたりはしません」と猶も逃げ出す構えの迷亭君へ声をかける。

「本当だろうね」と迷亭君は先刻豚に嘗められたのが余程こたえたのか、半信半疑の及び腰で遠くから様子を眺めている。三平君は緑の液を藁人形の頭に振りかけると、今度は同じものを侍狗君に嗅《か》がせる。

「別に匂いは何でも構わんですたい。この狗は何でも匂いに反応するよう訓練してあります。民族にはそれぞれ特有の匂いがあるのは先生も御存知でしょう。独逸《ドイツ》人、英吉利《イギリス》人、露西亜人、全部体臭が違う。その匂いを凝縮した液を作ってこの狗に嗅がせれば、同じ匂いの人間を忽ち攻撃します」

そう説明した三平君は、ちょっと拝借しますと云って迷亭君の洋杖《ステツキ》を手にすると侍狗君へ渡す。それからぴっと鋭く口笛を吹く。途端に侍狗君は洋杖を青眼に構えた姿勢で、ぴょんぴょんと二度跳ねるや、忽ち藁人形の前に立って杖《つえ》を振り上げ、躊躇《ちゅうちょ》なく降り下ろす。厭な音をたてた人形の頭はささくれ、千切れた藁屑《わらくず》が宙に舞う。相変らず電光石火の早業である。既に見せ物小屋で侍狗君の技倆《ぎりょう》を拝見した吾輩は今更驚かぬが、始めての迷亭君が眼睛《がんせい》突出するのは無理もない。

「どうです、先生。なかなかのもんでしょう」と三平君は我が事の様に侍狗君の手練の業を自慢する。顔色を失って青瓢箪《あおびょうたん》の如くになった迷亭君からは寂《せき》として声がない。喋《しゃ》舌《べ》る事を天職と心得る同君から一時なりとも声を失わしむるとは、この一事を以てしても侍狗君の才能は表彰してしかるべきであろう。

「今の所、これだけの業があるのはこの狗一匹ですばってん、他の狗も段々と訓練して同じ水準に達しつつあります。計画では今年中に百匹、五年以内に千匹は生産する予定ですたい」と対照的に満面を紅潮させた三平君は舌も滑らかに弁じ立てる。「先生、まずは考えても御覧なさい。敵へ向って突貫するのに何も人間がやらなければいかんと云う法はないですたい。しかも今見た様に狗の方がずっと早くて確実ですたい」

「というと、あれかい」と口に手巾《ハンカチ》を押し当てた迷亭君が漸く声を出す。「次の戦争じゃ、千匹の狗が一斉にわんわん吠えながら敵陣へ斬込《きりこ》む訳かい」

「この狗は矢鱈《やたら》に吠えません。黙って敵を殲滅《せんめつ》します。使うのは刀や槍《やり》ばかりじゃありません。まだ訓練の中途ですが、この狗は鉄砲も撃ちます。いずれは機関砲も扱える様にするつもりですたい。どうです、先生、これは売れる商品になるとは思われんですか」

途端に迷亭君が笑い出す。最初は鶫《つぐみ》が鳴くが如き声であったものが、次第に音量を増したかと思うや最後には堰《せき》を切った如くに腹を捩《よじ》って哄笑《こうしょう》する。豚に嘗められて気が違ってしまったのではと、吾輩は俄《にわか》に迷亭君が心配になる。

「何がおかしいとです」と三平君が不審そうに狂笑する迷亭君を眺める。

「いや、失礼」と目尻に涙を浮かべた迷亭君が途切れ途切れに返答をする。「いやこれは売れる。絶対に売れる。間違いなく世界中がこぞって買うだろうさ。つまりこれからの戦争では狗と狗が戦う訳だ。こりゃ凄《すさ》まじい。アレキサンダーも戦車の代りに象を使ったと云うが、到底比じゃない。全く以て戦争史に時代を画する大革命と云うべきだ。蒙古《もうこ》が馬を使って以来の変革だ。考えてもみたまえ、鞭声《べんせい》粛々河を渡って、茫々《ぼうぼう》たる荒野に相対峙《あいたいじ》する前線の両軍が全部狗なのだからね」

「そう云う訳ですな」と三平君は相手に釣られて嬉《うれ》しそうに笑う。

「こうなったら策戦も狗に立てさせたらどうかね。そうすれば、その裡《うち》には狗の中から東郷大将や乃木大将が出んとも限らない。孫子や兵法家伝書をしっかり読む秀才だって中にはあるだろう。場合によっちゃ、狗のナポレオンの育成だって夢じゃない」

「成程。よく考えて置きますたい」と真面目《まじめ》な顔で答えた三平君は、侍狗君を檻の中へしまうと、

「じゃ、次へ案内します」と笑いの止まらぬ迷亭君を促す。

「まだ何かあるのかい」

「はい。色々研究して居ります。何も豚や狗に限りません。動物兵器を綜合《そうごう》的に扱って居りまする」と三平君は得意満面である。

「次は何だい。モグラに塹壕《ざんごう》でも掘らせるかい。それとも猿を斥候《せっこう》に仕立てるかい」と更に笑う迷亭君はもはや歯止めが利《き》かぬ様子である。あの様子では遠からず笑い死にをしてしまうだろう。

「残念ながらそう云う研究はまだやって居りませんですたい」と三平君は飽くまで本気である。「次は烏《からす》に毒蛇を摑《つか》ませて敵陣に降らせる蛇爆弾ですたい」

それだけ云うと三平君は迷亭君を伴って入った時とは反対側の戸口から外へ出ていく。がたりと板戸の閉まる音が響いて、後には豚の低い鼻息だけが残される。

三十二

多々良君によって紹介せられた動物兵器には吾輩も多大なる感銘を与えられ、迷亭君同様文明史に於るその意義につき思索を促されたが、いまは左様な研究に貴重な時間を費やしている暇はない。とにかくこの建物には豚と狗だけで猫が幽閉されていない事は判明した。そうと分れば長居は無用である。一刻も早く戻って報告をなす必要がある。

吾輩は窓を離れようとした。不思議な事が起ったのはその時である。「おい」と呼ぶ声を吾輩は突然聞いた。吃驚《びっくり》して背後を見遣《みや》れば細雨に烟《けむ》った闇《やみ》があるばかりで人猫倶《とも》に気配はない。あるいは室の中に誰か居るのかと思い、再び窓から覗《のぞ》き込めば、「おい、ここだ」と復《ま》た声がして、檻《おり》の中に坐った侍狗君の紅い眼が射すくめる様にこちらに注がれているのが発見された。反射的に吾輩の毛は逆立ち、電気の走った肉には力が漲《みなぎ》ったが、すぐに相手が檻にある事実が想起されて緊張は解かれた。鎖に繋《つな》がれただけではまだ油断は出来ぬが、檻に入った狗程安心なものはない。吾輩は人間の発明品の殆《ほとん》どは無用と見做《みな》して憚《はばか》らぬが、狗の檻ばかりは有益だとかねがね評価している。

ひょっとして吾輩を呼んだのは侍狗君ではあるまいかと、同君の様子を及び腰で窺《うかが》えばたしかに間違いない。「そうだ、俺だ」と侍狗君が頷《うなず》いて返事を寄越《よこ》す。まさかの出来事に吾輩は驚倒せんばかりの衝撃を受けた。なんとなれば、まず第一には吾輩は狗語を解さない。にも拘《かかわ》らずどうして侍狗君の言葉が分ったのかの不思議がある。そもそも吾輩はいままで、狗が言葉を喋《しゃべ》舌る事すら知らなんだのである。しかし更に猶一層吾輩をして愕然《がくぜん》たらしめたのは、侍狗君が声を出して居《お》らない事実である。一般に音とは波だそうである。発せられた波が順次空気中を伝わって鼓膜を振動させて漸く音声になる。所が侍狗君は全く空気を震わす気配がない。であれば声が伝わる道理はないのだが、どう云ったらよいか、侍狗君の言葉は耳を経ずして直接吾輩の脳中に流れ込む様子なのである。逆に吾輩の念じた事がやはり侍狗君には分るらしい。

「何か御用でしょうか」と吾輩が頭の中で云うと、

「ここから出してくれんか」と侍狗君が返事を寄越す。どう挨拶《あいさつ》してよいやら分らぬ吾輩は、

「どうして閉じ込められたんです」とさして意味のない質問をして見る。

なにしろ狗と話すのは始めての経験であるから、変にどぎまぎしてしまって、何を話すかは愚か、そもそもどの様な言葉遣いをすればいいかが分らない。無論日頃苛《いじ》められているからと云って遜《へりくだ》る必要はいささかもない。力では敵《かな》わぬにしても言論の場では対等だ。にも拘ず言葉が丁寧になるのは品のよい吾輩の猫柄《ねこがら》のなせる業としか云い様がない。檻の狗を恐れるとは弱気も甚《はなは》だしいと冷笑する向きには一言注意申し上げて置く。人間の中には異国人と見れば矢鱈と乱暴な口を利く輩《やから》があって、さすがは豪傑だなどと周りから褒められたりするが、そういう人間ほど肚《はら》は据わって居らん。

すると今度は吾輩の問いに答えて侍狗君が云った。

「人間が閉じ込めたに決っているだろう」

「あなた程の狗なら隙《すき》を見て逃げるくらいは簡単でしょう」と吾輩は本気半分御世辞半分に云う。何も狗に御世辞を使う必要はないだろうと評されるかも知らんが、英語にもリップ、サービスと云う文句があるくらいで、御世辞だって立派な外交の一手段である。吾輩の言葉に、ふんと一つ鼻を鳴らした侍狗君は、続いて次の如くに告白せられた。

「狗なんてつくづく詰まらん動物さ。人間に命令されると、心では反抗しても、体が云う事を聞かんのだからな。相手が鉄砲さえ持っていなければ、人間の喉笛《のどぶえ》を噛《か》み切るくらいは俺には訳はない。所が人間の声を聞いた途端、体が痺《しび》れた様になって、人間が酷《ひど》く恐ろしく感じられてしまう。おい、俺が今まで何回人間に棒で頭を叩かれたかを貴様は知っているか」

「さあ、何回くらいでしょうか」と吾輩は当たり障りのない返事をする。

「正確に千と飛んで三十九回だ。俺は一回々々数えているのさ。叩かれる度に俺の心は怨嗟《えんさ》と憤怒《ふんぬ》に燃え上る。なのに人間の眼を見た途端に、怒りはぎゅうと押し込められてしまう。それが繰り返される裡《うち》には怨嗟は卑屈に変る。人間が俺を叩くのが愛情の表現であるかに見做されて、叩かれるのが有り難い様にさえ思えてくる。なに、そうしないとやっていかれんのさ。怒りは本当は消える訳じゃない。だが、捌《は》け口がないから、そのままだと怒りが溜《たま》って心が腐っちまう。だから恨みや怒りを別の感情に変形するのさ」

物云いはぶっきら棒の様に見えて、しかし侍狗君の告白には苦渋と真情が滲《にじ》み、平素頭の中身は空っぽで、何も考えていない様に思っていた狗に左様な苦労があると始めて知って、吾輩は大いに心を揺さぶられた。何より感じ入ったのは侍狗君の分析力である。苦痛の最中にあって自己の心理を冷静に観察する侍狗君の知性はちょっと他に類を見ぬものではあるまいか。

「ここから出してはくれまいか。檻に鍵は掛っていない。閂《かんぬき》を外すだけでいい。そのくらいなら猫でも出来るだろう」

「出してもいいですが、出てどうします」と吾輩は慎重に聞いて見る。出したはいいがいきなり喰われたのでは堪らない。

「自由になりたいだけさ。まあ何時《いつ》までも自由で居られない事は分っているがね」と侍狗君は自嘲《じちょう》する如くに云う。「逃げたってすぐにまた捕まってしまう。そうなれば何十回も殴られて折檻《せっかん》されるのは分っている」

「いつも捕まるとは限らないでしょう。今度は巧《うま》く行く可能性はある」

「人に見付かって声をかけられればもう駄目なのさ。金縛りに遇《あ》った様に体は動かない。それどころか自分から尻尾《しっぽ》を振って擦り寄ってしまう。俺の中には人間から逃れたい気持ちと同時に人間に支配されたい欲望があるのだ。嫌うと同時に命令される事を悦《よろこ》ぶ傾向があるのだ。俺自身にはどうにもならない。奴隷《どれい》根性だと嗤《わら》うなら嗤うがいいさ。しかしこの気持ちばかりは猫には分るまい」

ここまで聞いて本当に嗤う程吾輩は冷血な猫ではない。黙って侍狗君の話に耳を傾ける。

「俺が真に自由を得るには死ぬしかないのは分っている。それでも俺は自由になりたいのだ。一時でもいい、後で折檻を受けてもいい、僅《わず》かなりとも自由な空気が吸って見たいのだ。そうして出来れば一目故郷の風景を眼にしたい。儚《はかな》い夢にすぎぬと分っては居るのだがね」

「御国はどちらです」

「英吉利《イギリス》だ。湖水地方と云う、それは美しい場所だ。生まれて半年間だけ、俺はそこで育った」

「その後でモリアチー教授に貰《もら》われたのですね」

「何で知っているんだ」と聞いた侍狗君は随分と吃驚《びっくり》したらしい。吾輩はホームズ君の名前を出そうとして、侍狗君がホームズ君の仇敵《きゅうてき》だと云う話を思い出し、要らざる刺激を与えては剣呑《けんのん》だと、

「ええと、何となく、聞いたのです」と曖昧《あいまい》に誤魔化した。侍狗君は暫《しば》し吾輩を疑わし気な眼で見詰めて居ったが、すぐにまた告白に戻る。

「まあいい。とにかくモリアチーに貰われてからは地獄さ。あいつは俺を悪行の道具に使う為《ため》に芸を仕込んだ。俺になまじ親譲りの才能があったのも不幸だったんだろうが、過酷極まりない仕方であいつは俺を鍛えたのさ。上海に来てから、どうしても我慢出来なくなって俺は逃げた。そうして見せ物の一座に拾われた。それだって惨《みじ》めな生活だったが、モリアチーの所に居るよりは遥《はる》かにましだ。だが結局は見付かってしまった」

　見せ物小屋で見かけたモリアチー教授は、あのとき侍狗君を取り戻す交渉に来ていたのだろうと吾輩は想像した。

「吁《ああ》、もう一度だけ、ほんの五分でもいいから、俺は故郷の風景を眼にして見たい。い

ま一度あの清涼な空気が吸って見たい」と侍狗君が熱い息を吐く。「湖水を渡る風になぶられながら、水辺に植った木立を抜け、兄弟達と一緒にヒースの生い茂る野原を思い切り駆け廻って見たい。俺達は藪《やぶ》から現れた狐《きつね》を追う。誰が一番先に捕まえるか、皆で競争だなんて叫んだって、所詮《しょせん》は子供の事だから、命懸けで逃げる狐には追い付けやしない。結局は見失って、と気がつけば、丘の頂一面が菫《すみれ》の花畑だ。可憐《かれん》な紫の花に鼻を寄せれば甘い香りがする。兄弟の一匹が鼻面《はなづら》を蜂《はち》に刺されて泣き出してしまう。それを皆が笑う」

憧《あこが》れに満ちた夢見る調子で侍狗君は回想する。

「あるとき俺は野原を散策していた。独りで遠くへ行ってはいけないと云われていたんだが、一片の白い雲にでもなった様な気分でね。谷を降り山を越えて、何処《どこ》までも歩いた。すると突然目の前に金色に光る水仙《すいせん》が現れたじゃないか。水辺の木陰に咲いた水仙は風に揺れて踊っている。夜空にかかった天の川みたいに、切れ目なく入江を縁取って見渡す限りに続いている。ざっと一万本はあっただろう。それが皆顔を挙げて嬉しそうに笑っているのだ。素晴らしい場所でね。俺は自分独りだけの秘密の宝物にしようと思って、次の日もまた同じ場所へ行って見た。所がどうしても路《みち》が分らない。幾度も探したんだが、とうとう二度と見つける事が出来ずじまいになった。それでも俺の記憶には今でも鮮明に残っている。暗闇で眼を瞑《つむ》れば、あの美しい水仙の群れが蘇《よみがえ》って、俺の心は水仙と一緒に踊り出すのだ」

侍狗君はなかなかの詩人である。武辺一辺倒と見做されていた同君に斯様《かよう》な詩心があった事を意外に思い、また芸術愛好の猫としては大いに頼もしく感じながら、吾輩は猶《なお》も耳を傾ける。

「夏の季節を終日兄弟達と遊んで、気が付けばいつの間にか日差しは陰っている。夕暮れが近付けば北から冷たい風が吹いて、夕日を浴びて輝く湖面に漣《さざなみ》が立つ。楡《にれ》の梢《こずえ》がざわざわと鳴る。塒《ねぐら》に帰る鳥の黒い影が空を過《よぎ》って、牧童が笛を吹いて羊を集める。すると小さく火の灯《とも》った屋敷で鍋《なべ》を叩く音がするんだ。それまでは遊ぶのに夢中だったから、全然気が付かないのに、その音を聞いた途端に腹の虫がぐうと鳴る。もう堪《たま》らない。今度こそ本当の競争だ。俺は煮た牛の尾が大好物でね。兄弟に先に捕られるんじゃないかと思えば気が気じゃない。故郷を出てから俺は一度も牛の尾を喰った事はないが、俺は今でも餌《えさ》を貰う度に、眼を瞑って、牛の尾を目掛けて一心に走ったつもりになる。そうして兄弟達と喧嘩《けんか》をしながら器に盛られた餌を食べるつもりになる。すると孤独で貧しい食事も何だか味が変る様な気がするのさ」

吾輩は輝ける幼年時代の思い出を語る侍狗君に共感した。考えて見れば吾輩もまた異国にあって故郷を遠く想《おも》う者である。生まれ育った場所から無理に切り離されて、過酷な運命の糸車に翻弄《ほんろう》される境遇には変りがない。美しい故郷の風光を懐《なつ》かしむ心根に於《お》てはいささかも引けを取る者ではない。侍狗君の話は我が心の琴線に触れ、吾輩は胸中大いに紅涙を絞る。ここで檻から出してくれないかと侍狗君に重ねて頼まれて、傲然《ごうぜん》と無視出来る程吾輩は非情恬淡《てんたん》なる猫ではない。詩心を解さぬ朴念仁《ぼくねんじん》ではない。吾輩は窓から室《へや》へ飛び下り、伸び上って檻の閂に趾《あし》をかける。猫の力では侍狗君が云う程簡単ではない。吾輩は満身に力を込め、僅かずつ閂を横へずらして、悪戦苦闘の末に目的を達する。がたりと扉を鳴らして侍狗君が出て来る。

無論吾輩は己の親切に対して直ちに見返りを要求する様な品性卑《いや》しい猫ではない。とは云え吾輩がこれだけ汗をかいて苦労した以上、侍狗君の口から礼の一言くらいはあってしかるべきと考えたからと云って、世間の常識に鑑《かんが》みて非難される謂《いわ》れはないと信ずる。所が檻から出てきた侍狗君は礼を云わぬどころか、真黒い顔には感謝の色さえ浮かぶ気配がない。少々不愉快になった吾輩が厭味《いやみ》の一つも云おうとした時、驚くべき事実が判明した。言葉が通じないのである。周章狼狽《ろうばい》した吾輩は必死で呼びかけて見るが、あたかも岩に向って語るが如くである。そもそも先刻までどうやって話をしていたのかさえ分らない。そう思えば猫と狗が話が出来るなどと云う事が馬鹿な夢の如くに見做されて来る。そんな絵空事があるはずはないではないかと嘲笑《あざわら》う声が頭の中に聞こえる。いずれにしても、言葉が通じない以上、吾輩の傍《かたわ》らにあって尖《とが》った貌《かお》に炯々《けいけい》と眼を光らせ、低く唸《うな》りを上げた侍狗君は只《ただ》の狗である他ない。猫を仇敵と付け狙《ねら》う一族の裔《すえ》以外の何者でもない。いまや侍狗君は狗たる本質を余す所なく露呈しつつ我が傍らにある。これが如何《いか》なる事態を意味するかはもはや論じるまでもないだろう。左様に覚《さと》った途端吾輩は、侍狗君が襲いかかるまでもなく、忽《たちま》ち気が遠くなった。

三十三

どさりと投げ出されて眼を覚ました。続いて閂《かんぬき》を掛ける金気《かなけ》の音が耳へ響いたからには、あらためて確かめずとも檻の中だとは分る。外は天井の高い倉庫の様であるが、電灯を節約するものか辺りは随分と暗い。侍狗君にその場で喰い殺されなかっただけでも幸運だったとは云え、拐《さら》われた猫の救出どころか吾輩自身が救援を待つ身になってしまったのは情けない。木乃伊《ミイラ》捕りが木乃伊を地で行く仕儀となっては余りに面目ない。折角策戦を立ててくれた将軍始め、伯爵以下の諸猫《しょびょう》に合わせる顔がないと、吾輩が忸怩《じくじ》たる思いを押さえかねているところへ、「名無し君」と吾輩を呼ぶ声が闇中《あんちゅう》に聞えた。伯爵の声だ。さっそく救出に来てくれたのかと胸を躍らせれば何の事はない、伯爵先生も同じ籠《かご》の鳥ならぬ檻の猫である。吾輩とは別の隣合った檻に鎮座している。

「やあ、やあ、名無し君、御苦労さんだね」と伯爵は御遣いに行った先の楽隠居見た様な檻越しの挨拶である。場所柄時候に係わりなく、飽くまで明朗闊達《かったつ》、何事につけ気に病んだりはしない所が偉いと云えば偉い。こうなると伯爵は猫界の沈まぬ太陽くらいの資格は十分にある。

「これで全員が揃《そろ》った訳だから、場所を変えて改めて策戦を練るとしよう」と伯爵が云うので、暗がりを透かして見れば、吾輩が檻に一匹なのに対して隣は随分と賑《にぎ》やかである。しかも驚いた事に、伯爵以下、将軍、虎君、ワトソン君、攻撃隊の面々が雁首《がんくび》を揃えているではないか。それればかりか檻の奥で背中を丸めているのはホームズ君で、碗《わん》の水を嘗《な》める白い背中はマダムらしい。一同再会となったのは目出度いが、檻の中では慶凶相半ばである。

「策戦と云っても、まずは檻から逃げる算段をした方がいいんじゃないでしょうか」と吾輩が異見を述べると、

「そう云う事だが、どうにもならん。檻は頑丈でびくともせん」と横から口を出した将軍は相当に不機嫌な声である。「檻から出られん以上は策戦など無意味だ」

「敗北主義はいかんですな。如何なる苦境にあっても希望を失ってはならない。絶望は愚者の結論と云うではありませんか」と伯爵は将軍の弱気をたしなめる。

「まったく貴公は御目出度い。大いに幸せで結構な事だ」

「左様。希望こそが幸福の尽きせぬ泉なのですからな」と伯爵は将軍の皮肉にいささかも動じる所はない。相手の余りの自若ぶりに、将軍もさすがに苛立《いらだ》ちが昂《こう》じたものか、今度は嚙《か》みつく様に云う。

「だいたい貴公がいかんのだ。持ち場を勝手に離れて餌を食べたりするからだ」と将軍が非難すれば、

「そう云う将軍が真先に餌に手を出されたではありませんか」と伯爵が反撃して忽ち口論が始まってしまう。話を聞くとどうやら吾輩を待っている間に、退屈した伯爵が器に

盛られた餌を建物の軒下に見付け、四匹で夢中になって貪《むさぼ》り喰う所をいきなり背後から網を浴びせられて、文字通り一網打尽になってしまったらしい。伯爵、将軍、ワトソン君までは分るが、機敏な虎君までもが食欲に負けて罠《わな》に掛ったのは意外だと、吾輩が同君へ眼を向けると、さすがに極《きま》りが悪いのか俯《うつむ》いて頸《くび》を掻《か》いている。

そうした間にも伯爵、将軍の見苦しい口論は続いて、いまや両猫倶髯《ともひげ》を触れ合わさんばかりに顔を寄せ、互いに悪口雑言を浴びせかける。

「だいたい偉そうな事を云うが、貴公が家では何と呼ばれているか、儂《わし》は知っているのだぞ」と将軍が嗤うと、珍しく伯爵は顔色を変える。

「私が何と呼ばれようと将軍には関係ないでしょう」

「貴公はフランボワーズちゃんと呼ばれて居った」と将軍が残忍な顔で発表する。「儂が仏蘭西《フランス》租界を散歩して居ったら、フランボワーズちゃんと呼ぶ人の声がしたんで、どの子猫かと思ったら、貴公が尻尾を振りながら呼んだ人間の足に横腹を擦りつけて居った。今までは貴公の名誉の為に黙って居ったのだが、もう我慢がならん」

「名前が何であろうと、私の名誉は傷つくものではない」

「諸君の為に紹介すれば」と将軍が今度は周りの猫に向って云う。「フランボワーズと云うのは仏語で木苺《きいちご》の意味だ。フランボワーズちゃんとは、つまり木苺ちゃんと云う訳になる」

成程、木苺ちゃんではたしかに名誉は傷付かぬかも知れんが、いささか威厳を損なうのは避けられん。髯を張って勇ましく立った伯爵を前にして、木苺ちゃんと二度三度口の中で唱えて見れば、どうしても笑いがこみあげて来るのを避けられない。無論斯様《かよう》な際に笑う程吾輩は不謹慎な猫ではない。過日の悲しい出来事を思い浮かべて笑いを必死で堪《こら》える。諸猫も吾輩と同じ気持ちと見えて、何だか不得要領な顔付きで両雄を眺めている。所がここにマダムと云う天真爛漫《らんまん》の猫があった事は伯爵にとって不幸であったと云うべきだろう。

「まあ、木苺ちゃんなんて、可愛《かわい》いじゃない。伯爵よりずっといいわ。今度から木苺ちゃんと呼んであげる。いいでしょう。ねえ、伯爵、じゃなかった、木苺ちゃん」

そう云ってマダムが盛大に笑う。一同もつられて笑う。可哀相《かわいそう》なのは伯爵——いや木苺ちゃんだ、と思うと、申し訳ないが笑いは止まらない。

「いいだろう。幾らでも笑いたまえ」突如として伯爵が独り荒野に立ち尽くすかの悲《ひ》愴《そう》な様子で云う。

「しかし、私の内奥《ないおう》の苦悩は諸君の如き単純な猫には到底理解出来まい。そこで大口を開けて笑っている名無しにしても」と急に名指しされて吾輩は竦《すく》み上る。「名前が無い事を随分と悩んでいた様だが、私の苦悩に較《くら》べたら何程でもない。実は私は子供の頃に幾度も養子に出され、飼い主が変る度に名前が変ったのだ。最初がミューミュー、次がモン、プチ、次がボンボン、その次がモナンジュ、更にはモン、ジャーブル、それで最後が、そう、その通り、フランボワーズ、木苺ちゃんだ」

意外な告白に一同は息を呑《の》んで悲愴な様子で檻に立つ猫を見詰める。

「名前が無いのならまだいい。まだ救いはある。名前が多数ある。これが何を意味するか、諸君には恐らく分るまい。沢山の名前で呼ばれながら、なおかつ主体的であろうとする精神の努力がどれだけのものであるか、君たちには到底理解出来まい。いま紹介したモナンジュとは『私の天使』の意味で、ジャーブルは『悪魔』なのだ。つまり私は天使と呼ばれた翌日にはもう悪魔と名付けられて居ったのだ。これを諸君は笑えるだろうか。己を固く保ち、自分であろうとすればする程、自分が幾つにも分裂してしまう。私が私である。そんな事は当たり前と思うだろうが、当たり前が当たり前でなくなるのだ。絶えざる苛立ち、尽きる事のない不安に苛《さいな》まれる。地獄に堕《お》ちた悪魔の苦痛が私にはよく分る。自分で自分の居所が見失われる。自分が自分でなくなる。その恐怖がどれ程のものか――。世界はいつ目の前で崩れ落ちるか分らない。現実といま見做《みな》されているものが、忽ち異様な何かに姿を変えてしまいそうな予感に満ちている。そうした存在論的な恐怖なのだ。私がどれだけ悪夢に脅《おびや》かされ、幾夜眠れぬ夜を過ごしたか、諸君が知っての上で笑うのなら、いいだろう、思う存分私を笑いたまえ」

　伯爵は瞑目《めいもく》したまま立ち尽くす。そう鼻の奥を潤《うる》ませて演説されたのでは、さすがに笑う訳にはいかない。とは云え木苺ちゃんを思い出すとまたぞろ笑いの虫が身中を駆け廻って苦しい我慢を強いられる。誰かが謝罪なり慰めなり、何か声をかける必要があるとは思うものの、一同からは寂《せき》として声がない。極り悪そうに互いに顔を見合わせてい

ると、

「名前の問題で思い出したのですが」と最初に口を開いたのはホームズ君である。それにしてもホームズ君、怪しい船で別れてからどこでどうしていたものか。船中で色々と調査をしたと本人は云うものの、結局囚《とら》われの身になったとすれば大活躍は望むべくもなかったと見えるが、顔に左程気落ちの色がない所は偉いのか馬鹿なのかちょっと分らん。

「名無し君に名前がない。これが今回の事件の一番の謎《なぞ》なのではないかと思うのです」

この期《ご》に及んで推理を持ち出すとは、ホームズ君の一貫性はもはや常軌を逸していると云わざるを得ない。伯爵の声涙倶に下る大告白も同君には路傍の石ころ同然だったと見える。さすがに諸猫揃って呆《あき》れていると、沈黙を静聴と勘違いしたものか、ホームズ君は得々として続ける。

「名無し君に何故《なぜ》名前が無いのか。この謎が解かれぬ限り事件の核心へ迫る事が出来ないのです」

得意気に髯を震わせるホームズ君の頭は探偵的推理以外には働かぬ仕組みになっているらしい。更に何か云いそうになった所へ将軍が割り込む。

「今頃になって何の寐言《ねごと》を云っているのかね。だいたいこんな所で推理も何もないもんだ。それに苦沙弥《くしゃみ》氏の事件ならとうに儂が解明を終えている」

「将軍の推理についてはワトソン君から聞きました。さすがに筋の通った名推理と拝察致しましたが、残念ながら迷亭は犯人ではあり得ないのです。何故ならば――」

「好《い》い加減にしたまえ」と将軍がみなまで云わせず押し被《かぶ》せる。「いまは推理競争などして遊んで居る場合ではない。伯爵も先刻正しく指摘した様に、ここから如何に脱出し、拐《さら》われた猫をどう救出するかが火急《かきゅう》の問題なのだ」

将軍の云い廻しには先刻傷付けてしまった伯爵への気遣いがある。だが一方のホームズ君は左様な配慮とは飽くまで無縁の猫児《びょうじ》である。

「しかし謎は謎なのですから、取り組む価値はありましょう。たしかに事件の現実的解決が最終の目標でしょうが、それには理論上の解明が不可欠なのです。科学研究にしても実用の前にまず理論の研究がなされなければならない」と猶《なお》もホームズ君が云い募《つの》るのへ将軍が怒りも露《あらわ》に言葉を浴びせる。

「そもそも君は何だ。我々が苦労している間に君は一体何をしていたと云うのかね。怪しい船に潜入したはいいが、只為《な》す術《すべ》なく捕まってここまで運ばれただけじゃないか。大きな口を叩《たた》くんじゃない」

「大きな事は云うつもりはありませんが」と将軍の剣突《けんつく》にもホームズ君は涼しい顔である。「一二三の興味ある事実は発見致しました」

目下の状況でいくら興味ある事実と云った所で、今更聞く者はあるまいと吾輩が観察していると、

「ホームズ、興味ある事実とは何だね、早く教えてくれたまえ」と後ろの暗がりから声

が挙がる。そう云えばワトソン君と云う御仁があるのを吾輩はすっかり忘れて居った。それにしても定規で計ったかの如くに合いの手を入れるワトソン君はつくづく律儀《りちぎ》な猫である。

「まずは曾呂崎氏と鈴木氏を殺害した犯人、及び犯行の方法が判明した」と親友の援護を得たホームズ君は云う。

「猫の爪《つめ》に塗った毒じゃないのかい」とワトソン君はつぼを心得た応接ぶりである。

「そうじゃないのだ」

「しかし二つの事件倶、周りには猫以外に人はいなかったのだろう」

「そうさ」

「じゃあどうやって毒を」

「吹き矢さ」

「何だって」

「犯人は吹き矢を使って、毒を塗った針を飛ばし二人を殺したのだ。吹き矢はアマゾンの原住民が使う武器だが、既に英吉利でもこれを用いた犯罪は何件か前例がある」

「そうか、吹き矢を使ったのか」と興奮の態でワトソン君は呻《うめ》いたが、全く痒《かゆ》い所に手が届くとはこの事だろう。友とは二つの肉体に宿れる一つの魂だとアリストートルは云ったそうだが、両君こそはこの箴言《しんげん》の絶好例であるかも知らん。

「それで犯人は誰なんだい」と頃合《ころあい》を見計らって聞くワトソン君へホームズ君が直ちに

答える。

「辮髪《べんぱつ》の男だ。名無し君はあの男を知っているだろう」とホームズ君に顔を向けられた吾輩は頷《うなず》く。たしかにあの火を吹く超人ならば吹き矢で人を殺すくらいは訳なかろう。吾輩が心中で納得していると、ホームズ君は黙って吾輩の発言を待つ様子である。さすがに無遠慮なホームズ君もワトソン君と二人だけが浮き上ってしまうのは拙《まず》いと判断したらしい。仕方なく吾輩は虎君へ向って、見せ物小屋で見かけた男だと注意を促した。

「あの男がそうか。しかしあいつは雇われた殺し屋にすぎない。雇ったのは東風だ」と眼を怒らせた虎君が、先刻の地下室で聞いた東風君と泥棒君の会話を想起しているのは間違いない。東風君は曾呂崎、鈴木を殺させたのは自分であると、直接にではないが白状して居った。漸《ようや》く第三者から反応があって勢いを得たホームズ君が加える。

「正確には東風の一味と云うべきだろうね。背後で糸を引くのがモリアチーであるのは疑えない。因《ちな》みにあの辮髪の男は香港《ホンコン》じゃ名の通った悪党らしい。と云う次第で、残念ながら虎君の東風復讐《ふくしゆう》説は消えてしまった訳だ」

　云われた虎君はしかし今更残念がる様子もなく、前趾《まえあし》をしきりに嘗めながら考え込んで居る。

「しかし百合《ゆり》はどうなのだろう。曾呂崎氏の死体に置かれていた百合は」とワトソン君が問うとホームズ君が鷹揚《おうよう》に答える。

「夏の話だからね。百合くらいはガーデン周辺にも沢山咲いている。誰かが死者を悼《いた》む意味で置いたのだろう。虎君はしかし落胆する必要はない」とホームズ君は頼まれもしない慰めを口にする。

「と云うのも、正解を云い当てていないのは君だけじゃないからだ。伯爵、将軍もまた惜しい事に的を外している」とホームズ君はあたかも自分独りが悟達を遂げたかの如くに宣《のたま》う。こうした高所から見下す教師然とした態度が好感を以て衆生《しゅじょう》に受け取られる道理はない。啓蒙家《けいもうか》が時に反感を買い、和光同塵《わこうどうじん》を老子が唱えた所以《ゆえん》である。

「君は何だね、他人の揚げ足を取る様な事ばかり云って」と案の定忽《たちま》ち将軍から攻撃の狼烟《のろし》が挙がる。

「そう云う事ですな。文学や芸術の世界でも徒《いたずら》に作品の欠点をあげつらう評論家が多くて困るが、ホームズ君までもがこの悪癖に染まっている傾向があるのは遺憾ですな」と漸く木苺ちゃん問題から立ち直った伯爵も味方する。

「そうではないのです」とホームズ君が慌《あわ》てて弁明する。「ただ問題点を整理しようと欲しただけです。つまり私が云いたいのは、我々の最初の前提が間違っていたと云う事なのです」

「何が間違っていたと云うのでしょうか」と虎君が問う。

「最初に我々は、犯行現場の状況から推して、犯人は被害者の親しい知り合い中にあると考えた訳です」とホームズ君が説明を始める。「その結果、容疑者は、寒月、迷亭、東風、鈴木、多々良、独仙、甘木の七名に絞られた。これは私にもまず動かし難いと思われた。所が或《あ》る事実がこの前提を全面的に覆《くつがえ》してしまったのです。どれほど理屈に合わずとも、事実は飽くまで事実として尊重されなければならない。事実が動かせぬとなれば理屈の方を変えなければならない。これは科学と倶に探偵学の第一原理であるのは云うまでもない」

「どんな事実があったんです」と演説が長引きそうだと危険を感じたらしい虎君が単刀直入に問う。

「新聞の聞き書きに、事件の前夜、甘木医師が外出したと証言があるのを覚えているでしょう」とホームズ君が始める。「あれは実は東京港へ行っていたのです。苦沙弥氏が殺された日、即《すなわ》ち去年の十一月二十三日ですが、その夜、と云うか零時を廻った二十四日の午前三時に、『虞美人丸《ぐびじんまる》』は港を出航しているのです。これは私が船の航海日誌を見て確認したから間違いありません。あの船は多々良三平が創《つく》った会社が雇った船で、多分人目を忍ぶ必要から真夜中の出航となったのでしょう。船は釜山《プサン》、青島《チンタオ》を経由して十一月三十日に上海へ着いた。これは既に虎君が調査した通りです。関係者の中で船に乗ったのは寒月です。寒月は上海で或る研究をする為に急遽《きゆうきよ》船に乗る事になった」

「とすると名無し君を上海に連れて来たのはやはり寒月なのでしょうか」虎君の質問にホームズ君は頷く。

「そうだろう。つまり七時の来客は寒月だったと見て間違いない。その時名無し君を籠《かご》に入れて持ち出し港へ向った」

吾輩はそこで船の中で聞いた三毛子の話を思い出した。三毛子は寒月に連れられて上海に来たと云っていた。と云う事は吾輩と三毛子は一緒の船に乗ったのであろうか。どうもよく分らない。

「面白いのは、寒月は苦沙弥氏が死んだ事も、自分の失踪《しっそう》騒ぎが持ち上っている事も知らない様子なのです」と云ったホームズ君は、寒月君が十一月に上海に着いてからずっと研究所に籠《こ》もりきりになっている事や、大学や実家へ本人は聯絡《れんらく》をしたつもりで居るにも拘《かかわら》ず、実際には日本へは何も通信が届いていない事実等を報告した。

「寒月は騙《だま》されているのでしょうか」と心配になった吾輩が聞くと、ホームズ君は頷く。

「寒月が書いた手紙は密《ひそ》かにモリアチー一味が押さえてしまっているのだ」

「とすると寒月の命が危ない」と横から虎君が口を出す。

「同感だね」と深刻な顔でホームズ君が受ける。「寒月の利用価値が無くなれば忽ち消すつもりだろう。モリアチーとはそういう冷酷非道な男なのだからね」

消すとは恐らく殺すの意味だろうが、いずれ穏やかじゃない。それにしてもどうして寒月君は上海くんだりまでのこのこ出向いたのであろうか。日本で大人しく珠でも磨《す》って居れば危険な目に遭わずに済んだものをと、吾輩が同君の為に嘆じていると、

「寒月の話は分ったが、それがどうして我々の推理の前提を覆す事になるのだね。何も覆されて居らんじゃないか」と疑わしそうな眼でホームズ君を睨《にら》み付けた将軍も、ついつい議論の輪に引っ張り込まれたものと見える。

「問題は寒月が出発した十一月二十三日の夜、即ち苦沙弥氏が殺害された夜です」とホームズ君が即座に応答する。「先程甘木医師が港へ行っていたと申し上げましたが、実は港に居たのは甘木だけじゃない。迷亭、鈴木、多々良、東風、独仙、彼等も埠頭《ふとう》に集合して、少なくとも深夜の三時頃まではそこに居たのが分ったのです。恐らく寒月を見送る為でしょう。私が前に調査した所では、港から苦沙弥氏宅のある本郷区駒込千駄木町までは、夜中の三時に出たとして、人力車を飛ばしてもぎりぎり着けるのが朝の七時。と云う事は、我々が容疑者のリストに挙げた人物全員に完璧《かんぺき》なアリバイがあるのです」

「しかし君は一人々々に訊問《じんもん》した訳じゃあるまい。どうしてそんな事が分る」と将軍が鼻を鳴らす。

「彼らは虞美人丸が出航する直前まで、船室で麻雀《マージヤン》をしていたのですな。船員達の噂《うわさ》話も聞きましたし、点数を記入した紙でも確認しました。まず間違いはありません。三時に船が出て、甘木と東風は帰った様ですが、残りの四人は近所の宿屋で翌日の昼頃まで麻雀を続けたらしい」

「英吉利《イギリス》猫の云う事など信用出来るものか」と将軍はホームズ君の説明に悪態をついたが、事実の事実たるべき重みまでをも跳ね退《の》ける訳に行かなかったと見えて、鼻を鳴らしながらも隻眼《せきがん》で考え込む。

「そうなると、東風は港から帰ったその足で苦沙弥邸に朝現れた計算になりますね」虎君はまだ東風君に未練があるらしい。「狙《ねら》いは何だったのでしょう」

「残念ながら判然としない。只、既に名無し君にはそう云ったのだが、苦沙弥氏の家自体に何か謎があるのではないかと僕は思うのだ」とホームズ君に云われて、吾輩は先刻の地下室で、泥棒君が同じような事を口にしていたのを思い出す。同じ場面に居合わせた虎君も考えている。

「秘密の館《やかた》と云う訳だね」とワトソン君が呟《つぶや》くのを聞いて、吾輩は赤面せざるを得なんだ。幾ら何でもあの屋根にぺんぺん草の生えた陋屋《ろうおく》を指して秘密の館とは大仰に過ぎる。仮に探偵一同が揃って日本へ赴く機会があったとして、これが苦沙弥先生宅でございと紹介した途端に失笑を買うのは間違いない。大体あの家は鼠《ねずみ》や隙間風《すきまかぜ》や雨漏りは似合っても、秘密だけは到底身に合うものではない。左様な事を吾輩が思案していると、ホームズ君が議論を纏《まと》めるのが聞こえた。

「いずれにしても、苦沙弥氏殺害に限っては、寒月、迷亭、鈴木、独仙、多々良、甘木、東風は揃って潔白とせざるを得ない」

「やはり鈴木氏、曾呂崎氏と同じく、殺し屋が雇われたのでしょうか」と吾輩が意見を述べるとホームズ君は深く頷く。

「その蓋然性《がいぜん》は否定出来ない。だが、だとしたら何故苦沙弥氏が深夜に左様な怪しい人間を書斎に導き入れたかが説明出来なくてはならない」

成程そうであったと吾輩は思い返した。例えば犯人があの辮髪の超人だったとして、いくら主人が物好きでも、草木も眠る丑三刻《うしみつどき》に火を吹く怪人がごめんくださいとやって来たのへ、さあどうぞと云うはずはない。

「従って容疑者全員が潔白と決った以上、事件はもう一度白紙へ戻して考え直される必要がある。そこで僕は改めて名無し君に問いたいのだ」とホームズ君が云う。

「何でしょう」檻《おり》越しに目玉を光らせたホームズ君の勢いに押されて、やや及び腰になった吾輩は聞く。ホームズ君が問う。

「何故君には名前が無いのだろうか」

何故と云われても吾輩には答え様がないのは当然だ。大体名前と云うのは自分で付けるものではない。人間ならば親が付けるし猫なら飼い主が付ける。吾輩だってすき好んで年中名無しの権兵衛《ごんべえ》を通している訳じゃない。それをあたかも吾輩自身の責任であるかの如くに論難されては、いくら温厚な吾輩でも気分は宜《よろ》しくない。前から知っては居ったが、ホームズ君はどうも不躾《ぶしつけ》な所があって困る。吾輩が顔を曇らせていると、今度は横から伯爵が口を出した。

「名前が無い事がそれ程問題なのかね」

「ええ。伯爵は新しい家で飼われる度に名前が変ったと仰《おっしゃ》って居ましたが」とホームズ君が云った途端、一同ははっとなって灰色の英吉利猫を睨み付けた。木苺《きいちご》ちゃん問題を漸く遠くに置き捨てて、折角伯爵の機嫌が直りかけている所へ、またぞろ話題を蒸し返されては堪《たま》らない。所が探偵的技能には天賦《てんぷ》の才に恵まれたホームズ君も斯様《かよう》な気持ちの綾《あや》となれば枯木寒巌《こぼくかんがん》に等しい。周囲の動揺には恬《てん》として感ずるところなく威風を払って我が道を進む。

「猫を飼えば名前を付けるのが普通でしょう。野良《のら》でもない猫が、一年近くも飼われながら、名前が無いのは妙じゃないですか」

「しかし苦沙弥氏は随分と偏屈者だった様ですからね」と虎君が云う。

「苦沙弥氏がそうだとしても、夫人や子供が何か愛称でも付けそうなものだ。所がそれもない」

「要するに君は何が云いたいのだ。結論を云いたまえ、結論を」と業《ごう》を煮やしたかの如くに将軍が飛び出してくる。するとホームズ君がまた闇《やみ》に光る眼で吾輩を真直《まっす》ぐに見詰めて云う。

「君は本当に苦沙弥氏の家で飼われたのだろうか」

「何ですって」吾輩は驚いて聞き返す。

「君は苦沙弥氏の家に本当に住んだ事があるのだろうか」

途端にホームズ君の翠色《みどりいろ》の眸《ひとみ》がなお一層の輝きを帯びて吾輩を射すくめた。

三十四

吾輩が珍野苦沙弥先生宰領《さいりょう》になる臥龍窟《がりょうくつ》に一年近き日月を過ごしたのは、誰に何と云われようと疑えぬ事実である。いくらホームズ君が懐疑主義の論説を以て迫ろうとも、吾輩の自信はいささかも揺らぐものではない。無論吾輩は琴柱《ことじ》に膠《にかわ》をする類《たぐい》の融通の利《き》かぬ頑固者ではない。大抵の事なら人に譲って猶《なお》泰然たる柔軟の猫である。必要とあらばなならぬ、清濁併《あわ》せ呑《の》みもする。しかしながら苦沙弥先生の家に飼われて居らなかっただろうなどと難癖をつけられて、はい左様でと答える程主体を欠いては居らん。ホームズ君の問いに対して吾輩が断乎《だんこ》首を横へ振ったのは当然である。

所が更に一歩を進んで考究して見るに、もし吾輩が事実と主張する根拠を問われるならばどうであろうか。吾輩の記憶以外に根拠は無いのではあるまいか。つまり苦沙弥先生膝下《しっか》にあって体験したあれやこれやの場面が、我が脳中に画然と刻まれて居ればこそ、吾輩はそれを事実なりと報告も出来る訳である。とすれば記憶が失われるなら事実もまた消える理屈になる。上海来訪に際して既に記憶喪失に罹《かか》った経験のある吾輩は、ここに至ってやや不安になった。君は事実と云うが全部夢だったのではないのかねと訊問《じんもん》された場合、抗弁の仕様が無いのではあるまいか。一つ方法があるとすれば、吾輩以外の誰かが猫はたしかに苦沙弥邸にありと、脇《わき》から証言してくれる事である。例えば細君なり車屋の神さんなりが、そう云ってくれれば問題は忽ち解決する。只残念な事に異国にあっては左様な証人を探し出すのが容易ではない。居たとしても猫の為にわざわざ証言台に立ってくれるとは限らない。しかも更に深く考究を加えて見るならば、仮に一人が吾輩の云う通りだと強く頷いてくれたとして、その者が嘘《うそ》をついていないと云う保証はどこにもない。彼もまた夢を見たのではないかと疑いが起る。続いて二人三人と証人が出てきても同然である。この伝《でん》で行くと、世界の全人類猫類が口を揃えて猫は苦沙弥家にありと証言してくれた所でまだ安心出来ない。全部が夢を見て居らないと云う証拠はないではないか。疑えばいくらでも疑えてしまう。蕉鹿《しょうろく》の夢と云うくらいで、夢と現実に画然たる一線を引くのは六ずかしい。地球は丸いと云う。これは疑うべからざる科学上の真理だと云う。しかしそんな保証が何処《どこ》にあるか。吾輩が平素観ずる所では地球は寧《むし》ろ平たいと思う。今後仮に宇宙へ飛び出す方法が発明され、高所から見てたしかに地球は丸いと誰かが認定したとして、それだって信用出来るもんじゃない。本当は四角いのを丸と錯覚しただけかも知らん。

そうなると事実とは一体何であろうか。根本の疑問に突き当たった吾輩はいよいよ不安になってくる。今まで体験した出来事の一切合切が夢の如くに見做《みな》されて来て、足元の地面が不意に消失せる様な眩暈《めまい》に襲われた吾輩の耳へ、再びホームズ君の声が流れ込んで来る。

「何故私が左様に奇妙な疑問を抱いたかと云えば、根拠は先日の名無し君の物語にあります。私は名無し君に写生でもする様な調子でと助言した訳ですが、結果的には写生からは随分逸脱したものになったのは、それでまあよいとして、私は何か引っ掛るものを感じたのです。その時点では深くは考えなかったのですが、何しろ捕われの身になってからは、考える時間だけは潤沢にありましたからね」と云ってホームズ君は珍しく照れた様な笑いを面に忍ばせる。

「で、何が引っ掛るのだろうか」ワトソン君の問いに答えてホームズ君は続ける。

「皆さんも今一度名無し君の話を思い出して頂きたい。名無し君の物語には少々おかしい所がある」

「どこがおかしいのでしょうか」と吾輩は聞く。吾輩は有りのままを素直に語ったつもりである。文芸の心得だって幾分かは無い訳じゃない。それをこうまで中傷されては温厚な吾輩も黙って見過す訳にはいかない。少々語気を強めたつもりだったのだが、ホームズ君には通じるものではない。

「例えば猫だ」と顔色を変えずに答える。

「猫のどこが変なのでしょうか」吾輩が重ねて聞くとホームズ君が云う。

「いいかね、君の話には色々と猫が登場したね。例えば車屋の黒、二絃琴《にげんきん》の師匠宅の三毛子嬢、軍人の家に飼われた白君、代言の家の三毛君等がそうだ。こうした猫たちと君は最初の裡《うち》は頻々《ひんぴん》と会合を持って、人間界の出来事につきあれこれと評論を加えている。これは猫にとっては至極当たり前の、同じ猫であってみれば微笑を誘う普段の姿だと云ってよい。所が妙なのは、正月が明けて三毛子嬢が亡《な》くなって以降、君の話には一匹の猫も登場してこないのだ。全く一匹もだ。君の話が人間観察に中心が据えられていたのは分っているが、一方で鼠捕りの模様だとか、庭での運動の有り様だとか云った、少々無駄ではあるまいかと思えるくらい、日常の細部に亘《わた》る描写もあったと思う。なのに猫は出てこない。何故君の日常に猫の姿がないのか。後半になればあたかもこの世には君しか猫は存在しないかの話しぶりだ。これは猫の生活の実相を思えば甚だ奇怪と云わねばならない」

何を云い出すかと思えば、その程度とはまったく片腹痛い。前にも云ったと思うが、一年の出来事を余す所なく描くには原理的に一年の時間を要する訳で、それを吾輩はせいぜい数時間に短縮したのであるから、抜け落ちた部分が大幅にあって当然である。こんな幼児でさえ分る理屈が腑《ふ》に落ちぬとは、一つホームズ君の非常識を嗤《わら》ってやろうと思って口を開きかけた途端、ふと吾輩は付き合いのあった猫の思い出が全然無い事に気付いて愕然《がくぜん》となった。たしかに猫の生活様式を思えば、吾輩が近所の猫と交流がなかった道理がない。座敷に幽閉された猫ならいざ知らず、軒先をなぶる春風や十三夜のあかい月に誘われるまま、時には遠出を試みて、同族の諸氏と親しく交歓したはずであるのに、では具体的に挙げてみろと云われると何も浮かんでこない。滲《にじ》んだ墨の如く記憶が判然としない。俄《にわか》な焦燥に駆られた吾輩を横目で一瞥《いちべつ》したホームズ君が又云う。

「他にも泥棒の事がある。名無し君は苦沙弥宅に這入《はい》った泥棒が寒月に瓜《うり》二つであると大いに驚嘆している。所が後に泥棒が捕まって刑事に連行された折りには、寒月との相似についてまるで言及していない。捕まった泥棒は別人だったのだろうか」

「そんな事はありません」と慌てて吾輩は応答する。「同じ泥棒です」

「じゃあ何故、寒月との相似について君は云わなかったのだろうか。前にあれだけ論評して置きながら、すっかり忘れてしまった様に何もないのは妙だ」

それはかくかくしかじかですと答えようとして吾輩は忽ち絶句した。云われて見ると、刑事吉田虎蔵君に連れて来られた時の泥棒君については、いなせな唐桟《とうざん》ずくめの男振りのよさは覚えて居ても、顔が判然《はっき》りしない。顔をまじまじと見た記憶だけはあるが、さてそれがどんな顔であったかと、威儀を正して真正面から問われると困ってしまう。先日の「庄太郎」もそうであったが、夢の中の人物がたしかに見たはずなのに顔立ちが明《めい》瞭《りょう》でないのとよく似た落ち着かぬ気分である。吾輩が戸惑っている裡にもホームズ君は先へ進んで居る。

「しかし一番不可解なのは、名無し君の語り方です。殊《こと》に最後の方では、名無し君は苦沙弥氏の心理を微に入り細に亘り描いている。あたかも名無し君は自在に苦沙弥氏の内心に出入り出来るかの如くに振る舞っている。勿論《もちろん》最初聞いた時には、名無し君の語り方の癖だろうと私は考えた。本来ならば想像として述べるべき所を、ついつい舌が滑らかになって、苦沙弥氏の内心が手に取る様に分るかの如くに語ってしまったのだろうと理解した」

「そりゃ当然だ。表現上の一種の修辞に決っている」と伯爵が相づちを打つ。

「いくら猫が言葉を解するからと云ったって、人間の考えている事までは分らんのだからな」と将軍も云う。

「私もそう思っていたのです」と一つ頷いてホームズ君はまた云う。「しかしよくよく思い返して見ると、何か妙なのです。何かおかしい」

「どこがどうおかしいと云うのかね」と苛立《いらだ》ちを隠さずに将軍が迫る。

「つまり名無し君は世界を眺めるに際して、時間空間を超えているかの印象がある。そう思って見ると、一箇所で名無し君は不思議な事を口にしているのです」

「何かね」と将軍も興味を覚えたらしい。

「先程云った刑事が泥棒を連れて来た日の事ですが、迷亭が帰った後、苦沙弥氏の心理を綿密に描出した名無し君は誰かに気兼ねするかの如くにこう云っている。ちょっと思い出して引用して見ましょう。『吾輩は猫である。猫の癖にどうして主人の心中をかく精密に記述し得るかと疑うものがあるかも知れんが、このくらいの事は猫にとって何でもない。吾輩はこれで読心術《とくしんじゅつ》を心得ている。いつ心得たなんて、そんな余計な事は聞かんでもいい。ともかくも心得ている。人間の膝《ひざ》の上へ乗って眠っているうちに、吾輩は吾輩の柔かな毛衣《けごろも》をそっと人間の腹にこすり付ける。すると一道の電気が起って彼の腹の中の行きさつが手にとる様に吾輩の心眼に映ずる――』」

「そんな馬鹿な話はない」と途端に将軍が笑い出す。「たしかに名無し君は左様な事を云って居ったかも知らんが、詰まらん冗談に決っている」

「左様。メルクリウスの猫じゃないのですからな。名無し君もこれでなかなかのユーモリストと見える」と伯爵も声を合わせ、諸猫が一斉に笑い出す中にあって、しかしホームズ君の顔だけに笑いがない。吾輩を正面に見据えて問いを放つ。

「あれは本当に冗談なのだろうか」

そう云われた刹那《せつな》、吾輩の体はそれこそ電気が走ったが如くの痺《しび》れが生じて、眼の奥で閃光《せんこう》がぴかりと燦《きら》めいた。すると輝いたのは吾輩の眼の中ばかりでなく、周囲までもがすっかり明るくなっている。何だと思えば天井の電灯が点《とも》っている。吾輩は始めて姿を現した室《へや》の様子に注意を向ける。ホームズ君も吾輩への査問は一時脇《わき》に置き、檻《おり》へ鼻を付けて外の状況に眼を光らせる様子だ。暫《しばら》くは一同黙って警戒の視線を四方へ投げる。

暗い裡は全然分らなかったのだが、見れば吾輩らは随分と高い場所に居る。室はがらんとした大きな箱の如き空間をなして、天井と云わず壁と云わず鉛管やら電線やらが縦横に貼《は》り付いた無愛想な姿は、話に聞く機械工場の様である。天井の高さは三階建ての家くらいは優にあるだろう。四方の壁をバルコニー風に張り出した廊下がぐるり巡って、そこに鉄の檻が沢山並んで猫が大勢閉じ込められている。無論吾輩もその裡《うち》の一つに現在ある訳である。下を覗けば床一面に何やら機械の類が所狭しと置かれて、報告しようにも全然秩序を欠いて、技術工学には疎《うと》い吾輩の手には負えない。と、いましも、白衣の男が一劃《いっかく》に据えた自転車に跨《また》がってペダルを漕《こ》ぎ出す。と云ってもこの自転車は甚だ奇態な自転車で、胴体がしっかり床に釘《くぎ》打ちされているらしく、漕いでも一向に前進しない。では何の為《ため》に漕ぐのかと云えば、車輪の軸が脇の長櫃《ながびつ》見た様な箱へ伸びて、箱から上へ突き出した五尺余りの鉄の腕がペダルが漕がれるに連れてくるくると旋回する。要はこの腕を廻す為に自転車の機構が利用されているのだとは機械が苦手な吾輩にも分る。吾輩に理解出来るくらいだから全体に大した機械ではない。縦の回転力を床に水平の方向に変えただけである。水の力を電気に変えたりするのに較《くら》べると原始的の感を否《いな》めない。所で自転車を漕ぐのは誰かと見れば――寒月君だ。いよいよ真打ちの登場である。思わず吾輩は、待ってましたと大向こうから声を掛けたくなる。人は寒月君の他に三人あって、同じく白衣を着た彼らはどうやら助手であるらしい。一人が寒月君に何か云われて吾輩等の居るのとは反対側のバルコニーへ上り、檻の猫を袋に詰める作業にかかる。

「そうか、成程」と傍らのホームズ君が興奮して呟くので、何が成程なのかと吾輩は質問して見る。

「あの機械さ。君はあの機械に見覚えはないかい」

「いいえ」

「我々はあの機械の事は既に知っている」

「儂《わし》もあんなのははじめて見るが、何を知っていると云うのだ」と将軍が好《い》い加減を云うと許さんとの語気で迫ると、ホームズ君が猶《なお》一層の興奮に眸《ひとみ》を輝かせて答える。

「伯爵の調べられた寒月の研究ですよ。覚えておいででしょう。『時間の不安定性について』。論文の中にあったじゃないですか、回転する箱の中に百合《ゆり》を入れて時間を遅らせる実験の話が。あの機械がこれでしょう」

云われて見ればたしかに左様である。吾輩が感心していると、更にホームズ君は何か思い付いたらしい。こうした事になると実によく頭の回転する猫である。吾輩に向って又囁《ささや》きかける。

「たしか事件の一月《ひとつき》程前、寒月が虎の鳴き声を聞こうと云って、苦沙弥氏を誘い出した事があったね。あの時君は寒月のズボンの尻《しり》につぎがあたっているのを観察している」

「ええ。そう云えば、寒月は自転車の稽古《けいこ》の所為《せい》で尻に摩擦を与え過ぎて擦り切れたと――成程そう云う事ですか」とそこまで云って見て吾輩も納得する。ホームズ君は頷いて見せる。

「あの頃の寒月は毎日の様にこの機械を漕いで実験を繰り返していたのだろうね。だからズボンが破れたのだ。あの夜苦沙弥氏を連れ出したのも、虎の鳴き声は冗談で、実験の様子を見せていたのかもしれない」

ホームズ君が解説する裡《うち》にも、自転車から降りた寒月君は透明な箱を脇の棚から出して来て、鉄の腕の先に螺子《ねじ》廻しを使って据え付ける。いよいよ論文通りの実験であるのは間違いない。所でいま吾輩は寒月君が据え付け中の箱を透明な箱とのみ紹介したが、これには今少し詳細な説明が必要であろう。箱と云えば普通は四角であるが、この硝子《ガラス》の箱は違う。幾何学の方では正六角柱と呼ぶのであったか、いずれ天地が六角形になった箱である。それに透明と云っても素通しの硝子は底と天板だけで、側の六つの面には内に各々《おのおの》一枚ずつ、計六枚の鏡が貼ってある。要するに鏡の屏風《びょうぶ》を六角に組んで、上下を硝子板で以《もっ》て挟んだ形と見ればよい。上の硝子は外せる様になって居て、といましも助手の一人が袋から猫を一匹摑《つか》んで箱に入れる所である。猫が箱に収まれば、今度は別の助手が自転車を漕ぐ。するとどう云う仕掛けがあるのかは知らんが、箱の中にもくもくと白い烟《けむり》が立って忽ち猫は見えなくなる。猫を入れた箱は無論鉄の腕の上でぐるぐる廻っている。一体何が始まったのかと、興味津々《しんしん》眺めていると、三分程で回転は止《や》む。可哀相《かわいそう》にすっかり眼の廻ってしまった猫は助手に襟首《えりくび》を摑まれてぐったりしている。そこへ寒月君が菜箸《さいばし》見た様な棒を持ち出して来て猫に近づけ、棒から電線が伸びた先に付いた箱の目盛りを熱心に眺めている。それから何事かを傍らに控えた助手に伝え、助手は手にした帳面にやはり何事か記録する模様である。

「何をしているんでしょうか」と吾輩が囁くと、

「何かを計測している様だね」とホームズ君は見たままを答えたが、そのくらいだったら吾輩にだって分る。問題は何を計るかであると吾輩が猶も注視していると、又別の猫が箱に入れられ、白烟《はくえん》が立ってぐるぐるやり出す。同じ手続きが順次繰り返されて、三匹目、四匹目となった時、ホームズ君が吾輩へ向って口を開いた。

「君はあの機械に乗った事があるんじゃないのかい」

余りに意想外な言葉に吾輩が眼を白黒させていると、悪戯《いたずら》そうに笑ったホームズ君が今度は虎君に問いかける。

「君は何か思い出さないか。あの箱の鏡を見て」

虎君は暫く前趾《まえあし》を嘗《な》めて考えていたが、さすがに勘の良い同君だけあって、すぐに顔を輝かせると勢い込んで声を挙げる。

「夢ですね」

「そうだ」とホームズ君が頷く。

「夢とは、一体何かね。私にはよく分らんのだが」と伯爵が率直に聞く。

「名無し君の見た夢ですよ」と虎君が説明する。「覚えておいでてでしょう。彼の夢の中に床屋の夢があった。床屋で髪を刈って貰おうとした名無し君は床屋の椅子《いす》に坐《すわ》る。すると窓があって壁には鏡がある。そこで名無し君はこう観察する。『鏡の数を勘定したら六つあった――』そう、鏡が六つ。これは偶然の一致じゃない。しかも同じ夢に白い着物を着た男が出てくる。床屋の男だ。つまりあの白衣を着た人間がそれさ」

そう云って虎君は実験する白衣の人間達に眼を向ける。

「しかし僕にはまるで覚えが無いのですが」と吾輩は正直な感想を虎君の興奮ぶりを横目に述べる。いくら夢が左様だからとて知らないものは知らない。どれだけ虎君が力んだ所で吾輩の記憶が改まる道理はない。とそこまで考えた時、そう云えば自分は上海へ来る直前記憶喪失症に罹《かか》ったのであったと、苦い履歴を思い出した。とすれば余り大きな事は云えない。急に自信を失った吾輩が、「やっぱり記憶を無くしている時なのでしょうか」と気弱に付け加えると、ホームズ君が忽ち否定した。

「いや、君は覚えているよ」

「そうでしょうか」と吾輩は一応答えたものの、本人が覚えて居《お》らぬものを他猫のホームズ君がこうまで強く断言するとは、随分勝手な話だと呆《あき》れていると、ホームズ君が云った。

「あの機械の事は君の物語の中に出てきている」

「何ですって」と声を挙げた吾輩は只《ただ》意外である。

「君が判然《はっき》り覚えていないのは無理もない。何故《なぜ》なら君がまだ物心付くか付かぬかの頃の話だからだ。君が生まれて最初の記憶を思い出してみたまえ」

そうホームズ君が云った途端、そうか、と横で虎君が叫ぶ声がする。虎君が吾輩へ向って説明する。

「君の話の冒頭だよ。生まれた直後に君は書生に会う。そうして書生に烟を吹きかけられて、ぐるぐる廻される。君はこう云っていた。『この書生の掌《てのひら》の裏《うち》でしばらくはよい心持に坐って居ったが、暫くすると非常な速力で運転し始めた。書生が動くのか自分だけが動くのか分らないが無暗《むやみ》に眼が廻る。胸が悪くなる。到底助からないと思っていると、どさりと音がして眼から火が出た――』」

「そうだ」と再度ホームズ君が話を受け取る。「君は烟を烟草《たばこ》だと考え、廻るのは書生の腕で廻されたと解釈しているが、それは違う。あの機械さ。君は物心ついて間もなくあの機械に乗ったのだ。つまり君がこの世で最初に会った人間、即《すなわ》ち書生とは、実は寒月だったのだ」

そうホームズ君が云った刹那《せつな》、まるでこの言葉に呼応するかの如く、下の方で「寒月君」と呼ぶ声が響いた。檻の猫達は一斉に外へ顔を向ける。

三十五

「やあ、やあ、寒月君、久し振りじゃあないか。この前会《まえ》ったのは何時《いつ》だったっけね。まさか御維新《ごいっしん》前じゃあるまいが、随分時間が経《た》った様な気がする。それにしても暫《しばら》く見ない裡《うち》に君も貫禄《かんろく》が付いたもんだ。もはや珠磨《たます》り上手の理学士、水島寒月じゃあない。昇龍飛鵬《しょうりゅうひほう》の勢いを以て世界に勇名を馳《は》せんとする大科学者の面影十分だ。我が海軍に東郷あるならば、我が学界には寒月ありだ。いずれ君が僕などと親しい口を利《き》いてくれなくなるのではないかと心配されるよ」

予告もなく入って来るなりこれだけの大音声を遠慮なく放つ人物と云えば世界に一人しか居ない。迷亭に決っている。豚に嘗《な》められた後遺症も癒《い》えたと見えて、迷亭先生矢鱈《やたら》と上機嫌である。どこぞで晩餐《ばんさん》でも召し上られたものか、酒も少々は入っているらしい。パナマを斜《はす》に被《かぶ》って、洋杖《ステツキ》をぶらぶらさせながら辺りを我が物顔に徘徊《はいかい》する。

「これは先生、遠路遥々《はるばる》御苦労様です」と手を休めずに寒月君は惚《とぼ》けた挨拶《あいさつ》を返す。暫く実験の模様を眺めた迷亭が、

「何だい、今度は猫かい。蛙《かえる》の眼球から猫とは一足飛びに進化したもんだが、これもあれかい、何かの兵器なのかい」と聞く。

「兵器なんて応用の限定されたもんじゃありませんや。この発明が公《おおやけ》にされた暁には、左様、エジソンやワットの比じゃありますまい。世の理学界、科学界に大騒動をもたらすのは疑いありません」と答える寒月君は大仰な言葉の割りには左程誇る風ではない。恬淡《てんたん》として奇な事を唇にのぼせる所は昔と同じだ。全体に悲しんで居るのか、はたまた世の中が面白いのか詰まらないのか、好きな女があるのかないのか、摑み所が無いのも以前と同様である。上海へ来たくらいでは人間そうは変らんと見える。

「東風や多々良もそんな事を云って居ったが、全体どんな研究なんだい」と迷亭君が胸から烟草《たばこ》を取り出しながら聞くと、寒月君はにやにや笑う。

「まあ、間もなく発表して御覧に入れますから、暫くお待ちなさい」

「そういや、何でも君は今夜、講演をするそうじゃないか。もう客も向こうへ集っている。しかし講演と云ったって、まさかまた首縊《くく》りの力学じゃあるまいね」と迷亭君が揶揄《から》かうと、寒月君は笑う。笑うと前歯の欠けた歯が覗《のぞ》ける。未《いま》だに歯を入れぬのは金がないのか暇がないのか、いずれにしても男振りの観点からはいささかの疵《きず》である。

「客と云えば、君、知っているかい。今日の客の中には金田も居るぜ」と迷亭君は別の事を云う。

「ええ。多々良から聞きました。実験の結果を見て出資を決めるそうです」

「あの男らしい用心深さだが、僕はどうも気に入らない」と云って迷亭君は鼻から烟《けむり》を吐く。紫烟《しえん》が電灯のあかりの中に丸い輪を描いて立ちのぼる。

「何がです」

「何がって全体にさ。好き嫌いに理由はない」と迷亭先生、美学者らしからぬ御託宣であるが、それだけでは少々不足と見えて若干の言語を加えられる。「敢《あ》えて云えば、あの偉大なる鼻を有する細君が厭《いや》だな。以前に僕はあの鼻の美学的見地よりしていかに他の造作との間に均衡を欠いているか、綿密に証拠だてて見せた記憶があるが、その後調べた所では、プリニウスに巨鼻族と云うのが出てくるらしい。あの細君はその血筋だろう。いずれ碌《ろく》なものじゃない。泥裏《でいり》に土塊《どかい》を洗うとはあの顔だ。あんな下品な者の尻に敷かれていると思うだけで軽侮の念が湧《わ》き起って止められない」と迷亭君は金田夫妻がよくよく嫌いの様である。吾輩も出来れば金田君とは卓を同じゅうしたくはないが、迷亭君程じゃない。

「君だって結婚問題じゃ随分迷惑したじゃないか」とにやにやして聞いている寒月君へ迷亭は同意を求める。

「過ぎたことです」寒月君はまた笑う。遠くを眺め遣《や》る双眸《そうぼう》には隠しきれぬ痛みの灯影《ほかげ》が宿るかと見れば、全然左様ではない。団栗《どんぐり》まなこは春風駘蕩《しゅんぷうたいとう》、至って平然としたものである。「それに誰が出資しようと金は金ですからな。何しろ科学研究には費用がかかります。ちょっとした器具でも何百円もします。本当は完全な成果を見るまで内輪でも発表は差し控えたい所なのですが、研究を先へ進めるには資金が足りません。それで今夜の講演となったのは先生も知って居られるでしょう。出資者を選んで居る余裕はありませんや」

寒月君の直截《ちょくせつ》な説明に、「ナール」と伸ばした迷亭君は暫くは黙って烟草をふかして居ったが、いつまでも口を閉じている男ではない。

「それで、君は、あれかい。新婚早々上海に来て、奥さんは大丈夫なのかい」

「なに平気でさあ。実家で大人しく待っているはずです。ときどき手紙は書いて居りますから」と云う寒月君を迷亭は眼鏡の奥から探るような眼付きで眺める。

「しかし君は居場所を奥さんに知らせていないのだろう」

「ええ。何しろ研究は秘密を要します。うっかり報《しら》せて、秘密が漏れては迷惑します。まあ、もう殆《ほとん》ど完成ですから、発表が済んだら上海に呼んでやります」

迷亭は横を向いて棚に並んだ書物の背表紙を撫《な》ぜる。そうしながら背中でものを云う。

「君は発表が終わり次第、一旦《いったん》日本へ帰った方がいいんじゃないかね」

「何故です」

「いや、まあ、君もそろそろ里心がつく頃じゃないかと思ってね」と答えた迷亭は誤魔化す様に笑う。

「なに、半年くらいなら大丈夫でさあ。上海も住んでみればなかなかよい所です。尤《もっと》も忙しくて研究所から外へは殆ど出ては居りませんがね」と明朗に笑う寒月君へ迷亭は背を向けたままである。迷亭がこれだけ黙れば寒月君ならずとも不審を抱くのは当然である。

「先生、どうされました」と寒月君が声をかけると、

「いや、別に何でもないが、それより君は心配じゃないかね」と微笑を浮かべて振り向いた迷亭は逆に問う。

「何がです」

「つまり君の発明が悪用されたりする事が心配になる事はないのだろうか」

「悪用と云うと」

「例えば君の発明が戦争に応用されて、何千、何万の人間を一遍に殺したら寝覚《ねざ》めが悪いんじゃないかね」

「そんな事を気にしていては科学の進歩発展は到底望めやしませんや」と胸を張った寒月君は自分も胸から烟草を出す。上海へ来ても寒月君は敷島を愛喫していると見える。茶色の吸い口を唇にくわえると迷亭君から火を貰って一服する。

「だいいち発明を悪用するも善用するも政治の問題でしょう」と寒月君は続ける。「科学者の考える事じゃありません。逆に伺いますが、先生は火薬が人を殺したから火薬を発明した人間に責任があると御考えでしょうか。あるいは船はどうです。戦艦が人を殺すからと云って、船の発明は遺憾だったと主張されますか」

「そりゃそうだがね。しかし二十世紀の科学の進歩は今までとは格段の様だからね。先日読んだ仏蘭西《フランス》の著述家の予想では、二十世紀の末までに人類は科学兵器で滅ぶそうだ」

「ハハハ、まさかそこまではありますまい」と寒月君は迷亭君の心配を余所《よそ》に快活に笑う。「たしかに近頃の科学技術の発展には眼を瞠《みは》るものがあります。昨日まで窮極と見做《みな》されて居ったものが、翌日にはもう古くなってしまうのですから、どうして油断は出来ません。こうした目まぐるしさはほんの十年前は考えられなかった事です。先生も御存知でしょうが、つい先頃までの科学研究などは随分とのんびりして居ったものです」

「昔は大学の理学部と云えば暇人と奇人の巣窟《そうくつ》と相場は決って居った。僕はときどき曾呂崎の研究室を覗《のぞ》いた事があったが、先生大抵は昼寝をしていたからね。と云って夜は夜で日暮れと倶《とも》に床に就くのだから実に律儀《りちぎ》なものさ。いつ研究するんだろうと不思議に思って聞いて見ると、なに、研究は夢の中でするのさと澄《すま》して居った。さすがは曾呂崎、ただの凡骨ではない。甚《はなは》だ雅だと僕は思ったものだから、死んだ後で夢中居士《こじ》の墓碑銘を作ってやった。苦沙弥の天然居士よりは余程いいだろう」と迷亭君の台詞《せりふ》は相変らず長い。

「そういう事です。まあ、曾呂崎先生は天才ですから別格ですがね。いずれにしてもこのままの調子で進歩が起るなら、二十世紀の末頃には我々には想像もつかない生活上の変化が生じているでしょう」

「なに、そんなには保《も》たんさ。とうに滅んで、猫か狗《いぬ》の天下になっているだろう。僕も実はさっきの仏蘭西人に賛成でね」

「そんな事はありません。先生はどうも世紀末思想に毒されている様だ」と敷島の烟《けむり》を鼻からプーと吐いた寒月君は肩をそびやかす。「二十世紀は人類文明の飛躍的進歩と発展の時代です。それに人間は左様に馬鹿ではありません」

「馬鹿ならまだ救いはあるさ。馬鹿じゃないから困るのだ」

「先生がそんな弱気では困ります。先生に頑張って貰わんと本当に世界は滅んでしまいます」と寒月君は本気とも思えぬ台詞を、真面目《まじめ》なのかふざけているのか外見では判断の付かぬ惚け顔で口にする。

「ハハハ、僕も随分と買いかぶられたもんだ。美学者に何か出来る事があるかい」

「勿論《もちろん》です。いいですか、先生。私が思うに、美学を含め人文の学問とは人間の幸福について考える学問だと思われます。先程科学の応用の話が出ましたが、科学を如何《いか》に人間の幸せに使うか探究するのが、これからの人文学の主な課題になるはずです。である以上自然科学の進展に歩調を合わせて諸学問にも進歩して貰う必要があります」

「そう云うがね、残念ながら美学を含めた人文学はちっとも進歩しない所に特徴があるのだ。考えてもみたまえ。ソクラチスの時代に較《くら》べて我々は少しでも進歩があるかね。あるいは仏陀《ぶつだ》や基督《キリスト》より偉い人物がその後出ただろうか。ニーチェも云う様に、希臘《ギリシヤ》の哲学から較べたら現代の哲学は寧《むし》ろ後退しているくらいだ。だいたい学問の対象たる人間が古来から変って居らんのだから、人間に関する学問が進歩しないのは理の当然だ」

「仮に人間が変らなくたって、国家社会は変ります。考えても御覧なさい。維新からこちら日本も随分よくなっているじゃありませんか」

「どこがだね。どこをどう色眼鏡で眺めればよくなったなんて云えるのか、是非とも聞いてみたいもんだ」と珍しく迷亭先生、やや激昂《げきこう》の気味と見える。

「例えば我々の親の世代までは、家の主人が女や子供を平気で足蹴《あしげ》にして許されて居ったのですからね。それから較べたら随分平等思想が行き渡ったと評価出来ます」

「足蹴ではなく平手で打つ様になったかね。しかし君が云う程平等主義なんていいもんじゃないぜ。だいたい皆が平等、平等と喚《わめ》きはじめた日にゃ収拾がつかなくなる。本来人間は不平等なものだからね。昨日まで裏町を裸足《はだし》で徘徊《はいかい》していた様な者が、今日から帝大教授にしてくれろと要求しても困るだろう」

「それはちょっと例が極端ではありませんか」と寒月君が不満を述べる。

「そうでもないさ。それに平等社会と云えば聞こえはいいが、人間は平等を確認するためには不平等を必要とする、甚だ厄介な性質があるのを忘れちゃ困る。社会の全員が完全に平等になるなんて事はあり得ない。仮にそうなったら人間は不安で堪《たま》らない。つまり人間は誰かを周りから寄ってたかって苛《いじ》める事でしか平等になれない様になっているのさ」

「そう悲観したもんでもないでしょう」とここに至って寒月君は押され気味である。

「僕は全然悲観などしていない。真実を有りのままに直視するだけさ。まあ、この辺りの事情は東風子に聞いてみたまえ。彼が詳しく話してくれるだろう」

「なんで東風君が——」と云ったきり寒月君は黙ってしまう。迷亭君も暫《しばら》くは何も云わない。長く伸びた烟草の灰が、迷亭君の指先からぽろりと落ちる。烟草を床に投げ捨てた迷亭君は新しい一本に火を付け、ふうと烟を肺の奥まで吸い込んでからまた口を開く。

「まあ、僕はもうどうでもいい。人類が滅んでもどうでも構わんさ。寧ろ滅んだ方がいいと思うくらいだ。少なくとも人間がいなくなれば猫もこんな目に遇《あ》わずに済む」と云って迷亭君は床に伸びた一匹の猫を杖《つえ》の先で軽く突く。この意見には吾輩も賛成である。

「先生、そんなに世の中が厭なら、さっさと自殺でもすればいいでしょう」寒月君は猫を徒《いたずら》に苛めるかの如くに論評されて少々機嫌を悪くしたと見える。「誰もとめやしません」

「ハハハ、出来れば僕もそうしたいさ」と迷亭は愉快そうに笑う。「実際僕は毎日自殺の事を考えている。毎晩寝《ね》る前に自分が自殺する姿をあれこれ思い浮かべるのだね。そうすると安眠できるのさ。自殺は苦しいから御免だと云う者もあるが、なに、苦しくない手段なら幾らもある。睡眠薬を喫《の》んで眠っている裡に死ぬ手もあるし、首吊《くびつ》りも案に反して気持ちのよいものらしい。だから僕も何時《いつ》死んでもいいようなものだが、只一つ問題があるんだ。つまり僕は自分が死んだ後に、他の人間がのうのうと生きていると想像すると苦しくなる。自分だけ死ぬのは悔しい気がする。だからいっそ人類が一遍に滅亡してくれると有り難い」と随分と身勝手な云い草である。

「そう先生の都合通りにはいきますまい」と寒月君が端的に講評する。

「アハハ、そうかい。科学者の君が云うのなら実際そうなのだろう。所で君は世界に自殺の方法が幾つくらいあるか知っているかい」と機嫌がよくなった迷亭君は例によって唐突な事を聞く。

「さあ、知りませんが」

「僕は古今の文献を漁《あさ》って、自殺のやり方を八十七まで発見した。所がどうしてもあと一つが見付からないのだね。八十八は末広がりで縁起がいいから、どうしてもあと一つを探したいと思っているんだが、まあ、それまでは生きているつもりさ」

そう云った迷亭君が高笑いしている所へ扉が開く音が響き、続いて三平君の声が聞こえて来る。

「先生、勝手に這入《はい》られては困りますたい」

「やあこりゃ済まんね。いま、未来の大科学者寒月君から、人類社会の運命に関する御高説を賜《たまわ》っていたところでね。悪く思わんでくれたまえ」と迷亭君はまるで反省する様子はない。

「未来じゃないですたい。寒月さんは既に大学者ですたい」と云った三平君が室《へや》に入ると、続いて独仙君、東風君、更にはモリアチー教授以下、人相のよろしからぬ西洋ギャングの面々が入場して来る。辮髪《べんぱつ》の超人の姿もある。迷亭君の云った未知の客人も幾つか混じって、一つだけ吾輩に馴染《なじ》みがあるのは金田君の酒に照った赤ら顔だ。三人の助手が手分けして脚の付いた黒板と演台を準備し、前へ椅子《いす》が並べられる。超人を含めギャング諸氏が後ろに衛兵の如くに立ち並ぶなか一同が席に就く。寒月君が三平君に促されて、水差しとコップの置かれた演台に立つ。いよいよ本式の講演であるらしい。それでは時間ですので始めて貰いましょうと、三平君から声があって、えへんと一つ咳《せき》払いをした寒月君が話し始める。

第九章　世紀の大実験　遂《つい》に真相が明かされる

三十六

「古来より人間は時間と云うものの謎《なぞ》に向って様々な考究をなして参りました。古代の諸民族は時間を神と見做《みな》し、運命を司《つかさど》る超越の力として崇《あが》めた事は、皆様もよく御存知の所でありましょう。希臘《ギリシャ》人もこれをクロノスと呼び、羅馬《ローマ》人はサツルヌスと称して神格化して居《お》ります。光陰人を待たず、月日に関守《せきもり》なしと云うくらいで、時は一方向へ進んでは森羅万象《しんらばんしょう》を呑《の》み込んで猶止《なおとど》まる事を知らない。Time destroys all things、生者必滅と英国の諺《ことわざ》にもある通り、つまり不可逆性こそが時間の最大の本質を成すものであります。史上最初にこの時間の性質を看破したのは、人は再び同じ河水に浴する事は出来ぬと論じた、希臘の哲人ヘラクレイトスでありましょう。以来アウグスチンをはじめ幾多の大学者が時間の謎を解明せんと吐血の努力を繰り返し、近代に至ってはカントが時間を認識上の純粋形式と見做して哲学研究上の革命を達成した事はよく知られた所であります」

「寒月君《かんげつ》、少々前置きが長い様だが大丈夫かね。それに余り知識をひけらかすのは俗物の様で厭味《いやみ》になる」とさっそく迷亭君《めいてい》が介入する。

「左様でしょうか」と寒月君が云うと、横から三平《さんぺい》君も口を出す。

「先生、今日は文化講演会ではないのですから、発明の要点だけを発表してくれればいいですたい」

モリアチー教授の脇《わき》には白衣の助手が一人立って一部始終を通訳する様子である。三平君の発言を通訳から伝えられると、教授も深く頷《うなず》いて見せる。因《ちな》みに教授の隣に鎮座ましますのは御存知独仙《どくせん》君であるが、独仙君は講演が始まるなり早くも舟を漕《こ》いで黒甜《こくてん》郷裡《きょうり》に遊ぶ風情《ふぜい》である。

「それではいよいよ本題に入りまして弁じます」と寒月君が口を開けば、

「弁じますなんか講釈師の云い草だ。もうちと上品な言葉を使って貰《もら》いたい」と迷亭君がまたもや混ぜ返す。

「左様でしたな」と寒月君はにやにやする。「ええ、では、申し上げます。ここからは話がやや専門的になるのですが、暫《しばら》く我慢を願います」

「幾らでも我慢はするが数式は困るよ。僕は数式を見るだけで頭痛がして来るのだ」

「先生、少し黙って居って下さらんか。これじゃ話が前に進まんですたい」見かねた三平君が注意をする。聴衆一同も迷亭君を睨《にら》み付ける。

「ハハハ、これは済まない。謹聴、謹聴」と迷亭君は畏《かしこ》まる。漸《ようや》く寒月君は本題に入る。

「研究の性質を御理解頂く為《ため》には、まずは発見の発端を説明する必要があると思われます。実は研究の大部分を進めたのが故曾呂崎《そろさき》博士であった事実を紹介しなければ、私は他人の手柄を横から奪う卑劣漢の汚名を着る事になってしまうでありましょう。曾呂崎博士が九割方を完成した所へ、僅《わず》か一割を私が付け加えたに過ぎない点を、あらかじめ申し上げて置きます。さて、話は五年程前に遡《さかのぼ》ります」

そこで一度切った寒月君は、水差しからコップへ水を注いで呑む。

「当時、曾呂崎博士は東京は本郷区駒込《こまごめ》千駄木町、現在珍野《ちんの》苦沙弥《くしゃみ》先生宅となっている家に住んで居られた。その家で博士は不思議な出来事に遭遇されたのです。それが全《すべ》ての発端でした。苦沙弥先生は御存知なかった様ですが、あの家にはもともと奇妙な噂《うわさ》があったのですね。つまり幽霊が出ると云うのですが」

「幽霊話とは甚だゴシックで趣《おもむき》がある。専門的で退屈だなんて云いながら、発端に幽霊譚《たん》を持って来るなんざ、寒月君、君もどうしてなかなかやるじゃないか」と謹聴していたはずの迷亭君がさっそく茶化しにかかる。「で、どんな幽霊なんだい」

「親子の幽霊だそうです。なんでも昔、同じ場所に親子が住んでいた所へ隕石《いんせき》が落ちたのですな。それで親子は焼け死んだ。その幽霊が出ると云う話なのですが、無論科学者である曾呂崎博士が左様な噂を信じるはずはありません。以前に住んだ者は気持ちが悪くなって次々引っ越してしまったそうですが、大学にも近く家賃も格安だったので、好都合とばかりに住む事にした。所が実際住んで見るとやはり何か妙なのですな」

「やっぱり出たかい」と迷亭君が声を潜める。

「幽霊は出ませんが、夢を見たんだそうです。それも同じ夢ばかりを毎晩続けて見る。あんまりしつこいのでしまいには厭になったそうです」

「どんな夢なんだね」

「私は博士から夢の内容を記録したものを見せて貰いましたが、何でも美しい女が死んで、貝殻で穴を掘って埋葬するのです。その上へ星の破片《かけ》を置いて、百年待つと、百合《ゆり》が生えて来ると云う様な夢です」

「何だいそりゃ。通俗な西洋芝居の様じゃないか。まあ、題材は通俗でも構わんが、問題は文章だ。泉鏡花ならいまの噺《はなし》から余程面白い作物《さくぶつ》をなすだろうからね。その辺りはどうなんだい」と迷亭君が美学者らしい質問を試みる。

「まあ、夢の事ですから取り留めもないのは仕方がありません。曾呂崎博士は文学者じゃありませんからな。やはり鏡花の様には参りません」と寒月君は軽くいなしてから本題へ戻る。

「しかし夢はどうでもいいのです。奇怪なのは猫が出た事です」

「猫の幽霊かい。それとも行灯《あんどん》の油を嘗《な》める奴《やつ》かい」とまた迷亭が聞いた時、三平君が再度介入してくる。

「先生、少し黙ってくれませんか。これじゃ講演だか問答だか分りません」

「失敬。幽霊なんて云うから、これは僕の持ち分だと思ったものでね。謹聴する」と迷亭は請《う》け合うが、迷亭の謹聴程あてにならんものはない。殺したって先生は黙りそうもない。

「猫は猫なのですが、しかしこの猫が普通じゃないのです」と寒月君が再開する。

「或《あ》る日博士が書斎で勉強していると、突然青い光が茫《ぼう》と生じたかと思うと、一匹の猫が空間に湧《わ》いて出たのです」

「そりゃ実に奇だ。是非とも不思議研究会の井上円了に教えてやりたい」とさっそく禁を破った迷亭君は忽《たちま》ち周りから睨まれる。迷亭君は笑いながら亀《かめ》の子見た様に首を竦《すく》める。

「不思議な事もあるもんだと、博士はこの猫を色々調べて見た」と寒月君は続ける。

「するとどうやら摩擦を与えると、一種の電気が生じて青く光る事が分った。勿論《もちろん》猫に限らず一般に摩擦が電気を生じるのは知られた現象です。動物が電気を帯びるのは電気鰻《うなぎ》や電気鯰《なまず》の例もある。所がその猫の場合は電気の量が尋常でないのですな。なにしろ空気を青く光らせるくらいですから。驚いた事に、計測した結果、凡《およ》そ雷に匹敵するエネルギーなのです」

そう寒月君が発表すると、聴衆からはざわめきが起った。私語が止《や》むのを待って寒月君はおもむろに口を開く。

「口で云うだけでは皆さんが信じられぬのは無理からぬ事と思います。従来の力学の理論では説明のつかぬ現象であるのは間違いないのですから。ここでまず実物を御覧に入れましょう。百聞は一見にしかずと申します」

寒月君が眼で合図をすると、助手の一人が籠《かご》を出して来て、演台の上に置く。竹で編んだ籠は吾輩《わがはい》にも見覚えがある。寒月君が籠の蓋《ふた》を開けて中から取り出したのは一匹の猫である。鈴の付いた紅《あか》い首輪は三毛子に違いない。眼を瞠《みひら》いた吾輩は、それこそ雷に打たれたかの如《ごと》く、頭から尻尾《しっぽ》の先までがピリリと震えた。ホームズ君が隣の檻《おり》で、僕が船で見た猫だと囁《ささや》くが、もう吾輩の耳には入らない。卓の上で優美に背中を丸めた三毛子へ視線を集注する。すると寒月君が懐《ふところ》から黄色い布を出して、羊の革を鞣《なめ》した布だと説明する。どこかで見た様な布だと思えば、食猫鬼《しょくびょうき》と変じた鈴木君が甲板で吾輩を料理しようとした時に手にしていた布巾《ふきん》に似ている。

「色々試して羊の革が摩擦には一番いいようです。猶《なお》、電気はどれだけ電圧が上っても流れない限り安全ですので、実験に危険はありません」と口上を述べた寒月君は、手品師見た様な手つきで、三毛子の背中のあたりを軽く布で擦《こす》る。三毛子は愛くるしい双眼を細めて大人しくしている。五回も擦ると、三毛子の毛衣《けごろも》へ細かな硝子《ガラス》粉が撒《ま》かれた様にちらちらと光が散って、さらに五回擦れば体全体が燐《りん》が燃えるが如くに青い輝きを発する。息を呑んで見つめた観客からほうと嘆声が挙がって、あれはメルクリウスの猫じゃないかと、黒猫将軍が興奮して叫ぶ声が隣の檻から聞こえる。寒月君が手を止めてからも三毛子は暫く光り続け、やがて潮が退《ひ》くかの如くに輝きは失《う》せる。寒月君が三毛子を籠にしまい、助手が丁寧に運んで横の机に置く。

「猫が光る事については見て頂いた通りです。しかしこの猫の驚くべき性質はまだまだこんなものではないのです」と寒月君が未《いま》だ感嘆の余韻が残存する客席に向って言葉を放つ。「当然ながら興味を抱いた曾呂崎博士は猫について研究を始めた。すると或る時、猫を擦って光らせている最中、猫がふっと消えてしまったんだそうです。残念な事をしたと思っていると、三日くらいするとまた現れた。次にまた擦ると消えて、今度は一週間で出てきた。何度かそんな事があって、博士は擦る強さ、即《すなわ》ち猫が帯びる電気量が一定に達すると猫が消える法則性があるのに気が付いた。しかも消えてから現れるまでの時間の幅にも、電気力との相関関係があるのに気付いたのです。博士の天才が発揮されたのはこの時です。即ち博士は消える猫が時間を移動しているのではないかと云う仮説を立てたのです」

一度切った寒月君は再びコップの水を飲んで喉仏《のどぼとけ》を上下させる。喋舌《しゃべ》るのは余程喉が乾くのだろうが、人前ではあまり見よい格好ではない。

「それから博士は仮説を基に、色々と実験を開始した訳ですが、再び興味ある事実に遭遇した。或る時大学の研究室に猫を連れて実験すると、猫は消えた場所には現れないで、やはり自宅へ出て来た。色々試して見ると、どこで猫が消えても、現れる場所は曾呂崎博士の家、つまり現在の苦沙弥先生の家に決っているのですな。何故《なぜ》だろうかと博士が考えたのは無論ですが、これはもう空間論の大家である曾呂崎博士の領分です。元来博士は空間の質は一様ではないと云う考え方でして、それは『空間に於《おけ》る非連続性の問題』と云う題の論文に発表されて居りますが、なかなか議論が煩雑《はんざつ》でして、いま紹介しても専門家でもなければ理解が六ずかしいと思われますので、結論だけを申し上げれば、博士は家の辺りに特異な空間の歪《ゆが》みがあると証明されたのです。歪みが生じたのは恐らく隕石の落下が原因でしょう」

「つまり隕石が落ちて、空間に穴が空いたと云う訳かね」と迷亭が口を出す。

「そうです。さすがに先生、巧《うま》い事を云われます」と寒月君は評する。迷亭の駄弁もたまには役に立つ事があるらしい。

「皆さんはあるいは御存知ないかも知れませんが、隕石落下の際に生じるエネルギーには凄《すさ》まじいものがあります。空間に歪みを与えても不思議じゃありません。私が調べた所では、隕石の落下は今から百年前、文化五年の辰《たつ》の年の出来事なのですが、曾呂崎博士の計算では、歪みは今後最低十年は続くらしい。いずれにしてもその穴から時空を超えて猫は出てきた。毎晩見る夢もこの穴に関係があるらしい。博士が更に研究を継続したのは云うまでもありません。私が博士から研究の内容を報《しら》されて手伝うよう云われたのはその頃で、私は私で時間の研究をして居りましたから、博士も都合がよいと思ったのでしょう。共同で研究を始め、間もなく博士は洋行に旅立たれた。勿論例の猫を一緒に連れてです。旅先から博士が手紙で研究の進展具合を逐一報せてくれた御蔭《おかげ》で、私も大いに助かったのですが、御存知の様に、不幸にも博士は上海《シャンハイ》で病を発して亡《な》くなられてしまった。しかも同時に猫の行方も分らなくなったのです。しかし幸いな事に、猫はもう一匹居ました。つまり最初の猫が現れてから半年後に、運良く別の猫が空間の歪みから出て来たのです。これもやっぱり青く光って時間を移動する猫だと分りました。ちなみに最初のは雌で二番目は雄です。曾呂崎博士は洋行前にこの雄の方を私に託してくれたのです。左様な訳で私は博士が洋行中も自分で研究が継続出来たと云う次第です」

「では、さっきの光ったやつが二番目の雄と云う訳ですな」と三平君が問うと、寒月君は即座に否定する。それはそうだろう。三毛子は正真正銘の雌である。

「あれは雌の方です。と云うのは、曾呂崎博士の連れた猫を私は手を尽くして探した訳ですが――」

「そうだろうね。そんなに珍しい猫ならば鉦《かね》や太鼓で探したっておかしくない」と今度は迷亭君が大いに同情を示す。寒月君が深く頷《うなず》く。

「猫の探索に関して私は少々迂闊《うかつ》だったと認めざるを得ません。とは云え時間空間の移動となれば、科学者にとってもやはり少々の不可解事ですから仕方ない面もあります」と照れた様に笑いながら弁解した寒月君は説明に戻る。

「猫が消えたとなれば、猫が空間の歪みを潜《くぐ》って、曾呂崎博士の旧宅へひょっこり姿を現す可能性をまず最初に考えるべきだったのですが、当初は思い付かなかったのです。上海から東京では随分ありますからな。それ程の距離を一足飛びに超えるとは、理論上では間違いなくとも、なかなかぴんとはこない。常識が科学的発見を阻害する好例と申せましょう。大分経《た》ってから気が付いて、慌《あわ》てて千駄木の家の近所を探して見ると、案の定、猫は現れたらしく、裏の二絃琴《にげんきん》の師匠の家で飼われて居りました。曾呂崎博士が洋行してから苦沙弥先生が住むまで、あの家は裏の二絃琴の師匠が管理を委託されていたのですが、多分出て来た猫を拾ったのでしょう。師匠が可愛《かわい》がっていたので、取り返すまでには甘木先生の手を借りたりして、随分と苦労しました」と云って寒月君は苦笑する。

「やれやれ。どうなる事かと思ったが、まずはひと安心だ」と迷亭が一緒になって大息を漏らすのへ、

「所が好事魔多しとはこの事でさあ」と寒月君が大仰に溜息《ためいき》をつく。

「何かあったかい」

「ええ。雌が戻ったのはいいのですが、今度は雄の方に逃げられてしまいました。二匹を連れて上海へ渡る船に乗ったのですが、雄の方が少々弱っていたので、籠から出したのが拙《まず》かった様です。どうせ船ですから逃げられる場所はないと考えたのが油断でした。港へ着いて穴から逃げ出しました」

左様に寒月君が述べた途端、ホームズ君虎《とら》君を始め、檻の猫達が一斉《いっせい》に吾輩へ眼を向けた。こう大勢に見詰められては、吾輩も少々照れ臭い。将軍、虎君、ワトソン君が揃《そろ》って口を開きかけ、しかし珍しく互いに遠慮した如くに噤《つぐ》んでしまう。

「実に惜しい事をしたね」と下では又迷亭が口を挟んで居る。それから中二階にずらり並んだ猫の檻へ顔を向ける。迷亭君までが吾輩を見ているようでますます極《きま》りが悪い。

「しかしそれで分ったよ。つまり逃げ出した雄猫を探す為にこんなに沢山の猫を集めたと云う訳だね」

「少々違います」と寒月君が首を振る。「猫を集めたのは別の目的からです。ここからが実は発明になるのですが」と云って寒月君は水を軽く口に含む。

「私と曾呂崎博士が二匹の猫の特別な能力の原因を研究したのは当然です。理由も無く光ったり時間を移動するはずはありませんからな。そもそも猫は何処《どこ》から来たのか。この点は判然《はっきり》しません。ただ少なくとも百年、二百年の距離を超えて来たのではない事だけは分りました。猫は千年、二千年の距離を移動したらしい。曾呂崎博士は維納《ウィーン》や寿《ジュ》府《ネウ》で古文書にあたられて、古代埃及《エジプト》ではないかと手紙に推測を書いてこられましたが、何故埃及なのか私には少々解《げ》しかねます。いずれにせよ今後の課題とする他ありません。次に我々は猫の体の構造を調べました。無論解剖すれば話は早いのですが、なにしろ貴重な猫ですから殺す訳にはいきません。大いに労力が要ったのですが、苦労話は後日に譲るとして、結論だけを云えば、色々な検査の結果、猫の間脳に特殊な物質がある事実が発見されたのです。間脳と云うのは人間にもある主に運動を司《つかさど》る神経ですが、電気を発して時空を移動する際、間脳に或る物質が著しく分泌《ぶんぴつ》される。この物質は蛋白質《たんぱくしつ》と思われますが、組成は現在分析中です。大事な点は、この物質は普通の猫の間脳にもある事です。無論例の二匹に較《くら》べれば極く微量で、個体によっても多寡《たか》はありますが、しかしたしかに同じものが分泌される。この機械を御覧下さい」と云って演台から離れた寒月君は、先刻の自転車で腕の廻る機械へ近付く。寒月君の合図で助手が袋から猫を一匹摑《つか》んで六角の箱へ入れ、別の助手が自転車を漕《こ》ぐ。鉄の腕が回転して箱の中に白い烟《けむり》が立つ。作業を横目に見ながら寒月君が説明する。

「これは私が独自に開発した機械なのですが、箱の内側に鏡が貼《は》ってあるのが見えますでしょう。ここが味噌《みそ》です。まあ、機会があったら、六面が六面とも鏡になった部屋に一度入って御覧なさい。大変な奇観を呈します。自分の像が無数に果てし無く映る事になる。人間でも長く閉じ込められたら頭が変になるでしょう。しかも全体が激しく回転運動する。この状態に置かれると猫は先程述べた物質を一番多量に分泌するのです」

「その白い烟は何だろうか」と金田君が問うた。金銭にしか関心のない金田君もこの装置には興味があると見える。今日始めての発言だけに一同は一斉に同君へ視線を向ける。相手が迷亭の時とは違って寒月君の説明もどことなく親切に感じられる。

「一種の気付け薬です。普通だとこの状態に置かれた猫は十秒もしない裡《うち》に眼を廻してしまう。そうなると分泌は止るので薬を使う訳です。他に脳物質の分泌を盛んにする成分も含まれていますが、内容はいまのところ秘密です」

回転が止って助手が猫を取り出す。やはり先刻同様二本の金属棒が近付けられる。

「これは分泌された物質の量を計っているのです。発生した電気量で調べます」説明して計器を覗《のぞ》き込んだ寒月君は報告する。「この猫はだいたい平均の値です。さっきの光る猫の分泌量の約千分の一と御考え下さい」

演台へ戻った寒月君は講演を続ける。

「何故いまの実験を御紹介したかと云いますと、この装置が将来の応用へ大きく路《みち》を啓《ひら》く可能性があるからです。即ち一般の猫は光る猫の千分の一に過ぎない訳ですが、しかし逆に云えば、千匹集めるならば、光る猫と同程度の力を得られる計算になる。加えて近い将来には、猫の間脳から特殊物質だけを抽出《ちゅうしゅつ》して利用する事も可能になるでしょう」

「何に利用するのか云って貰《もら》うと分りが早いと思いますたい」と横から三平君が講演者に助言する。頷《うなず》いた寒月君が云う。

「利用とはつまり猫自身ではなく、猫の力を使って、猫以外の物体を時空を超えて移動させようと云う訳です。無論猫以外の物体には人間も含まれます。なにしろ猫が時間を移動しても何の役にも立ちませんからな」

一同が唖然《あぜん》として口をあけている所へ、三平君の景気のよい大声が響く。

「そうですたい。つまり寒月先生の発明は時間旅行機と云う訳ですたい」

三十七

聴衆の茫然《ぼうぜん》自失ぶりを余所《よそ》に寒月君の講演は淡々と続く。

「時間旅行を現実化するには幾つかの超えるべき障害がありました。第一は猫のエネルギーを他の物体へどう移転するかと云う技術的な問題です。しかしこれは最近漸《ようや》く解決しました」と云って寒月君は再び助手へ合図を送る。助手は短い紐《ひも》の沢山付いた帽子見た様な器具を出して寒月君に手渡す。

「この帽子を猫に被《かぶ》せて、ここの所をずうっと伸ばして別な装置に繋《つな》ぎます」と説明した寒月君は、二人の助手が重たそうに運んで来た物体を顎《あご》で指す。

「まだ未完成ではありますが、これが時間旅行機です」と云って紹介された装置は、風《ふ》呂《ろ》桶《おけ》の如き箱である。外は木の様だが内側には金板が貼られて、何やら金線をぐるぐる巻いた棒やら電球やらが四方から秩序を欠いて突き出ている。発明者も未完成と云うが、どうも実用ばかりが表に出て、甚《はなは》だ無愛想で素っ気ない。一同と倶《とも》に立ち上って覗いた迷亭君も吾輩と同意見らしい。

「云いたかないが、何だか棺桶か西洋人の使う麵麭《パン》焼き器の様だ。いくら時間旅行が出来ると云ったって、これじゃあわざわざ乗って見ようとする者はあるまい。改良する際には是非意匠にも気を配って欲しいね」

「そこまでの余裕がなかったものですから仕方がありません。実は今朝方、日本から最後の重要部品が届いて、漸く一応の完成を見たのです。次は必ず先生に御相談致します」

「世界初の時間旅行機となれば僕も力が入る。機能性から考えてモダンな味わいで統一するのがいいんだろうが、ロココ調を若干加味してゴシックの色を刷《は》いても面白いかも知らん。あるいは発明者が日本人だから和風でもいいね。縁のカーブは白鳳《はくほう》調で纏《まと》め、前後は飛鳥《あすか》調で整える。色は歌舞伎《かぶき》の定式幕《じょうしきまく》の三色に塗って、横には狩野《かのう》派の画でも軽くあしらったらどうだろうか。中には違い棚を作って花を置いて、ついでに炉を切って出入はにじり口だ。それだけじゃ少々寂しいから、金箔《きんぱく》を方々に散らして、全体にはわびさびを利《き》かして江戸俳諧《はいかい》趣味を漂わせるのはどうだろう」迷亭が出鱈目《でたらめ》を並べるのを一切無視して寒月君が話を再開する。立って見物していた一同も椅子へ腰を卸す。

「実際の使い方は後程実地に見て頂きますが、その前にまだ二三の説明が残っていますので先に片付けましょう。云い忘れましたが、さっきの帽子には猫の体の時空移動を阻止する機能もあります。そうしないと猫が消えてしまいます。猫を移動させずにエネルギーだけを利用する所に、まあ私の発明の誇るべき部分はある訳です。さて、時間旅行機を実用化する場合の第二の問題は、例の空間の歪みです。つまり我々は苦沙弥邸に歪み――専門には空間特異点と申します――があるのを偶然知った訳ですが、曾呂崎博士の計算ではこの穴は後十年程で閉じてしまう。そうなれば折角機械を作っても肝心の特異点が無くなっては出るに出られない」

「落とし紙のない雪隠《せっちん》見た様な」と少々品のない迷亭の茶々へ再度構わず寒月君は続ける。

「機関車だけ作っても隧道《すいどう》に穴が無い様なものです」とさすがに理学者だけあってこちらの譬《たと》えは大分上等である。

「十年間しか使えんでは意味がないですたい」と三平君が今度は慨嘆するが如くに云うのへ、寒月君は莞爾《かんじ》と微笑《ほほえ》んで見せる。

「しかしこれも既に解決されましたから大いに安心して下さい。と云うのも、曾呂崎博士の計算では、宇宙空間全体を考えれば空間特異点は星の数程もあるのですな。地球上だけに限っても、特異点が一つもない状態は、せいぜい百年の裡十年程度だと確率論から云えるのです。つまり残りの九十年については、どこかに必ず隧道の抜け穴はある訳ですから、探して利用すればよい。さらには、先の将来の話なのですが、特異点は人工的にも作れる様になるでしょう。いまのところそれ程のエネルギーを人間が作り出す事は出来ませんが、最近読んだ論文では、物質を形作る原子自体を破壊したり融合させたりする事で、阿蘇《あそ》の火山級のエネルギーを作り出せるそうです。まだ純粋に理論の段階ですが、独逸《ドイツ》あたりでは随分研究している模様ですから、今世紀か来世紀中には実用化される可能性があります」

「しかしそんな凄《すご》いエネルギーを作って危なくないかい」と迷亭君が問う。

「危ないです」と寒月君の答えは簡潔である。「しかしまあ大分先の話ですから、いま考えても仕方がないでしょう。それより、これは更に将来の話ですが、宇宙に散在する特異点を選択的に利用出来れば、宇宙への旅も夢じゃありません」

「そいつは凄い」とまた迷亭君が声を挙げる。「僕は一度、土星の輪っかに乗って昼寝《ひるね》がして見たいと思っていたからね」

「先生、土星なんて近い所ばかりじゃありません。百光年でも千光年でも、一瞬にして往《い》けてしまう」と寒月君は愉快で堪《たま》らないと云った様子で笑う。「但《ただ》し今はまだ往かん方がよいでしょう」

「何故かね」

「うっかり真空の宇宙空間に飛び出たりしたら、忽《たちま》ち五体がばらばらになってしまいます」

「それじゃ止《や》めて置こう」と迷亭君は宇宙旅行は諦《あきら》める。

「さて、以上で、第二の問題は目出度く解決されたと思います。次は第三の問題に移ります」

そう述べた寒月君が気持ちを入れ直すかの様に背筋を大きく伸ばした時、「そうか、そう云う事か」と呟《つぶや》くホームズ君の声が横から聞こえた。見れば同君は尻尾《しっぽ》に力を漲《みなぎ》らせ、双眸《そうぼう》を炯々《けいけい》と光らせている。

「何が分ったんだい、ホームズ」ワトソン君が聞いても、まるで耳を貸さずに、独り頷いてはぶつぶつと何事か唱えている。伯爵、将軍、虎君の三猫《びょう》は六つかしい顔で、各々《おのおの》の思索に沈むと見える。マダム一匹だけが長々と寐そべって毛繕いに余念がない。いつもの様に背中を舐《な》めて頂戴《ちょうだい》と他の猫に命ぜぬところを見ると、マダムも彼女なりに緊張はしているらしい。珍しく苛立《いらだ》ったワトソン君がまた朋友《ほうゆう》に声をかける。

「どう云う訳なんだ。ホームズ」

「静かに」途端にホームズ君が厳しく制する。「始まるようだ」

　階下に眼を向ければ、コップの水で喉《のど》を潤《うるお》した寒月君が続きを話す模様である。吾輩も静聴する。

「第三の問題とは、時間旅行の方向の事です。曾呂崎博士と私は、色々に条件を変えて猫の実験を繰り返したのですが、猫が時間を移動するのが必ず未来の方向である事に気が付いて居《お》りました。理論上から考察すれば過去へ向ってもおかしくない。これが三番目の課題でした。原因を探る事で時空移動の原理解明に益するのは云うまでもありませんが、時間旅行機を実用化した場合を考えても、過去へ往けないのでは面白くないですからな」

　左様に寒月君が述べた時、端の席に坐《すわ》った東風君が大きく二度三度と頷くのが目に付いた。一拍遅れて通訳に耳打ちされたモリアチー教授が同じく頭を上下させる。最初から東風、教授の両名とも時折咳《せき》をするくらいで一貫して大人しい。黙って講演に耳を傾けている。見れば東風君は顔が真っ青だ。余程体に悪い所がある顔色である。しかも更によく観察すると、無表情と見えた東風君の顔には様々な表情が浮かんでは消え、ときには何事か唇を震わせて呟く様であるが、周りに聞こえる程ではない。斜め前に坐った独仙君の鼾《いびき》の方が余程やかましい。総じてモリアチー教授に較べると東風君は体が小さい所為《せい》もあって影が薄く目立たない。と云うより前の席で銀髪の輝く巨軀《きょく》を窮屈そうに椅子に載せたモリアチー教授が目立ち過ぎるのである。他の日本人の客にしても、時々ちらちらと教授の顔色を窺《うかが》う様子があるのは妙に卑屈の様で頂けない。西洋人に気圧《けお》されるのは苦沙弥先生に限らぬ日本人共通の宿痾《しゅくあ》であるらしい。そこへ行くと偉いのは何と云っても迷亭だ。相手が西洋人だろうが宇宙人だろうが、周りには頓着《とんちゃく》なく又も御託を並べて満悦の態《てい》である。

「成程、未来社会の様子を覗くのもいいが、じきに飽きるかも知らん。科学者なら未来の技術に関心があるだろうが、我々人文学を専門にする者にとっては過去の歴史の方が余程関心は深い。楊貴《ようき》妃《ひ》や小野小町がどんな面相だったか見る方が興味をそそるに決っている。それから僕の先祖に会って家の財産をもっとしっかり蓄えて子孫に利益をもたらすよう助言して置きたい」

「私は仮説を立てては実験を繰り返しました」と迷亭には係わり合いにならずに寒月君が再開する。「その結果とうとう猫を過去へ送る事に成功したのです。なに、実に簡単な事でした。さっき御見せした機械の腕を反対へ廻せばいいのです。理屈はかなり面倒なのですが、一口で云ってしまえば、時計廻りだと未来へ、反対方向だと過去へエネルギーが放出される事が電気磁気学上からも巧《うま》く説明されます」

「時計の針とはまさにコロンブスの卵の様じゃないか。寒月の時計と云う格言を作ったらいい」と陽気に云う迷亭に向って寒月が苦笑する。

「実際はなかなかどうして、そう簡単なものじゃありません。色々と面倒な計算をして計器を精密に調整する必要があります。いまの所過去の場合には、三月《みつき》より近い時間へは物体を送る事が出来ません。未来方向なら五分後でも十分後でも大丈夫なのですが、過去の方向だと電気力を細かく調節出来ないのですな」

「遠い方はどうですたい。どれくらいまで遠くへ送れます」と三平君が問う。

「理論的には未来過去倶《とも》に無限ですが、機械の耐性を考慮に入れると前後約百年くらいです。勿論《もちろん》機械を頑丈にすればもっと伸びる道理ですが、実際に今までで一番長く猫を旅させたのは一年です。猫を一年前の過去へ送ったのです。この実験に成功したのは私が上海へ来る直前でした。先生は私が上海へ行く船に乗った夜を覚えておいででしょう」と今度は演台の寒月君の方から迷亭に問いかける。

「無論さ。夕方まで独仙君や多々良《たたら》君たちと苦沙弥の家に居て、それから一緒に港へ行って食事をした。君を送別しようと思って皆で待っていたのに、肝心の君がなかなか来ないんで、船に乗り遅れるんじゃないかと随分はらはらしたよ。船で麻雀《マージヤン》をしたんだが、心配した御陰で僕は大負けした。だいたい僕は鈴木君や多々良君辺りに負ける様な腕前じゃ本来ないんだが、あのとき負けたのは全く君の所為だ」と向こうから話しかけられただけあって迷亭君は好き放題に喋《しゃべ》舌る。

「それは気の毒な事をしました」と寒月君がにやにやする。「遅れたのは実験をして居ったのです。上海へ行く前にどうしても実験をして置きたかったものですから。上海へ来てしまえば実験の結果を知るのが面倒ですからな」

「どうしてかね」と迷亭が聞く。

「特異点は苦沙弥先生の家にあります。猫は先生の家へ出て来ます」

「成程。しかし、じゃあ、あれかね、君は実験を色々したと云うが、その度《たび》にいちいち苦沙弥の家まで猫を取りに行っていたのかね」と呆《あき》れた様に迷亭君が問う。

「左様です」寒月君の答えは飽くまで簡潔である。「私は当時引っ越し出来ない事情があったものですから、洋行された曾呂崎博士が自分の後釜《あとがま》へ苦沙弥先生が住む様に手配したのです。苦沙弥先生なら気安い関係ですから、色々と都合がいいと博士は考えたんでしょう。それに猫を未来へ送る実験は曾呂崎博士が繰り返して、既に膨大なデータを取って居ましたから、私の方はそう何度も猫を未来へ送る必要はなかった訳です。しかし過去へ送るとなれば、何しろ始めてですから、是非とも日本でやる必要があった。それでぎりぎり十一月二十三日になってしまった次第です」

十一月二十三日と聞いて、檻《おり》の猫達が一斉《いっせい》に身を固くするのが感じられた。これはまさしく苦沙弥先生殺害の日付であり、当夜の出来事を巡って延々と推理やら議論やらが重ねられて来たのであるから、一同の緊張は当然である。

「そうか、成程ね」と下では緊張とは無縁の迷亭君が頷いている。「そうするとあの夜に苦沙弥の事件があったんだが」

途端に横から三平君が押し被《かぶ》せる様に言葉を挟んだ。

「寒月先生、先をお願いします。実験の時間がなくなってしまいますたい」と云って迷亭に目配せする。迷亭ははっとした様に口を噤《つぐ》んで、すぐに又陽気に語りかける。

「じゃあとにかく、その世紀の実験の模様を聞かしてくれたまえ」

寒月君は一瞬不得要領な顔付きで迷亭、三平の顔を等分に眺めたが、即座に気を取り直した如くに喋舌り出す。

「実験はごく簡単な事です。先刻御覧に入れた機械へ例の光る猫を入れて、時計廻りと反対に回転させる。それだけで猫は過去へ向って飛びます。勿論帽子は使いません。この場合は猫自身を送るのが眼目ですから。尤《もっと》もあの時点ではまだ装置は開発されて居りませんから使いたくたって使えません。――それで実験したのですが、実は反対へ廻す事を思いついたのは、あの日の夕方苦沙弥先生の家から帰る途中だったのです。夜中に出航は分っていたのですが、どうしても試して見たくて、急いで大学まで行ってやって見たと云う訳です。電気力の計算にもう一つ自信が持てなかったものですから、万が一火災にでもなると拙《まず》いと思い、庭へ機械を持ち出して池の辺でする事にしました。機械を調整していると間もなく、池の上をさらさらと風が渡って日が暮れかかりました。漸《ようや》く実験を開始したのは七時に近い時刻でした」

「巧く行ったかい」と迷亭君が聞く。

「ええ。箱の中で猫は青く光って消えました。それから大急ぎで苦沙弥先生の家まで走って見ると、ちゃんと猫は居りました。あの猫は先生も御存知でしょう。雄の方の猫です」

寒月君が報告すると、迷亭は狐《きつね》につままれた様な顔をしている。迷亭君だけではない。聴衆一同きょとんとして演台の科学者を見詰めている。

吾輩にも何だか分らない。話はどうやら吾輩自身に係わる模様であるからして、余所《よそ》事《ごと》で済ます訳には参らぬが、鈍鳥風に逆らうの文句の通り、思考が前に進まぬばかりか、考えれば考える程心は空白に蝕《むしば》まれて行く様である。分別過ぎれば愚に返ると云うけれど、分も別も失われて、ただ摑《つか》み所のない空虚が際限無く広がるばかりなのだから始末に負えない。諸猫もまた凍り付いたかの如くに、同じように背を丸めた恰好《かっこう》で檻の隙間《すきま》から階下へ眼を据えたまま動かない。

「苦沙弥の所の猫なら僕も知っているが、それが一体どうしたと云うのかね」と漸く迷亭が口を開いた。

「だから猫が居た訳です」と同じ事を云った寒月君は、それればかりでは足りぬと見たか若干の補足を加える。「苦沙弥先生に聞くと、一年程前に突然猫が家に来たそうです。嬉《うれ》しい事に一年と云う時間は私の計算と合致して居りました。苦沙弥先生は縁側から這《は》入《い》って来たと云ってましたが、なに、これは先生の勘違いで、本当は書斎の辺りに湧《わ》いて出た訳です」

「じゃあ何かい。あの猫は君が過去へ送った猫だって云うのかい」と迷亭君が頓狂《とんきょう》な声を挙げる。

「左様です」と寒月君の方は至って冷静である。

「何でも猫は水甕《みずがめ》に落ちたとかで随分弱って居りましたが、私はすぐに苦沙弥先生から猫を貰い受けました。そう、東風君、君もあのとき先生の御宅に居合わせたから覚えているだろう」

不意に声をかけられた東風君はびくりと体を動かす。一同の注目を浴びてますます蒼《そう》白《はく》になった東風君が恐縮して云う。

「ええ。覚えています。寒月さんが息を切らせて、猫は居ますかと入っていらした。何の事か私には分らなかったのですが」

「君はまた何で苦沙弥の家なんかに行っていたんだい」疑わしそうな眼で迷亭が尋問する。慌《あわ》てて東風君が弁明する。

「金を持って行ったのです。苦沙弥先生に以前用立てて貰ってあったのを返しに行った訳でして」

そう云う東風君は悪寒《おかん》でもするのか小刻みに震えている。

「本当かね」迷亭はいよいよ疑わし気に同君を睨《にら》む。やり取りする二人の顔を半々に眺めて居った寒月君が、

「そう云う訳で実験は成功しました。猫を連れて私は東風君と一緒に港へ向ったと云う次第です」と纏《まと》めると、

「しかし、何だか変じゃないか」と猶《なお》も納得のいかぬ態《てい》の迷亭君が云う。

「何がです」

「つまり、そうすると、君が実験するまでは苦沙弥の家に猫は居なかった事になるのだろうか」

「無論です」

「しかし猫は前から居たぜ」

「だからそれは私が過去へ送ったからです」と焦《じ》れったそうに寒月君が答える。

「となると——全体どう云う事になるんだい」と迷亭君は猶更頭が混乱した様子である。

「先生が俄《にわか》に理解出来ぬのも無理はありません。事は現代理科学の最先端を行く話なのですから。精確に把握するには何百もの方程式を解く必要があります」

「そう云うがね、常識的に見て何だか妙だ」

「科学的真理はそう簡単に常識で割り切れるもんじゃありませんや」と寒月君は割り切れぬ所を簡単に割り切る。「ガリレオが最初に地動説を唱えた時だって、世の常識家からは随分と疑いの眼が向けられたのです。まあ、正直な所専門家の私にも完全に把握されている訳じゃないのですから御安心なさい」

左様に言葉を尽くして慰められても迷亭君はまだ浮かぬ顔である。

「たしかに今回の発見は理論よりも事実が先行した面は否《いな》めません。しかし理論などは後から幾らでも付けられます」と寒月君が少々無責任な事を云うと、今度は三平君が口を出す。

「理屈で云うより先《ま》ず実験をしたらどうですか。見た方が早いですたい」

実際家らしい三平君の言葉に演台の寒月君は頷《うなず》く。
「最後に一つだけ、緊急の研究課題を御紹介して話を終わりたいと思います。課題とは時間旅行機で人間を送る場合に生じる問題です。と云うのは猫を調べた所、時間旅行をした後では猫の体に生理的な変化が生じる事が分りました。つまり時間を超えると若返ったり、逆に年をとったりするのですな。先刻の実験でも、苦沙弥先生の家に現れた時、猫は子猫だったそうですから随分と若返った訳です。それから時間旅行をした猫は記憶も失う様です。どうして左様な変化が起るのか、原理は未《いま》だ解明されて居りませんから、おいそれと人間を旅行させる訳には行きません。旅行して過去へ着いた途端に赤ん坊になったのでは困るし、そもそも記憶が無くなるのでは意味がない。今後動物実験を重ねて克服しなければならない課題と申し上げる他にありません。では実験に移りましょう」

三人の助手が時間旅行機にとりついて何やら作業をはじめる。寒月君は籠《かご》から三毛子を取り出すと、頭へ先刻の紐《ひも》の沢山出た金製の帽子を被《かぶ》せ、鏡の箱へ安置する。それから箱の底にある突起へ帽子から伸びた紐を繋《つな》げる。何でも二十本くらいは結んだ様だ。三毛子はとうとう枝垂《しだ》れ柳の如《ごと》くになってしまう。箱の蓋《ふた》を閉めると寒月君が口上を述べる。

「これで準備は出来ました。猫のエネルギーはここをずうっと通って」と六角の箱を乗せた鉄の腕から風呂桶《ふろおけ》様の箱へ伸びた紐を指でなぞる。「こちらの装置へ伝達される様になった訳です。いま目盛りは約半年前、昨年の十一月二十三日、午後七時に設定してあります」

又も十一月二十三日と聞いて、檻の諸猫《しょびょう》の緊迫にはいよいよ度が加わる。吾輩の心臓もいまや早鐘の如くに鳴り始めた。虎君がごくりと唾《つば》を飲み込んで、将軍はしきりと髯《ひげ》を前趾《まえあし》でいじっている。ホームズ君は先刻からずっとぶつぶつ口の中で何事か呟《つぶや》いているが内容までは聞き取れない。

「本当はもっと近い過去へ送る方が実験には都合がいいのですが、さっきも申し上げました様に、今のところ技術的に近い所は無理なものですから」

「しかし去年の十一月二十三日と云えば、あれだよ」と発言しかけた迷亭は云い淀《よど》む。珍しい事があるものだと見ていると、すぐに語を継いで次の様に云う。「君が上海に来た夜じゃないか。どうしてその日にするのかね」

「今に分ります」と寒月君はにやにやする。何事か考えがある様子である。そこへ助手が白い花を運んで来て寒月君に渡す。一輪の百合《ゆり》の花だ。

「今回はこれを実験材料にして見たいと思います。猫以外の物を過去へ送るのは実は今回が始めてなのです。本当は生きた動物で試したい所なのですが、最初はこのくらいの方が無難でしょう。実験台に百合を選んだ理由は、曾呂崎博士の功績を記念する為《ため》です。曾呂崎さんは百合が好きでしたからね」と最後は少々感傷的な調子になった寒月君は、種も仕掛けも無いと云う思い入れで、百合を観客に向って二度三度と軽く振って見せる。

それから歩いて風呂桶の真ん中へ百合をそっと横たえる。一同は椅子《いす》から立ち上って桶の中を覗《のぞ》き込む。

「あまり近寄らないで下さい。危険がないとは云えませんから」と注意してから寒月君は声色を変えて宣言する。「現在の時刻は一九〇六年、五月二日、午後十時三十分。将来科学史に銘記されるであろうこの日付を是非とも御記憶下さい。皆さんは歴史が変る現場に立ち会われているのです。では、世紀の実験を御覧下さい」

自転車に跨《また》がって合図を待っていた助手がペダルを漕《こ》ぎ出し、鉄の腕が徐々に回転する。廻る六角の箱に白烟《はくえん》が立ち込め、猫の姿を覆《おお》い隠す。その裡《うち》にぐるぐると弧を描く箱の中で白い烟《けむり》が今度は青い輝きを帯び始める。運転の速度が目まぐるしくなって、それに呼応して光はいよいよ眩《まぶ》しくなる。一方百合を入れた風呂桶では電球がちかちかと明滅して、ばりばりと鳴って耳をつんざく音響と倶に、鉄線を巻いた棒から稲妻の如き火花が四方へ飛び散る様子は、大勢の鍛冶屋《かじや》が競って仕事をするかの如くである。火事になるのではと心配していると、実際焦《こ》げ臭い匂《にお》いがして黒い烟も挙がる。甚だ危ない印象を与える。吾輩と同じく観じたらしい迷亭君が、「寒月君、大丈夫かい」と騒音に負けぬ大声で以《もっ》て不安を表明した途端、六角の箱と同じ青い光が水の如く風呂桶に満ちたかと思うや、忽《たちま》ち燃え上る様に閃光《せんこう》が走って轟音《ごうおん》が鼓膜を破る。わっと叫んだ観衆は一斉に顔を覆い、吾輩も眩《まぶ》しくて到底眼を開けては居《お》られない。瞑《つむ》った眼蓋《まぶた》の裏は真っ赤である。

気がつくと騒音は已《や》んで、光はもとの電灯だけである。見れば腕の回転は止って、風呂桶からは白い蒸気が一筋、二筋、大騒動の余韻を残して立ち昇っている。頭を抱えていた人々は頭をあげて恐る恐る辺りの様子を窺《うかが》う。

「寒月先生、どうなりました」と観衆を代表して三平君が問う。

泰然として立った寒月君は満面に笑みを浮かべて宣《のたま》う。

「実験は成功致しました。御覧下さい、たしかに百合は消えて居ります」

一同雁首《がんくび》を揃《そろ》えて装置の底を覗き込む。成程、云う通りさっきまであったはずの百合がない。

「燃えちまったんじゃないのかね」と迷亭君が一同の疑惑を代表して問う。

「違います」と決然として寒月君が肩をそびやかす。「百合は皆さんの目の前で時空を超えたのです」

「と云うと、あれかい、今頃百合が苦沙弥の家にひょっこり姿を現している訳かい」と迷亭君が呆《あき》れた様に云う。

「今じゃありません、半年前です」

「しかし、寒月先生、本当に百合が苦沙弥先生の家に着いたかどうか、これじゃ分らんですたい」と三平君が今度は根本の疑問を口にする。

「なに、簡単な事さ。今から日本へ電報を打って、去年の十一月に百合が急に出てきませんでしたかと問い合わせれば、実験の成否は分る」と寒月君が気軽に云う。「しかしそんな面倒をするまでも今回はない」

「と云いますと」

「百合が去年の十一月二十三日に苦沙弥先生の家に届いた事は間違いない。なんとなれば、あの日、七時頃に僕が猫を取りに行った時、既に百合はあったからね」

「何だって」と迷亭君がまた不可解な面持ちで口を挟む。「どう云う事だい」

「だから私は見ているのですよ。あの夜苦沙弥先生の家に行ったら、机の上の壺《つぼ》へ百合が挿してありました。晩秋の時候に百合とは乙《おつ》だなと思った覚えがあります」

一同が不思議な顔をしている所へ、更に寒月君が追い打ちを掛ける。

「書斎へ湧いて出て来たのを奥さんか誰かが活《い》けたのでしょうな。とにかく百合はちゃんと届いて居ったと云う訳です。私の証言だけじゃ疑問とおっしゃるなら、証人は他にもあります。ねえ、東風君、あの時君も机の上の百合を見ただろう」

「たしかに見るには見たが――」問われた東風君が仕方なく頷くと、益々《ますます》反り身になった寒月君が宣言する。

「以上で講演及び実験を終わります。幸い実験は大成功を収める事が出来ました。長時間に亘《わた》る御静聴、御高覧、まことに有り難うございました」

三十八

三平君が改めて閉会を宣し、酒と料理が別室へ用意されて居りますからとの声に促されて、人々はぞろぞろ列をなして戸口へ向って移動する。前宣伝とは往々にして左様ではあるが、革命的、劃期《かっき》的、歴史的と修辞が派手々々しかった割りには、実験は龍頭蛇尾《りゅうとうだび》の感が否《いな》めず、どの顔も暈《かさ》が掛って曇りがちなのは已《や》むを得ない。室《へや》では白衣の寒月君と助手が残って後始末に余念がない。三毛子はと云えば、助手の一人が用意した皿からミルクを貰って飲んで居る。箱から出されて帽子を外された時にはさすがにぐったりとなって居ったが、旨《うま》そうにミルクを嘗《な》める姿を見ればまずは一安心である。他《よそ》には三平君と三平君から呼び止められた迷亭君が残って立ち話をしている。他は全員余所へ移った模様である。

すると三平迷亭の二人組が階段を昇って、張出廊下を吾輩の幽閉された檻の方へ歩いて来る。何をするつもりかと息を潜めて窺えば、両君は檻のすぐ脇《わき》で声を落して話し始める。どうやら寒月君に聞かれぬよう内緒話をする模様である。迷亭君が取り出した烟草《たばこ》へ火を付けるのを待って三平君が口を開く。

「先生はどう思われます」

「何がだね」と迷亭君は旨さうに烟を鼻から吐く。

「今の実験ですたい」

「実験は実験だろう」

「本当だと思われますか」

「と云うと君はインチキだと云うのかね」

「そうは云いませんが、全体あんな事が本当にあるでしょうか」

「しかし百合は実際消えたじゃないか」と迷亭君が笑う。

「あのくらいなら場末の手品師でもやりますすたい」

「そりゃそうだ。僕は紐育《ニューヨーク》で奇術王フィディーニの公演を見た事があるが、虎や獅子《しし》を平気で消したくらいだからね。聞いた話では頼まれれば象だって見事舞台上から消すそうだ。しまいには独逸《ドイツ》の牢獄《ろうごく》から自分を消して見せたと云うから凄い」

「猫が光るのだって幾らでも誤魔化せます」

「しかし何だって寒月がそんな真似《まね》をする必要があるんだい」と迷亭君が尤《もっと》もな疑問を提出する。「芸人にでも転職するつもりだろうかね。だったら僕が昇旭《しょうきょく》斎《さい》天花へ紹介してもいいが」

「まさか。寒月さんは優秀な理科学者ですたい」

「だったら何故《なぜ》疑う」

「寒月さんだって金は必要です。何せ研究にかかる費用ときたら半端《はんぱ》な額じゃありません。科学研究は全く金喰い虫ですたい。だからこそ、新しい投資を募《つの》る目的で今日の発表になったとですが、投資家に金を出させる為には眼に見える成果が必要ですからな」

「それで寒月が演出したと云うのかね」

「かも知れんと」と云って三平君は爪《つめ》を噛《か》む。

「寒月はそんな器用な男じゃないと思うがね。しかし、まあ、時間旅行なんて御伽噺《おとぎばなし》の様な話は亀毛兎角《きもうとかく》の類《たぐい》であって、そう簡単に実現はせんだろうが」と六ずかしい事を云って烟草をふかした迷亭君は作業中の白衣の人間を見下ろす。暫く同じ様に下を眺めた三平君がまた口を開く。

「しかし私はどちらでも構わんです。何でも投資が集ればいい訳ですからな。そこで先生に御願いがあるとです」

「何かね」と問うて迷亭は靴の先で吸殻を揉《も》み消す。

「先生は寒月さんの発明を信じる振りをして下さらんですか。金田や他の者はどうでも構わんですが、問題はモリアチー教授が連れて来た客です」

「誰だい」

「露西亜《ロシア》人ですたい。先生はラスプチンを御存知でしょうか」

「聞いた事がある。何でも皇太子の命を奇蹟《きせき》で以《もっ》て救い、露西亜皇帝の篤《あつ》い信任を得ている人物だそうじゃないか。まさかラスプチンが来るって云うんじゃあるまいね」

「本人じゃありませんが、代理の者が来て居ります。他の客には知られたくないそうで、別室で甘木さんに相手をして貰《もら》ってます」

「甘木はもう着いたのかい」

「船は時間通り港へ着いた様です。講演の前に先生が寒月さんと話をして居られる間に来られました。それで実は、露西亜人の為に後でもう一回実験が予定されているとですが」

「まだやるのかい」と迷亭君が呆《あき》れた様に云う。

「はい。何しろラスプチンの意を体《たい》しているのですから、相手は露西亜帝国その物《もの》と云っても過言ではありません。投資の額にしてもそこらの商売人とは桁《けた》が違います。だから是が非でも投資をさせたいのですが」

「さっきの実験じゃ心細いと云う訳かい」と迷亭がにやりと笑う。

「左様《さよう》です」三平君が正直に頷く。「次は何でも、教授の意見で百合じゃない物で実験するらしいのですが、まあ似た様なもんでしょう」

「それで僕にどうしろと云うのかね」新しい烟草へ火を付けて迷亭が問う。

「つまり先生は巧く発言して、実験の信憑性《しんぴょうせい》を高めて下さらんか。勿論ただとは云いません。ちゃんと御礼はさせて貰います」

「成程。分った。それくらいなら何でもないさ」と迷亭君は気軽に引き受ける。

「但《ただ》しやり過ぎは困りますからな。却《かえ》って変に思われます」と三平君はしっかり釘《くぎ》を刺す。付き合いが長いだけあって、さすがに迷亭の性質をよく弁《わきま》えていると見える。

「じゃ宜《よろ》しく頼みました。私もここが伸《の》るか反《そ》るかの瀬戸際《せとぎわ》です」

「ハハハ、どうりで顔色が悪い。そんなに緊張していちゃ、巧く行くものも行かなくなるぜ。まあ、実験が始まるまで向こうでスコッチでもやろうじゃないか」

そう云って歩きかけた迷亭がまた思い付いた様に質問する。

「所で鈴木君はどうしたんだい。今朝から姿が見えない様だが」

「鈴木さんは今朝香港《ホンコン》へ発《た》たれました」と三平君は即座に答える。はっとして同君の顔色を窺《うかが》えば、馴染《なじ》みの童顔にはどんな表情も浮かんで居ない。

「香港だって。そんな事は全然云っていなかったぜ」

「急に本社の方から電報で命令が来たとです」

「電報くらいで独楽鼠《こまねずみ》見た様に駆け回るたあ、実業家も大変な商売らしい。やはり遊んでちゃ金は溜《たま》らんと云う事だ」

「何でも宮仕えは難儀なものですたい。先生みたいのが一番ですたい」

「ハハハ、そうかい」と迷亭君は愉快そうに声を挙げる。「しかし気楽に見えて、これで僕にだって存外人知れぬ苦労があるのさ」

「とてもそうは見えんですたい」と至極真面目《まじめ》に三平君が感想を述べたのを最後に、二人は階段から下へ降りて室を出て行く。後には忙《せわ》しく働く寒月君以下の白衣の研究者諸氏が残される。

長いあいだ緊張を強いられた所為《せい》か、吾輩はひどく肩が凝るのを覚えた。肩凝りが人間に固有の文明病と見做《みな》すのは全くの誤りである。猫だって凝るときは凝る。吾輩は前《まえ》趾《あし》を揃えて思い切り前へ伸ばし、檻《おり》の床に爪を立てると、これ以上は無理だと云うくらいに背筋を反り返した。それで少し体が楽になったので、いま見聞きした事柄を反芻《はんすう》して見ようとしたのだが、寒月君の講演中、居眠りをした独仙君が前の椅子の背へ三度額をぶつけた事や、東風君が余りひどく貧乏揺すりをするので隣の金田君が地震ではないかと思わず立ち上った事や、辮髪《べんぱつ》の超人が小刀を使って木片を削っていた事や、退屈したモリアチー教授が喉《のど》の奥が覗かれる程の大欠伸《あくび》をした事等、どうでもよい場面ばかりが脳裏に浮かんでしまい、肝心の所へ一向に意識を集注できない。当然ながら寒月君の口から漏らされた情報の数々は、吾輩をして混沌《こんとん》無明の迷路に投げ込むに足りた。以前より判然となった部分があるのはたしかにせよ、一つ明瞭《めいりょう》になれば二つ分らなくなり、二つ解決されれば三つ謎《なぞ》が増える具合で、吾輩の思惟《しい》は苦沙弥先生の書斎以上に整頓《せいとん》を欠いて、もはや脳細胞の片々なりとも労働する能《あた》わざるまでの混乱に見舞われた。結果として、吾輩は只《ただ》放心する仕儀となった。そうして気が付けば眼は自然と三毛子を追っている。三毛子はいまはミルクを嘗め終わって、籠《かご》の中で丸くなって眠っている。長い尻尾がくるりと輪を描いて先穂が鼻の辺りを櫟《くすぐ》る姿が可愛《かわい》らしい。翠帳紅閨《すいちょうこうけい》にあって羅《ら》浮《ふ》の夢に遊ぶ美猫《びみょう》の風情《ふぜい》である。光る猫だかメルクリウスだか知らんが、要するに猫は猫である。左様思えば愛《いと》しさが胸の奥深くから泉となって滲《にじ》み出て来る。

するとと今度は隣の檻で会話する猫の声が吾輩の耳へ流れ込む。

「何がどうなったのか、私にはよく分らん」と珍しく伯爵が弱音を吐いている。「全体どう考えればよいのか」

「しかし判然《はっき》りした事もあるじゃないですか」ワトソン君が慰める様に云う。「例えば苦沙弥氏殺害の事件の夜、七時に来客が二人あった事が分った。東風と寒月です。この点では伯爵と虎君の推理は倶《とも》に正しかった訳です。それに百合《ゆり》の出所もだいたい判明した」

「そんな事が今頃分っても役に立たん」と苛立《いらだ》ちを隠さず将軍が口を挟む。「君も寒月と云う男の話を聞いていたのだろう」

「無論です」

「だったら詰らん事を考えている暇に命の心配でもしたまえ。寒月が云っていたじゃないか、千匹の猫の間脳から物質を集めると」

「とにかくこれで猫を大量に拐《さら》った理由は分りました」と虎君が云う。

「そう云うことだ」と将軍が頷《うなず》いたのへ不安な声で聞いたのはマダムである。

「一体どうなるのかしら」

「一匹々々首を落とされて、脳味噌《のうみそ》を取り出されるのですよ」

「まあ、何てこと。恐ろしいわ」

「将軍、か弱い婦人を怖がらせてはいけません」と伯爵がすかさずたしなめる。

「儂《わし》は事実を云ったまでだ。いずれにせよここから出られん事にはどう仕様もない」と答えた将軍は檻へ向って二度、三度と体当たりを試みる。檻は鉄であるから将軍がいくら力んでもびくともしない。

「無理でしょう。この檻は獅子でも破るのは六つかしい」横から眺めたホームズ君が淡然たる面持ちで助言する。勿論《もちろん》将軍だって無理は端《はな》から承知なので、気持ちの遣《や》り場がなくて思わず体が動いてしまっている次第であって、それをホームズづれから訳知り顔で指摘されたのでは頭へ血が上って当然である。

「君は何だ。偉そうに云うなら何とかしたらどうだ」

「だから今考えて居ます」

「考えるだ。何を今更考える事がある」

「自分が考えている事について考えています」とホームズ君は何だか禅問答の様な返事である。

「馬鹿は相手に出来ん。君の様なのがいるから、たくらだ猫の隣歩き、鼠捕らずが駆け歩くなんて云われるのだ。猫の評判が近頃悪いのは全部君の所為だ」と妙な難癖を付けた将軍は不貞腐《ふてくさ》れてごろりと横になる。どうも全体に萎靡《いび》沈滞の気分は覆《おお》い様もない。こうなるとホームズ君の相手になるのは朋友《ほうゆう》ワトソン君只一人である。

「考える事について考えるとはどういう事だい。僕にはさっぱり分らない」

「考えると云うのは主に言語の作用なのだが、だとしたら猫はどうして言葉を喋舌《しゃべ》るのだろう」

「何だって」とワトソン君は訳が分らんと云う表情である。「猫が喋舌るのは当たり前じゃないか」

「僕もついさっきまでそう思っていた。しかし考えて見ると、そもそも何故猫は言葉を持っているのか、君は不思議じゃないか」

「どう云う事でしょうか」と興味を抱いたらしい虎君が今度は聞く。

「つまり人間の言葉が猫は分る。しかし猫の言葉は人間には分らない。それは何故だろう」

「そんな事は今まで考えた事もありませんでした」と云って虎君は考え込む。

「猫は言葉を使うが、しかしそれは猫の生活にはまるで役に立たない。一方で人間は言葉を持つ事で文明を築いた。何故なのか。何か人間と猫との間には過去に遡《さかのぼ》る大きな秘密があるんじゃないだろうか」

ホームズ君の意外な発言に諸猫は図らずも思索を促された模様である。一同黙って宙を見据えている。と、伯爵が誰に向ってと云う事もなくぽつりと呟《つぶや》く。

「古代埃及《エジプト》の猫文明かね」

「そうです」とホームズ君が頷く。「猫なら誰でも知っているあの話は、必ずしも御伽《おとぎ》噺《ばなし》では片付けられない、真剣に考察すべき真理が含まれているのではないでしょうか。私がそう思い始めたのは、やはりあの光る三毛猫の存在です」

ホームズ君は三毛子の方へ視線を投げる。

「あれは決して手品じゃない。燐《りん》が燃えるのとは明らかに違う」と述べたホームズ君が檻越しから吾輩へ声をかけて来る。

「君はあの光る猫を知っているね」

「ええ」と吾輩は頷く。今更隠しても仕方がない。

「君とあの猫は一体どんな関係があるんだい。いや、そもそも君は何者だ」

鋭く眼を輝かせたホームズ君へ吾輩はしどろもどろに答える。

「僕は……つまり、吾輩は、猫でありまして、ええと、名前はまだありません」

「そうだ。君には名前がない。『吾輩は猫である。名前はまだ無い』」と吾輩の物語を引用したホームズ君が続いて云う。「問題はその後だ。『どこで生れたか頓《とん》と見当がつかぬ――』最初聞いた時から僕は引っ掛りを覚えていたのだ。つまりこれは本当の事だろうか。君は自分が生まれた場所を実際知らないのだろうか」

いよいよ頭脳が混乱した吾輩が言葉を失っていると、続いてホームズ君が不思議な事を云う。

「君は、いや、君達は、埃及で生まれたんじゃないだろうか」

足音が聞こえたのはその時である。見れば一箇の人影がするすると接近して来る。上から下まで黒装束で身を固めた人間は、背を屈《かが》め物陰に隠れながら、張出廊下から室の様子を窺《うかが》っている。こそこそ忍び歩く以上は一味の仲間ではあるまい。無論招待客のはずもない。立ち居振る舞いからのみ評すれば所謂曲者《いわゆるくせもの》と云う事になる。間もなく曲者氏は吾輩の閉じ込められた檻へ凭《もた》れる姿勢になって、更に下の動きを偵察したが、その面《めん》貌《ぼう》を眼にした途端、吾輩は吁《あ》っと声を挙げそうになった。曲者は女性、見覚えのある切れ長の眼はたしかに泥棒君の相棒嬢である。捕まった泥棒君を救出に来られたに違いないが、吾輩が驚愕《きょうがく》したのはその事ではなくて、間近で素顔を拝見した相棒嬢の面影が夢の中に出てきた女と瓜《うり》二つであった事実である。眼鼻口は勿論、秀《ひい》でた額から眉《まゆ》の濃さ、顎《あご》の形に至るまで、どこを採っても寐床《ねどこ》に横たわって今際《いまわ》の言葉を口にする夢の女とそっくりである。胸騒ぎとも喜悦とも憧憬《しょうけい》ともつかぬ不可解な感情の渦《うず》に吾輩は捉《とら》えられ、しかし猶一層仰天すべき出来事は次に起った。

相棒嬢がふと吾輩に眼を留めた。するとその眼がやはり驚愕した様に瞠《みひら》かれ、同時に「わたしを呼ぶのはあなたなの」と声が吾輩の頭へ直接流れ込んで来たのである。吾輩は度を失いながらも「左様です」とかろうじて言葉を返し、「あなたは誰なの」と続いて問われれば、「ええ、吾輩は猫である。名前はまだ無い」と少々場違いな返事をしてしまう。ついつい偉そうな物云いになったのは全く舞い上った所為であるが、傲慢不遜《ごうまんふそん》な猫だと思われやしないかと吾輩が気に病んでいるのを余所《よそ》に、「わたしにどうして欲しいの」と続けて聞いて来る。「檻から出して欲しいのです」と吾輩は慌《あわ》てて云う。頷いた相棒嬢が閂《かんぬき》をずらす。今度は吾輩が問う番である。「あなたは誰です。僕はあなたを前から知っている様な気がするのですが」「わたしも同じ。昔に、そう、遠い昔にあなたに会った事があるんじゃないかしら。そんな気がするわ。それにしても猫に知り合いがあったなんて」と相棒嬢が声を立てずに笑えば、柔らかな神経の震えが吾輩の髯《ひげ》に心地よく伝わる。

檻から出た吾輩はすっかり有頂天になって、相棒嬢の脚に毛衣《けごろも》を擦《こす》りつけ、ごろごろと鳴る喉の毛を撫《な》でて貰おうとした時、室の戸のがらがらと開かれる不遠慮な騒音が下方で響いた。誰かが入って来る足音もする。途端にはっと顔色を変えた相棒嬢は、吾輩が礼を云う間もなく素早く後ずさって、廊下の角に置かれた長櫃《ながびつ》の中へ隠れる。

「名無し君、早く開けてくれたまえ」と伯爵から声が掛って、相棒嬢との交歓へ未練を残しながら吾輩は隣の檻へ取りつく。先刻の侍狗《さむらいいぬ》君の檻と同じ造りであるから要領は分るはずなのに、気ばかり焦《あせ》って手元が狂いがちである。閂が錆《さ》び付いて滑りが悪い所為もある。吾輩が自棄《やけ》に閂を爪で引っ掻《か》いていると、「名無し君、後ろだ」と不意に虎君が叫んで、振り向けば白衣の助手が背中へ迫って来る。咄嗟《とっさ》に身を翻《ひるがえ》して捕獲の手を逃れた吾輩は、「この野郎」と漏らされた甚《はなは》だ品のない罵声《ばせい》を聞きながら、檻と檻の狭い隙間《すきま》へ身を躍らせる。ここなら手は届くまいと吾輩は息をつき、しかしすぐに我が判断の失敗が明瞭となった。助手が網の付いた竹竿《たけざお》を持ち出して隙間へ伸ばしたからである。相手が狗ではなく道具を用いる人間である事実を吾輩迂闊《うかつ》にも失念して居《お》った。網が迫れば難を避けて退く事になるが、なにせ宙へ突き出したバルコニー廊下の事であるから、後ろは足場の無い空間が広がるばかりである。無理をすれば飛び下りられぬ高さではないが、困った事に下では別の助手がやはり網を抱えて待ち構えている。進むも網、退くも網、文字通り進退谷《きわま》った吾輩が身を竦《すく》ませていると、「下に鉛管がある」とまた虎君が叫ぶのが聞こえた。吾輩の位置からは視野に入らぬが、前趾でそろり探れば、成程バルコニーの直《す》ぐ下には鉛管が走っている。身を捻《ひね》った吾輩は曲芸的とも許すべき離れ業で以て通路下の隙間へ潜り込む。途端に後趾が滑って、前趾で鉛管につかまった吾輩は宙へぶら下がったまま猛然と足掻《あが》いて、脂汗《あぶらあせ》をかきつつ必死で鉛管に体を乗せる。と、安心したのも束《つか》の間《ま》、今度は下から助手が伸ばした網を避けて右へ左へ走り廻る。なにしろ鉛管は丸いから落ちぬだけでも容易ではない。六ずかしさは垣巡りの比ではない。そのまま追い駆けっこが続いたなら、遠からず吾輩は網に捕捉《ほそく》せられるか、滑り落ちるかしていたであろう。所が幸いな事に、猫一匹くらいは後回しで構わないと、寒月君から声が掛って、助手が網を引いたので助かった。吾輩は鉛管を伝って目立たぬ位置にまで移動して呼吸を整える。どうやら実験が再開される模様である。

三十九

寒月君発明になる時間旅行機の周りには既に人垣が出来ている。此度《こんど》は椅子《いす》を持ち出さず全員が立ったままである。群鶏の鶴《つる》とも許すべき趣で相変らず目立っているモリアチー教授の脇《わき》に、こちらも派手さでは負けぬ獅子《しし》の如《ごと》き金髪を光彩陸離と輝かせた軍服の美丈夫が、三平君の云っていた露西亜人らしい。面相をよく確かめてやろうと思って観察すれば、これは到底人間の貌《かお》ではない。眼が常軌を逸して大きく顔の幅を超えて外の空間へはみ出している。歌舞伎《かぶき》役者だって眼は顔の領域に収まっている。他に類を探すとすれば蟷螂《とうろう》君だろうか。驚いた人間があったものだとよくよく見れば、眼の周りを覆《おお》う仮面を付けていると知れて安心した。西洋の仮装舞踏会とか云う宴会でこんな仮面を使うと聞いた事がある。他にもう一つ異彩を放って眼を惹《ひ》くのは、一番端の真白い顔である。白と云っても雪白の肌や白蠟《はくろう》の如き顔色とは違う。土蔵の塗壁《ぬりかべ》に似た素っ気ない白である。こんな色の顔が世の中にあるはずはないのでこれも当然素顔ではない。露西亜人で馴《な》れた吾輩は今度は即座に見て取る。顔全体を覆う石膏《せっこう》の仮面を着けているのである。後ろ手に縄を掛けられている所からして中身は泥棒君であるらしい。事情を知らない寒月君は、泥棒君の異形の姿にはぎょっとしたようで、あれは誰だいと三平君に小声で聞いたが、気にする事はないですたいと磊落《らいらく》に笑う三平君の勢いに押されて詮索《せんさく》は諦《あきら》め、説明に取りかかる。他には迷亭、東風、独仙と云った馴染みの面々が顔を揃えて、但《ただ》しギャング諸君は別室でカルタ遊びでもしているのか姿が見えず、辮髪《べんぱつ》の超人一人が泥棒君を縛った縄尻《なわじり》を摑《つか》んで居る。新しい所では甘木氏の糸瓜《へちま》顔もある。見た目は朴《ぼく》として清風の如き風貌《ふうぼう》の甘木先生、どこかで随分と召し上られた模様で、すっかり出来上って足元が覚つかぬのは少々危なっかしい。

露西亜人には既に概略を教えてあるものか、寒月君の話はヘラクレイトスもカントも登場せず、今回は随分と簡潔である。通訳を勤める東風君へ向って露西亜人が時々頷《うなず》く他は、一人を除いて後の者は黙って耳を傾けている。除かれた一人とは云うまでもなく迷亭である。寒月君が何か云う度に先生、「そりゃ凄《すご》い」だとか「いやはや大変な発明があったものだ」「ダ、ピンチ以来の天才だろう」「人類史を劃《かく》する革命以外に言葉が見当たらん」などと千篇一律の調子で一々合《あい》の手を差し挟むから喧《やかま》しい。そこへ三平君が心配そうな視線を向けるのが笑いを誘う。

「では、寒月先生、早々実験にかかって貰《もら》ってはいかがでしょう。時間も余りありませんから」と三平君が提案する。寒月君の話はともかく、自分から頼んだ事とは云え、これ以上迷亭を放置しては雲行きが怪しいと判断したらしい。寒月君が頷いて、三人の助手がそれぞれ機械の調整に取り掛る。そこへ鎖の鳴る金気《かなけ》の音が響いた。猫の一番嫌いな音だ。凶々《まがまが》しい気配にぎくりとすれば、一度室《へや》を出た超人が黒い狗を連れて戻って来る。御存知侍狗君の登場である。

「何だい、今度は狗で実験するのかい。百合から狗とは進化が早すぎるようだが大丈夫なのかい」といきなり大きな狗を出されて迷亭君は心配を隠せぬと見える。問われた寒月君も少々顔色が宜《よろ》しくない。

「理論上では大丈夫なはずですが、狗と云ってもこれだけ大きいとなると」と何だか歯切れが悪い。

「この狗は困りますたい。これは動物兵器第一号の大事な狗ですから、他のに変えた方がよかです」と三平君も云う。所が通訳の言葉を伝えられたモリアチー教授は、有無を云わさぬ頑固さで首を横へ振る。それからこの狗で是非実験して欲しいと云う。英語で話された所為《せい》もあって、冷然として取りつく島がない感じである。

「しかし、過去に送ってしまっては、後から回収するのが面倒ですたい」三平君が喰い下がると、

「その点なら心配はありません」と寒月君が口を挟んで、助手から渡された帽子様の器具を一同に示す。

「これを実験台の狗に被《かぶ》せておけば、空間の歪《ゆが》みを通って元の場所へ帰って来る事が出来ます。操作は簡単です。さっきの腕を今度は時計廻りに廻せばいいのです。時間旅行と云うからには、行ったきりでは困りますからな。ちゃんと抜かりはありませんや」と寒月君は自慢気に云うが、依然顔色は晴れぬ様子である。

「何か問題があるのかね」と迷亭君が気配を察して質問する。

「ええ。つまり狗の大きさです。これだけ重量があるとなると、相当のエネルギーが必要になる訳でありまして」

「そりゃ拙《まず》い。下手をすると爆発するかも知れない」と迷亭君がすかさず云う。

「そう云う危険はないのですが」と寒月君が答えると、また迷亭君が受け取る。

「それはそうだ。大丈夫に決っている。時間旅行機程安全な乗り物はない。ただ家の中で凝《じ》っとしているより遥《はる》かに安全だ」と述べて東風君の通訳に耳を傾ける露西亜人をちらりと窺う。「とは云うものの、機械はまだ未完成品だからね。予期せぬ事が起らないとも限らない。何しろこれ程大きい狗となれば消えるだけでも大変だ。フィディーニだ

って象を消す時には準備が要るだろうからね」

「何です、フィディーニと云うのは」と妙な顔で寒月君が聞く。

「いや、なに、何でもない。こちらの話さ。いずれにしてもこの狗は大きすぎる。もう少し小さい、例えば柴狗《しばいぬ》か何かに変えた方がいい。折角の機械が壊れるといけないからね。そうだろう、寒月君」

「機械に心配はないのですが」

「そりゃそうだ」とまた素早く迷亭君。「この時間旅行機くらい丈夫なものを僕は知らない。倫敦《ロンドン》銀行の地下金庫よりも頑丈に出来ていると云う話だからね。日本が世界に誇る下瀬《しもせ》火薬だって壊せやしない」

「ただ問題は猫なのです」と寒月君が思案顔で云うのへ今度は三平君が問う。

「猫がどうなのです」

「物体にこれだけの質量があるとなると、猫の電気エネルギーは相当に必要です。下手をすると猫が死んでしまいます」

「そりゃ拙い。何と云ってもあの猫は二つと無い貴重な猫だからね」と再び迷亭君が横合いから飛び出す。「光る猫となればいずれ月並みじゃない。科学実験を離れたって上野の動物園か博物館へ入れる価値は十分にある。殺すのは人類の百科全書的知識にとって大いなる損失と云わざるを得ない。だから狗は小さくした方がいい。いや、いっそ百合にしておいたらどうかね」

迷亭君が露西亜人を横目に眺めてまくし立てる所へ、「しかし猫はまだ他にも居るのでしょう」と口出ししたのは、それまで忠実に通訳の仕事に専念していた東風君である。

「たしかにそうなんだが」と云い淀《よど》む寒月君へ迷亭君が問う。

「だが雄猫には逃げられてしまったのだろう」

「いや、実は他に四匹居るのです」と寒月君が意外な答を返す。「雌猫が子供を産んだのですよ。雄猫と二匹揃っていた時に掛け合わせて増やしたんです。目論見《もくろみ》通り生まれた四匹とも親と殆《ほとん》ど同じ体質を持って居ました」

「だったら万が一の事があっても問題ないでしょう。他に四匹もあるのなら。少々の危険を冒《おか》しても狗で実験する価値はあるのではないでしょうか」と東風君はひどく熱心な調子で口説く。一拍遅れてモリアチー教授も賛成の意を表して大きく頷《うなず》く。一同は黙って寒月君を見つめ、東風君が客に通訳する露西亜語だけが暫《しば》くは低く響く。何か気に障る事でもあったのか、床にべたりと坐った侍狗君が低く唸《うな》りを発したが、すぐに超人に鋭く制せられて大人しくなる。注目を浴びた寒月君は、羽織の紐《ひも》ではない、白衣の袖《そで》をいじって考えていたが、やがて意を決したかの如くに顔を上げた。

「分りました。やって見ましょう」

威勢よく云い放って寒月君が助手へ合図を送ると、さっそく白衣の一団が実験の支度を再開する。

高い鉛管にとまって一部始終を眺める吾輩の心裏《こころうち》はこの時、一種名状し難い熱風が吹き荒れて止《とど》まる事を知らなかった。理由は云うまでもない。三毛子が死ぬかも知れないとの寒月君の発言である。心に深く秘めた異性が薤上《かいじょう》の露と消えると聞かされて、平然として看過出来る程吾輩は悟達を遂げて居らん。三毛子はちょうど紐の付いた帽子を被った姿で六角の箱に入れられる所である。死ぬと聞いた所為か箱は棺桶《かんおけ》の如くに観ぜられる。三毛子が危ない。そう思えば不安と憤怒《ふんぬ》が渾然《こんぜん》一体猛烈な熱力を以て吾輩の心魂をして灼熱《しゃくねつ》の炎と変じ、電気の走った髯《ひげ》はびりりと震え、千毛が天を指して針に変じた如くに逆立つ。吾輩は断然三毛子を救う決意を固めた。だが残念な事に如何《いか》に三毛子を救えばよいか手段が分らん。猫一匹飛び出した所でどうなるものでもない。恥をかくならまだしも、相手にすらされんかも知れん。そう考えると絶望と焦燥に胸を締めつけられて、吾輩は息が苦しくて堪《たま》らない。とにかく三毛子の傍《そば》へ行きたい一心で、吾輩は歩き悪《にく》い鉛管を伝わって、実験装置のある一劃へ廻る。

幸い吾輩の行動は実験に夢中になった人間には気付かれずに済んだらしい。時間旅行機を斜めに見下ろす位置まで来た時には、三毛子はもうすっかり箱に固定されて、侍狗君が超人の誘導で装置の中へ入る所である。真ん中に突起のある帽子を被った侍狗君は、以前小屋で見かけた髷《まげ》姿を想《おも》わせ、まさしく侍狗然として風呂桶《ふろおけ》へちんまりと収まる。すると何を思ったかモリアチー教授が角の丸い擂粉木《すりこぎ》様の棒を侍狗君に渡して、これを青眼に構えた侍狗君はいよいよ侍らしくなる。その時不意に吾輩は夢を思い出した。座敷の蒲団《ふとん》に坐った主人。その背後へ立つ黒い影。侍狗君が棒を降り下ろす……。

「何ですか、その棒は」と三平君が不思議そうな顔で質問した。

「ベース、ボールで使うバットさ」と迷亭君が注釈を加えたが、当の迷亭君も独仙君も甘木氏も揃って妙な面持ちで侍狗君を眺めている。モリアチー教授は構わず傍《かたわ》らの東風君を目顔で促す。茄子《なす》でもこれ程ではないと云うくらいに真っ青な顔色の東風君は懐《ふところ》から油紙の包みを取り出す。震える手で包みを破れば何やら紙入の如きものが出てくる。

「苦沙弥の紙入じゃないか」と迷亭がたしかに云う。「そんな物をどうするつもりなんだい」

　質問には答えず、黙ったまま東風君が紙入をモリアチー教授に渡し、教授が今度は侍狗君の鼻面《はなづら》へ差し出す。

「そんな事をしたら大変ですたい。その狗は匂《にお》いのする人間を襲います」と云った途端に三平君は顔色を変える。

「どう云う事なのかね。東風君、説明したまえ」と迷亭がモリアチー教授にではなく、横で木偶《でく》の様に突っ立った東風君へ聞く。明らかに指図をするのは教授なのだから、教授に直接聞けばよいものを、迷亭君がそうしないのは英語に自信がない所為だろう。教授は傲然《ごうぜん》と周りの日本人を見下ろし、一方の東風君はすっかり精気を失った顔で紫変した唇を震わせる。

「苦沙弥先生は不幸な事に秘密を知りすぎてしまいました」

かろうじて答えた東風君へ三平君が噛《か》みつく様に云う。

「そんな事は君の考える事じゃなかと。雇い人の君は云われた事だけを忠実にやって居ればいい」

「人類の幸福の為《ため》なのです」と東風君は答えるのが精一杯である。

「曾呂崎先生を殺させたのも君だろう」と三平君が畳みかけ、絶句した東風君が瘧《おこり》に罹《かか》ったかの如く小刻みに震えていると、侍狗君の世話で超人が持ち場を離れた隙に、放置される形になっていた泥棒君が唸りを上げながら激しく身を捩《よじ》って、隣に立った甘木医師が手を伸ばして仮面を外してやる。超人が慌《あわ》てて制止の声を上げるが、素顔を電灯に晒《さら》した泥棒君の発言はもう止められない。

「あなたがたは騙《だま》されているのですよ。東風とモリアチーは最初から仲間だ。二人倶《とも》露西亜のスパイなのです」

激しく叫んだ泥棒君の腹へ、飛鳥の如くに走った超人が拳骨《げんこつ》を一発喰らわせ、泥棒君はその場へ崩れ落ちる。

一同は唖然《あぜん》となってこの残酷なる一場面を眺めて居ったが、重苦しい沈黙を破って漸《ようや》く口を開いたのは迷亭である。

「東風君、今のは本当かね」

「違います」と煮える湯に触れたかの勢いで東風君が叫ぶ。「私と教授が仲間であるのは事実ですが、露西亜のスパイなどでは決してありません。我々は人類救済を志す結社の同志なのです。先生方にもいずれ話して仲間に加わって貰《もら》うつもりでした。私の話を聞けば先生方だって、きっと仲間にならない道理はありません。いや、必ずそうなります。何故《なぜ》なら、人類の完全な救済を目指す私たちの考えは絶対的に正しいのですから」

突然の激昂《げきこう》に見舞われ熱に浮かされた様な文句を口に泡して述べ立てる東風君を、一同は怪しむ眼付きで見詰める。可哀相《かわいそう》なのは一人で置かれた露西亜人だ。なにせ言葉が分らず事情が摑《つか》めんと見えて、孤影悄然《しょうぜん》、仮面の奥から不安気な視線を辺りへ送っている。

「それで、一体どうしようと云うのかね」と迷亭が東風君を遮《さえぎ》って聞く。さすがの迷亭君もすっかり蒼《あお》い顔になっている。

「決ってますたい。苦沙弥先生を狗を使って殺すつもりですたい」と東風君に代って三平君が横から口を出す。

「殺すつもりって、苦沙弥はもう死んでるじゃないか」と迷亭が不思議そうな顔で云うと、

「そりゃ本当ですか、苦沙弥先生が亡《な》くなったと云うのは」とそれまで不得要領な顔付きで成り行きを傍観して居《お》った寒月君が云う。

「本当さ。君が上海へ来た日の夜にね」と迷亭が説明する。「多分、東風が殺したんだろう」

全員の視線を浴びた東風君は俯《うつむ》いて沈黙を守っている。代って叫んだのはやはり三平

君である。

「違いますたい。苦沙弥先生はいまから殺される所ですたい」

「何だって。死んだ人間をどうやって殺すんだい」と迷亭が問う。

「だからこの機械で」と三平君威勢よく飛びだしては見たものの、「過去へ狗を送って殺した訳です」と結んだ時にはやや抑揚頓挫《とんざ》の気味と見えて、口をもごもごさせている。

「これは先生、全体にどう云う事なんでしょうか」

場違いにのんびりした口調で寒月君が迷亭へ聞いた時、業《ごう》を煮やしたのか、モリアチー教授がいきなり懐から物騒な物を取り出した。拳銃を向けられた一同は忽《たちま》ち凍り付いて、迷亭君などは何も云われぬ先から洋杖《ステツキ》を放り出して万歳の格好である。蒟蒻《こんにやく》の如くに震えた迷亭先生、小声でDon't hit. Don't hit. と呟《つぶや》いているが、これはDon't shoot.が正しいと余計な事ながら吾輩は思う。モリアチー教授から顎《あご》で指図を受けた東風君が口を開く。

「寒月君、実験を始めてくれたまえ。我々は誰にも危害を加えるつもりはない。只《ただ》実験を予定通りに続けてくれればいいんだ」

銃口を背景にこう頼まれては、いくら正義漢の寒月君でも首を横へ振る訳にはいかない。命は鴻毛《こうもう》よりも軽しとは云うが命を無くしては元も子もない。寒月君が断乎《だんこ》拒絶の意志を示さぬからと云って同君を糾弾は出来んだろう。自転車に跨《また》がった助手へ向って寒月君が一つ頷けば、迅速にペダルは漕《こ》がれる。力が軸を伝って三毛子を入れた箱の載った鉄の腕がそろり動き出す。三毛子を救うなら今しかない。回転が速くなってしまっては機会は失われる。轍鮒《てつぷ》の急を告げて白烟《はくえん》が立ち、忽ち三毛子を龍口の如くに呑《の》み込む。この期《ご》に及んで、しかし吾輩は動けない。身が竦んで趾《あし》が糊《のり》付けされた様である。垂れ下がった尻尾《しっぽ》が沁々《しみじみ》と冷たい。無縄自縛《むじょうじばく》の拘束下にあって、生きてある三毛子の姿を二度と眸《ひとみ》に映す事はあるまいと、吾輩が暗々たる絶望に胸を締めつけられた、その時である。周りでいきなり騒動が起って、何事かと人間たちが一斉《いっせい》に顔を上へ向けた。見れば檻から逃げた猫が張出廊下を走り廻っている。ニャーニャーと喚《わめ》く大合唱も聞こえる。

「名無し君、何を愚図々々しているんだ、早くしたまえ」吾輩の直《す》ぐ上でホームズ君の声がした。

「どうしたんです」と吃驚《びっくり》して吾輩が問えばホームズ君が早口に答える。

「さっき君を出した女性が檻を開けてくれたのだ」

云われて前方へ眼を向ければ、バルコニーを黒い影が奔《はし》って順番に猫の檻を開けて廻るのが見えた。解放された猫はどれも吾輩の頭上辺りを目掛けて一斉に走って来る。どういう訳かと思えば、瀬戸物の鳴る音や争う声がする所から判断して、どうやら猫をおびき寄せる木天蓼《またたび》が上の通路にあるらしい。

「早くしたまえ、名無し君」とまたホームズ君が急《せ》かす。

「しかし、どうすれば」と吾輩が躊躇《ちゅうちょ》していると、今度は将軍の声が聞こえる。

「君は恋人の危機に遭遇して見過ごすつもりか」

恋人と云われて吾輩は赫《かっ》と五体が火照《ほて》るのを覚える。

「そうなんだろう。君達は誓い合った仲なんだろう。あの猫は君の最愛の猫じゃないのかね」

「君はさっき寒月の話を聞いたろう」と伯爵も云う。「君と箱の中の猫の間には子供まであるのだ。そんな係わりの深い婦人を助けないでどうする」

伯爵の叱咤《しった》は吾輩にはまさしく青天の霹靂《へきれき》であった。たしかに寒月君は雌雄の猫を掛け合わせて子供を得たと云って居った。吾輩自身にはまるで覚えの無い事ながら、吾輩が当の雄であるならば、吾輩と三毛子とは既に二世《にせ》の契《ちぎ》りを結んだ仲と云う事になる。筋道を追えば誰にでも分るこの理屈を、迂闊《うかつ》にも吾輩この瞬間まで気が付かなんだ。左様に想到された途端、吾輩は全身が歓喜とも絶望ともつかぬ激情の熱風に巻かれた。

「君が助けるのは恋人だけじゃない。実験を阻止すれば君は君の御主人を助ける事にもなるんだ」とホームズ君が云い、

「早く、そこから跳ぶんだ」と次に虎君が叫ぶ。決意を固めた吾輩は回転する腕を見下ろす。いまや腕は速度を早めて箱は青く光り始めている。ぐるぐる廻る物体の上へ狙《ねら》いを定めて落下するなどは、どれほど優秀な砲術士官が弾道計算しても六つかしかろう。時機を測りかねた吾輩が迷っていると、今度は機械の脇《わき》で超人が細長い筒を口にくわえているのが眼に入った。ホームズ君の云った吹き矢に違いない。そう直観した時、筒先

がバルコニーの相棒嬢へ向けられているのに吾輩は俄然《がぜん》気が付いた。思い切り息を吸い込んだ超人の頬が河豚《ふぐ》提灯《ぢょうちん》の如くに膨らんで、危ないと吾輩が心裏《こころうち》で叫ぶや、今度は上から猫がばらばらと降って来る。伯爵、将軍、ワトソン君、続いて虎君、ホームズ君と、混雑に押し出されたものか、それぞれ木天蓼をしっかりくわえた恰好《かっこう》で諸猫が落ちた先は超人の頭上である。わっと喚いた超人はもう吹き矢どころではない。頭と云わず顔と云わず腕と云わず、競って爪《つめ》を立てる猫を振り払う。その隙《すき》に横へ走った相棒嬢が窓を開け放って、外へ向って応援を求める声を張り挙げる。表では二発、三発、四発と続けざまに銃声が起って、「租界警察だ」と叫ぶ声がする。辺りは不穏の気に包まれる。

一方三毛子の箱からはもう瞼《まぶた》を灼《や》かんばかりの眩《まばゆ》い光が漏れている。侍狗君のいる風呂桶でも盛大に火花が散って、もはや一刻の猶予《ゆうよ》もならぬ状況だ。いくら反省を得意とする吾輩でも愚図々々考えている暇は瞬時もないとは分る。眼を瞑《つむ》ったまま、回転する腕の辺りへ見当を付けて、天佑神助《てんゆうしんじょ》のみを頼みに、それとばかりに一か八かの跳躍を試みた。するとつきはまだ我が方にあると見えて、胸が六角の箱にぶつかって、夢中で爪を立てて箱にしがみつき、しかし吾輩の幸運もここまでであった。何故なら箱の蓋《ふた》が開かないのである。硝子《ガラス》の蓋には留め金が無情なまでにしっかり嵌《は》まって、猫の爪では到底歯が立たない。かと云って蹴破《けやぶ》るには硝子は厚過ぎる。しかもモリアチー教授が吾輩へ向って大きな手を伸ばして来る。無念と云うには余りに辛《つら》い断念ではあるが、もはやこれまでと、天地空海月星太陽、古今東西のありとあらゆる神仏に祈りつつ、果ては地獄の鬼に頼み悪魔へ魂を売って、ついでに鰯《いわし》の頭にまで祈念して、とうとう吾輩は観念の眼を瞑った。こうした場合の祈りとは大概効果がないのは世の通り相場である。日頃神仏などには鼻汁《はな》も引っかけない者に限って、絶体絶命の窮地に追い込まれると一つ宜しくと云うのだから勝手なものだが、どうにもならぬと思えばこその神頼みなのであって、つまり祈りとは諦念《ていねん》の別表現に他ならない。そうと知りつつ祈らざるを得んのがまた人間及び猫の心理と云うものでもある。とは云えやはり祈らぬよりは祈った方がいい。祈りの御蔭《おかげ》とは絶対の証明は出来ぬが、たしかに奇跡は起ったからである。

なにしろ鉄の腕は目まぐるしく回転しているから、モリアチー教授と雖《いえど》も容易には箱の猫は捕捉《ほそく》出来ない。しかし教授は段々とコツを摑《つか》んだ様子で、腕が一回転する度に手が吾輩の背をかすめるようになって、次はもう摑まれると、吾輩が身を固くした刹那《せつな》、横の風呂桶の中に居た侍狗君が吾輩へ眼を向けた。吾輩は侍狗君の眼を見た。次の瞬間、侍狗君がこちらへ向き直ったと思うや、手にした棒で以《もっ》てモリアチー教授の手を打ち払い、続いて吾輩の乗った箱を打撃する。御見事と声を掛けたくなるくらい鮮やかな手並みである。途端に硝子へ亀裂《きれつ》が入って、蓋が宙へ弾《はじ》け飛ぶ。罵声を漏らした教授が拳銃を侍狗君へ向け、引き金が引かれようとした時、今度は横から超人が教授に飛びかかって揉《も》み合い、侍狗君を死地から救う。隙を見た泥棒君が横へ走り、三平が逃げ、独仙が禅語を唱え、迷亭が転ぶ。いまや室《へや》の内外で喚声《かんせい》やら足音やら銃声やらが交叉《こうさ》して、人猫入り乱れて辺りは騒然となる。

　だが、いくら人間観察を趣味とする吾輩でも、目下の状況に於《お》いて騒動に注目している暇がないのは当然だ。侍狗君の御蔭で蓋の開いた箱へ吾輩は飛び込む。忽ち烟に咳込《せきこ》んで、しかも光の所為で眼が開けられず、それでも構わず三毛子を求めて烟中《えんちゅう》を探り、まるい頭に触るや趾を使って紐の付いた帽子を引き剝《は》がさんとするが、どう云う具合に接着しているのかは知らんが頑固に剝《は》がれない。三毛子も前趾で吾輩へしがみついてくる。愛する猫の爪を腹の辺りに感じた時には、じんと心に疼《うず》くものを感じ、吾輩は益々懸命になったものの、しかしどうしても取れない。このままだと剝がしたはいいが三毛子が禿頭《はげあたま》になる虞《おそ》れが胸中に去来したが、死ぬよりは禿げた方が余程いいに決っている。仮に無残な禿猫になったとて吾輩の三毛子への愛はいささかも揺らぐものではない。左様に確信した吾輩は四肢《しし》へ一層の力を込める。と、突然、すぽんと帽子が抜けて、勢い余った吾輩は箱から撥《は》ね出し、続いて吾輩に摑まって居った三毛子も飛び出して、折りからの遠心力も加わって真直ぐに宙を飛ぶ。二匹一緒に一間《けん》余りも飛んで、落ちた先は侍狗君のいる風呂桶だ。桶には既に青い光が縁一杯にまで溢《あふ》れて、いまにも白光を帯びて燃え上らんとする刹那である。吾輩と三毛子は侍狗君の上へまともに落ちる。途端に、大した力が加わったとも思えんのに、狗君が毬《まり》の如くに三間《げん》も向こうへ撥ね飛ばされる。驚いて見れば吾輩の体が青い炎をあげて燃えている。三毛子も同様である。と知った次の一瞬間には、吾輩は光ったままで桶に落ち、底へ着かぬ裡《うち》に体は再びふわりと浮いて、目の前が真っ白な光に満たされる。

そうして吾輩はあらゆる時代のあらゆる場所の出来事を、塵点《じんてん》にぎゅうと圧縮して時の間《ま》に経験した。永遠の時間が吾輩の傍らを光の流れとなって瞬《また》く間に過ぎて往《い》く。星が見えた。上にも下にも右にも左にも、八方どちらを眺めても無数の星である。吾輩は依然光っているらしい。光りながら虚空《こくう》に浮かんで居るらしい。こうなれば吾輩自身も一箇の星である。

三毛子は、と振り返れば、吾輩の傍らに浮かんで、やっぱり青く光っている。

「三毛子さん。御無事でしたか」と吾輩は声をかける。

「ええ。先生が助けて下さったのね」

そう云いながら三毛子は吾輩を感謝の籠《こ》もった愛らしい眼で見つめる。三日月になった眸に無数の天体が映っている。

「三毛子さん」

「何かしら」

「あの、これからも、一緒に居て下さるのでしょうか」

「ええ。だって、先生と妾《あたし》は、遠い昔からずっと一緒だったんですもの」

感極まった吾輩は、空に泳ぐ脚を伸ばして三毛子を捉《とら》えると、耳の下の柔らかい毛をそっと嘗《な》める。三毛子は眼を細めて喉《のど》をごろごろ鳴らす。体と体が触れ合うと、光は燃え上る炎の如くに一層の輝きを増す。するとそれを合図にしたかの如く、三毛子の体はすいと吾輩から離れて、渓流を往く鮎《あゆ》のように虚空へ流れ去ってしまう。

「三毛子さん、どこへ往くんです」吾輩は慌てて声を挙げる。

「大丈夫。安心して、先生。きっとまた会えるから」

「何時《いつ》会えるんです」

必死で足掻《あが》いた吾輩へ向って、暫《しばら》く眼を瞑って考えると見えた三毛子が、確信に満ちた声色で以て静かに答えた。

「五千年――。そう、五千年経ったらまた妾たちは遇《あ》う」

「何処《どこ》で遇うんでしょうか」

「分らない。でも、遇えるのは間違いない」

そう三毛子が云うあいだにも、二匹の距離はいよいよ遠くなる。

「三毛子さん」

「五千年なんて、すぐに経つわ。ひととき夢を見ているあいだに経っちまう」

三毛子は愉《たの》しげに笑いながら、頸《くび》に付けた鈴を鳴らしてみせる。玲瓏《れいろう》たる響きが宇宙の闇《やみ》に溶け込んで吾輩を包む。吾輩は悲哀に捉えられながら、しかし同時に三毛子の云った言葉の種子が確信の樹木となって五体に大きく育つのを感じた。そう、吾輩と三毛子は再び遇う。どこか宇宙の見知らぬ場所で。かつて幾度もそうであったように。これからも永遠にそうであるように。吾輩と三毛子は二筋の流星となって虚空を流れて往く。

「先生、ごきげんよう」

その挨拶《あいさつ》を最後に三毛子は手の届かない所へみるみる遠ざかり、やがて青く光る星に変って、涯《はて》無く散った光の中へ紛れてしまう。どれが三毛子だかもう見分けがつかない。吾輩は眼を瞑る。すると瞼《まぶた》の裏には、伯爵、将軍、虎君、マダム、ホームズ君、ワトソン君、上海で出会った懐《なつ》かしい面々の顔が浮かんで来る。吾輩はその一つ一つへ感謝を込めて挨拶を送る。猫の顔が消えると今度は百合の形をした宇宙の姿が見えた。吾輩は耳を澄ます。三毛子の鳴らす鈴の響きはまだ続いて、吾輩の髯《ひげ》を顫《ふる》わせる。吾輩は笑う。喉をころころ云わせて笑う。笑いながら宇宙の音楽を聴く。世界に吾輩が在るのか、吾輩の中に世界があるのか、自他の別が失われて、吾輩は只無辺の虚空をくるくる回転しながら何処までも落ちて往く。涅槃《ねはん》とはあるいはこの境地かと吾輩は得心する。

終章　純然たる蛇足

四十

気が付けば吾輩は薄暗い所にいる。どうやらどこかの家の勝手らしい。風にがたつく戸は細目にあいて、隙間《すきま》から吹き込んだと見えて洋燈《ランプ》は消えているが、月夜と思われて窓から影が差す。へっついの脇《わき》に火消し壺《つぼ》があって、その隣の盆の上には空のコップが三つ並んで居る。夜寒の月影に照らされた硝子《ガラス》がいかにも冷たい光を放つ。土間へ降りて戸の隙間から表を覗《のぞ》けば水を溜《た》めるらしい素焼きの甕《かめ》が見える。欅《けやき》が風に鳴って、残り少なになった葉が舞い落ちる寥々《りょうりょう》たる響きが闇《やみ》に立つ。

吾輩は勝手から座敷へ廻って見る。火鉢がある。趾《あし》をかけて覗けば炭には暖かさが残るが、灯は消えて人の気配がない。針仕事の道具が遣《や》りかけのまま畳へ散らばっている所を見ると、この家の細君はちょっと御遣いにでも出ているのか知らん。吾輩は胃の腑《ふ》辺りに秋風が忍び込むが如《ごと》き虚《うつ》ろな気分を抱えて廊下へ出た。何だか無闇と淋《さび》しく、人恋しくて堪《たま》らない。すると廊下の向こうに灯のついた部屋がある。

暖かな灯に誘われるまま、吾輩は廊下を歩いて、半分開いた戸から覗けば人がいる。一人は寒そうな薄手の袷《あわせ》に腕を突っ込んで、烟草《たばこ》をくゆらせた髭《ひげ》の男である。態度からしてこの男が家の主人であるらしい。主人氏と向き合って烟草の焦《こ》げ跡の汚い座蒲団《ざぶとん》へ行儀正しく紺絣《こんがすり》の膝《ひざ》を揃《そろ》えた客人は、油で固めた髪を安物の新劇役者めいて光らせた書生風体の男である。二人とも吾輩のよく知った人物であるような気もするが、どうもよく思い出せない。不得要領な気分で吾輩は密《ひそ》かに様子を窺《うかが》う。両者の間の畳には分厚い原稿の束が置かれて、会話はどうやらその原稿を巡って交わされる模様である。

「夏目送籍と云う人物は余程の変り者らしいね」といましも髭の主人が人物評を試みる所である。

「なんでも倫敦《ロンドン》に留学して頭が少々おかしくなったそうじゃないか」

「はい。一時は随分心配されましたが、どうにか無事に帰ってきました」

「その後は大丈夫なのかい」

「ええ。最近ではずっと小説を書いて居《お》ります。しかし変り者はやはり変り者でして、前に『一夜』と云う小説の話を致しましたが、その後も幾つか書きまして、いずれも批評家は首を捻《ひね》って居ります」

「僕も君に云われて氏のものを二三読んで見たが、全体にどうにも分りかねた」

「それでも才能がない訳ではない様で、どうにも摑《つか》み所がありません。此度《こんど》も長いものを書いたから、出版してくれる所を探してくれろと頼まれたものですから、それでこうしてお願いに上った次第でして」

「僕にどうしろと云うのかね」と髭の主人は忽《たちま》ち警戒の色を深めて問う。

「先生は虚子《きょし》さんや、色々な方をご存じですので、出来れば紹介して頂けないかと」

「しかしこれに左程の価値があるのかね」と主人は原稿の山を掌《てのひら》で叩《たた》いて、読む前から駄目だとでも云いた気である。

「なに、無理なら無理で一向に構いません。一応聞いて貰《もら》えば本人も納得するでしょうから。先生に読んで批評でもして頂ければ本人も大いに励みになるでしょう」

大いに励みになると云われて主人も悪い気はしないのか、しきりに髭をひねりながら骨董《こっとう》の目利《めき》きでもする様に原稿の束に眼を遣っている。

「で、君はどう思う。面白いものかね」

「さて、どうでしょう」

「君は読んだんだろう」

「いいえ」と客は澄《すま》している。自分が読んで居ないものを他人に押しつけて、批評しろ、人を紹介しろとは、随分乱暴な話だと思って見ていると、主人は左程気を悪くした風もない。

「じゃあ、とにかく預かるだけは預かるが、本当に紹介出来なくていいんだね」

「結構で」と客が頭を軽く下げて、髭の主人が恭《うやうや》しく原稿を押し頂いて後ろの机に載せる。その時机の上の花活《はないけ》に一輪の百合《ゆり》が挿してあるのが吾輩の眼に入った。晩秋に百合とは珍しいと思った途端、吾輩は興味を抑え難く思わず書斎へ這入《はい》って往《い》くと、

「先生、猫が」と客が声を挙げる。

「本当だ。何処《どこ》から這入って来たんだろう」と主人も云う。いきなり姿を見せたのは拙《まず》かったかと反省しながら、しかし今更隠れるのも業腹《ごうはら》である。こうした場合、こそこそするのは却《かえ》って素性を疑われかねない。吾輩は四つの眼玉を背中に感じながら、悠然たる態度を崩さず、机に趾をかけて百合を観察する。どうやら造りものではないらしい。そう確認してから、吾輩は当たり前の顔をして主人の膝へ乗る。悪びれず猫が権利を主張すれば案外人間はこれを許す性質があるのを吾輩は熟知している。膝のあいだに坐《すわ》ってみれば不思議と居心地がよい。

「随分と狎々《なれなれ》しい猫だなあ。どこの野良《のら》猫だろう」と笑いながら主人も吾輩を追い払う気色《けしき》は無い。こうなればしめたものである。

「野良じゃないでしょう。人に馴《な》れて居りますから。おおかた何処かの飼い猫が紛れ込んだんでしょう」と客が吾輩の顔をしげしげと観察して評論した時、玄関に声がして、間もなく別の客がひょっこり顔を覗かせる。

「先生、奥さんはどうしました」と立ったままで云ったのは、尻《しり》に継ぎの当たったズボンを穿《は》いた若い男である。

「ちょっと出ているのさ。じき戻るだろう。あれに用かね」

「いえ、ただ姿が見えなかったものですから」とやや狼狽《ろうばい》気味に云った来客は、吾輩へ眼を向けると、

「先生、その猫は」とやはり立ったままで問う。

「さっき這入って来たのさ」

「左様で」と客は云うと、ちょっと失礼と挨拶《あいさつ》してから、吾輩の襟首《えりくび》を摑んでぶら下げる。あんまり真剣な顔で見詰めるので吾輩は少し怖くなる。

「猫がどうかしたかい」

「何処かで見た様な猫だと思ったものですから」と笑った男は吾輩を畳へ落とすと、勧められた座蒲団に尻を付け、敷島に火を付ける。

「実は忘れ物を取りに来たんです」

「何だい」

「洋杖《ステツキ》です」

「だったら玄関にあったろう」

「ありません」

「じゃあ、大方迷亭あたりが間違えて持って行ったのだろう」

「いえ、そうじゃないんで」と男は顔の前で手を振って見せる。

「つまり洋杖は家にあるんで」

「どういう事でしょうか」と真面目《まじめ》な顔で聞いたのは先客の書生君である。

「なに、こう云う事さ。家に帰る途中で杖《つえ》のないのに気がついて、慌《あわ》てて戻って来たんだが、ここまで来たら朝から洋杖を持たずに出た事を思い出したのさ。只《ただ》引き返すのも馬鹿々々しいから、また上り込んだと云う訳さ」とズボンの男は己の迂闊《うかつ》を大手柄の如くに宣伝する。

「君も随分と呑気《のんき》な男だ」と主人が呆《あき》れ顔で笑い、

「何だか落語の様ですね」と書生君も言葉を添える。

新客君は暫《しばら》く黙って烟草《たばこ》をふかして居ったが、机の方へふと眼を遣ると、

「先生、その百合はどうしたんです」と聞く。

「ああ、これかい。実はさっき子供が拾って来たのさ。家の中にあったたって云うんだが、妙な事もあるもんだと、東風君といまも話していたところさ」

「季節外れの百合とは乙ですが、随分と不思議な事もあるものですね」

「ええ。独逸《ドイツ》の小説に似た話がありますが、なかなかに興味深い現象です。やはり世界には理性では説明のつかぬ、霊的と呼ぶ以外にない精妙なる出来事が間々あるのでしょう」と本気ともつかぬ事を書生君は真面目《まじめ》な顔で口にする。

「やはり詩になるかい」

「なるようです。俳句ですと季語に縛られますが、新体詩は左様な拘束のない自由なジャンルですから、冬の百合は格好の題材と申せましょう」

文学には随分と造詣《ぞうけい》が深いらしい書生君はそれだけ云うと、何となく尻の落ち着かぬ

様子で書棚の置き時計を眺め、では、そろそろ失礼しますと挨拶して立ち上る。見れば時計の針は七時を十五分程過ぎた辺りを指している。

「じゃあ、僕も一緒に」と云って新客君も烟草を灰盆でもみ消す。主人はもう少しいいじゃないかなどと御世辞を云う質《たち》ではないと見えて、うんとだけ頷《うなず》いて挨拶に代える。両君は連れ立って帰って往く。それから主人は烟草をふかしながら、黙って電灯の辺りを眺めて居ったが、また吾輩へ眼を向けると、

「奇態な猫だなあ」と呟《つぶや》く。

吾輩はどうやらこの家の食客として遇される成り行きと見える。家具調度から推して贅沢《ぜいたく》は出来そうもないが、寒空の下で塵芥箱《ごみばこ》を漁《あさ》る事に較《くら》べれば遥《はる》かにましである。吾輩はとりあえず、ニャーとひとつ媚《こ》びて自己紹介に代える。すると再び玄関に又物音がした。誰かが来た模様である。女だ。少々疳《かん》に障る声が廊下に響いている。どうやらこの家の細君が下女に何事か云い付けているらしい。一方の主人は知らぬ顔で烟草を二本灰にしてから、やおら机に向き直ると書生君の残した原稿の束へ手をかけ、六ずかしい顔で眼を落とす。吾輩も主人の膝へ這い上って覗き込む。

吾輩は猫である　夏目送籍

左様に原稿用紙の枡目《ますめ》には書かれている。

「何だか妙な題だな」と独り言を云って主人は次の頁《ページ》をめくる。

一

吾輩は猫である。名前はまだ無い。

どこで生れたか頓《とん》と見当がつかぬ。何でも薄暗いじめじめした所でニャーニャー泣いていた事だけは記憶している。吾輩はここで始めて人間というものを見た。しかもあとで聞くとそれは書生という人間中で一番獰悪《どうあく》な種族であったそうだ。この書生というのは時々我々を捕えて煮て食うという話である。しかしその当時は何という考《かんがえ》もなかったから別段恐しいとも思わなかった。但《ただ》彼の掌《てのひら》に載せられてスーと持ち上げられた時何だかフワフワした感じが有ったばかりである。掌の上で少し落ち付いて書生の顔を見たのが所謂《いわゆる》人間というものの見始《みはじめ》であろう。この時妙なものだと思った感じが今でも残っている。第一毛を以《もっ》て装飾されべきはずの顔がつるつるしてまるで薬罐《やかん》だ。その後猫にも大分逢《あ》ったがこんな片輪には一度も出会《でく》わした事がない。加之《のみならず》顔の真中が余りに突起している。そうしてその穴の中から時々ぷうぷう

主人が二枚目をめくった時、襖《ふすま》の向こうから主人を呼ぶ声が聞こえた。主人は返事をしない。二度、三度と声が掛っても、うんと生返事をした切り原稿から眼を離さない。襖が開いて、顔を覗かせたのがこの家の細君に違いない。

「あなたちょっと、聞いているんですか」

「何だ」

「御《お》さんを今遣いに出しました」

細君の報告に主人はうんともすんとも無い。折角来てくれたのだから一言くらいは労《ねぎら》

いを口にしても損は無いのではないかと吾輩が見ていると、こうした無反応には馴れているのか、細君は続けて用件のみを口にする。

「お金が少し余りましたから、返して置きます」

「幾ら残った」

「弐円《にえん》くらい」

「何だ、たったそれだけか」とさも軽蔑《けいべつ》した如くに云いながらも、主人は細君から札を受け取る。

「ついでに母の御見舞いに三円程包みましたから」と云った細君は吾輩へ眼を向ける。

「あら、何、その猫」

「知らん」と懐《ふところ》を探りながら主人が答える。「さっき這入《はい》って来た」

「嫌だわ。早く捨てて下さい。そんな汚い猫に家の中を歩かれたら堪《たま》らない」と細君は露骨に眉《まゆ》を顰《ひそめ》る。細君が猫嫌いとは具合が悪い。結局は抛《ほう》り出される運命かと、戦々兢々《きょうきょう》となりながら吾輩が様子を窺っていると、袷に腕を入れてごそごそやっていた主人が口を開いた。

「俺の紙入を知らんか」

「いつもあなたは懐に入れてあるじゃありませんか」

「そこに無いから聞いているんだ」と云って立ち上る。吾輩は畳へ落ちる。主人は今度は書棚を探すらしい。

「御不浄で落としたんじゃありません。あなたはあんな所にまで財布を持って往くんだから、いつか落とすと思ったのよ」

「そう思うなら探して来たらどうだ」

「厭《いや》ですよ。あったって臭くて使えやしない」

書棚から本を畳へ引き出した主人は何も云わない。自分は手伝うでもなく夫《おっと》の様子を妙に窺う様な眼付きで眺めた細君が次に云う。

「妾《わたし》が留守の間にまたどなたかいらしたのかしら」

「寒月が来た」

「寒月さんが」細君は少し驚いた様に眼を見開く。

「どう云う御用事で」

「知らん」

「すぐにお帰りになったのかしら」

「手匣《てばこ》を知らんか」

「知りません。どんなのです」

「書類を入れた桐《きり》の箱だ」

「ああ、あれですか。最近は見て居ません。ないんですか」

「ないから聞くに決っているだろう。そんな簡単な理窟《りくつ》も分らんのか」といよいよ主人は不機嫌になる。細君もこれ以上係わりになるのは剣呑《けんのん》だと悟ったものか、

「猫をちゃんと出して下さい」とだけ云い残すと奥へ下がってしまう。

置き去りにされた主人はとうとう探索を諦《あきら》めて、畳へ積まれた本の山をひとつ蹴飛《けと》ばして崩すと座蒲団《ざぶとん》へ戻った。そうしてまた送籍君の傑作の頁を繰りはじめる。癇癪《かんしゃく》を起しながらも読書を止めぬとはなかなか感心である。細君に嫌われた以上、吾輩の頼みはこの偏屈な主人だけである。顔色を窺いつつ膝へ乗れば、主人は黙って許してくれる。吾輩は安心して原稿を覗く。

それから長い時間、たまに烟草《たばこ》へ火を付け、小用へ一回立った以外は、主人は途切れずに原稿に取り組んだ。ときに笑いを漏らす所を見ると興趣を覚えてもいるらしい。「随分と奇体な小説だ」とか「ハハハ、馬鹿な男だが他人事《ひとごと》じゃない」などと時折感想を呟《つぶや》いたりもする。


吾輩は死ぬ。死んでこの太平を得る。太平は死ななければ得られぬ。南無阿弥陀仏《なむあみだぶつ》々々々々々。難有《ありがた》い々々々。

最後の一枚が終った時には、秋の夜はすっかり更《ふ》けている。夕刻までは梢《こずえ》を鳴らしていた風が熄《や》んで、家の四囲は水底にあるかの如《ごと》くに森閑として物音一つしない。忽然《こつぜん》座敷で時計がチーンと鳴り始めた。棚の置き時計を見れば針は天辺《てっぺん》で重なって、時刻はちょうど午前零時になった所である。時計へ眼を遣《や》った主人は、

「おや、もうこんな時間か」と呟いて、袋に残った最後の烟草へ火を付ける。するとその時、コツコツと硝子《ガラス》戸を叩く音がした。

「誰だろう、こんな時間に」と不審な顔で立った主人は硝子戸の前へ立つ。するとまた遠慮がちに硝子を打つ音がして、

「先生、私です」と表から潜めた声が聞こえる。

（終）

「何だ、君か」と主人は気安く云いながら鍵《かぎ》を抜いて戸を引き開ける。背後から覗いた吾輩はそこへ立った人物の顔を見る。

対談　『吾輩は猫である』殺人事件をめぐって

柄谷行人×奥泉光

『猫』の魅力

奥泉　この度、漱石《そうせき》の『吾輩は猫である』（以下、『猫』と略）を元にした『「吾輩は猫である」殺人事件』を刊行することになりました。編集部から「読者のためにしっかりPRせよ」という強い要請があるので自己宣伝をいたしますと、『猫』の最後で麦酒に酔って溺死したはずの猫が上海《シャンハイ》に現れて、苦沙弥《くしゃみ》先生の殺害を知るところから小説は始まります。一体誰が犯人なのか。迷亭《めいてい》か独仙《どくせん》か、はたまた東風《とうふう》か寒月《かんげつ》か。前半の読み所は国際都市上海に集った世界の猫による一大推理合戦です。後半はスリルとサスペンスに満ちた猫の冒険。これにはかなり自信があるんです。迷亭、寒月といったお馴染みの登場人物も総出演します。とにかく、小説の面白さを何もかも詰め込んだ作品でして、少なくとも、近代小説史上、著者自身がこれほど絶賛した作品はない（笑）。と、まずはこのくらいにしておきます。

柄谷　奥泉さんが『猫』を下敷きにした小説を書いているということは、以前より聞いていたのですが、いつ頃から構想を考えていたのですか。
奥泉　苦沙弥先生殺人事件や上海を舞台にする設定は執筆を開始するにあたって考えたものですが、『猫』を下敷きに何か書こうというアイデア自体は、僕が最初に小説を書きだした十年以上前からありました。極端にいうと、これしか書きたくなかったと言ってもいいくらいです。それではなぜ他の作品を書いてきたかというと、単純に技術的な問題です。もともと僕は漱石の中で『猫』が一番好きだったんです。最近、押し入れから小学五年生の時の読書感想文が出てきたので、どうやらその頃に初めて『猫』を読んだようです。ところが今回の小説のために詳しく読みかえしてみると実は難しい小説ですね。
柄谷　『猫』を最後まで読んだ人は案外少ないと思います。読んでいない人も少ないけど、全部読んだ人も少ない。『資本論』と同じでさ（笑）。
奥泉　実は告白すれば、『猫』と『坊っちゃん』以外の漱石作品はずっと読んでいなかったんですよ。それこそ『道草』や『坑夫』なんて、作家になってから読みました。
柄谷　それは間違っているとは思わないけれども（笑）。
奥泉　それであわてて読んで、今や大昔から読んでいるふりをしているわけです。
柄谷　大岡昇平が、漱石は『猫』の作家であって、『明暗』を完成させていたら、ふたたび『猫』に戻るだろうと言っている。僕も同感なんです。彼の作品の中で一番人に影響を与え、真似をしたくなるのが『猫』ですね。

奥泉　調べた限りでも『猫』のパロディは四十いくつあるんです。それこそ『吾輩は犬である』からはじまって、『吾輩は淋菌である』まで（笑）。何を真似するかがポイントですよね。今回の僕の作品では、漱石の文章のリズムでした。

柄谷　内田百閒《ひやっけん》の『贋作吾輩は猫である』は有名ですが、文章を真似ているわけではない。基本的に漱石の魅力は文章なんですよ。そう言えば、今度の小説で『夢十夜』もうまく組み込んで使っていましたね。

奥泉　そういう仕掛けを作るのは楽しかったですね。本当は『夢十夜』をまるごと使いたかったくらいです。

柄谷　漱石は一連の作品を写生文と称しましたが、彼のいう写生文は自然主義的リアリズムではありません。そして、その本質は『猫』のような文章にあるのです。あるいはヒューモアと言ってもいい。実際、漱石が写生文に与えた定義である「大人が子供を見るの態度」はフロイトによるヒューモアの定義とまったく同じです。

奥泉　漱石において、写生文は反近代小説的なものとして意識されていたと柄谷さんはお書きになっていますね（編集部注／柄谷行人著『漱石論集成』）。

柄谷　だから未完の遺作『明暗』で成熟を遂げたという漱石像は嘘っぽいと思うのです。

漱石の世界意識

柄谷　小説の舞台が一九〇六年の上海で、そこにホームズやワトソンという名の猫がイギリスからやってくるという設定が面白かった。

奥泉　舞台を上海にしたのは、どうしても外国の猫を登場させたかったからです。諸列強がぶつかりあうルツボのような場所に猫つまり日本を置きたかったんです。ただし、ドイツの猫、フランスの猫、孫文に飼われていた中国の猫は出てきますが、アメリカの猫は出てきません。

柄谷　アメリカが帝国主義的になったのは一八九八年の米西戦争以降だから、まだ世界の表舞台には完全には出てこないわけですね。現在、かつての帝国主義の時代とは違うけれども、各国の資本が上海などに殺到している。そういう意味ではアクチュアルな設定ではないでしょうか。

奥泉　以前から疑問に思い、今回の小説にも書いたんですが、『猫』の物語時間は日露戦争とぴったり重なっているにもかかわらず、それについての記述が小説中にはほとんどありません。どう思われますか。

柄谷　一九〇九年に満州、朝鮮を訪れ、『満韓ところどころ』を書いた漱石には帝国主義への意識が希薄だったのではないかという批判が最近ありますが、僕には余り面白い指摘とは思えない。たとえば自分自身を例にとれば、僕の本がアメリカで出版されるという状況の背後には日本経済があるわけですよ。僕が日本経済と政治に批判的であっても、いやおうなく関わっている。漱石にしても、「日本のどこが一等国だ」という辛辣な視点をもちつつ、漱石に限らず全員が日本の帝国主義の力を享受している。だから、漱石は非常に日露戦争について物が言いにくかったんじゃないでしょうか。負けたら困るな、とは思ってただろうけど（笑）。要するに両義的なんです。だから漱石の片側だけを強調することが批評だと思っている人はだめだと思う。自分の拠っている場所が見えていないのです。

文学が売れない時代

柄谷　先日松江市で行われた日韓文学シンポジウムにいった時、本の部数のことが話題になりました。韓国側の作家は百万部売れる人がいる。詩人でも三十万部売れる人が来ている。日本の詩人なんて三百部でしょう。だから日本側の作家に鬱屈した思いがあったようで、すっかり悪酔いした人もいた。その時、僕はなぐさめて言ったんです。「韓国だって、あと五、六年すれば日本みたいになるから」と（笑）。今や、小説を読ませるためには、昔とはまったく違った苦労をしなくてはいけないと思います。中上健次シンポジウムで、奥泉さんは「中上はある段階から売れることを意識するようになった」と言ったけど、確かに中上は『地の果て　至上の時』以降、売れるためにあがいた。にもかかわらず、大して売れなかったことは、かなりこたえたと思うんです。『吾輩は猫である」殺人事件』は売れないと困りますね。

奥泉　一言でいうと、そういうことなんです（笑）。一昔前の作家は幸せだったんだなあとつくづく思います。文学の社会的機能がついに無くなってしまった。その後で小説を存在させるためには、とにかく読まれるしかないということをひしひしと感じますね。単純に言えば、小説の執筆で生活していけるだけ本が売れなければならない。これは今や小説というジャンルの基本条件ではないでしょうか。

柄谷　日本よりも状況が悪いのがアメリカです。純文学的に書いている人は大学の創作学科の先生でもするしかない。

奥泉　いずれ日本でも、いわゆる純文学の専業作家はほぼ消滅するのではないでしょうか。

柄谷　日本では、いわくいいがたい価値が経済合理性に優先しています。文芸雑誌なんて経済合理性に合わないこと甚だしい。それでも昔は文芸誌から生まれた本が売れたから長期的には良かった。でも一九七五年頃からは文芸誌は漫画雑誌に食わせてもらうしかない状況です。それは、ある意味で猫の立場に似ているかもしれません。

奥泉　それは面白い。

柄谷　『「吾輩は猫である」殺人事件』の猫達は推理したり調査したりすることはできても、現実に関与することができるだろうか……。このことは作品を読みながら最後まで思っていたことです。推理小説だからばらさない方がいいと思うけど、主人公の猫は最後に現実に大きく関与するよね。その時、ヴィム・ヴェンダースの映画『ベルリン　天使の詩』を思い出しました。あの映画の天使はすべてを見ながら、現実には何もできない。

奥泉　そうなんです。漱石の猫はえらそうなことを言ってるけど、極めて無力です。でも僕の小説の猫は、最後に行動する。そうすべきだと考えた。行動することで、漱石の時代とは違う近代小説の主人公たる実を示すしかない！

柄谷　『ベルリン　天使の詩』の天使も最後は人間になった。この辺も似てますね。

奥泉　行動するか、しないか。それが漱石の猫と僕の猫の最大の違いだと思います。

フロイトと漱石

柄谷　『「吾輩は猫である」殺人事件』では猫のワトソンがフロイトについて講釈する条りがありますが、そのフロイトがヒューモアについて書く中で、親が子供を「大したことはないんだよ」と慰めるように、超自我が自我を慰める、というようなことを言っています。初期フロイトは、超自我を口やかましい父親のような抑圧的存在として捉えているんですね。ところが、第一次大戦以降というか『快感原則の彼岸』以降のフロイトは超自我を全然違う形で捉えるようになりました。当時の支配的な思想では、超自我＝秩序・権力として捉え、それに抑圧されている意識を解放せよ、という考えだった。文明が自然を抑圧しているという図式です。でも、このような考え方が一九三〇年代ではファシズムになるんです。これは本来はロマン主義であり、昔からある考え方です。フロイトは『快感原則の彼岸』で、この二元論的図式を破ろうとしました。つまり、超自我が外からやってきたのではなく、内側から生まれたものとして捉え直したのです。攻撃衝動（死の衝動）が自分に向けられたのが超自我であると言ったわけです。そして、それは一九二〇～三〇年代の思想的状況への批判でもあった。『猫』などの漱石の写生文を読んで感じるのも、フロイトに似た姿勢です。しかし、これが一番理解しにくいものですね。

奥泉　漱石的な文章を書くにも読むにも、マチュアリティ（成熟、円熟）がいると思うんです。文学的なところのみならず、政治的にもさまざまな水準で。ところが日本の近代文学は、むしろマチュアリティを消してきたと思う。例えば、「天才的新人」神話がそれを象徴している。

柄谷　マチュアリティと言われたけれど、日本に限らず、「成熟」という概念は「ロマン主義的な青年期からの成熟」という意味で使われています。ヘーゲルもそうです。しかし、僕はそのような成熟こそロマン主義的なものだと思います。実際、イギリスで一番典型的なロマン主義者は、フランス革命批判をやったエドモンド・バークです。彼は今日の保守主義の先駆者みたいな人です。ロマン主義と言うと「疾風怒《しっぷうど》濤《とう》」という言葉を思い出すけど、むしろそれを超えて成熟することがロマン主義です。西部《にしべ》邁《すすむ》の〈ラディカルな保守主義〉なんてロマン主義そのものですよ。自分は快感原則を強く持っているが、現実原則の中でそれをあえて抑圧していく、と言うのだから。ロマン主義の構図を全然超えていない。その意味で、漱石の写生文にあるヒューモアとしての世界感覚は未だ新しいし、有効だと思うな。

「月並み」の徹底

奥泉　これまで小説を書いてきて、ひしひしと感じるのは、小説とはいかに不自由なジャンルであるか、ということです。何を書いてもよろしいと言われてはいるけど、小説を小説らしく構築し、提出するための枠組みがあることを身にしみて感じてきました。だからこそ『猫』的文体に憧れたわけですが、今度は「教養」の欠如に泣かされた。書き始めたとたんに自分の言葉の少なさ、貧しさを痛感しました。元々、僕は「漢字熟語が多い」とか「常套句が多い」とか言われていたのですが。

柄谷　漱石は『虞美人草』を書く前に『文選』を読み返したと言われていますね。

奥泉　だから僕も漱石が読んだらしい『禅林句集』や『唐詩選』をまとめて読んだんです。それもただ読んだだけではだめで、暗記していないと言葉は使えない。

柄谷　猫がしゃべるように自然に言葉が出てこないといけないわけだからね。奥泉さんの小説を最初に読んだ時に印象深かったのは、この人は漢語を使う人だ、ということでした。小説の骨格を作ろうとすると、どうしても漢語がいると思うんです。あるいは小説ではないけれど、蕪村は漢語を使うことで芭蕉の「正（蕉）風」の外へ出た。語彙の広がりが世界を広げているんです。奥泉さんが言われたように、近代小説の「小説はこういうものである」という枠組みには、漢語を使ってはいけない、四字熟語とか常套句を避けるというルールがある。だから奥泉さんが登場した時、僕は逆に新鮮に感じたんです。

奥泉　僕が最初に書いた小説は「すばる」新人賞の最終選考に残ったんですが、ある選考委員から「この人はバナールだ」と言われました。でも当時の僕はバナールの意味が陳腐、凡庸とは知らなかった。

柄谷　それで君は『バナールな現象』を書いたわけだ（笑）。

奥泉　もうひとつ言われたのが「この人は小説の剥製を書こうとしている」という指摘で、それはそうなのかもしれないと思いました。月並みなものを排除するのではなく、月並みなものを通過しなくてはいけない、という意味のことを柄谷さんが書いてらしたと思うけど、今回はそれを強く意識しました。自分の持っている「月並み」を徹底して、辛うじて何かを生み出しえれば、と願っているのですが。

新たな言文一致に抗う

柄谷　明治二十年代に言文一致が形成され、近代文学の中でいろいろな「風景」が自明化していきました。現在、近代文学の終焉が言われていますが、実は明治二〇年代の状況とある意味で似たような事態が現在起きているのではないかと思います。何が言いたいかというと、村上春樹のことです。村上春樹の小説とは新たな言文一致であり、そこには新たな「風景」がある。彼の中で国木田独歩と同じようなことがなされているんですね。吉本ばななに限らず、今の新人賞に応募してくるような若い人は皆、その装置の下で小説を書いている。これは近代文学が終わったというだけではなく、別の言文一致の装置が生まれたということだと思うんですよ。漱石は言文一致に対して孤独に異議を唱えていた人です。そして、現代の新たな言文一致の中で、異議を唱える必要は常にあると思う。そういう意味で、かつて僕はあなたを「マイノリティ」だと言ったんです。島崎藤村や田山花袋《かたい》の語彙は少なく、漱石は多い。だから漱石は嫌がられたんですね。それで漱石は『道草』を書き、「ようやく漱石も文学が分かってきた」と言われた（笑）。こうして漱石の完成神話が生まれたわけです。一九七五年以降に生まれた文学が近代文学を乗り越えたとはまったく思いません。別のヴァージョンに過ぎないと思う。

奥泉　僕もそのヴァージョンに抗いたいと思います。漱石のように。そして、抗いつつ売れたいわけです（笑）。でもトータルに考えてみたら、漱石が一番売れたんですよね。

柄谷　今回の作品も、ひとつのきっかけにはなるんじゃないかな。

（柄谷行人／哲学者）

（初出：単行本『「吾輩は猫である」殺人事件』付録）

『『吾輩は猫である』殺人事件』文庫版自作解題

これを書くために自分は小説家になったのではないかと思ったのがこの小説である。まだプロデビューする前、処女作を書いていた頃から、構想はあった。なにしろ僕は、漱石の「猫」が好きで好きで仕方がなく、自分が作家になった一番の原因は、やはり漱石の「吾輩は猫である」を読んだせいだと真剣に思う。

漱石の「猫」のパロディーはたくさんある。「吾輩は犬である」とか「ぼくは猫よ」とかいったものから、「吾輩はインキンである」なんてものもある。有名なのは内田百閒の「贋作」であるが、僕はこれに不満があった。まず、贋作とうたっていながら、文体模写をしていない点、それから短い点である。自分がパロディーを書くなら、文体模写をし、本編よりも絶対に長く書こうと決意していた。

労力という観点からすると、これがいままでのところ、僕が書いた小説のなかで一番である。むろんそんなことは読者には関係ありませんが。作家がどんなに苦労しようが、読者にとっては面白いか面白くないかだけが問題だ。

それにしても、僕はどうやら漱石的な孤独というものに耐えられないらしい。漱石の「猫」はとても孤独である。最初の頃こそ、近所の猫との交流があるが、淡い恋心を抱いた三毛子はあっさり死んでしまうし、途中から仲間の猫は消えてなくなってしまう。そのぶん人間に知己が出来たから退屈しないなどと「猫」は強がっているけれど、人間の方は「猫」が人語を解するとは思っていないのだから、コミュニケーションは成立していない。猫はまったく孤独である。そして孤独は癒されぬまま、あっさり水甕《みずがめ》に落ちて死ぬ。どうも可哀想で仕方がない。

僕の小説は、死んだと思っていた猫が実は生きていたというところからはじまるわけで、彼は上海にあって、仲間に恵まれる。ホームズ、虎君、伯爵、将軍、その他の異国の猫たちである。さらに三毛子までが生きていて、再会を果たす、どころか「吾輩」は恋を成就するのである。子供を作ったりして。「吾輩」は幸せになる。実をいうと、近作の「坊ちゃん忍者幕末見聞録」でも同様のことが起こった。漱石の坊ちゃんは、よく読んでみると、貧寒として孤独な存在である。ところが、「坊ちゃん忍者」は、友達に恵まれ、師匠に恵まれ、家族にも愛される。彼もまた、本人にその自覚はないが、幸せである。

こう考えてくると、僕は、漱石の主人公たちを「孤独」から救い出すことに密かな関心があるらしい。となれば、「こころ」とか「道草」とか「明暗」はどうかと、つい考えてしまうわけで、しかしだ、たとえば、「こころ」の「先生」が自殺をよしてハッピーになる物語、って、どんな小説なんでしょう。

殺人事件と表題にうたってあるから、ミステリーなのは一目瞭然（といっていいんだろうか）だが、実はこれはSFでもある。なにせタイムマシンが出てくるのだから、そういっても叱られないだろう。といっても、自転車を漕いでエネルギーが供給されるタイムマシンなんですが。これは水島寒月が発明したのでした。

さまざまな企みを秘めつつ、雑多なものが雑多に組み込まれながら、娯楽性も失っていないという意味で、よく出来た小説だと思います。って、自分でいえるくらいじゃないと、いまどき作家はやってられないので、いいました。

「猫」の文体模写は、一九八四年に出た岩波書店の全集版に準拠した。だから単行本は当然旧仮名遣いである。いまではあまり使わぬ漢字も、漱石の書法に従って書いた。「あたかも」→「恰も」、「とにかく」→「兎に角」、「それ」→「夫」といった具合である。しかし、前回新潮文庫になったときと同様、読者の便宜を考え、今回も新仮名遣いに直し、漢字も多くをひらがなにひらいてある。けっこう苦労したところだったから、作者としてはやや残念だけれど、機会があればそのうちにまたオリジナルを出したいと思います。

新装版へのあとがき

奥泉光

『「吾輩《わがはい》は猫である」殺人事件』を書いたのは一九九五年頃だったと思うが、まがりなりにも職業作家として出発して数年、当時東京府中市の多磨霊園近くに住んでいた自分は、夜中に何十本の紙巻煙草を灰にしつつ小説を書く生活をしていた。朝に寝て、午後に起きる。起きると近所の喫茶店で食事をし、珈琲《コーヒー》を飲み、それから散歩をする。ＩＣＵの図書館へ行ったりすることもあったけれど、一番よく歩いたのはやはり墓地である。

多磨霊園は敷地が広く、浅間山（せんげんやまと読む）に続く一帯には緑が多くて、彼岸でもなければほとんど人影がない。散歩に好適か否かは意見の別れるところだろうが、さまざまな意匠の墓石を見て歩くのが面白く、有名人の墓がたくさんあって、これも興趣をそそられる。作家に限っても、江戸川乱歩、三島由紀夫、中島敦《あつし》、田山花袋《かたい》、菊池寛《かん》、向田邦子、堀辰雄《たつお》……枚挙にいとまがなく、余裕があれば、今日は誰々の墓を見てみようと、探し歩いたりもした。そうしながら、自分は書き進めつつある小説の構想を練り、手帳にメモした漢詩文を眺めた。漢詩文は、漱石《そうせき》が当たり前に持っていた漢文教養が自分にはなく、しかし「猫」の文体模写をやるにはそれがどうしても必要なので、泥縄式で詰め込もうとしていたわけである。

執筆には一年くらいはかかったから、春夏秋冬あったはずだけれど、いま思い出されるのはなぜか秋の風景で、夕暮れどきの、紅葉の木立のなか残照を浴びる墓石の群の景色が浮かんでくる。あの少々もの淋《さび》しい、しかし不思議と充実した時間のなかで、『「吾輩は猫である」殺人事件』は書かれていった印象がある。

ところで、その頃、自分が住んでいたのは、小さな庭のついたテラスハウスの借家で、猫がよくきていた。引っ越して最初に現れたのは丸々肥えたトラ猫で、冷蔵庫にあったハムをやったのでハムと名付けた。(後で分かったのだが、このハムは愛嬌《あいきょう》のある猫で、近所の家々で餌を貰《もら》い、家ごとに異なる名前で呼ばれていたのだが、やがて「トラちゃん」と呼ぶ一家に飼われて、ベルギーへ引っ越していった)

で、ハムが庭にきてまもなく、今度は痩せた三毛猫と鈍な白黒斑の猫がきた。これをセム、ヤペテと名付けたのは、最初の猫をハムと名付けた流れで、つまりは『旧約聖書』ノアの方舟の、ノアの息子たち、セム、ハム、ヤペテの三兄弟と云《い》うわけである。するとまたべつの猫がきて、あるいはセムが子供を産んだりして、どんどんと増え、カイン、アベル、ウリヤ、ルツ、チッポラ、ヨセフ、ミカル、クシ、シメオン……と云う具合に次々命名していった結果、我が庭は、「産めよ増えよ」の神の言葉どおり、ユダヤの民に満ち溢《あふ》れたのであった。

もちろんすべての猫が常時いたわけではなく、急に姿が見えなくなったり、またきたり、こなかったり、それでも大抵五、六匹は我が家の軒先で餌を貰っていた。ところが、不思議なことに、自分が『「吾輩は猫である」殺人事件』を脱稿したとたん、全部消えてしまったのである。おそらくはその時期に、増えすぎた野良猫を捕まえるようなことが行われたのだろうが、ぱったり猫がこなくなった庭を眺めて、猫たちは小説のなかに入ってしまったんだろうと、柄にもなくファンタジックなことを自分は考えたりした。

当時家に飼い猫はいなかったから、毎日毎日庭にやってくる野良猫の姿を眺めつつ自分は仕事を進めていたわけで、小説中に登場する猫たち——将軍、伯爵、マダム、ホームズ君、ワトソン君と云った猫たちに、ユダヤの民の面影は宿っているとも思える。いや、間違いなく宿っているので、二十年近く前に書いたこの小説は、あの猫たちの記憶と切り離して考えることができない。

解説

円城塔

さて、ことは殺人事件なのであるが、その前にたとえば文中に、「諸人こぞって街鉄《がいてつ》の株が上ったの下ったのと大騒ぎをしている現今の世の中」という一文あれば、はて、街鉄とはなんであっただろうかと『吾輩は猫である』を引っ張り出して、

「君電気鉄道へ乗ったか」と主人は突然鈴木君に対して奇問を発する。

「今日は諸君からひやかされに来たようなものだ。なんぼ田舎者だって――これでも街鉄を六十株持ってるよ」

という箇所を探すことになるし、

「人生不可解と松の木に記して華厳《けごん》の滝壺《たきつぼ》へ落ちた生徒が旧主人の教え子にあったそうだが」の一文あれば、ああこれは、夏目漱石《そうせき》のクラスにいた藤村操《みさお》のことであるなと確認し直し、「真っ暗な部屋に犯罪人を抛《ほう》り込んで深井戸に落つるを待つ残虐《ざんぎゃく》なる刑罰の

咄《はなし》がアラン、ポウの小説にあった」の一文あれば、ポー、ポーと馬鹿みたように呟《つぶや》きながら記憶を探り、『落とし穴と振り子』のタイトルが出てくるのを待たねばならぬ。

というように「眼に映じる事物の一々を平等に扱」おうとすると、「分量が膨大となるばかりか、どうしても瑣末《さまつ》冗長に流れる嫌いがある」。客観に徹する立場からの解説は少々手に余るので、とにかくまずは殺人事件、ということにしておく。


夏目漱石作『吾輩は猫である』と探偵小説の取り合わせが唐突に見える人は、およそ『吾輩は猫である』を読んだことがない人であって、『吾輩は猫である』には「探偵」の語が頻出する。「吾輩」は「探偵と高利貸ほど下等な職はない」と思っているが、それでも金田邸を探りに出かけるし、蟬《せみ》を探偵したりもする。その金田の方でも吾輩の主人たる苦沙弥《くしゃみ》先生に探偵をつけているからおあいこだ。独仙君は「探偵と云えば二十世紀の人間はたいてい探偵のようになる傾向があるが、どう云う訳だろう」と超然たる問いを発し、苦沙弥先生に言わせると、「今代の人は探偵的である」ということなり、そこらじゅう、探偵だらけである。ここまで探偵だらけの舞台で、事件が起こっていない方がおかしい。

多くの謎に彩られ、探偵たちが跋扈《ばっこ》するその『吾輩は猫である』最大の謎は言うまでもなく、誰がこの『吾輩は猫である』という小説を書いているかである。以下、『吾輩は猫である』のいわゆるネタバレを含むので未読の方は遠慮——しなくてもよいが、この「吾輩」という一人称で語られてきた小説の末尾で「吾輩」はなんと死んでしまう。しかもその死に様までを描写しながら。一般に死人は文章を書かないから、ここに書き手は誰であるかという問いが生じる。ごくあたりまえの解答としては、漱石が吾輩なる一人称を用い、猫を騙《かた》って小説を書いたのである。しかしふつうに小説を読んで考えるなら、この吾輩は九死に一生を得て生き延びたに違いない、ということになる。死んだところで小説が終わったように見えるのは、そこで話が中断されたか、死んだことにしなければならない理由があったのである。

かくて『「吾輩は猫である」殺人事件』において吾輩は当然ながら生存しており、舞台は上海《シャンハイ》へ移動している。その間何があったかの記憶は失われている。吾輩は基本的に記憶を失うのが特徴なのでそうなる。そこへ飛び込む、苦沙弥先生殺害の報。吾輩はここで、上海在住の猫たちとその謎に挑むことになる。なぜかというと、猫たちもやはり皆探偵だからだ。

とはいえ、ことは上海から遠く離れた日本での殺人事件。直接現場へ探偵に出かけるというわけにもいかず、探偵猫たちは、吾輩の語る物語だけを手掛かりとせざるをえない。その意味で『吾輩は猫である』を既読でこの『「吾輩は猫である」殺人事件』を読んでいる読者と、吾輩の語りを聞いて推理を展開する猫たちは同じ立場に立たされていることになる。日本と上海の距離は、小説と読者の距離に近しい。ここに、『吾輩は猫である』という名の小説という限られた情報をもとに、安楽椅子探偵たちの推理合戦が展開され、直接的には書かかれていない情報を、行間を読み、推理によって埋めていく作業がはじまる。

しかしこの『「吾輩は猫である」殺人事件』は『吾輩は猫である』の評論や読書論ではなくて殺人事件をめぐる小説だから、事態はそこに留まらない。『吾輩は猫である』の登場人物たちが次々と上海に姿を現すに及び、新たな証拠、意外な繋《つな》がり、奇妙な人間関係が明かされていくことになる。この人物たちが上海の猫たちと異なるのは、行間を推理ではなく、新たな事実で埋める能力が自然に備わっているところである。なんといっても『吾輩は猫である』の登場人物であるからにはそうなる。現場にいた者として、書かれていなかった真実についても証言する権利がある。ここに推理は別次元への展開を余儀なくされて、解決へと跳躍していくことになる。

猫たちに与えられたのが読者としての推理であるなら、『吾輩は猫である』の登場人物たちが演ずるのは作者としての推理であり、ここに二段階の推理様式が登場することになるわけだが、『「吾輩は猫である」殺人事件』の読者はこれらの様式を一緒くたに、第一の様式、読者としての推理をしながら読み進めることになるわけで、頭の方もからまってくる。さらにここでは、夏目漱石の書いた小説の舞台と、夏目漱石の暮らした世界が重ね描かれていたりもするから混迷は深まっていき、さらにこの舞台へと、別の書き手の――コナン・ドイルや、ジュール・ヴェルヌの、そして勿論《もちろん》、夏目漱石の――小説たちが乱入してくるに及んで、簡潔な図式は吹き飛んでしまい、ここに、読書論であり小説論であり、ミステリでありSFであり、作風模倣小説であると同時に独自性に富んだ、そして何より小説であるこの奇書が誕生することになる。

とはいえやはり、紙幅が許せばここは、解説ではなく一文一文、詳注をつけていくべきところであって、何故かというに、要約とは笊《ざる》と同じで、細部がぼろぼろと落ちてしまうからである。世には骨格だけでできた小説もあるにはあるが、あらすじを一呑《ひとの》みに終えられたから偉いということはない。重要な点は全て網から零《こぼ》れてしまうという小説があり、そうでなければ小説というものがわざわざ存在する甲斐《かい》がない。ほんのかすかに残された痕跡をきっかけに、書かれていない事柄へと到達するのがミステリであるならば、ミステリの文体はあらすじをすり抜けていくものであるはずであり、それが神秘へ触れる道である。当たり前に書けてしまうことのどこに神秘があるというのか。

とはいえ、と重ねて思うのは、果たしてこの小説への詳注は収束することがあるのかということで、世には臨界というものがある。注が注を呼び、いつまでもどこまでも注を呼び続けて収束しない段階が、複雑さを増す小説のどこかで生じるとしたらどうなるか。あるいはこの小説が既にその段階に達しており、臨界をもって特徴づけられていたとするならどうなるか。

細かな背景や出典、由来に企みを気にしなくとも、この小説を楽しく読み終えてしまうことができる理由が、小説の複雑さが日常の複雑さに達し、並んでいるからだとしたら、今あなたの眼の前にあるこの小説の正体は一体全体、何であるのか——。

本書は一九九六年一月に新潮社より単行本として、一九九九年三月に新潮文庫として刊行されました。河出文庫収録に際しては新潮文庫版を底本とし、主に表記について一部改訂されました。

『吾輩《わがはい》は猫《ねこ》である』殺人《さつじん》事件《じけん》

二〇一六年 四 月一〇日 初版印刷
二〇一六年 四 月二〇日 初版発行

著 者 奥泉《おくいずみ》 光《ひかる》
発行者 小野寺優
発行所 株式会社河出書房新社
〒一五一－〇〇五一
東京都渋谷区千駄ヶ谷二－三二－二
電話〇三－三四〇四－八六一一（編集）
〇三－三四〇四－一二〇一（営業）
http://www.kawade.co.jp/

ロゴ・表紙デザイン 栗津潔
本文フォーマット 佐々木暁
本文組版 株式会社創都
印刷・製本 凸版印刷株式会社

Printed in Japan ISBN978-4-309-41447-8

溺れる市民

島田雅彦 40823-1

一時の快楽に身を委ね、堅実なはずの人生を踏み外す人々。彼らはただ、自らの欲望に少しだけ素直なだけだったのかもしれない……。夢想の町・眠りが丘を舞台に島田雅彦が描き出す、悦楽と絶望の世界。

笙野頼子三冠小説集

笙野頼子 40829-3

野間文芸新人賞受賞作「なにもしてない」、三島賞受賞作「二百回忌」、芥川賞受賞作「タイムスリップ・コンビナート」を収録。その「記録」を超え、限りなく変容する作家の「栄光」の軌跡。

空に唄う

白岩玄 41157-6

通夜の最中、新米の坊主の前に現れた、死んだはずの女子大生。自分の目にしか見えない彼女を放っておけない彼は、寺での同居を提案する。だがやがて、彼女に心惹かれて……若き僧侶の成長を描く感動作。

11 eleven

津原泰水 41284-9

単行本刊行時、各メディアで話題沸騰&ジャンルを超えた絶賛の声が相次いだ、津原泰水の最高傑作が遂に待望の文庫化！　第2回Twitter文学賞受賞作！

枯木灘

中上健次 41339-6

熊野を舞台に繰り広げられる業深き血のサーガ…日本文学に新たな碑を打ち立てた著者初長編にして圧倒的代表作。後日談「覇王の七日」を新規収録。毎日出版文化賞他受賞。解説／柄谷行人・市川真人。

少年アリス

長野まゆみ 40338-0

兄に借りた色鉛筆を教室に忘れてきた蜜蜂は、友人のアリスと共に、夜の学校に忍び込む。誰もいないはずの理科室で不思議な授業を覗き見た彼は教師に獲えられてしまう……。第二十五回文藝賞受賞のメルヘン。